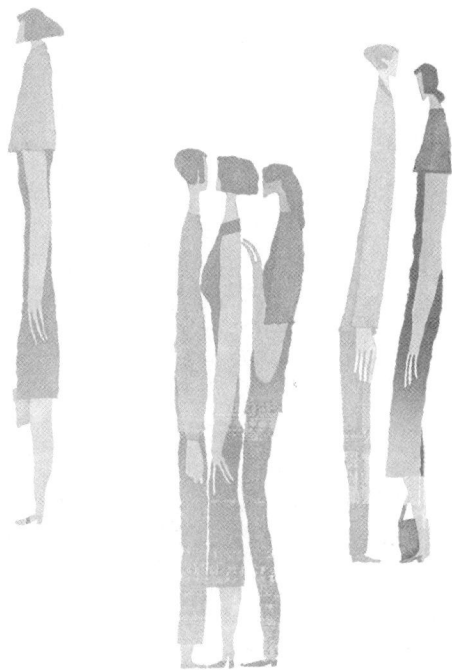

景象

刘勇 著

百花洲文艺出版社
BAIHUAZHOU LITERATURE AND ART PRESS

图书在版编目（CIP）数据

景漂 / 刘勇著. –– 南昌：百花洲文艺出版社,2021.7（2022.8重印）
ISBN 978-7-5500-3510-2

Ⅰ.①景… Ⅱ.①刘… Ⅲ.①长篇小说 – 中国 – 当代 Ⅳ.①I247.5

中国版本图书馆CIP数据核字（2020）第253439号

景漂

刘勇　著

出 版 人	章华荣
责任编辑	胡青松
书籍设计	方　方
制　　作	何　丹
出版发行	百花洲文艺出版社
社　　址	南昌市红谷滩世贸路898号博能中心一期A座20楼
邮　　编	330038
经　　销	全国新华书店
印　　刷	江西省和平印务有限公司
开　　本	710mm×1000mm 1/16　印张 30.75
版　　次	2021年7月第1版
印　　次	2022年8月第2次印刷
字　　数	380千字
书　　号	ISBN 978-7-5500-3510-2
定　　价	56.00元

赣版权登字　05-2021-161
版权所有，盗版必究

邮购联系　0791-86895108
网　址　http://www.bhzwy.com
图书若有印装错误，影响阅读，可向承印厂联系调换。

谨以此书，献给中国景德镇最美丽的青春。

——作者题记

目 录

景熙

第一章　邂逅

他是在被审视、好奇的目光中，报出了自己的姓名。

"陈立根，耳东陈，立正的立，树根的根。"

听到这样的名字，对面三步远的两位女生相互对视一眼，禁不住笑出了声，一个捂嘴，一个捧腹，似乎在嘲讽这个名字太老土了，简直土得掉渣。

陈立根在报出名字的时候，脸部表情是无比真诚的，他的身体站得笔直，像马路边的电线杆子，孤零零的。

"这个名字是我爹爹给我取的，喊起来顺口，一点也不好笑。"

他认真地说。他的身材一点也不高大壮实，长相极其普通，而且偏瘦，皮肤黝黑，头发乱蓬蓬的像一堆杂草，或许因为眼珠子太黑显得眼白过于发亮，给人一种缺少营养的感觉。一张胡子拉碴的脸皮收缩得很紧，像是被吸干了水分，使得腮帮上有了两个浅浅的酒窝。身着一件咖啡色的牛仔服，皱皱巴巴，像是从一堆泥灰里捞出来似的，说不定几天都没有洗过澡了。

陈立根面对两个漂亮女生，她们一个叫赵小梅，一个叫顾艳。

赵小梅笑时会用手背捂住半张嘴巴，生怕有声音会漏出来。而顾艳笑时几乎就是鼻孔朝天，脸部完全绽放。这里是她们俩合租的房子，对外称

"姐妹陶艺工作室"，一间是卧室，一间是作坊，当中有个过道。作坊面积不大，货架上、地面上堆满了各种陶瓷作品，以及素胎、白胎、坯胎、瓶装和桶装的釉料，还有一些袋装的瓷泥原材料，一座小型电窑，一台拉坯机，做瓷的设备很简陋，当中是一张长条形的工作台。

陈立根就站在作坊当中，背靠着工作台，似乎身后有了一座安全岛。虽然遭遇到一阵莫名的嘲笑，他仍然表现得很诚实很感激。

"你坐吧，不用客气。"赵小梅说，友好地指了指旁边的一把木椅子。

"不用，我站着就好。"

"我说这位大叔，你想站那就站着好了。"顾艳说，显得很高傲，还有点冷艳，瞟了一眼陈立根。

陈立根眨动了几下眼睛，两片厚实的嘴唇往前鼓了鼓，有点憋不住了。

"我不是大叔，我才三十岁出点头。"

"哎呀，可能是长着急了一点，三十出头，那也老大不小了呀。"顾艳的脸往上一扬，很夸张地笑出声来。

赵小梅仍然是友好的，她说："哦，你是80后的，我们两个都是90后的。给你介绍一下，我叫赵小梅，她叫顾艳。"

"她是赵钱孙李的赵，大小的小，梅花的梅。我是顾家的顾，艳阳天的艳。"顾艳学着陈立根的那种自我介绍语气补充说，又想笑，却被赵小梅的眼光制止住了。

"人家今天也是蛮辛苦的，顾艳你就不要再闹了。"

"是呀，非常非常辛苦哦，就跟兔子一样被人赶着满大街跑。好好好，我不说话了行啵。"

陈立根有点哭笑不得，一脸尴尬的样子。

事实上，陈立根认识赵小梅和顾艳是在三个小时前。

三小时前，陶瓷文化广场的一座大棚子里，正在举行2017年新春青年陶艺作品大赛。参赛的人都是外省市来景德镇做陶瓷的，还有国外来的，这类人在当地被称为"景漂"。准确地说，就是在景德镇临时居住的制作陶瓷的人，说不定哪天就走了，哪天又来了。

陈立根赶来赛场的时候，大赛已经开始了一个小时，此次大赛的一等奖有两万元奖金，这对陈立根来讲，绝对是一次不可错过的机会。大棚内设有两排长长的二十几米的工作台，景漂们在此大显身手，有手绘青花，有新彩、古彩、粉彩绘画，有陶艺制作，有镂刻雕塑，各种技法的陶艺品的创作，琳琅满目，争奇斗艳。赛场上有许多居民、游人在围观欣赏，其中还有来自不同国家的游客，大家不时有笑声和掌声响起。陈立根气喘吁吁，拉着一辆大板车，像头野牛似的冲进了参赛场地。一名工作人员上前拦住了陈立根，原因是他还没有报名，而且现场比赛早已开始。陈立根十分窝火，几乎就急眼了，据理力争，双方发生了争吵。此时，主办陶艺大赛的张新明会长前来劝阻。张会长是认识陈立根的，看着板车上装有一大麻袋的做瓷材料，只好同意陈立根临时报名参加大赛，并希望他能抓紧时间。陈立根感激不已，终于松下一口气来，双手抱拳朝着张会长，就跟拜见皇上似的拜了三拜。

已经没有了多余的工作台，陈立根便在板车上架起了一块木板，这样也可以开工了。他从麻袋里先后取出事先准备好的瓷胎配件和一些泥料，又拿出一个长条形的木质工具箱，箱子里装的都是制瓷的工具，多半为不同型号的竹制雕塑刀。他的行动非常迅速，先是开始人体部位拼装，然后用泥料和泥浆进行局部黏合、填补和雕塑，一会儿手捏，一会儿掌击，一会儿拳打，移动脚步，变换各种姿势，就像电影中的武林高手，章法凌厉，所有的步骤都烂熟于心。这个过程之后，便开始用上雕塑工具了，雕刀划过之处，线条轮廓分明。而此刻他的面部表情，仿佛处在超级疯狂的状态，就像自己骑上了一匹嘶鸣的战马，手持方天画戟，搏杀到了一处远古沙场。

才一个多小时的工夫，陈立根的雕塑作品基本成形，身披战袍，头戴盔甲，好不威风，作品足有二尺余高，体积很大。这件半身位的人物雕塑，很快吸引了场内诸多人的目光。

赵小梅和顾艳也参加了这次陶艺大赛，她们的工作台就在陈立根的板车斜对面不远，亲眼看到了陈立根的雕塑才艺，好几次投去了敬佩的目光。

大学生赵兰兰和同学李强正在用手机做现场直播，他们来到了陈立根的身边进行直播采访。赵兰兰问他："老师，这是一件战神作品吧。"陈立根边创作边点头。赵兰兰又问他："这件重量级的作品叫什么名字呢？"陈立根摇摇头，说："这个，这个我还没有想好。"

陈立根的手掌"啪啪"几声响，得意地拍了拍战神的肩膀，就跟遇到了老朋友似的。接下来，他开始用一把薄一点的小号雕刀，雕刻这尊战神的眼球部位，下刀精准，且有足够的定性。

正这时，传来一声喊叫："姓陈的你这个骗子，你这个老赖，你别想跑了！"陈立根听到了喊声，惊恐地抬起头来。只见一个四十来岁的彪形大汉，小跑着进入到了赛场，身后还跟随着两个小弟兄。

"姓陈的，欠债还钱，老子今天是不会放过你的……"这个喊叫的大汉名叫武剑，是陈立根的房东。

陈立根的反应很快，见到是武剑来了，胡乱收拾了一下他的制瓷装备，抓起工具箱，丢了魂似的撒腿便跑，那模样就像要尽快逃离犯罪现场。可就在他转身迈出一大步的时候，大腿撞动了一下板车，板车往一边歪斜，那尊战神雕塑像被惊吓到了，来回摇晃了几下，"哗啦"一声摔到了地面上，破裂成了数十块，那些头脸盔甲仿佛被乱刀砍了似的，可怜巴巴地趴在地上。

奔跑中的陈立根回了一次头，他脸色阵阵发青，目光惨淡，十分心疼那件倒塌的雕塑。

也就一会儿工夫，陈立根从围观的人群中一口气跑出赛场大棚，就像只草丛里敏捷的小鹿，他很能跑。

陈立根一路奔跑着，很快穿过了几条小巷。一名陶工挑着两只很大的素坯坛子，踏着稳健的步子迎着陈立根走来，赶紧往一边躲让，险些被撞着。陶工稳住了有些摇晃的身体，气咻咻地骂了一句："你没长眼睛，去赶死呀。"陈立根回过半个脸来，嘴里歉意地说："大叔对不起，对不起了。"

他大概奔跑了有五分钟左右，正要出巷口的时候，迎面武剑带着两个小兄弟出现了。武剑的拳头有半个脑袋大小，上下摇动着，他怒睁两眼，身板子就像一堵墙，个子比对面的陈立根足足要高出一个头来。

"武大哥，我保证，一定会还上你的房租钱的。"陈立根说，人便站住了，身体一阵颤抖，脸色发青。

"还你个屁，你小子都跟我保证过多少天了，发微信不回复，打手机不接听，你他妈的还算是个男人吗？只要你人在景德镇，我看你是躲得了初一躲不过十五。"武剑怒气冲天地指着陈立根说话。

陈立根不敢回嘴，他显然是亏欠对方的，一咬牙，转身便跑。他很快就到达了另一个巷口，此时巷口驶来一辆红色的小轿车，"嚓"的一声，车停下了。顾艳驾驶着车，赵小梅坐在后座。赵小梅用力一把推开了车门，探出小半个脸来，朝着陈立根拼命地招动着手，示意他快点上车。陈立根见此，愣住了一下，也来不及细想了，没有退路了，逃离是唯一的选择。他往前奔跑几步，一腾身子，钻进了后车座，险些撞进赵小梅的怀中，惊得赵小梅赶紧推开他的脸。顾艳往车窗外回了回头，扬脸哈哈大笑，脚下一踩油门，启动车就开走了。武剑在轿车后追赶，喘息声声，挥舞着拳头，急得哇哇大喊。这就像是一场有趣的游戏，顾艳和赵小梅仿佛有路见不平，拔刀相助之感。

就这样，陈立根好歹是甩掉了追赶的人，安全地来到了她们的住宅。

已经过了午饭的时间。赵小梅去厨房做好了三碗面条，两只小碗，一只大碗，还煎了六个松黄的荷包蛋，装在一只青花瓷的碟子里。

"相识都是缘分，吃吧。"赵小梅说。

陈立根也不客气，也真的是饿了，趴在小餐桌上，也就三五分钟，狼吞虎咽地吃光了一大碗面条外加两个荷包蛋。顾艳有点来气似的，手上的筷子往碟子上一伸，又夹了两个荷包蛋扔进陈立根的空碗里。陈立根连连点头，一口一个吞了下去，"叭叭"地咂了几下嘴巴，手掌在嘴角边擦了两把，好歹是吃个大饱了。赵小梅和顾艳听到陈立根吃东西咂嘴巴的声音，感觉很不入耳，很缺教养。

"唉，那件雕塑，我刚想到了一个好名字，应该叫雄霸天下。"陈立根站起身来，甚是懊悔，眼睛朝着窗外说话。

"还雄霸天下呢，都已经一败涂地了。"顾艳说，声音有点冷，"喂，我说你这个老陈，面条一大碗倒进肚子里了，鸡蛋也干掉了四个，就不能说声谢谢二位美女？"

"哦，谢谢啦！"陈立根说话时晃了晃脑袋，"可惜了，这座战神如果让我完成了，肯定能够拿到两万元的大奖。"

"哼，做你的美梦去吧。"顾艳说。

赵小梅和顾艳小口小口地吃着面条，看着陈立根的背影，相互做了一个怪脸，似乎在说这个男人就是一件古怪的物件。

陈立根在作坊两边柜子前观看她们的陶艺作品，有手绘的青花瓷瓶、餐具、茶具，有新彩瓷板画、釉彩装饰画，还有一些挺有趣味的雕塑小物件。这些陶艺品一路看下来，似乎都入不了陈立根的法眼。

"我们的作品，你就不能给个意见？"赵小梅问他。

"还算过得去吧。"陈立根回答时，清了一下嗓子。

"这家伙，我看他眼里就没人。小梅，别搭理他。"顾艳小声嘀咕着，两人继续在桌前吃面条。

陈立根在作坊里漫不经心地兜了一圈，走到工作台前，眼睛回落到台上一块浅灰色湿布盖着的瓷料，此时他的双手不由在空中来回抓动了几下，指关节很有力量，这似乎是一个他本能的习惯性的动作。看到眼前的泥料，就像是看到了一处宝藏。他的两条腿往两边微微叉开，那双没有光泽的皮鞋在水泥地面摩擦出"吱吱"的声音，脚板如树根一般扎稳在地上。他的手缓慢且似有几分温柔地往前伸出，一点一点地揭开那块湿布，下面露出一整块乳白色的瓷泥。"啪"的一声击掌，他拿起瓷泥边的一根细长的铁丝，双手将铁丝一绷直，手法熟练，非常平整地割下了一块瓷料，接着将瓷泥在台面上用力揉搓起来。

他是背朝着赵小梅和顾艳的。这个男人的举动令顾艳很生气，她说："你别动我们的东西行不行呀？"赵小梅摇摇手，制止了顾艳继续往下说话。

陈立根已经将泥料揉成了一件手膀粗细的长条形，在台面上放好，然后用铁丝拦腰切断，两团光滑的泥料一般大小。这时，陈立根的脑袋像个轮子似的缓慢地转了过来，黑亮亮的眼珠子，目光极其专注，盯着两个女人的脸看，又往下看她们脸部以下的部位。赵小梅和顾艳的体形身高相差不大，都是披肩的长发，唯一不同的是顾艳的胸脯显得更加丰满一些。赵小梅着深蓝色的风衣，顾艳身穿紫红色的牛仔衣。

"你色狼呀，毛病，有啥好看的？！"顾艳头往上一昂，她是山东人，普通话里经常会夹带着浓重的山东口音。

赵小梅没吱声，似乎明白对方的用意，她羞涩地低下头去。

陈立根的眼神并无邪恶之意，轻声说："你们两个都长得好看。"

说过话，陈立根已经回过身去了。他的双手开始揉捏着台面上的泥料，就像是准备用面粉做馒头、花卷或包饺子，动作非常熟练且小心。那两团泥料很快在手掌间捏成了两条女人的身体，而且还长出一条翘起的鱼尾巴。接下来，他打开工具箱，拿出一把小雕刀，雕刻出了身体的各个部位，线条极其流畅。

赵小梅和顾艳不紧不慢地吃完碗里的面条了，这时候陈立根差不多做完了手中的活计，回过半边脸来。

"这顿饭我陈立根不会白吃，做两个物件送给二位美女，好好收藏，日后必定价格不菲。"他说，松下了一口气，人往旁边让出一大步。

工作台上，是两件一般大小的美人鱼陶艺品，亭亭玉立，一尺高左右，感觉像是一对姐妹花。因为还只是泥胎，没有浇釉彩，没有烧制，并无惊艳之处。但是，陈立根那样种极为老道的揉捏雕塑功夫，多少让赵小梅和顾艳感到惊诧。

"形神兼备，挺不错的嘛。"赵小梅看着美人鱼说。

"我看也就一般般，什么好好收藏，还价格不菲，简直口出狂言，牛皮哄哄的，你就尽管吹吧你。"顾艳以不屑的口气说。

陈立根听到顾艳说出这种话来，有点急了，赶紧去解释，说他在五年前就来到景德镇做陶艺，前年他的一件战神雕塑，还在江西省青年陶艺大赛上拿过三等奖，如果不信的话，可以去百度上搜索，只是自己现在还没有赚到钱，凭他的制瓷才华，日后定会是一个有身价的人物。他说话时，赵小梅立即用手机去百度上搜索，果然看到了获奖名单上有陈立根的雕塑作品。

"看到了吧，仔细看看，上面有名有姓有照片有个人简介，是省级美术陶艺奖。"他说，有点得意了。

"大言不惭，一个省级奖罢了。就凭你，还会是个有身价的人物？"顾艳摇头，嘲笑他。

赵小梅友善地笑笑，没说话。

陈立根两眼翻白往天花板上看，无所谓的样子，说："你们二位也都是在景德镇漂着的人，做陶瓷这活儿有句行话，要么不开张，开张吃三年。"

"好了好了，这话我们不愿听，谁都这么说，耳朵都要听出老茧了。"顾艳很夸张地用手去捂住耳朵。

"这得坚守，这得有信心，相信我的话，不会有错的。"

"再往下说，估计要端上几盘心灵鸡汤了吧。"顾艳说。

"错是不错，我说老陈呀，你都欠了人家房东一年多的房租了，估计呀，你现在连温饱的问题都没有解决好吧。"赵小梅的声音很细小，生怕刺激到他。

"难是难，这世界上要干出点名堂来，又有哪件事不难的呢？"他说。

顾艳有点烦了，说："好了好了，姓陈的现在您可以走了吧。"

陈立根扭动了一下有些僵硬的脖子，拿起工具箱，朝着屋里的女人点点头，往作坊门那头走去。人到门边，刚拉开门，又回过脸来，有些为难的表情，结结巴巴地说："如果，我是说如果哦，你们信得过我的话，先借给我两万块钱，帮我渡过眼前的危机，千万不用担心我不会还钱的。"

"两万块？天啦，你是说两万块钱吧，这都有脸说，咱们才认识几个小时呢。"顾艳鼻子里哼了一声。

"老陈，在景德镇做瓷大家都不容易，我们可是没钱去帮你还债，对不起呀。"赵小梅说，有点同情对方。

顾艳瞅了一眼赵小梅，拿过一边的挎包，从里面掏出一张百元的钞票，举在手上摇了摇。赵小梅见此，手去口袋里抓出一把钞票，抽出其中的一百元钱，递给了顾艳。看来她们之间有过默契，只要是出钱，便就一人一半。

顾艳拿着两张百元的钞票，说："老陈啦，这两百块钱，权当是送给你了，足可让您老人家吃几天饱饭的。拿着吧，日后我们不会再见面了。"

陈立根微愣一下，眼睛看也不看那两张钞票，微微叹息一声，很无奈地转过身去，拉开房门人便走了。

屋子里一时静下，顾艳说："哼，他还有点自尊。"

"人家跟我们一样，做手艺的人，又不是要饭的。"

"他呀，没戏，我看也就是个渣男。"

上午的太阳还挺大的，下午天空就有些灰暗了，见不着云层里的阳光。

陈立根走进了一家窑场，恰好是开窑的时间。他有两件作品出窑，一件高温颜色釉的瓷瓶烧坏了，其实也只是有一道很难发现的裂缝，可在他的眼里便是废品。"咣当"一声，瓷瓶扔进了废品桶里。好在一件雕塑的色釉马还比较满意，他捧在手里就跟宝贝似的。近一个月来，陈立根有几次陶瓷作品在这家窑场搭烧，窑老板也没急着让他付烧窑的费用，可是这一次却不干了，陈立根不付钱，那就不能带走烧制好的陶瓷。这下陈立根可就为难了，身上没有钱。他掏出裤子后面的手机来，很郁闷地灰溜溜地走到一边的墙角去。

有许多做陶瓷品的人都分别取走了开窑的作品，其中就有刘海亮。

刘海亮英俊洒脱，典型的大帅哥模板，他是认识陈立根的，上个星期他也参加了文化广场举办的青年陶艺品大赛，见到了陈立根制作的那尊战神雕塑，打心眼里是佩服对方手艺的。刘海亮拿到了自己出窑的作品，想了想，拉着窑老板去一边小声说了几句话，摇了摇握着的手机，然后就走人了。陈立根蹲在地上，模样很落魄，手机紧贴在耳根上，像是在找熟人先借点钱。窑老板走了过来，让他拿着作品走吧，已经有人帮他付过费用了。陈立根往大门那头看了一眼，见到刘海亮走出的背影。

傍晚，陈立根用外衣包裹着那件色釉马，来到了一条陶瓷街市。这里显然是他熟悉的地盘，他蹲在地上，摆出了自己的作品，期待着这件作品能尽快出手。不多时，便吸引了一些游客。有几名外国背包客前来观看，其中一个身体偏胖、蓝眼睛的年轻人叫汉克。汉克一眼就认出了在陶瓷广场参赛的陈立根，因为见识过他高超的雕塑技艺。

有人上前询问这件马的价格，陈立根一脸认真地说，这件作品的标价不会低，要是在早几年，没有五千块是不会出手的，为求生计，这次只出价八百元。即便如此，围观的人还是认为太贵了。陈立根耐心解释，在景德镇做陶瓷很不容易，一件满意的作品制作过程要经过诸多的程序，不说别的，光这件作品的瓷泥用料和釉料的成本就得两三百元，加上人工制作费用，八百元钱怎么能说贵呢？一个淘宝的男士因价格问题跟陈立根争执得面红耳赤，他说这物件看上去是蛮不错的，可它并不是陶艺名家大师的作品，最多也就值个二百块钱，用得着这般漫天要价吗，现在这年头的人啦，真是要钱不要脸了。

听到这样的话，陈立根已经是气不打一处出了，他非常生气，情绪有些激动了，自尊心受到了伤害。

"什么叫要钱不要脸了，这位朋友，你敢再说一遍？"陈立根说，绷着脸，两眼对着对方。

"说就说了，要钱不要脸。你不就是个景漂吗？不就是有点破手艺在景德镇捞金的吗？哼，你这种人，我在这座城里见得多了。"那人嘲讽地说，根本就不把陈立根放在眼里。

听到这样的话，陈立根顿感心里一阵绞痛。这已经不是一件瓷器的问题，更不是价钱上的问题，而是对方伤害到了他的人格尊严，玷污了真正的陶瓷艺术。他来景德镇不是淘金的，从来就不是，而是要用自己的双手制作出最精美的陶艺品，完成今生的艺术梦想。任何人，可以不认可他的作品，但不能侮辱他的人生追求。没错，他是一个景漂，一个普普通通的工匠，一个用心用灵魂去做瓷的人，一路走来，他的意志就没有过半分动摇，即使落到今日这步田地，他都对未来充满了美好的希望。最近两个月来，因为所欠房租的事情，因为自己制作的陶瓷积压不能出手，已经是十分苦恼了，他的心情非常不好，甚至有些暴躁了。

陈立根悲哀地摇了摇头，猛的一下举起那只色釉马，脖子上青筋四露。当然，这件马并没有朝着对方的身上砸去，而是砸在自己脚底下。

一声大响，这件流光溢彩的陶瓷马已经四分五裂了，瓷器的破碎声"��"刺耳，仿佛有一堆小刀子在陈立根的心口窝来回刮动。

"二百块钱，二百块钱，我就砸烂了也不会卖！"

陈立根回望了一下那些个闪闪发光的瓷片，眼眶里有泪水在缓缓转动，胸口间仿佛要往下滴血，寒战战湿漉漉的。他自己也没能想到情绪会如此失控失常，好好的一件瓷器就这样给砸碎了，这是一件多么不应该发生的事呀。他很后悔，可这一时的情绪发泄，已经不可挽回。陈立根一张惨淡的脸，猛的一下转身，拔腿就走。

原本外国友人汉克是准备要用八百元买下这匹色釉马的，他太喜欢这件作品了，怎么也没能料到顷刻之间，一件精致陶艺品居然化为乌有了。

"老师，老师等等，我想请教您……"汉克的普通话还算过得去，他喊着，往前追出了几步。

陈立根头也不回，快步离去，人影拐进了一条小巷。

围观的人群中有一个斯文儒雅的男士，他叫王小林。王小林过来的时候，陈立根刚好与他擦肩而过。他一时愣住了，感觉眼熟，似乎认识这个年轻人。王小林弯下腰去，捡起一块色釉马的碎片，举在眼前看了看，琢磨了一番。

夜色下的昌江，江水平稳而缓慢地一如既往地往前流淌。沿江两岸，景德镇城区的灯光在夜色中遥相辉映。

陈立根独自一人在江边的小路上行走，怅然若失，心情沉重，城市的灯火在他的眼前变化得如此陌生。有好几次他的头颅高高扬起，像要呐喊，又像在大口大口地喘息。就在今天上午，他连着去了好几家陶瓷商铺，他制作的数十件陶瓷作品，都是存放在这些店铺代销的，可是一件陶瓷都没有销售出去，这已经让他非常苦恼了。其中一家店铺的老板，曾经是非常要好的朋友，他进店时，发现他送来的两件陶艺品竟然挪动了位置，搁在店铺最里面一个极不显眼的柜台下面，而之前，一直都是在进门很醒目的橱窗里摆放。而店老板却是这样回答他的，陶瓷制作工艺是没得说的，但终归不是名家的作品，目前的市场销售又不景气，这都是没有办法的事。当然了，如果你陈老师的陶艺品可以再降点价钱，还是有机会找到买主的嘛。对于陈立根来讲，降价的事不可能再谈了，原本就是非常低位的价格在店里代销，而且用的都是上好的瓷泥釉料，制作上费尽了心血，陶瓷品出窑后的成色都蛮不错，创意上也极有特色，怎么可以去贱卖呢？在他的词典里就没有"贱卖"二字，贱卖自己辛苦制作的陶艺品，那等于是贱卖自己的人生了。就因为他是景漂，是一个没有名气的景漂，却受到了如此的冷落。为此，他跟店老板还吵了一架，其结果，他只能搬着两件自己的陶瓷品，灰溜溜地去找了另外一个店铺代销。傍晚时分，他一气之下砸碎那件色釉马，或许都与今天的情绪有关。他是一个疼爱瓷器的人，疼爱好瓷器的人，过去的事，就让它过去吧。每当遇到逆境的时候，他都会来昌江边散步，他的脚底下，是瓷片堆积起来的土地。他总是在鼓励自己，要在景德镇这座千年瓷城，走出一条属于自己的道路来。

空中，有几点雨水落在了陈立根的脸上，他仰起头来，望了望夜空，脸上露出了倔强的笑容。

陶阳新村的陶瓷夜市依然红火，许多陶艺人、学生在此摆设摊位，销售自己生产的陶瓷作品，这些作品创意新颖，各具特色。

顾艳戴着耳机，听着音乐，身体有些摇摆，沿着各个摊位一路观赏，见到喜欢的陶瓷，便举起手机进行拍照，极是用心。顾艳在市场兜了一个大圈，慢悠悠地回到街市一侧的红色轿车旁边，这辆轿车后盖打开着，两个纸箱上摆放了几十件她和赵小梅制作的陶瓷作品。

赵小梅看了一眼走来的顾艳，心里有气，不想去搭理。她们是来这里摆摊销售陶瓷的，不是来休闲散步的，可是顾艳似乎并不上心，每次过来都不愿意守摊，到处瞎逛，像是个游客。这都好多个夜晚了，她们制作的陶艺品就没有卖出去几件。刚才还有一对外地来的游客，准备购买一套手工茶具，看了老半天，一番赞美陶艺作品的工艺，赵小梅跟他们把价钱都谈好了，可是对方忽然又放下物件，转身走掉了。

顾艳喊了一声小梅，赵小梅埋着头不吭声。顾艳又喊了两声，赵小梅还是不回话，拿起一块毛巾，轻轻擦拭着一件陶艺品，放回去，又擦拭着另一件。

"小梅，你这又是咋了，生谁的气呀你？"顾艳大着声音。赵小梅往上抬了一下脸，没好气地说："我说顾艳，你就不能老老实实地守着摊子，我们是来做生意的，不是来观光旅游的。"顾艳听到这话，心里却不舒服了，沉着脸说："这摊子还需要两个人守着吗？我四处走动，也是在看看其他的摊子卖的都是些什么物件，什么物件好销售。你还真以为我不上心呀，卖不出货，我心里比你还要着急呢！可是，着急又有什么用呢？"

赵小梅不想跟顾艳理论了，再说下去，两人非吵架不可。赵小梅叹息一声，喃喃自语："唉，连着几天了，一件作品都没有卖出去，运气太差了。"

"哪天又不差呢？都快习惯了。"顾艳说。

"顾艳，我们不能这样继续下去了。"

"我知道，但是我们还有其他的选择吗？"顾艳毫不在意的样子，有雨点落在了她的脸上，"下雨了，我们快回吧。"

已经快十点钟了，赵小梅和顾艳才回到住宅。

她们居住的房子在一楼，外面有个小院子，轿车就停在院门口。门头上吊挂着一块扇子形状的木牌，牌子上用红漆写有"姐妹工作室"字样。

雨越下越大了，两人进门后，直接就往卧室走去。

这间卧室的面积不大，二十多平方米，当中摆有两张单人床，床与床之间搁有一个床头柜，靠墙有一个简易的花布衣橱，当中的拉链是打开着的，里面乱糟糟地挂着女人的衣物。墙壁上有几幅很漂亮的彩色瓷板画，小书桌上摆设得很零乱，几张画过美术草图的纸，有颜料和各种画笔，几瓶开过和没开过的矿泉水，还摆有几件不同形状的青花瓶。水泥地面上显得很拥挤，堆放着一些陶艺产品用的纸盒子，手绘制作的瓶瓶罐罐、瓷板和好几双鞋子，还有两个行李箱，一个蓝色的，一个粉红色的。卧室的里侧有一个很小的卫生间，没有门，垂挂着一块橘黄色的布帘。

不多一会儿，她们俩已经换上了睡衣，分别躺在了自己的床上。望着天花板出神，有很长一段时间两人都没有睡意。

顾艳往上抬起一下头，问："小梅，你在想啥了？"

"没什么好想的，想多了也没用。"

"你还在生我的气吗？"

"不敢。"

顾艳眨了眨眼睛，坐起身来，挪动一下身子，来到了赵小梅的床边，人就要躺下。赵小梅用力推了一把顾艳，顾艳手往下一伸，在赵小梅的腰上用力抓了几下。赵小梅忍不住了，扭动着身体，嘻嘻地笑了起来。

顾艳说："好了，好了，明天晚上我守摊子行不行，一步也不挪开。"

赵小梅说："行了行了，回你的床上去吧，我不生气了。"

顾艳回到自己的床上，重新躺下，慢声说："我们姐妹俩呀，真是前世的缘分，这辈子是谁也离不开谁了。"

赵小梅认真地说："顾艳，我们每天都在努力，都在为自己加油。我就在想呀，我们的未来是个什么样子？"

"未来，那肯定是一片光明。"

两人一时无话了，安静下来。忽然间，赵小梅好像听到有什么动静，往上坐起身体，皱了皱眉头。顾艳这会儿也听见了动静，一抬头坐起身来。这种声音一波一波的很有规律，肯定不是外面的风声和雨声。

她们有点害怕了，相互望望，都下了床，紧紧地挨在一起。再仔细去听那声音，显然是从作坊那头传过来的。

赵小梅往门口指了指，顾艳往前走动几步，伸出手去，拿起墙角边的一个大拖把，就像端着枪似的举在手上。

两人出了卧室，来到当中的过道，对面的作坊门是半开着的。

她们俩心惊胆战地踮着脚走进了作坊。

窗外透进的一些光亮中，可以看见一团黑乎乎的东西斜靠在墙角。那个黑乎乎的东西两边挪动了一下，并有奇怪的"噜噜"的声音发出。赵小梅不由往后退出一步，墙角的地上会是一件什么东西呢，该不会是一条流浪的大黑狗吧。平时，她们两人每次出门都要相互告诫，一定要锁好门，关好窗户，做好防盗，怎么屋里就出现了这么一个可以动弹还能发出声音的东西，这简直令人难以置信。赵小梅恐惧极了，身体微微战栗。顾艳心里也怕，又没有退路，一咬牙，只能壮起胆子，上前一大步，双手举起拖把朝着墙角处狠狠地打了下去。

墙角有人发出了叫喊："哎哟哎哟，痛，痛死我了……"

赵小梅打开了作坊的大灯，但见墙角坐起一个人来，双手护在头上。她们很快看清了眼前那人，正是陈立根。

第二章　两条美人鱼

"是你，原来是你……"赵小梅吃惊地望着陈立根。

顾艳双手举着拖把，咬牙切齿地怒视着墙角的男人，做好了再次战斗的准备。顾艳说："姓陈的，你这个不要脸的混蛋，你想耍流氓。小梅，别怕，快，快打电话报警！"

"别，别别别，我不是流氓，我是个好人，我是好人啦……"

陈立根急忙说话，人从墙角站起身来。他的模样非常狼狈，一只手还护在脑袋上，就像刚刚从梦中惊醒过来，用力往上翻动了几下眼睛，看着面前的两人，手掌在额头上揉动着，"痛，真痛死我了。"

"你是怎么进来的，难不成你配了我们房子的钥匙？"赵小梅说。

"没有，我没有……"

"别跟他说了，小梅你快去房间拿手机报警啦。"

"冤枉，天大的冤枉呀，两位美女，求求你们了，先请听我解释一下好不好。"

"你想解释什么？你说。"赵小梅说，看了一眼顾艳。

"他就一个流氓，一个老贼，听他解释个屁。"顾艳说。

"冤案，天大的冤案。我必须要解释清楚，你们再去报警，再把我抓去派出所，我全都依了你们。"

作坊里一时安静下来。

陈立根的手从额头上慢慢地移动下来，额头处生出半个鸡蛋大小的鹅公包，呈现出青紫色，可想顾艳那一拖把打下去，着实给力了。

陈立根是一个小时前进入到姐妹工作室的，当时外面下着雨，他是冒着雨赶来的，也没有打伞，手上提着一个装有几个小瓶子的塑料袋。到达大门口时，他敲了好几次门，里面没有回应，原本是想离开，等明天再来，想想又不甘心，这来都来了，还是把事儿给做完了吧。他在院子里等了一会儿，沿着墙角走动，忽然发现一扇窗子半开着，窗外有铁栏杆。他靠近窗前，手抓住栏杆往室内看，暗淡的光亮中，他看到那两只乳白色的美人鱼还搁在工作台上，这时手握住的栏杆却松动了，便索性取下了两根松动的栏杆，就鬼使神差似的，由窗口爬进了作坊。进到作坊，打开了电灯，来到工作台前，拿出袋子里面的几个小瓶子，里面装有各种颜色的釉料。也就十五分钟左右的时间，他将这些釉料全都浇在了两条美人鱼坯胎上。陈立根来她们的住宅，并没有别的意图。

赵小梅和顾艳看到工作台上两条浇过釉料的美人鱼，还有几个装过釉料的空瓶子，多少是明白过来了。

"我没有说假话，情况就是这么个情况，你们也都看到了。还有那两根铁栏杆，我全都重新安装回去了，这下牢固得很哩。"陈立根的手指了指工作台面，又指了一边的窗子，接上又说，"我这个人就是容易犯贱，原来我是不会再来的，一辈子也不会再来的，一想到给你们做的两个物件没有浇釉，就想着要把活儿做完，怎么的也算是一个作品吧。我是想等你们回来说明一下情况再走，这几天实在是太累太困了，所以，所以我……我就蜷在那边的坯板上，一下就睡死掉了。"

她们两人都没急着说话，遇到了这么一个奇怪的家伙，还能有什么好说的呢。她们看着陈立根额头上的那个鹅公包，又往上长大了许多，青紫了许多，这让陈立根的那张脸显得十分滑稽可笑，可是她们根本笑不出来了，这原本就是一个不该发生的悲剧。

"当然了，这对美人鱼虽然浇上了釉，仍然不是真正的陶艺作品，要等窑变，经过窑火，才能看到物件的成色。哦，对不起，刚才吓着你们了。"陈立根朝着她们歉意地弯了弯腰。

"脑子有毛病，老陈你就不能白天过来吗？"顾艳大咧咧地说。

"是，是是，我这人脑子是有毛病。"他的嘴角往上翘了翘，像在笑。

"外面下这么大的雨，你怎么回去？你住哪？"赵小梅问他。

"我住三宝村，是有点小远，这下雨天的，估计也不好打出租车了。跟你们打个商量行吗，就算恳求，今晚让我在作坊蜷一夜，我保证老老实实睡觉，绝对不会打扰二位。"说话时，手去额头上轻轻地揉动着，有点疼痛的感觉。

"你会冷的。"赵小梅说。

"不会不会，我这人扛冷。哦，这样也行，这样就不会冷了。"陈立根说着话，走到货架前，拿起一块画画用的灰色毛毡，往身上一披。

陈立根披着毛毡，走到墙角边，人在地上的坯板上一坐，那副模样像个寺院的道长。

顾艳转身便走，赵小梅也跟着转身走了。

她们两人走回到卧室，反锁上门，各自爬上了自己的床铺，挤着嗓子小声议论起作坊那边的男人。没过多久，她们便又听到作坊传来的一阵一阵的呼噜声，就跟打雷似的。

顾艳说："这就是一个精神极不正常的家伙，还能睡得那么香？"

赵小梅说："景德镇无奇不有呀，这人就是个瓷痴。"

雨后的景德镇迎来了新一天的曙光，那一座座城市标志性的老瓷厂的大烟囱，拔地而起，就像是擎天的巨人。

陈立根一大清早就离开了赵小梅她们的住宅，他写了一张字条留在工作台上：这是最后一次打扰，永远不会再见。

三宝村地处城郊，距城市中心也就八公里远。这里交通便利，自然环境十分优越，它已经不是普通的居民村，而是一处新型的陶瓷品生产基地了，无论哪栋民房，几乎都是制瓷的店铺和作坊。全国各地乃至国外的陶艺人都喜欢来这里居住，这里是景漂一族最为集中的地点。五年前陈立根来到景德镇的时候，就向往着能在这座小村子租下一套房子做瓷活儿，前年他终于实现了这个目标，有了一种真正意义上的存在感。

陈立根租用的居民房在三宝村的中心地带，是一栋带围墙的两层楼房屋，楼顶上还有一个面积不小的天台。大门的一侧，有一面很大的展示作品的橱窗，深蓝色的窗帘布在里面遮挡得严严实实。这里就是他的家，他喜欢、依恋这个家。陈立根现在已经是有家难回了，紧闭的大门上吊着一把大铁锁，门上还挂有一块写有对外出租的木牌子，一行手机号码，落名武先生。有铁锁的大门并不能阻止他回家的脚步，他像只家猫一样熟悉这里的地形，不能从大门进不能从窗口进，他就翻墙进去。当然，这种情况只是在最近一个多月的日子里。其实他一直都居住在这栋房子里，当然，没有在原先自己楼下的卧室里居住，而是卷着铺盖，去了天台上一间小仓库里打地铺睡觉，虽然面积不大，却非常隐秘，谁也不会料到他还留在此地。陈立根喜欢这栋房子里的气息，他已经习惯了这里的工作环境，他始终都相信自己的能力，能够在景德镇闯出一番天地。

这不，他又回到家了。像个小偷，非常熟练地从后院的墙头翻越进去，手上拎着一个快餐盒。

这栋两层楼的房子，楼下一层改建成了作坊，里面做瓷的设备非常齐全，有两个电窑炉，后院门口还有个很大的气窑，旁边竖有几个半人多高的煤气罐子，只是早些天就没有煤气了。对他而言，这些设备可都是花了大本钱的，也都是他辛苦打拼挣来的。房子四周的地面上散落着好几堆袋装的制瓷原材料，货架上、工作台上堆放着许多东倒西歪的陶艺半成品，还有数十个装釉料的塑料桶和一些瓶子罐子。而这类东西，在他的眼里都是宝贝。作坊的一处角落，有一堆方便面盒子和快餐盒子，及几十个空着的矿泉水瓶和啤酒瓶子。

陈立根倚靠在一根柱子上，一口一口吃着带来的快餐，看看眼前的情景，心底好不凄凉。

对于陈立根来讲，一天不做瓷都会手痒。只要他的两只手掌在腰下来回抓动，就是想干活的时候。吃过快餐的陈立根去搅拌机前捣弄了一堆泥料，搬到工作台上来，拿起一件脏兮兮的围裙往胸前一挂，便准备创作了。

作坊里静得慌，一声轻微的咳嗽，仿佛整栋房子都能听清。

陈立根刚把一堆泥料整理好，便听到大门外传来一阵"咚咚"的敲门声。这种声音令他心悸，人有崩溃之感。这要是在一个月前，但凡有敲门声，那会是一种喜悦的心情，因为所有过来的人，都跟他制作的陶艺品有关。可现在的他，成天就像是一个偷鸡摸狗的人了。

此刻，他必须尽快地逃离，他的速度很快，一会儿工夫就来到后院，翻过围墙，跳了出去。才刚跑出十几步远，后面就有追来的脚步声，在这种关键的时候，他的脚下绊着一件什么东西，估计是某个路人扔掉的一只报废的陶瓷罐子。陈立根往前跌倒，摔了个嘴啃泥。脚步声就在他的后面两步远，他不敢回头，干脆就不动弹，心想反正也逃不掉了。

"根子，你是根子吧。"后面追来的人说。

陈立根清楚地听到"根子"二字，这可是他的小名，在家乡的时候，熟悉的人都这样喊他，可这是在千里之外的江西景德镇，怎么也有人知道呢，该不会撞到活鬼了吧。

"根子，你没摔着吧？"

后面说话的人来到了他的跟前。陈立根爬起身来，喘着粗气，活动了一下手脚。他抬头看时，顿时惊住了。

"你是小林老师，王小林老师！"

王小林点了点头，笑着说："根子你还记得我呀。"

陈立根也点头，也笑，说："记得，记得，这辈子都不会忘掉。"

"根子，我们大概有十年没有见面了吧。"

"没错，小林老师，十年零三个月了。"

陈立根是福建省德化县山区的农村人，高中毕业那年因没能考取大学，便去了德化县一家陶瓷厂做学徒工，认识了在这家厂里做陶艺设计的王小林。王小林是福建厦门人，他看中了陈立根的艺术天赋，将自己在景德镇陶瓷学院所学到的美术、制瓷专业知识逐一传授给了陈立根。有一次瓷厂放假，陈立根还带着王小林去他农村家里住过几天，两人相处得非常亲密。一年后，王小林离开了德化，从此便失去了联系。那时陈立根就记住了王小林老师的一句话："想要实现陶艺梦想，就要去江西景德镇。"陈立根是通过王小林了解景德镇的，他一直向往着去这座千年窑火不熄的瓷都。2012年的春天，陈立根离开了养育他的家乡。

王小林早就不制作陶瓷了，离开德化后，他在全国各大城市代理销售陶瓷产品。前年，王小林来到景德镇，创办了一家陶瓷文化传媒推广公司，成为一个地道的陶瓷经纪人。王小林并不知晓陈立根在这座城市，那天傍晚偶然遇见陈立根摔碎了色釉马，相信自己当时没有看错人，便通过市青年陶艺协会的张会长，这才找到了陈立根，并且知道了陈立根目前的窘况。王小林有心想帮助陈立根摆脱困难，凭陈立根的雕塑制瓷手艺，可以介绍他去几家著名的陶瓷公司工作，年薪月薪都能够拿到最高的标准。但是陈立根永远都是一个心比天高的人，并不接受去做某陶艺大师助理或某陶瓷企业的应聘陶艺师。其实这些年来，他在景德镇什么样打工的活儿都做过，他一年搬过十几次家，曾经还在农民房的茅厕旁边搭建的小屋子住过好几个月，外面下大雨，屋里下小雨，他都顽强地挺过来了。陈立根就想着要独立，要依靠自己的双手在景德镇干出一番属于自己的天地。

他们在一家小酒店吃饭，喝了不少酒。王小林说他的个性还跟十年前一样，认准了道儿，牛也拉不回头。他便说，这条道儿是小林老师当年指给他的，一直往前走，肯定没错。

"根子，那你现在怎么办？"

"难，现在的情况是很难，我也没料到自己会落到这一步。"陈立根咬了咬嘴唇，两颗门牙闪亮了一下，说，"但总会有办法的，我爹爹说过，吃苦受累都不是什么坏事，早晚都会有回报的。再说了，我还有十几件雕塑陶瓷在朋友店里代销，一旦出手，不愁钱的。既然来了景德镇，就没有退路，我会一直往前走。"王小林嘴里吁出一口气来，用力点了点头，他说："根子，你这么有信心，我非常高兴。现在景德镇的形势非常好，去年市政府提出了'复兴千年古镇，重塑国际瓷都'的发展定位，你们这一代年轻陶艺人的机会来了，好好干吧。只是，根子呀，你不要成天想着要拿出惊世之作，那得要有岁月的磨砺，但眼下，你至少得让自己的肚子吃饱饭。"

　　听过王小林一番话，陈立根内心非常振奋，景德镇有这么好的艺术平台，同时政府又有了这么好的政策，他绝对是来对了地方。他坚信未来的前景，再苦再难他都会义无反顾地坚持下去。

　　临别之时，王小林强行塞给了陈立根一千元钱，留下话，有困难便去找他。

　　陈立根谢过王小林，知遇之恩，日后定当报答。

　　老鸦滩是景德镇的一条有些年头的陶瓷街市，许多外乡人在这里开办了窑场，大都是瓷板窑，做瓷板和烧瓷生意。据说老鸦滩是因乌鸦和洲地而得名，早年这里草木丛生，鸟类繁聚，且多乌鸦，又多是滩涂洲地，故名"老鸦滩"。

　　一家窑场的门头上，红漆写有"青山瓷板窑"几个大字。

　　大门外，停着顾艳的那辆红色轿车。顾艳倚靠在驾驶座位上，脸边挂着耳机，正用手机接听电话。

　　"老妈呀，你别一天给我打无数个电话，我有好多工作要做的，我忙得很呢，这些天生意多得接不过来，你女儿制作的陶艺作品，绝对是抢手货。当然了，我们的作坊设备还需要完备齐全，手头上经济是有点紧张，但不碍事。老妈你跟我爸商量商量，下个月再给打个五千块钱过来，我会还的，我会报恩的，艳艳绝对是个有孝心的好女儿……好好，放心吧老妈，我在景德镇这边生活得很好，很快乐，很安逸……"

正讲电话的时候，车窗上有手指头的敲动声。顾艳扭头一望，很快便认出了对方，正是那个追赶着陈立根讨债的男人武剑。

"你想干什么？"顾艳摇下车窗。

"美女，我认识你的车，记住了你的车牌号，我问你，陈立根这小子人呢？"武剑一张凶巴巴的脸，红着两眼，嘴里喷出一股酒气。

"陈立根什么人呀，我不认识。"她捂了捂嘴。

"你还敢说你不认识，上次就是你这辆车把他带走的。我可是警告你了美女，只要陈立根这个混蛋没有离开景德镇，一旦逮到，绝对不会有好果子吃。你晓得吗，这个混蛋欠了我房租，害得我现在连房子都租不出去了。"

"这不关我的事呀。"

"就关你的事。信不信，你这辆车走到哪里，我的人就会跟到哪里。告诉陈立根，让他尽快过来见我。"武剑说，猛地抬起腿来朝着车门踹了一脚。

赵小梅从瓷板窑大门口走出来，手上拎着一个装有物品的布袋子，见到武剑踹了一脚车门，便大声喊："你站一边去，敢欺负人？我报警了！"武剑看了一眼绷着一张脸的赵小梅，有点心虚了，说："报警，报警我也不怕，我是追债的，我找的人是陈立根。奉劝你们一句，少跟那个姓陈的男人混在一起，那是个骗子，到时候呀，人家把你们卖了，你们还要帮着数钱呢。"

武剑嘴里骂骂咧咧的，转身便走了。

赵小梅拎着布袋上车，顾艳气得摇了摇头，启动车，说："看来那个叫陈立根的，不会有好日子过了。"

这是一家很具特色的陶艺咖啡厅，赵小梅和顾艳在临窗口的一张餐台前坐下，像是在这里等人。赵小梅把布袋搁在桌上，顾艳问她："东西你看过了吗？"赵小梅回答说："还没呢，一出窑我叔叔就取出来打好包了。顾艳，要不要拿出来看看？"顾艳并不太在意，摇摇头说："等下吧，我们先喝点东西，你是咖啡还是奶茶？"赵小梅朝她笑笑，却是有点等不及了，嘴里说："我还是想先看看，我拿出来了。"

赵小梅已经解开了布袋，从袋子里取出两件废纸包裹的物件，小心翼翼地拆开包装纸，将两件陶瓷美人鱼摆放在了两人的中间。这两件经过窑变后的美人鱼釉彩绚丽，光泽迷人，从上到下，每一个部位都极其生动鲜活，而且体态和脸部的辨识力非常精准到位，酷似她们两个的面孔。

"这是我的。"顾艳拿过一件美人鱼，抱在手上。

"这是我的。"赵小梅也拿过一件。

顾艳捧着手上的美人鱼酷似她自己，体态明显要丰满一些，嘴唇很厚很红，往上嘟嘟着很可爱，很时尚，那条翘起的鱼尾巴是祭红色的。赵小梅握在手上的美人鱼身体稍微苗条一点，脸部也瘦小一些，微微抿着的唇像一颗红樱桃，似有一种民间的质朴，翘起的鱼尾巴是祭蓝色的。祭红和祭蓝这两种色彩，是千年瓷都最具代表性的颜色。

她们的目光全被这两条美人鱼给惊艳到了，好一阵子都说不出话来。美人鱼捧在她们手上，出窑才不久，尚有余温，很暖和。

赵小梅是安徽淮南农村人，前年毕业于景德镇陶瓷学院工艺绘画专业。顾艳是山东青岛市人，也是前年，毕业于中央美术学院平面设计专业。她们两人在景德镇相遇，志同道合，从事着自己热爱的陶艺品制作。赵小梅主攻青花瓷绘画，顾艳热衷于现代新彩画和陶艺设计。这两年在景德镇，她们亲手设计绘画制作出了无数件陶艺作品，费尽精力和心血，却从来没能有过一件作品能让自己深深地感动过。此时此刻，她们把这两条美人鱼捧在手上，是那般的爱不释手，内心激动不已。

"老陈这家伙，眼睛真毒。"顾艳看着手上的美人鱼说。

"他的制作太美妙了。"赵小梅说，一阵感伤，"我们也是做瓷的人，我们怎么就制作不出这般精美的陶艺品？"

"是呀，我们也是做瓷的人，我们怎么就制作不出这般精美的陶艺品？"顾艳由衷地重复了一遍赵小梅的话，鼻子发酸，声音哑哑地说，"小梅，我想哭，我现在真的好想哭……"

顾艳说不下去了，似有一种羞愧难当之感，她的眼里禁不住流下了泪水。

赵小梅一只手捂着嘴，一阵哽咽，泪水盈眶。

这时有脚步传来，说话声也随之传来："二位大美女，这是怎么了？是谁欺负你们了？"

来人是刘海亮，穿着深蓝色的西装，白衬衣的颈脖下系着一根暗红色的领带，人显得特别精神。刘海亮是她们俩的好朋友，是他约她们来此见面的。

她们都不说话，抹去了脸上的泪水。

"到底是发生什么事了？说话呀！"刘海亮疑惑着，无比关心的表情。

"什么事都没有发生，只是因为感动。"赵小梅说。

"感动，有什么事好感动的？"

"两条美人鱼，海亮你看。"顾艳说着话，把手里的美人鱼搁在桌面上，赵小梅也放下美人鱼。

刘海亮在景德镇做陶艺有好几年了，在年轻的景漂当中出类拔萃，称得上是个做瓷高手，曾经获奖无数，开办了一家"海亮陶艺品有限公司"，公司生产的陶艺作品，创意方面极有现代意识，销路很好。顾艳和赵小梅的一些陶艺作品，经常会放在刘海亮公司的柜台对外出售，三人之间常有来往。刘海亮是重庆人，毕业于四川美术学院，二十八岁，他不但制瓷绘画有天赋，而且情商也高，近段日子，他已经暗中开始追求顾艳了。

身为一个业界的制瓷人，刘海亮看到两件美人鱼作品的时候，还真是有点按捺不住内心的惊喜。

"真心不错，真心不错哦。我来点评一下哈，美人鱼的外部造型惟妙惟肖，活灵活现，可见雕塑技法熟练老道，尤其是釉彩作色部分，窑变之后的祭红和祭蓝的效果简直巧夺天工。"刘海亮津津乐道，看着美人鱼，他的身体变换着各种姿势，"难得佳作，难得佳作啊。"

赵小梅和顾艳没能料到刘海亮对这两件陶艺品有如此高的评价，之前对于他人的作品，刘海亮的眼光是非常挑剔的，这让她们两人内心充满了欣喜，更加认同了陈立根的制作工艺，同时也认同了陈立根的为人。回想起那天晚上，陈立根爬窗户去姐妹工作室给美人鱼浇釉，当时脑袋上重重地挨了一拖把，头上长起一个青紫色的鹅公包，还一个劲儿地为自己的过失道歉。这个叫陈立根的男人对瓷的责任和挚爱，她们还是第一次遇到。赵小梅和顾艳互望了一眼，内心似有一股暖流，感觉到了一种今生少有的幸运和骄傲。

"点评到位，虽然有点夸张。"赵小梅说。

"是你们制作的，难以置信呀。"他接上说，竖起了大拇指。

"不是我们，是那个叫陈立根的人。"顾艳说。

"陈立根，是他吗？"

"对呀，他送给我们的。"赵小梅回答。

刘海亮的手掌在嘴巴上抹了一下，就像是要抹去刚刚发出的声音，说话的语气就变了："这两个物件是不错的，应该还是过得去的。这个陈立根，我认识他，前年在陶艺讲习班，同过几天学，人有点怪，好像眼底无人，几乎没跟他说过话。喂，二位美女怎么跟他搅到一起去了？"

"这又有什么不好的吗？"顾艳瞪了一眼刘海亮。

"不好，很不好。"刘海亮摇了摇手指。

"刘总，你不会是吃醋了吧。"赵小梅笑笑说。

"我会吃他的醋，凭什么呀？"刘海亮很不服气，脑袋往上扬起，来回扭动了几下。

"海亮，前几天的青年陶艺品大赛，陈立根的那件雕塑的战神作品一旦完成了，我敢保证，一等奖肯定不会是你的。"顾艳认真地说。

刘海亮摇动着头，人便在顾艳的身边位子坐下来，看看对面赵小梅的脸，又转过头去看看顾艳的脸，有点尴尬地笑了笑，嘴里吹出一声口哨。他说："我不想跟他比，他也不跟我在一个平台上。顾大小姐，听我的话，不要跟陈立根这种人再交往了。要说做瓷，他大概也算得上是个能人吧，可是这个人呀，人品差，口碑也不好，你们可能还不晓得吧，他已经穷得连烧窑的费用都付不起了，他这号人啦……"

"打住，就此打住，烦不烦啦，咱们不要说陈立根了。"顾艳打断了刘海亮往下说话。赵小梅捂嘴嘻嘻一笑，并不想再说什么话了。

"那行，我们现在就说点正事。还是上次说过的，顾艳，你和赵小梅加盟我们海亮公司的团队，我身为总经理，可以付给你们最丰厚的报酬，重要的是，你们的作品在我们海亮公司，不愁卖不出去。怎么样，好好想想，我们一同创业，一同分享创作成果。"刘海亮说，嗓音很亮。

顾艳看了看对面的赵小梅，赵小梅低着脸，似乎无话可说，伸出手去，将那两只美人鱼小心翼翼地包了起来，然后放回到布袋里去。

"海亮，你这个大经理，先给我们美女来点东西喝吧。"顾艳说。

市中心一条繁华的街道，临街商铺门面几乎都是销售陶瓷的。陈立根急急往前行走，他看到了标有"景德镇海亮陶艺有限公司"的大门。这家公司前厅是产品展示区，后面多个房间是办公区和作坊。

临街的大橱窗摆放了数十件陶艺品，其中有一件作品很引人注目，这是一件造型精美的瓷瓶，釉彩明亮，画面是一幅具有现代感的秋天景致，题名《晚秋》，作者刘海亮，景德镇青年陶艺大赛一等奖，吊牌上注明：作品为梁永华先生收藏。陈立根每每看到他认可他喜欢的作品，两只手掌都会习惯性地抓动几下，这和他准备做瓷前的动作一样。陈立根想起那次大赛，那件战神雕塑摔倒在地面，心里一阵难过。橱窗里还有另两件作品引起了陈立根的注意，一件是青花瓷瓶，一件是新彩瓷板画，标签上写着"景德镇青年陶艺大赛优秀奖"，作者的姓名分别是赵小梅和顾艳。陈立根的眼前不由浮现出赵小梅和顾艳的脸庞，他的嘴角似笑非笑地往上翘了翘。

展示大厅有一名女性工作人员见到陈立根大步走进，连忙前来接待。陈立根四周望望，问刘海亮人在不在，他要见他。工作人员告诉说刘总外出了，如果有要紧的事，她可以给刘总打电话。陈立根掏出两百块钱，递给工作人员，让她交给刘海亮，请转告谢谢他了。

夜色悄悄来临，三宝村的街头巷口灯光稀散，显得格外安静。陈立根现在似乎很适应天黑后的这座陶艺村了，由这块土地上散发出的任何一种气味似乎都跟他的生命有关。

他就像是一只家猫，两眼黑亮，沿着围墙又溜回到紧闭大门的家了。

作坊里亮着一盏台灯，陈立根从背后取下黑色的双肩包，这个包有些重量，里面装得满满的，都是瓶装、罐装和盒装的釉料，这些物品都是白天去市场讨价还价精心采购来的，只要口袋里有一分钱，那都要用在制瓷上。白天他还去了几家商铺，询问老板代销的陶艺作品有没有卖出去，得到的回答都是再等等，早晚都能出手的。他很无语，但仍然会有耐心。对于自己的陶艺作品，他是有原则的，不可以无端打折和贱卖。

灯光下，工作台上摆有几件雕塑的瓷胎作品，都已经风干，是刚从楼顶天台的小仓库里搬下来的。陈立根从来就没有想离开这栋出租房，这里已经是他亲手打造出来的造梦工厂。虽然只有一个人，但在有瓷器的地方，他从来就不会感到孤独和寂寞，有瓷器的地方，就是他存在的世界范围。

陈立根调好了釉料，这种时候他的思想非常活跃，脑子里像有许多虫子在里面爬动，身体就跟打了鸡血似的，仿佛进入到了一个色彩斑斓的世界。他的嘴里轻声地吹着口哨，异常专注地将调好的釉料涂浇在瓷胎的每一个部位上。这一时刻，眼前的作品仿佛摆放进了火焰升起的窑炉，焕发出了新的生命，那将是一种多么美妙的历程啊。

作坊里的灯光一片大亮，沉浸在用釉料渲染瓷胎中的陈立根浑然不知，直到一声叫喊，他才缓缓地回过头来，顿时两眼充满了惊恐。他想逃离，可他已经无路可逃了。

"陈立根，我看你还能往哪里跑？！"武剑喊着，圆睁怒眼，他的身边跟随着两个小弟兄。

"武大哥，你听我说，听我说……"

"你小子现在还有什么话可说的？嘿嘿，原来你每天晚上就跟个贼似的溜进我的房子里。你还在这里做瓷，你还有本钱做瓷？"武剑看着工作台上的物件，火气更加大了，"你一个大男人的，你还要不要脸啦？"

"我是一个做瓷的人，我不做瓷器你还让我怎么生活呀武大哥。房租钱我会付给您的，这些天我就没闲着，都在筹钱，你要相信我陈立根……"

"少跟老子废话，我不愿听。"

"武大哥，你再等等行吧，要不还是上次说过的，我去拿几件好作品先抵给你，肯定日后都是值钱的东西，你不会吃亏的。"陈立根急切地说。

"景德镇值钱的陶瓷多了去了，你的陶瓷根本就卖不出去，我不能再相信你这小子了。"武剑一迈步人就到了陈立根的面前，但没有发威，口气还缓和了点，"陈立根啦陈立根，前年我把房子租给你，也是看中了你的瓷活儿，相信你是个人才，可是我武剑也是要吃饭的人呀，我店里的小弟兄们也要吃饭的呀，要是其他人都像你一样，不付给我房租钱，我还吃个狗屁。废话我也不想多说了，就算我武剑求求你了好不好，今天，就在今天晚上你得把房租钱还给我。"

"那怎么可能，我现在身上真的是没有钱。"

"去借，我亲自开车陪着你去借。你在城里也是有不少同行朋友的，无论如何，都得先把租金还上。"

"武大哥，我没地方去借呀。这样吧，再给我三天时间，就三天。"

"不行，过了今天晚上都不行！"

陈立根很无奈，低着头不再说话了。

"你小子想硬扛，那我就不会让你有好命活了。"

武剑说过话，回过脸去，招呼一声手下的两个小兄弟，让他们把作坊的设备都给砸了。于是就动了手，先是掀翻了一台电窑，接着又推倒了几个货柜，房子里发出一阵乱响。两个小兄弟也是做瓷器活的人，并不忍心搞破坏，朝着武剑说这里的设备都还能用，要不搬走算了。武剑气坏了，他的店里并不缺少这些玩意儿，搬回去也值不了几个钱。手下的人不想再动手了，武剑走到一边，抄起一把砸泥料的大锤子，几步奔到后院门口的那座气窑前。

陈立根见此，快步上前，拦住了武剑。这座煤气窑对于陈立根来讲，那简直就是他的命。去年三月份他终于买下了这座气窑，虽然是二手货，那也是八成新的，当时他可是用了两个月的时间给一家外省的礼品公司，制作了五件订制的工艺雕刻花瓶，还去了省会南昌的一家房地产开发公司制作了一件大型人体雕塑，辛苦赚到的五万八千元钱，总算是得到了这座梦寐以求的气窑。记得那还是在德化瓷厂做工的时候，他就开始学习了烧窑，跟随过厂里一位爷爷辈的把桩师傅，前后有三年的时间，只要到了烧窑的时候，他便出现在窑炉前，潜心学艺，烧制出了无数件的上等好瓷。他很清楚，窑变窑变，一件成功的陶瓷作品，关键是把握住烧窑的火候和温度，才能见到它的成色和效果。而眼前的这座二手气窑，回想起搬进三宝村这栋房子的那天晚上，他激动得一夜没有睡着觉。这座气窑就像是他最亲密的伙伴，最贴心的兄弟，一直以来都小心地维护，精心保养。他的一些得意的陶瓷品，都出自这座窑口。这座窑，熔炼的不仅仅是陶瓷，更是他绚丽的人生，走向辉煌的人生。

这时候的陈立根，他感觉喉咙都要着火了，大声地叫喊起来："武大哥，武大哥，你，你不能砸了我的窑，你就是砸碎了我的脑袋，也不能砸窑！"

"让开！滚一边去！叫你做瓷，砸了你的窑，我叫你下辈子再来做瓷！"武剑吼叫着，其实他并不想真的砸了这座造价高昂的气窑，他只是想吓唬吓唬陈立根。

"你就先砸死我好了，你砸呀，砸我的脑袋！"

"他妈的，你小子是连命都不想要了？"

武剑扔掉手上的铁锤，一掌把陈立根推倒在地，接着双手揪住陈立根的衣领，拖进作坊，把他按在了墙壁上。

"还钱啦，你还我的钱……"武剑一脸疯狂地喊叫。

陈立根被重重地按在墙壁上，感觉人都快喘不过气来了。

而就在这时，赵小梅和顾艳出现了。

"你放开他，放开！"赵小梅说，身边紧跟着顾艳。

第三章　蓝天陶社

　　武剑见到跑进来的两名女子，立即松开了按住的陈立根，心里多少有些害怕了，粗声粗气地说："美女呀，这是我武剑的房子，一块砖头一块瓦片都是我的，用得着你们来管这等闲事吗？"

　　顾艳走到武剑的跟前，冷冷地笑了一声，手去挎包里掏出两万块钱，有两本书厚，一把扔给了武剑。

　　武剑接住了扔来的钱，一脸蒙然，几乎不敢相信这事儿会是真的。显然，这不是天上掉下来的钞票，而是实实在在的能够摸得着看得清的粉红色的人民币。而此时的陈立根，看着武剑手中拿着两沓钱，仿佛做梦一般。陈立根的两只眼睛木偶似的眨了几下，看看顾艳的脸，又去看看赵小梅的脸。这也太戏剧化了吧，这事怎么会发生在他姓陈的身上了。

　　"这是两万块，还给你了！"顾艳冲着武剑说话。

　　"当面点个数吧，看看有没有少？"赵小梅接上说。

　　武剑没料到闯进来的两位女子还了他的房租，回头瞅了一眼木头似的站着不动的陈立根，两沓钱在手掌上掂了掂，翻书似的"哗哗"随意翻出几下响声，说："行，不用数了，我信。"

　　陈立根惊诧地看着赵小梅和顾艳，一时半刻还是没有回过神来。

　　"大哥，现在这里没有您什么事了吧？"赵小梅有点讥讽的口吻。

武剑嘿嘿一笑，走到陈立根的身前来，手掌在他的肩膀上拍了两下，说："你呀你，这事就结了。往后好好地做瓷活儿吧，我一向都看好你的。还真以为我会砸了你的气窑吗？那种缺德的事我武剑是做不出来的，只是吓唬一下你。"手一挥，带着两个小弟兄往门那头走，想想又回过头来说了一句，"陈立根，你小子可真是艳福不浅啦。"

武剑非常开心地走了，身体一摇一晃，就像迈着舞台上的方步，外面的大门砰的一声关上了。

"遇见这样的房东，你也够倒霉的了。"赵小梅有些同情地说。

"老陈，别跟这种人一般见识。"顾艳说。

陈立根点点头又摇摇头，此时他正想着赵小梅和顾艳为解他一时之难，同情他，体谅他，主动借了两万元钱给他还房租，看来他也算是幸运之人，遇到了天底下的好女子了。他似乎缓过神来了，终于是松下了一口气，开始说起了有关武剑的事。他认为武剑人并不坏，也不是有意要刁难。武剑也是个做瓷起家的生意人，在樊家井仿古陶瓷街有个很大的门面，十几年前武剑从老家抚州来景德镇，主要经营高仿古陶瓷，赚到了第一桶金，便在景德镇购买了多处房产对外出租。前年陈立根租了武剑在三宝村的这栋民房，房价并不高，而且第二年也没有跟他涨过价。千错万错都是他自己的错，欠了一年的房租，武剑也是急眼了，才对他这么凶的，他能够理解。

屋子里安静了。赵小梅和顾艳笑望着陈立根，那样的笑容好像在说，这次可是我们救你于水深火热之中。事实上赵小梅和顾艳手头上并不宽裕，日子过得已经很拮据了，他们在景德镇从事陶艺创作，仅仅只是属于这个艺术大舞台的底层的草根。赵小梅的一万元是从几个同学那里借来的，顾艳的银行卡上也就剩下这一万块钱了。

在两个美女面前，小妹妹面前，陈立根感觉自己抬不起头来。

"为什么要帮我，这关你们什么事？"陈立根说，声音有些颤抖。

"关我们什么事？"赵小梅回过头去，朝着顾艳，"顾艳，你来跟他说。"

"不着急呀小梅，我们先来参观一下这个房子吧。"顾艳说，眼里有些神秘的样子。

她们也不顾及了，似乎来到了一个新家。两人兴致勃勃地在这栋房子里跑上跑下，发出的脚步声就像是在跳踢踏舞，一会儿工夫，几乎全都看了个遍。陈立根去扶起了那台推倒的电窑，又将歪倒的货架往墙边扶好，收拾了一下摔碎的坯胎和几块素胎瓷板。

赵小梅和顾艳没多久便回到了作坊。

"哇，房子的面积够大了，楼顶有个天台，后门还有一个挺大的院子，作坊制瓷的设备很完善，棒极了。小梅，这比想象中的还要好呢。"

"顾艳，这里可是三宝村，空气也比市区新鲜多了。"

"老陈啦，你租下这么大的一栋房子，真够有野心的。"顾艳说。

"不是野心，是雄心。"赵小梅补充说。

她们两人非常友好地笑看着陈立根，眼前的男人像一座山脊，似乎成了一种强大的依靠。

陈立根将一个滚到墙角的釉料桶，放回到原位，回过头来，硬着嗓门说："这两万块钱，我会尽快还给你们的。"

顾艳扬了扬脸，那张脸很迷人，她说："这钱不用还的。"

"什么，不用还？"他快步走了过来。

赵小梅抿着嘴笑，说："对，不用你还。"

"那不行，这钱一定得还，你们要相信我，相信我的做瓷手艺，更要相信我的人品……"

陈立根话还没说完，顾艳很潇洒地朝着陈立根挥了一下手，说："正是我们相信你，相信你的做瓷手艺，相信你的为人，才不用你还钱。但是，老陈你别急，不，我还是叫你老兄吧，这样我们之间的距离会拉近许多。老兄，你听我把后面的话说完，两万块钱算是白送给你，当然也不算是白送吧，是交了房租，我们的条件就是，跟着老兄你一块干，我们三人共同联手创办一家陶艺公司。"

此时陈立根相信自己应该是听错了，他愣愣地站着，心里却想，这房租的钱，跟创办陶艺公司又有什么关系呢？

"你，你说什么？什么公司？"他问。

"顾艳是说，我们三人一起，联手创办一家陶艺公司。"赵小梅说，语气十分肯定。

"我们三人？"他有点蒙了。

"老兄，应该不会有什么问题吧？"赵小梅说。

"不行，不行，这是绝对不行的。"陈立根说话时，脑袋摇得像拨浪鼓似的。

"不行？你连想都没想就说不行？"顾艳不开心了。

"对呀，我说老兄，你至少也得考虑一下吧，我们可是非常有诚意的。"赵小梅一脸真诚地说。

陈立根现在完全明白过来了，她们两人要跟他合伙办公司，可这并不是他的初衷。这些年来他跟多人合作经营过陶艺品，总会各有各的原因，最后曲终人散。他早就厌倦了联手扎堆经营，他担忧人与人之间莫名发生的意见和矛盾，俗话说文人相轻，陶艺人相处也不过如此，更何况就有人说过，陈立根性情古怪，一根筋，不善交际，从来就不是一个好相处的人。他自己也承认这一点，他只喜欢也只有耐心去跟瓷器打交道。与人相处，可以做朋友，不能做合作伙伴，这是他的原则底线。前年他能够在三宝村租房，其中一个重要的原因，就是要自己一个人打拼创业。

"不，不行，我只能谢谢你们的一番诚意了。"陈立根说。

顾艳的脸上已经很不高兴了，赵小梅显得还是很有耐心。至于要跟陈立根合伙创办公司的事，还是因为那次在咖啡厅刘海亮邀请她们加盟海亮公司，无意中提醒了她们要找一个信得过的有才华的人合作，而且要自己做老板或做股东，陈立根的陶瓷雕塑制作技术她们亲眼所见，那两只出窑后的美人鱼，足以令她们心动神往。就为这件事，她们商量了一整夜。

而且在第二天一早，赵小梅和顾艳带上两只陶瓷美人鱼作品去找了一位重量级的人物，就是黄老，黄老是景德镇的陶瓷专家、陶艺大师，赵小梅学习青花瓷绘画时期，曾经得到过黄老的指点，从某种程度上来讲，黄老也算是她的恩师。黄老认真看过陈立根制作的这两件美人鱼雕塑，无论从工艺到釉彩，都给予了充分的肯定，这就再次让赵小梅和顾艳吃下了一颗定心丸。也正如赵小梅最喜欢说的两个字"缘分"，遇到这个陈立根，就是她们在景德镇的缘分。她们好不容易做出了这个决定，仿佛看到了新生，看到了点燃的一炉窑火。这就像是一支开弓的箭，既然射出去了，那就回不了头，那就一定要射中陈立根这个男人。只是她们两人有些感到意外，没能料到陈立根不想合作，而且一点诚意也没有，直接就否决了，可按常理，这的确是一件好事呀。

"老兄，你就这样拒绝我们的诚意了？难道真的没有一点商量的余地？"顾艳几乎是一字一句地说话。

"顾艳，真对不起，我会还你们钱的，我会尽早尽快还上。"

"那你还呀，你现在就还给我们，你办不到吧你？"顾艳有点小孩子脾气了，摊开两只手，往回抓动着。

"我没钱，你们明明知道我现在没有钱。要不这样吧，你们喜欢什么样的陶艺作品，我做给你们，我会做出你们喜欢的满意的陶瓷。"陈立根说。

"我们不要你的作品，我们要的是一家新公司。"顾艳铁定定地说，来回走动了几步，像个领导人似的。

"那……那你们这不是要赶鸭子上架吗？"他有些急了，张大着两只眼睛。

"错，老兄你打的这个比方很不恰当。首先，我们都是热爱陶艺的人，都算是景漂一族，我们只想，只想跟你一起创业，抱团取暖。"赵小梅说。

"一块干吧老兄。"顾艳说。

陈立根低着头，看着地面，重重地吁出一口气来，他不知道还要跟她们怎样去解释，可他明摆着是亏欠了人家的，人家也是一番好意，至少是信任他的。可是，有些话，又不能不说清楚。

"一块干？你们两个凭什么跟我合作？"陈立根说，手在脑门上抓了抓，他原本是想说不可能合作，却说出了凭什么合作这样的字眼。在两位漂亮的女生面前，他忽然变得有点神不守舍了。

"凭什么，就凭我们一颗真诚的心。我们虽然在陶艺行业还没有成名成家，可是我们的做瓷手艺和陶瓷作品并不差呀，老兄你可不要小看了我们。顾艳毕业于中央美术学院，那可是所名牌大学。我赵小梅在这座瓷城生活有十年了，毕业于景德镇陶瓷学院。我们能够留守在这座城市，正如你一样，要实现自己的理想，要做出世界上最精美的陶艺品。"赵小梅的一番话，陈立根并没有心动。

"需要什么样的条件，我们可以谈。"顾艳说。

陈立根叹了口气，摇摇头。

"那就是说，老兄你信不过我们了？"顾艳回望了一眼赵小梅，继续说，"那就这样吧，明天你来我们工作室，亲眼看看我们的制瓷手艺，够不够资格跟你陈立根一起开办公司。"

顾艳说完话，拉着赵小梅的手就往门那头走，头也不回，嘴里大声说："老兄，明天见了。"

眼望着她们两人走出的背影，而且是信心满满地走出大门口的，陈立根呆呆地站立着，腿肚子都有点发抖了，就像是陷进了一片沼泽水塘里。这都什么事呀，原本还了武剑的房租，摆脱了当前的窘况，应该高兴还来不及，可却又摊上这么一件麻烦事，这完全是出乎意料的事。合作开办一家陶艺公司，她们的头脑就这么发热，两个女人也太过幼稚了吧。陈立根想着，手掌在脸上用力搓了一把，转动身体，观看着这间空荡荡的大作坊，他终于是获得自由了。他轻声地笑了笑，无论如何，他都应该感激赵小梅和顾艳的帮助，要不然，现在他陈立根恐怕真要流落街头了。

陈立根第二天来到了赵小梅她们的住宅，他心里还是很愧疚的，毕竟是欠了人家的情意。可是他已经想好了，无论如何都得坚持住自己的底线，合伙开办公司这件事免谈。

赵小梅和顾艳见到进门的陈立根，立即泡好红茶，冲好咖啡，还拿出一堆饮料和小点心，就像在接待一位最尊贵的客人。陈立根被她们的热情弄得坐也不是站也不是，心里七上八下的反而一点也不踏实了，嘴里除了说谢谢两个字，便再也没有其他的说辞。她们的作坊经过了一番布置，货架上有数十件她们制作的陶艺作品，那都是经过她们重新挑选拿出来的，还有一些她们对外宣传的陶艺品精美画册。陈立根感觉自己是在一种强迫的眼光下，一件一件看过了她们的作品。陈立根还被逼着当场表态点评，这些陶艺作品好还是不好，他的脑袋就像被人强按下去，点头再点头。说心里话，陈立根还是挺喜欢她们的作品的，无论在创意设计和绘画釉彩上，都达到了相当高的水准。

当陈立根参观完了她们的作品，赵小梅和顾艳便要开始亲手做瓷了。这一套方案都是她们两人昨天晚上回到家之后费尽心机设计好的，赵小梅和顾艳非常自信，一定能够说服、打动陈立根。

工作台上摆满了各种素胎花瓶和瓷板，各色釉彩和绘画笔等制瓷工具。赵小梅和顾艳分别往胸前挂好了工作围裙，信心十足，像学生面临总考官那般在台前坐定，这就要大显身手了。

可是她们两人还没有开始动手，陈立根说话了，那声音很紧巴，就像是从嗓子眼里挤出来的："来的时候我已经想好了，我不会跟你们合作开公司的，肯定不会的。"

赵小梅和顾艳很吃惊，感觉到自己很没有面子。

"老兄，你至少要看看我的制瓷、绘画手艺再做决定吧。"赵小梅说。

"我们两个一定会让你满意的，你什么话也别说了。"顾艳说。

"你们已经做得很好了，真的是很好了。但是，你们是你们，我是我。"陈立根坚决地说。

"喂，我说老兄，你还会不会说人话呀？一点情面也不给？"顾艳气得一把扔掉手上的制瓷工具。

"顾艳，你别生气呀，我们可以好好跟老兄商量的。"赵小梅说。

"对不起，这件事没有什么好商量的。"陈立根挺了挺胸脯，摇了一下手。

"喂，喂喂，陈立根你有啥了不起的呀，你神气个啥呀，还真以为这个世界上没了你姓陈的，地球就不会转动了？！"顾艳有点失态了。

"我……我不是来找你们吵架的，我也不配跟你们吵，我欠了你们的钱，我会尽快把钱还给你们。"陈立根说，是那种很对不起人的口气。

"什么钱不钱的，这就不是钱的事儿。你走吧，不送。"顾艳说，手指着门那边，脸色很难看了。

陈立根一脸尴尬的表情，转身往门外走。

顾艳跟上几步，将门关得一声响。

"赵小梅，他这号人，我顾艳才不想去伺候。"

"看看你，这就没有耐心了，我们不是说好的嘛，要有思想准备，不能就此放弃，好事多磨呀，还就不信拿不下他了。"赵小梅说着话，拿过一边的手机来，拨通了陈立根的手机，她说，"老兄呀，我是赵小梅……大家都是朋友了，这样吧，中午我们一块吃个午饭，总不能让你白走一趟，就在小区院门口的那家酒店，一定要来的哦……"

这还是一家中高档的酒店，看来菜价不会便宜。陈立根走进一间预订好的包厢，赵小梅移开桌前一把椅子，他只好一老一实地坐下身来。顾艳朝他嘻嘻一笑，仿佛什么事也没有发生过。赵小梅问陈立根想吃什么菜，看着点就好。陈立根说他随便，反正今天他是没有钱买单的。顾艳问服务生店里有什么特色，便点了几个大菜，又要了一箱啤酒。

几盘菜一上桌，顾艳一口气打开了十几瓶啤酒，往桌上一搁，每人面前摆好了几瓶，平均分配。

赵小梅说："老兄，我们今天就喝酒聊天，聊什么话题都行。"

顾艳说："对对，只要老兄开心就好。"

陈立根看着面前的啤酒，眨动几下眼睛，说："我向来酒量不行，你们就是把我灌醉了，还是先前的那句话，做朋友可以，不可以做合作伙伴。"

"放心，怎么可能把老兄你给灌醉了，我们也没那个能耐。"赵小梅微微一笑，给陈立根的杯子里满上了酒。

三个碰杯，全都干了。

"听口音，老兄是福建人吧。"顾艳问他。

"福建山里人，在农村长大，乡下人，就一土狗。"他说。

"够土，土得掉渣。胡子拉碴，头发乱糟糟的，老兄你就不能把自己好好地收拾一下吗？"顾艳笑了起来。

"顾艳，其实老兄这模样也蛮有艺术范的嘛。"赵小梅紧追跟上一句，生怕又把陈立根给得罪了。

陈立根并不介意，不紧不慢地说："我就是这样的人，习惯了自己的生活方式。我只念过高中，没有大学文凭，没有学位，更没有什么艺术职称。其实，我跟你们两个不能比的。"

"文凭职称又不重要，做瓷的人重要的是勤奋和天赋。"赵小梅说。

"这点我认同。"他说。

"老兄，你农村长大的人，那你一定早就结过婚了，有了几个娃了吧。"顾艳举着杯，问他，"来，喝了这杯。"

陈立根喝过酒，说："几个娃了？我还没有结过婚呢。"

赵小梅小喝了一口酒，说："女朋友应该是有了吧。"

"没有，我就一个人。"

"一个人？老兄，那你还是个老光棍了。"顾艳哈哈地笑了起来。

"我不老，是你们把我叫老的。"陈立根并不计较，喝过杯中的酒，"等我手头的瓷器卖掉了，我会经常请你们吃饭，当然，只要你们愿意。"

"说这话，老兄你可就见外了呀。"赵小梅说。

这次聚餐喝酒，陈立根并没有喝醉，只喝了三瓶不到，赵小梅和顾艳也没有多喝，余下的啤酒也都浪费了。陈立根很清楚她们的用意，他的内心也是充满感激的，至于合伙开公司的事，他不能答应。可是现在他遇到麻烦了，赵小梅和顾艳就像两块橡皮糖似的黏上他了，还总能找出各种理由登门求教，每次过来都会带上一些水果零食什么的，甚至还开着车从城里送来早餐——当地最有特色的猪杂米粉让他品尝。

陈立根只想着这几天关上大门，好好地清理休整一下，做出几件构思好的雕塑作品，然后进行浇釉入窑。现在他已经不用跟猫似的溜进这栋房子了，他可以光明正大地跑进跑出，享受自己的创作时光。他刚把一堆瓷料搅拌好，外面传来了"砰砰"的敲门声，还有轿车的喇叭声。不用说，又是她们来了。陈立根一阵唉声叹气，喃喃自语："我的姑奶奶，这种日子，还有没有个完啦。"陈立根用抹布擦了擦手，脸上还沾有几点泥巴，趿拉着一双塑料人字拖，很不情愿地往大门那头走去。人到门口，又往后退了回来，转过身，往一边的窗口走。他拉开一角窗帘，眯缝着眼睛往外面看。

大门外，站着赵小梅和顾艳，旁边停着轿车。正是烈日当头的时间，太阳光照射得很毒辣，她们也没有打伞。赵小梅穿着一件碎花的蓝白相间的连衣裙，手上捧着一束鲜花，她那模样，亭亭玉立，很迷人，极像一件淡雅质朴的青花瓷瓶。而顾艳着一身牛仔，脚蹬一双时尚的皮质靴子，一只手上提着一个大蛋糕盒子，另一只手上拎着两瓶袋装的葡萄酒，脸边垂挂耳机，像是在听音乐，身体时不时地摇晃几下，显得魅力四射，激情无限。这也是陈立根第一次长时间看着她们的脸和身体，可以不用掩饰而大胆地看。

她们两人站在太阳下，很有耐心地等待，像是要搞一次隆重的庆祝活动。

　　陈立根还是把大门打开了，让美女们在太阳下暴晒，那也太残忍了吧。赵小梅和顾艳兴奋无比地走进来，看着陈立根脸上沾着泥巴点点，拖鞋下露出的脚指头脏兮兮的，想发笑，却又收了回去。

　　"老兄，辛苦了。"赵小梅说。

　　"你们这是想干什么？"他问，看着她们手上的东西。

　　"庆祝，庆祝一下呀。"顾艳说。

　　"庆祝，有什么好庆祝的？"他完全弄不明白。

　　"庆祝你的生日呀老兄。"赵小梅说着话往里走，仿佛这是她们的家。

　　"我的生日，我什么时候要过生日了？"

　　"网上查过你的个人简历了，上面写得明明白白的，1986年5月20日。"顾艳说。

　　"这日子好，520，我爱你。"赵小梅跟上说。

　　"哦，那……那都是上个星期的事了。再说了，我这辈子也没有过过什么生日。"陈立根急忙说，脸上有点发烧似的。

　　"生日过了可以补办的呀，一个月内都是可以补办的。"赵小梅说。

　　"不过生日怎么知道自己在长大，必须要过。"顾艳说。

　　她们已经走到了作坊区域，在一张空桌子上放下带的礼品，看来不想庆祝生日都不行了。

　　陈立根有点急了，或许说太过感动了，他说："好好好，先谢谢你们了。这块蛋糕你们带回去吃，葡萄酒，带回去喝。这束鲜花我留着，也可以给这里增添一点色彩。这样总行了吧。"

　　"不行，不行呀老兄，这么大个事件，我们是一定要跟你一起庆祝的，生日也是生活的一部分呀。"

　　顾艳说着话，已经拆开了蛋糕盒，拿出一把数字彩色蜡烛来，选好了数字，便往蛋糕上插下去。赵小梅将鲜花插在一个空置的还没有浇釉的素胎花瓶里，是粉红色的玫瑰花。

"停下，请你们停下好不好？"陈立根的声音突然间提高了好几度，他一脸认真地说，"我，我还是不能答应你们的条件。你们知不知道，清不清楚，真要创办一家陶艺公司，组建一个优秀的团队，首先要耐得住清贫，守得住寂寞，还有最重要的一点，是要解决筹办公司的前期经费，那可都得用钱往里砸，而且这些砸下去的钱，谁也没有把握收回本来。赵小梅，顾艳，这不是闹着玩的事，可是有着大风险的！"

赵小梅和顾艳一时都不说话了，她们的内心已经在欢笑，她们已经意识到眼前这个因瓷而痴迷疯癫的男人，这个说话从来不会拐弯只会直来直去的男人，已经动摇了，心底的最后一道防线正在崩溃。

陈立根此时也很奇怪，她们怎么就没有声音了呢。

"现在你们弄明白了吧，我讲的都是实话。"他又补充了一句。

赵小梅和顾艳相互间突然伸出手去，一声击掌，嘴里同时爆发出"耶"的一声，就像是打赢了一场大胜仗。

平心而论，陈立根真的是被赵小梅和顾艳的诚意所感动了，这两位在景德镇做瓷的女子，在此闯荡打拼的女子，无论是做手艺和做人，都难得遇到，而且对他陈立根这般有耐心有信心，寄予了无限的希望。就在最近几天，他已经在考虑要不要跟她们合作，合作之后会是什么样的结果，可偏偏就在这个已经过期的生日上，他突然间就动摇了，曾经的底线被彻底击穿了，所有的纠结似乎都不存在了。想想自己，来景德镇五年了，风风雨雨，坡坡坎坎，吃过的苦受过的累遭遇到的冷落委屈打击还少吗？什么时候他有过今天这般隆重而真诚的待遇，她们的美丽温情，她们的青春活力，她们对陶艺事业的向往和追求，深深地吸引了他，打动了他，让他从一个人的世界，看到了走近了一个更大更广阔的世界，他相信那个世界，是一件件洁白的陶瓷品垒砌起来的世界。

音乐声很响，简直有点震耳欲聋。一间K厅的舞池里，强烈的灯光照射下，一大群年轻人正在蹦迪。赵小梅和顾艳夹杂在跳舞的人群中，她们正在狂欢，她们的舞姿热力四射，旋转时便像两只转盘上的花瓶，一只青花，一只彩绘。陈立根独自坐在舞池一侧的餐台前，喝着饮料，静静地看着人群中跳舞的赵小梅和顾艳，这场生日的庆祝，仿佛是为她们自己而庆祝。赵小梅和顾艳有好几次朝着陈立根招手，让他加入其中，陈立根只是摇头，只是傻笑。他不会什么蹦迪跳舞的，他压根就没有来过这样的场合，这一方面他很老套，很守旧，没有时代感。但他并不反感，他可以观看欣赏，就像是面对各类陶瓷，无论是釉上彩还是釉下彩，无论是分水青花还是高温颜色釉，他都喜欢，他都有过实践。

刘海亮一身休闲风度翩翩地走进了舞池，他是来找顾艳和赵小梅的，他的到来令两位美女非常高兴。刘海亮对蹦迪跳舞很是在行，他们三人的组合在舞池间的跳动极是醒目。刘海亮问顾艳这几天怎么都抽不出时间一块出来坐坐，好好的怎么就跑来这里蹦迪了。顾艳告诉他，今天是陈立根的生日，便要庆祝。刘海亮有点纳闷，难道是因为那两只美人鱼陶瓷要感激陈立根吗？赵小梅说美人鱼算什么呀，接下来还会有比美人鱼更丰富多彩的陶艺品呢。刘海亮没有弄明白她们的意思，转过脸来，看到了餐桌那头的陈立根，立即跑上前去，跟陈立根说了几句祝贺的话语，陈立根也很客气地起身，点头招呼，并谢过上次那件色釉马出窑时刘海亮帮交的窑费。刘海亮见识过那件色釉马，非常有创意，问那件马是否已经出手了。陈立根笑笑说，一不小心给摔碎了。

陈立根要提前走，他坐不住了，感觉耳朵受不了这种乐曲音效的刺激。他站起身来朝着赵小梅和顾艳摇手招呼，手去拍拍自己的耳朵，又指指大门，示意她们继续玩。赵小梅她们也不介意，顾艳朝着陈立根送出了比心的手势。

大概半个小时后，赵小梅和顾艳一身汗津津地跟随着刘海亮来到了一间静吧，今天晚上她们真是太兴奋了，只感觉疯狂的程度还不够。

她们喝着饮料和奶茶，心里早就知道刘海亮急着找她们的原因。

"顾艳，小梅，我可是认真的。因为你们加盟海亮公司的事，我已经跟梁董事长汇报过了，大老板也看好你们。都几天过去了，你们到底考虑好了没有？"刘海亮问她们。

她们两人笑了笑，没急着回答。

"公司给出的条件已经相当优越了，高级陶艺师，按月拿固定薪水，还有额外提成。顾艳，我刘海亮可是想破了脑袋要帮你们的。"他说。

"到头来，还不是帮人打工。"顾艳嘟起红艳艳的嘴唇说。

"谁又不是在打工呢？我也是个打工的呀。"

"你不一样，你是总经理，是老板。"赵小梅说，很夸张地眨动了几下眼睛。

"说出这样的话来，赵小梅，你们不是明摆着跟自己过不去吗？"

"对，就是自己跟自己过不去。海亮，我们也要做老板。"顾艳说，刘海亮惊望着，很不能理解。

"做老板？你们懂销售懂经营懂市场吗？你们，至少现在你们只是一个能够加盟公司的陶艺师。"他说。

"会懂的，我们会学着慢慢来懂。刘总，首先我跟顾艳谢谢你的一番诚意。我们已经做出重要决定了，要和陈立根联手创办一家陶艺公司。"赵小梅慢条斯理地说。

这下刘海亮总算是明白过来了，耸了耸肩膀，做了一个非常不理解的动作。他说："你们和陈立根一起创办公司，我说二位大美女呀，你们有没有吃错药，那个男人，他现在连自己的温饱都解决不了呀。景德镇这座城市四处卧虎藏龙，大街小巷走错了房门，都可遇到陶艺高人，为什么你们偏偏选中了三宝村的陈立根呢？也是太没眼光太没有品位了吧。顾艳，你们给我一个理由，凭什么就要跟陈立根一起搞公司？"

顾艳说："匠心。"

赵小梅说："没错，是匠心。"

"来景德镇做瓷的人，谁又没有一颗匠心呢？"

"也有人就没有，也有人是来景德镇淘金的，赚到了钱或是赚不到钱就走人了，那样没有真正意义上的存在感。"顾艳说。

"陈立根就不一样了，其一，他有情怀；其二，他的陶艺技术非常全面。我和顾艳都看好这位老兄。"赵小梅说。

"好了好了，不要在我面前说些不着边际的大道理了。这个陈立根，他能同意跟你们联手创办公司吗？"刘海亮翻了翻眼白，问她们。

"他不同意。"顾艳笑了起来，接上说，"之前他一直都不同意，后来我跟赵小梅攻克了这座堡垒。"

"没错，老兄他同意了！"赵小梅说。

"失败失败，这也太失败了，我刘海亮也失败，你们也一样失败。这件事，我得对你们两个负责任。"

刘海亮说着话，站起身来就走了。

赵小梅看着走出的刘海亮，她说："顾艳，刘海亮他好像急了。"

"晕，这事跟他有关系吗？"

"当然有呀，关系重大呢，他是怕你爱上陈立根了吧。"

"怎么可能，这不笑话嘛。爱上这位老兄，那才真是吃错了药呢。"

陈立根没想到刘海亮会来三宝村找他，而且是为了他和赵小梅、顾艳三人合办公司的事。刘海亮很恼火，当然也有一定的醋意，他认为陈立根是有企图的，是在利用顾艳和赵小梅。大家都是外乡人，在景德镇做瓷生存下来都不容易，他规劝甚至请求陈立根放弃三人合伙开办公司的计划，在没有投入资金之前一切还来得及，他还说如果陈立根有什么困难，他会尽力帮助，真的千万不要害了人家女孩子。刘海亮这一番说下来，陈立根心里极不痛快，这不是明摆着贬低他的人品吗？开办新公司这个决定陈立根也是认真思考过的，别的不说，单单就赵小梅和顾艳对他的信心和信任，深感自己有了一种责任和担当，更何况，赵小梅和顾艳都是有着远大理想要做大事业的女性，他需要她们的这种冲击力和爆发力。俗话还说，一个篱笆三根桩，一个好汉三个帮，既然已经答应的事，就不能反悔。

"这样说来，陈立根你是不会放弃了？"刘海亮问他。

"废话，都已经说定了的事。"

"有了个新公司，你就一定能够成功吗？"

"这个我不敢保证，但一定是在去成功的路上。"

"陈立根，你这样做是在祸害人家女孩子，你自己都活成了这个鸟样，还跟我说是去成功的路上，你他妈的就不是一个真正的男人。"刘海亮说话已经很不客气了，手指着陈立根。

"刘海亮，你不够资格跟我这样说话。我怎么就不是个男人了？你是个男人，那你跟她们两个合作开公司一块干啦，哼，你还没有这个能耐呢。"陈立根并不相让，一直忍着。

"你跟我比，你还差得远了。我看你他妈的就是一个骗子。"

"姓刘的，你可以骂我，你不能骂我妈，你再骂一个试试？"

"你他妈的，我就骂了。"

陈立根挥手一拳朝着刘海亮的脸打去，刘海亮早有防备，没打着。接着刘海亮一拳头打在了陈立根的腮帮上，当时嘴角就流出血来。这下陈立根可是不能饶了刘海亮，他抓起地上的一个废弃的花瓶，朝着刘海亮就砸了过去。花瓶从刘海亮的头顶上飞过，撞击到墙壁上发出一声大响。陈立根又抓起一块废瓷板扔出去，砸在了刘海亮的大腿上，刘海亮疼得哎哟一声叫唤，这就要跟陈立根拼命了。

正在这时，赵小梅和顾艳从外面的酒店买了快餐回来，一看眼前的阵势，立即上前阻止这场殴斗。赵小梅护在陈立根的跟前，顾艳死死地拖住刘海亮。她们大喊着住手，不要再打了。刘海亮认为自己吃了亏，硬要往前冲，用力一把掀开了顾艳，大声喊着："陈立根，今天你是死定了！"

顾艳扑上前去，几乎拦腰抱住了刘海亮，叫了起来："刘海亮，你要敢动陈立根一根指头，我就跟你翻脸，从此不要再见面了。"

赵小梅也拦在了刘海亮面前，她说："不要再动手了，可不可以讲点道理呀。刘总如果是因为我和顾艳要和陈立根合作办公司的事过来，那我们现在就明确地告诉你，这不关老兄的事，是我们自己愿意。"

"海亮，海亮你消消气，我知道你是为了我们好。"顾艳说。

刘海亮很清楚顾艳和赵小梅是站在陈立根一边的，事情都闹到这个份上了，还有什么好说的。他绝望了，朝着陈立根大声说："陈立根你听好了，刚才该说的话我也都说了，你如果真是一个男子汉，你就要好好善待她们，你就要对她们两人负责任！"

看着走出大门的刘海亮，陈立根的脸上毫无表情，目光很坚定，他的内心似乎涌现出了一种神奇而强大的男人力量。

陶艺公司的前期筹备，陈立根以他作坊的制瓷设备和部分原材料入股，占股份百分之四十，赵小梅和顾艳各出资十万元，分别占股份百分之三十。陈立根是个爽快人，实际上作坊的设备经过折旧也值个二十万元，但他只要公司百分之三十三的股份，是赵小梅和顾艳一再说服他占有百分之四十的股份，并且为新公司的法人兼总经理。他们也不用再租房了，公司地址就在三宝村陈立根现在租用的房子，足够他们施展拳脚。

十万元现金，这对赵小梅来说是一笔很大的数目，她根本就拿不出这笔钱来。但赵小梅早就想到了办法，去找叔叔借钱。说是借钱，应该说是"借"属于她自己的钱，只是这笔钱是父亲因公死亡后政府拨下的抚恤金。赵小梅三岁的时候，父母离异，母亲改嫁后再也没有见过面，她跟随着父亲长大，谁知赵小梅念初一的那年，父亲因一次事故死亡，从此她便成了孤儿。她的叔叔赵青山2000年带着妻子和三岁的女儿兰兰，从安徽淮南乡下来到景德镇打拼，开办了一家"青山瓷板窑"，数年后，已经是老鸦滩一带窑场小有名气的把桩师傅。赵小梅念初三这年，赵青山将她接来了景德镇念书，是叔叔和婶婶抚养她成人，在这座城市念完了高中，并以优秀的成绩考取了景德镇陶瓷学院。

当赵小梅在叔叔面前提到要借十万元钱的时候，赵青山极是诧异，他可是把这个大哥留下的女儿视如亲生，要借出十万块钱去开办公司，那是连门儿都没有。赵小梅对叔叔和婶婶充满了感恩，她很努力，向来都是一个有孝心懂事的女孩，万般无奈之下，说到了父亲的那笔存放在叔叔手里的抚恤金。赵青山五十岁出头，头发有一半多已经发白，他是个有着一身力气强壮的男人，而且脾气有些火暴。他说："小梅你竖起耳朵听好了，这笔抚恤金叔叔不能拿出来，那是要留给你日后出嫁的钱，我得对得起你死去的父亲。"赵小梅说："叔叔，这笔钱就算是我暂时借用一下，两年之内，我一定能还给你。"赵青山大手掌一挥，让她什么话都不要多说了。赵青山是个做瓷板开窑场的人，景德镇什么样的公司他没有见识过，要想存活下来，那得要有高超的做瓷手艺和雄厚的资金，他怎么能够同意赵小梅和顾艳跟着他根本就不认识的陈立根合伙开办陶艺公司，那只怕到头来落得一场空，哭都没有眼泪。看来这笔钱赵青山死活都不会拿出去的。

赵小梅低着头，擦拭着眼里流出的泪水，很是伤心绝望。叔叔不给这笔钱，赵小梅就不会走出窑场，这也是她的家，是她长大的地方，直到去年才搬出去跟顾艳一起合租房子，开了间工作室，自己养活自己。赵青山的妻子水英同情侄女，她对丈夫求爹爹拜奶奶似的说了许多好话。赵青山对妻子的话却是充耳不闻。赵兰兰回到家里来了，她是赵青山的独生女儿，赵小梅的堂妹，景德镇陶瓷学院大一学生，是个网红直播高手。兰兰了解到了小梅姐的情况，坚决站在赵小梅一边说话。那次市青年陶艺协会举办的大赛，她见识过陈立根的雕塑技艺，现场直播时手机流量巨大，且圈粉无数，系主任还在一次大会上表扬过她为推广景德镇陶瓷做出了贡献呢。兰兰认为陈立根这个人有手艺，是块不可多得的好材料，完全可以合作。现在，可是三个女人一台戏，都是围着赵青山开唱，再说了，这个家庭怎么的也该有点民主吧。

赵青山终于要被说服了，何况他也见识过那两只出窑的美人鱼，当时他还对小梅这样说："这一对美人鱼可是好物件，就凭我这一双火眼金睛，绝对不会看错的。"现在他也明白了，那两件作品是出自陈立根之手。

"那好吧，我斗不过你们三个长头发的。十万块钱，只能是暂时借给你，小梅你一定得还上。"赵青山说。

"还，还还，包括利息都会还上的我的好叔叔，我亲爱的叔叔。"

就这样，赵小梅好歹拿到了十万元钱。而顾艳那边的十万元钱，就来得简单直接多了，当然，其间也有一点小曲折。

顾艳找到刘海亮，原因是刘海亮在城里的人缘关系比她熟悉得多。顾艳决定要卖掉轿车，这辆轿车只开了一年零一个月，当时是十八万元买来的，现在只要求能够卖出十万元钱。刘海亮认为顾艳太傻了，这还是辆新车，再说要卖掉，还不一定能够拿到十万块，而且这件事，跟家里说了没有？顾艳怎么敢去跟父母说起这事，当时为了买这辆车，她可是在电话里跟爸妈哭求了好多次。如今开办公司，再要往家里要钱，而且这么大的数目，怎么也开不了这个口。现在卖车这事，还得瞒着家里人。

刘海亮联系到了城里一个做二手车的朋友，这位朋友看过车后，踮起脚尖来也只出到八万块钱，多一分也没有。这一下可是把顾艳给急哭了，几乎就是一辆新车，平时爱惜如命做好保养，还有没有天理，就八万块，十万都已经是贱卖了呀。可是对方并不在乎顾艳是不是大美女，长得漂亮不漂亮，人家就只出得这个价。刘海亮见顾艳哭得伤心，眼前的价钱肯定是谈不下来，脑子一转，便把朋友拉到一边说话，给出一个条件，海亮公司展示厅的国家级陶艺大师的陶瓷作品，随便他挑选一件。

这事儿也就成了，顾艳当天下午，手机"嘀"地一响，银行卡上十万元转账到位。刘海亮可是帮人帮到家了，他心里就是喜欢顾艳，这点顾艳也明白。刘海亮在电话中对顾艳说："好好干吧，以后但凡你顾大小姐的事，那就是我刘海亮的事了。"

太阳已经偏西，天边一片赤红的云霞，远远望去，就像在这座古老的瓷城点燃了一堆堆冲天的窑火，十分壮观。

陈立根背着双肩包，匆忙来到市内的一家吃烧烤的摊档。赵小梅和顾艳已经先来到了，她们两人称得上是吃货，城里再偏僻的小吃都能找到。陈立根来景德镇五个年头了，别说城里有特色的酒店和小吃店，他住在三宝村前后也有两年，竟然连外面的吃早餐的店铺都不知道在哪里，几乎都是叫来的快餐和方便面，要么就是蛋炒饭或者面条。最近这些日子里，肚子里可是增加了不少油水，赵小梅和顾艳三天两头地带着他去好多酒店摊档吃这吃那的，她们两个还找由头说，现在抓紧时间多吃点，等到公司开张，就没有工夫跑去外面吃东西了。陈立根向来很节俭，每省下的一分钱，都恨不得砸到瓷器里去。其实陈立根心里也清楚，赵小梅和顾艳都是在想着办法让他开心，生活中她们两个并不是大手大脚的人，都挺不容易，为了筹办公司，赵小梅找叔叔借钱，而顾艳卖掉了自己心爱的轿车，这都让他感动不已。往后有这么两位女孩子合作相伴，陈立根感到了一种家庭的温暖。

摊档的餐桌上摆上了各种烧烤肉串，还有一盆红通通的小龙虾。顾艳打开了一箱易拉罐啤酒，说是从超市买来的，正宗的畅销世界的青岛啤酒。赵小梅跟上一句说，这就像正宗的景德镇陶瓷畅销世界。

陈立根解下双肩包，从里面拿出一张图纸和十几块瓷片做的模板，赵小梅腾空了一边的桌子。

"顾艳，这是根据你绘画的草图，我制作的一套模板，看看效果如何？"

"老兄，顾艳可是做过大公司的平面设计师，一定超级棒。"

陈立根把瓷片模板一块块排列拼接起来，就跟玩魔方似的，很快，这些模板组合成了三宝村那栋出租房，有多功能的大作坊，有几个工作间，有仓库，还有一间对外开门的展示厅铺面，楼上二层有两间连接的卧室，楼下的楼梯旁有一间卧室。

"你们看，这就是我们的新公司。"陈立根欣慰地说。

赵小梅和顾艳欣喜若狂，相互一声击掌。

"非常齐全了，楼上这间屋子是我住的，旁边这间是小梅住的。老兄，只好委屈你住楼下这间了，顺便当个保安。"顾艳嘻嘻地笑了起来。

"我就是这样想的。"陈立根说。

"太美妙了，我巴不得明天就住进去呢。"赵小梅说。

"还有一件重要的事，新公司的名字你们想好了吗？"他问。

她们两人都摇头，都说还没有想好。她们曾经开动脑筋想过诸多的名字，有"自在轩""新天地""景德之风""青春火焰""智慧窑""瓷都工坊""大瓷堂""三人斋"等等，这些店名最终一个也看不上。

"我们还是简单点吧，就叫'蓝天陶社'。"陈立根喝了一大口酒，手掌在嘴巴上抹了一下，说，"蓝天之上广阔无垠，可以任凭飞翔。而陶社，具有陶艺人的凝聚力。"

她们两人都点头，都说好，那就一锤定音：蓝天陶社。

夜晚的景德镇，昌江两岸灯火璀璨，横跨江面的珠山大桥上车流往返，如一条半空间飘起的绸带，流光溢彩，甚是飘逸。

珠山大桥东桥头下面，是古代的一座货运老码头遗址，称为"中渡口"。清人郑廷桂《陶阳竹枝词》中写道："坯房挑得白釉去，匣厂装将黄土来。上下纷争中渡口，柴船才拢槎船开。"由此可见当时的繁荣景象，这里也被称为丝绸之路的起点。

陈立根他们三人来到中渡口江边的一块草坪上，手上还握着啤酒罐，都喝得有些微醉了，身体都有些摇晃。他们激动而欣喜，望着缓缓流动的江面，江水在城市灯光的辉映下色彩斑斓，奇妙而迷幻，他们先后喊叫起来：蓝天陶社，我们来了——

他们忘情的叫喊声，像是一只看不见的风筝，上升到了头顶的云天。一片片浮云像被土地唤醒，缓缓地往四处散开，露出了深蓝色的天穹，一颗颗星星点灯似的逐渐明亮起来，编织成了各种极不规范的星光图案，熠熠生辉，绚丽多姿。他们三人或站或坐或躺在松软潮湿的草地上，痴痴地仰头观看天穹，这种现象非常神奇，神秘而深邃，仿佛时间穿越到了一千多年前，那些星星在他们眼里，形成了一块块发光的瓷器碎片。

陈立根说："你们看到什么了？"

此一时间，他们三人异口同声地喊起："China！China！"

第四章　我爱我家

新公司很快就开始装修了，工程还挺大的。

首先，大门需要重要改造，做出一间对外的商铺，也是作品展示厅，然后再开一个边门，以便进出货物和原材料。这是他们的新家，每一平方米都要精心设计派上用场。他们三个人分工明确，还要在装修期间准备好自己满意的陶瓷作品，以便摆上货架展示，而且还有各种做瓷的原材料要去提前购买。各忙各的活儿，做自己愿意做的事，其乐无穷。

顾艳设计了一块新公司的陶瓷招牌，造型很时尚，具有时代特色，这让陈立根开怀不已。陈立根加了几个夜班，在招牌上雕刻了"蓝天陶社"四个大字。剩下的事就交给赵小梅了，她在招牌上绘画了青花图案。陶瓷招牌面积不小，赵小梅送去叔叔的"青山瓷板窑"烧制，赵青山拒收一文钱。

"蓝天陶社"的招牌挂上了大门头，彰显出地道的中国风情。多么令人兴奋呀，这也是他们三人第一次合作的作品。

这期间，陈立根去了一趟医院急诊室，他的一条胳膊受伤了，缠绕着纱布，上面还渗出一些血迹。这都是室内装修惹的祸，陈立根他们为了省工省钱，许多活儿都是亲自动手。店铺展示厅悬挂吊灯的时候，吊灯不慎掉落下来，当时陈立根眼快，一把推开身边的赵小梅，右肩给吊灯砸中，流了许多血，可把赵小梅和顾艳吓坏了。这好在不是砸在陈立根的脑袋上，要不"蓝天陶社"就再也见不到蓝天了。

陈立根并不在乎自己受点伤，流点血，他心疼的是又要重新去购买一盏吊灯，那可都是公司的钱呀。

"你还心疼灯，人没事就算幸运了。"赵小梅感激的目光看着陈立根。

"砸了就砸了呗，这要是我老妈在，她肯定会说岁岁（碎碎）平安，岁岁（碎碎）平安。老兄，好事儿呀。"顾艳想逗陈立根笑，他一点也笑不出来。

"都怪我，都是我不好，当时让店里的工人来安装，也不会发生这种事，这又要多花好几百块钱了。"陈立根一脸自责。

"唉，算了吧，不去想这件事了。"赵小梅劝慰他。

"老兄你嘴里别老是钱钱钱的，钱就是用来花的呀。你看看你，成天趿着一双拖鞋进进出出，脚很臭的，就不能穿一双像样的鞋子。还有呀，你这身从上到下的衣服裤子，一色灰不溜秋的，估计都是地摊货吧。看来我和赵小梅要帮你重新改造一下了，你鞍前马后的可是两个大美女，丢不丢人嘛。"顾艳说话时很认真。赵小梅禁不住捂嘴嘻嘻地笑出了声音来。

"别别，千万别，我已经习惯了地摊货，用不着你们来改造我。"他说。

"可是你的脚真的很臭呀。"顾艳说。

"那行，今天开始，我穿鞋，穿鞋就是了。"陈立根说着话，很不情愿地往里面的房间走去。

在赵小梅和顾艳的眼里，陈立根是个待人接物极其冷漠古板的家伙，情商低下，讲话直接，一点也不会幽默浪漫，且生活自理能力极差，似乎永远只把她们两个美女当合作伙伴和小兄弟看待，还经常走神，好像每时每刻都在思考他将要创作的陶艺作品。她们反过来想想，却也是一件好事，起码这位老兄是一个非常安全可靠的男人。

这天晚上，赵小梅和顾艳已经很累了，躺在床上好一番议论起陈立根来。

"老兄做陶艺绝对是个高手，没得说的。"赵小梅说。

"那是，做情人做老公，那是万万不可以。"顾艳说。

"也是哦，至少肯定入不了你顾艳的法眼。"

"那他也不是你赵小梅碗里的菜呀。"

她们两人嘻嘻哈哈地笑了起来，赵小梅关上了台灯。说归说，笑归笑，其实她们两人的心里，对于陈立根这样的男人，多少有了几分喜欢。

已经很晚了，陈立根一点睡意也没有，他在居室里来回走动，苦苦思索，像一条关在笼子里的小狗，寻找能够走出去的门洞。床上堆得乱糟糟的，枕头被子和一些换洗的衣物全都绞到一块去了，还有好些本翻开的美术陶艺书籍杂志，一旁的书柜上还有许多书，什么《中国陶瓷》《瓷上中国》《青花帝国》《中外美术史》《古代战将人名录》《楚汉传奇》《三国演义》《水浒传》《中华民俗常识》之类五花八门的书籍，显然都跟他的创作有关。陈立根念小学一年级的时候，就喜欢上了古代历史人物，光"三国""水浒"小人书中的名人战将，那时就能倒背如流，形象都刻在他的脑子里了。陈立根趿拉的硬底塑料拖鞋在水泥地面发出"嚓嚓"声响，忽然间响声停了下来。他的脑海里闪现出一幅生动的画面，一个小男孩光着屁股蛋在池塘边奔跑，兴高采烈地挥动着双手，两只黑溜溜的眼睛有着梦幻般的色彩，男孩子在池塘边站了一小会儿，然后纵身一跃，跳进了池塘的浅水里，一群游动的麻鸭被惊动了，纷纷往四周散去。这样一幅画面在他的眼前凝固住了，久久不能消失。陈立根的脑袋用力地摇晃了几下，缓过神来，接着他像个孩子似的傻乎乎地笑了笑，这就有了新的创作灵感。陈立根走到书桌前，桌上有铺好的宣纸和装有墨汁的砚台，他抽出笔筒里的一支大毛笔，蘸上墨汁，挥毫在纸上写下了几个大字。

陈立根快步来到作坊，围裙往身前一挂，吭哧吭哧地准备了一堆瓷料搬到工作台上，每到这种时候，他的体内便充满了无限的能量。

再有一个星期，新公司就要开张，赵小梅和顾艳也要搬来新居了。

这天上午，顾艳在自己住宅的小作坊里制作陶艺作品，身前挂着溅满颜料的围裙，蓬乱的头发上扎着一块布巾，两只眼里布满红红的血丝，面容有些憔悴。从她的背影看去，伛偻着背，就像是一个小老太太。顾艳戴着耳机听音乐，正在给几块瓷板上釉，完全沉浸在她的创作之中。

房门被轻轻地推开了，走进一位拎着旅行包的中年妇女，衣着时尚而高雅。她是顾艳的妈妈。顾妈妈进门后也不声响，看了一眼作坊里正在干活的女儿，然后又去了女儿的卧室，就像来搞侦察工作似的。女儿的房间拥挤不堪，室内光线暗淡，搁有两张单人床，空间非常窄小，四周地面上乱糟糟地堆满了女性的生活用品，感觉连下脚的地方都没有了。

顾妈妈离开卧室来到作坊，闷声不响地站在了女儿的身后。母亲看着顾艳劳作的背影，她怎么也无法想象女儿会在这种环境里生存，脸上已经挂满了伤心、疼爱的泪水。顾艳忽然感觉到身后有人，而且还有抽泣声，猛的一下回过头来，接着一把扯掉耳机。

"妈，老妈你……你咋来景德镇了呢？"顾艳一阵惊愕。

顾妈妈擦了一把脸上的泪，她很想大哭一场，却控制住了。顾妈妈的脸上显得尤其冷静和坚决，她说："艳艳，回家吧，离开景德镇！"

回家，回哪个家？这里就是她顾艳的家呀。顾艳听得很清楚，母亲是要她回青岛那个家。这怎么可能，这是万万不可能的事。

"老妈，景德镇已经是我的家了，我喜欢景德镇，我不走！"顾艳面对着泪眼汪汪的母亲，倔强地说。

"你要听话，你要听妈妈的话……"顾妈妈伤心极了。

顾艳并不知道母亲怎么就突然来了景德镇，之前母亲只说下个月可能会来探望，估计这段时间，母亲发现她隐瞒了什么事。

去年秋天，顾妈妈来过一趟景德镇，也是第一次来。因为母亲的到来，顾艳做了一个局，没有让母亲来她这边的姐妹工作室，而是找到刘海亮商量了一番，恳求刘海亮的帮助，便在海亮陶艺公司以员工的身份接待了母亲，还临时居住在一个朋友的公寓，谎称自己在景德镇的工作环境、生活条件如何优越，比在中国任何一个城市都好上几倍，而且从事的又是自己热爱的陶艺创作。而这一次，母亲突然驾到，这回可是人在物在，彻底穿帮了。

这一趟顾妈妈来景德镇，是有准备的，她一直信不过女儿所说的那些话，在景德镇工作生活有多么好多么惬意，她一定要亲眼看个明白弄个清楚。顾妈妈在景德镇罗家机场一下飞机，出了机场门，便坐上一辆出租车，直接就去了"海亮陶艺公司"，她先询问一下公司服务台的员工，顾艳是不是在这家公司工作，回答是否定的。于是顾妈妈去总经理办公室见到了刘海亮，他们是认识的，刘海亮去年曾经在公司接待过她。刘海亮自然没有料到顾妈妈突然就来了公司，面对顾艳的母亲，他也就无法再隐瞒了，如实说出了顾艳在景德镇生活的真实情况。顾妈妈从刘海亮那里得知了女儿的住址，原本刘海亮是要陪着顾妈妈一块过来的，因为公司有个会议他一定要参加，他让顾妈妈在办公室稍坐一会儿。刘海亮一出门，顾妈妈接着就离开了公司。

"你还骗我，你一直都在骗我，骗你爸爸……"顾妈妈气得说不下去了。

"老妈，你听我解释呀……"

"你啥话都不要说了，我不信你！"

顾艳从小就喜欢美术，她也一直朝着这方面努力，学习成绩非常优秀，几乎就是一个学霸。童年的时候，她就喜欢各种景德镇出产的陶瓷品，那时候她心里就想着，要去这座千年瓷城生活。高考那一年，她决定填写志愿报考景德镇陶瓷学院，可是父母亲坚决不同意，凭她的成绩，完全可以考入中国的八大美院。记得那年，父亲还特地来过一趟景德镇考察这边的环境，得出的结论是这座古城灰尘大，冬天冷，没有暖气，夏天热，高温时间长，根本就不适合这个宝贝女儿来这里念书和生活。顾艳奈何不了父母，便报考了中央美院。大学一毕业，顾艳就在北京一家装饰公司做创意设计师，父母欣喜，为此还准备在北京买房。前年夏天休公假，顾艳和几个同学来景德镇旅游，一下就爱上这座瓷城，这里正是她梦中追逐的地方。回到北京，顾艳立即辞去了北京的工作，不顾青岛父母的阻拦，只身来到了这座城市。

现在顾艳面对如此伤心的母亲，再多的解释已经没有意义了。因为这并不是父母希望看到的女儿的生活环境，这太出乎长辈的意料了。回家，回青岛去，再嫁上一个有地位有钱的男人，永远过上富裕安逸的日子，这方面父母都能为她做到，但那都不是顾艳想要的，她的眼里只有瓷器。

顾艳倍感母亲对她的不理解，十分委屈。她说："妈，我知道你是为了我好，我全都知道，你不要这样了好吗，你女儿又不是几岁的小孩子，你女儿什么都懂得，我在这儿生活工作，并不是你所想象的那么糟糕，又没有遭罪。"

"你懂个啥，你啥也不懂。艳艳，我们费尽心血把你养大成人，妈妈不忍看到你这样生活，这不是你的命啦！"顾妈妈哭出了声音来，声嘶力竭地说，"回青岛去，今天就走，听妈妈的话！"

"不，我不走。"

"你敢，你可别逼我！"

"老妈，不是我逼你，是你在逼我啊！"

阳光炙热，天空是浅蓝色的，有些枯干，丝毫没有水分。

市内一条偏僻的小街巷，陈立根骑着电动车，后面坐着赵小梅，他们来到一家名为"小陶料行"的店铺。经营这家料行的主人叫陶明，一个长相平实、厚厚嘴唇的小伙子。陶明是赵小梅在陶瓷学院的同学，湖北黄石人，毕业后留在景德镇从事瓷料研发和销售。"小陶料行"生产制作的釉料很抢手，在本市有了一定的名气，生意也做得红火。

陶明和他的新婚妻子江红热情接待赵小梅和陈立根，赵小梅还不知道同学今年春节结婚的事，陶明说他没有去惊动同学们，婚礼是在老家办的，等到结婚一周年，再找同学们聚聚。在大学时，赵小梅是那一届的校花，曾经是很多男生追捧的偶像、梦中情人。赵小梅把陈立根介绍给陶明认识，告诉说他们在三宝村的新公司"蓝天陶社"正在装修，很快就要开张营业了。

陈立根在店铺里参观了陶明研制的各种色釉料和青花料，一瓶瓶一罐罐的，上面标有许多好听的名字，比如丹顶红、荷叶绿、石子青、孔雀蓝、凤尾翠、兰花草、竹叶黄等等。陈立根还观看了一大堆"照子"（釉料涂在瓷片上经过烧制后的样品），然后又去了后面的原料生产作坊参观。陈立根对釉料是有过研究的，从原来的福建德化到今天的景德镇，经过这些年来的历练，各方面知识技艺非常全面。

他们在料行挑选预订了十几种釉料色剂和青花釉料，陶明很热心，过几天便会开车给蓝天陶社送货上门。

赵小梅的手机"哗"的一声响了，有微信过来，低头看时，是顾艳发来的微信："出大事了，快来救救我。"赵小梅吓了一跳，拉着陈立根赶紧出门。

"快过去吧，顾艳那边出事了。"

"能出什么事呀，刚不久你们还通过电话的，你回复一下，问是什么事？"

"我已经发过微信了，没有回复。"

"那就打她的手机呀，重要的事情都得打手机。"陈立根说，指着赵小梅握着的手机。

赵小梅立即用手机打通对方的手机，响了有一阵，没人接听。

"这个顾艳有点神经质，不会又在玩什么猫捉老鼠的游戏吧。说不定，人就在我们附近呢。"陈立根说。

"快走吧老兄，她一定有事。"

陈立根戴上头盔，骑上电动车，赵小梅往后面一坐。这条小街巷两侧的商铺都是出售陶瓷的，陈立根心里也开始急了，电动车开足了马力，疯了一般往前驶去，转弯时，险些撞倒了街边的一箱瓷器。

陈立根和赵小梅已经赶到姐妹工作室，知道是顾艳的母亲来了，并在作坊门外听到母女俩激烈的争吵声和哭泣声，两人一时惊诧。

"太荒唐了，太不懂事了，你还算是我的女儿吗？这次不把你带走，我，我们从此断绝母女关系，就当没生你，从此以后你别想要到家里一分钱。"顾妈妈边哭边说，一把拉住了女儿的手，往外面拽。

"老妈，老妈求求你了，求求你不要这样了……"顾艳的声音充满了乞求，她显得很无助。

就在这时，赵小梅和陈立根往门内走，陈立根加快几步走在赵小梅的前面，像头蛮牛似的，一头闯进了作坊。顾艳一双泪眼，见到两个伙伴，就像是见到了救星。

陈立根近前一步，他说话从来不带拐弯："阿姨，顾艳是你的女儿，这没错，可她已经是成年人了，有自己的志愿和理想，又不是谁的私有财产，更不是家里摆设的花瓶，怎么可以说走就可以带走的。"

这一下可是把顾妈妈激怒了，没料到有人敢这般跟一个长辈说话，这也太没有教养没有礼貌了。

"你是谁呀？你管得着吗你？"顾妈妈说，睁大着两只通红的眼睛。

"我是顾艳的朋友，我叫陈立根。"他回答，声音还响亮。

"姓陈的，你滚，你算个啥东西，这是我的家事，滚出去！"顾妈妈非常不客气了，就像正好要找个人吵架，才能发泄情绪。

"滚就滚，但是我也要把话说完，顾艳在景德镇创业，她已经很优秀了，她会成为中国最好的陶艺师，她……"

"你滚，滚啦！"顾妈妈几乎是吼叫了。

赵小梅赶紧把陈立根拉到一边。她是熟悉顾妈妈的，虽然没有见过面，但在顾艳的手机视频里经常看到她跟顾妈妈聊天。刚才陈立根说话的时候，她一直想制止他，朝着他拼命地眨眼睛，还用力拉了一下他的衣角，暗示得已经很明显了，做晚辈的不可以这样对长辈说话，这只会把事情越闹越僵。赵小梅转向顾妈妈说话，语气很温和："顾妈妈，您不要生气了，这样会气坏身子的。都是陈立根不好，他不会说话，但他也没有坏心。"

"小梅你也不要多说了，你也一样在骗我。前几天手机视频，我还问过你顾艳的情况，你说顾艳是如何如何好，你们俩白天晚上都在一起，每天在公司搞搞创作，小钱赚着，日子过得可是惬意了，这是不是都是你亲口说的话？！"顾妈妈的眼里又有泪水要流出来，她感觉到自己太委屈了。

"老妈，不能怪小梅，那些话都是我教她说的。"顾艳有点急了，感觉到自己脸上一点面子也没有，真是丢人，又说，"陈立根是我的朋友，这里是我的家，你没有资格把人家赶走。"

"你的家？这是你的家吗？咋了，没有父母养着你，你连个像样的窝也没有。"说着话，顾妈妈又朝着陈立根叫喊，似乎非要打个赢手不可，"姓陈的，我不想看到你，你滚出去呀！"

"好，好好好，我走，我滚行了吧。"

陈立根弄得很狼狈的样子，又不好再发作了，转身快步往门外走。陈立根刚出门时，迎面遇到刘海亮。刘海亮说他在公司有个会议一定要参加，就没能陪着顾妈妈一块过来。陈立根心里直来气，好像也没听清刘海亮说了些什么，哼了一声，掉头就走。

刘海亮猜测到有糟糕的事情发生，赶紧走进屋里。

顾妈妈见到刘海亮来了，擦了擦脸上的泪，也有所平静了。刘海亮彬彬有礼地朝顾妈妈点了点头，又看了一眼绷着脸的顾艳，走到赵小梅身边来。

"小梅，你先出去吧，让我来跟顾妈妈谈一谈。"

陈立根和赵小梅回到了三宝村。展示厅店面已经装修得差不多了，连体大小柜子有好几个，有些还没有安装的玻璃堆在一旁。有一张新购买的大茶桌，几把高靠背的木椅子，桌上摆有茶具和电热水壶，可供客人喝茶聊天洽谈生意。大凡在景德镇的陶瓷工作室或店铺，几乎全都备有这样一张茶桌，这就像是到了云南的许多城市，所有的茶叶店都有这套装备，那边天南地北地推销的是普洱茶，这边海阔天空地推销的是景德镇陶器。

赵小梅倒了一杯凉开水，递给陈立根。陈立根接过，一口气喝完，杯子往桌面重重一搁。

"老兄，有必要气成这样吗？今天这事，我真的不该让你过去。"

"我就是看不过眼。"

"你呀，怎么跟你说呢？"赵小梅摇了摇头，语气有些抱怨，"你呀老兄，什么时候你才能学会好好地说话呀，一点不懂人情世故，真是白活了三十年了。这新公司就要开张了，弄不好呀，就要被你搞砸了。"

"没有那么严重，不就是说了几句真话嘛。真要是因为这样的事给搞砸了，那往后还怎么一块共同创业开公司？"

"唉，你听我说嘛。顾艳原本生活的环境十分优越，她来景德镇做瓷器，父母就一直在反对。这次顾艳妈妈突然来到景德镇，见到女儿的生活环境，那是一点思想准备也没有，我们做晚辈的，应该体谅一位母亲的感受。"

赵小梅看着陈立根一副不耐烦的样子，又说起了顾艳当年考大学的事情，顾艳在北京工作室生活的情况，以及顾艳是如何留在了景德镇，跟她一起创办姐妹工作室的经历。赵小梅相信，顾艳无论如何都不会离开景德镇，也一定会有办法说服自己的母亲。正因为顾妈妈的出现，陈立根多少了解到了顾艳的一些事，他打心眼里更敬佩这个合作伙伴。

"好了好了，体谅体谅。"

"老兄，你先去洗个澡吧，一身汗臭味，换身衣服，好好冷静一下，我们再来聊。"她说，手去指了指后面的小门。

陈立根站起身来，就像被人操纵了似的，一晃一晃地走了。

赵小梅看着走去的陈立根，挺无奈的表情，笑了一笑。

傍晚，刘海亮请顾妈妈和顾艳去了一家景德镇有特色的酒店吃饭，三个人进了一个包间。顾妈妈根本就没有一点胃口，好在刘海亮极力劝慰，顾艳也不想跟母亲闹翻脸，说话的口气变得跟个乖乖女一样了。顾艳是相信刘海亮的能力的，但他也恨死了刘海亮，是刘海亮把她的现状彻底暴露于天下的。其实刘海亮还是非常支持顾艳创业的，只要顾艳不离开景德镇，他永远都会站在她一边说话。

服务生已经把点好的菜都端上桌了，都是本地特色菜，而且刘海亮交代了少放辣椒。刘海亮还带来了一支澳大利亚产的红葡萄酒，他把酒倒进了三只高脚杯里。顾妈妈坐在当中席位，刘海亮和顾艳分坐两旁。刘海亮说话有礼有节："顾妈妈您大老远地飞来景德镇看望女儿，一路劳顿辛苦，既然来了，那就先安下心来住些日子，母亲和女儿，那是血肉之亲，还真能断绝了母女关系，这不可能，对吧顾妈妈。您所做的一切都是对顾艳的爱，全天下唯有母亲的爱，才是最最伟大的。"

刘海亮举起杯子来给顾妈妈敬酒，顾妈妈却不去端杯子，气还没有消完。

"你连轿车都卖掉了，合伙开办公司，也不给家里打一声招呼，你眼里还有没有父母，我咋的就生出了你这么一个不争气的东西。"

"老妈，海亮给你敬酒呢，你也给点面子好不好。"顾艳说，转过脸去狠狠地瞪了一眼刘海亮，看来她在景德镇所有隐瞒的事，母亲全都清楚了。

"顾妈妈，顾艳不是不争气，她是太想争气了。"刘海亮笑着说话。

"争气，她争的是哪门子气呀，她就是想把我气死才甘心。"顾妈妈说，想拍桌子，伸出的手又收了回来。

"我的老妈呀，这话你咋能说出口来呀，没有了妈妈，那老爸可就惨了。说不定呀，最悲惨的事，老爸成了人家的丈夫，我成了人家的女儿，家里那么多的财产，全都成二手货交给人家了。"顾艳想逗母亲笑，母亲不笑，刘海亮却笑出了声音。

"好，好好，这样的二手货，我全都不要了。"顾妈妈说，语气有所转变了。

顾艳拿起酒杯来，塞到了母亲的手上。

"老妈，来来，先喝口酒，吃点菜，喝完吃完你再教训我。千错万错都是女儿的错，女儿给您老赔罪了。"

顾艳和刘海亮的杯子主动去碰了一下顾妈妈手上的杯子。顾妈妈重重地叹了一口气，小抿了一口酒。

刘海亮赶紧拿起一双公筷，给顾妈妈的碗里夹菜。

顾艳举起酒杯来朝着刘海亮说话："海亮，今天你辛苦了，你破费了。来，我敬你一杯。"

"不，不不，这都是我应该做的。见到您母亲，我心里很是欣慰呀。记得三年前我还租用在一间居民的小屋子里做陶艺，我妈妈从重庆过来，在景德镇陪了我三个多月的时间，天天给我做好吃的，生怕我苦我累，当时屋里没有空调，就一台小电风扇，妈妈全都让给我吹，自己打扇子。所以说嘛，世上只有妈妈好。"刘海亮说这话时，还有点感伤的情绪。

"不说了，不说过去了。海亮，干杯。"顾艳举起杯子，绕过母亲的座位，大着步子走到刘海亮的身边来，碰了一下刘海亮的杯子，咬着他的耳根说，"叛徒，你这个叛徒，你可是把我祸害惨了！"

第五章　酒不醉人人自醉

第二天上午，赵小梅开着电动车来蓝天陶社，刚到门口，听到身后传来汽车的喇叭声。是武剑来了，开着一辆小货车。武剑喊着"赵美女等等"，今天他可是亲自送货上门。

"是武大哥呀，你说送货？"

"对呀，陈总给我打电话交代的，要两筐青花碎瓷片做装饰用。"武剑说，他亲热地称陈立根为陈总了。

"好呀，谢谢您亲自送来，工人正等着装饰大门两边的围墙呢。"

"这点小事，不用谢。"

武剑打开货车后门，车厢里有两大筐青花碎瓷，这些碎瓷片都是武剑那边店里做仿古瓷报废的青花瓶子、坛坛罐罐、瓷板什么的，然后砸碎了，大小形状不一，每一片都很亮丽，拿来做装饰品用极具景德镇地方特色。武剑把两筐碎瓷片搬下车来，这可是力气活、粗活，他挺怜香惜玉，不让赵小梅动手。

"这些青花瓷片太漂亮了，我喜欢。武大哥，两筐碎瓷多少钱，我现在就手机转账给您。"赵小梅说，她在新公司主管账务，负责所有的资金进出。

"不用不用。"武剑说。

"那怎么可以，拿人物品怎么能不付钱。"

"白给，真的是白给了。"

"这不好，凭什么呀？"

"就凭你长得漂亮呀赵美女。"武剑笑了笑，又说，"跟你开玩笑的，电话中我已经答应过陈总不收一毛钱，算是支持一下蓝天陶社，你们干好了，赚到大钱了，我这做老哥的不愁收房租了。我一直看好陈总这个人，你们跟着他干，大有奔头，前途无量啊。"

"谢谢武大哥对蓝天陶社的支持，谢谢。"

"咦，顾美女呢，怎么没有见到她。"武剑问她。

"顾艳没过来，她有其他的事务。武大哥还有什么事，跟赵美女说就好了。"赵小梅嘻嘻笑着。

"没事没事，等有机会了，我请你们美女赏光喝个酒。"

"这没问题，都是好朋友嘛。"

武剑打声招呼便开车走了。赵小梅看着那两筐青花碎瓷，一阵感动。

陈立根在作坊里忙碌，正将一块蓝布遮盖在一件体积很大的雕塑上。赵小梅走了过来，告诉说武剑送来了两筐碎瓷片，已经交给装修的工人了。陈立根点头，又在忙其他的活儿。

赵小梅看着那件用布盖着的雕塑，问："这么大个物件，什么作品？看看行吗老兄？"

"现在没什么好看的。"

"看你，神神道道的，看看也不行？"

"到时候就知道是个什么物件了，现在我还不清楚开窑出来后的效果。"陈立根说，手上揉动着一团瓷泥，"小梅，你忙你的事去吧。"

赵小梅走到陈立根身边来，小着声音说："老兄，求你一起去办个事行吗？"

"你这话说得，有事交代我去办就好了。"

"那行，现在我就陪你一块去见顾妈妈，给长辈赔个不是。"

"我又没错，昨天我说的话都在理儿上，我不去，我也没这闲工夫。"

"你还说你没错，你就是错了。老兄呀，这不是为了你一个人，这是为了我们的蓝天陶社，你得顾全大局。"赵小梅说，两只手在工作台上拿起几团瓷泥，揉在一起，往台面重重一摔。

陈立根还有什么好说的，再说这事也不能让顾艳一人去面对，他们是一个团队。赵小梅拉着陈立根先去了一家商场，买了一大袋景德镇当地土特产，然后去了市内的一家星级宾馆。

赵小梅一路交代陈立根，见到顾妈妈，少说话，管好自己的嘴巴，好听的不好听的都点头行礼。陈立根低着头不吭声，两人进了宾馆大门，刚上几步台阶，陈立根突然改变了主意，把手上拎着的袋子往赵小梅手上一递，转身便快步走了。赵小梅回身去追了几步，喊他回来。

宾馆高层的一间客房，窗外的天空显得很白。顾艳一脸讨好地跟母亲说话，顾妈妈的心情似乎好了一些。顾艳说起她为什么没有去刘海亮公司的原因，这家公司肯定是前景不错，条件各方面都很优越，那是因为有财团资助，有大老板瓷商做后台，进了这家公司上班做陶艺师，会很受限制，一点不自由，无法更早地实现她的愿望。而她和赵小梅、陈立根三人组合的蓝天陶社，各有各的技能特长，可以尽情地施展发挥，在景德镇陶艺界做一番大事业。

顾妈妈耐着性子听女儿说，她问："你的理由还真够多的，说完了没有？"

"那好，暂时就说这么多了吧。老妈，就算你不出资金，在精神上也帮帮你的女儿一把吧。"顾艳嘴唇往上噘了一下，像在撒娇。

"你还想我再给钱，做梦去吧。我就是不明白，你凭啥的就要跟着他姓陈的小子一块搞公司，他行吗？从头到脚一身穿得邋邋遢遢的，我看他跟刘海亮没得比。"母亲瞟了一眼女儿。

"看人不能看外表，他们都是做瓷的人，他们的手艺各有千秋。"

顾艳说话时，走到一边的沙发前，拿起她的挎包，从包里取出一件陶瓷品，正是那只有着祭红色尾巴的美人鱼。她说："老妈你看看这件陶艺品，这就是陈立根雕塑后烧制出来的。你仔细看看，这造型的美妙，这釉料的发色，这可是难得一见的祭红。老妈，虽然你不懂瓷，但你可以欣赏呀，感受呀，每一件瓷器都是有生命的。"

美人鱼举在顾艳的手上，她得意地摇动了几下。

"我不懂瓷，那好，拿过来我看看。"顾妈妈说，伸过手去。顾艳欣喜，把美人鱼陶瓷递到了母亲的手上。顾妈妈接过美人鱼，看也不看，高高地往头上举起，就像要砸掉。

"老妈，老妈你可千万使不得……"顾艳着急了。

"就这么个玩意儿你还装在包里带在身上。艳艳我问你，你老实说，你是不是喜欢上这姓陈的小子了？"

"没有没有，我把这件陶器品带来，只是想说服老妈的。老妈你也想想，这顾家的千金小姐，陈立根无论哪方面的条件也配不上呀。"

"说的可是实话？如有半点虚假，我就砸碎了它。"

"老妈，我发誓，我不可能喜欢上他的，只是合伙盟友、事业伙伴。"

"叮当"一声门铃响，顾艳赶紧走去开门。

赵小梅走进房间，朝着顾艳眨巴了一下眼睛，示意陈立根没有过来。顾艳微微叹了一口气，心里有点不舒服，老兄怎么可以这样，刚才电话里小梅都说好了会一块来的。

"顾妈妈好，这是陈立根送给你带回青岛的景德镇当地的土特产，他忙于陶社的事务，让我带来了话，昨天的事很对不起长辈，冒犯了长辈，我替他正式来给顾妈妈赔礼道歉。"赵小梅说，垂着眼皮，小心地走上前来，把手上的土特产袋子放在茶几上。

"知道错了，躲着我是不是？那不行，要道歉这小子就得当面。"顾妈妈认真地说，绷着个脸。

陈立根骑着电动车往三宝村的路上，手机响了，是赵小梅打来的。赵小梅在电话中恳求陈立根来宾馆见顾妈妈，当面道个歉，这事儿也就完了。接着顾艳又在手机里讲话："老兄呀，你那张脸面就有那么重要吗？她是我的妈妈呀，如果你再不来宾馆，从今往后我们就不要在一块玩耍了。"陈立根收下电话，叫苦不迭，老天爷怎么偏偏让他遇到这么两个不好招惹的女人呢。

事情很快就得到了解决。陈立根虽然心里抱怨，很不情愿，但还是骑着电动车立即又去了宾馆，见了顾妈妈。他像个乖孩子似的当面赔礼道歉，请求阿姨原谅他的无知无礼。顾妈妈说什么话，他都点头，都行礼，嘴里只说"是是是""好好好"。其实顾妈妈并没有别的目的，事情都已经这样了，女儿也肯定不会走了，只是想深入一点接触了解陈立根这个年轻人，希望他往后要善待她的宝贝女儿。

陈立根耷拉着脑袋从宾馆大门走出来，这被人强迫去做事，心里自然不舒服。赵小梅快走几步，紧随其后，边走边跟他说话。

"老兄，刚才你表现得很好，很到位，虽然目前没见效果，这也算是给足了顾艳的面子。天下谁能没有父母，做人要有孝心，有良心。"

陈立根听到这话心里很窝火，回过脸来，看着赵小梅，说："我就没有父母，有孝心又怎样，全都死掉了。"

"你这是说的什么话，真的还是假的呀？"赵小梅惊愕极了。

"真的也是假的，假的也是真的。我……我不想再说这个话题了。"陈立根的脸色有些发青，那模样就像要找个人狠狠地发泄某种情绪。

赵小梅赖得理他了，转身往一边走。

陈立根见到赵小梅走了，感觉很无趣，也闹不懂今天自己到底是怎么了，赵小梅是一番好意，又没有得罪他，他还拿人家当个出气筒。他看着走出没几步远的赵小梅，忽然发现赵小梅的紧身连衣裙屁股下面破了一道口子，可以看见里面一小块红色的内裤，不禁哈哈地傻笑起来。赵小梅一直喜欢穿各种青花图案的服饰，走到哪里都像是一件富有动感的青花瓷，这显然跟她热爱的职业有关。她今天来见顾妈妈，出门时还特意换了这件更显身材的连衣裙。

"笑，有什么好笑的。"赵小梅回过脸来，冷冷地说。

"你的裙子下面破了，都走光了。"他又忍不住想笑。

这时有几个住店的旅客经过赵小梅身边，陈立根赶紧上前把赵小梅拉到一边去，接着脱下牛仔衣，蹲下身来，双手把外衣往赵小梅的腰下围去。赵小梅不明就里，心想老兄你疯了不是，一巴掌扇在下面陈立根的脑袋上。

"你神经病，耍流氓呀你……"

"我没有，你……你自己摸摸屁股上面好不好。"

赵小梅的腰下围着牛仔衣，手往下一摸，发现真是自己的裙子破了。陈立根这样做，是为了维护她的形象。

"对不起，对不起了老兄。"她急忙道歉。

陈立根站起身，摇摇头，往停有电动车的棚子走去。赵小梅望着离去的陈立根，心里一阵热乎乎的，甚是感动。

当天下午，刘海亮开车，顾艳送母亲去罗家机场。

顾妈妈心情仍然不好，在这座城市一分钟也待不下去，她没能说服女儿回老家，内心很失望。顾妈妈在宾馆时，已经用手机跟顾艳的爸爸通了一次长话，详细告诉了女儿在景德镇的工作生活情况，做父亲的通情达理，认为女儿这么大了，早晚都要独立生活，自己选择的道路，就该自己去走完。父亲给了三个月的时间让顾艳自己考虑清楚，实在不能适应景德镇的生活环境，不要勉强，立即回青岛来，家里随时都欢迎。事实上这次在景德镇，母女之间闹出的矛盾，最终是父亲来协调解决的。顾妈妈搬不了救兵，她咬牙切齿地对女儿说："你就自己独立吧，你独立得了吗？不听妈妈的话，早晚要悔断肠子。你可是记住了，往后家里再也不会在经济上接济你了，到时不要怪父母心狠。"

车去机场的路上，顾妈妈一再叮嘱刘海亮，好像她只信刘海亮，让刘海亮多费些心思帮助这个不懂事的女儿，有什么事直接给她打电话。刘海亮微笑着，他说："顾艳妈妈，我和顾艳在景德镇是最要好的朋友，顾艳的事，就是我的事，您就放心好了，您和叔叔只管保重好身体。"

机场安检大厅通道，顾艳把行李交给了母亲，并扑上前去，拥抱了母亲，眼里流着泪水，她何尝不清楚，这世上，妈妈是最疼爱她的人。

当天晚上，刘海亮想留下顾艳两人一块吃个晚饭，顾艳却急着赶去见陈立根和赵小梅了。这时候顾妈妈乘坐的飞机应该还在蓝天飞翔呢，顾艳却没有一点心伤的表现，似乎什么事也没有发生过，又蹦又跳的劲头十足，就像是满血归来，还喊着老兄和小梅晚上去找个摊档吃烧烤，整几支啤酒喝喝，谁敢不去她就跟谁翻脸。

再有几天，赵小梅和顾艳就要搬去三宝村的蓝天陶社居住了，想想都兴奋，多么令人神往呀。她们开始收拾行李物品，该扔的扔，该留的留，从卧室到作坊，屋子里全都乱了套。陈立根来了，让她们放下手头的活儿，现在陪他去见一个重要的人物，这个人对他们新公司的将来会起到重要的作用。赵小梅和顾艳难以相信老兄在景德镇还有这条路子，陈立根让她们别磨蹭了，抓紧时间出门，等见到人就知道了。

陈立根他们三人打了一辆出租车，来到了市区，在一家挂牌为"景德镇昌南陶瓷文化传媒推广有限公司"的公司门口下了车。

公司的一楼门面是陶瓷品展示厅，王小林正送两名顾客出来，见到陈立根来了，身边还带着两位美女，立即迎上前来。陈立根介绍王小林是他的恩师，又介绍赵小梅和顾艳是他的合作伙伴，他们一起在三宝村成立了一家新公司"蓝天陶社"。王小林有一段时间没有见到陈立根了，没想到开了家新公司，人的精神面貌也焕然一新，由衷地为他感到开心。

王小林是在景德镇结婚成家的，他的妻子杨菁原是一家瓷厂的陶艺设计师，开办这家公司后，妻子便跟他一块经营打理公司事务。他有一个五岁的儿子，妻子刚送孩子上幼儿园去了。

陈立根和赵小梅、顾艳参观了展示厅的陶艺品，都是极高档次的，许多作品都出自景德镇著名的陶艺大家之手。王小林介绍的这些作品都是代销和做样品的，楼上居室还摆放了好几十件，屋子里挤得满满的，连下脚的地方都快没有了。目前市场很不景气，要想把这些陶艺作品变现，非常不易。当然，一旦遇到了机会，一次就能售出数十件。年前一个从广东来景德镇旅游的商家，一眼便喜欢上了几件瓷板画，当即下单订了二十件，那可是上百万元的订单。

王小林给他们三人泡茶，告诫陈立根开办公司创业一定要有足够的思想准备，并要有坚定的信心，路途漫漫，天道酬勤。王小林承诺他一定会鼎力相助"蓝天陶社"，他是绝对看好陈立根的。王小林入行多年，认识很多陶瓷商家大客户及赞助商，这次陈立根他们也是来得及时，正好就有一个杭州"红番天"全国连锁餐饮公司的商家，昨天刚到景德镇，计划订制一批手绘餐具，可以介绍陈立根认识一下。赵小梅和顾艳听到有这等好事，可是高兴坏了。

"小林老师，那你现在就打个电话联系一下行吗？"陈立根说，赵小梅和顾艳用期盼的目光看着王小林。

"可以，我现在就给郭总电话。"

王小林拿起手机，很快联系上了郭总，并在电话中详细地介绍了一下陈立根的陶艺才华，又是刚成立的一家新公司。郭总回答说他吃晚饭有时间，可以先跟大家见个面。

"行了，晚上一块吃个饭。"王小林说。

"王老师，谢谢谢谢，您费心了。"赵小梅开心地说。

"王大哥，那我现在就订好一家酒店，景德镇哪里有好吃好喝的，这方面我在行。"顾艳欣喜地说。

"小林老师，今天晚上我们来请客，说定了。"陈立根说。

陈立根他们三人做东,在一家很上档次的酒店订了一个包厢,王小林开车去把那位叫郭总的商家请了过来。

在任何场面上,陈立根遇到任何人都是一副不卑不亢的样子,赵小梅和顾艳就不一样了,那得看是遇到什么样的人再作出什么样的反应,遇到杭州来的大客户,那可就是遇到了上帝。郭总是个中年胖子,一对狭长的小眼睛,身着大品牌"阿玛尼"休闲服,戴一顶黑白相间的长舌帽,很精神,很有大老板范儿,笑起来的时候肥胖的脸上几乎就找不到眼珠子。赵小梅和顾艳在来酒店之前,特地回去换了一身衣服。赵小梅穿一件蓝花点图案的便服,脚上一双绣花中跟布鞋,脑后扎一根黑亮亮的粗辫子。顾艳的外衣是紫红色的,里面一件蕾丝低胸内衣,随意而性感,金色的高跟鞋。她们两人的嘴上都涂有醒目的口红,抬眼望去,简直中西合璧。

王小林介绍过郭总之后,便隆重介绍陈立根、赵小梅和顾艳三位青年陶艺师,表示他们在景德镇做陶瓷很有实力,期望郭总能有机会跟新成立的蓝天陶社合作。顾艳从挎包里取出一台苹果笔记本电脑,打开来递给郭总看,里面都是他们三人创作的陶瓷作品,件件都赏心悦目。郭总手指熟练地划出了十几个页面,一把合上笔记本,点头笑了笑,他是信得过王小林的,以前他们之间有过多次陶瓷生意往来。

酒菜都已经上桌,两支白酒是王小林带过来的,十五年的江西四特酒,镂雕的青花陶瓷酒瓶,十分养眼。郭总的左边坐着赵小梅,右边坐着陈立根,依次下去是顾艳和王小林。郭总显然是见过大场面的人,可是不能给人灌醉了,这两支白酒要喝,那也得五人平分。顾艳说这没问题,只要郭总喝得开心就好,赵小梅将两支打开的白酒倒进每人桌前的分酒器,又给郭总碗里夹菜,一边介绍当地特色菜肴"瓷泥煨鸡"。这道菜相传源于清代,景德镇的瓷工喜将嫩鸡去毛,破腹后,在鸡腹内填满猪肉和生姜、葱花、麻油、食盐之类的佐料,用荷叶包扎好,然后将绍兴老酒淋入瓷泥中,再将鸡埋入刚开窑的热窑内,煨烤十个小时左右,便可取出,于是取名为"瓷泥煨鸡"。

郭总吃了几口鸡腿，果真肉质鲜嫩，人间美味。

这酒过三巡，顾艳把陈立根拉到自己的座位，她换在了郭总的身边。如此一来，郭总便夹在了两位美女当中。郭总很厉害，小眼睛盯着每人的杯子，大家喝多少，他就喝多少，绝对不允许轮流敬酒，这不公平。

"郭总说得好，我就喜欢公平，做小妹的也不能欺负郭大哥对吧。郭总来到景德镇，这酒喝不好，那是我的错了。"顾艳说着话，拿起一边陈立根的酒，倒进自己的分酒器里，又拿起那边赵小梅的酒，倒进郭总的分酒器里，笑着说，"这样会不会很公平了，小妹跟大哥您喝得一样多。"

"好，好好，既然顾美女这么有兴趣，那我们就来个'令狐冲'吧。"

"没问题，一点问题没有。"

顾艳端起分酒器，仰头一口便喝干了。郭总有点惊诧，也只能端起分酒器，将酒全都倒进了嘴里。

大家都笑。陈立根和赵小梅显然酒量不如顾艳，王小林也喝到七八成了。

"郭总，今晚这酒，差不多了吧。"王小林说。

"王先生，这就完了吗？要么再来点啤的，压一压。"郭总说。

"好哇，大哥痛快人，这话我爱听。"顾艳说着话，朝着一边站的女服务生，"小妹，再来一箱啤酒，要青岛的，那才够劲。"

"顾艳，不要喝了吧。"陈立根有点担心顾艳会醉。

"喝呀，郭总说喝，那就得喝。这往下喝的不是酒，是感情，是诚意。"

"没错，没错。"郭总朝着顾艳伸出大拇指。

服务生端来一箱啤酒，顾艳吩咐统统打开摆到桌上来。她说："生意不在人情在嘛，酒嘛，水嘛。"

郭总听到这话乐了，没想到景德镇的人除了瓷器做得好，酒品也好。

这一场啤酒下来，众人分头都喝，郭总也喝得有大半醉了，说话已经口齿不清："明……明天上午，你们蓝……蓝天陶社过来签订合同。"

离开酒店，顾艳醉了，赵小梅也喝大了，两人相互搀扶着手舞足蹈地在街头耍起了酒疯，顾艳举着手机，两人玩了一张自拍照，然后兴奋地高唱着周杰伦那首《青花瓷》：素胚勾勒出青花笔锋浓转淡/瓶身描绘的牡丹一如你初妆/冉冉檀香透过窗心事我了然/宣纸上走笔至此搁一半/釉色渲染仕女图韵味被私藏/而你嫣然的一笑如含苞待放……

陈立根紧紧跟随在两名唱歌的女子身后，那模样就像个带刀侍卫，谁也不得前来冒犯。他的心里一阵阵感动。为了生活，为了生存，为了瓷器，陈立根本身又何尝不是如此。

翌日一早，陈立根他们三人都有点头晕晕的，一道去吃了早餐。昨天夜晚，顾艳起床几次，吐得稀里哗啦，赵小梅说起这事，顾艳却一个劲儿地摇手说自己身体没问题。

郭总住在一家五星级酒店，陈立根在酒店发了一条微信给王小林，问他到了没有。王小林回复，刚到，让他们上来，2508房间。

这是一间豪华套房，陈立根他们走进房间，一阵吃惊，原来刘海亮也在，比他们先到一步。刘海亮从沙发上站起身，微笑着跟他们打声招呼，手上拿着一个装有图片的塑料公文袋。王小林说明了一下情况，郭总为了慎重起见，约谈过好几家陶艺公司，从中选择了"海亮公司"和"蓝天陶社"。顾艳朝着刘海亮翻了一下白眼，好像在说昨晚那场大酒不是白喝了吗？郭总精神好极了，很客气，亲自泡茶，招呼陈立根他们坐下，似乎忘记了昨天喝酒的事。

郭总将一杯茶递到顾艳的跟前，他说："我已经认真看过你们两家公司的资料，制作工艺都非常不错，我喜欢年轻人设计的陶瓷。这样吧，你们各自先拿出餐具产品的创意方案和设计草图，然后我从中做出决定。"

前后也就喝两杯茶的时间，郭总该说的话也就说完了，大家便散了。

陈立根匆忙回三宝村，这边装修工程已近收尾，他得进行验收。对于郭总的做法，他给王小林回复电话，可以理解，这也正常，能够得到这次机会，已经是很幸运了。

而赵小梅和顾艳的想法就不一样了，她们回到住宅，思前想后都过不了心里一道坎，莫名地生气，这半路杀出个程咬金来，还是熟悉的刘海亮，如果换作是别人，那也罢了。

"这事不能就这么完了，明明是我们接的单呀。小梅，这单生意如果顺利接下来，至少也有上十万的利润呀。"顾艳气呼呼地说。

"郭总已经都决定这么做了，那又能怎么样呢？"赵小梅露出无奈的表情。

"不行，我得说服刘海亮，让他的公司放弃这单生意。"

"有这个可能吗？看他今天那模样，可是信心满怀的。"赵小梅说，低头想了想，"顾艳，要不试试看吧。"

赵小梅和顾艳去了一家咖啡厅，顾艳已经打了刘海亮的电话。不多一会儿，刘海亮便开着车来了。

刘海亮是多么聪明的人呀，已经猜测到了二位美女请他喝咖啡的用意。

"顾艳，你们两人是想劝说我出局，放弃郭总的这单生意吧。"他温和地说。

"刘总，这你都能猜到呀。"赵小梅故作惊讶的样子，朝着顾艳眨了眨眼睛。

"我说海亮，杭州的这单生意你们公司就不要掺和进来了行呗，你公司在全国各地有的是业务可做，也不差这一单。"顾艳说，语气里求助于对方。

刘海亮一时沉默，看看对面的顾艳，双手搓了搓，有些为难的表情。他问："是陈立根让你们来找我的？"

"不是，这事儿跟他没有关系。"赵小梅说。

"海亮，蓝天陶社是我们新成立的公司，真的非常急需这个单子起步，你就看在我的面子上，高抬贵手，行行好。"顾艳笑着说。

"顾大小姐，这不是面子不面子的问题，这是生意，商场如战场，没有竞争，便无法生存。更何况，我喜欢陈立根这样的对手。"刘海亮说，一点情面也不给。

"喂，刘海亮你摆个啥威风，商战哪？还给上升到这么个高度了？"顾艳有些着急，可又找不到更好的说辞。

"只能说声对不起了。"他说。

"没有什么好对不起的，既然话都说到这个份上了，我告诉你刘海亮，陈立根，不仅仅是陈立根，是我们蓝天陶社，也需要你这样的对手。"赵小梅说，早就沉不住气了，"顾艳，我们走吧。"

赵小梅拉着顾艳就走，单也不去买。刘海亮摇头苦笑，转过脸去，朝着一旁的服务员打了一个响指，说："小姐，买单了。"

陈立根知道了她俩去找刘海亮这件事，气得腮帮子都发青了，这也是因为顾艳一不小心说漏了嘴。

"你们竟然去找刘海亮，想说服他出局，丢不丢人啦。"

"老兄，这有什么好丢人的，我和他是好朋友。"顾艳说。

"朋友归朋友，生意归生意，商场就是战场这点道理你们懂不懂？这样做，只会让人家看不起我们，看不起蓝天陶社。"陈立根恨得在脑袋上拍了一巴掌，又说，"伤自尊，这简直太有伤自尊了。"

"对不起了老兄，别生气了。"赵小梅说。

"那个郭总，喝酒的时候可是明明答应了让我们第二天上午去签合同的，怎么就弄出这么蛾子来。"顾艳心里很不服气，眼圈有点红了，很是委屈。

"酒桌上说的话也能算数吗？太幼稚了你吧。好了好了，过去了的事就算了，竞争原本就是一件好事，我们要有信心击败海亮公司。"陈立根说。

"顾艳，不要去想它了。"赵小梅递了一张纸巾给顾艳，轻声说，"没有刘海亮也有王海亮陈海亮的，我们一定能拿到这个单子。"

为了能够拿出让商家满意的创意，陈立根他们三人在刚装修的新公司连夜加班直到天亮，绞尽脑汁，做出了几套方案，最终确定了餐具以手绘古典青花为主体图案，极具民族特色。

第二天，王小林将蓝天陶社和海亮公司设计定稿的两套创意方案，交到了郭总的手上。海亮公司设计的图案走的是时尚奢华路线，以紫金色的线条为餐具的背景，色彩鲜明。

郭总眯缝着一双小眼睛，认真看过这两份公司的创意设计图，各具特色，他都喜欢，一时很难做出选择。郭总回过头来，看着沙发上坐着的王小林，问他："王经理，这回可是让我遇到难题了，怎么办呢？这两套年轻人的设计方案，我都看好，无论传统青花和现代陶艺绘画，相信都能得到顾客的喜欢。要不这样，你给我拿拿主意，给点建议也行。"王小林笑了笑，一时没急着回话。其实两套设计方案他都认真看过，他还真拿不准谁的方案好谁的又不好，从报价上来看，蓝天陶社那边比海亮公司的价位要高出百分之三十，但蓝天陶社的餐具基本上需要全手工制作，何况又是青花绘画，价格高点也是合理的。王小林想了想，说："郭总，其实我和您的感觉一样，两套方案我都认可。关键在于贵公司的餐饮业面对的是什么样的顾客群体，您说呢？"郭总听过王小林的话，眼睛又回落到两组设计图上，他说："王经理，你说得很有道理。这样吧，我把这两套设计方案传真给公司的业务部，让他们商量一下，再做最后的决定。"

已经是第三天的上午了，陈立根匆匆来到姐妹工作室，准备完成这边的搬家任务。因为一直都没有郭总那边的消息，赵小梅和顾艳为此焦虑不安，像是热锅上的蚂蚁，完全没有一点心情。

"老兄，你给王老师打个电话吧，询问一下情况。"顾艳说。

"不用着急呀，总会有结果的。"陈立根低头说话，像个搬运工似的，正在给她们准备搬家用的打包箱子。

"你就打个电话，打个电话又不碍事的，我们急呀。"赵小梅说着话，拿起一边陈立根的手机，递了过去。

陈立根没有接手机，埋着头说："不用打了，我们要相信自己的实力。再说了，买主又不是小林老师，是郭老板。"

第六章　不忘初心

赵小梅看着忙于干活的陈立根，想了想，朝着顾艳使了一个眼色，两人便走到门外去了。

"什么事呀小梅？"顾艳问她。赵小梅迟疑了一下，说："顾艳，其实你可以直接打电话给郭总呀，这个单子到底给不给我们蓝天陶社。"

顾艳有些莫名其妙地看着赵小梅，并没有反应过来。

"你是说，直接打郭总电话，可是我又没有他的手机号码？"

"怎么会没有呢，喝酒的时候，你不是跟他要过电话号码吗，郭总都用手机打了一下你的手机。"

"这，这不可能的。"

"你呀，你真是喝断片了，要不你查下手机。"赵小梅指了指顾艳胸前悬挂着的苹果手机。

顾艳愣住一下，立即拿起手机查看，果然有郭总留下的手机号码。她嘻嘻一笑，说："哇，还真有呀。那，那我打过去问问。"顾艳正用手指点手机号码时，手机铃声响了，一看号码，正是郭总打过来的，她赶紧接听。郭总在电话中问她是不是顾大美女，她说没错的郭总。郭总告诉说，经过慎重考虑，认可了蓝天陶社的设计方案，一个月之内，先生产出二百套餐具，待货到杭州验收完成后，再续签下面的八百套。

就在顾艳接听郭总电话的时候，赵小梅的耳朵也贴在了顾艳的手机上。

"谢谢！太谢谢郭总了！"顾艳拿下手机，激动得跟赵小梅紧紧拥抱在一起。

"快，快去告诉老兄，这事儿已经成了。"

赵小梅和顾艳快步往屋里去，就像两只快乐飞翔的小鸟。陈立根正把几个打包好的箱子堆到墙边去，见到赵小梅和顾艳跑进屋里来。

"喂，我说二位大小姐呀，你们还真把老兄当成个卖苦力活的人了，动动手，抓紧时间呀。"陈立根说。

"郭总亲自给我打来电话了。"

"郭总，他在电话中说，杭州的餐具单子交给我们蓝天陶社承制，我也亲耳听见了呢。"赵小梅说，她们两人喜形于色。陈立根微微怔住一会儿，很快确信了，他说："也就是说，这次竞标，我们没有输给刘海亮了。"

"我们赢了，蓝天陶社赢了，老兄。"顾艳大着嗓门说。

陈立根听到这话，猛的一下站直了身体，他兴奋极了，一时不知道该如何表达内心的喜悦，两只手掌在空中来回抓动了几下，就像在抓动着一团结结实实的瓷泥，要把它重重地摔下去。他说："新公司后天就要开业，订单也到手了，蓝天陶社可是双喜临门啊！"

"老兄，今天中午咱们三个是不是要整点酒喝喝，庆祝一下……"顾艳说话时，手机响了，一看显屏，是刘海亮打过来的。她朝着陈立根和赵小梅做了一个鬼脸，然后走到一边去接听电话。

刘海亮在电话中单独约顾艳一块吃个便饭，顾艳想都不想，便一口答应下来。刘海亮败了，她必须要去的，当时好言劝他出局，他还不干呢，这回倒是要看看，谁才是真正的胜利者。

在一家西餐厅，顾艳迈着轻盈的步子来了。刘海亮见到顾艳，表现得很是大度，对竞标失败并不在意，他清楚顾艳喜欢吃什么样的牛排，已经给她点了菲力牛排七成熟，还有牛尾汤。因为下午还要工作，刘海亮不能喝酒，顾艳说她也不想喝，能吃牛排已经非常开心了。

"你输了，你就一点也不感到沮丧吗？"她笑着问他。

"有这个必要吗？胜败乃兵家常事。说句实话吧，其实你们设计的产品方案，我也很喜欢，真的，你们很棒。"他说。

"哈，你总算是认输了。"顾艳将一大块切好的牛排塞进嘴里，嘴角有了余下的油迹。刘海亮拿过一张纸巾，递给顾艳。他说："顾艳，只要你开心就好，蓝天陶社能够得到这个订单，我也为你高兴。"

刘海亮眼看着顾艳的脸，有点动情的样子。

"你也吃呀，别老看我。"顾艳说。

刘海亮的刀叉在牛排上切动了几下，小口小口地放进嘴里，说："顾艳，其实我约你见面，第一是祝贺你们蓝天陶社，第二，希望我们之间的关系能够往前递进一步。"

顾艳听到这话，张嘴一笑，做了个吃惊的动作，头往前一伸，小声说："海亮，你这是在向我示爱了，你想泡我呀？"

"你别说得这么难听好不好。顾艳，我说的都是真心话，我们认识、做朋友也有快两年了吧。"刘海亮说话时，手往前微微伸出，似乎想摸着顾艳的手。顾艳的手往回一收，然后又轻拍了两下刘海亮的手背，很友好地说："海亮，你身边的美女多了去了，你还愁没有女人？"

"可我就喜欢你。"他说。

"为什么？"

"这还用问吗？因为你漂亮呀。"

"漂亮，我顾艳是你眼里的一件瓷器吗？"

"也可以这样去比喻，在这个世界，谁又能漂亮得过瓷器呢？！"

顾艳听到这话，心里多少有些感动。她想了想，目光很真诚地看着刘海亮，认真地说："刘海亮，我敬重你，我也很乐意成为你的朋友。但是，个人的感情问题，至少目前不想去考虑。我每天所想的事，做梦都在想的事，就是如何去做出自己喜欢的陶瓷作品，证明自己在景德镇的人生价值。海亮，我这样说没有伤到你吧，我们继续做朋友好吗？我喜欢你这样有才华的朋友。"

"我能理解，我也会有足够的时间耐心等待。"刘海亮说，眼睛看着窗外，天很高，很蓝。

赵小梅和顾艳已经搬来三宝村的蓝天陶社居住。她们两人住在二楼的卧室，有二十多平方米，显得很宽敞，几件很实用的家具，配有一米二的单人床，且都有独立的洗手间，两间卧室当中还开了一个拉门，方便来往。陈立根为了装修楼上的两间宿舍，让她们有一个舒适的环境，有居家的感觉，可算是花了本钱。而陈立根自己仍然是住在楼梯转弯角的那间屋子，稍微做了一点简单的装修，洗手间还是外面一个公用的。一楼的厨房也经过了一些改造，电冰箱、微波炉、煤气灶台和锅碗瓢盆什么的配备齐全，其中有些厨具是赵小梅和顾艳从原先的住宅带过来的。

这就是他们的家了，他们创业的地盘。

赵小梅和顾艳搬到新房间的时候，高兴得就差点没在床上打滚，这里已经不是她们原来的那间小型工作室了，而是一家地处三宝陶艺村稳当当地有了一定规模的公司。新公司明天就要开张，赵小梅和顾艳兴致勃勃地去了市区一家大商场，特地给陈立根选购了一套深灰色的西装，一件浅蓝色衬衣和一条紫红色的领带，还有一双黑皮鞋。

下午，陈立根在展示厅忙碌着，正安装一台在网上购买的宽屏电视机，调试好路由器。赵小梅和顾艳从商场回来，把买来的服饰送给陈立根。陈立根睁着个老大的眼睛，左看右看都是在寻找商标吊牌上的价格。

"我的妈呀，八千块，小一万啦。我说……我说你们用得着花费这么多的钱吗？退回去，我才不要呢，做瓷活的人，也用不上。"陈立根说，人显得有些恼怒了。

"这是我和顾艳的心意,送给老兄的礼物。"赵小梅微笑地说。

"太贵,太贵了。我,我真的不能接受。"他说。

"贵什么贵呀,只是国内的一个牌子,你还以为是外国大品牌呀,男士最普通的'汤米''POLO'这类的牌子,光一件西装也得过万呢,那么贵重的衣物,我们也送不起。老兄,你就啥也别叨叨了。"顾艳的最后一句话,山东口音很重,也很温馨。

"不行,真的不行,再说我也不习惯。"陈立根以强调的口气说。

"老兄呀,这件事不能听你的,公司明天就要开张,你身为总经理,正式场合总得注意自己对外的形象,这也是蓝天陶社的形象呀。"赵小梅说。

"还有呀老兄,你现在就去理发店理个发,刮下胡子,别把自己弄得像个农民工似的。"顾艳似乎是命令的口气说话。

陈立根用手去抓了抓脑袋上的长发,感觉俩美女说的话也是句句在理,咧嘴嘿嘿一笑,说:"听你们的,都听你们的行了吧。不过嘛,等公司赚了钱,大家有钱分了,我会把钱还给你们的。"

"这又是说的啥话呀,太见外了。"顾艳说。

"老兄,有了蓝天陶社,我们已经是一家人了。"赵小梅说。

"好,好好,那我现在去理发店了。"

"别磨叽了,快去吧你。"顾艳说,手指门外。陈立根乖乖地放下手中的活计,心情愉悦地出了门。她们两个人看着走出的陈立根,顾艳说:"咱还就不信了,制服不了这个民工。"

顾艳这话一出口,她们两个都差点笑喷了。

今天,阳光明媚,"蓝天陶社"正式开业了。大门两侧有青花瓷片装饰的墙壁,门头上"蓝天陶社"四个大字在青花祥云的组合下显得熠熠生辉,门头下方悬挂着两串火红色的灯笼,虽是简洁,却也喜庆,具有陶瓷文化特色。

前来蓝天陶社的有刘海亮、王小林、武剑、陶明、赵青山师傅，还有兰兰和李强等大学同学，市青年陶艺协会张新明会长和陶艺大师黄老。刘海亮带来了一位重要的客人，昨天才从加拿大飞来的，他叫梁永华。梁先生50岁左右，是国内鼎鼎大名的陶瓷收藏家，同时也是"海亮公司"的出资方、董事长、幕后大老板。还有至少三十几位嘉宾和亲朋好友也来到了蓝天陶社，参加开业典礼。

在这样一个喜庆的日子里，赵小梅和顾艳自然要把自己打扮得漂漂亮亮，唇抹口红，手指上还涂有鲜艳的指甲油，两人分别都穿着紧身旗袍，一个青花色，一个粉红色，抬眼望去，活脱脱是两条精致美艳的美人鱼，着实令人赏心悦目。陈立根理过发了，一个小平头，脸上的胡子刮得干干净净，着一身崭新的西装，浅蓝的衬衣，系着领带，脚上一双锃亮的黑皮鞋，精神面貌焕然一新，简直就跟换了个人似的。

"你看，老兄还是蛮帅气的嘛。"赵小梅低声说。

"就是，别成天把自己搞得像个鬼似的。老兄，你把胸脯给挺直了行啵。"顾艳说，随后笑了起来。

陈立根大概这辈子还没有穿过西装，人显得很不适应，商标吊牌挂在衣领后都忘了摘下来。顾艳上前一把，揪掉了吊牌，好歹没让他当众出洋相。

他们就是蓝天陶社的主人。他们的出场显得很有点仪式感，热情礼貌地跟大家打招呼。赵小梅落落大方地主持开业典礼，一番感谢的话语。第一个讲话的是张新明会长，他说："我谨代表景德镇青年陶艺协会，祝贺'蓝天陶社'落户在三宝陶艺村。景德镇是千年古镇、世界瓷都，两千多年的制陶史、一千多年的官窑史、六百多年的御窑史，创造了'工匠来八方，器成天下走'的繁荣景象。时至今日，景德镇的陶瓷已经走进了一个新的时代，一个新的历史起点。我坚信'蓝天陶社'青年陶艺师们，必将会在中国的陶器文化领域的海阔天空里，扬起一张奋进的风帆。谢谢大家！"

掌声之后，顾艳代表蓝天陶社讲了几句话，她说："各位专家老师，各位亲朋好友，今天开始，蓝天陶社就扎根在三宝村了。'好风凭借力，送我上青天'，我们挚爱陶瓷，我们将会努力奋斗，传承创新，在景德镇这片土地上实现人生的自我价值。我相信，我们三人的组合，将会像雄鹰一样，飞翔在千年窑火不熄的景德镇的蓝天之上。"顾艳为了说好说完整今天开业时的这段感言，昨天晚上可是背了足足有一个多小时，可是她最后补上的一段话，还是把大家给搞笑了。她双手抱拳摇动了几下，说："感谢大家前来捧场，往后有劳各位多多推广宣传蓝天陶社的瓷器，大家都是实在人，还望多多掏钱购买我们蓝天陶社的瓷器，认准了蓝天陶社的陶艺作品，那是绝对不会吃亏的。"

下面就该轮到蓝天陶社的总经理陈立根说话了。陈立根双掌合十于胸前，表情有点紧张，羞于见人的样子，他说："大家好，我很紧张，很激动，在这样的场合我不知道该说些什么，我给大家看一件作品吧。"

陈立根走到大厅当中，柜台上有一座用红绸布包裹的陶瓷雕塑，宽宽大大的，有近二尺高。他一把揭开了绸布，但见一个五岁左右的光着屁股的小男孩，坐在泥地上，张着两只大眼，咧嘴傻笑，童趣十足，双手高举着一块砖头大小的黑泥巴，上面浮雕着四个大字"不忘初心"。

这件雕刻作品有大写意之风，创意独特，粗糙拙朴，形态生动传神，儿童顽皮的姿态栩栩如生，乡土气息浓烈，极接地气，且雕塑手法和制作工艺上有独到之处，充满了无限的想象力。

来宾们眼前一亮，当即报以一片热烈的掌声。

这之前，赵小梅和顾艳都没有亲眼见到过这件雕塑，顿时被惊艳到了。张会长、黄老、刘海亮、王小林和梁先生等来宾们，欣喜地围着这件雕塑评头论足，无不称奇，无不赞美。兰兰和李强跑前跑后地忙着用手机网络直播"蓝天陶社"开张的情景，兰兰高举着手机说："亲，亲们，赵兰兰在景德镇三宝村现场直播了，这里是蓝天陶社，你们看到了没？这件命名为'不忘初心'的陶瓷雕塑作品，出自景漂青年陶艺家陈立根之手，绝对难得一见哦。下面，我们带大家来见见陈立根老师。"手机的镜头切换到了陈立根的脸上，陈立根连连摇手，躲过了镜头。

赵青山很开心，他把侄女赵小梅拉到一边说话，鼓励她好好干，嘱咐她有什么需要帮助的事，尽管去找他。赵小梅很感动，亲热地搂着叔叔的手膀。刘海亮看了看顾艳乐开花的脸，顾艳朝他送出了一个媚眼，似乎得意地说，我们的蓝天陶社是不是很棒呢。武剑走到陈立根的身边，小声说："男女搭配，干活不累，一男两女，前程似锦啦。厉害了陈总，租给你的这栋房子居然被你搞出了这么大的动静。"陈立根笑着说："武大哥，别喊我什么陈总了，直呼其名多好。"

来宾们欣慰地参观了展厅摆设的陶艺作品，有赵小梅的分水青花瓶，顾艳的新彩瓷板画，陈立根雕塑的一批高温颜色釉的小物件。梁先生显然只对"不忘初心"这件雕塑瓷感兴趣，他在雕塑前久久停留，这件作品从创意到制作工艺再到色釉窑变的效果，都是前所未见的。

开张也就热闹了不到一个小时，众人皆散，赵小梅和顾艳给每位嘉宾送上了一个手礼袋，纸袋上印有"蓝天陶社"四个字，还有精美的包装盒，里面是一件她们手绘的青花陶瓷杯。

蓝天陶社归于平静，虽然只卖出了几件陶器，那也是刘海亮、王小林、张会长、黄老自掏腰包，算是捧了个人场。总之，开业十分圆满，陈立根他们三人已经非常激动开心了。从今往后，这里便是他们创作的乐园、奋斗的地点。

陈立根小心翼翼地将"不忘初心"雕塑摆进一旁的玻璃橱窗，仿佛有了一种无比神圣的感觉。赵小梅和顾艳左看右瞧这件雕塑，怎么就感觉像陈立根。

"老兄，这是你吧，是你小时候吧？"赵小梅说。

陈立根站着没动，抿着嘴，没声音，似乎一下子沉浸在往事的回忆中。

"哎哟，光着屁股蛋，前面的小鸡鸡都露在外面。"顾艳说，忽然间手捂着肚子笑出声响来，"太好玩了，太有趣了。"

"有什么好笑的嘛，这只是一件作品。"陈立根说，回了回头。

"老实交代，是不是你？"顾艳问。

"这重要吗？这一点也不重要吧。"陈立根说，绷着脸，看着面前的顾艳和赵小梅，"我说你们两人，立即把指甲油给清除了，这会伤害到瓷器的。"

"你还没有回答我们的问题呀老兄？"赵小梅摇了摇手指说。

"对呀，凭什么呀，凭什么就弄出一个光屁股的小毛孩子，还来个不忘初心的。不从实招来，今天就不清洗指甲油了。"顾艳跟赵小梅一样，也摇了摇手指。

陈立根的脑袋在脖子上扭动了几下，便说："那今天就都别干活了，我们去爬后山的大峰尖吧，看看谁最有中气。"

大峰尖是三宝村山岭中的一座山峰，只有一条很窄小的山路往上攀登，山上植被茂密，鸟语啾啾，路边一簇簇盛开的野菊花散发出淡淡清香，仿佛是在迎接着他们的到来。

陈立根他们换过便装和运动鞋，三人一鼓作气登上了大峰尖的最高处，当然是陈立根中气最足，他最先到达，赵小梅和顾艳喘着大气过来的时候，陈立根正在观看风景。

三宝村位于景德镇市东南面六公里左右，这里群山环抱、层峦叠翠，境内瓷石和森林资源丰富，据陶瓷界的权威考证确认，在五代宋初至明万历的七百余年间，三宝村就已经是景德镇瓷业生产主要瓷土原料的重要矿产地，宋代以来三宝村的古瓷矿、古水碓、古窑业孕育了辉煌的湖田窑，奠定了千年瓷都器业兴盛的基础。

极目远眺，可见到大半个景德镇城区的楼群建筑，山下便是三宝村错落有致的居民楼房，其中一栋房子便是他们的"蓝天陶社"。山间有一条清澈的溪流蜿蜒直下，汇入山下一条小河，河水直通昌江。

"顾艳，我们还是第一次来呢，从这里看三宝村看景德镇城区真是太美丽了。"赵小梅说，好一阵感慨。

"就一个字，爽，简直是爽歪歪了。"顾艳说，双手合在嘴前，朝着山下"喂喂"地喊了一嗓子。喊声过来，有回音传来。

陈立根凝望着远处，讲述了自己童年时的一段往事。五岁那年，陈立根就喜欢在村后的池塘里玩泥巴，揉捏出手枪、冲锋枪和机关枪，还能做出各种各样款式的汽车及一些活灵活现的小鱼、小鸡、小鸭、小猪、小狗什么的小动物。塘里的泥质黏合力很好，揉捏的物件晾晒干了，可以一件件搬回家，送给村里的许多小伙伴们一同玩耍。陈立根玩泥巴经常忘记回家吃饭的时间，有一次天都快黑了，父母便来池塘找他，看到他光着身子，脸上身上沾满了泥浆，脏兮兮的，衣服裤子都扔在地上，手上还举着一块刚刚揉搓好的泥巴块。父亲见此，气坏了，把他一顿好打。母亲很无奈，拖着他去池塘边洗干净身子。他也不哭，眼盯着发怒的父亲。当时父亲气急败坏地说："根子，你个臭小子这辈子就跟泥巴过去吧。"陈立根居然还回嘴："过就过，我不要回家。"

赵小梅和顾艳听到陈立根说起这段往事，却没有发出笑声。她们都很感动，她们终于得到了答案，也只有这样的老兄，才能创作出那么触动人心而又富有质感的"不忘初心"的雕塑作品。

顾艳回望了一眼陈立根，她无限激动地说："老兄呀，其实你制作的这件作品，也是为我和赵小梅制作的，我们俩也和你一样，很小的时候，就喜欢陶瓷，都有和你一样的这颗初心。"

赵小梅手指着山下那栋蓝天陶社的房舍，兴奋地说："你们看，蓝天陶社，那就是我们今天的初心，我们不能忘记今天，即使老去，也不能忘记。"

陈立根面朝着两个伙伴，他们之间认识的时间并不长，相处的日子也就最近两个来月，可此刻，赵小梅和顾艳在他的眼里，甚至在他的心里，仿佛前生就已经相识，而且是那般的亲密牢固，就像是脚踏的土地。

一阵阵山风从他们三人的脸上吹过，他们的目光是那般的坚毅而从容。

"青山瓷板窑"又开窑了。

赵青山缓缓打开气窑的大铁门，拉出一辆装满了陶瓷品的货架车来。这一窑瓷器，大部分都是赵青山师傅免费为在校的大学生烧制的。兰兰欣喜地拿到了自己制作绘画的陶艺作品，是好几套不同样式的茶具。

"爸爸，你看这次出窑的作品还行吧？"她问父亲，手上举着一个绘有青花图案的茶壶。

"一般般，比你小梅姐那是差得远了。"赵青山说。

"我怎么能跟我姐比，我还是念大二的学生呢。"兰兰嘟着嘴说。

"怎么就不能比了，小梅在念大二的时候，就已经能把自己制作的陶瓷变成钱了，吃的穿的都不用我和你妈妈发愁。可是你呢，至今我也没见到你卖出几件瓷器，尽找家里要钱花，丢不丢人啦。"做父亲的说。

"这有什么好丢人的，你是我爸呀，你当然得养我。"兰兰生气了。

"好了好了，老赵你就不要说她了。兰兰还小，花开有花期，她总会长大的呀。"母亲走上前来，安慰女儿。

赵青山是非常心疼女儿的，他也就这么个独生女，从小宠惯了，有些话说归说，并不会太认真。他说："兰兰，家里并不指望你去赚钱。你呀，往后在课余时间，还有周六周日的，去小梅那边做个帮手，多学习掌握一些手工陶艺技术，学到的手艺都是你自己的。爸爸也只会烧窑，会做瓷板，别的东西，爸爸还真教不了你。"

"老赵你话不要说得那么严重嘛，景德镇长大的孩子，只要是干这一行的，谁都能做出几样好瓷器来，没吃过猪肉还见过猪走路哩。"母亲说。

兰兰朝着母亲笑了笑，她已经把烧制好的陶瓷茶具搁进一个纸箱里，一件一件摆放得很整齐，当中夹杂着一些废纸，这样就不会损坏了。她说："爸爸，我已经跟小梅姐说好了，我们有好几个同学也都答应了，蓝天陶社那边需要人手的时候，同学们都会随时过去，您老就放心吧。"兰兰端起纸箱来，走出几步，又回过身来，说，"爸爸，你给我二百块钱好吗？"

"又要钱，你没饭吃了？"父亲说。

"不是的，这卖东西总要有个卖相吧，我这几套烧制的茶具，至少要花钱去买几个好看的包装盒呀。"兰兰讨好地看着父亲。

"没钱，你妈也不能再给你钱。"赵青山说着话，朝着妻子挥了一下手，"水英，干活去，抓紧时间把客户订制的几张瓷板做完。"

兰兰朝着转过身去的父亲嘟了一下嘴巴，端着纸箱便走人了，仿佛刚才什么事也没有发生过。

陶溪川陶瓷文化创意园华灯初上。原本这里是景德镇国营十大瓷厂的"宇宙瓷厂"所在地，二十年前国企改制，老瓷厂停产，一直闲置着，后由江西省陶瓷工业公司投资亿万元，利用原先的二十二栋老厂房，在此兴建了一座集文化创意、购物、休闲、餐饮、娱乐等多种功能于一体的大型城市综合体，这是中国首座以陶瓷文化为主体的一站式文化休闲娱乐旅游体验创意园，去年秋天正式营业。今日的陶溪川，已经是全国各地及世界各国游人来景德镇旅游必到的打卡胜地。

每到周六的晚上，许多院校的学生们便带着自己制作的陶艺品来此摆摊设点，纵横交错的几条街区主要都是学生们的陶瓷作品，形成了景德镇一道独特的风景线。

兰兰和李强等几名同学在摊位上摆出了各自制作的手工陶艺品，兰兰多么希望自己的产品能够卖出一个好价钱。又是和以前一样，看热闹的人多，真心想买瓷的人少之又少。一向活泼开朗的兰兰似乎要失去耐心了，人群中有一位外国青年来到了摊位前，正是汉克。汉克主动跟兰兰打招呼，他一眼便看中了兰兰制作的那套青花瓷茶具。兰兰的英语很流利，这让汉克对她的作品更加有了兴趣，当然他们之间的交谈也可以用中文。

"请问，这套青花瓷茶具是您制作的？"

"当然呀，我亲手拉的坯胎，亲手绘画，我爸爸的窑场烧制的。"

"OK，它很漂亮。"汉克拿起茶壶在手掌来回揉动了几下，很在行地说，"质地不错，手感非常好。"

"喜欢对吧？"兰兰得意地说。

"OK，很喜欢。请问多少钱，我要了。"

"这位朋友，你要知道制作出这套茶具是很费时间和心血的，我们在校大学生勤工俭学很不容易。这个，这个多少钱吗？"兰兰想了一想，咬咬嘴唇，有点要豁出去的样子，她说，"这样吧，既然我的作品找到了它的主人，那就六百元成交，OK？"

兰兰说出这个价格的时候，心里有些后悔了，只是一个学生的作品，担心自己开价太高。可是话已出口，已经收不回了。而在平时，她制作的陶艺茶具，最高也只卖出过一百块钱，有时五十块钱也卖，连个坯胎的成本价都回不来。

汉克解下背后的双肩包，包里塞得鼓鼓囊囊的，看来是淘了不少的陶瓷品，他从背包里取出一个褐色的皮夹子，打开来，抽出两张五十元的美钞，往前伸出手，客气地递给兰兰。

"OK，成交，我没带人民币，这是一百美金。"

"一百美金？朋友你不会骗我吧？您真的决定了要买下它吗？"

"NO，NO，每件好的陶瓷作品就该有它自身的价值。"

此时兰兰几乎不敢相信自己的眼睛，一把接过两张美钞，惊喜地说："谢谢，谢谢了！"兰兰俯下腰去，急忙用废纸将茶具包好。汉克说："我自己来吧，小心碰碎了，OK。"

汉克是个非常珍爱瓷器的人，他很快将包好的茶具放进背包里，站起身来，又从皮夹里拿出一张制作得很精美的名片，微笑着递给兰兰。兰兰接过名片看，上面印着：曹操工作室，洋景漂汉克。地址是三宝村杨梅亭路333号附一。

"汉克，哎呀，原来你在三宝村有自己的工作室呀。"

"欢迎光临，谢谢了。"

汉克说过话，点头笑笑，转身便走进了人群当中。

兰兰看着手上握着的两张美钞，她高兴坏了，眼睛里一阵潮湿，忽然间情绪有些失控，人往地下一蹲，双手捂脸，激动地呜呜哭出声来。

作坊里灯光明亮，赵小梅和顾艳坐在长条凳上清洗指甲油，陈立根在一旁的货架上整理一堆坯胎。这时赵小梅的手机响了，是兰兰打过来的。赵小梅听到对方的哭泣声。她急问："兰兰，你哭什么，发生什么事了吗？"兰兰在电话里边哭边说："姐，小梅姐，刚才，刚才我的一套茶具在陶溪川，卖到了一百元，是一百美元呀。"赵小梅笑了起来，说："好啊，姐为你高兴呢，你也是太激动了吧，快别哭了，记得早点回家啊……好的，拜拜。"

赵小梅把兰兰卖出瓷器的事说给顾艳听，顾艳的眉头往上抬了一下，她说："做学生勤工俭学是不容易，一百美元，那也用不着激动得哭鼻子吧。"赵小梅已经清洗完了指甲油，用纸巾擦了擦手指，笑着说："这个可以理解的嘛，我在陶艺学院做学生的时候，卖出的第一件手工瓷器，才三十五块钱，记得当时我也哭鼻子了。"

陈立根已经把货架上的坯胎整理得差不多了，他回过头来说："我说你们能不能动作快点，帮个忙，把那边的货架收拾一下。"

"知道了，我们很快的，这就结束了。"赵小梅说。

顾艳清理过了手上的红指甲，又把指甲油涂在了大脚趾上，脚趾往上翘着，朝着陈立根说话："老兄，你看看，这样也很美的嘛。"

陈立根噗地笑出了声，说："哼，臭美。"

顾艳穿好鞋子，站起身来，看着陈立根的脸说："哼什么哼的，一天到晚，难得看见你笑一下，脸部神经不会是有毛病吧。"

陈立根不由得摸了一把脸，有点哭笑不得，瞪了一眼顾艳。

"老兄没毛病，橱窗里的那件雕塑就是证据呀，从小他就会笑，估计是一面对女性，就不晓得怎么笑了。"赵小梅说，手背去捂着嘴笑。

"哦，闷骚型，这不假正经吗？"

"喂，喂喂，可不可以不开玩笑了？"陈立根说。

"不可以的，生活那就得有欢笑，蓝天陶社的宗旨，是快乐地做瓷，自由地生活。"顾艳说着话，走到陈立根的跟前来，绕着这个男人转了一个圈子，说，"老兄，你就说句实话，有就有，没有就没有。"

"什么实话，我天天说的都是实话。"陈立根有点不自在，避过顾艳的眼光。

"好，那我问你哈。你有没有想过要泡我们两个美女？"顾艳说。

陈立根当然是听清了顾艳的问话，可他权当是没有听见，眼睛下意识地瞟了一眼赵小梅。

"老兄，你别光顾着去看赵小梅呀，她可是名花有主的人呢。"

"顾艳你就别闹了，干活吧。"赵小梅说。

陈立根已经背过身去，双手捧着一件坯胎放到货架的高层去，险些没有扶稳，又一把托住。

"哈哈，我只是跟你开玩笑的老兄，小心脏可别太激动哦。我只是想让这栋大房子里多一些幽默，多一些笑声……"

顾艳正说话时，手机响了，一看，屏显是刘海亮打来的。顾艳拿起手机来，朝着赵小梅眨了眨眼睛，去接听。对方也就短短的几句话，顾艳拿下了手机，朝着陈立根说："老兄，刘海亮来电，请你过去喝咖啡呢。"

"请我，他有什么事？"

"不是他，是他的后台大老板，董事长梁先生请你过去一趟……"

第七章　好事临门

梁先生两眼盯着手机屏幕看，正是兰兰网络直播蓝天陶社开业的那件"不忘初心"的雕塑作品，他不时地会心笑笑。他的对面坐着刘海亮，刘海亮刚给顾艳打过了电话了，他说："老板，已经通知陈立根了，他很快就过来。"梁先生点点头，他的手指也在餐台上点动，那只手指上戴着一枚硕大的蓝宝石钻戒，灯光下闪闪发光，像一只灵动的眼睛。

"海亮，我明天要去意大利参加一个国际陶瓷博览会，等会儿好好跟陈立根谈谈，我看好了他的那件雕塑作品。"梁先生说，又点动了一下手指。

"只要是老板看好的东西，那肯定不会有问题的。"刘海亮说，端起杯子小喝了一口咖啡。

不多一会儿，陈立根走进咖啡厅大门，有些匆忙的样子。离开蓝天陶社之前，顾艳和赵小梅猜测梁先生这么急着要跟他见面，一定是有公司合作的业务可做，除此之外，还能有什么事情呢。

"您好，梁先生。"陈立根走到餐台前，问候一声。

"小陈来了，坐吧。"梁先生指了指一边座位，他的西装是披在肩上的，给人的感觉随意而有魄力，还有点霸气。

陈立根点下头，在刘海亮的身边位子坐下身来。刘海亮问他："陈立根，要喝点什么？不用客气。"陈立根拿起台上的凉水杯，喝了一大口水，说："不用了，我喝水就好。"

梁先生眯缝起眼睛看着陈立根的脸，他说："你们蓝天陶社展示的陶艺品，我都看过，很不错嘛。小陈，你是个很有才气的年轻人。"

"谢谢，谢谢梁先生鼓励。"

"小陈，有件事我想跟你商量一下。"

"您说。"

"我嘛，看好了你制作的那件'不忘初心'的雕塑作品，这件作品很让我感动，我想收藏这件作品。"梁先生的语气很中肯。

"您是说您想把它收藏了？"

"对，没错，我喜欢这件作品。"

陈立根眉头一紧，好像有什么东西把他的身体给束缚住了。他没料到梁先生找他来是谈作品收藏的事，这也太突然了吧，完全没有心理准备。一时间里他说不出话来，好像嘴巴给缝合住了。

"小陈，你没有想过出手这件作品吗？"梁先生问他。

陈立根手掌在嘴巴上来回搓了一下，没回话。

"我说陈立根，梁先生可是国内外著名的大收藏家，你的作品如果能够让梁先生收藏，那是一种荣誉哦。往后你的名气，你的陶瓷作品行情，很快就会往上飞涨的。"刘海亮说，有点沉不住气了。

"这件事，我还真的没有想过。"陈立根说。

梁先生会心笑笑，眼睛去看刘海亮。

刘海亮伸手去拍了拍陈立根的肩膀，像个老朋友似的，说："陈立根，你这回可是摊上大好事儿了，你就开个价吧。"

"这个，这个嘛……"陈立根的脖子鼓了鼓，如鲠在喉。

"哎，别不好意思开口，但你也不要太贪了哦。这样吧，两万块，两万块钱，现在就可以先打到你微信账上去。"刘海亮说，摇动了一下手机。

陈立根撇了一下嘴角，显然没有动心。刘海亮没想到陈立根竟然没有答应，眼睛去看看梁先生。梁先生始终一副高高在上且又温和的表情，似乎这个谈判全都交给了下属刘海亮。

"陈立根，那你是认为钱少了，你的作品值得更高的价位？你呀，这可是梁先生喜欢这件作品，换着别的商家，最多也就出个几千块钱的。那好，这样吧，翻个倍，四万块钱。"刘海亮声音大了许多，盯着陈立根的脸看。

陈立根"嗯"地清了一下嗓子，低头看着只有半杯水的玻璃杯子，灯光映射下，杯沿上有一道刺眼的白光，这让他感觉很不自在。

"是啊，一个匠工能做出一件好作品来，实属不易呀。不过嘛，艺术品必须要有买家和藏家，这样才能够向市场推出艺术家的才华。"梁先生说，微笑地看着陈立根。

"我说你这个陈立根，也是太贪心了。那就再加一万，五万块钱。"刘海亮说，脸上的表情有点生气了。

陈立根挪动了一下屁股，有些坐不住了，他说："谢谢梁先生喜欢我的作品，只是我还没有考虑过出售这件雕塑。对不起了梁先生。"

"喂，这不是蹬鼻子上脸嘛。你陈立根又不是省级、国家级别的陶艺大师，太过分了。"刘海亮很不客气地说话。梁先生抬了抬手指头，瞪了一眼刘海亮，转向陈立根说："小陈，这件事，你可以再考虑考虑。"

陈立根起身告辞，先走人了。

前后也就一个小时左右的时间，陈立根骑着电动车回到了陶社。

顾艳和赵小梅正坐在店铺的茶桌前绘画陶瓷，桌上有几碟子釉料，有一堆平放的毛笔和十几个素胎小杯子。

"老兄，你这么快就回来了，刘海亮的老板找你什么事呀？"赵小梅问。

"大老板约见，定是有重要的事儿吧，快说来听听。"顾艳说。

"也没有什么重要的事情，只是喝杯咖啡，相互增进一下感情。"陈立根敷衍了事地说。

"不会吧，怎么可能呢？"顾艳追问一声。

"没事，真没事。"陈立根转身往后门那头走去，脚步很轻盈。赵小梅看着从身边走过去的陈立根，转向顾艳，小声说："谁信他的话呀，准有事。我敢保证，他正开心着呢。"

第二天上午，刘海亮开着车来到蓝天陶社。

顾艳见到刘海亮来了，赶紧去泡茶。刘海亮在展示厅的后门口往里面作坊工作间看了看，回头问道："就你在，陈立根人呢？"

"你找他？我正想问你昨天晚上的事呢！"顾艳沏好一杯茶，递到刘海亮的手上，说，"坐呀，你不会忙得连坐的工夫都没有吧。"刘海亮没坐，端着茶杯，慢步走到橱窗前，观看着里面那件"不忘初心"的雕塑，唉了一声，突然转过身来看着顾艳，问道："陈立根他是去哪了？"

"他和小梅去买泥料了，一时半会不能回来。今天早上，杭州郭总那边的财务已经把3万元订金打到账户上了，我们得赶紧开工呢。"

"哦，郭总这人还挺守信誉的。"

"那是，合同都履行了，还能变到哪儿去。海亮，你找陈立根有啥事儿？"

刘海亮摇摇头，似乎一脸的怨气，人往椅子上一屁股坐下，说："大老板今天要飞意大利，交代了我一个必须要完成的任务。"

"任务？这跟陈立根有啥关系？"

"这家伙，昨晚的事他没跟你们提起过？"

"没有呀，他只说梁先生请他喝杯咖啡，增进一下友情。"

"什么增进友情呀，我老板是想收藏这件作品。"刘海亮说着，手指着橱窗的那件雕塑，"你知道我给他开到了一个什么价位吗？五万，五万块钱啦。"顾艳听到这话，惊愕极了，难以置信，说："就这么个光屁股小毛孩儿，价位出到了五万块钱？！天啦，这可是赚大了。"

"可是他，他还不出售呢。顾艳你说说看，大家都是在景德镇做瓷的人，作品出来不就是为了变现吗？陈立根这家伙莫非是活糊涂了，不知天高地厚，他还以为他是谁呀？真是让人搞不懂。"刘海亮很生气地说。

"唉，这老兄脑子里想的啥事，我也搞不懂。"

"老板再三叮嘱想要收藏这件作品，我已经承诺过了，不会有问题的。顾艳，你能帮我说服一下陈立根吗？天底下哪有这样的好事儿。"

"他就是个怪人，要不这样吧，回头来我说说看，天底下还真没有这等好事儿呢。"顾艳笑眯眯地说。

"那就拜托了。"刘海亮用恳求的语气说。

刘海亮快步出门去，开着车便离开了蓝天陶社。

在市内的一家陶瓷原料公司，厂房里几台搅拌机正在运作，发出"咣当当"的响声，许多工人在此作业，有推小车的，有运泥土的，有搬运的，这可是苦力活儿，工人们大多都光着膀子，脖子上搭着一块擦汗的毛巾。

陈立根和赵小梅经过厂房，在办公室见到了公司老板。这家公司储备着全国各地的陶瓷泥料，价格有高有低。陈立根对杭州这单生意非常慎重，选择了最上等的瓷泥料，单价五千元一吨。赵小梅更多的是考虑价钱，求爹爹拜奶奶似的追着老板屁股后面说了许多好话，最终降下了一千元。

"老兄，用得着这么贵的泥料吗？"赵小梅说，他们离开了泥料公司。

"这是我们陶社接的第一个大单，必须要上最好的泥料。"

"那总得有钱赚才行呀。我们应该考虑到成本，不就是做餐具嘛。"

"小梅，不管做什么样物件，我们都要当成作品去做。我也盘算过了，稍微有点赢利就行，信誉才是第一。"陈立根耐心地说，说的也都是心里话。赵小梅虽然跟陈立根相处时间不长，但她很清楚这位老兄只要制瓷，那就必须达到最高的标准，他的那双眼里，只有陶器作品。

陈立根他们两个骑着电动车回到陶社，送泥料的货车也随后到了，两名送货的工人把送来的泥料搬进了作坊。

顾艳见到他们回来，便急着把刘海亮过来陶社的事告诉了赵小梅，赵小梅很吃惊。陈立根听到她们说话，也并不在意，走到茶桌前倒了一杯水喝，边说："我昨晚已经跟梁先生说过了，不考虑出售这件雕塑。"

"五万块钱，你这件作品，可是发达了呀。"顾艳说，"老兄，你应该考虑一下的，有人想收藏，这可是个好机会。"

"这么高的价位了，切不可错过，是个机会，顾艳说得对。"赵小梅说。

"老兄，刘海亮要我来说服你，他还等着答复呢。"顾艳又说。

陈立根看了看她们两人迫切的表情，不慌不忙的样子，说："这个嘛，这不是钱的问题。"她们两人几乎同时问："那是什么问题呢？"陈立根往前走出两步，手指着橱窗里的雕塑，说："我只想问下你们两人，是不是也真心喜欢这件作品？"她们两人都点头，都说喜欢。

"那就更不能出售了。你们就没有想过，这件'不忘初心'作品，应该是我们蓝天陶社的镇店之宝。"陈立根说，微微一笑。

"对呀，镇店之宝就应该是它了。"赵小梅说着话，转向顾艳，又说，"顾艳，你认为呢？"

"我同意，我一万个同意，这个光屁股蛋的小子，是本社的非卖品。"

顾艳说过话，她和赵小梅都笑出了响声来。陈立根摇了摇头，对两个伙伴甚是无奈，说："顾艳，你去告诉一声刘海亮，说明这个情况，梁先生是个非常有诚意的人，我敬仰他。"

"好的，那我现在就去。"

兰兰骑着电动车来到三宝村，心情愉悦地哼着流行歌曲，看着道路两边的陶瓷店面，忽然想起那个叫汉克的外国友人买过她的一套手绘茶具。

往前不远，看到几栋居民房的路口当中，果然有一家平顶房门口悬挂着招牌，白底黑字，"曹操陶艺工作室"，还有一行英文字母。

这家工作室的空间还挺大的，钢制的吊顶往四面铺开，通透明亮，像一把伞，四壁色彩斑斓，装饰上极有异国情调。橱柜上的陶瓷陈列品多以现代雕塑为主，几块风景瓷板画釉彩浓厚。一侧的茶几上，兰兰欣喜地看到了自己制作的那套青花茶具，倍感亲切。

当中的工作台前，汉克正在聚精会神地雕塑一件半身位的战马，马头有大汗淋淋的效果，视角上极有冲击力。汉克转动身体时，发现旁边站着一名女生。兰兰微笑着，他认出她来了，高兴得就像见到老朋友似的。

"嗨，兰小姐您好。"

"兰小姐？我又不姓兰。"

汉克没觉得自己有错，拿起茶几上的一个杯子，杯底朝上，上面有一个红色的印章，写有"兰兰"二字。兰兰一看笑出了声响来，她说："是兰兰，但我不姓兰，我姓赵，赵兰兰。你就叫我兰兰好了。"汉克摇动了一下杯子，明白了，笑着说："您好，兰兰。"

"您好，汉克。我制作的这套茶具好用吗？"

"OK，非常好用，我天天都在用它。"汉克拿起茶壶来，倒好了一杯茶，递给兰兰，说，"兰兰，你是特地过来看我的？"兰兰接过茶杯，喝了一口，说："只是路过，顺便过来看看你的工作室。"

"哦，是这样。"

"汉克，你的陶瓷作品做得真好，真没想到您也是一位制瓷高手呢。"

"谢谢夸奖。"

"汉克，就在你工作室前面不远，也就五百米左右吧，有一家'蓝天陶社'你去过吗？"兰兰问他，他摇摇头。兰兰说："那是我小梅姐和两个好朋友新开办的陶艺公司，你有兴趣过去参观一下吗？有位陈老师也喜欢雕塑，你们在一起肯定谈得来的。"

"OK，我有兴趣，谢谢兰兰把您的朋友引见给我。"

没多一会儿，兰兰便带着汉克来了蓝天陶社。

汉克在展示厅参观陈立根的许多件雕塑作品，尤其是那件充满孩童稚气的"不忘初心"雕塑，雕工粗犷，形态逼真，令汉克惊喜不已。

陈立根和赵小梅从后门走进，见到兰兰带来了一位年轻的外国友人，立即前来招呼，兰兰把汉克介绍给他们认识，说出她和汉克认识的原因，并告诉说汉克是洋景漂，在三宝村开有一家"曹操工作室"。赵小梅一番欣喜，表示能在景德镇相识，又都是做陶瓷的人，缘分啦，往后大家多多走动。

汉克看到陈立根的时候，忽然间认出对方来了。那次汉克见到的陈立根一脸胡子拉碴的，现在却是换了一个人，剃了个平顶头，人也收拾得干净利索。

"嗨，陈老师，我认识你的。"

"你认识我吗？汉克，真对不起，我一时想不起来了。"

"那天傍晚，你在路边摆摊，砸碎了一件非常漂亮的色釉马，至今我还心疼呢，本来我是想买下来的。"汉克说，提醒了陈立根。

"对，对对，有这个事情。"陈立根有些尴尬地说，"当时，我，我也是被人气的，不好意思哦。"

陈立根简单说了一下当时砸碎那件色釉马的情况，赵小梅和兰兰都笑了。赵小梅对汉克说："你要喜欢，让陈老师再做一件，送给你。"

"真的吗？"

"汉克，这没问题，举手之劳的事，等我闲下来，做一件同样款式的送你。"陈立根爽快地答应下来。

"OK，那就先谢谢陈老师了。"他开心极了。

赵小梅以茶待客，他们都是漂在景德镇的异乡人，做的都是手艺活，话题也就多了。陈立根记得汉克身边还有几个朋友，问是不是也都留在景德镇镇了。汉克说："那几位都是我大学的同学，当时约好来中国景德镇旅游，看看这座举世闻名的瓷都，后来就留下我一个人了。我喜欢这座有陶瓷历史的城市，我就不想走了，就在三宝村租了房，开办了一家陶艺工作室，学习陶艺，传播中国的陶瓷文化，这也正是我向往的工作环境。"

汉克很健谈，虽然普通话有些结巴，但都能表达清楚。汉克来自荷兰，青年油画家，热衷于陶瓷艺术，他在念小学的时候，去国家博物馆陈列室看到过收藏的几十件17世纪的景德镇陶瓷品，陶瓷象征着中国，他梦想着能有一天来中国景德镇朝圣，因此在大学念书时补习了汉语，有意识地跟华人学生交流。汉克的愿望终于达成，景德镇的陶艺文化氛围和生产陶瓷的产业链在全世界都找不到能与之相比的。他相信在这片堆满陶瓷碎片的土地上生活，人生的价值才能得以实现。他还说自己的工作室取名"曹操"，那是因为这位历史人物有野心有雄心，对此，他内心充满了敬仰。

眼前这位国外陶艺青年一番掏心窝子的话，令陈立根、赵小梅和兰兰十分感动。大家已经是好朋友了，又都在三宝村，希望日后有合作的机会。汉克临走前，再三邀请陈立根他们去曹操工作室指导。

"汉克，你为什么喜欢马呢？"

"OK，我属马的呀，我爸爸也属马。"汉克嘿嘿地笑着说。

顾艳去"海亮公司"找到了刘海亮，他正在工作室绘画一幅大型瓷板画，工作台上，有一盘刚送来的西瓜。刘海亮的身边，有一位很文静漂亮的女助手，她叫金美顺，是韩国人，毕业于景德镇陶瓷学院，她和赵小梅是同一届的学生，因热爱陶艺，毕业后留在了景德镇工作，去年应聘到了刘海亮这家公司。顾艳是认识金美顺的，还一块跟着刘海亮吃过饭，K过歌。顾艳走进工作室的时候，金美顺正用小叉子叉了一块西瓜塞进刘海亮的嘴里。

这时金美顺看到了进来的顾艳，便对刘海亮说："刘总，你朋友来了。"刘海亮转过脸来，见到是顾艳，对金美顺说："小金，你去休息一下吧。"

金美顺朝着顾艳微微一笑，便离开了。

"哎呀，刘海亮你这口气，在公司挺威风的嘛。"顾艳扮了个怪相，又说，"不愧是大帅哥，我看得出来，人家韩国妹妹对你有点小意思了。"

"胡说什么呀，她只是我的下属。顾艳，你说服陈立根了吗？"刘海亮迫不及待地问她。

"我不就是为这事儿来的吗。"

"那就是说，他已经同意出售了。"说话时，他的眼里一阵发亮。

"同意个啥呀，老兄他不同意，我这才来回复你一声。"

"为什么？为什么呀？至今我刘海亮的作品还没有卖到过这个价位呢。"刘海亮仍然是想不通。

"刘总，你也别把自己看得太高了。我明确地告诉你吧，不出售的原因，其实很简单。'不忘初心'这件雕塑，是蓝天陶社的镇店之宝。这太有意义了，我和小梅都举双手赞成呢。"顾艳一脸得意地说。刘海亮一时怔住，嘴里哼了一声，说："还镇店之宝，你以为那是齐天大圣手里的金箍棒呀？太可笑了。"

"海亮，你这语气，好像挺蔑视蓝天陶社的，你红眼病呀你。"

"哼，我刘海亮才没有红眼病呢。"刘海亮很是窝火，很是扫兴，说，"我看呀，陈立根这号人就一农民，他就是穷怕了，一旦有人看中他的作品要收藏了，就想要更高的价钱，贪得无厌。"

"喂，刘海亮，陈立根不是你想象的那种人，不要以小人之心度君子之腹。你这人，话也说得太难听了。"顾艳睁大两眼，那架势像是要大吵一架。

"好好好，顾艳，我不是要跟你吵架。这件事，我也是被逼的行呗，老板收藏不到那件作品，我没法跟他交代的。就算你帮帮我的忙，想办法说服陈立根总经理行不行。"刘海亮说话时，特别强调了"总经理"三个字，有些讨好了。

"海亮，已经没有这个可能了。"

"天啦，这还好在陈立根不是什么大师级的陶艺师，要不然，他还要上天了不成。"他又有点按捺不住自己的情绪了。

"你没听说过高手在民间吗？啥大师不大师的，有些个所谓的大师也不过徒有其名罢了。"顾艳可是真生气了，接上又说，"你看不起陈立根，就是看不起蓝天陶社，就是看不起我顾艳。啥玩意儿呀，我才不吃你这一套！"

顾艳说完话，转身就走。刘海亮见此，这就要掰了，赶紧追上几步，说："顾艳，你别误会了，我不是冲着你来的呀。"

"冲着陈立根就是冲着我来的，我们是一伙的。"顾艳头也不回。

刘海亮追赶到公司大门外，顾艳已经骑上电动车走了。

蓝天陶社开始制作杭州商家的陶瓷品餐具，一切都进行得井然有序。

王小林来到陶社，制瓷方面他也是个行家里手，一再交代陈立根要在质量上把好关，这样他也好给郭总那边一个交代。因为这是一批外部造型独特的纯手工餐具，从原料的选购，到拉坯、利坯、绘图、上釉及烧制等方面都有着严格的要求，不能出现任何差池。当然，王小林是绝对相信陈立根他们的实力，蓝天陶社也将会有一个美好的开端。

作坊里几台拉坯机都在运转。天气很热，空调不够劲，便又加了两台电风扇。陈立根、赵小梅和顾艳身上挂着工作围巾，专注地坐在操作台前。那一只只的碗和碟子，在他们双手娴熟地操控下，旋转中宛如盛开的花朵。他们热爱制瓷，热爱这样的生活，辛苦中享受着一份属于自己的快乐。

兰兰和李强等几个大学同学，课余时间和休息日便会赶来陶社帮忙做一些杂活儿，看看店面，接待来此光临的游客，端茶送水泡方便面或送来附近酒店快餐，同时也是一个极好的实习机会。

这天武剑也来到了陶社，一副无所事事的样子，看到作坊里一片繁忙的情景，便把陈立根叫到一边说话。

"有什么事吗武大哥。"他问。

"事儿嘛还是有点事。"武剑的手指在额头上抓了几下，有些为难地说，"陈总，你看能不能弄点生意给我来做做。"

"发生什么事情了吗？"他关切地说。

"是这样的，近年来我在樊家井那边的仿古瓷生意很不好做，一个月也卖不出几件瓷器，玩了点股票，股市行情又不好，屏幕上天天见到的都是绿军，红军晃一眼很快就不见了。难哪，难。陈总你也晓得，我手下的几个小兄弟，手头上已经没有多少活儿干了，大家还得张嘴吃饭嘛。"武剑说，一肚子的苦水。

"武大哥，我明白你的意思，我能理解。可是这次不行，我们的人手已经够了。以后一旦有了机会，接到更多的业务，我保证，一定会介绍给你。"陈立根如实说来。

"行，有陈总这句话我就满意了。"

武剑走了，陈立根送他到门口，大家都是以瓷为生的人，他能够理解武剑现在的处境。

作坊每天的工作量长达十几个小时，他们经常是灰头土面，熬红了双眼，却是那般的乐观向上。他们正在用自己的双手创造一方属于自己的蓝天，苦点累点又算得了什么。陈立根计划用一个星期的时间，完成这一批餐具的拉坯工作，对此大家都有信心。

第八章　青春之歌

夜晚，作坊里很安静。

陈立根认真地检查每一只坯胎的规格，稍有偏差，便挑了出来。他的眼里，每一件制作的陶瓷品都是有生命象征的。如同往常一样，他在作坊里收拾一番，用水龙头冲洗地面，该打扫的地方打扫干净，他知道她们喜欢整洁。然后他还要去查看一下室内的窗户是否都关上了，大门有没有反锁。而此时，赵小梅和顾艳因为劳累太过疲惫，早已入了梦乡。陈立根望着静谧的楼道，内心似有一种感激之情。之前的两年里，这栋房子只有他一个人孤独的身影，尽管他能够忍受那样的孤独和寂寞，而现在的情景完全就不一样了，有了笑声，有了话语声，有了女性的气息和活力。最重要的是，她们拯救过他，替他还了房租，筹钱、卖车，死心塌地要跟他一同创办陶社，赌上了人生最美丽的青春时光。每每想到这些事，就责问自己又有何德何能，他只不过是一个工匠、一个做手艺的人，像他这样的陶艺人，景德镇这座城市里多得去了。他嘴拙，不善表达，从蓝天陶社开业那天起，深刻地感觉到自己是一个多么幸运的人。赵小梅和顾艳不仅仅是工作上的合作伙伴，而且是一个家庭的亲人了。他是个男人，他是一家之主，理应肩负起更多的责任和义务。与瓷相伴，今生无悔，这原本也就是他的初衷。

窗外有了黎明的曙光，陈立根来不及脱衣，倒头在床，已是鼾声如雷。

早晨，赵小梅和顾艳已经准备好了早餐。餐桌上有牛奶、豆浆、饮料和面包，还有赵小梅去外面买回来的油条。因为陈立根不喜欢吃面包，只对油条、馒头包子感兴趣，还百吃不厌。

"他还没起床吗？"赵小梅问。

"没动静呀。"顾艳说着话，走到楼梯一侧的卧室门前，往里听了听，有重重的呼噜声传出。顾艳抿嘴笑笑，又走了回来。说："这老兄，还睡得跟头死猪似的。"

"他累呀，让他多睡一会儿吧。"

"小梅，你心疼他了？"

"你不心疼吗？男人也是人啦，你看看，哪天夜晚收工后不都是他整理好了作坊才去睡觉的。"赵小梅说。

"老兄人真好，以前还看不出来呢。"

"那我们先吃好了。"

"等他一块吧，我又不饿得慌。看看微信，也难得清闲一下。"顾艳说，拿出手机来。赵小梅笑笑，也去看手机朋友圈。

太阳已经照射到床头上了，陈立根突然坐起身来，一看手机上的时间，都八点多了，趿着拖鞋快步出来。

"唉，我怎么就睡过头了呢？"他喃喃自语地说。

赵小梅和顾艳正在玩手机，双双抬起头来，朝着陈立根笑了笑。

"今天的早餐有油条呀，好，这个好。"陈立根快步走到餐桌前，伸手就要抓起一根油条。顾艳手往前一挡，说："喂，你也不去洗漱洗漱就想吃了，口臭呀，太不敬重美女了吧。"

"快去吧，等你一块呢。"赵小梅说，下命令似的。

"是，去就是了。"陈立根转身便走去了卫生间。赵小梅和顾艳对视一眼，嘻嘻一笑，这会儿的老兄是个听话的男人，是个小孩子。

不多一会儿，陈立根洗漱过后，回到了餐桌前。

陈立根吃着油条，喝着豆浆，说："等忙完了这单活儿，早餐我来做，炸酱面、蛋炒饭我可是最拿手的。"

"那好呀，我们两个也可以睡到自然醒了。"赵小梅说，嘴里啃着面包。

"放首歌听听吧。老兄，你想听什么歌？"顾艳问。

"还是那首歌，我一直都爱听。"陈立根低着头吃油条，嘴里说。

顾艳拿起手机，打开来，手指在上面点动了一下，手机蓝牙便遥控了旁边的一只红色的小音箱，立马播放出那首汪峰的《北京北京》：

> 当我走在这里的每一条街道
>
> 我的心似乎从来都不能平静
>
> 除了发动机的轰鸣和电气之音
>
> 我似乎听到了它烛骨般的心跳
>
> 我在这里欢笑
>
> 我在这里哭泣
>
> 我在这里活着
>
> 我在这里死去
>
> ……

陈立根、赵小梅和顾艳静静地听着这首歌曲，似乎也听到了自己的血管里有一种沸腾的声音。这首歌曲，同样也唱出了他们的心声。

一个星期的时间过得很快。作坊里，一只只拉好的坯胎摆放在一条长长的坯板上，这些放有坯胎的木板，将要一次次搬动到楼顶天台去晾晒风干，这可是繁重的体力活。每到这项工作，陈立根便不让她们两人动手，但却阻止不住。

"喂，我来就好了，你们干其他的活儿吧。"

"老兄，那不行，上上下下的，多累人呀。"赵小梅说。

"瞧不起人是吧，咱两个还当不了你一个人吗？毛爷爷都说，妇女还顶半边天呢。老兄你还真以为自己是铁人一个呀，你要是累垮了，咱还有啥盼头呀。"顾艳笑着说。

"行了行了，你们当心点就是了，慢点上楼梯，注意平稳，千万别碰坏了坯胎。"他一再交代，自己扛着一块长长的放有坯胎的长板子，小心翼翼地上楼了。赵小梅和顾艳两人抬着一块板子，跟随而上。

风和日丽，天空晴好。

楼顶天台上搭建了一个简易棚子，搬上来的坯胎板子整齐有序地放在支架上，这一批褐色的餐具坯胎，在他们眼里是那般的圆润光滑而美丽，就像是初生的婴儿。现在，陈立根他们总算可以缓过一口气来了。

刘海亮正在绘制一幅瓷板画，内容是保护自然环境，他的想象力非常丰富，创意超前，总能达到一种令人惊喜的境界。

念大学的时候，刘海亮的美术作品，无论油画、国画都是系里拔尖的，他还是个多才多艺的学生，尤其对音乐有着极高的天赋。大学毕业那一年，也不知是搭错了哪根神经，他居然放弃了美术，跟随几名音乐系的毕业生组合了一支"火焰"小乐队，去了云南丽江，每天晚上在各个夜场酒吧演出，他是一名吉他手，且善唱。那样的生活无忧无虑，自由而潇洒，他几乎游遍了云南的山水。那年秋天，乐队去了昆明演出，居住的一家宾馆正在举办中国景德镇陶瓷艺术巡展，那些精美的手绘陶瓷令人惊叹不已。感慨万千之际，他的心一下子活络起来，有了回归美术创作的愿望，那原本就是他的专业，而这次的回归之路，他选择了陶瓷，选择了江西景德镇。

那是在2013年的春天，他在景德镇做起了陶艺，经他制作的陶艺作品，那些极为丰富的线条，美轮美奂的色彩，无不让人充满了遐想。或许可以说，云南的那段生活经历，使得他脱胎换骨般地找到了曾经也属于自己的艺术天堂。来景德镇的第二年，他有了自己的工作室，在陶艺界他只是一个新人，所以售出的作品并不多，仅能维持生计。一次偶然的机会，他认识了收藏家梁先生，寄希望于梁先生能够帮助到他。梁先生是一个极有眼光的陶瓷商人，在刘海亮工作室众多的陶艺品中，只是看中了一块两平尺的丽江风景瓷板画。梁先生出手便付给了他三千块钱，多么大方呀，这三千元钱足够他一个月的生活费了。一年后，刘海亮得知了一件事，简直是悔断了肠子，那幅丽江瓷板画，梁先生带去北京参展，还是放在展厅的角落里，居然被一位意大利的商人看中，以十三万元人民币购买，带去了国外。梁先生回到景德镇，单独请他吃了一次饭，当然，不会再付给他一文钱，那件高价售出的瓷板画，早就跟他没一毛钱的关系了。

"小刘，去开家公司吧。"梁先生抿了一口酒，很随意地说道。

刘海亮当时睁大着眼睛看着梁先生，他怎么可能去开家公司，现在的工作室还是跟人合伙，说不定哪天就要散伙了。他摇动着头说："开公司，我怎么可能开公司呢？"

"怎么，不相信自己的实力吗？我可是看好你了。"梁先生说，拿起酒瓶给刘海亮的杯子满上酒。

刘海亮感到屈辱，这明摆着是饱汉不知饿汉饥嘛，拿他寻开心不是。他也是有自尊的人，坐不住了，站起身来。

"梁先生，我吃好了，谢谢您的款待。"他说。

"坐下，小刘你坐下来。"梁先生那只戴有蓝宝石戒指的手指在桌面上轻轻地敲动了几下，就像是一种权威。刘海亮便坐下身来，极不自在。梁先生嘴里微微地吁出一口气，他说："开一家陶艺品公司，我出资金，你出人，这种合作方式很简单，懂了吗？"

刘海亮似懂非懂地点了点头，天下难道真有这样的好事儿掉到了他刘海亮的头上了不成。梁先生手去扶正了一下颈脖子上的领带，继续说："去市里选一家最旺的铺面，先租下来，公司全交给你来管，你认为自己该拿多少年薪，自己看着拿。一句话，多出好作品。"说话时，梁先生从一边的皮质手袋里掏出一张银行卡，递给刘海亮，又说："这张卡上有100万，我相信你。"

整个事情就这么简单，"景德镇海亮陶艺有限公司"开办至今快三年了。

工作室门口，金美顺轻盈地走了进来，手上拿着两盒进口巧克力。刘海亮正在绘画，回了回头。

"刘总，这是我朋友从韩国带来的巧克力。"

"谢谢啦。小金，就两盒，还有吗？"

"刚才都分给大家了，就留了这两盒给你吃的。"

刘海亮接过两盒巧克力，退出几步远，眯缝着眼睛看了看绘制的瓷板画，思考着还有什么地方需要改动。

"这幅作品太漂亮了，刘总。"

"还没完呢。"刘海亮笑了笑，说，"小金，你把这里收拾一下，我出去一趟，很快就回公司。"

顾艳在展示厅的茶桌前画了几件小瓷器，然后用手机拍照，欣喜地发到了朋友圈。店门传来几声喇叭声，她回了回头，看见刘海亮的吉普车来了。刘海亮的脑袋伸出车窗，朝她招手。顾艳上次因为那件"不忘初心"作品的事，生了刘海亮的气，这些天打过几次电话给她，她都不接听，发来的微信道歉她也不回复。顾艳背身朝门，假装没看见，不想搭理他。车上的喇叭声又拍响了几下，顾艳这才转身，走出门外去。

"顾大小姐，你怎么这么大的脾气呀，我都给你道过歉了，那几句话是有些过分，是我态度不好，不理智，但绝对不是冲着你来的。"刘海亮笑着说。

"不是冲着我来的也不行，就是你没道理嘛。"顾艳瞪一眼刘海亮，毕竟是好朋友，她说，"是不是还不死心呀，那个小毛孩，非卖品。"

"不说这事了顾艳，我是过来送巧克力给你吃的。"刘海亮拿出两盒巧克力，递给顾艳，"来，拿着吧，我知道你喜欢。"顾艳闷声一笑，也不客气，接过两盒巧克力，看见上面是韩文，说："是金美顺送给你吃的吧，韩国妹妹的东西，不吃白不吃。"

"看你这话说的，我可是有心送过来的。"

"知道了，谢谢。"

"顾艳，这些天来你都很忙很辛苦，一定要注意身体哦，有什么需要我帮忙的事，尽管开口就是了。过去了的事，不去提了，我和你，和赵小梅是好朋友，和陈立根也是好朋友。"

"嗯，这话我爱听。"

"那就走了，公司还有事，拜了，电话联系哦。"刘海亮说着话，启动车便开走了。

顾艳拿着两盒巧克力，开心地走进作坊。陈立根和赵小梅正在工作台前做瓷泥活儿，顾艳打开一盒巧克力，欣喜地说："刘海亮送来的巧克力，一定好好吃，我们有福同享呗。"

"他人呢？也不进来坐坐。"陈立根问。

"走了，回公司了。"

"顾艳你不是几天都不理睬人家了吗，怎么就和好了？"

"有什么和好不和好的，都是朋友嘛。再说了，我就是这么个没心没肺的人，人家给一个笑脸，我还能有什么好说的。"顾艳说着话，转向陈立根，"老兄，来，吃颗巧克力。"

"你们吃吧，我向来不喜欢吃甜食。"陈立根继续手上的活儿。

"来，把嘴张开，你又没有糖尿病，吃吃看吧。"顾艳说，手上举着撕开纸的巧克力。陈立根只得张开嘴角，顾艳把巧克力塞进了他的嘴里。

赵小梅一边看着，"扑哧"一笑。这时赵小梅的手机响了，是微信语音电话，赶紧拿起手机来，走到一边去接听，有点神秘的样子。赵小梅也没说几句话，只是说她现在挺好的，不用担心她了，你自己好好工作，保重身体。顾艳悄悄地走到赵小梅身后，手指去她的腰上掐了一下，怪怪的声音说："天天有个人在记挂你，累不累人哪。"赵小梅一笑，用力一把推开顾艳。顾艳嘻嘻笑着，走去了店铺那边。

陈立根看着她们两人打闹，这已经习以为常了。赵小梅握着手机，回到工作台前。

"小梅，你去休息吧，这点活我很快就做完了。"

"不用呀老兄，我们一块。"

已经半夜了，陈立根在作坊一番收拾，准备好了明天要做的工作。一片安静，他舒展了一下身体，走到窗前，看了看星星点点的夜空，然后关上作坊的电灯，往自己的卧室走去。

陈立根在睡梦中惊醒了，他分明听到室外有风声和雨点声，立即从床上爬起身来，一把推开窗户，往外一看，果然是起风下雨了，并有一些大雨点如子弹似的击打在他的脑门上。陈立根顿时惊愕住了，他想到了楼顶天台上晾晒的坯胎，刹那间脑袋里有如雷击。

"赵小梅，顾艳，你们快出来，外面下雨了……"陈立根在楼梯口大声喊叫，边喊着边往上面跑。

赵小梅在床上听到陈立根的喊叫声，还不知道发生了什么事，当她发现雨点阵阵敲打着窗户的时候，赶紧起床，走去拉开当中的门。顾艳仍在床上沉睡，赵小梅猛推了几下。

"顾艳，快起来，快，老兄在喊了。"

"天啦，这才几点呀，还让不让人活了，我再睡会儿吧……"

"快起来了，外面下雨了。"

"下雨了？"顾艳瞪大了两眼，说，"怎么会下雨呢？白天我们都听过天气预报了，没雨呀。"

"快呀，我们快去楼上天台，要不就来不及了……"

她们两人都预感到有大事发生，什么也顾及不得，就只穿着睡衣出了房门，快步往楼梯上跑去。

这是一场突如其来的暴风雨，让他们完全就没有准备。楼顶天台上，陈立根站在雨中，双手拼命地扶住棚子一侧要吹倒的支架。棚子上搭建的一块块毡子都被吹翻开来，发出噼里啪啦的声响，就像有无数条钢鞭在空中往下抽打，有几块毡子像风筝似的升上了天空。陈立根疯了似的大声喊着："快，快把坯胎运下去，快啊……"

三个人一阵手忙脚乱，赵小梅和顾艳抬起坯胎板子赶紧下楼。棚子一侧的支架已经被风吹塌下了，陈立根往后摔倒在地，他翻身爬了起来，扛起一块坯胎板子便往楼梯口冲去。就这样，他们慌慌张张上上下下地奔跑了好几趟，再次来到天台上的时候，肆虐的风雨之中，余下的十几块坯板上的坯胎全都在雨水中成了稀泥，东倒西歪，散落一地都是。

"老兄，完了完了，全都毁了。"顾艳趴在地面，捧起稀烂不成形的坯胎，心疼不已地说。

"没救了，都成'脚板屎'了……"赵小梅也趴在地上，想拾出几件好点的坯胎来，却是一手的泥浆。

"雨太大了，回吧，都回楼下去。"陈立根喊着，他清楚一切都晚了，都没得救了。他的喊叫声顾艳和赵小梅几乎不能听见，也不想听见，她们站立在风雨中，酷似两座粘在地面的移动不了的雕塑。陈立根急得又喊叫起来："下楼啊，你们都聋了吗？快，都快下楼去啊……"

陈立根急坏了，扯了这个，又去拉动那个，两个风雨中的女人怎么都不肯下楼，这不是她们所要看到的结果。

三个人回到了楼下的作坊，落汤鸡似的全身上下都是雨水泥迹。穿着睡衣的赵小梅和顾艳，双手怀抱于胸前，她们乳房、肚皮、臀部及身体的曲线都如宣纸上的水墨画一般显露在外，然而又是脏兮兮的，泥人一般惨淡。而陈立根呢，他是最后一个下楼，那颗脑袋软塌塌地垂落到胸前，脸上不知是雨水还是泪水，还在唰唰地往下流。

他们是彻底被打败了。一场暴风雨，让他们所有付出的汗水和心血，都付诸东流了。

赵小梅和顾艳搂抱一起，发出哀哀的哭泣声，很是揪心。

有好一阵子时间，他们呆呆地望着那些运下来的多半是已经损坏的坯胎，仿佛都被雷电所击中，完成处在另外一个世界，无法回到现实中来。

"不是说天道酬勤吗？老天爷明明是在跟我们作对呀，为什么，为什么会这样……"赵小梅哭着说。

"往下该怎么办，几乎全都毁了……"顾艳泣不成声。

陈立根像条疯牛似的来回蹿动，脑子里一片模糊，他要极力让自己镇定下来，他是个男人，他是蓝天陶社一根顶梁的柱子。

"你们两个回屋去吧，别着凉了。"陈立根说，窗外的风雨并未停止。

她们两人都站着不动，就像是脚底沾满了胶水。

陈立根咆哮起来，大声喊："你们站着有什么用，回屋里去呀！"

赵小梅和顾艳昂起头来，那是两张挂满泪水、楚楚可怜的面孔。此时陈立根冷静了许多，说："你们要相信我，我们一定能有办法挽回这单生意，蓝天陶社决不会失信于人！"

早晨，雨停了。霞光映照东方的天际，显现出一片玫瑰红的云彩，使得这座瓷城增添了一抹奇幻的美丽。

兰兰手上捧着几本厚厚的书，身边跟随着背着双肩包的李强。他们刚从景德镇陶瓷学院大门出来。马路上，一辆崭新的带斗工具车驶来，车还隔着老远，汉克的头伸出车窗外，朝着路边的兰兰挥动着手。

"汉克来了。"兰兰说。

"喂，兰兰，你现在就有专车接送了？"李强说，声音有点怪怪的，"你不会这么快就跟这个洋景漂搞到一块去了吧？"

"什么叫搞到一块去，我们是朋友。李强你别一口一个兰兰、兰兰的，我比你还大半岁呢，你该叫我兰兰姐。"

"姐又怎么样，就不能有个姐弟恋了。"李强好像很认真的样子。

"去你的，我和你之间不可能发生那种关系。"

"哼，那就是这个洋景漂了吧。"

"怎么可能，我赵兰兰还能越洋过海嫁到荷兰去吗？这辈子，我都不会离开我爸我妈，不会离开景德镇的。"

说话间，汉克开着车已经停在了他们跟前。

"嗨，早晨好！"汉克跳下车来，绕过车头，极有绅士风度地拉开了副驾驶座这边的门。

"汉克，这几本书，都是我在学校学过的课程，全都送给你了，不用还。"兰兰把书递给汉克，汉克开心地接过，就像得到了宝贝，有《中国陶器艺术》《景德镇陶器美学》《陶器三百问》。汉克说："谢谢，太谢谢您了。兰兰，李强，你们上车吧。"

兰兰钻进车内，坐在当中，李强坐在外面。汉克坐好在驾驶座位，示意两人系好安全带，将车开出。

"兰兰，你是说蓝天陶社遇到水灾了？"汉克问。

"不是水灾，是昨天的一场暴风雨，天台上的坯胎损失了不少。小梅姐一早给我来电话说的，具体损失有多大，现在我也不清楚。"

"OK，我们快点过去。"

汉克将车子一提速，飞快地往前驶去。

蓝天陶社楼顶天台上，赵小梅和顾艳显然一夜没有睡觉，眼圈红红的，正在打扫清洗地面。水泥地上一片狼藉，那些坯胎化成的泥水，堆砌成了一道道凝固的波浪形，像是一片经过拓荒的黄土地。

兰兰领着汉克和李强小跑着来到了天台，见到倒塌的棚架和一地泥沟水迹，还有许多变形的餐具坯胎，好一阵惊愕，没料到损失有这么惨重。

"我的天啦，都成'脚板屎'了呀。"兰兰惊大着两眼说。

"脚板屎？脚板屎是什么东西呀兰兰？"汉克问她。

兰兰摇摇头，伤心极了。

李强赶紧解释说："我告诉你吧汉克，脚板屎这个词是景德镇制瓷人的一句行话，就是形容雨水毁坏的坯胎，跌倒在地上，跟一坨坨屎一样了。"

汉克听到这话，眨了眨两只蓝色的大眼睛，禁不住哈哈地大笑起来，身体笑得前俯后仰，边说："有意思，这太有意思了。OK，OK，这不是牛屎猪屎狗屎，是瓷器拉下来的屎，还一点不臭呢。"

汉克俯身抓起一坨湿漉漉的泥料来，捧在鼻子下用力去闻。因为汉克幽默搞笑，天台上的人全都笑出了声音来，这反而打破了原来沉闷的气氛。大家一起动手清理天台，忙碌开来。兰兰告诉赵小梅和顾艳，上星期汉克买了一辆工具车，以后陶社如需要拉拉原料送送货什么的，可以用汉克的车，借来用也行，这可是汉克交代她说的，都是三宝村的好朋友，不用客气。

赵小梅和顾艳感激的目光去看天台一角的汉克，汉克收拢了一堆泥料，三下两下的，做出一个造型极美观的小罐子。汉克兴奋地说："嗨，兰兰你看，你们看，它已经不是脚板屎了，这个罐子是件作品，还可以用来种花种草。OK，OK。"

见此，大家都笑了起来。

陈立根骑着电动车去了樊家井。

樊家井地处景德镇市区的南部，靠近老火车站附近，原本这里是城郊接合部的一条小通道，上世纪80年代以后，随着生产关系的变革，个体瓷器作坊如雨后春笋般崛起，业主们纷纷涌向这里建起了前店后坊，不过几年工夫，便很快形成了一条鳞次栉比的瓷器街，各家店面且以高仿古陶瓷为主，因此也称之为"仿古瓷一条街"。说是一条街，实际上有好几条窄小的两三米的街巷交织一起，街道两侧全都是色彩斑斓的仿古瓷店铺，瓷工们推着一辆辆装有素胎、白胎及各种样式的陶瓷成品的板车往返走过，极具当地特色。

武剑早年便在这里有了一家挺大的店面，名为"景德瓷器店"。

陈立根在门外停好电动车，匆匆走进店内的作坊。几名工人正在制作绘画仿古瓷青花瓶，地上铺满了装有颜料的瓶瓶罐罐、打磨用的砂纸、毛笔雕刀什么的。武剑坐在一把躺椅上，手里捧着一个紫砂壶喝茶，摇晃着身体像个监工似的。他一抬眼时，见到是陈立根来了，赶紧起身。

"哎呀，是陈总来了。"

"武大哥，我是来找你求救了。"

"找我求救，陈总你没有搞错吧？"武剑说，以为陈立根是在开玩笑。

"对呀，这事情非常严重，还非得大哥您亲自相助才行。"

陈立根在一边的茶桌前坐下，把昨晚陶社天台坯胎遇到暴风雨袭击的事情说给武剑听，着重强调了这批商家订制餐具的时间性。

"陈总，这没问题，兄弟有难，做大哥的自然要鼎力相助了。你放心好了，别说是区区手工餐具，就是元朝的青花瓷瓶，明清的大龙缸，我都能给它做得难辨真假。"武剑说，手掌在胸脯上拍出几声响。

"我是绝对相信武大哥这边的手艺，那工钱上的事……"

"工钱上的都好说，你看着给点行了，只要不亏待了我店里的小兄弟们。"

"谢谢大哥了！"

陈立根高兴极了，没想到武剑做人这般爽快。

当天下午，"蓝天陶社"作坊重新开工。陈立根计划用最短的时间把损失的餐具坯胎做完，多加了几台拉坯机。武剑亲自上位，一点也不马虎，他原本就是一个制瓷高手，带来的两个小兄弟也都是能工巧匠。陈立根、赵小梅和顾艳开始了紧张的工作，兰兰和同学李强负责后勤打打下手。

仅用了两天两夜的时间，所有重新生产的坯胎再次搬上了楼顶天台。

王小林知道了陈立根这边遇到的困难，买了一大堆水果食品送来陶社探望。他都没料到陈立根能够在这么短的时间内，抢回失去的时间，非常之兴奋。王小林认为这件事他可以给郭总打个电话，说说具体情况，往后推个几天再交货。陈立根却说："做生意讲的就是信誉，人家郭总既然选择了蓝天陶社，那就不能失信于人。"王小林看着陈立根疲惫消瘦的脸，他说："根子呀，你做得对。记得著名作家泰戈尔说过，你今天受的苦，吃的亏，担的责，扛的罪，忍的痛，到最后都会变成光，照亮你的路程。"

第九章　一场欢喜一场忧

这天傍晚，顾艳接到了刘海亮打来的电话。刘海亮询问陶社遭遇暴雨袭击的情况，损失会不会很惨重。顾艳开心地告诉他："我那老兄是什么样的人呀，景德镇就没有能难倒他的事，只用了两天的时间，就把失去的时间都抢回来了，明天开始可以绘图上釉了，肯定准时，兴许还能提前一点往杭州交货呢。"刘海亮的电话是从重庆打来的，上个星期随同梁先生一道去重庆参加全国第十届生态环境陶瓷美术博览会，他创作的瓷板画作品《生灵》，获得了银奖。顾艳祝贺刘海亮在家乡成功获奖，约定回来请她吃个大餐。

赵小梅在一边见到顾艳欣喜地打完电话，笑笑说："其实你呀顾艳，心里还是蛮喜欢刘海亮的，人帅气又有才。"顾艳听到这话，似乎很认真地想了想，支吾着说："其实嘛，我也说不清楚我自己。"

第二天一早，陈立根起床后就去了厨房，他在灶台前做蛋炒饭，动作很利索。陈立根似乎很乐意做鸡蛋炒饭，有点像他做瓷活儿那样，每个细节都不可错过。

"蛋炒饭来了，吃蛋炒饭啰。"陈立根双手端着三碗蛋炒饭走出厨房，其中一个大点的碗是他的。

赵小梅和顾艳应该是睡到自然醒了，她们从楼梯姗姗下来，就像是走出闺房的大小姐。陈立根把三碗蛋炒饭搁在餐桌上，接着摆好了三双筷子，桌上有一碟紫红色的豆腐乳。

“好香呀，这饭炒的颜色也好看，金黄金黄的。”顾艳说。

“老兄居然有这么好的手艺，没想到呢。”赵小梅说。她们两个先后在椅子上坐下来。

“其实厨房的活儿，我就这点过得去的手艺吧。”

“谁教你的吧？”赵小梅问他。

“我妈教的，以前在老家时，每天早晨妈妈都要给我做蛋炒饭，一定要加上几根小葱，又香又好吃。”陈立根端起碗来，往嘴里猛扒了几口饭。

“哇，那这就是妈妈的味道了。”顾艳说，手往碗上扇动了几下，仿佛是把饭香送到鼻子下面来。

“一定好好吃呢。”赵小梅说，看了一眼顾艳，抿嘴一笑。

“你们吃呀，动筷子呀。”陈立根催促着她们。她们两人却都不动，好像这蛋炒饭只是用来观赏的盆景。赵小梅看了一眼顾艳，说：“这满满的一碗，也太多了吧。”顾艳往上噘了噘嘴巴，接上说：“老兄，我们有小小一碗就够了。这样吧，就这一碗，我和小梅一人一半。”

陈立根的眼珠子转了转，顿时就明白了，说：“喂，你们还想着要减肥呀，人是铁，饭是钢，这可是伟人说过的话。吃吧，都吃了，这豆腐乳搭上蛋炒饭可是绝配，尝尝，都吃了。这段日子来，你们两个人都瘦了，再瘦恐怕就要变成白骨精了呀。”

赵小梅已经去厨房拿过一个空碗来，将其中的一碗饭分成了两碗。顾艳这才拿起了筷子，说：“够了，已经够多了。”陈立根摇摇头，也就几分钟的工夫，一碗差不多全吃光。而赵小梅和顾艳，却是一小口一小口地吃，还不停地点点头，都说老兄的蛋炒饭好吃得很。

“好吃你们也不多吃，看你们吃起零食来，嘴巴就停不下来。”陈立根说着站起身，已经吃光了碗里的饭。

"老兄，你妈妈在家乡可好？"赵小梅问。

陈立根忽然有些走神似的，背过身去，拿着个空碗，大步往厨房走，也不搭理人。

"就为了吃饭这点小事，他还真生气了，这不发神经嘛。"顾艳说。

"谁知道呢？"赵小梅将一大口饭送进了嘴里。

作坊的工作台上经过收拾，上面摆满了手工餐具素坯，又是碟子又是碗的装着各种画瓷的釉料和几十支不同规格的毛笔、刷子、雕刻刀什么的，还有一些糖果和零食，形成了一道色彩杂乱的生产流水线。

他们三人分工明确，且都是熟练的匠工。陈立根负责雕刻，赵小梅负责勾线，顾艳负责上色，所有的操作都极为精细。这是他们挚爱的职业，几天下来，一件件釉下彩素胎被摆上了货架，这些陶瓷作品仿佛注入了新的生命。

第一批绘制好的餐具整齐有序地叠放在几层满窑的货架车上，货架的底部有四只轮子，顺着正面的两条铁轨，慢慢地推进了窑炉。陈立根猫下身体，在气窑底部用打火机点着了一侧的三个火头，然后又去窑炉的另一边，趴在地面点着另三个火头，窑炉里两侧呼呼地升起了两排火光。等到温度计的温度上升到300度左右，窑炉里的水汽也就蒸发得差不多了，这时陈立根双手便慢慢地合上窑门，此时他的脸膛被窑火映照得一片红亮，仿佛人也在一块燃烧了。之后，他将窑门全部关闭，用力扭紧上下两个门上的转盘。这就开始烧窑了。窑炉的四面设有几个通风孔，窑火扑腾扑腾地透出通风孔，闪烁着蓝色的火苗，十分艳丽。余下的时间，就是掌握温度的上升过程，一般得烧制十二个小时左右，达到1300度以上的高温。大家都异常兴奋，观看着窑炉上的通风孔中那闪闪的持续不断的火光，似乎能够感觉到他们的作品在窑炉中煅烧的过程，这是激动人心的时刻，也是辉煌的时刻。

他们的努力没有白费，总算是能够在商家规定的时间内完成任务了。

这天晚上，陈立根几乎就不睡觉了，每隔一段时间便从卧室里跑出来一趟，站在窑炉前，仔细察看窑炉的温度计。直到黎明时分，温度计显示已经达到了预定的温度。陈立根立即关闭了煤气开关，通风孔冒出的窑火也随之熄灭，这才算是松下一口气来，瘫坐在窑炉前的一把椅子上，眼睛已经睁不开了。

天已经大亮，窗外山林里传来阵阵清亮的鸟鸣声。

顾艳在床上醒来，揉揉眼睛，看着床头柜上摆放的那只陶瓷美人鱼，室外的阳光往里映照，美人鱼似乎有了一种奇妙的光泽，仿佛有了生命似的。她伸出手去，握住美人鱼把玩弄了一会儿，这似乎成了一种习惯。顾艳侧耳听了听隔壁房间的动静，走上前去，拉开当中的门。赵小梅人不在，床上收拾得整整齐齐，一侧的橱柜上摆有数十件很漂亮的陶艺作品，那只蓝色尾巴的美人鱼在当中一个很显眼的位置。

楼梯间，顾艳轻盈地走下来，一眼看到后院门口窑炉前的椅子上躺着的陈立根，人正在熟睡，上身盖着一条碎花毯子。

赵小梅拉开展示厅店铺的铁闸门，开始清洁室内卫生。这时顾艳从后面的门走了进来，朝着赵小梅有点怪怪地笑了一下。

"有什么好笑的？"

"小梅，起这么早，你不会一整晚都没有睡觉吧。"

"怎么会呢，我才刚起床不久，你什么意思嘛。"赵小梅似乎明白了什么，接上又说，"那老兄也是的，干起活来就不要命，用得着整夜守着炉窑吗？还居然在椅子上睡着了。我是怕他着凉，拿了条毯子给他盖上。"

"喂，你有必要解释这么多吗？"顾艳说话时又笑了。

"你可别误会了，顾艳，只是友情。"

"对，对对，不过往往友情可以转变成爱情的嘛。"

"过分了哦，我赵小梅可不是那样的人。"赵小梅一脸认真的样子。

"跟你开个玩笑的，你还当真了。"顾艳说。

"说是开玩笑，只怕是话中有话呀。顾艳，我还真要问问你，你老实回答，你会不会开始喜欢上老兄了？"赵小梅说，盯着顾艳的脸看。顾艳有些挺不自在的模样，长长地吸进一口气，又重重地吐了出来，装着煞有介事的表情在思考。她说："小梅，这位老兄我们还不清楚他个人的底细呢。唉，就算他还是个单身狗，估计也是个擦不出火花来的人。"

"那就去试试呗，反正有的是时间，快乐就好呀。"赵小梅说过话，顾艳却没吱声了。赵小梅又说："看来呀，顾艳你还是喜欢刘海亮。"

顾艳哈哈地笑了起来，拿起拖把，在水桶里用力搅动了几下，说："我嘛，就是一条河里游来游去的鱼，什么时候会游在哪儿去，我也不知道。"

"有一句没一句的，神经呀，不跟你说了。"

躺在椅子上的陈立根醒了，嘴角还流有一些口水，一看手机上的时间，发现自己睡了足足几个小时，一把拉开盖在身上的毯子，这个时候才发现身上怎么地就有了床碎花点的毯子，毯子上似乎还有淡淡的香味，禁不住用力地嗅了一下。他是去过她们两人房间的，知道这是赵小梅的毯子，内心好一阵感动。

陈立根去甩动了几下手臂子，踢了踢腿，人也完全舒缓过来。

第二天上午，陈立根在作坊完成了几件雕塑作品，看了看时间，他张大嘴巴，朝着一边的工作室大声地喊：

"出窑了，可以出窑了！"

赵小梅和顾艳胸前挂着工作围裙快步走出工作室，兰兰跟随在后，背着一台单反相机。兰兰知道今天要出窑了，特地从学校过来准备拍摄视频和照片，好在网络上直播。

面对窑炉，赵小梅和兰兰双手合于胸前，庄重而神圣。尤其赵小梅，眼睛都不敢抬起，她在心里默默地祈祷。赵小梅多年生活在叔叔赵青山的窑场，见过太多出窑后损坏的陶瓷。她清晰地记得，著名陶艺大师黄老，曾经用了三年的时间去研制一只南宋时期的白泥瓷碗，数十次入窑出来不是有裂缝就是碗沿变形或底部破损，最终他成功了，拿到那只完美无疵、色泽通体透亮的瓷碗时，竟然激动得老泪纵横。她在陶瓷学院曾听老师讲述过六百年前景德镇窑工童宾，为烧制出大清时期的青花瓷大龙缸，屡屡失败，最终为反抗暴政投身于窑火，那是何等的悲壮惨烈，童宾成为景德镇世代窑工的精神领袖，祭为"风火神"。千余年来，景德镇陶瓷人为烧制出世上最精美的陶瓷，付出一代一代人的生命和心血，每一件出窑的陶瓷，无不都承载着一段光辉的历史。

顾艳见到赵小梅和兰兰立在窑炉前那般模样，就像是一个虔诚的信徒，她想笑，却没让自己笑出声。

陈立根戴着帆布手套的双手，拧开了窑门上的两个转盘，然后慢慢地拉开窑门，顿时有一股热浪从窑炉里涌出来，这样种感受令他很激动，也很温暖。接着，他俯下身去，双手拉动着货架车的铁把手，稳当当地将摆放有陶瓷餐具的货架车在铁轨上拉了出来。

顾艳一声惊呼："成了，老兄成了啊！"

陈立根欣慰地点了点头。

兰兰拍了一把赵小梅，说："姐，你快看啦。"

赵小梅忽地一下睁大了两眼，看着沉重的车架，但见一套套乳白色的餐具温润如玉，手工绘制的图案鲜活亮丽。

赵小梅拿起一只尚有余温的碟子，高高地举在眼前，微笑着说："太漂亮了，它们太漂亮了！"

顾艳也拿起一只碗来，看着碗的底部，上面清晰地印有四个蓝色的字"蓝天陶社"，她激动地说："我们的作品，蓝天陶社的第一代作品！"

出窑的餐具显然达到了预期效果，大家欣喜之情难以言表。

兰兰举着照相机以各种姿势、角度拍摄下了整个出窑的过程，还不时地给陈立根、赵小梅和顾艳几个特写镜头，又去移动一下脸边的麦克风，嘴里说："亲们，亲们，看到了没，这是景德镇蓝天陶社刚出窑的一批手工餐具，这是景漂们付出的心血汗水，这是经历过风雨后的美丽风景。亲们一定很喜欢对吧，可这是杭州商家订制的，非卖品哦。亲们如果想订制，可以私聊我呀……"听到兰兰这一番说辞，陈立根他们全都笑出声音来。

他们把烧制好的餐具从车架上一件件取下来，装进纸箱里，这些纸箱上印有"蓝天陶社出品"的字样，就这六个字，让人有一种自豪感。赵小梅负责质量检验，稍有一点瑕疵的餐具会放到一边的筐子里去。兰兰一看有点急了，说："小梅姐，这么漂亮的手工餐具可别都扔了，怎么的也可以卖出一些钱来的，到时候呀我在店门口出个小摊，大家的伙食也可以提高一个档次了呀。"陈立根在一边说："行啊，这些次品就交给赵兰兰同学了。"

王小林来到了陶社，看过这一批出窑的餐具，表示很满意，让陈立根他们把余下的餐具做完，好给商家一个交代，后面还有八百套餐具等着续签合同呢。王小林还带来了一个好消息，明年春天，省会南昌将举办"改革开放40周年华东地区陶瓷品展销会"，蓝天陶社可以着手准备自己的参展作品，他已经把"蓝天陶社"的名额申报上去了。

顾艳和赵小梅走进一家高档酒店。刘海亮已经到了，他在临窗的一张餐桌前站起身，兴奋地朝着她们挥动着手，几个手指头快乐地弹动着，让人觉得那指尖上都带着艺术家的风范。

"二位大美女好啊。"刘海亮说，看了看她们身后，"怎么，陈立根人呢，不是约好了一块过来的吗？"

"他没来，有事。"顾艳说。

"事情有那么重要吗，吃顿饭的时间也没有？"刘海亮说。

"不是的，我们正出门时，汉克开着车来找他了，缠着要老兄陪他去一趟浮梁县，说是要深度了解景德镇的陶瓷历史文化。这老兄无法推脱呀，再说前些天他也答应过汉克的。"赵小梅一番解释。

"我还以为这家伙对我有什么意见呢？"刘海亮说。

"他能对你有什么意见，你也是太小心眼了。"顾艳坐下身来，就像个主人似的拿起菜单，说，"海亮，这可是你说的要请大餐，我们就不客气了。"

"想吃什么，点就是了。"刘海亮一脸大方地说。

顾艳招了招手，一名女服务生走来。顾艳翻动了几下菜单，手指在上面指指点点。服务生记下了菜谱，点点头，转身走了。顾艳朝着刘海亮嘿嘿地笑了笑，说："我可没宰你呀，差不多人均一百块。"刘海亮帅气的脸往上一昂，笑着说："看你说的，小意思啦。"

"海亮，恭喜你这次在成都参展获得大奖。"赵小梅说。

"银奖，也就是个二等奖。"

"老实交代吧，这次又拿到多少奖金了？"顾艳问他。

"有是有点，也不多。"

"喂，不多是几多呀？"顾艳又问。

"顾艳，这是隐私，你是刘总的老婆吗？钱的事你也要管了？"赵小梅开玩笑地说。顾艳一伸手，一把掐在赵小梅的腰上。赵小梅禁不住咯咯地笑，说："好了，好了，这不都闹着玩的嘛。"

"赵小梅说得对呀，我还真巴不得让顾大小姐管理钱财呢。"说着，他转向顾艳，"除去税，奖金是三万两千元。"顾艳听到这话，急忙说："哎哟我的妈呀，你就坐一趟飞机回来，赚到了这么多钱，你行呀刘海亮。"刘海亮多少有些得意了，从黑提包里拿出一本红皮子的获奖证书，递给顾艳。顾艳欣喜看过，又递给赵小梅看。证书上写有银奖作品《生灵》，获奖者刘海亮。

"不错不错，海亮，我们真心为你感到高兴呢。"赵小梅说。

刘海亮又从包里拿出一张《生灵》作品的照片来，很是得意地递到顾艳的手上，说："这是作品照片，顾艳你留着做个纪念吧。"

"这幅瓷板画我见过，上次去你工作室，你正在绘制呢。"顾艳看着照片说。

"对，正是这件。"刘海亮兴奋极了，说，"这次随同老板一起去重庆，老板还特意请我爸妈出来吃了顿饭，把我猛夸了一番，爸妈可是开心了。"

"你老板梁先生人真好。"顾艳说，想起什么事来，"海亮，我们也有好东西要给你看看。"

"我猜到了，一定是你们的制作给商家的餐具吧。"

赵小梅朝着刘海亮点点头，顾艳从她的挎包里拿出一套餐具，搁好在桌上。刘海亮拿起一只碗来，举在手掌来回转动，认真观看，又用手指头在上面轻轻地敲动了几下，以大师的口吻说："经过烧制，肌理天然，成色很正，绘图的效果也都出来了，称得上是精致漂亮的手工餐具。"他眯了眯眼睛，稍微思考了一下，又说："听这声音，瓷泥的材质，怕硬度不够吧，会不会很容易破碎呀。"

顾艳听到这话就不高兴了，嘟着嘴说："刘海亮你呀，这不是鸡蛋里面挑骨头吗？再好的陶瓷餐具掉在地上都会摔碎的，它是陶瓷，又不是铁和石头。"

"顾艳，这只是我个人的看法，餐具就是餐具，是用来吃饭的，毕竟不能代替真正的艺术作品嘛。"刘海亮说，很真诚的态度。

他们说话的时候，赵小梅皱了一下眉头，隐隐地感觉到刘海亮的话有一定的道理，记得当时她和陈立根去挑选泥料时，她提到过餐具的硬度问题。顾艳继续在争辩："好了好了，不谈餐具的事了，反正呀，这单生意是在蓝天陶社手里了，你已经认输了。"

"好好好，输给顾艳，不不，是输给顾艳所在的蓝天陶社，我心甘情愿。"他笑看着顾艳，又说，"哦，我老板下星期回景德镇，他还想见见陈立根。"

"梁先生不会是有业务要交给蓝天陶社？"顾艳问。

"这个好像倒没有吧，老板只想跟陈立根交个朋友。"

"那好呀，多一个朋友多一条路，何况又是这么个有钱的主儿。"赵小梅说。

谈话间，服务生已经把几道菜都端上桌前。

"你们喝点什么是酒？今天我没带酒过来。"刘海亮问她们。

"不喝了吧，来点饮料就可以了。"赵小梅说。

"那怎么行，无酒不成席呀，你们还说要给我庆祝呢。"

"也是哈，那就啤酒吧，刚才进酒店的时候，我看到收银台那边有青岛啤酒。"顾艳笑眯眯地说。

赵小梅和顾艳回到陶社，天空已经黑下。兰兰在陶社帮着看守店面，今天下午二十几套有点瑕疵的餐具摆在店门口，全都给游客买走了，五十元一套，客人就像拾到了宝贝似的。兰兰开心地摇动着手机，要把餐具的钱从微信转给赵小梅。顾艳却说："兰兰，这钱不用转给了，你留着花吧。"

赵小梅赶紧接过话来，说："那不可以的，这是蓝天陶社的钱，一分钱都得进账。"兰兰笑笑，已经从手机里把钱转给了赵小梅。顾艳扮着鬼脸，晃动了几下头，说："你姐呀，就是个小气鬼，管家婆。"兰兰听到这话不乐意了，她说："顾艳姐，我姐才不是呢，从小到大，我没少花她的钱呢。"

"兰兰，你快回家去吧。"赵小梅说。

"今天要晚点回了，汉克约好了我和李强几个同学去消夜呢。"兰兰说。

"哦，老兄他们从浮梁县回来了？"顾艳往店铺里看了看。

"应该快到了吧，刚才汉克给了我电话。"

马路上一辆工具车行驶过来，汉克和陈立根回来了。车在陶社门口停下，陈立根推门下车，跟汉克打声招呼，接着去车厢里搬出一个纸箱来。兰兰背着包已经跑上车去了，一把带上门，好像是成了她家的车了。

"老兄，美女，拜拜。"汉克启动了车。

"姐，我明天下了课就会过来的。"兰兰在车窗挥动着手。

他们三人回到店铺，陈立根把纸盒往桌上搁下。

"汉克叫你老兄了。"赵小梅笑笑说。

"他说叫老兄亲热，还说你们也都这样称呼。这个洋景漂，太有意思了，急着赶去浮梁县的原因，就是要亲眼看看古县衙，亲身感受一下当地的气氛，他现在终于是弄懂了书上所记载的景德镇怎么就是昌南，昌南怎么就是China了。"陈立根说。

"其实这段历史说起来也很简单的，古代的浮梁县就是当时的昌南，后以皇帝年号为名置景德镇。"赵小梅说。

"说得是容易，其实我也被弄糊涂过呢。"顾艳说，去看陈立根。陈立根正将纸盒打开来，里面是一盒盒的茶叶。顾艳问他："老兄，真大手呀，买了这么多的浮梁红茶呀。"

陈立根把纸箱里的红茶分成三份，边说："浮梁茶在唐朝就有了名气，白居易著名的《琵琶行》诗中曾写过'商人重利轻别离，前月浮梁买茶去'。到了浮梁，我便给汉克介绍了浮梁茶，他可是高兴坏了，立即就买了两大箱子，一箱他要寄去国外，让家人品尝正宗的China红茶。这一箱硬是要送给我们，说是太幸运认识我们了。顾艳，你把这一份寄去青岛吧，你爸爸一定喜欢喝茶的。小梅，这一份拿给你叔叔。这一份，就留在陶社好了，自己喝，也可招待朋友。"

"那你呢，老兄你也寄给老家吧。"赵小梅说。

"我就不用寄了，福建有的是好茶叶。"陈立根把其中的一份红茶摆进旁边的柜子下面去，他说，"你们今天跟刘海亮一块吃过饭了，很开心对吧。"

"那可不是，海亮《生灵》瓷板画又获了一项国家级大奖。老兄，你看看这张照片，他送给我的。"顾艳拿出包里的那张获奖作品照片，递给陈立根。

陈立根很认真地看过照片，说："这件作品很棒，窑变出来的釉料效果极有层次，具有西方美术色彩。这个刘海亮，在陶瓷绘画方面一直是很前卫的。《生灵》作品理应获奖，这也是为我们景德镇增光啊。"

"老兄的作品也不会差的呀。"赵小梅说。

"那完全就是两个路子，我更喜欢中国传统文化。"

"比如呢？"顾艳问他。

"比如，比如我国各大寺庙里的令人敬仰的关公雕塑，大将军手持青龙偃月刀，一脸正气，那是何等的威风凛凛，浩气长存。再比如吧，我们景德镇老雕塑瓷厂陈列室的那些大师级制作的滴水观音，天女散花，福禄寿星，七子罗汉，嫦娥奔月……"陈立根话还没有说完，但听见顾艳嘴里爆发出一连串多少有些嘲讽的笑声来，她说："老兄，你说的这些个物件，也太老土了吧。"

"不，不不，我不这样认为。"赵小梅转向顾艳说话，语速平和，像要进行一场辩论，"中国最早走出国门流传于海外的，正是这一类造化天工的陶瓷艺术品。这是中国文化，是我们老祖宗留下的民族之根。有传统才能有传承，传承和创新才是民族文化瑰宝的生命力。我也打个比方吧，比如，老兄雕塑的古代战神系列，几乎每一件窑变都有不同的艺术风格，它是传统的还是非传统的呢？比如你顾艳热衷的新彩绘画，是现代的还是非现代的呢？景德镇有历史悠久的粉彩、古彩、素三彩等，新彩画的产生不正是从这类绘画之中传承发展过来的吗？再比如，我喜欢的青花绘画，早在元代就有青花瓷，它是景德镇瓷工的伟大发明，结束了我国瓷器以单彩釉为主的局面，把人类使用的瓷器推进到白瓷绘画时代，形成了浓厚的中国陶瓷特色。而我们现代人在青花绘画制作上，无疑是在做一种历史上的传承和拓展，而且在某种程度上，现代青花瓷的制作生产质地，还没能达到古代时期的高度。"

"小梅，你说得太好了。"陈立根很是得意地看了一眼赵小梅，兴致勃勃地说，"当然了，继承民族传统的陶瓷艺术还需要变革和创新，要做的就是从传统中来，脱胎换骨到未来中去。我们这一代陶艺人，不正在朝着这个方向而努力吗？无论什么样式的陶瓷作品，无论是东方还是西方，首先都得注入现代人的思维方式，这样才能在创作的道路上走得更加长远。"

"好了好了，你们两个人有完没完呀，这儿不是大学课堂，不是专家研讨会的现场。我是这样想的，身为一个制瓷的人，什么样式的风格都应该去接受，我们最终，都要用作品去说话。"顾艳说。陈立根和赵小梅无意间对视了一眼，显然他们之间各持有自己的艺术观点。

一时安静。赵小梅忽然想起什么事来，走到柜台前，从顾艳的挎包里取出那套给刘海亮看过的餐具。

"老兄，晚上和刘海亮一块吃饭，给他看过了我们制作的这套餐具了。"

"那他怎么说？"

"刘海亮必须要美言一番啦。不过嘛，他有点质疑餐具的硬度。"顾艳说，脸上挺不服气的样子。

"当时他是这样说的。"赵小梅说。

陈立根没急着说话，拿起餐具来看了看，手指头在上面敲动几下，然后放下餐具，一只手在额头上来回抓动，认真地想了想，说："当时赵小梅也提到过这个事，我也慎重地考虑过，陶土和瓷泥黏合，硬度是足够了，过得了关，以前我也用过类似这种的餐具，肯定不会有问题。你们两个放心好了，又能有什么问题呢，难不成洗碗能给洗碎了。"

两个星期后，蓝天陶社制作的两百件餐具在规定的时间内发给了杭州商家，到货的第二天，郭总还给顾艳打了电话，表示非常满意，并让财务上把两百套餐具余下的货款全部打到了蓝天陶社的账上。

陈立根他们核算了一下这单业务的账目，几乎打了个平手。

赵小梅抱怨地说："唉，如果不是遇到那场该死的大雨，陶社至少会有一万多块钱赢利的。"

"没亏就算好了，往远处想想，我们蓝天陶社的名气打出去了就行。"顾艳说，她还挺开心的。

陈立根很兴奋，他似乎更加享受这种制作的过程。陈立根提议要请王小林老师吃个饭，表达谢意。

当天下午，他们三人去了王小林的公司，告知两百套餐具已经收到了全部货款。赵小梅拿出三千元作为中介费交给王小林，王小林拒收，表示这可是没赚钱的生意，等到商家后续的八百套餐具合同签订之后，到时该拿的自己会拿。陈立根做人向来很有准则，既然王小林不收下这笔中介费用，那他们三个每人拿出一件自己制作的陶艺作品相送。

王小林说："根子，我不能要的，你们的作品，那也是钱哪。"

顾艳说："王老师，这事儿得蓝天陶社的总经理说了算，我们的作品，又不是什么名师大家的，您就算留着做个纪念吧。"

在下一单合同还没有签订之前，陈立根、赵小梅和顾艳在陶社愉快地创作自己的陶艺作品。

连着有好几个晚上，陈立根都激动得睡不好觉，一想到那一箱箱印有"蓝天陶社出品"字样的产品送往商家，那简直就是吹响了冲锋的号角。蓝天陶社，让他真切地看到了未来的辉煌前景。他再也不是一个人在这座城市独自闯荡了，他拥有了一个优秀的团队，拥有了赵小梅和顾艳这两名亲密无间的伙伴，她们勤劳，她们美丽，她们让他的人生有了绚丽的色彩。他和她们因瓷结缘，因瓷拥抱在一起，这是一件多么幸运的事呀，他要感谢瓷器，感谢这片瓷器堆积的土地。他想了很多很多，他甚至想到，往后的道路上，无论遇到多大的困难险阻，他都要承担起更多的责任，他必须要像兄长一样去爱护去守护她们，她们在他的眼里，才是这世间最精美的陶瓷。

这一天，王小林开车来到陶社了。大家原以为王小林带来了下一单大合同，却是带来了一个坏消息。杭州商家决定取消跟"蓝天陶社"的合作，后面的八百套餐具将交给"海亮陶艺公司"制作生产，已经签订了合同。

陈立根、赵小梅和顾艳听到这件事，都惊呆了……

第十章　天生我材必有用

　　陈立根他们简直难以置信，三张脸骤然间变得暗淡无光了，仿佛好好的一个大晴天，却没有了太阳。

　　"终止合同，怎么会这样，怎么可能？"陈立根声音有些发硬。

　　"我们制作的餐具有哪点不好吗？已经非常完美了，郭总还特意打过电话来，对这批餐具没有提出任何异议。"顾艳说。

　　"王老师，会不会商家那边本身出了什么问题呢？"赵小梅接上说。

　　王小林喝了一口茶，杯子握在手掌上来回转动了几下，缓缓放下杯子，这显然也是出乎他所预料的事，他清了一下嗓子，说："根子，事已至此，我给你们解释一下。杭州商家收到蓝天陶社的餐具并没有任何问题，可以说真的已经非常完美了。关键的原因，是这批餐具在用洗碗机清洗的过程中，碗碟的边沿，出现了大量的细微破损。"

　　"真的会有这种事情吗？"陈立根急忙问道。

　　"还真有，商家那边提供了经过清洗后的餐具照片。"王小林从提包里取出好几张餐具照片来，说，"你们自己看看吧。"

　　那几张照片在陈立根、赵小梅和顾艳手上传递着，他们都认真看过，果然餐具的边沿都有一定程度的裂缝、破损。王小林继续说："因为这件事，我跟郭总通过了电话，这家餐饮公司的所有连锁店的餐具都不可能用人工洗刷，那样人工费用太大，必须要经过洗碗机，靠人工进进出出地往返拿动，难免会有些碰撞，于是就出现了这个问题。"

"也就是说，这是使用洗碗机所带来的后果了。"陈立根说。

"之前谁也不可能想到呀，唉。"顾艳重重叹息一声，说："这个郭总，事先就该说明一下的嘛。"赵小梅看了一眼陈立根，她说："当时我们只是想制作出最有质感品位的餐具，忽视了洗碗机会带来这样的后果。"

陈立根一脸自责，有苦难言。他说："是我的错，都是我的错。"

"根子，我也有责任，如果当时我跟你仔细研究一下餐具所采用的瓷料，就不会发生这种事情。"王小林说，也很懊恼。

"王老师，那后续的八百套餐具，怎么会签订给了'海亮公司'呢？这，这又是咋整的？"顾艳很不开心地说。

"商人终归是商人嘛。"王小林说，语速很慢，"郭总在离开景德镇之前，是留有后路的，让刘海亮那边制作了十套餐具，寄去了杭州。而这十套餐具，经过洗碗机检验，瓷质上达到了他们的要求。"

王小林走了，蓝天陶社的空气仿佛凝固了，大家都无语，这不是白白忙活了一场吗？费了多少人力和心血呀。

陈立根坐在一堆袋装的瓷料上，佝偻着背，身体弯出了一座小山包，双手抱着脑袋，眼皮垂下，不见光泽，模样极是沮丧。他是一个从来都对陶瓷制品要求太过完美的人，因此才导致今天这个结局，联想到那场突如其来的暴雨，赵小梅和顾艳她们穿着睡衣在天台上抢救坯胎的情景，相拥一起哭泣的情景，似有一种深深的负罪感。

陈立根慢慢地抬起头来，他面前站着赵小梅和顾艳。她们能够体会到此刻这位老兄的心境，她们的脸上露出温和的微笑。

"我对不住你们，让你们失望了。"他说，内心愧疚。

"老兄，你说的什么话呀，我们什么都没有失去，我们大家不都好好的吗。输了就是输了，这就是市场经济，至少，我们可以从中吸取教训。"赵小梅说，语气里充满了鼓励。

顾艳突然眼里有了泪水，想说什么又没能说出来，显得非常委屈，一转身，握着手机走了。顾艳快步来到了后院，人气得不行，用手机发出了一条微信：姓刘的你就是个混蛋！

刘海亮在公司办公室，他听到手机发出微信的提示响声，没急着去看，他正在对金顺美和几名员工安排布置杭州商家八百套餐具订单运作。这单业务他可是比陈立根精明得多，公司只出餐具样品和技术质量检测员，将接到的这批订单转交给了一家专业生产日用陶瓷的公司加工生产，几乎就不用再费什么力气，便能赚取应得的利润。之前寄去杭州的十套餐具，并非手工陶瓷品，只需要绘图和浇釉，这便省去了最费力的拉坯、利坯等环节。任务很快就向员工们交代完了，刘海亮很舒坦地坐在黑皮转椅上，这才去看顾艳发来的那条微信。"我是混蛋吗？"他自言自语地说，摇头一笑。

赵小梅和顾艳在工作室做陶艺作品。顾艳把手中的画笔往台上一扔，完全就没有心思了。

"这件事想想都来气，刘海亮他凭个啥呀，明明是我们碗里的菜，却给人家抢去吃了。"顾艳说，气呼呼的。

"我问你呀顾艳，如果拿到这单业务的不是刘海亮，你还能这么生气吗？"

"那当然不一样了。"

"就是嘛，你不要遇到一点挫折就闹情绪，这会影响我们的创作，在景德镇做瓷，我们遇到的失败的事情还少吗？许多事情都不是我们能够预测到的。"赵小梅劝慰她，笑了笑，又说，"你记得去年春天，我们合同制作的那件四方镶器仕女图大花瓶吧，我画的釉下彩，你画的釉上彩，那可是一次完美的合作。当时有一位商家一眼看中，开价八千块钱啦……"赵小梅还没说话，顾艳抢过话说："那都是怪你，小气得连个五十块钱的包装盒都不愿买，就用块小床单包裹着，结果呢？我们一路上乐得屁颠颠地把花瓶送到宾馆，人家打开来一看，都裂成两半了。你还提这事，想起来都好笑，那天晚上，你还蒙着头哭鼻子呢。"赵小梅苦笑，说："当时急着进电梯，人被电梯门给夹住了一下。"

提起这件事，她们两人都张大着嘴巴傻乎乎地笑了起来。

"过去的事，赶紧忘了吧，我们做瓷如果没有个好心情，也会影响到老兄的。你没看到他今天那个样子吗，就像是被人给暴打了一顿，垂头丧气的，中午饭都没吃。"赵小梅说，拿起画笔去瓷胎上勾勒出了两道很优美的线条。

"我嘛，属鱼的，只有七秒钟的记忆，我忘事比你快得多啦，不就是因为刘海亮吗？"

顾艳说话时，桌上的手机响了，正是刘海亮打过来的，她一把拿起手机来接听："我人不在陶社呢，我也没有时间跟你见面，恐怕这辈子也不会有时间了……喂，你烦不烦人啦……"

这时赵小梅朝握着手机的顾艳示意了一眼。门口，刘海亮举着手机大步走了进来，穿着西装，里面的衬衣很白，很耀眼，皮鞋锃亮，落地有声。他说："顾大小姐你还骗人，明明你在的嘛。"顾艳见到刘海亮进来了，不想去搭理。刘海亮眼睛四周看了看，问："陈立根人呢？"

顾艳瞟了一眼对方，没好气地回答："给姓刘的打败了，落荒而逃了，失踪不见了，刘海亮现在你甘心了吧。"

"哦，居然还会有这等事？"刘海亮很玩味地说，显然是不相信。

"老兄出去了，什么打败不打败了的，顾艳跟你闹着玩的。"赵小梅说，手上的笔继续在画瓷器，画出了一座小山峰。

"估计有情绪了吧，后悔了吧。我早说过了，瓷器是瓷器，作品是作品，产品呢，那又要另当别论，它们之间是有很大差别的嘛。"刘海亮漫不经心的表情，拿起桌上的一支画笔，在一件陶瓷上轻轻地敲了一响。

"刘海亮你有啥好神气的，你呀，你就是一个小人，还使阴招。明明你之前就送了十套餐具给商家，怎么就没听你说过一声？"顾艳说，绷着个脸。

"顾大小姐呀，这事不能怪我的，在商言商，大家都是在做生意，我就是说了，那又能怎么样呢？那又能改变得了吗？"他说，手中的笔扔回到桌上。

"哼，看你得意的小样，算个啥东西呀。"顾艳说。

"我并没有得意呀，我也只是捡到了一单业务。你们两个呀，我怎么说好呢，早就该加盟'海亮公司'的。人跟人的脑袋是不一样的嘛，陈立根这回可是聪明反被聪明误了。"

"蓝天陶社"后山的树林里有一条小路，附近可听到潺潺流水之声。陈立根心情沉闷，总像有块石头压在胸口间，低着头，茫无目的地往前行走，呼吸一声长一声短的。

已是深秋了，山风有了一些凉意。陈立根一抬眼，见到溪流边的石头上坐着一位垂钓的老者，身边搁有一个军色的帆布挎包，身着运动服，头戴一顶灰色的礼帽。老者的身体一动不动，极像一幅充满禅意的画面。

陈立根挺无聊地走近老者身边，老者的腿旁有个装有清水的小木桶，里面一条鱼也没有。老者并没感觉身边有人，两眼静静地观看着水面，那般淡定的神容仿佛要看穿水底。

"一条鱼也没有钓到呢。"陈立根小声嘀咕了一句。

老者纹丝不动，手持鱼竿，目光全在水面。

"这水里不会有鱼的。"他又说，声音稍大了一点。老者并没有搭理身边人的话，陈立根有些无趣，转身欲要走开时，老者说话了："有水的地方自然都会有鱼，也许你一天甚至几天也钓不到一条鱼。但是活水会有一种无限大的诱惑，正是因于这样的诱惑，才能让人有了定性、定力，有了一种不离不弃的精神。俗话说姜太公钓鱼，愿者上钩。实际上讲的是一种哲学意境，钓鱼者和鱼儿之间的关系，该来的，总会来的。当然，不是所有的梦想都能实现，但是梦想，永远都要有的。"

老者这一番话，像是对自己说，又像是在对身边的人说。陈立根听到这番话语，仿佛有一股远处吹来的清风，令人豁然开朗，这真是一种奇妙的意象。

"您说得太好了。"陈立根由衷地说。

这时老者把渔竿放在地面，回过脸来，看着陈立根，慈祥一笑，说："小伙子，你好。"

"您好！您经常在这条小河边钓鱼吧。"

"也不经常，有时会过来坐坐，只当消闲。"老者说着话，手去腿边的挎包里掏了掏，拿出一瓶矿泉水来，拧开瓶盖，"我只带了一瓶水，你喝吧。"

"谢谢，我不渴，您自己喝。"陈立根摇了摇手，有了一种亲近感，"请问您也是在景德镇做瓷的吧。"

老者喝了一口水，点点头，说："这样看来，小伙子是做陶瓷的。"

"是，我和几个朋友开办了一家陶社，就在附近不远呢。"

"那好呀，我也住在三宝村，就在下游一点，我们可是邻居了。"老者很欣慰的表情，又说，"听口音，你是福建人吧。"

"对，对呀，是福建的。"

"那我们的家乡可是隔海相望了，我是台湾人呢。"老者说，就像看到了亲人似的，他站起身来，"来，我们握个手吧，我叫林楚明。请问你贵姓？"

"陈立根，耳东陈，立正的立，树根的根。"陈立根挺直了一下身体，伸出手来跟老者相握。

"陈，立根，好名字，当代景德镇的陶瓷艺术，希望就在你们这一代年轻人身上了。"老者欣慰地说。

他们两人很快就熟悉了，极是亲热。老者递出了一张名片，上面印有：景德镇泥乐斋，林楚明，台北大学美术系教授，陶瓷艺术家。陈立根拿着名片，开心极了，林教授经营的"泥乐斋"和他所住的"蓝天陶社"

隔得很近，不过三百米远。林教授今年七十岁了，那精神头却是一点也看不出他的年龄，两年前林教授退休，接着就来到景德镇做陶艺，两边居住，天气冷了就飞回台湾，惬意地过着候鸟般的生活。

陈立根答应了林教授，改天一定去"泥乐斋"拜访讨教。

天色已近黄昏。赵小梅像个家庭主妇似的，在厨房里忙碌着，很利索地做好了几个菜，其中有一道菜是她最拿手的安徽臭鳜鱼。顾艳开了一支红葡萄酒，餐桌上摆好了三个高脚杯和三套碗筷。

不多一会儿，赵小梅把做好的菜端上桌来，问道："他还没有回来吗？"

"这老兄，又在发什么神经，该不会真的闹失踪吧。我还说开支红酒给他缓解一下压力呢。"顾艳说，她的脖子上架着一个很漂亮的粉红色的蓝牙耳机，好像不听音乐就活不成了似的。

"怎么可能，老兄的心理承受能力还会比女人差？"

她们说话的时候，陈立根快步走进来了，像一阵风，好像就没注意到餐桌这边的人，直接就走到了作坊的工作台前。台面上收拾得很干净，一些画笔雕刻工具刷子什么的堆放在一边，只有一个陶罐，上面插有一束干花。

陈立根仿佛处在一种艺术氛围中，他的两只手掌在腰下来回抓动，就像要制作一件陶瓷大作品。赵小梅和顾艳看着背朝着她们的陈立根，很是诧异。

"典型的一个瓷痴，眼里就没人了。"赵小梅小声对顾艳说。顾艳拿下脸上的耳机来，朝着陈立根大声说话："老兄吃饭了，我饿呀。"

陈立根猛的一下转过了身来，憨憨一笑，人便往餐桌这边走来了，边说着话："我刚才在河边遇到了一个做瓷的人。"

"三宝村哪儿不是做瓷的人，这有什么好稀罕的。"顾艳说。

"是个退休的老教授，台湾人，陶瓷艺术家。我在百度上搜索一下，可是不得了，这位林教授的陶艺品在巴黎、意大利、日本等许多国家，获得过多次大奖哩。"他的心情极好，看了一眼餐桌，"这是哪来的臭鳜鱼呀，又臭又香的，肯定好吃。不错不错，还有葡萄酒。"顾艳往三只杯里倒上酒，瞅了一眼赵小梅，好像在说，这老兄突然就换了个人了。顾艳说："臭鳜鱼是我们在淘宝上买的，小梅说了，一定要你尝尝这道她老家的名菜呢。"陈立根朝赵小梅点了点头，拿起筷子夹了一块鱼塞进嘴里。

"好吃吗？"赵小梅问他。

"还用说，景德镇恐怕只有蓝天陶社才能做出这道菜来。"

"老兄还挺会恭维人的嘛。"顾艳说。

"不是你们两个经常教导我要学习说话，学会与人打交道，学会做人际关系吗？"陈立根说，肩膀往上耸了一下。

"可不，总算身边有高人指点了吧？"赵小梅嘻嘻笑着。

"来，咱们喝杯酒。"顾艳端起杯子来，一口喝空。看来，陶社只要陈立根心情好，大家心情才会好了。

赵小梅小抿了一口酒，说："下午刘海亮来过了。"

陈立根的眼皮往上翻动了一下，挺无所谓的口气说："他来，那还不是把陈立根这家伙好好地奚落了一顿。"

"没这事，他哪儿敢啦。"顾艳说，"海亮说，他的大老板梁先生下个星期回景德镇，提前跟你打声招呼，想见见你，约你去别墅喝个茶，会有车过来接你的。"陈立根嘿嘿地笑了笑，有点嘲讽的语气说："哦，来接我，这么大的阵势，奔驰还是宝马？该不会来一辆法拉利吧？"

赵小梅和顾艳一听这话，都不声响了。

"那我一定要去见见梁先生的。"陈立根喝完杯中的酒，说，"跟有钱人打交道，没什么不好的吧，做瓷的人，谁不想把作品卖出一个好价钱来。"

听到陈立根说这话，而且说得挺认真，她们两人都笑了。

蓝蓝的天顶，洒下的阳光很温和。

一辆商务豪华奔驰车停在了"蓝天陶社"门口，年轻的司机身着整洁，戴着一双雪白手套。刘海亮随车而来，接上了陈立根。

　　顾艳和赵小梅站在门外，望着驶出的豪华车。

　　"这老兄，现在好像还成了个人物了。"顾艳说。

　　"那可不是，人家是蓝天陶社的陈总嘛。"赵小梅抿嘴一笑。

　　豪华轿车一路行驶，也有半个小时，来到了城南梁先生的大别墅。这是一栋三层楼的独立房屋，青砖红瓦，院子里绿草如茵，几棵挺拔的大樟树枝叶茂盛，左侧有一方水面清澈的泳池，几把木质躺椅，两顶蓝白相间的太阳伞，风雅而休闲。陈立根跟随着刘海亮沿着一条花径小路，走进带有亭廊的别墅大门。

　　客厅的面积挺大，很开阔，墙壁上悬挂着一幅大型瓷板画，两侧的陈列柜摆满了各类陶瓷制品，琳琅满目，就似走了一个瓷器宫殿。

　　梁先生身着浅灰色休闲上衣，极有老板的范儿，坐在一张红木大茶几前亲自泡茶，他的对面椅子上坐着王小林。陈立根有点意外，没想到小林老师也被邀请过来。梁先生见到进来的陈立根，客气地招呼："小陈来了，你好。"陈立根显得有些拘谨，点点头说："梁先生您好，小林老师也来了。"王小林站起身来，乐哈哈地说："根子，我可是梁先生家的常客，他一直都很照顾我的生意。"陈立根走到茶几前，没急于坐下，说："别墅好大，梁先生收藏了这么多的陶瓷作品呀。"梁先生放下茶壶，走上前来，亲热地拍了拍陈立根的肩膀，说："来吧，我带你参观一下。"

　　陈立根、刘海亮和王小林跟随着梁先生参观他收藏的陶瓷品，从一楼到三楼，所有的陈列柜里都是难以见到的大师级的陶瓷作品，许多陶艺品都年代久远。梁先生知识面广泛，从元代青花到现代陶瓷的历史几乎无所不知，尤其是对景德镇的陶瓷发展史，娓娓道来，脉络清晰。他谈到中国瓷器为什么能在明清形成一个高峰，主要跟当时的督陶官制度有关，明朝开国之初就在原浮梁瓷局的基础上建立了御器厂，并派来了督陶官。此后几百年间，景德镇陶瓷达到了鼎盛时期。而清代唐英是在中国陶瓷史上留有浓重一笔的督陶官，唐英奉乾隆皇帝的旨意编纂了《陶冶史》，书稿图文并茂，详尽地展示了制瓷的全部工序，被后世誉为"集厂窑而之大成"。梁先生在谈到流传于世的陶瓷作品，也是如数家珍。他的陈列室不仅有精细高仿的《萧何月下追韩信》《蒙恬将军》《三顾茅庐》等等，更是能说出当年历史的由来。而关于他收藏的几幅清末时期"珠山八友"的粉彩瓷板画，他还着重谈到了当时由于官家的统治，因此扼杀了景德镇艺术家个性的张扬和发挥，一批出类拔萃的优秀民间陶瓷艺术家异军突起，"珠山八友"便是其中技艺超群的代表人物。在陈列室里，陈立根还看到了景德镇当代陶瓷世家王锡良、张松茂等大师的作品。

热衷于收藏陶瓷的梁先生，还兴致勃勃地讲一个传说故事，古印度莫卧儿皇帝贾汗吉尔收藏了一只最喜欢的中国瓷盘，有一天管理者不小心打碎了，于是他暗中派人到中国去买一只同样的瓷盘。两年过去了，派出去的人还没有回来，皇帝贾汗吉尔突然想起了那只瓷盘，欲要寻找出来观看，却听说这只瓷盘被打碎了，顿时大怒，将管理者一顿毒打，并没收了他的财产。后来皇帝给他五千里拉钱，发还给他四分之一没收的财产，要他出国去找寻类似的瓷盘，找不到不准回国。这个人历经艰难，终于在波斯国那里找到了类似的瓷盘，并且花了一笔巨款说服了波斯国王将瓷盘卖给了他。他也终于回到了自己的国家，与家人团聚一起，皆大欢喜。

这一路参观下来，陈立根可是大开眼界，对景德镇陶瓷艺术有了更深印象，他不得不佩服梁先生陶瓷历史知识的渊博。

"小陈，海亮，现在景德镇陶瓷业正处于新的发展时期，这将会是一个飞跃的新时代，你们这一代陶艺青年，遇到好时机了。"梁先生兴奋地说。

"老板，我一定会更加努力的。"刘海亮说。

陈立根点了点头，他的两只手掌有力地握动了几下，似有一种要往上攀登的感觉。

当然，梁先生邀请陈立根来别墅喝茶，不仅仅是为了观赏他的收藏品，他对陈立根那件"不忘初心"雕塑仍然耿耿于怀，这就好比一位老练的猎手，获取不到眼前的猎物心有不甘。因此梁先生这次特意请来了王小林，好让他说服当年的学徒工陈立根。他们几人围在茶几前喝茶，刘海亮坐在泡茶的位置，沏茶的手法十分娴熟。其实陈立根也明白这次梁先生找他来别墅的用意，他也一直都感激梁先生喜欢自己的作品，端起茶杯的时候，看了一眼王小林。王小林朝着他会心一笑，似乎暗示下面有一件天大的好事在等着。

梁先生总让人有一种高高在上的感觉，掌中的茶杯搁下之时，开门见山地说话了："小陈，听海亮说，你那件'不忘初心'作品，要留在蓝天陶社作为镇店之宝。"

"是的，是这样。"陈立根说。

"好样的，我就喜欢你这样的年轻人，有想法。"梁先生笑了笑，接上说，"小陈呀，我是一个做收藏的人，几十年来，也是因收藏而起家的。一旦看中了好作品，就想占为己有。你的那件陶瓷雕塑作品，如果能够陈列在我的收藏室，我会感到十分荣幸。你一定想知道，景德镇这么多的陶瓷艺术大家，姓梁的为什么偏偏喜欢上你的作品？其实嘛，道理很简单，我在念小学一年级的时候，就想成为一名画家，可是我偏偏没有成为画家，而做了金融这一行当，你的那件作品，勾起了我儿时的梦想，正因此，我喜欢甚至于膜拜这件'不忘初心'。可以这样说吧，那也是我梁永华的不忘初心。"

陈立根听到梁先生如此坦率的一番掏心窝子的话，内心充满了感激，他都感觉自己快要动摇了，有人这般赞美他的作品，别说是卖，就是拱手相送，也是人生的荣耀。有好一阵子，陈立根低着头，没有吭气。

这时，梁先生又说话了："小陈呀，我很清楚，不是什么人都可以做出这件作品的，那得需要坎坷苦难的人生经历，需要一种拼搏进取的精神，任何著名的陶瓷艺术家，何尝不是如此呢？你舍不得出手这件作品，我能够理解。小陈，你再开个价吧，多少钱可以出手？"

刘海亮和王小林此时眼睛都回落到陈立根的脸上，他们相信在这种时候，陈立根应该说话了吧。

"梁先生，"陈立根往上抬起双眼，说，"不是价钱上的问题，有些东西是不能卖掉的，'不忘初心'仅此一件。如果梁先生喜欢其他的作品，我都可以制作，我可以非常开心地送给您。"

"这样吧，你看看这样行不行？"梁先生说，伸出了两个手掌，十指是叉开的，"十万，十万可以了吧。"

陈立根没有说话，他当然听清楚了梁先生开出的价钱，只是那声音像阵风似的从耳旁掠过，并不能往心里去。

"根子，梁先生都给了十万块，你倒是回个话呀。"王小林有些着急了。

"我说朋友，"刘海亮说，"对于你我这样的做瓷的景漂，十万可是个天价呀，你什么时候也不可能遇到这么大气的老板。"

陈立根的脑袋慢悠悠地摇动了一下，似乎没话可说。这样一来，就弄得梁先生有些下不了台阶了。王小林说："根子，你看这样可以吗？这件雕塑作品先给梁先生收藏，你再复制一件同样的。"

"小林老师，恐怕是复制不了，做瓷讲究的是气氛，作品是有感而发，再做，我也不可能有当时创作的激情了。"陈立根说，有点坐不住了。

"小陈，那就这样吧。我很喜欢你这样有才气的年轻人，只是可惜了，我没能达到目的。"梁先生很遗憾地说。

陈立根离开了梁先生的别墅，仍然是那辆豪华商务车送到蓝天陶社门口的，只是刘海亮没有随同过来。赵小梅和顾艳双双站在门口，就像迎宾小姐似的，迎接着陈立根的归来。

赵小梅问他："一定是因为'不忘初心'这件作品吧。"

陈立根点了点头。

顾艳说："啥情况呢老兄？"

陈立根一笑，说："梁先生出价十万块钱。"

"哇，我猜测到了价钱不会低于这个数，老兄，蓝天陶社发达了。"顾艳开心地摇摆了几下身体。

"你还真卖出去了？"赵小梅问。

"你们说呢？"他说。

"有什么好说的，数钱呗。"顾艳说。

"这不可能，出再多的钱，老兄也不可能卖掉镇店之宝的。"赵小梅说，盯着陈立根的脸。

"小梅说得对，这是不可能发生的事情。"陈立根像个将军似的挥动了一下手，说，"我们得赶紧干活了，顾艳不是说过吗，最终都得靠自己的作品来说话。还就不信了，蓝天陶社的成员会饿肚子。"

时间过得很快，已经是2018年的春天了。

陈立根他们创办经营的"蓝天陶社"，一直处于紧张的工作中，他们研发制作的陶艺作品，多多少少对外销售了一定的数量，虽然挣不到多少钱，但足可维持生计和陶社的开销。

这一天是汉克的生日，兰兰前几天就来陶社张罗这件事了，要让外国友人在景德镇过上一个愉快而难忘的生日。兰兰和汉克的关系越来越亲近，这也缘于汉克和他许多的国外朋友，经常去光顾"青山瓷板窑"订购瓷板、烧制陶瓷品，赵青山师傅因为女儿的关系，给出的价格是景德镇窑场最公道的，制作烧制的瓷板、陶瓷品也是一流的质量。

赵小梅正准备去厨房做晚饭，兰兰的电话打过来了，她已经到汉克那边了，让他们赶紧过来，有蛋糕有点心吃，不用做饭了。

七点钟不到，陈立根他们三人便去了"曹操陶艺工作室"。

汉克上身着一件灰色的唐装，下身一条大脚裤，脚穿一双黑布鞋，面相极是儒雅，蓝眼睛晃动时有点滑稽好笑。他是个乐于结交朋友的人，有好几位分别来自美国、德国、法国和俄罗斯的朋友已经先到了，有叫安娜的有叫约翰逊的，有叫莫利卡的，有叫瓦尔西斯文的，有叫马克捷夫的，他们都是居住在三宝村做陶瓷的年轻人，普通话还都过得去，名副其实的洋景漂。汉克把他的朋友一一介绍给陈立根、赵小梅和顾艳认识，大家相聚一堂，有握手的，有拥抱的，有吻额头脸颊的，方式不一，甚是亲热。

陈立根信守承诺，给汉克送来了一匹流光溢彩的色釉马，赵小梅送上了一只手绘的青花梅瓶，顾艳送上了一件木框镶嵌的高温颜色釉的花鸟瓷板画。汉克收到了这些作品，激动得热泪盈眶，不停地双手抱拳上下作揖。汉克的外国朋友也都有自己在景德镇制作的陶艺作品相送，兰兰送来的圆形瓷板画作品是荷塘游动的两只鸳鸯。汉克也有手礼袋送给大家，每人一件他亲手绘制的异国风光瓷板画，用金色相框装饰，油画效果浓厚。

兰兰介绍说："汉克的风景瓷板画在市场上很受欢迎呢，北京一位商家订制了两百件，前几天在我爸爸的青山瓷板窑烧制，货已经发往商家了。"

大家对汉克的成绩报以一片热闹的掌声。

汉克激动地说："谢谢你们，谢谢你们，谢谢China！"

陈立根参观了汉克早已完工的那件半身位雕塑战马，作品的创意非常超前，马的头部有风中撕裂之感，不禁击掌惊叹。

"汉克，你的作品非常值得我学习，你太了不起了。"陈立根说。

"China，China，只有在中国，才能完成我的心愿。"汉克兴奋极了。

兰兰有点等不及了，说："朋友们，亲们，汉克生日会现在可以开始了。"陈立根看了看时间，他说："再等一下吧，今天，我还特意请来了一位朋友参加汉克的生日……"

陈立根话音未落，门口走进一位老者，正是林教授，穿着正装，一派大学者的风度。陈立根说："我给大家介绍一下，这位是林教授，台湾人，住在三宝村，他开办了一家'泥乐斋'，也是做瓷的。"

大家鼓掌欢迎，林教授微笑着跟在场的陶艺人一个个握手。林教授见到许多送给汉克的生日陶艺品，中西荟萃，精彩纷呈，脸上略显得有点尴尬。林教授两只手来回搓了搓，说："汉克，真对不起，我是空手来的，没带礼物。这样吧，可不可以让我现场制作一个小物件，送给我们今天的寿星呢？"

"OK，OK，太谢谢林教授了！"汉克说。

林教授走到一侧的工作台前，挑选了一块不大的瓷泥，有力地揉压着，又将瓷泥在掌间合拢，左右转了转，也就十分钟左右，就像变魔术似的，捏塑出了一件商周时期的樽造型。他拿起雕刀来，寥寥数刀，便刻上了鸟兽图案，微一修整，便就完工。他把这只樽托在手掌上，送给了汉克。

"不成敬意，献丑了。"梁先生谦虚地说。

"Oh，My God！这太完美了，太厉害了，谢谢林教授！"汉克感动不已，双手接过。

大家朝着林教授发出一片掌声，齐声叫好，目光充满敬意。陈立根说："我们的景德镇，藏龙卧虎的艺术大家实在太多了。"

兰兰提着一个很大的蛋糕盒，往工作台上一放。里面是一个三层大蛋糕，上面有红色的奶油书写着一行小字：万岁China，汉克生日快乐！

很快，插上的生日蜡烛全都点燃，大家的嘴巴也都张开了，共同唱起了生日祝福歌。

汉克面色神圣，红亮亮的火光柔美地映照着他的脸庞，双手合于胸前许愿，微微地闭上了一会儿眼睛，接着眼睛很快又张开，他说："OK，OK，今年这个生日许下的心愿，我不保密了，我想告诉大家。"

众人听到这话，眼睛都看着汉克，等待着他的心愿。

"我，我爱上了景德镇的女孩赵兰兰。"汉克说话时，大家一时惊愕，兰兰却是一脸的幸福。汉克看着兰兰，大声说："兰兰，我爱你！"

汉克向前站出一步，兰兰也走上一步，他们两人拥抱，毫不介意，嘴对嘴，深深一个长吻！

第十一章　小甜蜜

汉克的生日聚会过后，众人散去。

赵小梅拉着兰兰在马路边说话，两人之间发生了争吵。赵小梅很生气地说："我是你姐，我当然要管你了。爱情是人生的大事，不是闹着玩的，怎么能这么快就跟人家发生了恋情，还当着那么多的人面前接吻，太过分了你。"

"我和我爱的人接吻有什么好过分的，当众接吻？那是让我们的朋友见证我们的爱情，又不是在公共场合，又不在街头大马路上。姐，这都什么年代了，你也太老套了吧。"兰兰心里很不服气，又说，"小梅姐你看不顺眼，不就是因为汉克是外国人吗？"

"兰兰，你还是大学二年级的学生呀。"

"学生又怎么了，恋爱也是大学生活的一部分。"

"家里知道这件事吗？一定不知道吧，连我都蒙在鼓里呢。"

"这是我自己的生活，跟我爸我妈没关系，我愿意，我也爱汉克。"兰兰气嘟嘟的脸，说，"姐，我和汉克是真心相爱的。"

"这么大个事，你不能瞒着家里的。"赵小梅认真地说。

"该说的时候我自己会跟爸妈说，我又不是三岁的小孩子。"

"兰兰，你有没有想过你们的结局呀，难道说你还要漂洋过海嫁到荷兰去，汉克是洋景漂，说不定哪天他就飞走了。"

"哼，我才不会想到那么远呢，现在愉快幸福就好。小梅姐呀，用不着你操这个心，你把自己管理好就得了，你可是比我大五岁的人，人是在一天天变老的，别太过慎重了，赶紧结婚吧，错过了青春年华很不值得的。"兰兰说，理直气壮的样子，反而把赵小梅一顿奚落。

"兰兰你太不懂事了，今天你……你一定要把这件事情说清楚。"赵小梅急了，说话有点前言不搭后语。

"有什么好说清楚的，你都看见了，已经清清楚楚了。"兰兰说话时，有一辆出租车驶过，她急忙招手，出租车停下来。她又说："我亲爱的小梅姐，兰兰已经长大了，再不是整天跟在你屁股后面的那个毛丫头了。"

兰兰拉开车门，往里坐进。出租车很快启动，往前驶远，兰兰的一只手伸车窗外，做了一个胜利的手势。

赵小梅看着夜色中消失的出租车，气得跺了两脚。她的心里好一阵落寞，拿起手机来，拨通了赵青山的电话，她想告诉叔叔有关兰兰的事，却又没能说出口，只说自己有两个星期没回家了，问候一声叔叔婶婶。

陈立根和顾艳是散步回到陶社的，两人心情极好，银白的月亮透过树枝照射到地面，就像落满了各种形状的瓷片。

"我有些饿了。"陈立根望一眼顾艳，说，"你也就吃了那么一小块蛋糕，也该是饿了吧。顾艳，别减什么肥了，我们做点东西吃吧。"

顾艳笑而不答，目光在陈立根的脸上停留了好一会儿。

"喂，你饿是不饿呀？"

"哎呀老兄，我突然发现，你怎么变得跟个大家长似的，挺会关心人的嘛。"

"大家长，我才没有那个能耐。是下面条还是蛋炒饭？"

"你吃什么我跟着吃就好了。"

"那就蛋炒饭吧，电饭锅里还有剩饭，来得快。"

陈立根快步往厨房走，也就五分钟左右，便端出一大一小两碗蛋炒饭来，往餐桌上一搁，递出一双筷子给顾艳。顾艳的眼睛往上微微抬起，淑女似的接过筷子，移动了一下小碗，感觉到陶社似有一种家庭的温暖，有点小感动了。

顾艳一小口一小口地吃着饭，才只吃到碗里的一小半，对面的陈立根已经将一大碗饭哗啦啦地吃光了。

"怎么，是不好吃还是吃不下了？"陈立根看着桌上顾艳的碗，问她。

"好吃是没问题的，只是，真的吃不下了。"顾艳望着碗，有点发愁的样子。

"这不是浪费粮食吗？又没养狗，多可惜呀。"

"老兄，这个主意不错，陶社是可以考虑养只小宠物的。"

"养什么养呀，我就是狗好了。"

陈立根话末了，一伸手将顾艳的碗端了过来，一个劲地往嘴里扒饭，也不嫌弃，三下两下便吃了个干净，拿过纸巾胡乱擦了一把嘴，说："粮食是不能浪费的，小时候就因为碗里留下几粒没吃光的饭，我爹爹那是气得，啪啪两声，给了我两个大嘴巴子。现在想起，都觉得脸上还痛哩。"

顾艳哧哧地笑，笑得眼泪都要流出来，说："老兄你呀，对米饭特有感情，就是一个农民。"

"没错，我就是个农民的儿子。农民好呀，历史上那么多的大人物大英雄都是农民出身。"陈立根说话时，顾艳还在笑个不停，他又说，"算了算了，不跟你说了，我洗碗去了。"

陈立根拿起碗筷往厨房去了。顾艳擦去眼角笑出的泪花花，这位老兄在她的眼里，愈发变得可爱。

赵小梅回到陶社，径直去了自己的卧室，看看时间，还九点不到，心想还是画几件瓷器吧，书桌上有素胎有画笔颜料，收拾得很整齐，刚坐下两分钟，感觉很是无聊。赵小梅站起身，走到当中的拉门前，敲动了几下，没有回音，慢慢地拉开门来，往里看看，顾艳不在房间。

陈立根的房间门是半开着的，传出顾艳和陈立根有说有笑的声音。赵小梅下楼来，走到门口往里看，见到顾艳正将自己设计的一张草图给陈立根看。草图上画有一位时尚的女子，穿着非常性感，半透明的雷丝长裙闪闪发亮。顾艳说："老兄呀，我正在研究经过烧制后的轻薄的瓷片，如何才能达到一种亮丽的具有蕾丝纹理的效果，你给点建议呀。"陈立根看一眼顾艳，很赞同的目光，嘴里说："我感觉，你的这种创意非常好，可以去尝试，要采用最优质的瓷料才行。"顾艳想了想，说："只是，要做出蕾丝的轻盈和透明度，估计这个造价有点高呀。"

"顾艳你不用考虑造价的事，一旦做出了自己希望的作品，那就物有所值嘛。技术的问题，我们可以一起想办法。"陈立根说。

"那好，有老兄支持，我一定努力。"顾艳说。

赵小梅在门外听到他们说话，原本想进去，忽然发现自己有点多余，还是不要去打扰人家了，转身便走。

陈立根在屋子里听到门外好像有动静，说："一定是赵小梅回来了。"

顾艳拿起草图来，站起身说："那我回房间了，老兄早点休息，晚安。"

楼上，顾艳来到赵小梅的房间。赵小梅半躺在床上，随意翻阅着一本陶瓷作品杂志，见到顾艳进来，抬动了一下眼皮。顾艳往床边一坐，问她："你是跟汉克和兰兰去消夜了吧。"

"消什么夜呀，气都给气饱了。"

"你呀，我就猜到是因为兰兰和汉克的事你生气了。小梅，你也管得太宽了吧，人生最幸福的事，那就是爱情，全天下唯有爱情才是最美丽的呀。"

"你少来，你以为是看电视剧看小说呀。汉克，他是外国人。"

"中外结合的爱情不是更加美丽吗，你也太传统守旧了。"

"我不是，我不是传统守旧的人。"赵小梅把手上的杂志扔到一边去。顾艳冲着她笑了笑，得意的模样，说："结果谁也不可预测的，说不定呀，兰兰大学一毕业，就成了外国媳妇了，而汉克呢，也就成了景德镇人的女婿了，那该是一件多么美妙的事啊。"

"好了好了，就你顾艳开放新潮，只要与爱情有关的事，到了你眼里都是美丽的。唉，不说这些事了行不行，我好烦啦。"

"那好那好，不说兰兰和汉克了。小梅，我们说点其他的事吧。"顾艳说，手去推了一把赵小梅，眼里似有一种神秘的色彩。

"想说什么，说吧。"

"小梅，说你别笑啊，刚才回来，老兄给我做蛋炒饭吃了。"

"这有什么好笑的，从工作室搬来陶社，我们两个吃得还少吗？他也就会这一手。"赵小梅瞟了一眼顾艳。

"你听我说完呀，这蛋炒饭我只吃了一半，余下的，给狗吃了。"

"胡说什么呀，又要发神经了。"

"真的，骗你是小狗。我就吃了一半，余下的饭全都被老兄接过碗去，往嘴里扒拉个不停，一点也不顾及是我的剩饭。他还说，他就是条狗狗，粮食不能浪费，小时候就是因为没有吃干净碗里的饭，被父亲扇了两个大耳光子。"顾艳说起这事，又哈哈笑了起来。赵小梅想了想，也一块跟着笑，两人都乐得不行了。

房间里一时静下来。顾艳用手去抚了一把额前的头发，毫不隐讳地说："小梅，我好像对这位老兄有点感觉了呢。兴许呀，我们之间能够擦出火花来。"

"真的吗？你是说真的吗顾艳？"赵小梅有些诧异。顾艳似乎很认真很有勇气地点了点头。赵小梅说："那就是说，你要作出决定了，放弃那位一早一晚都要用微信早晚问安的刘海亮了？顾艳，你要想好了，切不可以脚踏两只船，到头来害了别人也害了你自己。"

"明白，我明白，我心里有数的。"顾艳从床边站起身，有点嘲讽的口吻说，"小梅你呀，处事太过心细，顾这顾那的你顾得过来吗？小心脏累不累人啦。好了好了，我回房间去了。"

顾艳回到自己的房间，推上了当中的拉门。顾艳在桌前展开那幅草图，握着笔准备修正图中的某个部位。

这时桌上的手机"嘚"的一声响，刘海亮发来一条微信："这几天实在忙得不行，现在还没有下班，等这个周末，我们去吃西餐，准备了一瓶澳大利亚葡萄酒。记得早点休息哦，晚安！"顾艳看过微信，不置可否地笑了笑，手去拉开窗帘，天空星光闪耀。

赵小梅在房间收拾了一下，拿起一边的手机准备充电，看到一条新发来的微信，有好几行字："小梅，原本计划这个月底回国，机票都在网上订好了，公司临时增加了一个大项目，只能暂时取消回程的计划了。想你，方斌。"赵小梅想回复信息，手指在屏板上划了几下，接着又将手机插在了充电器上，人往床上一躺，关上了台灯。屋子里，顿时一片漆黑。

陈立根去景德镇青年陶艺协会参加了一个会议，他非常兴奋，这个月十八号"纪念改革开放四十周年华东地区陶瓷展销会"在省城南昌市举行，市政府领导在预备会议上做了重要讲话，尤其提到年轻景漂为景德镇陶瓷业做出的贡献，给予了高度的评价和赞扬，政府相关部门将会加大力度给景漂一族以最大的帮助和扶持，希望这次的展销会上，大家都能拿出最好的作品来。

为参加这次陶瓷展销会，蓝天陶社去年底就着手准备参赛的作品，陈立根、赵小梅和顾艳心里都憋着一股劲，他们随性而自由地进行创作，终于是等到了这一天，这也是"蓝天陶社"的陶艺作品首次参加全国性的展销会。

今天，就要出发去南昌参展了。

一大清早的，赵小梅经过一番打扮，穿着自己永远喜爱的青花布便装，脑后的黑发拢在一起扎成一条粗辫子，嘴唇抹了一点淡淡的口红，极是大方淡雅。她的行李已经收拾好了，快步走去拉开了当中的门。顾艳的房间有些乱糟糟的，床上堆满着从橱柜里翻出来的衣物。顾艳只穿着内衣，人在镜子前试衣服，左右不是的，一副很烦躁的样子。

"顾大小姐呀，你就不能快点吗？王老师的车都到楼下了。"

"换来换去的，就没有一件像样的衣服可以穿得出去，烦死人了。"顾艳从镜子里看着进来的赵小梅。

"天啦，你的好看的时装已经够多了，好几件从网上购来的衣服，你连穿都没有穿过呢，还嫌少吗？真是浪费。"

顾艳回头笑笑，手上提着两套衣服，"所以说女人的衣橱里呀，永远缺少一件衣服。小梅，小梅你别急嘛，快帮我拿拿主意，看看哪套合适呢？"赵小梅走出前来，拿过两套衣服先后在顾艳的身上比画着，说，"都很好看呀，很得体，这两套都适合你。"

"好，那我穿这套，带上这套。"顾艳说着话，穿上了一套紫红色的，又将一套粉红色的放进一边打开的行李箱里，"唉，这些天你看我们忙的，都没有来得及去发廊做个头发。"

"行了，很漂亮了，回头率百分百了。展销会上展销的是瓷器，不是展销人啦。"赵小梅笑着说，帮着顾艳把手提箱整理好。

"兰兰到了吗？"顾艳问。

"刚打来电话了，她坐汉克的车去。"

"这丫头，这么快就做叛徒了吗？最近一些日子，可是经常过去汉克那边工作室站台，几天难得见上一面。看来呀，爱情远大于姐妹情了。"顾艳说，往嘴上抹着了口红。

"喂，你可以少说两句吗？一会儿老兄又要在楼下喊了。"

蓝天陶社门外，停着一辆王小林开来的商务车。陈立根穿着西装，皮鞋擦得油亮，蓝衬衣上系着领带，人显得很精神。这套西装自蓝天陶社开业以来这是第二次穿，还是昨天晚上赵小梅和顾艳给他下了死命令的，穿得不舒服也得穿上，出门在外，不能给陶社丢脸。

陈立根和王小林将打包好的几大箱陶瓷品一件件搬到后车厢去，小心地摆放，试着关了一下后车厢门。

"她们还没出来？"王小林问。

"唉，她们两个只要一出门就麻烦多多，我去喊下。"

这时赵小梅和顾艳拖着行李箱走出了大门口。她们两人几乎并排而行，面带微笑，容貌娇美，步履轻盈，晃眼一看，就像是模特儿走在T形舞台上。

陈立根猛眨了几下眼睛，相信自己没有看错人，转身对王小林说："小林老师你看看，她们好像要去参加模特大赛了。"

"这有什么不好的，人漂亮谁都要多看几眼，站在展台前也能给陶瓷作品加分的嘛。"王小林笑望着走来的两位美女。

"老兄，好看吗？"顾艳走近来，将手提箱递给陈立根。

"好看，好看死了，你们两个比瓷娃娃都要好看。"

"这话我们爱听呢。"赵小梅笑了笑，走到后车厢，将手提箱放了上去。陈立根走过来，把顾艳的手提箱也放上去，关好了后车厢门。

"小林老师，我们可以出发了！"

陈立根说着，坐上了副驾驶座位，赵小梅和顾艳也坐进了车厢，像是一次甜蜜的旅游，嘻嘻哈哈的好不开心。

两个小时的车程，这就到达南昌市区了。

商务车经过楼房林立的红谷滩新区，双子塔拔地而起，阳光下十分耀眼，甚是壮观。车过秋水广场，一江两岸的城区有如现代风景画。他们由车窗看到八一大桥，看到江对岸的滕王阁。

"你们看，那就是江南三大名楼之一的滕王阁。"陈立根手指着车窗外说。赵小梅和顾艳欣喜地用手机往车窗外拍照，顾艳是第一次来南昌市，所有的一切在眼里顿感新鲜。顾艳激动地说："我画过滕王阁，是看着照片画的，这回可是亲眼见到了。"车在八一大桥上行驶，可以看到桥下的江心洲上有一大群雕塑得栩栩如生的白鹭展翅欲飞。王小林说："滕王阁最著名的诗句，你们应该都知道吧。"赵小梅接过话来，说："落霞与孤鹜齐飞，秋水共长天一色。这是古人王勃的名句。"陈立根笑望了一眼赵小梅，他晃动了一下脑袋，嘴里吟诵道："豫章故郡，洪都新府。星分翼轸，地接衡庐。襟三江而带五湖，控蛮荆而引瓯越。物华天宝，龙光射牛斗之墟；人杰地灵，徐孺下陈蕃之榻。雄州雾列，俊采星驰……"陈立根眼望窗外，竟然一口气背诵出好大一段《滕王阁序》。顾艳惊讶极了，伸出手去，在前面副驾驶座上的陈立根肩上重重地拍了一下，说："老兄，你也太厉害了吧，这都能背得出来。"

陈立根有点不好意思，脸都红了，微微一笑，看一眼开车的王小林，他说："我也就只能背诵出这么一小段了，还都是当年在德化瓷厂做学徒工的时候，跟小林老师学的。"王小林好生得意了，嘿嘿一笑，说："根子很聪明，只要是他想学的东西，就没有学不会做不到的事情。他呀，在我眼里，就像是一个行走于江湖的侠客，却从不轻易显露出刀剑的锋芒。"

"王老师你说得太对了，老兄就是这样一个人。"赵小梅高声说道。

当天下午，陈立根他们已经忙碌着在展览馆布置好摊位。刘海亮、汉克和兰兰也都来了，大家相约一道去拍照留念。

出展览馆正大门，马路对面便是著名的八一广场和八一起义纪念塔。这就像是一场盛会，许多全国各地及海外的陶艺人在此欢聚一堂，兴高采烈，相拥一起纷纷拍照。王小林成了临时性的导游，介绍说："这里就是八一南昌起义纪念塔，1927年8月1日凌晨，中国共产党领导的工农武装向国民党反动派打响了第一枪。"这一时刻，陈立根、赵小梅、顾艳、刘海亮、汉克和兰兰他们一个个神色庄重，抬头仰望着纪念塔顶，上面是花岗岩雕塑的中国工农红军的旗徽，还有那杆笔直向天的汉阳造步枪。

第二天上午，江西省展览馆大门前悬挂着巨大的红色横幅"纪念改革开放四十周年华东地区陶瓷展销会"，以及华东地区各省市亮出的庆祝开展的广告条幅，现场布置得极为隆重。宽大的台阶上，前来参观的宾客游人，有如湖水一般涌进了展馆大门。

上海、江苏、浙江、安徽、福建和山东等省市的陶瓷展区，都推出了本地精美的陶瓷品，华丽的灯光下色彩斑斓，目不暇接。许多陶艺家、工艺大师前来站台，现场进行着各种陶瓷品的制作绘画，高手如云，精彩纷呈。江西景德镇的展区安置在一楼显眼的位置，拉起了一条醒目的条幅，写有"匠从八方来，器成天下走"。

"蓝天陶社"的摊位前，陈立根、赵小梅和顾艳精神抖擞，胸前吊挂着蓝色的参展人员的工作牌，上面印有他们的名字和照片，柜台上摆放着一摞摞"蓝天陶社"陶艺作品画册和几盒名片。陈立根展出了他制作的两件人物陶瓷雕塑作品，分别是"雄霸天下""壮志未酬"，一尊是刘邦，一尊是项羽，其英雄气概无不力拔山河，而他制作的另一组题为《岁月》的陶瓷作品，由一架四个喇叭的老式录音机、一双破损的解放鞋、一只陈旧的军用水壶组成，瓷质的效果非常具有年代感。赵小梅展出了一组12只大小不一的青花瓷盘，这些精巧透明的盘子搁在一个支架上，她手持两只瓷质筷子，在盘子上敲打出《知音》电影的插曲，叮叮当当的音质脆亮而凄美。顾艳推出了她研制一件薄如蝉翼般的女性外穿礼服款内衣，这件纯手工瓷片组合的内衣装裱在一个框架上，闪闪发亮，珠光宝气，耀人眼目，极有贵族气息，还展出了一批造型精美的陶瓷小物件。"蓝天陶社"的摊位前围观的游人挤得满满的，不时报以赞叹声和掌声。

紧挨着"蓝天陶社"的摊位是"海亮公司"的陶瓷作品。刘海亮和金顺美等陶艺师推出了一系列抽象风景瓷板画，《日出鄱阳湖》《瑶里风光》《井冈红杜鹃》等吸引了诸多宾客的目光，其中一幅人物瓷板画，一位长发青年男子环抱一把吉他，坐在一块岩石上，男人一身牛仔，目光坚毅，脚下是绮丽的高原风光，这幅作品命名为《成长》，画上的主人公正是刘海亮本人。

接下来是"曹操工作室"的展位，汉克推出了那件半身位的战马，瓷质雪白，仿如玉雕，此外还有数十块国外风景瓷板画，他的作品获得许多行家的赞美之声。许多游客举着手机，要求跟洋景漂汉克合影。

景德镇的摊位上出现了林教授的"泥乐斋"，他推出的作品主要是陶瓷制作的古代器皿，件件都有青铜器的质感，就像是出土文物。几名记者端着照相机，围在这组陶瓷器皿前逐一拍照。

一路下来，还有许多外国友人的摊位，他们各显身手，推出了一系列在景德镇亲手制作的陶瓷作品，多姿多彩，琳琅满目。

兰兰和同学李强在景德镇所属的展区各个摊位前举着手机、相机做起现场网络直播，在人堆里穿行，来回跑动，忙得不亦乐乎。

梁先生和几位收藏家同仁也来到了展馆内，他们侃侃而谈，每到一个展位都纷纷给景德镇的艺人们伸出大拇指。

张会长和王小林陪同着几位省市政府的相关领导前来参观景德镇展区，着重介绍陈立根、刘海亮、汉克等景漂们的陶艺作品，领导们无不点头称赞，热情地上前跟大家一一握手。张会长介绍说："据目前统计，景德镇有三万多全国各地的景漂，五千多名来自各个国家的洋景漂。近十年来，这个特殊的群体已经跟当地人融为一体，他们在景德镇这座千年瓷城，形成了一股新生力量。"

三天的展销会时间很快结束，实际上在第一天的下午，"蓝天陶社"展出的所有陶器作品先后被商家看中，基本销空，并且签订了很多客户订单。这是一个多么令人欣喜、激动人心的时刻，陶社每出手一件作品，陈立根、赵小梅和顾艳便要击掌庆贺。

就在陈立根他们准备离开南昌的这天中午，一位50多岁的男人，身着中式便服，头戴一顶黑色的运动帽，帽子上方绣有一个红布的五角星，模样很精神，他一脸匆忙地找到了正在收拾摊位的陈立根，喘了几口粗气。陈立根一眼认出了他，正是这位商家买下了他制作的具有年代感的录音机、解放鞋和军用水壶那三件题名《岁月》的陶瓷作品，因为当时顾客太多了，他还不知道对方姓甚名谁。

商家从手提包里拿出一张照片，正是那只陶器军用水壶，问他："陈老师，这军用水壶是你的作品对吧。"

陈立根立即点头，问他："您好，请问有什么问题吗？"

"没问题，我非常非常喜欢。陈老师，我想再要三百个。"

"您是说三百个？"陈立根吃惊地望着对方，难以相信，"同样的作品，你真的需要这么多吗？"

"是这样的陈老师，我回到公司后，突然在想，这种陶瓷水壶，可不可用来装酒呢？"

"只要有这种需求，当然是可以的。"陈立根说，仍然没有明白过来。

"这就好，这就好了。这喝酒嘛，喝的就是一种情怀。陈老师，我的想法没问题吧？"他说，又哈哈地笑了几声，就像找到了宝贝似的。

"可以这么说，是一种情怀。"陈立根也笑，觉得挺有趣的。

这位商家从口袋里掏出一个很精致的名片盒，打开来，拿出一张名片，毕恭毕敬地递给陈立根，原来他是一家酒厂的总经理。

"认识一下，我姓何，是这家老酒厂的老板。"

"您好，何老板。哦，我明白了，您是要订制酒瓶。"陈立根一阵窃喜。

"对，对对，这种军用水壶制作的酒瓶，只要在上面贴上我这家老酒厂的商标，再刻上1978，这就十分有纪念意义了。我厂里的酒呀，肯定走俏。陈老师，我先订制三百个，以后再加大数量，价钱上我们好商量。"何老板说着话，去提包里拿出一支瓶装的酒，递给陈立根，接上说，"这支酒是有年份的，送给你，拿去喝喝看，到时配上你设计的陶瓷酒瓶，肯定对得起1978这四个数字。"

"好，谢谢何老板，蓝天陶社一定会按照厂家的要求来做。"陈立根接过酒瓶来，举在手上，朝着一边的赵小梅和顾艳摇动了几下。

她们两个的脸上，早就美得像朵花似的。

第十二章　爱之初

　　赵小梅从一个牛皮信封袋里取出一本玫瑰红烫金的获奖证书，打开来，上面写有"蓝天陶社"获纪念改革开放四十周年陶瓷展销会青春贡献奖的字样，年月日下面盖有两个硕大的政府部门红印章。她把证书递给顾艳看，顾艳说："小梅，我好有幸福感哦，这可是我们蓝天陶社集体的荣誉。"赵小梅笑笑，眼睛看了看陈列品柜台，从顾艳手里要过证书，走到"不忘初心"雕塑跟前，拉开玻璃门，将证书打开来，端端正正地搁在雕塑前面。

　　她们两人凝望着这本证书，眼里充满了美妙的憧憬。

　　"你看，我们三个人应该照个相吧。"赵小梅说。

　　"对对，发个朋友圈，我去喊老兄过来。"顾艳说着话，快活地往后门走去。

　　陈立根身前挂着蓝色的工作围裙，戴着帆布手套，正在后院的电气窑前整理一堆模具，已经有几十件烧制出窑的军用水壶摆放在墙角，这些水壶的正面都刻有"1978"的数字。自从南昌参展回来后，陈立根的劲头儿更大了。

　　"老兄，快来，我们照张相去。"顾艳匆匆走来，喊他。

　　"好好的，又照个什么相呀？"他搬动着一块模具，往一边摆放好。

"我们陶社的获奖证书寄来了。"

"这也要照相？来了就来了呗。我正忙着呢，要照相你跟小梅两人照就好了。"他说着话，头也不抬。

"三缺一那可不行，来吧，老兄你可是蓝天陶社的总经理呀，领导请给点重视好不好？"顾艳说着话，一步走上前，脚底踩着陈立根正要去搬动的模具。陈立根极是无奈，脱去了手套，往地上一扔，说："好吧好吧，真拿你们两个没有办法，多大的事儿呀，又不是光有蓝天陶社拿奖，海亮公司、曹操工作室也都拿到这个证书了。"

"老兄你就别叨叨了，快去呀。"顾艳瞪一眼陈立根，转身便走，那模样就好像陈立根是她的下属。

陈立根只好跟随在后，一副老实巴交的样子。自陶社开办至今，一路走来，他们几个也算是经历过风雨磨难的人了，陈立根打心眼里感激庆幸有顾艳、赵小梅这样的亲密伙伴。

不紧不慢走进展示厅的陈立根，抬眼看了看橱柜上摆放的获奖证书，开心地笑了笑，他的身前还挂着那条脏兮兮的工作围裙，手上拿着帆布手套。顾艳说："老兄你也是的，快把围裙解下来呀，这是照相，留着做历史纪念。"陈立根咧了咧嘴，说："尊重历史，围裙挂在身上不是更好吗。"赵小梅点头说："好，这样也蛮好的。"

顾艳已经打开了手机的自拍镜头，往前一伸，高高举在手掌上，因为要照出背景中的获奖证书，她们两个人一左一右把陈立根紧紧地夹在中间，身体紧贴着身体，这让陈立根很不自在，也很幸福，两个女人身上散发的芳香使得他有点迷醉，不禁脸都红到脖子上了。

"看镜头，看镜头，我照了呀。"顾艳举着手机说，"喂，喂喂，老兄来点表情好不好，最好是酷酷的表情。"陈立根突然感觉脸上很痒，他想腾出一只手来抓抓脸，可两只手膀被她们的身体夹着根本抽不上来，急得一瞪眼，这时顾艳的手机"嚓"的一声，拍下了三人照片。

顾艳去手机上看照片，哈哈直笑。赵小梅看过照片，也跟着笑。照片上的陈立根鼓大着两只眼睛，孩子似的十分有趣。

"不行不行，得照过一张。"陈立根看了一眼照片，急得直叫唤。

"这不挺好的吗？非常传神呢。"赵小梅说。

"就这张了就这张了，再拍一百张也拍不出老兄这种模样来，太好玩了。"顾艳说着话，手指在手机屏上写下了一行字：墙裂庆祝蓝天陶社荣获改革开放四十周年华东地区陶瓷展销会青春贡献奖。手指再一滑动，上传了刚照的相片，飞速一般发进了朋友圈。

"快，你们快给个秒赞呀。"顾艳迫不及待地说。

赵小梅拿起手机，给顾艳刚发的朋友圈第一个秒赞。陈立根手在脸上抓了抓了，另一只手去牛仔裤后面的口袋里掏出手机，打开来，也点了一个赞。顾艳兴奋地说："等着看好了，不用十分钟，保证不下一百个赞。"就这时，他们三人的手机屏幕上，几乎同时出现了另一个发出的朋友圈照片，正是兰兰发出来的，照片中兰兰亲热依靠在汉克的肩上，汉克手上举着同样的一本获奖证书，不同的只是后面的背景是"曹操工作室"。

"哇，他们两个好幸福哦。"顾艳情不自禁地说。

"疯丫头疯忘形了，这也往朋友圈里发。"赵小梅说，有点很不乐意的样子。

"你们玩吧，我干活儿去了。"陈立根说着话，转身便走了。

第二天是周日，陈立根和赵小梅、顾艳说好了，大家休息一天，从南昌回来后，为了完成商家何老板的三百件陶瓷军用水壶，几乎天天都窝在陶社赶工期。顾艳吃过中午便走了，说是刘海亮约过她很多次了，过去见个面。陈立根躺在床上，他没有睡午觉的习惯，翻过来转过去的，仍然没有睡意。他干脆平躺着，两眼呆呆地望着天花板，也就几分钟的时间，呼地坐直了身体。

陈立根由后门往店铺展示厅走来，他知道赵小梅没有回叔叔家，留下来看店面。赵小梅坐在茶几前，台面上摆有数十件花瓶素胎，有几个碟子装的青花颜料，每个碟子上架着一支画笔。陈立根站在了赵小梅的身后，看着她正在安静地绘画花鸟花卉，她的手指很灵巧，每一次落笔，就像一支小桨从水面轻轻划过，优雅而宁静。陈立根呆呆地看着赵小梅的背影，感觉有一种来自遥远的母爱，很慈祥也很温暖。但这只是一瞬间的事，忽然他的心口窝突突地乱跳起来，出现这种莫名其妙的感觉，他意识到自己很小人，甚至很可耻。他想转身走，却又挪不动脚步。

赵小梅听到有脚步声，回了一下脸，很温和地说："老兄，你就休息好了呀。"陈立根"嗯"地清了一下嗓子，像有什么东西堵塞住了，喃喃地说："我就眯了一会儿，大白天的哪里睡得着觉。"陈立根说过话，便在茶几一边坐下身来。他们两人微微对视了一眼，很友好地笑了笑。赵小梅搁下画笔，拿起茶壶，给一只空杯子倒上茶，缓声说："喝杯茶吧，老兄你也难得有点清闲的时候。"

陈立根端起杯子来小口喝茶，赵小梅继续往素胎上绘画。

"小梅，我来题款吧。"

"好啊，我还巴不得呢。"

陈立根拿起一支笔，沾上青花颜料，移过一只绘画好的素胎瓶子，很娴熟地在上面写下"鸟语花香"几个字，然后又换过一支笔，沾上红颜料，在提款下面画了一个图章，写上"蓝天"二字。

"老兄的字写得真漂亮。"她说，看着题款好的素胎瓶子，"什么时候，我的字能够写得这么好看，那该多好。"

"你的字有你的特色，就算拙点，那也是一种美。"他说，又去移过一件花瓶来，"其实我以前的字写得并不怎么好，虽然小学时有过一定的练习，后来我到了景德镇，哦，这事说来还得感谢武大哥，有差不多半年的时间，我曾在仿古街武大哥的作坊打工，我的任务就是天天在仿古花瓶上、瓷板上写字，什么雍正年间、嘉庆年间、康熙年间时期的一些题款，有时还需要写些古诗词什么的，估计从那时候开始，字也就写得流畅了。

当时写一个字五块钱，有时候十块钱，前后赚了不少钱呢。"陈立根想到当年的事情，有些乐了，嘿嘿地笑了几声。抬眼时，见到赵小梅似乎很敬佩的目光看着他，接上又说："小梅，你的身上总有一种积极向上的精神，你很自立。"赵小梅往上抬了抬头，嘴里呼出一口气来，她说："不自立怎么行呢？道理很简单，我总得养活自己呀。老兄你知道吗？我有多么喜欢景德镇这个地方啊。"

陈立根不置可否地点点头，瞥一眼对面的脸，握着笔往瓶子上题款，写下"国色天香"几个字。赵小梅继续画着画儿，轻声说话："念初三那年，我离开安徽老家，第一次来景德镇，第一次见到叔叔开办的瓷板窑，看到那么多的进窑出窑的瓷器，件件都是那么漂亮精美，仿佛到了另外一个世界。当时我心里就想，我一生下来，原本就应该生活在这里的，只有这里才真正属于我。老兄，我的想法会不会很好笑？"

"才不会呢。记得有一位叫江子的作家写了一本《青花帝国》，他在书上有这样一段话：瓷器是融入我们家庭生活的伙伴，是村庄里的长辈、血亲。无论乡村还是城市，每一个中国人的成长都有瓷器伴随、保佑。"陈立根说，把题款好的瓷瓶放好在一旁。

"这位作家说得真好。"赵小梅停下手上的画笔，一副若有所思的样子，又说，"如果我爸爸活着那该多好，我一定会把他接来景德镇一块生活。"陈立根看着赵小梅的脸，这张脸上有些悲伤。他知道赵小梅从小就失去了父亲，母亲之前就改嫁了，心里一阵悸动，说："小梅，不提这件事情了吧。"

"其实也没什么，多少年了，也都习惯了。"赵小梅笑了笑，眼里透出坚毅的目光来，"我爸爸长得很高大，很粗壮，比我青山叔叔要高过半个头来。爸爸一直是我的学习的榜样，他是个电工，那年村里发大水，爸爸是为了救人，电线杆子倒了，被高压电击中。爸爸送去医院抢救，没能活过来。爸爸他一直教导我要坚强，要学着自己长大，永远都要依靠自己。"赵小梅眼角有泪水滴落下来，她拿起一张餐巾纸，擦了擦脸上的泪。此时陈立根也不知怎么的，忽然有点失控，眼里涌现出几颗豆大的泪水，他扭过头去，手在脸上用力擦了一把。赵小梅又说："过了几年，也就是初三那年，叔叔把我接来景德镇生活，叔叔婶婶待我如己出，我甚至认为，比对他们的独生女儿兰兰都要亲。"赵小梅看着陈立根好是伤心的表情，觉得自己很不应该提起这些事，说，"老兄，对不起，我不说这些事情了。"

陈立根点点头，他的眼圈还是有些发红，移过一件素胎瓶子，扶着笔的手微微有些颤抖，继续去题款。他显然没有心思写字了，赵小梅辛酸悲哀的经历，似乎触痛了他的灵魂深处，心里一阵紧巴巴的，使得人有些喘不出气来。他的眼皮不禁往上抬动了一下，对面赵小梅的面容仿佛有着一种月亮般的温情，那样种温情令人迷惘，又令人充满了无限的渴望。

"老兄，今年春节你都没回福建老家，等忙过这段时间，你也回家乡去看望爸妈吧，到那时要多住几天。"赵小梅说，声音很柔软。

陈立根的身体抖动了一下，没回话，咬了咬嘴唇，手上握着笔，一时间却不知道该题哪几个字合适。

茶几上，赵小梅的手机响了，她拿起手机来，说："是兰兰打来的。"赵小梅去接听电话，只听到兰兰在话筒里的声音老大："姐，小梅姐，你赶紧回家一趟，赶紧啦……"赵小梅听过电话，愣住了好一会儿。

"兰兰发生什么事了吗？"陈立根问她。

"唉，我叔叔正在家里跟兰兰吵架呢，是因为汉克的事，我就猜到会有这一天的。老兄，我得回家一趟。"

"小梅，我跟你一块去吧。"陈立根有些担忧。

"不用，这是家事，你也说不上话的。"

顾艳在刘海亮的办公室，她坐在办公室桌前刘海亮的那把黑色皮质的转椅上，身体在椅子上摇来摇去的，仿佛她成了这家公司的总经理。刘海亮坐在她对面的椅子上，桌上搁有几本国外的陶瓷作品杂志。

"这几本国外杂志，许多件展出的陶艺作品都是一流的，你可以拿去看看。"刘海亮说，手去翻动了一下杂志。

"谢谢刘总啦。"顾艳说。

"你就别闹了，我还刘总，人都肿了，现在你才是这家公司的老总。"

"喂，坐坐你的老板椅不乐意了是不是，那我走好了。"

"别，别呀，您来了那就得让您坐。"

他们两人不由都笑了起来。这时外面有人敲门，刘海亮喊了一声"请进"。接着，金美顺端着两杯咖啡走进。金美顺朝着顾艳礼貌地点点头，然后将两杯咖啡轻轻地搁放在桌前。

"刘总，三点钟有个老客户过来公司。"金美顺看着刘海亮的脸说话。

"小金，你先跟他谈吧，价格上不能让步，如果订购数目加大的话，公司可以考虑让点利。"刘海亮说，一副老板的口气。

"知道了。不打扰了。"金美顺朝着刘海亮欠了欠身体，转身走，轻轻地带上了房门。

顾艳嘻嘻一笑，头往椅背上一靠，说："韩国妹妹喜欢你了刘总，我一看她的眼睛就明白了，真的很迷人呢。"

"我说顾艳，我们可不可以谈点其他的话题呢？"刘海亮一脸认真的样子，似乎有点烦了。顾艳又想笑，却没让自己笑出声音来，说："那好吧，我们就谈点其他的话题。"刘海亮看着对面顾艳的脸，忽然间好像又找不出什么话题好说了，端起咖啡，喝了一口。

"你喝咖啡呀，别凉了。"他说。

顾艳端起杯子来，小喝了一口，咂咂嘴巴，说："唔，这咖啡不错，比咖啡店里什么猫屎的、蓝山的好喝多了，很地道的嘛。"刘海亮一听这话，献殷勤地说："顾大小姐喜欢的话，这牌子的咖啡以后我专供你了。"顾艳一手端着咖啡杯，另一只手做出OK的手势。

他们开始闲聊起来，顾艳谈到了她的母亲。

"我老妈还是老样子，一天要给我几个电话，有一次我躺在床上人都睡着了，她还在电话里叨叨了半个小时。"顾艳说着话，哧哧地笑了几声，"真是让人受不了呀，反正嘛，她叨叨她的，我是不会离开景德镇了。我们的蓝天陶社都打下了一片天地了，怎么可能会离开呢？当真是几岁的孩子玩过家家呀。"

"你呀，也该主动给家里打打电话。"刘海亮说。

"打呀，经常是我还没来得及打，老妈的电话说不定啥时间就拨过来了。我很忙的，难得有自己休息的时间。刚才来的路上，我还给她打过电话了。"

"我是这样想的呀顾艳，不能光打打电话，你得有点实际行动。"

"什么行动，时不时飞一趟青岛？"

"不是的，也用不着。你想想看，顾妈妈退休在家，天天待在屋里肯定很无聊的，你嘛，你可以给她从网上买好机票订好房间，跟个团去海南呀去香港呀什么地方的景区旅游呀，虽然你家里条件好，长辈也不缺少这个钱，可是你花钱办好了这些事，毕竟是女儿的一番心意嘛。你想想看，做母亲的人该有多么开心呀。"刘海亮说，手指朝着顾艳那边弹动了几下。

"好主意呀海亮。"顾艳心里忽然开窍了似的。

"嘿嘿，听我的不会错。"

"海亮，要是你是我的哥哥或者是我的弟弟该有多好，许多的事我也就不用操心了。"顾艳仰头一笑，好快活的样子。

刘海亮手掌在额头上摸了摸，似乎觉得顾艳这些话说得有问题，他站起身来，一脸从容地说："什么哥哥弟弟的，我做你的恋人不是更好。"

顾艳显得有些夸张地张大眼睛，看着对面一张帅气的脸。

"我是认真的。"刘海亮又说，他绕过宽大的办公台，走到顾艳的身边来，"顾艳，你让让。"

"什么事呀你？"顾艳往旁边移动了一下椅子。

刘海亮弯下腰，拉开了办公桌下的抽屉，手去里面摸索了一下，取出一个黑绒布的小盒子来。他打开盒子，朝着顾艳。顾艳见到盒子里一枚黄灿灿的金戒指，顿时就明白了。

"海亮，你这是……"

"送给你的。"他的语气很执着很沉稳。

"这，这金戒指该不会是订婚戒指吧？"她笑了起来。

"当然不是，等到订婚，会是一枚肯定不小于两克拉的钻戒。"说着话，刘海亮把金戒指递到顾艳的手上，目光炽热。

顾艳没有接过那枚戒指，但心里多少有些感动，望着刘海亮的脸，语气郑重地说："海亮，谢谢你的诚意，本小姐不能接受，真的不能接受，我们之间只是朋友，最要好的朋友！"

赵小梅匆忙赶来"青山瓷板窑"。走进厂房里，不见一个人影，连平时聘用的几个工人也不见了。紧挨着窑场的后院有一栋二层的青砖瓦房，赵小梅在这栋房子住了足有十个年头，留下过无数温暖幸福的时光，直到前年跟顾艳合作搞了一家工作室，才搬去外面住。不过她还会经常回到这个家，她和兰兰住一个房间，还是一直都留着她的床铺和一些生活用品。房子前面有一方院子，几只鸡鸭正在地上觅食，见到赵小梅来了，叽叽呱呱地鸣叫，似乎认识这位主人。

房子的大门紧闭着，赵小梅有了一种不祥的预感。她敲了几下门，过了有一会儿，门才打开来。是她婶婶开的门，门只开了一小半，婶婶的脸色有点苍白，尴尬地说："是小梅来了，快进来吧。"

赵小梅点了点头，一侧身子，走进客厅，但见叔叔噌噌几大步走到门前，砰的一声，便把大门给关上了。赵青山黑着一张脸，像个正在公堂判案的包公似的，也不说话，手去拖过一条长凳子，重重地往门前一放，一屁股坐了下去。客厅里没有兰兰，赵小梅很快听到一侧的房间里传出兰兰的哭泣声，哭得很伤心，门是半开着的，大概兰兰坐在床上。

"叔叔，这是怎么了？"赵小梅问道。

"怎么了，什么怎么了，小梅你也一定清楚这件事吧，都来瞒着家里，你们还有没有一点良心啦？"赵青山显得很激动，嘴唇有些哆嗦，大着嗓门，"想瞒老子，这事儿瞒得过去吗？"

"叔叔，你别太激动了。"

"哼，以为我是瞎子呀，就在今天中午，我无意间翻了翻朋友圈，看到这个不争气的女儿居然搂着那个洋人照相，洋人手上还举着什么证书。当时我就发微信让她立即回家，她不回复我。我再发微信，一看，把老子给拉黑了。小梅你说说看，气不气人，我是生养她的父亲啊。后来我连着打了起码十几个电话给她，她才回的家。我可是没说一句假话，不信你问你婶婶。"赵青山手指着水英说。

兰兰妈紧抿着嘴唇，朝着赵小梅点了点头，证明这事儿没假。

"叔叔，兰兰跟汉克是相处得不错，这也没什么大不了的事吧。叔叔……我看呀……"赵小梅话还没有说完，赵青山怒了，声音提高了八度，像个扩音喇叭，说："你说什么鬼话，这事儿还不大吗？天大的事情啦！我已经审问过兰兰，她当着我和她妈妈的面，承认了他们两个是在谈恋爱，她已经承认了！"

这时兰兰从屋子里跑了出来，脸上还有泪水，说："承认了那又怎么样，就是谈恋爱了，我就是爱他。"

"好，好哇，你够胆，你够胆跟老子这样说话。兰兰你给老子竖起耳朵来听着好了，书可以不念，权当是老子浪费这些钱，今天开始，你就别想出这个家门，看你还敢跟我嘴硬。"

"你想把我关起来呀，爸，你这是违法的。"兰兰说。

"违法个狗屁，你是我生我养的，法庭还能判了我赵青山坐大牢不成。别以为你读了几本破书，就想跟老子讲道理，门都没有！"赵青山鼓大着两只金鱼眼，朝着兰兰说话。

"爸，那我问你，汉克有哪点不好的？"

"兰兰，你少说几句行不行？你爸正在火头上呢。"赵小梅走到兰兰身边，拉了一下她的手。

"兰兰呀，你要听话，爸爸也是为了你好。"兰兰妈说，看来在这个问题上，她是站在丈夫一边的。

"妈妈，正常地谈恋爱有错吗？有没有错？"兰兰争辩着，那语气就好像自己还站在大学教室里。

"有错，大错特错。"赵青山依旧坐在门前的凳子上，跷起了二郎腿，完全摆出一派大家长的模样，说，"错就错在这个叫汉克的是个外国人，他不能做我赵家的女婿。我这话你现在听明白了吧，老子不想再说第二遍了。"

兰兰气得不行，擦了一把脸上的泪水，对赵小梅说："姐，你看看我这个爸爸，我这个老子，多么死板封建啦，这都什么年代了，中国人还不许跟外国人谈恋爱了，这不大笑话吗？说出去都会笑掉人家大牙的。"

"想笑就笑，那是人家的事，这是我家的事，老子就一个烧窑的粗人，老子才不管。"赵青山说，大咳了两声，胸口堵得慌。

"这样吧，兰兰，叔叔，你们先都冷静一下，有事慢慢说，慢慢商量。"赵小梅说，她想打个圆场，先把双方的火气平息下来。

刘海亮开着车，顾艳坐在一边的副驾驶座位上。吉普车行驶在三宝村的道路上，车开得很慢，似乎在拖延时间。

"顾艳，你就不能给我一次机会吗？"刘海亮转过脸去，看一眼旁边的顾艳，他的语气很温柔，像在乞求。顾艳望着车窗外，感觉人被什么东西束缚住了。有一对青年男女骑着电动车追上了吉普车，往前驶远。他又说："我说顾艳，难道你真的对我一点感觉也没有吗？"

"海亮，我想我是让你失望了，很对不起。"她说，声音显得轻飘飘的，想了想又说，"你咋的这么死脑筋呢，你有这么优秀，千万别一叶障目，你的选择多了去了。"刘海亮不禁叹息一声，似乎感觉自己很无能，甚至很失败，手掌在额头上拍了一下，这个动作很潇洒，说："我不会放弃的，即使到了天涯海角，也要把你追到手。"

"你说的这话，一点也不浪漫。海亮，你别这么幼稚了好不好。"

"我是认真的。"

"喂，你别闹了，做朋友多好呀，你是连朋友都不想做了？"顾艳说，瞅了一眼开车人的脸，那张帅气的脸有些伤感。

有好一阵子两人没有说话，前方不远就是"蓝天陶社"了。

"顾艳，我问你，是不是因为陈立根？"

"你啥意思呀，这跟老兄有什么关系。"顾艳说话时，心里有点紧张，就像有人洞穿了某件事。

刘海亮的手指禁不住在方向盘上弹动了几下，仿佛要拨动一根巨大的琴弦，却又使不上力气。他说："我只是怀疑，怀疑你喜欢上陈立根了。在你没有遇到他之前，我们两人的关系一直处得挺顺的。"顾艳听到这话，垂下眼帘，轻声说："海亮，这两年来，你帮助我呵护我，你对我的好，我心里都明白。"她想表达一番对刘海亮的友情，一时又找不到更合适的话，总之，她不想伤害刘海亮。

"我问你呢，是不是因为陈立根？"他追问一句。

"陈立根又有哪点不好的呢？"她突然反问他一句。

"顾艳，你跟姓陈的不般配。"刘海亮摇动着头，说，"陈立根再有能耐，也摆脱不了身上农民的气息。"顾艳听到刘海亮这么说话，心里直来气，但她还是忍住了，提高嗓门说："就你高贵，人家是农民，你刘海亮是城里人行了吧。"

吉普车已经来到了蓝天陶社门外。

陈立根在门口推着一辆电动车，电动车正在充电，他匆匆地拔下了充电线插头，正要拉下店铺卷闸门时，听到有停车的声音，回头望去，是刘海亮的吉普车来了。

　　刘海亮在车窗里看了一眼陈立根，有点犹豫，便没下车。顾艳推开车门，手上拿着几本陶器杂志，跳了下来。陈立根正想上前去跟刘海亮打声招呼，刘海亮转回头去，脚底一踩油门，便将车开走了。

　　陈立根看着驶远的吉普车，忽然想到了顾艳的那辆红色轿车。

　　"顾艳，你原先的那辆红色轿车是卖给谁了？"

　　"你问那车干吗，难不成你想去再买回来？"

　　"哦，我只是问问。"陈立根说，骑在了电动车上，戴上头盔，"我出去办点事，很快就回来。"

　　"老兄，小梅不在店里吗？"

　　"她回家了。"

　　赵小梅端着一只茶壶，壶里刚泡好了红茶，茶壶上的青花绘图很漂亮，几片叶子，交叉的藤蔓间悬挂着两个葫芦，题款一行字是：富贵吉祥，送给我亲爱的叔叔。这件壶是她从陶院毕业那年制作的，特地送给叔叔喝茶专用，捧在手掌上正好合适，茶壶拳头大小，像个小南瓜，造型很是独特。赵小梅走到门前，将茶壶递给坐在长凳上的叔叔。

　　"叔叔，喝口茶吧，说了这么多的话，嗓子都快哑了。"她说。赵青山一把接过茶壶，端起壶来对准嘴巴，吱溜吱溜地吸了几口。赵小梅说："叔叔，你能耐心地听我说几句话吗？"

　　"想说就说，小梅你别想做通你叔的思想工作。"

　　赵小梅望了一眼旁边站着的兰兰和婶婶，兰兰两眼泪水汪汪，有些红肿，婶婶心疼女儿，脸上挂有泪花。赵小梅转过身来，朝着叔叔笑了笑，一脸安静地说："兰兰已经二十周岁了，再有两年就大学毕业，有喜欢的男朋友，谈恋爱，这应该是很正常的事情。再说了，兰兰一直都是个懂事的孩子，平常在家里什么事也都听爸爸妈妈的话，在校成绩也很优秀，这些也是叔叔你教导培养得好呀。叔叔今天生气，不开心，我都能够理解，这么多年来，叔叔婶婶开办着这家瓷板窑，吃苦受累，把女儿抚养成人送进大学，有多么的不容易。别说是兰兰，就是我这个侄女儿，内心都充满了无限的感恩呢。"赵小梅说这些话的时候，赵青山低着头，眼窝有些发热，似有泪水要流出来，手指去眼角上擦拭了一下。赵小梅继续说："那个叫汉克的外国青年，我认识的，他也是我们蓝天陶社的朋友。据我的观察，汉克人品不错，做瓷器也是把好手，是个有志向的人，他在三宝村开办的曹操陶艺工作室，生产的陶艺品都卖得很好，这次南昌展销会上，还获得了政府颁发的青春贡献奖。叔叔，你冷静地想一想，兰兰和汉克相爱，应该是件好事情呀。"

"好什么好的，看来你是在给兰兰说情来了。"赵青山往上一站起，瞪大着眼睛，接着又坐了下去，似乎要把房门看得紧紧的，生怕兰兰跑出去。他说："谈恋爱，也不能谈到国外去呀。这个女儿，我可不能白养了！"

看来赵小梅一时半会儿是说服不了叔叔，一副挺无奈的表情，看了看兰兰。兰兰早就控制不住了，冲着父亲大声说："谈到国外去了又怎么样？我是个活人，不是爸爸你的私有财产。"

"翅膀硬了是吧？想飞了是吧？你是我赵青山的女儿，你有本事，就不要认我这个父亲！"赵青山一阵恼怒，又把二郎腿架了起来，上下抬动，似乎在告诉女儿，这个家，就他说了算。

"妈妈，你看看，这个做老子的还讲不讲一点道理呀。"兰兰对母亲说，求助于母亲帮她说说话。

"老赵呀，兰兰这件事，我们先不要谈了好不好？"兰兰妈说。

"不好！今天就得谈清楚。兰兰，你就给老子说一句实话，从此跟那个做瓷的叫什么汉的洋人断绝来往！"做父亲的大声说。

兰兰气得跺了几脚，咬了咬牙，几大步奔到门前，她想挪开拦在门前凳子，父亲坐在上面稳如泰山。

"爸，我不想跟你谈了，让我出去，我回学校去。"兰兰也是豁出去了，手去推动凳子上的父亲。

"看我把你宠的，竟然对老子动手了。"赵青山猛地往前推出一掌，他的力气该有多大呀，百余斤瓷板都能一只手托起来。

父亲这一掌过去，正中女儿的左肩膀，兰兰踉踉跄跄后退几步，一屁股跌倒在地，这一下可是摔得不轻。

赵小梅急忙上前，扶着地上的兰兰。母亲吓坏了，也上前去扶着女儿。

兰兰哇哇大哭，双手在空中乱挥动，就差没有地上打滚，哭得上气不接下气，可是委屈死了。

"老赵，你不能这样对待我的女儿！你还是不是人啦！"做妻子的手指着丈夫大声叫喊，脸上挂满了泪水。

赵青山一脸气急败坏、苦不堪言，噌的一下站起身来，往前走两步，又退回两步，背靠着大门，说："怎么啦，怎么啦，老子就是要管，老子不管，天下没人来管。我辛辛苦苦地在景德镇做工，拼死拼活的，总算是安下一个家，我为了什么，我又图个什么呀？这辈子算是没有指望了，我恨啦，我恨我自己，老赵家就没生出一个儿子来，就这么一个独生女儿，还想飞，没门！"

这位做父亲的人显然有些失控，嘴里说着"没门"之时，手一挥动，握在手上的茶壶居然一把摔了下去。陶瓷茶壶"砰"的一声脆响，全都碎开了花，茶水茶叶扬了一地都是。

也就在这时，有人敲门，先是慢节奏的敲响几声，接着敲门的节奏加快了一点，更响了一点。

屋子里的人一时安静下来，大家都听到门外传出汉克的声音："叔叔，赵叔叔，我是汉克，我是汉克……"

第十三章　成长的烦恼（一）

赵青山又是一屁股坐在长凳上，稳当当，像尊金刚佛像，嘴里嘲讽地说：“哎哟，哎哟，好你个兰兰，一个一个的，搬兵还搬到洋人头上来了。”

兰兰从地上站起身来，人就要往门那头奔去。母亲抱住了兰兰，抱得很紧。

赵小梅走到叔叔跟前来，脸上有点严肃了，说：“叔叔，请打开门吧，汉克是外国友人，照顾点影响好不好？”

汉克在门外继续敲门，继续喊着叔叔，语气里充满了请求。

赵青山望望面前站着的赵小梅，大声叹了一口气，手掌去头顶上用力抓了几把，恨不得要把头皮给揭下来。他站起身来，一脚踢开了门前的凳子。赵小梅走到门前，打开了反锁的房门。

汉克出现在门口，他的手上捧着一大束玫瑰花，花很新鲜，有淡淡的清香味，估计是刚在市场买来的。

“你好，小梅姐。”汉克说，又朝着赵小梅身后的赵青山礼貌地点了点头，“您好，叔叔。”

“汉克，你进来吧。”赵小梅说。

“谢谢！”汉克走进客厅，见到兰兰和兰兰母亲脸上都有泪水，见到地上摔碎的茶壶，一阵惊讶，脸上两只蓝色的大眼睛来回晃动，就像做梦，很不能理解。汉克知道兰兰家里发生了事，这还是陈立根半个小时前去"曹操工作室"找到他，让他赶紧过来兰兰家里的。

赵青山两口子是认识汉克的，汉克有好多次来窑场购买瓷板，烧制瓷板画作品，还经常带几个外国朋友过来，给"青山瓷板窑"做了不少生意。只是赵青山两口子，怎么也没能想到女儿跟这个洋人谈上恋爱了。赵青山走到客厅当中的茶几前坐下身子，屁股来回磨动了几下，然后望了望捧着鲜花一脸真诚的汉克，怎么的伸手也不能打个笑脸人吧，他很是尴尬，也很是恼怒。

汉克径直走到兰兰跟前，将手上的鲜花递给兰兰。

"兰兰，不哭，不哭啊，是我不好，OK，全是我不好。"汉克歉意地说。兰兰接过鲜花来，心里越发地委屈，哭着说："你怎么来了，你来做什么呀。"汉克笑笑，是那种很疼爱的笑，一转身，走到兰兰母亲面前，说："婶婶好，Sorry，打扰婶婶了。"说着话，他行了一个中国式的大礼，弯下的脑袋低垂到了腰边。兰兰母亲轻轻摇了摇头，感觉到这个场面让她非常丢人，母亲说："没事的，你没有打扰。"接下来，汉克走到了赵青山的跟前，低下头去，有好一阵子没有抬起来。这位开窑的主人觉得很不自在，他本想虎着脸，只是脸皮上下扯动了几下，像一只正打盹的猫。

赵小梅移过一个椅子来，示意让汉克坐下，汉克却不坐，愣愣地站着，就像站在一座灼热的窑炉旁边。

"叔叔，Sorry，Sorry，叔叔。"汉克终于说话，有点傻乎乎的样子，却又很平静，"我爱兰兰，我爱您的女儿兰兰。"赵青山脖子上的脑袋一扭动，脸转到一边去。汉克又说："我喜欢中国景德镇，我是来自荷兰国的。我……"

汉克话还没有说完，赵青山一回脸，朝着汉克，并不凶，嘴里嘟哝道："荷兰国是个什么国呀，隔个十万八千里的，都要去西天取经了。"

赵小梅在一旁听到叔叔说这话，很想笑，赶紧用手背去捂住嘴巴。

"叔叔，婶婶，你们是长辈，我是晚辈，我也不太懂中国人的礼节，我只能把我心里的话说出来。我和兰兰相爱，我们彼此相爱，我想请叔叔婶婶允许我们相爱。"汉克结结巴巴地说着话，手指在胸前划着十字架，脸上虔诚无比，"我，我向上帝宣誓了，我这一辈子都会好好地爱赵兰兰，我愿意做景德镇人的女婿，这一生这一辈子都会生活在景德镇。"

汉克好不容易用生硬的普通话讲清楚了他的决定。屋子里的人顿时全都静了下来，静得连屋外的鸡鸭鸣叫声都能听见。

这时的兰兰已经是感动得泪流满面，赵小梅也非常激动，两姐妹紧紧地拥抱在一起了。兰兰母亲好歹也是回过神来，激动得禁不住拍手鼓了一下掌，转过脸去，看着丈夫的脸。

"你是说你要做我们景德镇人的女婿？"赵青山一本正经地盯着汉克的脸，一个字一个字地往下说，"你，汉先生你说的可是真话？"

汉克用力地点动几下头，这时兰兰接过父亲的话来，说："爸，他不是姓汉，他姓范尼斯特鲁伊，汉克·范尼斯特鲁伊。"

赵青山怔住一下，眨巴几下眼睛，说："这都什么名字呀，鬼才记得住。"

赵小梅和兰兰忍俊不禁，笑出了声音来，兰兰妈妈也乐了。

汉克却不笑，行了个礼，说："只要叔叔喜欢，叫我汉先生也行，OK。"

现在客厅里的气氛完全缓和了，就像是雨过天晴，太阳瞬间往里照进，大家的脸上都很轻松了。

赵小梅高兴地走到叔叔的跟前来，嘴对着叔叔的耳朵小声说："叔叔，你捡到了，这回你可是捡到一个儿子了。"赵青山听得很清楚，却权当没有听见，瞪了一眼赵小梅。

汉克回了回头，眼睛四处看了看。客厅里摆放的家具并不多，很简陋，正面墙下的长柜子上面摆着一台有些年头的平板彩电，一个黑盒子路由器，其他的就是餐桌、茶几和几把木椅子，还有那条倒在门前的长凳子，左侧的一面墙上搁有几块素坯大瓷板，地上摊放有一些碟装的颜料和数十支画笔、小刀小铲子砂纸什么的，还有两把小竹椅，这些东西多半是提供给画瓷板的客人用的。沿着天花板的几处墙壁上，有漏过雨水的斑驳痕迹。此时汉克看着地面上的碎茶壶和茶叶水迹，转动的眼睛终于看到墙角有一把扫帚，便走过去，拿起了扫帚想去清扫。

兰兰一见，快步走过去，一把夺下汉克手上的扫帚。

汉克说："我，让我来，我可以扫扫地吗？OK。"兰兰接过话，说："现在你不能扫地，我更不能扫地，有客人来家里，如果扫地，那就是扫地出门的意思，这是我们安徽老家的风俗，风俗你懂吗汉克？"汉克似乎听懂了，点点头，接过兰兰手中的扫帚，一老一实的样子，放回到原处去。

站在一边的赵小梅和婶婶都笑了笑，有些感动。

赵青山好像做出了一个决定，站起身来，走到汉克身边，一把拉住汉克的手，往兰兰卧室那边走，两人并排着，就像父子，就像兄弟似的。他们在兰兰的卧室门口停下了，门很旧了，颜色泛黄，一侧的门框上有刀刻的标记，二寸长短，由下往上，大概有七八道。赵青山伸出一只大手，摸着门框上刀刻的标记，从下往上摸，就像摸着一个长大的孩子。赵青山说，声音沉甸甸的："兰兰到景德镇的时候只有三岁多一点，六岁那年，我总算盖起了这栋房子。当时兰兰就这么高，我做了标记的，是用小刀子刻下的。"这位父亲摸着最下面的那道刀刻的标记，然后往上摸，"这是兰兰八岁，这是兰兰十岁，这是兰兰十二岁，小学毕业了，这是兰兰十五岁，中学毕业了，这是兰兰十八岁，高中毕业，考取大学了。"他缓缓地抬起头来，额头上有几道深深的皱纹，皱纹很硬，像晒过的泥巴。他的眼里似有泪影，看着汉克的脸说："我好不容易把这个女儿养大成人了，兰兰是我的心头肉呀，你，你却要拿着刀子，从我的胸口窝里把这块肉挖走。你听懂了我的话吗？你是叫那个什么来着，哦，我还是叫你汉克吧。"

汉克似懂非懂的表情，兰兰父亲每讲一句话，他都点头，他心里很明白一位父亲对女儿成长过程的表述。汉克往后退出一大步，他想给这位父亲行一个大礼，赵青山一步上前来，又拉住了汉克的手。

"来，来来，我们喝茶，喝茶。"赵青山说，声音爽朗了。

汉克被赵青山牵着手，来到了茶几前。赵小梅心里已经是一块大石头落了地，在茶桌前倒好了两杯茶，一杯递给叔叔，一杯递给汉克。

"你坐，你坐下呀。"赵青山对汉克说，手指着椅子，汉克诚惶诚恐地坐了下来。他又说："小梅，你也坐吧。"赵小梅也就坐下了。兰兰和母亲站在一边，兰兰又想哭了，母亲摸摸女儿的脸，慈爱地笑了笑。

"谢谢叔叔，谢谢小梅姐。"汉克说。

"汉克，我比你小几岁呢，你别叫我姐，叫我小梅就好。"赵小梅说。

"兰兰叫姐，我也要叫姐，小梅姐，OK。"

赵小梅开心地笑笑，眼睛去看叔叔。赵青山举起手上的茶杯，朝着汉克，汉克也举起了茶杯。赵青山说："来，我们以茶代酒。"赵青山喝下了茶，汉克也喝下了茶。赵青山嘴巴上砸响了两声，就跟是喝下了烈酒似的，说："汉克，我赵青山生养女儿，不是为了让女儿给我养老送终的，我也没指望过。我只是想，女儿就在我的身边，我和她妈妈随时可以看到，哪怕是隔着老远老远看到一眼，我们两口子也就踏实了。这方面，我是很自私的，你明白我的意思吗？"汉克眨动几下眼睛，他其实光看这位父亲的脸部表情，就明白话中的意义了。汉克说："OK，OK，叔叔是好人，好爸爸。"赵青山伸手去拿过茶壶来，他的手微微有些颤抖，握着茶壶给汉克的杯子里倒上水，嘴里说："我呀，我这辈子，让我老婆，哦，就是兰兰的妈妈，吃过了很多的苦头，遭了很多的罪，几十年来，我一个大男人，好惭愧啊。汉克，我说你这个汉克，一定要让我的女儿兰兰幸福。你要让她幸福，就OK，就OK了。"

赵青山话的结尾处，竟然急得连说出了两声OK。赵小梅听到这样的古怪的声调，捂着嘴笑得弯下了腰去。

"OK，OK了！"汉克重复了一句，他极是感动，蓝色的眼睛似有了一种泪水浸过后的朦胧色彩。

兰兰母亲眼里流出了许多泪水，抑制不住内心的激动和喜悦，不时地抬起手来，用衣袖去擦拭着眼睛。

兰兰扑上前去，抱住了父亲，把父亲的头抱在了自己的怀里，大声地说："爸，爸爸我爱你——"

晚霞的余晖由窗口映照到作坊，地面光灿灿的就像镀上了一层稀薄的黄金。后院树木上的几只飞落下来的喜鹊，扇动着黑白相间的翅膀，发出一阵阵欢快的"喳喳"叫声。

陈立根在工作台前给制作好的陶艺品上釉，手上端着一个装有釉料的喷壶，举在嘴前，鼓大腮帮，用力均匀地吹动出壶里的釉料。他一会儿伸长脖子，一会儿弯腰俯身，点点滴滴都不会漏过。顾艳在一边做帮手，不时地递上刷子或递上抹布，像个小媳妇似的乖巧而温柔。这一组陶艺品是十二生肖，规格大小相同，一尺余高，件件生动活泼，做工极是考究。

"顾艳你别忙活了，我自己来就好。"

"不嘛，陪陪不行？真是的。"

"你感觉这组作品出窑的效果行吗？我还没有把握呢。小林老师介绍来的这单生意，是一家五星级酒店前厅橱窗的摆设品，可不能让商家失望了。"陈立根看了看台上的一只硕大的公鸡胚胎，嘟起嘴来，呼呼地吹着釉料壶，壶嘴里喷出一大片雾状的釉料，纷纷扬扬地洒在了物件上。

"老兄，你都称得上大师了，没问题的，看你这吹釉的技巧，出窑的效果一级棒了。"

"别胡说，什么大师，干这活儿，不就是个工匠嘛。"陈立根嘿嘿一笑，放下釉料壶子，接过顾艳递上的抹布，去手掌上擦了擦。顾艳看着陈立根的脸，笑着说："看你，脸上还有釉呢。"说话时，顾艳从一边的盒子里抽出几张纸巾来，要去擦掉陈立根脸上的釉料。

"我自己来，我自己来。"

"你能看见你自己的脸吗？听话，别叨叨了。"

陈立根只好探出脸去，任凭顾艳手上的餐巾纸在上面擦来擦去，这种感觉非常柔软，非常舒服。这时传来赵小梅的声音："哎呀，我不在陶社，你们两个好亲热哦。"

"开什么玩笑呀赵小梅。"陈立根说，夺过顾艳手上的纸巾来。

"哈哈，老兄还不好意思了呢。"顾艳转身，朝着赵小梅说话，"他呀，我不帮忙的话，都要变成一只小花猫了。"

赵小梅手上提着一袋子从市场买来的菜，心情好极了。

"老兄，谢谢你了。"赵小梅说，眼里布满了感激。

"你谢他什么呀？"顾艳一时没反应过来。

"我也没做什么，只是急急忙忙去通知了一下汉克，告诉他兰兰那边发生的情况。"陈立根说，"小梅，家里怎么样了？"

"好着呢。汉克一去我家，这一出场，直接就给我叔叔吃下了一颗定心丸。汉克说了，他要做景德镇人的女婿，OK。"赵小梅兴奋地举起手来比了一个OK的手势。

接着，赵小梅把家里发生的事说给陈立根和顾艳听，叙述得非常详细。他们两人听过后，也都激动得不行。

"哎呀我格亲娘。"顾艳一激动，嘴里就冒出地道的山东口音来，"这，这回可是跨国婚姻了。"

"真好，赵师傅以后也就用不着千里万里地去西天取经了。"陈立根说，双掌合于胸前，做了一个唐僧惯用的动作。

"好了，你们忙你们的吧，我去厨房做饭了。"赵小梅说着，转身往厨房那头去。顾艳随后跟上，回了一下头，笑着对陈立根说："老兄，姐妹来了，现在你就自己陪自己吧。"

赵小梅在厨房里忙碌起来，又是洗菜又是切菜的，还弄了一锅排骨海带汤。顾艳双手交叉于胸前，看着赵小梅做活儿。

　　"喂，顾大小姐，你就不能打开火，把高压锅的排骨汤放上去？"

　　"你不是嫌我不会厨房的活吗？到时又要叨唠我把厨房里弄得一塌糊涂了。"顾艳说着话，把高压锅放在灶台上，打着火，"还以为你不回来吃晚饭呢，我都跟老兄说好了出去吃的，杀他一刀多痛快呀。"

　　"哦，那我就是回来错了，影响了你们了？"

　　"别胡说，跟你逗着玩的。"

　　"顾艳，说真话，你们两个有没有擦出火花来？"

　　"好像没啥进展，老兄那个脑袋瓜子，不知道有没有生锈呀。我一个大家闺秀的，总不能老站着主动位置吧？"顾艳往赵小梅凑近一步，说，"小梅，我心里好烦啦，你可知道，刘海亮玩起真的来了，居然要送一枚戒指给我。"

　　"那你收下了？"

　　"才没有，估计也就千把块钱的金戒指。不是钱的事啦，他就是送上一枚几克拉的钻戒，我也不会收的。爱就是爱，不爱就是不爱嘛，骗人的事儿昧着良心的事儿我顾艳做不出来的。"顾艳说，一脸很无奈的表情。

　　"你对海亮这个大帅哥，真的一点都不动心吗？"

　　"这个我也说不清楚，反正我现在对他是没感觉。好了好了，不说刘海亮了。"顾艳挥了挥手，就像有什么东西挡在了眼前。

　　"不说不说，待会儿吃饭，我们来跟老兄谈谈爱情的话题，看他到底怎么个反应，顾大美女的石榴裙下，还就不信了他不跪下。"赵小梅说话时，似乎看到了眼前一幅画面，陈立根单腿跪下给顾艳求婚。她不禁哈哈一笑，想用手去捂嘴，两只手一只端着盘子，一只手拿着锅铲，这下就没顾得过来了。

　　他们三人围在餐桌前吃饭，顾艳主动盛上了一碗排骨汤递给陈立根，陈立根接过，连连点头道谢。

顾艳小口吃饭，垂着脸儿，脸上的表情显得很温柔，很妩媚，一转脸又变得很矜持，很自尊，自己恐怕也不知道哪一种表情是发自内心。赵小梅看看顾艳那张千变万化的脸，哭笑不得，就差点嘴里没喷出饭来。

陈立根送了一大口饭到嘴里，又喝了一口汤，胃口极好，他说："昨天快递送来的那份陶瓷礼品订单，我们讨论一下吧。"赵小梅拿过纸巾抹了一下嘴角，说："老兄，今天我们先不谈瓷器的事儿了好吗？"陈立根有些诧异，刚想发问，顾艳先开口了："好呀，小梅，那你说谈点什么呢？"赵小梅赶忙说："谈爱情，我们谈谈关于爱情这个话题吧。"

顾艳嘴里含着菜，立即点头。陈立根有点懵懂，也跟着点点头。

"古今中外，爱情从来都是一个古老的话题。"赵小梅像个课堂上的老师，慢声说，"昨晚我在朋友圈里看到一段话，人生拥有一个优秀的伴侣，会让人体验到幸福踏实的感觉，自己也会深受感染，最好的爱情，就是彼此提升，不断地学习，然后在分享中共同进步。你们认为是这样吗？"赵小梅是想等陈立根说话的，顾艳却又抢着开口："那还用问呀，执子之手与子偕老，这是每个人对爱情和婚姻的向往及渴望。"赵小梅点头，朝着顾艳笑笑，使了一个眼色，示意是让老兄来回答问题的。她又说："其实现实生活中许多夫妻关系是令人沮丧的，并不融洽，那么，要衡量这种婚姻关系，嫁娶之前彼此要考虑什么问题呢？老兄，你年长点，你说说看。"

陈立根略为思考了一下，把嘴里的饭吃完，说："在我看来，首先要尊重自己内心真实的感受和想法，两个人的精神层面跟内在涵养及三观是否匹配，只要把这个问题想清楚了，爱情也好，婚姻也罢，不就得出结论了吗。"

赵小梅和顾艳互望一眼，她们很惊诧，她们怎么也没有想到这位成天玩泥巴浇釉彩的老兄，可以回答得如此简要周全。

顾艳喜悦地说："老兄呀，还真看不出来，你不但是个高智商的人，还是个高情商的人呢。"

赵小梅手背捂着嘴笑了一下，说："可不是嘛，老兄是全才。"

陈立根总感觉哪儿不对劲，似乎两人的言语都是冲着他而来，站起身来，拿着吃空的碗和一双筷子，转身走，喃喃地说："你们两个，这不是在玩我吗，得得，我算怕了你们。"

餐桌上就留下顾艳和赵小梅了，她们显然有点傻眼了，这爱情的话题还只是刚开了个头呢。顾艳说："人都走了，还谈个屁呀。"赵小梅笑嘻嘻地说："他的脑袋灵光得很呢，这方面一点也不笨，你就加把劲吧。"

日子过得不紧不慢，景德镇五月的大地在阳光的普照之下，蓝天飘逸的白云在太阳下发生裂变，呈现出各种奇幻的色彩。

蓝天陶社，陈立根他们各自忙碌着制作陶艺作品。赵小梅研究摸索着青花瓷的各种绘画表现形式，长进很大。顾艳设计了一批时尚装饰品，极有特色。顾艳的手机总是悬挂在胸前，两耳戴着耳机，一旦有了满意的作品，便要用手机进行拍照，关键还是一定要跟作品自拍一张，很臭美，很自恋，许多的蓝天陶社的作品都会发到微信朋友圈上，同时也可以记录保存。

这天上午，陶社门口停下了一辆红色的轿车，陈立根拿着车钥匙高兴地跳下车门来。顾艳看到那辆轿车，吃惊得不行，正是她驾驶过的那辆车。

"老兄，这，这不是我的车吗？！"

"没错呀，当然是你的车。"陈立根点点头，朝着顾艳身后的赵小梅笑了笑。

"喂，这车怎么会在你的手上呢？"顾艳问他。

"最近几个月，我至少有五次在市里见到这辆红色轿车从眼前跑过，今天早晨终于找到了车主，就买回来了。"陈立根说。

"你说你把这辆车又……又买回来了。老兄，出了多少钱啦？"

"十二万。"

"天啦，你说十二万，你真混呀你，当时可是十万元卖出去的，还搭上了一件海亮公司的大师级瓷器。"顾艳生气的脸，转向赵小梅，说，"小梅，你看看你看看，这简直是赔大了，有十二万不如去买辆新车呢。"赵小梅没答话，显然她是知道这件事的。陈立根昂起头说："顾艳，这不是钱的问题，不光只是买车，买的也是一种情怀。"

　　这会儿赵小梅说话了："顾艳，我和老兄心里都清楚，你有多么喜欢多么爱惜这辆车。记得卖掉车的那几天晚上，你可是偷偷地哭了好几回。所以，买回这辆车的事，是我跟老兄私下做的主，现在陶社也有点钱了，你这辆车，就当是蓝天陶社的财产。"

　　顾艳顿时激动得想哭，想大声地哭，但她强忍着没让自己哭出来，张开双臂，像只小鸟似的朝着陈立根扑过去，说："老兄，我想给你一个大大的拥抱！"

　　陈立根也不介意，老大哥似的张开手，拥抱了一下趴在身上的顾艳。

　　"这车钥匙，归你了。"陈立根把车钥匙递给顾艳。顾艳接过车钥匙，转而一想，问他："喂，老兄你怎么会开车，你这是无证驾驶呀。"

　　"我怎么就不会开车呢？顾艳，我三年前就会开车，那时就有驾驶证。在景德镇打工有五个年头了，还有什么工作我陈立根没有做过的？！"

　　她们都用好奇的目光看着这位老兄，于是陈立根说起来。三年前他在一家陶瓷公司做老板的助理，老板硬逼着他去考了一个驾驶证，可以天天接送老板上下班，还要接送全国各地的商家客户，当时开的还是一辆豪车。有一天晚上，他开车去南昌昌北机场接一位北京来的大客户，因为航班晚点，深夜两点钟才接上客户，开车赶回到景德镇，已经凌晨五点了。把客户送到指定的宾馆，回到车上，人已经疲惫不堪，居然坐在车里睡着了，一直睡到上午十点多钟才醒来。可是这天上午他还要去火车站接老板的亲戚，当时手机打到静音，便给耽误了。就为这件事，老板把他给炒鱿鱼了。

陈立根说起这段往事的时候，很随意，并不感觉自己遭了罪。两位女子眼里却有些潮湿了，她们为陈立根当年勤奋打拼的精神感动不已。

顾艳把赵小梅拉到一边，低声说："小梅呀，这位老兄，有情有义有本事，值得去爱。"

"你们两个嘀咕什么呢？"陈立根朝着她们俩，满怀深情地说，"其实，我也很留恋这辆红色的小轿车。你们想想，如果是没有这辆车，我们能够认识吗？我们能有今天的蓝天陶社吗？所以说，这辆车理应回到我们身边来。"

顾艳和赵小梅相互一声击掌，嘴里"耶"的一声。

"蓝天陶社"是他们的家，他们已经离不开这个家了，这里就像是一块巨大的磁场，牢牢地将他们吸住，这里就像是有一座添满柴火的窑炉，他们如同瓷器一般在炉中煅烧蜕变。

近段日子里，刘海亮对顾艳可是愈发追得更紧了，三天两头约顾艳见面，总会找到各种理由。顾艳对刘海亮是存有感恩之心的，她来景德镇的第一天就遇到了刘海亮。当时她们有三个从北京来的大学同学，参观了刚成立不久的"海亮陶艺公司"的陶瓷作品，她们喜欢刘海亮的作品风格，而且还在海亮公司的作坊画了两天瓷器玩，接着刘海亮开着车领着她们去了瑶里风景区、几个古窑遗址、几家老瓷厂的陈列馆参观。景德镇是顾艳从小就向往的地方，那年高考的志向就是想报考景德镇陶瓷学院，只是因父母强烈反对而错过了机会。当她现身亲临这座千年瓷城时候，她的心似乎就要留在这里了。记得离开景德镇的那天，火车站的月台上，两个同学都上了列车，她却站着不动，就像是脚底下长出了树根。列车的鸣笛响了，前来相送的刘海亮问她："顾艳同学，你真的不想上车了吗？"顾艳说："我怕我这一走，就后悔了，就再也不会来景德镇了。"刘海亮走上前来，老朋友似的握了握顾艳的手，然后接过顾艳的行李箱。列车徐徐地开动了，顾艳朝着车窗口的同学摇手大喊："我不走了，我留在景德镇了！"顾艳没走，她在"海亮公司"做了三个月的实习生，也就在这段时间，她认识了赵小梅，赵小梅经常会送自己制作的陶艺作品在这家公司代销，她很喜欢赵小梅的青花作品，两人一互报年龄，竟然都是1994年出生，还都是白羊座，更为奇妙的是两人的生日只相差一天，赵小梅是晚上十点出生，顾艳是第二天凌晨两点出生，她们两个可以在同一天过生日了，这样的一对热爱陶瓷的姐妹花，天下难寻。她们两人相识的第二天，便决定在陶阳新村租一套房子，成立了一家姐妹工作室。正是因为刘海亮，她辞去了北京的工作留在了景德镇，也正是因为刘海亮，她和赵小梅成为最好的姐妹。

顾艳现在真的是很烦恼，感觉自己一点也不快乐，一时又找不到好的办法拒绝一往情深的刘海亮，怎样才能让他对自己彻底死心呢？

这天晚上八点钟左右，刘海亮又打来电话，约顾艳去酒吧。顾艳决定要豁出去了，便带上了陈立根，谎称是去见一个网上认识的大客户，刚到景德镇，有一单陶瓷订单想让蓝天陶社制作。陈立根听到这个消息，那当然是要去的，高兴还来不及呢。

顾艳开着车，陈立根坐在副驾驶座位上。红色的轿车离开三宝村，一路驶去，十几分钟的时间，便到了市区的一家酒吧。在车上时，顾艳便交代陈立根听她说话就行，你就只管点头就行。陈立根傻乎乎地笑了笑，问她："顾艳，你的意思是让我来当个保镖对吧？"顾艳回答说："差不多就这意思吧，我的客户我来做主，回到陶社，老兄再做最后的决定。但是有一点呀，酒你得喝，我要开车，要送蓝天陶社的老总回家。"

这家酒吧的规模不大，客人却很多，前台有一支四人组合的小乐队，乐队成员衣着时髦，能弹能唱。刘海亮坐在一张餐桌前，边喝着啤酒，边欣赏着乐队的演奏，看着弹吉他的摇摆青年，不由想起了自己在云南丽江弹唱吉他演出的情景，居然有些入神了。

忽然间，有人在他的肩膀上拍了一下，刘海亮一回头，见到是顾艳来了，再一看顾艳的身边站着陈立根。顾艳亲热地挽着陈立根的胳膊，一张温柔娇媚的脸，就像是挽着她的恋人。此时陈立根也蒙了，怎么来见的人是刘海亮呢，他自然不清楚顾艳的目的，一时又不好摆脱，极是尴尬。

"海亮，我们来了。"顾艳说，脸在陈立根的肩膀上靠了靠。

刘海亮甚是惊愕，似乎被一道雷电击中。他结巴着说："你，你们这是……"顾艳点点头，认真地说："老兄已经是我的男朋友了，我们一直都相处得很好呢。"陈立根想说话，想说清楚一些事，顾艳却在用力地夹住他的胳膊。

"陈立根，你跟顾艳谈恋爱了？"刘海亮盯着陈立根的脸问，他希望这一切都不是真的，是顾艳使的小花招来作弄他的。

"对呀，我们恋爱了。"顾艳说，又去紧紧地夹住陈立根的胳膊，示意这位老兄赶紧点头。

"我不是问你顾艳，我是问陈立根。"刘海亮说。

陈立根当着顾艳的面，这也来得太突然了，点头不是，摇头也不是，脸上似笑非笑的，一冷一热，说不出话来。

"老兄，你可是答应过我的。"顾艳亲昵地说。

陈立根完全没有了思想和主见，不置可否地朝着刘海亮点了点头。

刘海亮眨眨眼，笑了笑，感觉全身上下一阵凉飕飕的。他很快保持了镇静，克制住了内心的情绪，这里可是公众场合，他向来都是一个注重形象具有绅士风度的男人，他说："我和陈立根是朋友，很不错的朋友，毕竟大家都是做瓷的人，既然来了，那就请坐，喝杯酒吧。"

"海亮，今晚我要开车，老兄陪你喝，喝个尽兴，喝个痛快。"顾艳一脸大方地说，仿佛大功告成。

刘海亮伸手去拿过啤酒瓶，往一只空杯里倒酒，大概是过于紧张，酒杯给碰倒了，啤酒洒了一桌都是……

半个小时后，顾艳和陈立根走出了酒吧大门。

"顾艳，你怎么可以这么做呢？我们之间明明没有恋爱关系呀。"陈立根很生气的样子。顾艳听到这话，似乎早在意料之中，她任性地说：

"那就从今天开始，我要跟老兄你好好地谈一场恋爱。"

这话听上去不知是真是假，陈立根完全糊涂了，因为他爱的女人并不是顾艳，他真的还没有这种感觉。

"我说的话可是认真的哦，老兄。"

陈立根内心苦不堪言，他没有当面拒绝顾艳，他也不是那种能够把一盆凉水浇到一堆火焰上的人。

回到陶社，顾艳就像一个回归的得胜者，把带陈立根去酒吧跟刘海亮见面的事，一五一十地说给赵小梅听了。赵小梅只是一个劲儿地摇头，她认为顾艳做事太过分太任性了，不可以这般去伤害刘海亮的。

顾艳却说："我知道我这样做是不对的，但是，我不想给刘海亮留有余地，也不想给自己留有余地，如此下去，只会让双方都受到伤害。"

赵小梅问她："你能确定老兄会跟你谈恋爱吗？"

顾艳摇晃了一下脑袋，显然没有把握，想了想，她说："虽然现在不能确定，但我很自信，老兄不可能不接受我的爱情，至多只是一个时间上的问题。"

夜色中的蓝天陶社显得格外的宁静，微风习习在草丛间掠过，时不时有蛙声"呱呱"地响起。

陈立根躺在床上，辗转难眠，脑子里乱糟糟的，像是有一摊瓷泥在里面来回搅拌，每当他打开一下眼前，眼前便跳动出赵小梅那张柔情似水的脸。其实这种现象已经不是第一次出现，他心里很清楚，赵小梅的确确是个名花有主的人了，已经是心有所属的人。

陶社的生活节奏一如既往，大家做着瓷活儿，看似程序单调，却是他们今生挚爱的事业。

赵小梅似乎很关注陈立根和顾艳之间的关系，她真心地希望这两个人能够彼此相爱。陈立根在顾艳的面前仍旧是一副老大哥的形象，只是话比以前少了许多，而顾艳的表现时而温柔时而自尊时而矜持。有时他们三人在一起工作，顾艳会突然朝着赵小梅得意地眨动一下眼睛，似乎在说：
"本姑娘有的是耐心，你就等着瞧好了，这个做瓷的家伙，一旦脑瓜子开
窍，我们便会发生一场轰轰烈烈的世纪之恋。"尽管如此，在赵小梅的细
微观察中，仍然感觉他两人的情感信号并不在一个频道上。

　　下午，武剑开着小货车来到了陶社，他已经很久没有过来了。赵小梅
见到房东来了，赶紧泡茶接待。顾艳也前来跟武剑打招呼，很是热情。武
剑是来找陈立根的，得知陈立根开车去买泥料了，也没有要走的意思。武
剑倒背着手，晃晃悠悠地观看展示厅的陶艺作品。他喜欢顾艳设计的一组
造型抽象的咖啡具，握在大手掌上来回地把玩着。

　　"武大哥，你也是行家，感觉怎么样？"顾艳笑眯眯地问他。

　　"不错，很不错嘛。虽然我是一个做仿古瓷出道的人，思想算是保
守，但是我相信，这类现代陶艺品一定很好卖。"武剑说。

　　"那就托武大哥吉言了。"顾艳很是得意。

　　"武大哥，你如果喜欢，陶社送一套给你。"赵小梅说。

　　"不用不用，看看就好，我不习惯喝咖啡，只喝茶。"武剑把手上的
咖啡具放回到柜台上，转身往门外看，显然心里有事。

　　门外，陈立根驾着车回来了。车刚停下，武剑大步出门去。

　　"陈总回来了。"武剑招呼一声。

　　"哦，武大哥来了。"陈立根笑笑说，去打开后车厢。武剑立马上
前，搬出里面的一袋瓷泥，扛在了肩上。

　　"武大哥，我来，我来就好。"陈立根赶忙说，很不好意思。

　　"你歇着吧，我这就送去作坊，多大的事儿呀，不用客气，都是自
家人嘛。"武剑说着话，扛着泥料去了作坊，那模样好像就是他创办的
陶社。

　　不一会儿，武剑回到了店铺，嘻嘻笑着，回到茶桌前坐下身来。

　　"武大哥，喝口茶。"陈立根说。

　　"陈总呀，蓝天陶社是越来越有起色了，赚了不少钱吧，你们几个，

都是好样的。"武剑喝了一口茶，举着杯子，似乎有事儿要说。

"你找我什么事武大哥？"陈立根问。

"事，还真是有点儿事，只是有点不好意思开口。"武剑的脸色似乎很为难，接着又说，"陈总，我想请你帮个忙。是这样的，最近手头上有点紧，仿古瓷生意也不太好做了，玩了点股票，行情又不景气，股指显示屏上天天见到的都是绿军，就不见红军冒个头，也是背呀，现在手下的几个小兄弟，已经有两个月没有开出工钱了。陈总你看能不能这样，你们陶社先预支一下明年的房租给我。唉，我一个大男人的，找你们开这个口，真的很丢人啦。"

陈立根他们明白了武剑来陶社的用意，三个人一时都没有吭声，赵小梅和顾艳的脸上的气色有点不好看了，很不情愿。陈立根并没有过多考虑，说："武大哥，你放心吧，谁都会有困难的时候。"说话时，脸转向赵小梅和顾艳："你们没意见吧，帮助一下武大哥，把明年的房租先支付了。"

赵小梅和顾艳又能说什么话呢，都朝着陈立根点了点头。

武剑拿到了第二年预支的房租，感激不尽，再三说改天要请陈立根他们三人吃个饭，然后乐得屁颠屁颠地走了。

当天晚上，作坊里又出窑了一炉陈立根制作的陶瓷作品，其中有两件二尺余高的战神雕塑，可是眼前的每一件作品都不能令他满意，要么是烧制得有裂缝，要么是窑变后色釉的效果极不理想。显然，这是创作中遇到了瓶颈。

陈立根火气变得很大，沉着两眼，就跟与人有仇似的，提着一把锤子，一件件作品全都稀里哗啦地给砸碎了。顾艳很心疼这些砸碎的瓷器，其实有几件作品经过窑变釉色还是过得去的。可是陈立根是什么人，自己的作品只要有点瑕疵就像眼里掺进了沙子。

"老兄，世上哪有十全十美的作品，你这不是明摆着跟自己过不去吗？"顾艳看着砸碎的瓷器说。

"它们不好，我不喜欢。"陈立根眼白往上翻了翻，将锤子扔到一边去。

"其实这些作品入窑的时候都没有问题，估计是在烧制的过程中气氛不好，我叔叔烧窑经常会遇到过这样的情况。待过些日子，气氛好了，一定会烧出好瓷来的。"赵小梅说。

"气氛，什么意思呀？"顾艳问。

"'气氛'是景德镇烧窑的把桩师傅俗称的一个词，比如在依靠燃料燃烧的'火焰窑炉'，指对火焰气氛有要求的窑炉中，有火才有气氛。氧化的气氛产生于完全燃烧的火焰，还原的气氛产生于不完全燃烧的火焰，而气氛对陶瓷制品来说，是十分重要的。还有把桩师傅自己认为的天气的原因，空气湿度的原因，甚至认为场面上的气氛不对，便烧不出好瓷来。"赵小梅解释着说。

"哦，原来是这样。"顾艳说。

"这跟气氛没关系，是我自己没本事，没能耐。"

陈立根说着话，一副苦恼人的表情，两只脚板在地面拖动，身体一摇一晃，就像是刚刚从战场上败下阵来，灰溜溜地往自己的卧室走去。

第十四章 成长的烦恼（二）

清早，陈立根独自出门了。

山边的一条小路上，陈立根就像被人指引似的，奄拉着脑袋往前行走。山野空气清新，微风拂面，火红的杜鹃花，橘黄的野菊花，紫色的蝴蝶兰，一簇簇一丛丛的开得满地都是，树林里觅食的鸟儿穿梭似的飞来飞去，鸣声脆亮，仿佛到了一个童话世界。

陈立根沿着涓涓流淌的小河，往下走出没多远，便能看到林教授租用的一栋民居。走到院门口，门头上挂着一块造型独特的木雕牌子，上面刻有"泥乐斋"三个字。大门是半敞开的，陈立根在门口便听到院子里传来重重的喘息声和脚步声，他很奇怪，往院门口走进。

院子的面积并不大，地面清扫得很干净，院子当中有一辆板车，车上堆满了报废瓷胎，都是些破碎的瓶瓶罐罐一类的器皿。林教授喘着粗气，弯下的腰像个大虾米似的，正把板车上的废品一件件搬下来，整整齐齐地码在一边。

"林教授早晨好。"

"哦，是小陈来了，早啊。"林教授直起身来，手上还捧着一只罐子，亲切地跟陈立根打声招呼。

陈立根立即走上前去，帮着搬车上的物件，很不能理解，他说："林教授，您费这么大的力气捣弄这些破烂的陶瓷，可别累坏了身体。"林教授嘿嘿地笑了笑，像个老顽童似的，说："这些残缺的瓶罐，可都是宝贝呀。"陈立根并不明白，笑着说："如果这要是宝贝的话，三宝村每天可以收几十车过来呢。"

林教授没急着说话，手上托着一个破了几个洞的罐子，来回转动了几下，开口说："小陈你再仔细看看，要用心去看，这些遗弃的废品，经过加工重新烧制一下，外观将会十分奇特，完全超出了人的想象能力。"陈立根看着林教授手上的那个残缺不全的罐子，有点发蒙。林教授又说："我给你举个例子吧，残缺也是一种美呀，古希腊雕像断臂《维纳斯》，虽然残缺，那可是与达·芬奇的著名肖像画《蒙娜丽莎》齐名于世。当然了，对瓷而言，工无所不用其极，技无所不用其绝，料无所不用其稀。没有做不出来的东西，只有想不到的遗憾。小陈，你过来这边看看。"

陈立根顺着林教授手指的方向看去，屋檐的角落下，一块托板上，摆放着七八件经过重新制作、浇釉、烧制后的瓶子、罐子。这些物件的结构造型奇美，新颖别致。

"你仔细看看它们的效果，是不是路子对了，件件可以变废为宝呢。"林教授两眼炯炯有神，挺直了一下胸脯，就像是站在大学讲台上，说，"八九千年前，人类就发明了陶器，但瓷是中国人在四大发明之外的又一伟大创举。景德镇的瓷器堪称是最早的全球化的商品，是十九世纪以前西方世界里最具身份象征的奢侈品。2005年英国佳士得进行的'中国陶瓷及艺术品'拍卖，元青花《鬼谷子下山》图罐，以2.3亿元人民币成交，拍出了当时中国瓷器的最高价。瓷，天然成为人们生活中的道具，可以将住所装点得古朴、风雅、温馨、纯净而和谐，可以将精神装潢得高雅、清迈、安详、圆融而通透。可以说，世界上还没有任何一种艺术品，能够像景德镇瓷器一样，将物感与精神、生活与审美结合得如此完美。也可以说，沉默而美丽的瓷器，无疑可以视作中华民族文化的艺术瑰宝。"林教授感觉自己说太多了，嘿嘿地笑了笑，说："小陈，你看看我，我这不是人老了吗，话就多了。"

"林教授，您讲得太好了！"陈立根感激地点点头，观看着眼前的林教授重新翻制过的陶艺品，受益匪浅，大有茅塞顿开之感。

林教授非常健谈，他请陈立根去屋里喝茶。这间屋子的楼下一层，几乎就是一个作坊，做瓷的设备还比较完备，四处堆满了林教授制作的各种样式的陶艺作品，陈立根的眼睛都看不过来了。林教授告诉陈立根，之前的一批作品已经送去了台湾，他还得赶制下一批，待到过年，他就可以回家避寒了。陈立根很难想象，一个70岁的老者，怎么可能凭一己之力做完这么多的作品。

"林教授，你怎么忙得过来呀？"

"当然不光是我一个做了，忙不过来的时候，我会请当地的画工和上色工，计件工资，也不贵。在景德镇做瓷，实在太方便了。"林教授说着话，人在一张茶几前坐下，又去移动了一个小板凳，"小陈，来，坐下，喝口茶，这是我们家乡福建的大红袍，好喝。"

陈立根和林教授一起喝茶，你一杯我一杯的，就像喝酒那般推杯换盏的，一老一小的忘年交，谈论起中国瓷器，似有说不完的话。陈立根从林教授慈祥的目光中，感受到了一种久违的父爱般的温暖。

赵小梅和顾艳也都起床了，来到楼下，见到餐桌上有从外面店里买来的油条和豆浆，还有几个熟鸡蛋。她们四周找了找，陈立根人却不在。

"唉，老兄这几天总是神魂颠倒的，跟谁也不想说话，就因为烧不出他理想的瓷器。小梅，老兄不会患上神经病吧，到时候送去疯人院那还得了。想想心里都好害怕呀。"顾艳怪着声调说话，仿佛真会发生这样的事件。

"他这人呀，对自己的作品要求太过严格，有事没事地就跟自己较劲。"赵小梅两只手掌搓了搓，就像是寻找一种绘画前的感觉，接上说，"你放心，老兄是个越挫越勇的家伙，真要得到那个病，疯人院也不敢接收。"

她们两人对视一眼，都笑了起来，去餐桌前吃早餐。

陈立根回来了，脚步轻盈，就是像踏着一阵春风进来，朝着赵小梅和顾艳傻愣愣地笑了笑，仿佛一天的愁云都消散了。她们两个一见陈立根这副表情，故意不正眼去看走过来的人。陈立根移过一把椅子来，往桌前一坐，有点要跟她们套套近乎似的，说："你们知道我一早去哪儿了吗？"

"爱去哪去哪，腿长在你自己的身上，谁管得着呢。"顾艳往嘴里塞着鸡蛋，有意吃得津津有味的。

"老兄是去爬山了吧，反正你有使不完的力气。"赵小梅说。

"我是去'泥乐斋'林教授那边了。你们两个改天也过去转转，山外有山，天外有天，那才是一人一世界，太多太多的东西值得我们学习，尤其是艺术鉴赏能力，跟这位台湾来的林教授比差得太远了。难怪我爹爹说，心急吃不了热豆腐，好事多磨呢。"陈立根说话的时候，赵小梅和顾艳故意不吱声，只顾吃东西，好像饿得慌了。陈立根有点无趣，又站起身来，看了看两人的脸，说："你们吃吧，我去干活了。"

赵小梅和顾艳听到走出的脚步声，抬起头来，抿着嘴笑。

"小梅，你看这老兄，又跟打了一针鸡血似的。"

"我就说了，这是个打不败的人。"

几天后的一个下午，陈立根和赵小梅开车去"小陶料行"。车上，两人说着话，陈立根只要单独跟赵小梅一起，心情就特别放松，而跟顾艳在一起的时候，似乎总在躲避着什么，是她妩媚的脸，是她开朗的笑，是她柔情的眼睛，说不清楚，总感觉有压力。车出三宝村，往市区的道路有点堵塞，陈立根显得极有耐心，还回头朝赵小梅笑了笑。

"老兄这是想到什么好笑的事了吗？"

"没呀，我又没笑。"他清了一声嗓子，有点尴尬。

"你明明是笑了嘛。老兄，我问你个事，可要认真回答我。"赵小梅很认真地看看他的脸。

"好，问什么都行。"

"那你对顾艳是怎么个感受，我是说情感方面。"

"很好啊，我们是好朋友好伙伴，顾艳很聪明，做瓷的艺术眼光很不一般，尤其现代意识文艺理念，那是没得说的。她对瓷性的感觉，对釉料的发挥和运用，几乎达到了炉火纯青的程度。她创意设计的陶瓷作品，件件都卖得出去，最近接到的一批厂商订单，她才用了一个星期不到的时间，就完成了……"陈立根话没说完，赵小梅打断了他的话题，问他："你别扯太远了，陶社营销的情况我都清楚。我是问你，你和顾艳两人的关系，可以往前深入一步发展吗？"陈立根一时沉默，其实他心里明白赵小梅的意思，现在看来，想躲避想不说实话也是不行了。他的脸往上抬了，嘴里吐出一口气来，说："顾艳是很优秀，只是我跟她的性格不合，真要有了感情那方面的事，估计也不会有好结果的。"

赵小梅微微愣住一会，说："你就这么肯定，你们之间肯定合不来。不会吧，老兄你呀，没说老实话。"

"说的都是实话。小梅，不谈这事儿好不好？"

"我真是想不通呀，你都三十出头的男人啦，也该考虑一下个人问题吧。顾艳她，她是真心喜欢你的，机会不可错过。"

陈立根手扶着方向盘，抿住的嘴巴两边歪了歪，似乎听不见赵小梅的话，他也不想再说什么了，转过头来，两眼仿佛一往情深地注视了一下赵小梅的脸，这张有着月亮一般柔情，有着太阳一般温暖的脸，曾经许多个夜晚都在他的睡梦里呈现过。陈立根就这一眼，赵小梅被弄得很不好意思了，不禁脸上有些发烫，心跳也失去了平衡，她何尝又不清楚，她是个明白人，她早就感觉到了这位老兄待她似有一种特别的感情。记得他们第一次见面，陈立根在姐妹工作室制作两只美人鱼的时候，那种眼光看她就不一样。

轿车往前驶去，他们似乎再也没有多余的话可说了。车前方的道路很宽广，往返的车辆也不多，阳光静静地洒在路面，白晃晃的，有些刺眼。

陈立根和赵小梅来到"小陶料行"，蓝天陶社已经是这家料行的常客了。最近陶明和妻子研制了一批釉料，烧制出的数十件样品色釉效果非常有感觉，陈立根在釉料这方面也算是半个行家，经常自己也能配制出有特色的釉彩来。陶明对青花料颇有研究，吃的就是这口饭，陈立根这方面的知识自然得向陶明讨教。正如陶明所说，看似简单的青花，从元代到现代运用了六百多年，却魅力不绝，在景德镇创造了无与伦比的精美艺术珍品。蓝天陶社昨天接了一批青花瓷瓶订单，商家说是要带去国外做礼品用的，这可就不能有一点马虎了。

陶明很热情，带着陈立根和赵小梅去了后面的作坊，详细介绍了最近这批青花料的制作过程。他们很满意这批釉料，从中挑选了几样，陈立根亲自动手，分别装进了塑料桶里。

"赵小梅，"陶明问她，"你看到了吗？校友圈上午发了个通知，今晚有个聚会，也不知是谁发起的。"

"看到了，还是在来的路上才看到校友圈的这条微信。"

"你会去吗？赵小梅你可是校花呀。"

"去呀，我已经答应了，景德镇的校友们也难得一聚。"说话时，转向正在往桶里装釉料的陈立根，说，"老兄，你也一块去吧。"

"我就不去凑这个热闹了。"陈立根说。

"陈总你也去吧，可以多认识一些朋友，别天天猫在陶社干活，放松一下。可以把顾艳也叫上一块呀，人多热闹。"陶明说。

陈立根抬眼看看赵小梅，点了点头。

"行啦，那这样决定了，我一会儿打电话给顾艳，再把定位发给她。"赵小梅欢心地说。

天色已晚，陶明一定要挽留陈立根和赵小梅一起吃个饭，陶社给料行做了不少的生意，怎么地也得表示一下心意，何况赵小梅又是他在景德镇最要好的同学。于是，他们愉快地去了旁边的一家小酒店。

顾艳在房间里经过了一番精心打扮，换上了一条宽松的枣红色裙子，脚上一双金黄色的高跟鞋，她朝着镜子旋转着身体，像小天鹅似的翩翩起舞。今晚要跟陈立根一块去参加赵小梅他们的同学聚会，想想都好开心。

陶社大门口，顾艳兴冲冲地走出来，肩上挂着小挎包。她站在马路边拦出租车，两边张望，正好有一辆出租车在路边停下来了。顾艳刚想上车，见到后车门打开，走出金美顺。

"小金，你有事吗？"顾艳有些惊讶。

"顾艳，我正来找你的。"金美顺一脸匆忙的表情，站在车门边说话。

"什么事呀？"

"刘总……刘海亮他生病了，住院有两天了。"

"什么，海亮住院了，病得很重吗？"顾艳一阵惊诧。

"昨晚和今天白天都高烧不止，一直都在昏睡。"金美顺忧心忡忡地说。

"他，他怎么会生病呢？"

"最近这些天，刘总在公司心情似乎不太好，经常无精打采的，工作也没有心思，有时开会都不愿去参加，突然间人就病倒了。"金美顺看着顾艳的脸，央求着说，"顾艳，你去医院看看刘总吧。刚才他还在昏睡中，喊着你的名字呢。我没骗你，我说的都是真实情况……"

顾艳没有犹豫，立即上了这辆出租车。

出租车上，顾艳很郁闷，看着车窗外夜市五颜六色的灯光，缓缓地拿起手机来，给赵小梅拨通了电话。她在电话中告诉赵小梅和陈立根，刘海亮生病住院了，她得去医院探望，估计晚上不能来参加活动了。

顾艳来到病房，看到床上躺着的刘海亮。他微闭着双眼，脸色苍白，面容憔悴，上下嘴唇有些干裂，正沉沉熟睡。他刚输完一瓶点滴，护士在床边摘下输液瓶子，放在送药的小推车上。

"他好点吗？"顾艳问护士，提心吊胆的。

"好多了，退了一些烧。"护士微笑地点点头，推着送药车出病房了。

顾艳静静地坐在病床边，摸了摸刘海亮的手，又去他额头上摸了摸。顾艳内心五味杂陈，很是内疚，一想到上次拉着陈立根去酒吧跟刘海亮见面的情景，不给刘海亮留一点情面，似有一种犯罪感。已经有半个多月了，刘海亮一直没有给过她电话，也没有微信过来，她曾经想主动跟刘海亮联系，每次又都放弃了。自从留在了景德镇做瓷，刘海亮是最关心最呵护她的人，没有人可以比得了。赵小梅前两天还问过她，如果没有认识陈立根，是否她会跟刘海亮的关系有进一步的发展呢？她不敢确定，也许吧。可是她并没有欺骗刘海亮呀，对他当面说的都是大实话，她到底又是错在哪里呢？此刻面对这位躺在病床上的好朋友，曾经有过许多美好记忆的朋友，她感到很无助，很迷惑，眼底不由一阵潮湿。

病房里很安静，四面白色的墙壁似有一种奇妙的阴冷。

刘海亮醒来了，张开眼睛时，看到床边低头坐着的顾艳，而且很清楚地看到顾艳长长的眼睫毛上挂有一颗晃动的泪水。

"顾艳，你，你哭了。"刘海亮说，重重地喘了口气。

见到刘海亮醒了，顾艳立即抬起手来擦了一把眼睛，扮着一脸生气的样子，说："刘海亮，你就是一个败将。"

刘海亮的嘴唇挪动了几下，没吱声，仿佛在自我嘲笑。

"我问过值班医生了，你只是重感冒，身体没毛病。"顾艳说，将床头柜上的一瓶矿泉水倒进杯子里，"口渴了吧，来，喝点水。"

"不渴。"他嘴里就吐出两个字。

"那我喂你喝。"

刘海亮摇了摇头，笑望着顾艳，完全是一种好朋友般的微笑。

顾艳站起身，拿起两只棉签，沾了沾杯中的水，在床前俯下身去，用湿棉签擦了擦刘海亮干裂的嘴唇。

"谢谢。"他的目光充满了感动，问道，"你怎么来医院了？"

"我从天上掉下来的，我在天上看到你躺在医院。"顾艳也弄不明白，自己凭什么会生气，又说，"我不喜欢看到你生病，一点也不喜欢。"

"我也不喜欢我自己。"他说，仿佛也很生气。

"别再犯傻了，自己要好好照顾自己，你知道吗？"顾艳很伤心的表情看着对方的脸，然后又笑了笑。

"我知道了，再不会了。"

"嗯，那就好。"

"顾艳，看你今天打扮得这么漂亮，是要去参加聚会吧。"

"对呀，赵小梅他们同学搞聚会，我答应了去玩的。就是因为你，派了个女特务去找我，还把我押送来了医院。"她说，就跟真的似的。

"是小金吧，我不知道，我没让她去找你的。"刘海亮想笑，咳嗽了两声，又说，"顾艳，你去玩吧，我没事的，过两天就好了，去吧。"

"我不去了，还去个啥呀，我没心情了。"

八点钟左右，陈立根、赵小梅和陶明来到一家会所。

这是一家有着雄厚实力的陶瓷公司的会所，大厅里陈列的陶瓷品都很上档次，都出自景德镇陶艺大师之手。经过大厅，靠左边有一间餐厅，门头上有一块长条形的瓷板，上面写有"景德之家"四个漂亮的大字。餐厅面积挺大，平常至少可以摆放七八桌酒席，今晚餐桌拆除了，堆在一边的墙角，空阔的场地上放了好几个长茶几，上面铺着红色的台布，有啤酒饮料，有水果小点心，很是丰盛。餐厅正面有个小前台，超大屏幕电视机，两个落地黑绒布的音箱，一架台式的卡拉OK播放器，旁边摆有几支无线麦克风，天花板上和四角的墙角交叉悬挂着彩色的小灯泡，极有欢聚的气氛。

陈立根他们走进餐厅的时候，已经有十几名男女同学先到了，兰兰带着汉克也都到了。同学们见到赵小梅和陶明进来，纷纷前来打招呼，好是亲热，他们握手，他们拥抱，有同学一声高喊："看啦，我们的校花赵小梅来了，她还是那么漂亮呢。"赵小梅微笑着，礼貌而得体地把陈立根介绍给大家认识。汉克见到陈立根，即刻上前，老朋友似的给了他肩膀一拳头。

不多一会儿，陆陆续续又有许多校友们赶来。王小林也来了，他在这里应该是陶瓷学院资历最老的学长之一。大家一致公推王小林主持今晚的校友会，王小林也不推让，看了看手腕上的时间，走到了前台，拿起一支麦克风。

王小林清了清嗓子，说："今晚能够在此跟校友们相聚，我非常开心，也非常激动。同学们都是景德镇陶瓷界的精英人才，几乎都来自全国各地，说白了也都是景漂。有一句话说得好呀，景漂们给这座千年瓷都带来的新的艺术形式、新的经营理念、新的价值观念、新的人生风景。作为瓷都人，我们与时代共枕，在风起云涌中，见证着我们历史的潮起潮落。我想我跟你们一样，在这个奋进的新时代之中，为我们的职业我们的事业而感到自豪！"

大家对王小林的讲话，报以一片热烈的掌声。

"今晚的这次校友聚会，大家还不知道是谁发起的吧。当然，是我们的校友了，这位校友刚下飞机不久，他应该是到了。"王小林说话间，抬起眼睛来，看了看对面的门。

这时门开了，走进一位文质彬彬的男士，修长的身材，一身西装革履，儒雅而有风度，脸上架着一副金丝眼镜。校友们几乎都认识进来的人，而且是极受欢迎的人，一阵掌声响起了。赵小梅见到进门的男士，骤然间惊呆了，这完全出乎意料，她迎着他走去，他也快步迎着她走来。

"方斌，怎么会是你呀？！"赵小梅说，激动得嘴唇有些发抖。

"小梅，亲爱的。"方斌说着话，大鸟展翅一般张开了双臂，紧紧地拥抱住了赵小梅。

"你回景德镇都不告诉我一声呀。"赵小梅轻轻地推开方斌，当着这么多人的面，多少有些难为情了。

　　"只是想给你一个惊喜。是这样的，公司突然让我回国处理一点事务，我在北京临时转机过来一趟。"方斌笑着说。

　　这是陈立根第一次见到方斌本人，之前连他的照片都没看到过。赵小梅牵着方斌的手来到陈立根的面前，介绍说："这位就是我跟你提起过的，我们蓝天陶社的总经理陈立根。老兄，这位是方斌，我男朋友。"

　　"你好你好！"方斌热情地伸出手去。

　　陈立根反应有点慢，后一步伸手，两人两手相握。

　　"您好。"陈立根说。

　　"陈总，我听小梅说了，在雕塑陶瓷上你是个非常有才华的人。谢谢你一直以来对赵小梅的帮助和关照，十分感谢。"方斌说。

　　"客气，方老师您客气了。"陈立根说，嗓子有点堵，感觉有些压抑，他甚至觉得脑袋有些昏昏沉沉的。对面这个男人在他的眼里，无论是言语谈吐，还是外表长相，都充满了男性独特的魅力。蓦然间他觉得自己是如此渺小，而且还有了一种莫名的自卑感。

　　赵小梅笑看着陈立根，她的表情依然是那么纯美温情。陈立根不敢看她的脸，低着头，看到自己的鞋尖。

　　同学们已经开始喝酒水饮料，开始唱歌了，一片欢闹的场景，房间里忽然间音响很大，很嘈杂了。方斌被王小林和陶明几名同学拉去一边去喝茶，赵小梅也陪着一块去，并朝着陈立根招手，示意大家一块。陈立根看着招手的赵小梅，脚步却移不动似的。这时汉克快步过来，拉着陈立根的手，说："老兄，快来，我们喝啤酒去，OK。"

　　"OK，OK。"陈立根点头。

　　陈立根便和汉克、兰兰坐在一块了。兰兰太开心了，迫不及待地跟陈立根介绍一些情况："方斌可优秀了，念大学时就是一名学霸，毕业时拿了双学位，他比我小梅姐高两届，大三时我姐就跟他谈恋爱了。后来方斌还在北京拿到了研究生学位，他现在是我们景德镇一家跨国陶瓷公司的销售经理，因工作原因，长期待在国外办事机构。"

"哦，好，很好。"陈立根一个劲地点头，很机械，像是有一只无形的手按住了他的脑袋。

汉克举着啤酒杯，要跟陈立根碰杯，陈立根摇了摇头，说："汉克，今晚就对不起了，我要开车的。"

"我也是开了车来的，找代驾呀老兄。"

"谢谢，谢谢了。"陈立根没去举杯，拿起一瓶矿泉水，拧开盖，一口气往嘴里倒下有半瓶水去。

下面轮到汉克点的歌了，兰兰亲密地挽起汉克的手，往前台走去。

汉克唱了一首英文歌曲《天长地久》，他快乐地摇晃着身体，嗓音很漂亮，极有磁性，他是唱给兰兰听的，是唱给赵小梅听的，也是唱给所有朋友们听的。才唱了几句，便有鼓励的掌声响起。许多男友同学相邀开始在场地上跳舞，渐渐地聚了一大圈人，赵小梅也拥在方斌的怀间跳起舞来。悬挂在空中的彩色小灯泡闪闪烁烁，辉映着一片黑黑的人头，就像水面形成了一个奇幻的旋涡。

兰兰在台上陪着汉克了一段歌，接着人跑了下来，走到独自坐着的陈立根身前，笑盈盈地邀请老兄去跳舞。

"兰兰，我真的不会跳。"陈立根站起身，这样的场合让他很尴尬，好像有点找不着北，他说，"兰兰，你们尽情地玩吧，我先走一步。"

"老兄你怎么就要走呀？"

"我还有点工作要抓紧时间做，你跟你姐说一声，我就不去打扰大家了。"说着话，陈立根人已经转身，往门那头走去。

顾艳回到了陶社，她是打出租车回来的。

她在医院病房陪着刘海亮有近两个小时，其间刘海亮睡着了好一阵子，醒来时看到顾艳还在病房没有离开，甚是感动。顾艳削了一个苹果，切成几片，几乎是命令刘海亮把苹果吃完的。刘海亮的精神和心态好多了，话虽不多，似乎许多事都释然了。他一直告诉顾艳不要再来医院探望了，安心工作，希望能看到顾艳更多的好作品，过两天他就能出院，他说自己年轻，病得快，好得也快。顾艳起身离开时，刘海亮往上抬起身体，很帅气地朝着她打了一个响指的动作，只是手指头没什么劲，不响。

顾艳从挎包里拿出钥匙，打开了大门。她感觉自己很疲惫，走进作坊，正要上楼梯的时候，发现陈立根的房间有灯光。

陈立根的房门虚掩着，她由半开的门缝往里看，见到陈立根来回踱着步子，手在脑袋上来回抓动，脸部的表情有些狂躁不安，书桌上有一件半成品雕塑，上面泥水斑斑，像是一个流着大汗的物体，又像是眼泪洒了一身。地上乱七八糟地扔了十几张雕塑草图，还有几张纸撕得支离破碎。

顾艳在门外站了好一会儿，心里有些疑惑，不会是又遇到创作中棘手的事了吧。她原本是想进去跟陈立根打声招呼，说说话的，一想到生病在医院的刘海亮，忽然间就没有了心情。

她轻轻地上了楼梯，回到了自己的房间。当中的拉门是开着的，赵小梅没有回来，这让她有点奇怪了。她想给赵小梅打个电话，握起手机，又收了回去。

顾艳人往床上躺倒，衣服都懒得去脱了，一转眼时，看到床头柜上的那只美人鱼，这件陶瓷美人鱼在柔和的灯光下，两只眼睛熠熠发亮，就跟活了似的。她伸过手去，习惯性地拿起美人鱼，一只手在美人鱼的身体上拍了几下，又噘了噘嘴，那种表情说不出是爱还是恨。之后，她把美人鱼贴在自己的胸口间，紧紧地闭上了眼睛。

第十五章　突如其来的灾难

夜色中景德镇的城市景致很壮观，很现代，其城区的建筑格局并不亚于中国的任何一座城市，尤其是到了夜晚，祥和的万家灯火，通明的街道马路，流光溢彩的车流，远远望去，像夜空下的一炉温暖的窑火。

赵小梅随同方斌走进了客房，这里是一家五星级的高档酒店。房间里有松软的大沙发，落地金丝绒窗帘，茶几上配有水果盆，小吧台上有酒水饮料咖啡，雪白的大床正面墙壁上有一幅漂亮的瓷板风景画。走进房间后的赵小梅有点很不自在，感到拘束。

方斌又一次拥抱了赵小梅，亲吻着她的脸，她的嘴唇。

"小梅你知道我有多么想你吗？我每天晚上都会想你。"方斌喃喃地说，松开了赵小梅。

"你说你有多么想我，你心里真的有我存在的地方吗？已经有好几次你说回景德镇，可最后又是落空了。"赵小梅在沙发上坐下，羞涩而有些抱怨。方斌挨着她坐下来，安抚着说："你不要乱想，我一生爱恋的女人只能是赵小梅。不信，你摸摸我的胸口，还在怦怦乱跳呢。小梅，这都是为了日后幸福美好的家，我必须奋斗努力。是啊，我在加拿大温哥华分部工作有一年了，已经多次跟高层申请，希望能早日调回景德镇，只是上面迟迟没有答复。对不起，辛苦你了。"

赵小梅手捧着脸，低垂双眼，似乎心里有点乱，点点头，没说话。

"小梅，"他认真地看着她的半边脸，说，"我考虑好了，我们年底就结婚吧。"

"年底？"她慢慢地抬起脸来。

"年底，要么明年春节也行，我不想再等待下去了。一旦把婚结了，公司高层领导便会慎重考虑我的个人情况。到那时，我们去加拿大度蜜月，你一定喜欢异国城市的美丽风光。"

"嗯，我也希望有个自己的家。"她的声音很轻很柔，充满了向往和对家庭的渴望。

"你放心，不会有问题的，年底之前就在市里买一套住房，你喜欢什么样的楼盘，什么样的户型，提前选好就是了，我都听你的。"

"好。"赵小梅点头，似有一种幸福感，笑望着方斌。

方斌脱下西装，从衣橱里取出衣架，套套好，挂进衣橱里去，然后又走到吧台前，在酒柜里挑了一支葡萄酒，用开瓶器很利索地取下瓶塞，熟练地摇晃了一下酒瓶，移过两只高脚杯来，沿着杯沿往杯里倒着酒，而后慢慢地旋转着抬起酒瓶，很是讲究。赵小梅看着方斌拿酒开酒倒酒的那些极有规范性的动作，忽然间想到在蓝天陶社，他和陈立根、顾艳在作坊餐桌前的情景，陈立根抓起一个啤酒瓶，一歪脑袋，张开嘴巴，牙齿一咬，"嘎巴"一声，瓶盖便开了，她和顾艳都笑老兄粗野，一点不文明，陈立根却说怎么方便怎么来，反正喝的是酒，又不是瓶子。恍惚之间，方斌和陈立根在赵小梅的眼里是处在两个不同世界的人，而她似乎更习惯适应老兄的那种粗野了。她不由笑了笑，她也不知道自己为什么会笑。

"小梅，你笑什么？"方斌说。

"嗯，我笑了吗？"她回过神来，眼睛眨动了几下，长长的眼睫毛在柔和的灯光下亮晶晶的。

方斌一手托着一杯酒，走到沙发前，递上一杯给赵小梅，她伸手接过。

"来，为我们相聚，干杯。"两只杯子的红酒微微晃动，形成了一道道波光，像是两件陶瓷上窑变后的釉彩，通透而明亮。

他的杯子和她手上的杯子轻轻碰得一声脆响。

赵小梅抿了一口酒，将杯子搁在茶几上，似乎感觉很不适应这里的环境。

"小梅，今晚就在这边住吧。"方斌说，推动了一下鼻梁上的眼镜，他的两眼炽热而深情。

赵小梅温柔地笑了笑，她显然是有准备的，低下脸说："方斌，不要了，我回陶社去住，日子还长着呢。"

方斌很想挽留赵小梅，然而他还是很尊重对方。他说："那也行，我向来都听你的。"

没多一会儿，方斌陪着赵小梅来到了酒店门外，有一长排出租车在此等候走出大门的客人。

"方斌，我们明天见。"

"拜拜。"

赵小梅上了一辆出租车，由车窗反光镜看到方斌在跟她招手。

出租车行驶在酒店外的街道上，司机问她去哪，她看了看手机上的时间，已经晚上十一点了，想了一下，告诉司机说："师傅，去老鸦滩青山瓷板窑。"接着赵小梅用手机给兰兰打电话，响了好一会儿，对方才接。

"兰兰，你不会不在家里过夜吧？"

"我哪里敢呀，不在家里住，老爷子会打断我的腿的。怎么了姐，你在哪？"

"在出租车上，今晚我去家里住。"

"好哇好哇，我刚躺下，我等你，我们好久没有一块睡了。"

早晨，陈立根从厨房里端出三碗蛋炒饭，依然是一个大碗两个小碗。

顾艳正从楼梯下来，看来她晚上睡眠还不错，精神蛮好的，胸前挂着手机，两耳边垂着耳机，牛仔衣上的衣领永远都是往上立起来的。

"老兄，早上好。"她说。

陈立根把三碗饭搁在餐桌上，回头望望顾艳，又望望她身后的楼梯。

"小梅还在睡觉吗？"他问。

"她呀，没在这边过夜呢。"说着话，顾艳来到了餐桌前。

陈立根听到这话，心里"咯噔"一声响，像是有件尖利的重器在胸口里面撞击了一下，并有疼痛之感。他自己也没想到会如此的敏感，那个叫方斌的男子原本就是赵小梅的恋人，他的好伙伴见到了自己爱恋的人，应该去为她开心才对嘛，可是他一丁点都开心不起来。想起昨天晚上匆匆离开会所，人就跟失恋了似的，居然还非常困惑、痛苦、烦躁。在家乡念高三那年，他也曾有过恋爱经历，后来他去了德化瓷厂做工，来往得也很密切，如果不是他坚决要来江西景德镇，早就结婚生子了。可是当初离开家乡，告别曾经的恋人，并没有如此悲哀的情绪，或许，曾经有过的痛苦，早已忘却，或许，他从来就没有领略过真正的爱情。陈立根缓慢地坐下身来，拿起筷子。

顾艳也坐下身来，说："昨晚你们在会所玩的时候，小梅她给我发过一条信息，说是方斌突然回景德镇了。"

陈立根嘴里哦了一声，便不声响。顾艳有些奇怪了，认真看陈立根的脸，接上又说："老兄，你怎么眼圈都是黑的，一脸疲惫，很夜才睡对吧，你不要把自己搞得那么辛苦了，事业虽然重要，但是身体更重要呀。"

陈立根没吭声，端起碗吃饭，却没有了食欲。

"老兄，见到方斌了吧，是不是很英俊，赵小梅可是好有眼光的人，他们两人的这场恋爱，谈了有五年了，真让人羡慕。"顾艳小口吃着饭，瞅了一眼对面的陈立根，那副得意的表情好像是她在恋爱。

陈立根埋头吃饭，很艰难地吃，也弄不清楚自己是怎么了，心口堵得慌，感觉这碗蛋炒饭很难咽下去。他想转移话题，嘴里含着一口饭，问顾艳："刘海亮他怎么样，病得很重吗？"顾艳的筷子在碗上敲了敲，说："他没事，只是重感冒，发高烧，已经退烧了，过两天就可以出院。"

"哦，这就好。我今天抽个时间去医院看看他吧。"

"不用了，海亮一再交代，不要去医院探望了。老兄，等他出院吧，休息几天，我们再约个时间见见面。"

"好，这样也好。"

他们两人继续吃饭，气氛有些沉闷。顾艳问："我们放首歌听吧，还是你喜欢的那首汪峰的《北京北京》，行吗？"

"不听了，不听了吧。"陈立根摇了摇手，饭已经吃完，呆呆地望望那碗留给赵小梅的饭，接着人站起身来，拿着自己的空碗，又拿起赵小梅的那碗饭，低着头往厨房走去。顾艳看着走去的陈立根，嘴里小声嘟哝着："这老兄，莫名其妙的，真是让人搞不懂。"

上午八点半左右，陶社门外停下一辆出租车，赵小梅领着方斌来了。

方斌今天就要离开景德镇，他是特意过来陶社跟陈立根和顾艳打声招呼的，顺便参观一下赵小梅的工作环境。顾艳跟方斌之前有过两次见面，并在赵小梅跟他的手机视频也经常聊聊天，相互间算是熟悉，两人开着玩笑，顾艳让方斌早点调回景德镇，可别冷落了赵美人。方斌开朗地说："怎么会呢，很快我们就要在一起生活了。"陈立根和方斌握了握手，表现得很友好很热忱。方斌在店铺展示厅参观"蓝天陶社"制作的陶艺作品，每一件都看得很用心，并有一番对陶瓷艺术的评语。在那件"不忘初心"的雕塑陶器前，方斌停留了好一会儿，左手指在鼻梁上来回推动了几次眼镜。

"这件就是陈总的作品了，果然不同凡响，小梅给我发过照片，这次可是看到实物了。"方斌很是欣赏的表情，沉静了一会儿，他手指着雕塑瓷说，"这是匣钵土和瓷泥相结合发生的质感效果，材料的运用上恰到好处，达到了一种浑厚、原始、古拙、纯真而毫无修饰的美。陶瓷是材料的艺术，什么样的材料，决定做出什么样的陶瓷艺术；陶瓷又是造型艺术，它是制作人心中的世界，是对宇宙空间的一种思考，它直接决定一件陶瓷产品的质量。陈总制作的这件作品，无愧于时代，佩服，佩服。"

"方老师过奖了，过奖了。"陈立根诺诺地说，他从方斌的言谈之中，判断出方斌是陶瓷界的行家。

"我说的都是实话，我相信，蓝天陶社在景德镇，在中国，一定会有远大的前景，我期待着。"方斌说。

赵小梅看看方斌，又看看陈立根，她很欣慰，很自豪。

"方老师，你今天就要走呀，几点钟的飞机？"顾艳问他。

"十二点的飞机。"赵小梅帮方斌回答了。

"时间差不多了，方老师，我开车送你去机场吧。"陈立根说。

"王小林会过来送我去机场的，我跟他还有陶瓷外销贸易上的一些事务要谈，正好利用车上的时间。谢谢了，陈总。"方斌客气地说，转向赵小梅，"小梅，你也不用送我到机场了。"

王小林的车已经到了，他们一行人走到陶社门外。

方斌把赵小梅拉到一边说话："小梅，你来一下。"他从口袋里掏出一张银联卡，递向赵小梅，说，"卡上有十万块钱，你先还给青山叔叔。"

"不用了。"赵小梅没接银联卡。

"当初创办'蓝天陶社'，你不是借了你叔叔十万块钱吗，拿着吧。"方斌又说，要把卡塞给她。赵小梅微微一笑，推开方斌的手，说："方斌你这么做可是伤我的自尊了。叔叔的钱我已经还上了一部分了，再说，这是我父亲留下的一笔抚恤金让叔叔代管的，我应付得过来，不用急的。"

方斌只得收回了银联卡，上前一步，拥抱了一下赵小梅，低声说："等着我，好好保重自己。"赵小梅点点头，心中有些不舍。方斌转身，往商务车走去，摇手跟陈立根和顾艳道别。

王小林启动车，那辆车没多一会儿便在他们的眼前消失了。

陈立根已经回作坊了，门口就站着赵小梅和顾艳。

顾艳一副很伤感的样子转过脸来，看了看赵小梅，说："你男朋友走了，你怎么一点不难过呢？换着是我，早就泪流满面了。"赵小梅的眼睛依然看着路的远方，慢声说："我才不像你，什么事都溢于言表。其实我心里也挺舍不得的，天天在一起该有多好。"

"是呀，我缺心眼嘛。"

"我可没这么说你呀顾艳，你自己说自己的。"赵小梅笑了笑。

"小梅，这家伙赶回来就为了跟你睡一觉的吧。"顾艳狡黠的目光盯着赵小梅的脸，接着嘻嘻地笑了起来，双手往前一掸，做了一个很陶醉的动作。

"去你的，你怎么什么事都想知道呀，偏是不告诉你。"赵小梅也不去解释，转身往店铺门口走进，顾艳在后面跟上。赵小梅又说："顾艳，我和方斌准备年底结婚，或在明年春节。"

"小梅你太幸福了！说不定明年底，我就要做阿姨了呢。"

"其实我并不想这么早结婚，再过两年也不迟的，只是因为方斌在国外工作，我们相聚的时间太少了。"她们两人走到茶几前，赵小梅从布挎包里拿出一盒包装很精美的英国红茶，然后按下电水壶的开关。赵小梅说："顾艳，我早晨接到刘海亮发来的一条微信，让我告诉你，他现在完全退烧了，要你安心地工作，明后天他就会办理出院手续。"顾艳有些吃惊，问道："他怎么给你发微信，没有发给我呢？这人真是，一点也不爽快了。"赵小梅打开红茶包装盒，里面是小袋装的茶叶，她拿出两袋来，一袋搁进紫砂壶里，一袋放进一只白色的陶瓷茶缸里，笑笑说："你是真的放弃刘海亮了？二选一会不会内心有些纠结呢？"顾艳沉默了一会儿，移过两只小杯子，说："说实话吧，纠结还是有一点点的，但我从来都是一个按照自己想法行事的人，跟着感觉走。还是那句话，爱就是爱，不爱就是不爱，时间会告诉我一切的。"

赵小梅想起车上陈立根跟她过的话，他和顾艳的性格不合。赵小梅本想告诉顾艳她和陈立根之间的谈话，犹豫了一下，大概是不想伤害到顾艳的情绪，刚要张开的嘴又闭住了。

开水壶的水已经开了，赵小梅给紫砂壶和茶缸里倒上开水。顾艳闻到红茶的香味，嘴里说："这红茶好香呀，是方斌从国外带来的吧。"

赵小梅点点头，说："顾艳，你把这杯茶送去给老兄喝。"

顾艳很乐意地端起茶缸来，她夸张地说："小梅，我昨夜回来，见到他在房间里来回走动着，很狂躁哇，可能有大作问世呢，估计又是熬了个大夜。你刚才没发现吗？老兄的眼圈都发黑了，就像是挨了人家两拳头。"

赵小梅愣住一下，再抬头时，顾艳已经由后门往作坊去了。赵小梅端起一杯茶来，刚搁在嘴边，又放了下去，一阵若有所思的模样。她似乎感觉到，方斌的到来，让这位老兄很不自在，似乎某种程度上受到了刺激。不能吧，她这样想着，淡淡一笑，又摇了摇头。

陈立根在工作台前整理一堆瓷泥，揉成一块块、一团团、一条条的，摆放得整齐有序，仿佛餐厅的白案大厨师在案板上做美食。顾艳端着茶缸走来，靠近在陈立根的身边。

"老兄，喝口茶，小梅男朋友从加拿大带来的红茶。"

"谢谢，你放着吧，我一会儿喝。"

"别一会儿了，红茶喝热的，现在就喝，很香的呢。"顾艳直接就把茶缸递了过去，陈立根只好接住，端在手上，喝了一口。

"很好喝吧。"她问他。

"好喝！好喝！"

陈立根几乎就是咬着牙根说话，发出的声音仿佛是从肚子里挤压出来的，他那副怪异表情似乎是在说好苦好苦。

刘海亮出院的这天，梁先生亲自来接他，这让刘海亮十分感动。梁先生在香港参加一个国际陶瓷美术作品拍卖会，昨天晚上特地赶回来的，他知道刘海亮今天上午出院。梁先生待刘海亮如同自己的儿子，也是最要好的亲密的合作伙伴，平时虽然严厉，却不乏温情。

"你这小子，怎么可以住进医院呢？英雄变狗熊了吧，嘿嘿，是被爱情给伤着了吧。"梁先生说，拎起床上刘海亮收拾好的行李包，他虽然不常来公司，但刘海亮的情况可谓是了如指掌。刘海亮抬起手来，去抚了一把额前的黑发，回答说："老板，伤是有点伤，但不严重。你看，我现在不是好好的吗。"

"那是，年轻嘛，病来如山倒，病去如抽丝。"梁先生亲切地拍了拍刘海亮的肩膀，刘海亮的身体还有些发虚，微微喘了口气。梁先生看一眼对方的脸，说："你能行吗？不用我背着你吧？"

"老板言重了，刘海亮从那里跌倒了就从那里爬起来。"说话时，刘海亮一把夺过梁先生手上的行李包，大步往门口走，梁先生笑笑，随后跟上。

"海亮，去我那边休息几天吧，环境好点。"

"谢谢老板，不去打扰您了。"

"那就先过我那边坐坐吧，喝个茶，中午一块吃个饭。"

刘海亮坐上了梁先生的豪华轿车，去了别墅。沿路上，刘海亮从车窗看着景德镇的繁华街市，看着川流不息的往返车流，看着路边闪过的一根根蓝白相间的青花瓷路灯杆子，看着天顶上的蓝天白云，他前后才只住院了四天，眼前的景致就像久别重逢一般亲切。

梁先生拿下披在肩膀上米黄色的西装，他在任何公开一点的场合，都会注重自己的形象，无论春夏秋冬身上都会有一件西装，只是随着季节的变化，西装的面料颜色也发生着变化。现在已经是六月初了，进入了炎热的夏季，梁先生只要走出这栋别墅，西装依然不会离身，似乎离开了西装，他就不是大老板，不是有钱人了。他走到茶几前，将西装挂好在椅背上，缓缓坐下身来烧水泡茶。

"老板，我来吧。"

"海亮你坐着，这里我是主人，这把椅子自然也是主人坐的位置。客随主便，这也是个规矩。"

梁先生将烧开的水浇过茶具，然后将泡好的茶水倒进两只洗过的手工陶瓷杯里，移过一块小托板，给刘海亮倒好了一杯茶。这一系列泡茶洗茶的过程都十分讲究，不会漏过任何环节。

"品茶不知瓷，何以聊茶艺。海亮，你的瓷做得好，我的茶也泡得有点水准吧。喝口试试，西湖龙井，用的是虎跑泉的水，这就是古人说的，水是茶之母，器为茶之父。"

"杭州虎跑泉的水，不会吧？"

"嘿，你们年轻人会在网上购物，我当然也会呀，好几百块钱一桶呢，才十公斤装。"梁先生笑望着对面的刘海亮，眼里似有几分得意。刘海亮端起杯子来，闻了闻，慢慢喝了一口，也不摇头，也不点头。梁先生问："口感怎么样？你再喝一口。"刘海亮便把杯里的茶都喝完了，说："老板，我还真品尝不出来这好茶的味道。"梁先生哈哈一笑，他说："品鉴不出来那就对了，因为你毕竟不是一个茶道上的人嘛。慢慢来，多喝几杯，你就能找到感觉了。"

梁先生给刘海亮的杯子里倒上茶，拿起一支大雪茄，点着火，吸了两口，然后又把雪茄架放在玻璃烟缸上，淡淡的青烟绕过他那只戴有蓝宝石戒指的手指，蓝宝石在烟雾中透出的光亮显得有所怪异。

"哦，海亮，我给你看样东西。"梁先生突然想起什么事，拿起一边的手提包，从里面抽出一本厚厚的陶瓷刊物，封面上标有国际陶瓷品拍卖专辑的字样。他翻了翻刊物，取出一张印刷的彩色图纸，得意地摇动了几下，然后递给刘海亮，说："你看看，这物件怎么样？"

刘海亮观看彩图，是一件三阳开泰葫芦瓶，葫芦在中国民间代表着"福禄"的意思。这件葫芦瓷瓶，图上标明的高度是35厘米。釉的厚度恰到好处，面釉用的是青釉，瓷瓶经过窑变后，釉彩古朴稳健，发色鲜艳，只有掌握好恰当的还原气氛和还原时间才能有这样的精品。这张彩图上的瓷瓶有几个局部图案，其中一个图案是花瓶的底部，上面有清楚的字体，写有"景德镇，1959"的字样，旁边有一个蓝色的印章，写着"范"字。

"老板，差不多有六十年了呀，这可是件稀有的宝贝，这种三阳开泰葫芦瓶烧制色彩很难见到了。当年老瓷厂的三阳开泰作为我国领导人出访的礼品，赠送过多国元首，是当代景德镇官窑颜色釉名贵品种之一。"

"你说得太对了。这件陶瓷用的是当时景德镇最好的高岭土，在1280至1300度窑温之间煅烧，用的是景德镇周边的松柴，以还原气氛烧成，形成光彩照人、丰富绚丽的釉面，颜色艳丽而温和，给人以朝气蓬勃、欣欣向荣之感。"

刘海亮又认真地看了几眼，惊喜不已，说道："进窑一色，出窑万彩，柴窑火候不易掌握，成品率低，像这样呈宝石红的就更为稀少了。这么好的东西，老板你一定拍到手了。"

梁先生目光狡黠地笑了笑，没回话。

"我能看看实物吗？我太想看到了！"刘海亮迫不及待地说。

"别急，我先给你讲个小故事吧。"

于是，梁先生讲述了这件陶瓷的由来。这件陶瓷是由景德镇一位姓范的画师所制作，当年范大师只有二十三岁，烧制的这件三阳开泰葫芦瓶是送给新婚妻子的结婚礼物。九十年代初，他所在的那家老瓷厂倒闭，家庭生活十分窘迫，范家有四个孩子都未成年，两口子一时也找不到工作可做，于是妻子卖掉了家里珍藏的一部分瓷器，其中包括这件葫芦瓷瓶。对于这件卖掉的瓷瓶他两口子可谓是耿耿于怀，那是他们结婚的纪念品。八年后，两口子重新有了工作，日子也好过了，孩子也都长大了，范大师两口子准备了一笔钱，去了南昌。当时家里的一些瓷器是跟随着老厂的同事们开着一辆货车，拉去南昌市最繁华的胜利路摆摊，那会儿胜利路街道上白天晚上满眼都是景德镇的瓷器，非常热闹，卖了几天几夜。范师母记得很清楚，当时这件三阳开泰的瓷瓶是卖给了胜利路上一家牙科诊所的一位女牙医，卖到了二百八十块钱，当年的这个价钱已经够可以的了。范家两口子抱着撞大运的心情去南昌，找到了还在开办的原胜利路牙科诊所，那位女牙医还在，老两口拿出了五千块钱，要赎回这件葫芦瓷瓶。可是这位女牙医早两年就将这只瓷瓶作为礼物，送给了东北长春市的一个远房亲戚。范家夫妻心有不甘，第二年，他们两口子准备了一万元钱，坐了几天几夜的火车到达长春市，好不容易找到了这位女牙医的亲戚，一打听，得知这件陶瓷被他亲戚的一个朋友带去了俄罗斯。这种情况之下，是再也不可能赎回这件瓷瓶了。就这样，范大师回到景德镇，身心交瘁，人便病倒了，经医院一检查，患的是晚期肺癌。可悲的是范大师在临死之前，嘴里都叨念着这件失去的三阳开泰葫芦瓶。范师母悔不当初呀，千不该万不该卖掉那件瓷瓶，那可是他们两口子一生一世爱情的见证物，那可是范师母余年的精神寄托。

刘海亮听过这个故事，深深被感动了。

"范师母已经八十多岁了，她一直生活在景德镇，逢人便说起她丈夫制作的那件已经失去的三阳开泰葫芦瓶。"梁先生停顿了一下，说，"什么叫爱情，这才是一场感动人心的世纪之爱。"梁先生好一番感慨，他看着刘海亮的脸，又说："你那点小情小爱的，跟范大师两口子比较起来，只是小儿科的小儿科。你要让自己强大起来，就必须先让自己的作品强大。"

刘海亮用力点了点头，他非常明白梁先生为什么要详细地讲述这个故事。

"老板，你还没有告诉我，这件作品你到底拍下来了没有？"

"我当然要拍下来，好东西怎么能逃脱得了我的法眼。当时拍下的价钱是十五万，太值得了！"梁先生戴有蓝宝石戒指的手指在台面上重重敲响了一下，就像是拍卖师一锤定音。

"给我看看，给我看看这件三阳开泰陶瓷作品。"刘海亮急急地说。

"晚了，没办法了，已经见不着了。"梁先生往前摊了摊双手，接上又说，"这件作品在香港的时候，我已经打包托朋友寄给范师母了，匿名

'爱的使者'。我只想送给这位可敬的老人，别说十五万，再翻一番我梁永华也送得起，它理应物归原主。"

刘海亮说不出话来，无限感动的目光看着梁先生。梁先生问他："海亮，这茶你是否喝出点味道了？"

"好像有点，下次还会来喝。谢谢老板！"他说。

第二天，刘海亮就去公司上班了。他第一时间就走进了工作室，里面站了十几名公司的职员，大家笑望着他，纷纷鼓掌。金美顺的手指往工作台上指了一下，台上搁上一盒大蛋糕。

刘海亮走上前去，打开蛋糕盒，奶油红白相间的蛋糕上写有一行字：亲爱的朋友，祝你身体健康！他开心地笑了，招呼着大家切开蛋糕来吃。没多一会儿，蛋糕就吃得精光了，他的脸上还沾有一些蛋糕末子，白白的，像一个圣诞老人。

职员们都离开了，刘海亮抽出蛋糕盒下的一张小纸条，是顾艳的字体，写着和蛋糕上同样的字。他猜测到了是顾艳送来的蛋糕，掏出口袋里的手机来，打开微信，点动了一下顾艳的头像，手指在上面写着：亲爱的朋友，吃完了你送来的蛋糕。想了想，接上又写了四个字：友情万岁。

连着好几天了，景德镇的天空就像一块被撕开的幕布，雷电交加，暴雨连续不断，河水汹涌飞涨，似乎到了世界末日。

这天下半夜，暴雨越发加大，简直是天河决口，风雨在窗前发出巨大的响声，仿佛有个疯老爷子在弹奏起一支疯狂的交响乐，完全乱了章法，整个房屋似乎都在颤动。直到凌晨三点多钟，风雨停歇下来，陈立根这才走进房间睡觉。这一觉睡得很死，陈立根打开眼睛，窗外的天色依然昏暗，一看手机上的时间已经快早晨八点了。他匆忙套上牛仔裤，抓起床头上的一条T恤穿上，趿着拖鞋，拉开门来，正要去洗漱，刚出门口，感觉脚下踏着一汪水，再一看作坊，水泥地面全都浸在了水里。

陈立根顿时大惊失色，朝着楼上呼喊起来："陶社被水淹了，陶社被水淹了，你们快起来呀！"他喊叫了几嗓子之后，立即奔到工作台一侧的货架前，有一批刚刚烧制好的瓷板画堆放在货架上，这是外省商家的订单，正准备今天打包发运出去的。陈立根拿过几个包装纸箱扔在工作台上，手忙脚乱地抓紧时间包装产品。

楼梯上，赵小梅和顾艳匆匆跑下来，边往身上套着外衣，她们还没来得及洗漱梳理，乱蓬蓬的头发上扎着一条松紧布带，一个是蓝色的，一个是红色的，扎红色布带的顾艳脖子前吊挂着手机两边晃动，赵小梅加快几步走在了顾艳的前面。她们两人慌慌张张地下楼梯，发出一阵鼓点般的声响，像两只极度恐慌的兔子。看到作坊下面都是水，顾艳还举起手机来朝着下面拍了几张照片，似乎要铭记历史的重要时刻。

"顾艳，"陈立根大声地说，"你快去发动车子，开到店门口来。"

"好的好的，我这就去。"顾艳回应着，踏着齐脚深的水往店后门口跑，身后扬起一片白色的水花花。

赵小梅赶到陈立根这边来，帮着一起收拾架子上的陶瓷产品，搁进空纸箱子里，一片忙乱。地面的水，慢慢地淹到小腿肚子上了。他们怎么也没能想到，水势会来得这么快。

不多一会儿，顾艳惊慌地跑了回来，摇着手大声嚷着："完了完了，店里全进水了，外面马路上也全都是水，车子淹在水里，怎么都发动不了。"

"水火不留情呀老兄，我们得抓紧时间。"赵小梅说，看着陈立根。

"这样吧，我们先把这批瓷板画运到马路对面，找个地势高一点的地方放着。"陈立根扛起一个箱子就走，腋下还夹着一只箱子，赵小梅和顾艳都分别扛起箱子跟随在后。

他们往返跑了两趟，这批产品差不多总算是搬出去了。

这时候作坊里的水位已经快淹到大腿处了，一些瓶瓶罐罐和支架板子、塑料袋、塑料泡沫板、废纸盒什么的从水里浮了上来，四散漂动。有好几桶浸在水里的釉料，发出咕咚咕咚的声音冒出泡沫，那些釉料像彩带似的开始浮漂在水面上，并交织一起，一时间，水面斑驳陆离，色彩缤纷。这间作坊像是一幅巨大飘逸的抽象水彩画。

陈立根搬起两袋瓷料放在工作台上，希望不要被水淹没，他的眼珠子都快暴出来了，乌亮乌亮，大声说："小梅你们快去店铺把作品搬出去，能搬多少搬多少，没时间了。"

她们两人赶紧往店铺去，顾艳跑在前面，赵小梅回过头来喊了一声："老兄，你也快点出去呀！"

陈立根像头野牛似的在作坊里来回蹿动。他把一些能搬动的东西都搬到工作台上或货架上，或搬到楼梯上。那台炼泥机几乎是全新的，可是他无法搬动，底板是用螺丝拧死的，一时又找不到工具箱，弄得一身都是水。作坊里的两台烤花电窑炉已经半淹在水里了，许多袋泥料也都被水淹了，他只能眼睁睁地看着这一切，完全无能为力了。陈立根突然想到后院的气窑，那是陶社最值钱的财产。

陈立根连蹦带跳地来到后院，这里的地势比屋里低了许多，那座气窑的下半部都淹进了水里，一条长板凳四脚朝天浮在水面，附近还有许多模板、工具杂物浮动，院内几乎就成了一个小池塘。他双手扶着气窑绕了一圈，恨得举起手来，朝着窑门"咚咚"地砸了几拳头，嘴里发出呵呵的几声叫喊，脖子朝天伸得老长，两眼闪着蓝光，像条受困的恶狼。

此时的陈立根完全绝望了，脸色一阵阵发青。他回到了作坊，蹚着水快步去了房间，从里面拿到了自己的手机。

赵小梅和顾艳在店铺里忙得团团转，脚下全都是水，她们已经装箱搬出去了一些陶瓷作品。顾艳看着橱窗里那件"不忘初心"雕塑，她说："小梅，我们赶紧把这小毛孩搬出去呀。"赵小梅揭起了茶桌上的一块台布，奔上几步来到橱柜前，将台布包裹着雕塑，用力往上抬，太沉了，显然一人搬不动。于是两人动手，抬着这件至少重达三十公斤的雕塑。

门外马路上全都被水淹没了，好在不深，浑浊的水面有许多漂浮物，稀稀拉拉地流来流去。匆匆往返的车辆在漫水的马路上驶过，还有骑电动车、自行车、三轮车的，都是在抢救各自的财产。许多人在自家的店门前惊慌叫喊，嘈杂声一片，纷纷往外搬出东西，场面极为混乱。"蓝天陶社"位于三宝村当中的低洼处，前面不远是一条小河，河水已经倒灌，好些房屋都被淹没了。有两棵大树斜倒在马路旁边，大概是昨晚被暴风雨吹倒的。

赵小梅和顾艳抬着雕塑，出了店门，她们的身后是浸在水里的红色轿车。两人涉水往马路对面的一个小坡地走去，坡地上搁放有许多被抢救出来的物品，歪歪斜斜的，那些装有瓷板画的箱子也都堆放一起。

她们一前一后很吃力地抬着雕塑，短短一段路，也就十几米远，走得却是十分艰难。顾艳脚下不知被什么东西给绊住了，哎呀一声叫喊，人往前一跪，半个身子都浸在了水里。

赵小梅急得直叫："顾艳你没事吧，你没事吧？"

顾艳双膝跪地，奋力地往上站起，护住了歪斜的雕塑，挂在胸前的手机绳子刮断了，手机噗的一声掉在了水里，再去看时，已经找不见了。

"我的手机，我的手机掉了……"顾艳喊了几句，无助地摇摇头，继续抬着雕塑奋力往前走。

一辆大货车在马路上呼啸驶过，击起一大片水花浇洒在了她们身上脸上。

赵小梅和顾艳在水间快步走动，身体跟跟跄跄、跌跌撞撞，总算是把这件沉重的雕塑抬到了坡地上，已经是累得脸色惨白，两眼发黑，上气不接下气，全身上下都是水，筋疲力尽了。

她们缓过劲来，直起身子，望着对面陶社大门，陈立根却多时也不见出来。她们开始喊叫，拼尽全力地喊叫："老兄，老兄你快出来啊！"

可是，店门口还没有出现陈立根，她们两人惊恐万状，害怕极了。她们再次继续叫喊老兄，叫喊陈立根，急得哇哇地哭了起来……

景德

第十六章　守望

　　陈立根已经去了林教授那边。他在房间拿到手机时，发现有几个未接电话，都是林教授打来的，此时他已经意识到林教授那边有情况，因为"泥乐斋"的地势比陶社还要低。他在山边的小路上一脚高一脚低地奔跑起来，路面多已淹没，山间的溪流就像洪水暴发，汹涌地往下流淌，哗啦啦的响声很大，黑黑的云层压得很低，几只惊飞的小鸟在半空中盘旋，转而就不见了。

　　"泥乐斋"附近有两栋民房已经被淹，其中一栋外面的围墙已经倒塌，几位当地居民拎着大包小包的有如惊弓之鸟，迎着他跑了过来。

　　陈立根喘着粗气，来到了林教授居住的院子。推开院门，院子里地面全都是水，空无一人，一辆板车摆在院子当中，车上胡乱堆放了几箱陶艺品，其中有一只木箱往一边斜倒，里面的一些罐子、瓶子的半成品滚落下来，在水面往上冒着泡泡，发出咕噜声响。

　　"林教授，林教授……"陈立根呼喊了几声，没有人回应。

　　他在浅水里往前走动，心急如焚，继续又喊。这时，陈立根看见房屋的门槛前躺倒着一个人，下半个身子全都浸在水里，头上的礼帽往一边歪着，遮挡住了脸，一只弯曲的臂膀搭在门框上，手中还握着手机，身边还有一箱陶瓷斜翻在地。他正是林教授。陈立根惊愕不已，他吓坏了，喊着林教授奔上前去，跪下身来抱住了林教授，让他的脸抬起来。

林教授两眼紧闭，嘴唇乌黑，像块木头似的，人已经失去了知觉……

陶社马路对面的坡地上，顾艳和赵小梅仍然在哭喊着陈立根。

她们两人惊魂未定，泪眼模糊地看着马路间许多人在跑动，不时有抢救的或逃离的车辆驶呼啸驶过。

"不对，老兄一定出事了，我去陶社找他。"顾艳说着便要下水了。

"水太大了，顾艳你别去，我过去一趟。"赵小梅说，紧紧拉住顾艳的手。

"不要，我去找他……"顾艳转身之时，看到一个人背着一个人从马路一侧的小路上跑出来，赤着的双脚下击起阵阵泥黄色的水花。

"小梅你看，是老兄，我看见他了！"顾艳大声说。

"天啦，老兄背的那个人是林教授吧？"赵小梅说，惊望着。

陈立根背着林教授，林教授的头耷拉在他的肩上。陈立根气喘吁吁地跑动着，一刻也没有停下，也不知是从哪里来的力量，有如神助一般。林教授原比他高出小半个头，身体又偏胖，至少有八十多公斤。

也就在这时，刘海亮开着吉普车出现在马路上，他的头伸到车窗外，用力地朝着顾艳这边招手。

"海亮，海亮你快把老兄接上车去。"顾艳喊着，手指着那边跑动的陈立根。

刘海亮听到了喊声，往旁边一看，见到了背着林教授的陈立根，手一甩方向盘，赶紧将车开了过去。

就这样，刘海亮的车先接上了陈立根和昏迷的林教授。

刘海亮开着飞车，不过十分钟已经到了市区中心地带。陈立根在车后座抱着林教授，不停地呼喊，耳朵贴在林教授的胸口倾听，又去摸手腕上的脉搏，林教授似乎停止了呼吸。

"快，快开啊，林教授他要死了，要死了……"陈立根喊着，去摇动着林教授，仿佛在摇动一棵树，要把树上的果子摇下来。

刘海亮从后视镜里看了一眼陈立根的脸，那张脸上爬满了泪珠，像有许多条晶亮的小虫子叮咬在上面。

吉普车驶进了景德镇市人民医院大门。医院大楼门口，已经有几名穿着白大褂的护理人员推着一辆担架车在此等候。

白白的长长的走廊上，一阵急促的脚步声响，林教授被推进了抢救室。

陈立根赤着双脚，一身湿漉漉地在抢救室门外守候，就跟丢了魂儿似的，人都要急疯了。

没多一会儿，一名护士从抢救室门口出来，陈立根赶紧奔上前去。

"护士小姐，林教授他怎么样了？"

"患者心肌梗死，情况很危险，正在努力抢救。"护士说，又问他，"你是患者的家属吗？"

"他是台湾人，是位退休教授，名叫林楚明，是来景德镇做瓷的，我只是他的邻居，他的朋友。"陈立根回答道。

"你叫什么名字？"

"陈立根，我叫陈立根，三宝村'蓝天陶社'陶艺师。"

"陈老师，那请你跟我过去医生办公室签字吧。"

"签字，签什么字？"

"病危通知书，你签吗？"

"好，好好，我签，我来签字。护士小姐，请你们医院一定要救活林教授，他是一位国际上很有影响的陶瓷艺术大师，他一定要活着，他一定要活……"

陈立根跟随在护士身后，哀求声声。

刘海亮开着车返回三宝村，来回拉了两趟货，将陶社抢救出来的物品，统统送到了赵小梅叔叔这边窑场。顾艳和赵小梅放心不下陈立根那边，刘海亮又开着车赶去了医院。

赵青山两口子已经腾出厂房里一间小仓库，安放陶社运来的物品，乱糟糟地堆了半房间都是。赵小梅和顾艳已经疲惫不堪，大腿上手臂上，已经是青一块紫一道的了。有六箱商家订制的瓷板画，赵小梅和顾艳一箱箱打开来检查，怕在搬运中有破损，果然，赵小梅在箱里发现了两块碎裂的，顾艳发现了一块碎裂的。瓷板画两平尺大小，这些碎裂的瓷板块堆到一边，上面绘画的山水花鸟全都破碎不全，惨不忍睹。赵小梅摇着头，心疼地说："这可是两千八百元一块呀，都没了。"顾艳站着一时没动，她的眼睛看着墙角处的一把椅子，上面放着那件被台布包裹着"不忘初心"雕塑，此时赵小梅转过身，眼光也落在这件雕塑上，她往前走动几步，小心翼翼，伸出手去，想去揭开雕塑上的台布，心里直害怕，手又缩了回来，人往后退出两步远。顾艳看一眼赵小梅，两眼死死地盯着雕塑，几步上前，手一伸，呼地一把揭开了台布。

顾艳一声惊叫，大声说："我的天啦，它碎了，碎成好几块了。"

赵小梅猛地转身，双手捂住脸，不忍相看。

突然，顾艳哈哈几声大笑，笑得鼻孔朝天，接上又说："赵小梅，你看，它好好的呢，没破相，皮毛未损！"

"你呼天喊地地吓我做什么，你吓我做什么？"赵小梅凑上前来，看椅子上的雕塑，欣慰极了，"这，可是我们蓝天陶的镇店之宝啊！"

赵小梅拿过一块抹布来，就像母亲爱护孩子那样，温柔地轻轻地去擦拭雕塑上溅湿的部位。

"就是怪它，还镇啥店，镇啥宝呀，把我的手机都弄丢了，库存有一万多张照片呢，唉，愁都愁死我了。"顾艳有些生气的样子，伸出手去拍了一下雕塑的头部，就像拍在真人身上。

"顾艳，我们人没事就好，不知道医院那边林教授他怎么了？"赵小梅无不担忧地说。

这时有手机铃声响，赵小梅赶忙从口袋里掏出手机接听，电话是刘海亮打来的。刘海亮在电话中告诉说，林教授抢救过来了，度过了危险期，人已经送去了病房。

顾艳听到刘海亮的声音,上前一步,一把从赵小梅手上夺过手机来,急忙问道:"老兄人呢?"

"他在呀,在病房照应着。"

"海亮,老兄赤着脚,身上全都湿了呀。"顾艳关心地说。

"顾大小姐你就放心吧,我已经给他送来我的衣服裤子,里外都有,还有我才只穿了一次的科比篮球鞋,只是稍大了一点,先凑合着穿吧。"刘海亮在手机里说。

"好,好好,海亮你做得很好,谢谢了。"顾艳说话的口气,好像刘海亮是她手下的小兄弟。

兰兰和汉克也来到了窑场,汉克的工作室在三宝村地势稍高一点,所受的损失很小,他们搬来了几箱烧制好的陶瓷作品,都是准备发运给商家的,也都暂时摆进了库房。

他们议论起这次水灾带来的后果,一个个情绪低落,据天气预报报道,明后天景德镇仍然有黄色暴风雨预警,被淹没的地区水位不但三两天退不下去,估计还在上涨。

赵青山两口子准备好了午饭,赵小梅和顾艳已经换过了干净的衣服,顾艳穿着兰兰的衣裤鞋子,也还算合适。大家先后来到餐桌前坐下,桌上的菜肴还很丰盛,赵师母一个劲儿地劝大家吃饭,赵青山拿着一瓶酒过来,正是蓝天陶社制作的那款军用水壶装的老酒,标有"1978"字样。他移过两只蓝边青花碗来,倒了一碗给汉克,又给自己倒了一碗,就像家人似的。

"你们女人把饭吃饱了,我跟汉克喝口酒。"赵青山说着坐下身来。

"爸,这不是一口,是一碗啦。"兰兰说。

"吃你的饭吧,少管男人的事儿。"做父亲的瞪了一眼女儿。

"OK,OK,我没问题。"汉克笑着说,端起碗来碰了一下赵青山的碗,喝下了一大口。

"这是我侄女儿送的老酒，好喝吧？"

"好酒，好酒，OK。"汉克说着话，自个儿又喝了一大口。

"这外国孩子，好酒量。在景德镇跟瓷器打交道的男人，必须要会喝个酒，那才叫痛快咧。"赵青山哈哈大笑，嘴里喷着酒气，似乎无视于这场暴风雨带来的灾害。

赵小梅和顾艳的心情不好，完全没有胃口，怎么也吃不进东西，她们想着陶社被水淹没的情景，现在还不知道里面的损失会有多大。两人相互望望，咬了咬嘴唇，眼里似有泪水要流下来。外面又下起大雨了，雨点像子弹一般击打着窗户，伴有一阵阵猎猎的风声传来。

"小梅姐，顾艳姐姐，你们快吃呀，别犯愁了，早上你们还没有吃饭呢。"兰兰说，往她们两人碗里夹着菜。汉克两只浅蓝色的眼睛晃动了几下，手在肚子上拍了拍，接上说："吃饭，把肚子吃吃饱，OK。"

赵青山让自己显得很乐观，他毕竟是经历过岁月磨砺的人，地处中国南方的景德镇，发生洪灾是常有的事。他乐呵呵地说："没事儿，一切都会过去的，至少在景德镇这座城里饿不了肚子，这段时间大家就住在窑场，我赵青山管你们吃管你们喝，老天还塌不下来，世上没有过不去的坎。"

刘海亮来到了窑场，详细告诉大家林教授在医院抢救的情况，众人心里这才一块石头落了地。

"老兄他吃饭了吗？"顾艳突然问他。

"刚离开时，我给他订好了一份快餐。这家伙，一直苦着个脸，穿我的衣服鞋子吃我的订餐，连声谢谢都没有。"刘海亮笑笑说，取下背后的双肩包，"跟你开玩笑的，老兄只是心情不好。顾艳，手机给你带来了。"刘海亮从包里取出一只装手机的白盒子，打开盒盖，拿出一款"华为"平板手机，说："回来的路上给你弄了一款最新的华为，功能肯定比苹果强大，尤其拍照片，那可用的是徕卡镜头。我知道你的顾艳，一天一个小时没有手机就活不下去了。"

"可是我的照片全都丢了呀,刘海亮。"顾艳说,接过手机来。

"到时我来帮你弄弄,看看有没有存到云盘空间里去,如果没有的话,只能在微信朋友圈里找回一些照片了。"刘海亮说。

"多少钱?我得转给你。"

"什么钱不钱的,多大一件事儿呀。要不这样吧,以后你送一件作品给我,算是抵消好了。"

"这都行?那好吧,到时随你挑一件。"顾艳脸上露出天真的笑容,像个孩子似的。

窗外的雨仍然在下,只是风声小了一些。这已经是下半夜了,陈立根一直守候在林教授的病床前,坐在一把椅子上,一张疲乏的脸,两眼静静地观望着床上的病人。林教授脸上戴着透明的吸氧面罩,输液瓶吊挂在一边,连接的输液细管子延伸到他的手背,针头上面贴有一块乳白色的胶布,床头的一个支架上摆有一台监视器,一道红色的线条在屏幕间上下起伏,发出密电码般的嘀嘀声响。一名医生领着一名护士进来查房,观察了一下林教授手术后的病况,看医生的表情似乎一切都很正常。

"医生,林教授一直在昏睡,都一天一夜了,怎么还不能醒来?"陈立根站在一边,低声问医生。

"你放心吧,他会醒的,估计还要点时间。"医生说,转身便走了。陈立根点点头,欠了欠身体。护士看了一眼陈立根,说:"陈老师,你也累了,回去休息吧。"陈立根回答说:"不,我不走,他在景德镇身边没有一个亲人。"护士又说:"这里有护士值班,如果有事会打你的电话。"

陈立根站着没动,没有要走的意思。

病房门轻轻地带上了,护士也走了。

陈立根走去洗手间,打来了一盆水,然后又拿上床头柜上的热水瓶,往盆里倒进一些,手去试了试,水便有了温度。他拿过一条毛巾来,在盆里打湿水，拧干，然后俯下身去，用湿毛巾轻轻地擦洗着林教授的额头、脸部和脖子，最后擦过了林教授的两只手。林教授像个沉沉入睡的婴儿那样，身体一动不动，仿佛在睡梦中享受着这种来自外部的温柔。

他重新坐回到椅子上，连续打了好几个哈欠，手在嘴唇上拍了拍。他的目光又回落到林教授的脸上，多么希望这张脸有所变化，可是唯一的变化，便是林教授突然间老去了许多，微皱的额头上像一片退过潮水的沙滩，一道道一沟沟格外清晰，而且，下颌上还长出一小片黑黑的胡须桩。也不知怎么的，林教授的脸在他的眼里渐渐地变得模糊起来，接着又呈现出了另一张脸，那是他父亲的脸庞。此时，他想起了离开家乡情景。

那一年陈立根刚满十八岁，人生的第一次选择，便是要去德化一家瓷厂做学徒工。父亲是个中年汉子，瘦瘦高高，一张大马脸，皮肤黑得发亮，头上戴着一顶破了檐边的草帽，穿着一件褪色的蓝布外衣，下面一条黑色的长裤，皱巴巴的，裤腿一边高一边低地往上挽起，脚上是一双浅黄色的解放鞋，鞋尖沾满了新鲜的泥土，手上拎着一个装满衣物的红白相间的编织袋子，这个袋子父亲提了便往身后一扔，又背到了后背上。陈立根的肩膀上背着一床用麻绳打包好的蓝布小被子，四四方方，上面还架着一张草席。父子俩在山岭的小路上行走，穿过了一大片青翠的竹林地带，开始行走在一条弯弯曲曲的田埂上，四面的田野很开阔，浅黄色的，淡绿色的，三三两两的农民挥动鞭子赶着水牛在地里耕作，嘴里发出"哞哞"的喊声。再往前方不远，便是一条灰白色的沙石马路。父子们一前一后走着，一句话也没说，两人好像是吵过架，父亲奈何不了这个儿子。

父子俩在马路边的站牌下等车。不多时，一辆公共汽车便驶了过来，很快停下。陈立根从父亲手上接过编织袋，说："爹爹，你快回家吧，妈妈身体一直不好，劳累您了。"父亲低着头不说话，听到车门关上的声音，才说："根子，记得常回家看看。"陈立根头伸在车窗外，大声说："爹爹，放假我就会回家的，又不远，四个小时的车程，爹爹保重……"公共汽车驶远了，陈立根看着车尾扬起一片黄色的灰尘，看着灰尘后面模糊不清的父亲。

陈立根嘴里突然唤了一声"爹爹"，他居然靠在椅子上睡着了好一会儿，低垂下着头，猛地往上抬起，嘴角还淌有口水，伸出手赶紧去脸上擦了一把。躺在床上的林教授，仍在昏睡当中，只是他的脸色有了一点红晕，仿佛两朵窑变后的浅浅的釉里红。已经凌晨五点多钟了，窗外的天色一点不见光亮，一道道小雨珠子顺着玻璃不断地往下流淌，像在往陶瓷上浇釉似的。

他站在窗户前，伸展了一下身体，望着外面城区稀稀拉拉的灯光，渐渐地熄灭下去，天际呈现出一道银灰色的亮光了。

三天后，雨停了，涨起的河水开始退去，城区的广场、马路、大街小巷以及所有的建筑屋顶，像是被彻底清洗过了，空气也清晰了许多，厚厚的云层里，隐隐约约出现了太阳的光芒。

上午九点钟左右，赵小梅和顾艳来到蓝天陶社。那辆红色轿车仍然停在陶社门前的马路上，四个车胎下积满了泥水。陶社的店门是半敞开的，湿漉漉的地面有两道清晰的鞋脚印往前延伸。她们知道是陈立根来了，之前在窑场打过几次电话给老兄，一直不通，手机处在关机状态。

"这老兄，估计是一早就来陶社了。"顾艳说，有点生气的样子，"昨晚在医院我们就约好了一起过来的，转个身人就变卦了。"赵小梅走在前面一点，边说："我测算他昨天半夜雨一停就过来了，他心里根本就放不下。"两人走进了店铺，即刻便闻到一股股潮湿的霉味，很呛鼻。好些块地板经水浸泡过已经变形，脚往上一踩，便有水花溅射出来。室内的柜台上一片零乱，橱柜里一些没能带走的陶瓷品东倒西歪，地上有几个摔碎的瓷罐子、瓷瓶子什么的，墙壁上有多处装饰板已经脱落，就像被皮鞭抽打过后，伤痕累累。

她们两人都不说话，也说不出话，成了哑巴，踮着脚由后门往作坊走去。

来到作坊，她们简直是惊呆了。这里面就像是经过了一场巨大的洗劫，面目全非，一片狼藉，地面全都是一条条一道道的泥浆，泥浆混杂着溢出的釉料，似有一种奇幻的色彩。有几个货架歪倒一边，下面积满了损坏的各种坯胎，就像一只只歪瓜裂枣，丑陋难看。几台拉坯机歪倒在墙角，全都散了骨架，两座电窑和一台炼泥机经水淹过后，底部锈迹斑斑，尤其那一袋袋堆放在一起的瓷料陶土，像几个黄土山包，牢牢地黏合在一块。几面高高的墙壁上尽是疤痕，就像是腐烂过的皮肤，还有一些黑乎乎的小虫子飞来飞去，发出嗡嗡声响。当时这栋房屋里的水位至少达到了一米左右，被淹过的厨房里涌出一阵阵难闻的气味，炉灶、煤气罐、微波炉、电冰箱乱糟糟地挤在一起，还有一堆堆碎裂的碗和盘子什么的。房子里的几扇大窗户都打开了，好往里透风，作坊当中有一块地面大概经过了清洗，地上搁着一桶脏水，桶边斜放着一个大拖把，还有一长条红色的连接到洗手间水龙头的橡皮水管。

看着眼前惨不忍睹的情景，赵小梅和顾艳眼里的泪水滴滴答答地往脸上流，她们想放声大哭，她们不敢相信，这里还是他们的家园吗？

突然间，她们听到后院传来"咣咣"的声响，像是铁器的敲打声。

赵小梅和顾艳匆忙走到后院门口，院子里的水还有齐腿深，那台浇釉的气压泵浸在水里，上面盘绕着一圈圈皮管。陈立根赤脚站在那座气窑前，黑着一张脸，两只眼睛通红发亮，双手抢着一把锤子，一下一下用力敲打着锈死的窑门上的转盘。他终于把窑门给弄开了，里面积满的水呼啦啦往外流出，此时发出一声大响，窑炉一侧的耐火砖墙体倒塌了下来，这座窑炉完全毁坏了。陈立根退出一步远，拾起地上的两块耐火砖握在手上，两眼一动不动地看着窑炉，僵立地站着，人就像是一座雕塑，且是一双死神般的眼睛。

她们两人相拥一起，一阵呜咽。这座气窑上个月刚进行了一次维修，拆换了许多配件，她们清楚，老兄此刻有多么心疼。

陈立根缓缓地转过身来，扔掉手间的砖头，看了看后院门边站着的赵小梅和顾艳，深深地喘了一口气，他尽量让自己保持克制和冷静，虽然眼窝里一阵阵发热，但绝对不能让一颗泪水流出来，他在内心告诫自己是个男人，是条汉子，而他面对的是两个弱小的女人，只会做瓷器的女人。陈立根的眼里忽然间露出了少许的笑意，脸却是一张苦瓜脸。

"没办法，这座气窑不能再用了。"陈立根的声音很平淡，那样的口气似乎充满了对她们两人的安慰。

"都成这样了，陶社都成这样了，我是要死的心都有……"顾艳说不下去了，哭得很伤心。赵小梅擦了一把脸上的泪水，手去顾艳的肩膀上轻轻地拍了一下，说："顾艳你说什么话呀，我们不都好好地活着吗。"

陈立根又朝她们两个笑了笑，这一笑，笑得很悲凉也很真诚。他说："好多年前，记得我爹爹说过，现在所有吃过的苦头和付出的心血，说不定日后就能结出最好吃的瓜果。"

"老兄你还有兴趣说这个，往下我们该咋办啦？"顾艳说着话，抬起一双泪汪汪的眼来，可怜兮兮的。

"吃饭，睡觉，该什么办就怎么办，房子又没有倒，不是还在吗？！"陈立根说着话，迈起腿来，经过两人的身边，往作坊去，"我们先把作坊收拾一下吧，然后再收拾店面，还有好多活儿要做呢。"

陈立根大步往前走，胸脯往前挺起，还高高地昂着头，仿佛这场灾难从来就没有发生过，或许说这根本就不算是个灾难。其实，他心里根本就没有底，空空荡荡的，下一步该怎么走，该如何挽回陶社所受的损失，一切都是未知数。但是他相信自己，相信自己的伙伴，既然灾难已经发生，就必须去勇敢面对，除此之外，没有任何选择。

赵小梅拉着顾艳的手，两人跟随在陈立根的身后，就像前方有一块磁铁，牢牢地吸住了她们的身体，吸住了这栋房子，这一切仿佛都是命中注定。

中午，躺在病床上的林教授睡了一个安稳的午觉，他的脸色缓和了许多，也不用再吸氧气了，只是还需要输液。他的眼窝往里有些深陷，脸颊的骨骼向上微微突起，鼻孔似乎也扩大了一些。林教授稍稍往外翻了一下身，打开眼睛的时候，看见床边坐着他的妻子吴老师。吴老师退休前是台湾中山医学大学的老师，她蓄着齐肩短发，头发有一半花白，脖子上围有一条橘黄色的丝质围巾，双排扣的米黄色短上衣，干净整洁。她两眼明亮，很洋气也很温柔，一看就是知识女性。吴老师是从在美国的儿子那边来的，由北京转机，才到景德镇半个多小时。

"小吴。"林教授眯着眼笑了笑，很亲昵地轻喊了一声。

"你还晓得喊我小吴呀，会不会现在才想起我了？"吴老师点了点头，她的眼里闪烁着泪花，伸出两只手去，握住了床上人的手，哽咽着说，"楚明，楚明你这个老古董，你差一点点就成了真的古董了。"

"真的古董，那才值钱呀。"他开了一下玩笑。

"至此为止吧，往后去哪里，我都得把你带在身边，这么值钱的东西我得留着，不能丢了。"吴老师说，也开了一下玩笑。

"好，好，那就带着吧。"

吴老师俯下身去，亲吻了一下丈夫的额头。病房里一时安静，林教授忽然眼睛往旁边去看。

"小陈呢？小陈人呢？"他问。

"我在，我在的，林教授。"陈立根就站在窗口边，看着这对老年夫妻说话，快步走到病床前来。

林教授的手从妻子的手里抽出来，往上抬起，去握陈立根的手。陈立根握住林教授的手亲切地抖动了几下，说："林教授你恢复得很快，比年轻人的身体还要强壮呢。"林教授点头，却不说话，眼里无不是感激的目光。吴老师说："小陈这孩子真好，每天给我打几个电话报告你的情况，这辈子，你是哪里修来的这份福气呀，认识了这么一个好人。"

"是呀，这是在景德镇才修来的福嘛。"林教授说，转过眼来看着妻子，"小陈的陶瓷制作得可好咧，改天我带你去蓝天陶社参观参观。"

"好，好好，那是一定要去的。"吴老师说。

陈立根朝着吴老师点点头，一想到现在的陶社，不由悲从心来。他把脸转了过去，看着窗外，有两只白色的鸽子扑棱棱地飞了过去。

病房一侧墙壁下摆放着十几束鲜花，几筐篮装的水果，还有几件十分可爱的陶瓷作品。林教授住院期间，赵小梅、顾艳、兰兰和汉克都来探望过，还有三宝村许多做瓷的朋友，王小林也来过，陪同市里区里的相关领导干部。这间病房，充满了陶艺人相互间的温情友谊。

一个星期后，身体虚弱的林教授要回台湾接受进一步的康复治疗。

住院部大门口，陈立根和赵小梅、顾艳等朋友前来相送。林教授把陈立根拉到一边，突然问他："你叫什么名字？"

陈立根有点愣住，说："我叫陈立根呀，林教授。"

林教授眉头微微一皱，又问："我们第一次见面，你不是这样介绍的吧？"

陈立根似乎听明白了，身体一挺直，回答说："我叫陈立根，耳东陈，立正的立，树根的根。"

"对，对对，树根的根！"林教授笑了，走上一步，拥抱了一把陈立根，一只手去内衣口袋里掏出一个牛皮纸的信封来，塞进了陈立根的口袋里。陈立根很快反应过来，赶紧说："林教授，你不要这样。"林教授似乎很严肃的样子，说道："不是钱，你回去看看就知道了。"

刘海亮开着吉普车过来了，由他送林教授夫妻去机场。

林教授摘下头上的礼帽，看着前来送别的朋友，微笑着脸上有不舍的神情，他往前走动两步，朝着对面的人深深地鞠了三躬。吴老师搀扶着丈夫，她的眼里涌动着感激的泪光。

刘海亮开着的那辆吉普车驶出了医院大门，不多一会儿，便消失在车流当中。景德镇城区的天空，像一张浅蓝色的白纸，很薄很薄，白得令人有些耀眼。

陈立根、赵小梅和顾艳离开医院，回到了陶社。

这些天陶社经过了好一番打扫和清理，只是失去了往日的色彩，唯一不变的是那座"不忘初心"雕塑摆放在了原来的位置，零零碎碎的还有一些陶艺品回到了柜台，它们似乎失去了许多的伙伴。

陶社因水灾损失极其严重，已经不能正常做瓷了。楼下一层的墙壁和地面需要重新修复，有一半多的做瓷设备得去购买，尤其是那座气窑，基本报废，如要维修费用高昂，不如重新再买一座新气窑了。那辆在水里浸泡过的轿车，发动机已经不能用了，要拖去修理厂。所有这一切，都需要资金投入，何况还有那些损失的瓷料、釉料，只是付过订金，要把所欠的尾数款还给人家。虽然有一批陶瓷品可以低价销售，但也卖不出几个钱来。

目前的窘况，大家面面相觑，默默无语，满肚子的苦水倒也倒不出来。陈立根忽然想起林教授塞给他口袋里的信封，拿出信封来，抽出里面一张折叠的纸，里面硬硬的，好像包着什么东西，他打开来看，是一把钥匙，纸上写有一行字：小陈，请帮我看着家，候鸟还会飞来景德镇的。

赵小梅和顾艳也都看过纸条，大家都不说话，眼里隐含着坚毅的目光。

陈立根看了一眼手机上的时间，已经是下午六点了。他说："忙了一整天了，你们也都饿了吧？"

她们两人同时点点头。

"想吃点什么，我们就吃点好的吧，我现在打电话去酒店订餐。"陈立根笑着问她们。

她们两人却不说话。

"你们这是怎么了？我问你们想吃什么呢？"

她们两人几乎同时说出三个字："蛋炒饭。"

"蛋炒饭，你们确定吗？"他说。

"好多天没吃了，就是想吃。"顾艳说。

"要大碗的，要像老兄一样的碗。"赵小梅说。

陈立根眨动了几下眼睛，转身便走，嘴里说："你们等着，很快就好了，这是我陈立根最拿手的嘛。"

赵小梅和顾艳在餐桌前坐下，作坊的地面清洗得很光滑，就像是打过蜡。陈立根从厨房出来，双手端着三大碗蛋炒饭，黄松松油亮亮的。桌上有几个切开的咸鸭蛋，还有一瓶辣椒酱。

他们三人开始吃饭，似乎从来没这般津津有味地吃过，几乎都来不及感受鸡蛋炒饭的香味，嘴里一个劲儿往下咽，就像进行一场比赛似的。当然是陈立根吃得最快了，他把空碗往桌上一放，站起身来，来回走动几步，接着又把椅子转过来，骑坐在椅子上，看着她们把饭吃完。陈立根很感动，很想哭，似乎感觉这一场灾难是自己给她们带来的。

顾艳吃完了，碗往那只空碗上一放，两只手在肚子上拍了拍，完全就不像个姑娘了，她大声说："痛快，太痛快了！"

赵小梅也吃完了，同样也把手上的空碗往两只碗上一放，用纸巾擦了一下嘴角，说："好吃好吃，真的可以再来一碗。"

陈立根仰头哈哈大笑，她们也都哈哈大笑起来，她们的笑响声似乎要把这栋房子震动，笑得是那般的痛快淋漓，笑得脸上淌满了泪水。

有好一阵子，他们都沉默不语。

骑坐在椅子上的陈立根目光如炬地看着她们，伸出两只手掌来，上下翻动了几下。她们两人仿佛心领神会，也都伸出手掌来，上下翻动。他们显然都在告诉对方，我们有一双做瓷的手，我们的一切都可以从头再来。

这天晚上，陈立根他们三人来到中渡口昌江边的草坪上。江还是那条江，波光粼粼由西往东奔流不息。城还是那座城，灯火璀璨夺目地映照着天穹。他们双手抱肩仰望着天顶，似乎在等待。天空云层稀薄，渐渐地像有什么东西在缓慢地推动云层，不多时，有几颗星星跳了出来，仿佛是被点燃的火种。接着，又云集了一大片的星星，闪闪烁烁，无比灿烂。

"你们看，看啦，星星出来了，好多好多。"陈立根绷直身体，手指着天顶说，像一支要射出的箭。

这是多么令人向往、令人激动的时刻，三人高声喊起："China，China！这里是China！"

有风缓缓吹过，也不知从哪里飘过来的歌声，歌声铿锵有力，悲怆而豪迈，正是那首《北京北京》：我们在这里寻找/我们在这里失去/如果有一天我不得不离去/我希望人们把我埋在这里/在这里我能感觉到我的存在/在这里有太多让我眷恋的东西……

第十七章　奋斗

陈立根推着一辆加长型板车，这种板车是专门用来运输体积较大的陶瓷品的，板车上整齐摆放着四只乳白色的圆肚子形状的坯胎陶缸，陶缸上塑刻有龙凤呈祥的图案，每一件重达三十公斤以上。他上身套着一件灰色的汗衫，下面是一条牛仔短裤，脚上穿着一双军绿色的解放鞋，脖子上搭着一块擦汗的毛巾。陈立根精神抖擞，稳当当地推着板车。早上八点多钟，樊家井仿古街两侧的店铺正在陆续打开门面，窄长的小街上往返的人并不多，如有行人经过，都会侧过身去让过陈立根推来的板车。

七八名女性游客，年龄在五六十岁，她们穿着得花枝招展，多半人的脸上都戴着太阳墨镜，背着时尚的挎包，一个个活泼可爱，她们是来景德镇旅游的。当陈立根推着板车迎面走来时，这群妈妈们全都兴奋起来，就像看到了一道奇特的风景，几乎清一色都举起手机来，纷纷拍摄，蹲着的，站着的，倚靠在墙上的，从各个角度拍摄，似乎比专业的还要专业。有两名女游客拦在了车前，摇动着手，请求陈立根停一会儿车，她们要跟板车上的坯胎合影留念。陈立根只好停下车来，人家没有来过景德镇，没有见过这样的情景，他能够理解。于是她们就开始拍摄照片了，有单人照的，有双人照的，有四五个人一块照的，姿态优美，孩子般地十分尽兴。

一名游客似乎还很专业地问："小伙子，你是送坯工吧。"

"是，是的。"

"这些陶瓷缸很好看呀，怎么都是白色的呢？"

"还没有浇釉，等浇上了釉料，再经过烧窑后，颜色就很好看了。"陈立根耐心地回答，又叮嘱一句，"阿姨，你们千万不要用手去摸，会弄脏的。"

"小伙子，我们是从贵州过来江西旅游的，昨天晚上才到的景德镇，没想到这座城市有这么好玩呢。"

"是呀，好玩好看的地方还很多咧。"他很自豪地说。

"我知道，我们做过旅游攻略了。小伙子，能不能帮个忙，给我们大家拍个合影，谢谢你了。"

"当然可以。"

陈立根接过一位阿姨的手机，她们一群人开始在板车前摆出各种姿势，有的从包里取出彩色的围巾，有的取出白色的太阳帽，就像站在舞台上亮相。陈立根是搞艺术的人，拍摄方面绝对是专业。他举着手机，又开两腿，晃动身体，在一片"茄子"的欢笑声中，连续拍了好多张。

"谢谢你了小伙子，你人真好，辛苦了，辛苦了。"游客们开心地说。

"不用谢，不用谢，景德镇欢迎你们。"

陈立根推动起板车，赶紧上路，对他来讲，现在时间就是金钱啦。陈立根兼了好几份工，早上在樊家井送坯胎只是其中的一项。

九点一刻左右，陈立根匆忙往返樊家井，他拖着板车连走带跑，不时用毛巾擦拭着脸上的汗水。这条仿古街道上房屋十分紧密，一栋紧挨着一栋，多为七八十年代的建筑，所有的空间都被利用，电线、网线、各种管道横七竖八地交织一起，密密匝匝。

在一栋三层楼的房子前，陈立根停好板车，并将车身立起来靠着墙，车轮胎搁在一边，这样就不会占有地面的空间了。房子一侧有一个露天楼梯，直达顶层。陈立根沿着楼梯来到顶层的天台，天台很大，视野开阔，由此可以望到层层叠叠的屋顶和窗口，几乎每一层屋顶的天台和窗口都堆放着坯胎架和各种坯胎、陶瓷半成品，这一带各家各户都是做瓷器活的人，有着极为浓厚的市井特色。

三楼的天台上有一间铁架搭建的作坊，开有几个不大的窗口，完全暴晒在光天之下。陈立根由一边的房门走进作坊，作坊里堆放着许多坯胎，瓷料、瓶子、罐子、缸以及多种器皿，都是手工制作的大件。分别有两台黑乎乎的大电风扇，摇摆着，呼啦啦地发出声响，一片热气腾腾。已经有七八名工人在此干活了，都是赤着膀子，皮肤油亮，其中有四名工人围在一台旋转的拉坯机上制作一只大件的陶缸，八只大手同时运作，坯胎有如盛开的荷花一般，很快成形。他们见到陈立根进来，亲热地喊他老陈。

作坊里角一名工人朝着陈立根招手，喊着："老陈，正等着你咧。"

陈立根歉意地说："对不起，送货的路上耽误了一点时间。"

陈立根脱去身上的汗衫，来到一台拉坯机前，这里正在对接花瓶坯胎，对接好的花瓶有大半个人高。陈立根猫下身来，用稀湿的瓷泥黏合好坯胎的对接处，手上拿着一把小铲刀，这项工作他做得最为精细，作坊里非他莫属。陈立根在德化瓷厂学徒时，就已经是一个拉坯好手，记得当年因为一件经他之手制作的大件花瓶坯胎，出窑后裂成了两半，被师傅一顿臭骂，屁股上重重地挨了一脚，险些被师傅赶出车间。

他已经对接好了几件坯胎，又搬起一团瓷泥，坐在另一台拉坯机上，也就半个小时的工夫，拉出了几件瓷瓶的底部，脸上身上全都是豆大的汗珠子。

武剑一只手上端着一把大茶壶，一只手上拿着两个杯子，晃荡着脚步走进了作坊。这间制作大件陶器的作坊是他跟两个朋友合伙开办的，上个星期陈立根找到他，希望能介绍点活儿干，于是就让陈立根过来了。蓝天陶社有难了，武剑他不能不帮，真要撑不下去，来年的房租也就收不到了。

陈立根见到武剑来了，远远地朝着他点点头。武剑往一条板凳上坐下身体，将茶壶和杯子放在地下，倒上了两杯茶，抬起身来招了招手，示意陈立根休息一会儿。陈立根去一边的水池里洗了洗手，用毛巾擦干，走了过来。

"陈总，你也不要太玩命了吧。"武剑端起一杯茶，递给陈立根。

"武大哥，你就不要叫我陈总，我都已经是你手下的打工仔了。"他说，接过杯子来，站着喝。

"嘿嘿，像陈总这样的打工仔，可是以一当十呀，我算是捡到宝了。不过嘛，作坊的工钱，也都给你赚走了。"武剑看着陈立根的脸，关切地说，"你这身体，能扛得住吗？"

"我没问题，天生就是一个干活的命。武大哥，说句实话吧，能来你这里干，也是再次学习实践的好机会呢。"陈立根说着话，蹲下身来，拿起茶壶，给武剑的杯子里倒上茶，又给自己的杯子续上。

"我就说了，有陈总在，蓝天陶社垮不了。"

"那还望武大哥多多关照。"

"不是我关照你呀陈总，是你在关照我的这点小生意。账务那边我已经交代了，每天给你结算工钱。"

"多谢武大哥了。"陈立根把杯子往地面一放，站起身，转身便走。

"喂，再喝杯茶呀，特意给你送上来的。"

"不用不用，我现在呀，就恨不得生出四只手来。"陈立根说着话，快步回到了拉坯机操作台上。

下午五点半钟，陈立根离开了这边的作坊，开着电动车在街边的一个大排档停下，要了一碗米粉。他端着米粉就坐在街道边，大口大口地吃了起来，下班人群的脚步在他的眼前匆匆经过。

已是傍晚，街灯渐渐亮了起来。陈立根骑着电动车在六点十五分左右，赶来了"小陶料行"，他将在这里干三个小时的活。之前陶明死活都不同意陈立根来这边做帮工，一个货真价实的陶艺师，还是蓝天陶社的老板，怎么也不好意思，如果真需要钱，他可以借出一万两万的，什么时候还钱都不在乎。陈立根不肯了，本身陶社还差料行的釉料款，心里已经过意不去。为此事赵小梅还专门过来了一趟，极力说服陶明，他们要依靠自己的双手重建陶社。陶明没办法，一定要先按时付给工钱，所欠的釉料款以后再说，这么要好的同学，又都是在景德镇以瓷为生，同学有困难，他原本就应该出手帮助。

陈立根走进料行，陶明两口子如往常一样正在吃饭。

"陶明，你们慢慢吃吧。"陈立根打着招呼走来。

"老兄你这人呀，也太见外了，说了几多次，晚饭就在我家里吃，多一个人不就是多一双筷子的事吗。"陶明站起身来，有些抱怨地说。

"不用客气，我在外面吃得很好，景德镇各家酒店排档的特色我可以天天去品尝呀，住在三宝村，还难得有这样的机会哩。"陈立根乐呵呵地说，往里面的作坊去。这时陶明喊住了陈立根，妻子江红已经盛好了一碗骨头汤。江红说："陈老师，你喝碗海带排骨汤吧，清火的。"

"那好，我喝，谢谢弟妹。"陈立根接过碗来，眼里一阵发热，很快喝完了碗里的汤，他说，"好鲜啊。我去后面作坊了。"

"老兄，我一会儿就过来。"陶明朝着陈立根走出的背影说。

陶明的这家料行的生意一直很红火，作坊每天都需要生产制作釉料。陈立根在作坊的工作，主要是在碎石机上捏碎原料石块，然后进行分理，再倒进陶缸里进行搅拌，之后装进一只只塑料桶里。碎石过程中作坊里灰尘很大，夏天太热，陈立根戴着口罩搬动着一袋袋的石块原料，感觉到呼吸困难，大多数时间脸上的口罩都是挂在下巴上。

陈立根本能地热爱这份临时性工作，虽然是粗活脏活累活，却是跟着陶明学习掌握到了许多色釉知识。

这里是一家私营大型陶器公司的工厂，厂房的空间很高，很开阔，四壁窗户明亮，车间里有着多条陶瓷生产流水线，各类陶瓷品白亮亮的一大片。靠里面有一间作坊，作坊对外的墙壁装有落地玻璃，显得很通透，货架上、工作台上整齐摆放着各种新式的素胎花瓶，有十几名女工在此工作，赵小梅便在其中。她穿着一件浅蓝色的短袖上衣，额头上缠着一条松紧蓝布带，一束被扎起的秀发弯曲在脑后，透过玻璃从远处望去，像一朵盛开在白云之中的兰花草。

赵小梅是勾线工，手持一支很细小的狼毫毛笔，坐在工作台前，铁制的转盘上搁有一只素胎瓷瓶。勾线是一个极用眼力、手力的活儿，且要心细如针，转盘每一次挪动，笔下便生出了山水树木花卉的流畅线条。一天下来，赵小梅的身后的货架上，勾线的素胎都能摆满，按件计算，她的产量最高，且件件都能达到标准。一天八个小时，她将抓住每一分钟的时间，好在年轻，可以长时间地坐着不动，这需要极大的毅力。这里的工作环境非常好，有空调，光线充沛，中午还有免费午餐，但这里毕竟不是她的蓝天陶社，工作台上没有杂乱的零食糖果，没有顾艳爽朗的笑声，没有陈立根来回走动的身影，她多么迫切地希望能够早一天回归自己的家园。

工作台的对面是一名中年妇女，她叫文玲，是这个小组的组长，赵小梅亲切地喊她文大姐。20多年前，文大姐是本市一家国营瓷厂的职工，瓷厂改制后，一直在私营陶瓷公司做工，手绘功夫十分了得。她曾经在老瓷厂跟随过黄老做学徒工，黄老也曾经是赵小梅的恩师，赵小梅能找到这份赚钱的差事，也是文大姐介绍过来的。上班的第一天，车间主任就看好她的手艺，给了最高的计件工资，凡是赵小梅绘制的瓷瓶，都列为一等，尤其是赵小梅绘图的一批仕女图作品，经烧制后都能卖出高价钱。文大姐因长年做勾线活儿，颈椎、腰椎都出现了问题，不能长时间坐在工作台前，更多的时间是负责产品的质量检验。

不得不说，赵小梅虽然辛苦，但能和文大姐在一起工作，自己的线描技艺又提高了一个层次。

"小梅，休息一会儿吧，站起来，活动一下。"文大姐关切地说。

"不用，我又不累。"她朝着文大姐微微一笑，扭动了几下脖子，转动一下转盘，毛笔尖沾了一下碟子里的青花颜料，眯缝起眼睛，继续勾线。

"年轻多好呀，我年轻的时候，也跟你一样，整天坐着都不会累。现在身体大不如从前了，坐上一个小时，就腰酸背痛的。"文大姐说，端起工作台上一个玻璃瓶子装的茶水，喝了一口，站起身，走到赵小梅跟前来。

"文大姐，你看看这件还行吗？"赵小梅手去转动了几下瓷瓶。

"好得很啦，你的技术，这家公司里没人比得了。"

"只可惜每天只能做八个小时，要能加班加点就好。"

"朝九晚五，这是公司的制度。小梅，你真的还想接点活儿做吗？"文大姐问她，有些疑惑的样子。

"当然想呀，晚上闲着呢。"赵小梅已经把转盘上的瓷瓶画好了，双手小心地捧着瓷瓶，放到身后的货架上，接着又坐回了台前。

"这样吧，如果你身体扛得住，我可以打个电话，以前我在一家瓷器店打过工，那家店里的瓷器可以带回家里去画的。"文大姐说。赵小梅惊喜地望着文大姐，移好一只素胎，转过身来，说："那太好了，谢谢文大姐费心了。"文大姐笑笑说："不用谢，就你这手艺，人家还求之不得。"

赵小梅看了一眼文大姐的脸，想了想，说："文大姐，你的手艺那才是一流的呢。你完全可以开家公司或是工作室，带上几个徒弟或是学生，自己干呀。"

"唉，我不能跟小梅你比呀，我是上有老下有小，这个家全得靠我，只希望过点安稳的日子，不想去冒风险。如果能回到二十年前，我也能跟你一样，那多自由。"文大姐说，坐回到自己的工作台前。

"文大姐，等蓝天陶社走上了正轨，我想聘请你去做陶社的技术顾问，拿的薪水会比现在还要多。"赵小梅认真地说。

"再说吧，我现在已经很满足了。"文大姐戴上老花镜，开始了绘图。

作坊里很安静，大家的手机都是打在静音上的。赵小梅拿起台上的手机来，翻看了一下微信，没有一条留言。

有一个星期了，顾艳都没能找到合适的工作。刘海亮知道蓝天陶社目前的情况，几次打电话、发微信让顾艳去他公司，顾艳清楚他的用意，一直都找理由不愿过去。这次在三宝村的路上给刘海亮拦住了，好说歹说把她带去了公司。刘海亮不放心她去人家的陶瓷公司打工，"海亮"公司的工作随她挑一行做，并给出最好的薪水待遇。顾艳早就知晓刘海亮的公司人员已经超标，虽然可以多安插一个，她却不乐意接受。

"顾艳，你怎么这样固执呢？"刘海亮说，很不开心的脸，"这家公司我是总经理，我说了算，你还有什么放心不下的。"

"正因为是你说了算，我才不想来。"顾艳说。

"我问你，我们还是不是朋友，朋友有困难，我能不能帮助？"

"心意我全都领了。海亮，现在不是工作环境问题，也不是钱的问题，请你给我一点自尊好不好，我要的不是同情和施舍，我要一个尊严。我和老兄、赵小梅有过一个共同的承诺，我们要靠自己的双手，要凭自己的能力，重新让蓝天陶社开张，我们一定可以做到。"

刘海亮无话可说，他奈何不了顾艳，同时他也打心眼里敬佩顾艳。

景德镇就是一个陶瓷世界，凡是有手艺的人，只要你情愿，便能很快融入这个世界里去。纵横交错的街道小巷，哪里都能见到一家家陶瓷商铺、公司、作坊，就是走错了路，迎面遇到的也都是瓷器。

现在，顾艳站在一家名为"春光陶瓷行"的店铺门口，对外的橱窗摆放了数十件样式雅致的彩色瓷板和瓷瓶，她极喜欢这类有色彩的陶瓷，呆呆地看了很久。橱窗玻璃下方张贴了一张招聘"上色工"的小广告，顾艳俯下身去认真看过广告招聘内容，嘻嘻一笑，推门走了进去。

这家店铺分内外两间，外间是产品展示厅，摆满了各种彩绘瓷作品，件件都令人爽心悦目，里面是一个空间很大的作坊，工作台上堆放着许多件白色的瓷瓶和瓷板，这些陶瓷经过烧制，雪白、光滑圆润，用的自然是最好的瓷泥。有几名艺人在台前进行釉上彩绘画，个个技艺了得。顾艳掏出手机，欣喜地拍了几张照片，似乎忘记了自己是来找工作的人。

瓷行的老板叫徐春光，五十岁左右，一个大光头，胖嘟嘟的脸，笑起来的时候极像一尊笑面佛，也像个早已成名的艺术大师。徐老板自己根本就不会做瓷，更不会陶瓷绘画，估计他连主要颜料有多少种都弄不清楚，可他在经营陶瓷上却是个行家里手，他充分地利用了景德镇的制瓷产业链资源，招聘能工巧匠和一流的设计师，制作出他想要的陶瓷产品，而且这些诸如新彩、粉彩、古彩陶瓷都能畅销国内外。

"您好，你就是这家瓷行的徐老板吧。"顾艳问道。

"是呀，请问小姐这是看中了瓷行的哪件瓷器，价钱上都好说。"徐老板嘻嘻笑着，手上摇着一把折叠扇子，扇面上写有"春光"二字，那两个毛笔字极是飘逸。店内有空调，一点不热，他似乎不摇动扇子就显摆不出老板的派头。

"哦，我不是来买瓷器的。"她说。

"你是游客，欢迎欢迎，请随便看吧。"徐老板收起扇子来。顾艳走到老板跟前，说："老板，我刚才看到外面橱窗玻璃上贴的招聘广告，你这家瓷行不是需要上色工吗？"徐老板回过头来，打量了一眼肩上背着漂亮小挎包、衣着时尚的顾艳，然后说："那你，你不会是来找工作的吧？"

顾艳笑了笑，笑得很妩媚，说："我正是来找工作的呀。"

"上色工？小姐呀，开什么玩笑。"徐老板哈哈一笑，光光的脑袋晃动了几下，似乎上面亮着一盏灯泡。

"不行吗？我本来就是做这一行的。"她的表情很放松。

"我看你呀，还是别做这一行了吧，我这里嘛，现在也不急着招聘人。"徐老板说，婉言谢绝了她。

"徐老板，我叫顾艳，请你看看我的简历吧。"

顾艳不慌不忙地从挎包里拿出一份彩色打印的个人资料来，就一张纸，上面写有年龄、学历，以及"蓝天陶社"陶艺师。她把手上的纸递给徐老板，对方漫不经心地接过，就扫了一眼，也没认真去看。

　　"我看还是算了，谢谢你的诚意，顾小姐。"徐老板说着话，把资料递回给顾艳，打开扇子摇动着，转身往作坊那头走去。顾艳一看这情况，怕是这次又找不到打工的活儿做了，赶紧追上几步，说："老板，徐老板，你看这样行吗？我免费在这里先画三个小时，你再决定聘不聘用？"

　　徐老板头也不回，也不搭理她，顾艳直接就坐在工作台前，架起一块二平尺的瓷板，移动好几个装有釉料的碟子，抓过几支毛笔同时夹在手指上，动作非常娴熟，便开始绘画。徐老板几个大步走到顾艳的身边来，脸上有些生气。

　　"老板，画坏了这块瓷板，我赔你行啵。"顾艳边说着话，边往瓷板上绘画，才涂了几笔，瓷板上便出现了几种颜色交织的一座彩虹岛。这一下徐老板可是看呆了，这绝对是个高手，他的手在光滑的脑门上摸了两下，简直喜出望外。

　　"哎呀，你画的新彩还可以嘛。"徐老板说。

　　"那当然了，不光新彩绘画，其他的绘画我都在行。"她说，几只画笔在手指间弹琴似的抖动，"本小姐来给徐老板打工，您不会吃亏的。不着急的老板，等我画完了，你再决定能不能聘用。"

　　"看一眼我就知道，你不用画完。"

　　"咋啦，不能聘用我吗？"

　　"顾小姐，瓷行可以高薪聘用你一年的时间，月薪八千元。"徐老板说着话，嘴里发出啧啧两声。

　　"一年不行，我只能先做一个月，并且要按件计算。"顾艳继续绘画，瓷板上出现了一片蔚蓝色的海洋。

　　"也行，就按件计算，我们来谈谈吧。"

　　事件进展得就是这么简单，徐老板见到了能人也算是爽快，差不多都是按照顾艳开出的条件来。就这样，顾艳成了这家陶瓷行的上色工，每天工作十二个小时，管两顿饭，晚上九点下班。对于一贯创作自由的顾艳来讲，上色是一件非常单调的活儿，中规中矩，都是按照瓷行的订单要求制作。尽管如此，顾艳将会在这次上色实践中，学到更多的色彩技能，以及对外销产品新的认知。

打工的日子很快形成了一种惯性，他们三人就像是拴在一条绳子上的蚂蚱，紧紧地连在一起，同呼吸共患难。他们乐观向上，怀揣着火热的梦想，正如陈立根所说，艰苦地工作是为了自由地生活，自由地创作，今后在蓝天陶社做出自己喜欢的瓷器。

赵小梅每天在陶瓷车间准时下班，骑着一辆兰兰借给她的电动车，在一家个体陶瓷店铺里，搬出一纸箱陶瓷白胎，放在车前座位下面，两腿紧紧一夹，戴上安全帽，电动车便驶入了街道的人群之中。回到陶社，先泡好一碗方便面，接着从带来的纸箱里取出一些小碗、小杯子、小碟子什么的，俯身坐在店铺的茶桌前，开始绘画这些小陶艺品，那些小山小水呀，花花草草呀，往上面一画，件件小物件都似有了灵气，也能赚到五元钱或十元钱一件。若是抓紧一点时间，一般来讲都能把带来的白胎一晚上全都画完，遇到运气好的情况下，她还能接到几件素胎瓷瓶，往上面描上仕女图，或者钟馗驱鬼之类的人物画，价格最高可以达到一百元一件。第二天一早上吃过早餐，她先把绘画好的陶瓷品送到店铺里去，然后赶去车间上班。这些零碎的活计，都是文大姐的关系介绍给她的。

城市还是那个城市，街道还是那条街道，一切都没有改变。赵小梅的身影在茫茫的人流车流里，就像一道蓝色的闪电，来也匆匆，去也匆匆，尽显出生命的本色。

相比较下来，陈立根就更加辛苦了，每天从料行下了晚班，便要开着电动车去春光陶瓷行接上顾艳，然后一起回陶社。那辆轿车还在修理厂等待修理，因为水灾被淹损坏的车辆太多了，排队要轮到下个月去。这样也好，骑着电动车穿街过巷也方便，可以抄点近路，白天还能省去泊车的费用。

这天晚上陈立根在料行收工晚了有半个小时，一看时间，已经九点半了，骑上电动车便往春光陶瓷行赶来。他来到瓷行的时候，拉闸大门关闭着，门头的灯也灭了，四周黑乎乎的。陈立根以为顾艳自己打出租车回三宝村了，正要调头走时，忽然发现街边的水泥台阶上坐着一个人，肩上斜背着那只他熟悉的挎包，正是顾艳。顾艳双手抱着膝盖，头往前一栽一栽的，正在打瞌睡。

陈立根见此，心里一阵发酸。这就像一个家长来幼儿园晚了，让自己可爱的孩子在门外孤独地等待。

"顾艳，顾艳。"他喊了两声，顾艳猛地抬起头，像是被惊醒了，手去揉搓了一下眼睛。陈立根又说："顾艳，对不起，我来晚了。"

"老兄你真坏，你再不来，我就要被人抢走了。"顾艳开着玩笑，人往电动车后架一坐，接过递来的安全帽，往头上戴好，然后双手搭在陈立根的肩膀上。这种时刻，顾艳感觉自己是这个世界上最幸福的人。

"走啰，我们回家啰！"她欢快地说。

电动车一路快速驶去，刚过三宝村的那座铁桥，车速突然慢了，接着停了，陈立根怎么也启动不了。这时陈立根才想到电瓶里没有电了，早晨离开陶社时，昨天晚上竟然忘记了充电。

"唉，我真是糊涂呀。"陈立根的手在头上拍打了几下。

"没事，我们走路回去。"顾艳说。

"很远的，还有几里地呢。顾艳你太累了，要走我走，你不能走，叫滴滴打车吧。"他拿出手机来。

"不行，一块走。要啥滴滴打车呀，不花那个钱，不值得。老兄你要是叫来滴滴，我也不会坐上去。"她说，她很固执。

陈立根拿顾艳没办法，只好推着电动车走，顾艳跟随在一边。他们两人说着话，一路往前走。顾艳说起中午她在陶瓷行发生一件好玩的事，吃过午饭后，她瞌睡得不行，便去了洗手间洗了一把脸，然后坐在马桶上小眯一下，哪里知道，居然一下子睡死了，外面咚咚地有人敲门也听不到。后来敲门声越来越大，人突然惊醒过来，一看手机时间，竟然睡了有二十分钟，手机屏上还留有徐老板打过的几个未接电话。顾艳说到这事，哈哈地笑开了。陈立根却一点笑不出来，回望一眼顾艳，心里很不是个滋味。

"后来，徐老板把我叫出去谈话了。"

"一定警告你了，再有第二次，就要炒你鱿鱼。"陈立根说。

"才不是呢。徐老板笑眯眯的一张脸朝着我，手还在光光的脑门上抓了几下，他说，顾美女呀，我们谈个条件吧。老兄，你知道老板谈的是什么条件吗？"顾艳说，手在陈立根的肩上潇洒地拍了一下。

"什么条件，这个大色鬼。"陈立根想也不想，很生气地说。

"才不是你想象的呢。他说的条件是，每天中午顾美女吃过饭，可以在会客的长沙发上休息半个小时，但是，要每天下班前给瓷行设计一款瓷板画作品。"

"那你，你答应了？"

"我当然要答应啦，中午不眯上个半小时，下午工作人都要崩溃，这些年来，已经习惯中午要睡一会儿的。反正都是要干活的，设计一款画，那不是小儿科嘛，举手之劳，举手之劳。"顾艳说，很得意，那副表情就像个大赢家。

陈立根低着头，一时说不出话来，像是有什么东西堵在心口窝上。他们往前走了不到半里路，推着电动车的陈立根听到顾艳喘息的声音很大。

"顾艳，我看还是叫辆车吧。"

"叫啥呀叫，你看看，再至多一里地不就到陶社了吗，我走得动。"

"你不用走了，我有一个办法了。"

"啥办法？"

"你坐在车上，扶好车把，我来推，其实推着一辆车比走路要轻松得多。"

"你骗人，多费劲啊，那不行。"

"你听我说呀顾艳，推着你，我一点不会累。我是个男人呀，这点事还算是个事吗？就当车上搁着一箱瓷板，你不就才四十多公斤嘛。坐上去，听话，我让你坐上去。"陈立根突然放大了声音，虎着个脸，他很难得会有这样难看的脸色，尤其是面对女人。

"那，那好吧，就让你推一会儿。"

顾艳看了一下陈立根，夜色下，她的眼里似有泪光。顾艳一提腿，坐上车去，双手稳稳地握着车把手。陈立根缓缓地推动起电动车，渐渐地越推越快，整个人就像是鼓起了一阵大风。这种时候，即使再累，他的心里也能获得一种说不清的轻松和释怀。

这辆电动车突然就跟发动了似的，往前驶去。骑坐在车上的顾艳仿佛有了一种极为新奇、新鲜的感受，她居然往上站起身来，忘乎所以，孩子似的挥起一只手，哈哈笑响，高声大叫："爽啊，太爽了啊！"

"顾艳，这样是不是很好玩？"他问，像个大哥哥逗着小妹妹玩耍那样。

"太好玩了，巴不得这一辈子都让老兄推着跑呢！"她回答时，有两颗泪水从眼眶里流了出来。

迎面驶来一辆轿车，雪白明亮的车灯照射着推动的电动车从车旁飞驰而过。开车的男子伸出头来，一脸奇妙的样子，嘴里嘀咕了一句，好像是说这一男一女莫非是神经病吧。

往前不远，就到了蓝天陶社了。陈立根一路推动着电动车，虽然嘴巴里拉风箱似的气喘吁吁，却不觉得有多累。

陶社店铺的大门是敞开着的，有一片灯光往门外透射出来，光线映到地面，呈现出一种奶黄色，很柔软也很温馨。

茶桌上摆着两排已经绘画好的小茶杯，有二十几个，上面画的都是仙鹤，姿态各异，活泼可爱。店铺里很安静，赵小梅正在作画，聚精会神，手掌上捧着一个小茶杯，画了几笔，两边转转，盯着看看，突然，眼前一片发晕，握住杯子的手指阵阵发麻，好像失去了知觉，她想把杯子放到桌上去，杯子却从手上脱落下来，"砰"的一声，碎成了几片。这是一种因为长时间绘画，劳累所发生的痉挛现象，前两天在车间也出现过这种情况，当时是握在手中的画笔掉在了地上。下班时她仍然感觉身体不适，头晕晕的，心口发慌，便去了医院看过医生，做了检查，并没有查出什么病来，只是有些贫血，医生一再交代她要好好休息。

赵小梅站起身来，活动了几下手关节，舒展了一会儿身体，又什么事儿都没有了。她拿起门后的扫帚和簸箕，清扫完地面的碎瓷器。赵小梅重新回到茶几前，一看手机上的时间，没想到已经十点多钟了，陈立根和顾艳怎么还没有回来？她拿起手机，拨通了顾艳的手机号码。

一阵手机铃声响，顾艳举着手机出现在门口了。

顾艳嘻嘻地笑着，说："小梅，我们回来了。"

赵小梅放下手机，问她："今天怎么这么晚？"

"是呀，今晚航班晚点了，我改乘了无动力飞机，要不然，还得半个小时才能到家呢。"顾艳说着话，得意地摇动了几下身体。这时陈立根推着电动车进来，一头的大汗，那张脸就像被水冲过。顾艳又说："电动车没电了，是老兄一路上推着我回来的，速度可快了。"陈立根朝着赵小梅点点头，脸上也没什么表情，把电动车往墙边靠好，然后拿起充电线，去给电瓶充电。

赵小梅手去盒子里抽出几张餐巾纸，递给蹲在电动车前的陈立根。陈立根接过纸巾，去脸上擦汗。顾艳倒过一杯水来，送到陈立根的手上。

"老兄，辛苦了辛苦了。"顾艳说。

"没事，就当是锻炼身体。"陈立根大口大口地喝水。

赵小梅看看陈立根的脸，又看看顾艳的脸，欣慰地笑了笑。顾艳突然转过身来，朝着赵小梅，说："小梅，我刚才突然在想，希望能偶遇一个瞎了眼的高富帅，他老妈不同意，给了我一千万让我走人。"赵小梅接上便说："刚出门时，又遇到高富帅的前妻，又给了你一千万，让你消失。"顾艳高兴得手舞足蹈起来，说："对呀，太对了，这样一来，我们就有两千万了。两千万是个什么概念啦，小梅，你想想看？"赵小梅似乎认真地想了一下，煞有介事地说："两千万，蓝天陶社先买下一栋大厂房，用上最先进的制瓷设备，开动两条生产流水线，招聘一百名员工，再建造一座景德镇最大的柴窑，我们两人每人配上一辆宝马车，老兄配上一辆大奔驰。"

陈立根听到这些话，人已经坐在了地上，就差点没躺下，双手抱着肚子，直笑得喘不上气来。

"痴人说梦，就想不劳而获，痴人说梦啊……"陈立根笑得不行，从地上爬起身来，手指着正在开怀大笑的赵小梅和顾艳。

"咋啦，做梦不也是挺好的嘛。"顾艳说。

"人生就要有梦想，谁知道呢？说不定未来的蓝天陶社就能实现这个梦想。"赵小梅说。

"好了，好了，时间不早了，还真像老话说的，晚上想好了千条路，早上起来还是卖豆腐。明天还得上班呢，你们快去休息吧。"陈立根说着，走到大门前，"哗啦"一声响，拉上店铺的铁闸门。

顾艳和赵小梅各自回到了自己的房间，三宝村的夜晚一片静谧。

赵小梅已经洗过澡了，头发还有些潮湿，松松散散地披在肩上，穿着碎花点的睡衣，斜靠在床上，正在接听方斌从加拿大打来的语音电话，方斌知道陶社发生水灾的情况，差不多隔两天就有一次电话过来，担忧赵小梅现在的工作状况。赵小梅轻柔地说："你放心好了，我们现在的情况很好的，暂时打打短工，时间也不长，不累人，我和顾艳每天下午会有两个小时去文化宫练练瑜伽，没事就听听音乐，很惬意的。方斌，等过些天，陶社就可以回到正轨了。好了，你工作吧，保重好身体，我也要睡觉了。拜拜。"赵小梅放下手机，微微闭上眼睛，忽然间，似乎听到有歌声响起。这时顾艳拉开当中的门，穿着浅红色的睡衣，湿漉漉的头发披在肩上。

"小梅，你听，好像有人在唱歌。"

"我也听到了，断断续续的，声音好像就在楼下呢。"

楼下的卫生间里，陈立根赤裸着身子正在洗浴，精瘦而结实的身体上打满了肥皂沫，水龙头喷射的水花"哗啦啦"地冲刷在他的头上、脸上、身体上。三宝村的地下水很凉，这种感觉似乎令他非常痛快。陈立根高昂起头颅，紧闭眼睛，张大嘴巴唱起歌来，那张脸因嘴巴大幅度地扩张有些变形，就像遭人一顿毒打，表现出无奈的痛苦状，已经不是正常地唱歌了，几乎是在吼叫。窄小的卫生间，变成了一个沉闷的音箱，回音很重，他吼唱道："咖啡馆与广场有三个街区/就像霓虹灯到月亮的距离/人们在挣扎中相互告慰和拥抱/寻找着追逐着奄奄一息的碎梦/我们在这儿欢笑/我们在这儿哭泣……"

赵小梅和顾艳听出是陈立根在唱歌了，这可是蓝天陶社一种难得的现象，她们就穿着睡衣匆忙出了房间，身体趴在楼道的栏杆上，弯下腰来往下面的作坊看，并同时跟随着陈立根的声音一起唱响起来："我们在这儿活着/我们在这儿死去/我们在这儿祈祷/我们在这儿迷惘……"

正在洗澡吼叫的陈立根仿佛间听到外面有歌声响起，他愣住了一下，急忙关上水龙头，抓起一块浴巾往身上一缠，拉开门便跑了出来。他在作坊里仰起头来往楼上看，见到赵小梅和顾艳仍然在唱："如果有一天我们不得不离去/我希望人们把我埋在这里……"

陈立根痴痴地往上看着，两个女人边唱边摇摆着身体，仿佛站在云端间的一个舞台，旁若无人，疯疯癫癫，一副要死要活的演唱表情，这真是让他哭笑不得了，同时也让他内心充满了感动。这都什么时候了，辛辛苦苦劳累了一天，还有这种精神头。

"别唱了，别唱了，快去睡觉吧。"陈立根的两只手在头上交叉来回舞动，就像个交通警察似的喊着。

赵小梅和顾艳嘻嘻哈哈地笑着，一阵踏地板的脚步声，都返回了房间。

夜半了，黑洞洞的屋子里，陈立根躺在床上，却是久久不能入睡，眼前晃来晃去的是赵小梅和顾艳的美丽脸庞，出现那两双葡萄一般明媚的眼睛。这是两个多么好的合作伙伴，再苦再累的日子里，都是那么顽强乐观，都是那么从容淡定，没有一句怨言，没有一声牢骚。他想到这些，心里一阵阵发酸，便感觉眼角有泪水要涌流出来。

陈立根完全就没有睡意了，打开头顶上的壁灯，忽然之间，这盏灯有了刺目的光芒，火红火红，扑扑地燃烧起来，像是一炉敞开的窑火，温度嗖嗖地往上飙升，令人毫无防备，灼伤了他的脸他的眼睛，甚至灼伤了他全身的皮肤，这种灼伤感，几乎要吞噬他的身体。他感到浑身疼痛，一种有生以来无法去忍受的疼痛。其实他很清楚这种现象的由来，是因为她们，她们两个活泼可爱善良的女孩，有如亲人一般的女孩，她们所受到的艰辛、磨难、煎熬，正在渐渐地摧毁撕咬着他的灵魂和肉体。他的全身仿佛都长出了嘴巴，大声呐喊，快结束吧，快结束这样的日子吧。

也不知什么时候了，隐约听到几声远处传来的鸡鸣声，他很快又睡着了。

第十八章　情何以堪

水灾过去已经一个月零十六天了，陈立根的眼窝往里凹进了许多，眼珠越发黑亮，额头的皮肤很干裂，有了一种超越年龄的沧桑感。他几乎是每天掰着手指头数日子，他不是怕累，而是心太累。多么希望早一天能够结束这样的生活，无论赵小梅和顾艳表现得有多么乐观，他仍然感觉到强大的心理压力，眼看着两个伙伴一天比一天消瘦，白天黑夜的，就没有休息过一天，怎么劝也没用，她们还笑闹地说这是最好的减肥时机。

早晨，陈立根开着车送顾艳去了春光陶瓷行，接着就去了王小林的公司。陶社有十几件上好的陶瓷作品委托给王小林帮着销售，王小林也是很上劲的，但只卖掉了两件，还是出差带去上海给一个商家的。这期间，陈立根打过多次电话给小林老师，价钱低点就低点，陶社急需要钱，只要能出手就好。

陈立根在公司门口等了大概有一刻钟，王小林才开着车回来，他和妻子一道刚送孩子去学校。

"菁姐，小林老师，不好意思，又来打扰你们了。"陈立根说。

"根子，都是自家人，用不着这么客气呀，快进屋里来。"杨菁说，她是一个修养极好的女人，待人非常热忱，"你呀，才几天不见，又瘦了许多，人也黑了，很辛苦吧。"

"我挺好的，还是老样子嘛。"

王小林打开了公司的店门，他们往里走进。

"根子，过来，泡杯茶喝。"王小林走到茶几前，准备泡茶。杨菁朝陈立根笑笑，便去打扫店内的卫生。

"小林老师，茶就不喝了，我还得赶去樊家井做工。"

"你先坐一会儿吧，我正要跟你说说陶社的那批瓷器的事。"王小林说过话，拿起一瓶矿泉水，递给陈立根。

"怎么样了，能出手吗？价钱低点都行的。"陈立根急忙问道，他就是因为这批陶瓷作品来的。

王小林清了一声嗓子，很为难，摇了摇头，慢声说："目前的行情，还是很困难，这次水灾过后，景德镇许多陶瓷公司受灾，囤积了大量的货。如果在这之前，怎么的陶社的这批货也得卖个十万八万的，我联系过了很多商家，至今都没有回复。"陈立根听到这话，手在头皮上抓了抓，情绪低落，想了想，说："怎么会这样，价钱低点也卖不出去？"

"倒是有一个客户，之前看过你们陶社的这批瓷器，答应了全部收下，出五万块钱，可是后来再给电话，又变卦了。"王小林说，摇了摇头。

"那就对半开，两万五，两万五千块，我给他了！"陈立根就像是豁出去了，想也没想便说。

"两万五千块，这也太惨了吧，本钱都捞不回来了。"王小林露出惊异的目光，怔怔地看着陈立根的脸。

陈立根用力点了点头，显然已经做出了决定。

"根子你决定了？"

陈立根再次用力点头。

王小林拿出手机，给这个客户打通电话，电话中两人对这批陶瓷讨价还价，对方只答应两万块钱一起买下来，直气得王小林想摔了手机。

"怎么办，他只答应付两万块钱。"

261

"两万就两万，小林老师你回复他吧。"陈立根说，狠着心肠。

王小林很是无奈，又给对方通了一次电话，客户在那边告诉说下午就过来拉货，钱会转到账上。

"多可惜，根子你就这么着急要出货吗？"

"谢谢，谢谢小林老师。"陈立根站起身来，手上的矿泉水也没打开过，放回到了茶几上。王小林也站起身来，说："根子，你等一下。"说过话，朝着后面的妻子喊了一声："杨菁，你把昨天晚上我给你的存折拿来。"

杨菁点头，去办公桌的抽屉里拿来一个紫红色的存折，递给了王小林。

"这里有三万块钱，根子你先拿去，不用急着还给我。"王小林把存折塞到陈立根的手上，陈立根感觉被什么动物给咬了一口，立即缩回手去，不接。陈立根硬着嗓门说："不，小林老师，这钱我不能收，绝对不能收的。"王小林瞪了一下眼睛，生气地说："根子，我问你，你是不是我的学生，我是不是你的老师，如果我还算是带过你的老师，那也算是你的师傅吧。一日为师，终身为父，徒弟有困难，师傅一定会尽力去帮助。拿着，听话。"陈立根低着头，不说话，咬着嘴唇，有一种要哭的感觉。王小林又说："根子呀，我知道你们陶社受灾之后，你们不想在外面借一分钱，你有骨气，你的想法没错。可是，你不是一个人在辛苦打拼赚钱，那两个女孩子，再这样下去，没日没夜地玩命工作，那么大的工作量，受得了这个苦，遭得了这个罪吗？你一个大男子汉，你难道就不心疼？你一定很心疼啊！根子，你拿我的钱，不算是借，只是挪用一下，你明白吗？"

陈立根的脸上有了泪水，感激而又伤心的泪水。这些日子以来，每每见到赵小梅和顾艳如此辛苦，便黯然神伤，仿佛自己是个罪人。

杨菁走到他们的身前来，从丈夫的手上拿过存折，轻轻放在了陈立根的手上，说："根子，拿着吧，这是你老师，也是我们一家人的一份心意。”

陈立根无法也没有勇气拒绝了，一手握着存折，另一只手去擦了一把脸上的泪，说：“小林老师，我还有个事。”

“根子你说。”

“这三万块钱的事，你不要告诉赵小梅和顾艳，如果问起，就说我们陶社的瓷器卖到了五万块钱。等生意好了，我分红了，再来还你。”陈立根哽咽地说。

“知道，知道，快别哭了，一个男人，多伤斗志啊。”王小林手在陈立根的肩膀上亲热地拍了一把，“快走吧，你还有活儿要做。”

“再见，菁姐，小林老师。”他转身往门口走。

“根子，好好干，加油。”杨菁说。

陈立根侧身回过一张带泪的脸来，朝着王小林夫妻，握着拳头，非常有力地挥动了一下。

当天晚上，陈立根在茶桌前泡好了茶，往三只杯子里倒好了茶水，赵小梅和顾艳在茶几前坐下，仿佛要开一次重大的高层会议。赵小梅拿出一个小本子，里面登记的都是陶社的账目，工工整整的蝇头小字，一行一行的，就像铁钉子钉在白色的墙壁上。

他们三人进行了一次全面的核算，一个多月的时间，三人打工共赚得六万三千四百元，再就是陶社在王小林那边公司代销的瓷器，共计五万三千元。两个数目加在一起，目前账面上有十一万七千四百元。

“天啦，我们有六位数了。”顾艳情不自禁地说。

“简直不敢相信，这都是我们拥有的资金了。”赵小梅高兴极了。

“没错，这笔钱是我们辛辛苦苦挣来的，是我们的命，是我们的心血。”陈立根欣慰地望着她们俩，一字一句地说。

“老兄，那我们是不是就可以自由地飞翔了。”顾艳说，站起身来旋转了一圈，像是要飞起来。

"你别急嘛顾艳，老兄还得算算账呢。"

陈立根握着一支圆珠笔，垂着头，半歪着脸，在一张纸上认真地书写，时不时想一想，点点头，又摇摇头，就像是起草一份将要报送给上级主管部门的公文材料，不得有任何差池。也就几分钟的时间，他写满了有大半张纸，上面的字多处都有涂改，有的文字画掉，有的文字打钩，有的文字打圈，有的文字下面画了一条杠杠。晃眼一看，那纸上写的就像是天书，完全让人就看不懂。

"你们一起来看看，我把陶社的具体开支项目列出来了。"陈立根说，笔头在纸上敲了敲。

"老兄，你决定了就行呀。"赵小梅说。

"就是，听老兄的。"顾艳补上一句。

"那不行，必须是我们三个人一致通过才行。"陈立根说话时，他的眼神就像在说这是某个组织在召开秘密会议。

赵小梅和顾艳先后看过纸上写着的文字，前一个说同意，后一个说没问题。陈立根罗列出的项目大致是店铺和作坊地板、地面、墙面的修复，需要重新购置哪些新的制瓷设备，以及原有损坏设备的修理，最大的费用是购买一座气窑，再就是目前还要进一批瓷泥、釉料和部分制作耗材，总计下来，这十一万多元钱基本可以让蓝天陶社恢复如初，重新走向正轨。

赵小梅和顾艳兴奋地一声击掌，发出"耶"的一声。

"开心吗？"陈立根脸上露出了笑容。

"我们太开心了老兄。"她们两人同声道。

"那好，明天，明天我们就去向我们的老板表示感谢，然后提出辞职，把没结算的工钱都结算了。明天，我们就真正意义上回到了自己的家园。为了我们的蓝天陶社，来，我们一起加油。"

陈立根说着话，往前伸出手去，接着顾艳、赵小梅的手也都伸出来，三只手掌叠在一起，大家高喊了一声加油。

顾艳亲热地给了陈立根肩上一拳头，说："老兄，我们都是英雄啊。"

赵小梅接上说："我记得一位名人说过，真正的英雄，那就是在认识生活的真相之后，依然热爱生活。"

陈立根点点头，赵小梅和顾艳在他的眼里，简直就是两位永不言败的女将，并有着一种神奇的色彩。

这时的蓝天陶社，似乎瞬间送走了黑夜，身处在一片阳光明媚的蓝天之下，陈立根、赵小梅和顾艳他们三人仿佛乘坐在一辆飞驰的大巴车上，可以尽情地观赏车窗外景德镇的风景，可以尽情地欢笑了。

这是一种多么奇异的现象，就在一个小时前，蓝天陶社似乎还在世界的另一端，遥不可及，忽然间又走进了这个属于他们自己的世界。而这都是因为金钱的关系，没有钱什么也实现不了，没有钱寸步难行，多么深刻的领悟啊！他们是这座千年瓷城的陶艺师，他们可以做出精美的瓷器，出手十几万块钱又算得了什么。可眼下的困境是，他们的作品根本无法体现出应有的经济价值，如果他们是有名气的陶瓷艺术家，是省级、国家级的艺术大师，那就另当别论了。可他们现在呢，仍然只是一个景德镇普通的匠人，唯一不同的是，他们有着超越于现实生活的美丽梦想。

此时此刻，在陈立根他们三人的眼里，所有过往的经历，都将轻描淡写，都将烟消云散，都将一笑而过，仿佛没有逾越不过的高山。

仅用了一个多星期的时间，"蓝天陶社"便焕然一新。

他们回到了作坊、工作室和店铺展示厅，仿佛有了另一种气氛，准确地说是一种气息，这种气息焕发出特殊的泥土芳香，就像是刚开挖出的陶土和瓷泥，新鲜、亲切而令人迷醉。

陈立根站在工作台前，台面上有一块备好的瓷泥，他垂落的双手在空中来回抓动，然后缓慢地往上抬起，弯曲之后再伸展的指节，发出"咯吱咯吱"的声响，就像春寒料峭的枝头上爆出了绿色的新芽。他的眼里似有一种久别重逢的幸福感，这样的幸福感令他无比亢奋。

那一团团、一块块瓷泥在他的手指间揉捏，在他的雕刀下行走，人和物都焕发出了生命的温度。才三天时间，陈立根就制作出了一组《三国演义》中的五虎上将，这一组抽象夸张、造型别致的人物雕塑，二尺余高，个个披挂上阵，威风凛凛，义薄云天。经过喷釉，再经过烧制窑变，居然丝毫无损，釉色明亮，质感厚重，每一件都非常出彩，无可挑剔。

一名来景德镇三宝村旅游的香港商人，有着银白的头发，年龄大概有七十岁了，他刚走进蓝天陶社的展示厅，只一眼，便看中了这一组古代战神陶瓷雕塑。商人呆呆地看了很久，脚步都不想挪动地方了，他很难想象这组雕塑是出自景德镇一个年轻的景漂之手。

"陈老师，这组战神您能卖给我吗？"商人小心翼翼地问道。

"可以，只要老先生您喜欢。"陈立根身上挂着灰色的工作围裙，他是被喊出来和这位商人见面的，他又说，"这五件，您全都要？"

"当然，当然，他们一个都不能少。我是个三国迷，这一辈子都喜欢读三国，百读不厌啦。今生有缘遇到，我怎能错过。陈老师，你看看多少钱合适？"商人很兴奋，温和地说。

"老先生，你认为它值得多少钱呢？"陈立根极是尊重的口吻，似乎在征求对方的意见。他喜欢别人看中自己得意的作品，他更喜欢这组作品能够被带去香港收藏，更何况，他还遇到知音了，自己也是一个三国迷，念小学开始，就喜欢看《三国演义》《水浒传》《汉武大帝》《战国春秋》之类的书籍。这组陶瓷雕塑每件标价三万元，共计十五万。

"十万，十万人民币。陈老师您看行吗？"

"行！就十万，谢谢老先生如此慷慨。"

"物有所值，一点不贵。那这组战神，现在就属于我的了。"

商人伸出手去跟陈立根的手相握，激动地抖动了好几下手。陈立根笑笑说："老先生，我再送你两个小物件吧。"

陈立根走到柜台前，蹲下身来，取出两个蓝色的盒子，放在柜台上，打开盒盖，一件是陶瓷笔筒，上面雕刻着一把关羽佩带的"青龙偃月刀"，一件是陶瓷笔洗，上面雕刻着张飞惯用的"丈八蛇矛"。

"雕塑得太完美了，太漂亮了。陈老师，你的这两件陶瓷都是送给我的吗？"商人激动地说，简直难以置信。

"老先生是三国迷，这两个小物件非您莫属，这也是我们蓝天陶社的一点小小心意。"陈立根快意地说。

"谢谢！太感谢了！"商人退出一步，感激地朝着陈立根抱拳行礼，陈立根赶紧鞠躬回敬。

"蓝天陶社"重新开张以来的这些日子，已经销售出了无数件陶艺作品，这是一件多么令人欣喜振奋的事啊。

赵小梅几次接到文玲大姐从陶瓷公司那边带来的业务，公司老总点名要赵小梅亲手画青花仕女图，且都是大件的瓷瓶。而顾艳也仿佛是捡到了天上掉下的馅饼，春光陶瓷行的徐老板亲自找上门来，讨好地交给她一份外销订单，委托她加工五十幅新彩瓷板风景画。

云开日出，天道酬勤，"蓝天陶社"的陶瓷艺术品开始在景德镇有了一定的影响力，凡来三宝村旅游的中外旅客，都会慕名光临这家年轻人的陶社，挑选到他们喜爱的陶艺品，这大大鼓舞了陈立根他们三人的创作激情。

市青年陶艺协会要报送一批景漂的陶艺作品去北京参展，王小林兴奋地送来了两份申报表。因为名额有限，陈立根决定把这次机会让给顾艳和赵小梅，希望她们拿出最好的作品，能够顺利通过预审，进军北京。赵小梅和顾艳心里都憋着一股劲，两个星期之后，她们分别交出一件青花瓷、一件新彩瓷板画。

转眼就要到中秋节了。这天的晚餐很丰盛，还有一盘红通通的小龙虾，陈立根特意骑着电动车去附近的一家酒店点的菜，打包带回来的。还有超市买来的啤酒饮料，堆了一桌都是。

"老兄，今天好像不是什么日子吧，叫了这么一大桌的。"赵小梅说着启开一支啤酒，往三个杯子里倒上。

"管他什么日子，反正天天都是好日子，有吃的就是了。"顾艳已经动手了，戴着塑料膜手套，吃起了小龙虾，脸上乐开了花，露出牙齿说，"好鲜啦，我就喜欢南方的小龙虾。"

陈立根没急着说话，举起杯子来，说："来，大家都辛苦了，干杯。"三人举着杯子，碰得"当"的一声响，都把酒喝了。陈立根看着她们吃得津津有味，手在脖子后面摸了摸，有点很不自在的样子，张了张嘴巴，却没出声，好一会儿，他才说话："小梅，顾艳，有件事我想跟你们两个商量一下。陶社的生意好了，账上有些钱了，我们拿出一部分来，大家分个红吧。"

顾艳一只手吃龙虾，一只手往上举起，说："我啥意见也没有，同意。"

赵小梅没急着说话，分红这事儿显然有些突然，眼睛看着陈立根的脸，慢声说："老兄，你现在很需要用钱吗？"想想这话问得有点过，有失尊重，接上又说："可以的，我也同意。老兄，你看看分多少，昨天支出了3万元泥料和釉料款，现在账面上有将近20万。"

"每人分一点吧，具体分多少，小梅你管财务，你来决定。"陈立根小着声音说，脸色有点尴尬。他真的是很需要钱，需要把那三万块钱早一点还给王小林老师，就为这件事，已经憋屈了好几天了。尽管这是应该分得的钱，可是第一次在两个女人面前提钱的事，那种猥琐的感觉很不好，像个小偷似的紧张。

赵小梅小喝了一口酒，看了一眼旁边低头只顾着吃小龙虾的顾艳，说："那就先拿出十万元分红一下吧，顾艳你看呢？"

"好啊好啊，我可是想死了一个'爱马仕'的小包包，这回可以上网找海外代购了。上个月我老爸去日本，微信发来照片，说是要给我买一个带回国，我才不要，我花自己的钱，那才痛快，还解气。"顾艳开心得不行，嘴里也辣得不行，端起啤酒杯来，一口喝了个干净。

"你呀顾艳，几万块钱就买一个小包包，你漂亮的包包已经够多了。"赵小梅说，很心疼的样子。

"我那些个包包都上不了台面，我青岛一个发小，她的爱马仕包包摆了一橱柜，值个好几百万。我先买个低端的，几万块钱的，我在这发小面前，还就一小儿科呢。行，就这么愉快地决定了，这样才能说是辛苦地工作，自由地生活嘛。"顾艳摇晃着头，好不得意地说。

"老兄，那就这么决定了，十万分红。"赵小梅说。

陈立根点了点头，人便松下一口气来。赵小梅用餐巾纸擦干净手，拿出手机，当即在手机银行卡里，将钱转到了各人的手机上。顾艳桌上的手机"嘛"的一响，她的手指在屏幕上一推动，三万元到账，做了一个OK的手势。陈立根手机到账的是四万元，另三万元就在赵小梅的手机里了。

自陶社成立那天开始，他们三人的股份是四三三，按当时的投资金额，三人所制作的任何陶瓷作品，收入都将纳入到陶社的账上，不存在谁的作品卖得多或卖得少的问题。这是一个三人组合的优秀团队，大家都全身心投入，从未有过任何私心，和睦相处，真诚以待，像家人一样亲密无间。陈立根喜欢这样一个精诚合作的团队，对这个团队的未来也是充满了憧憬。

陈立根拿着手机站起身来，走到一边去，立即从手机里转账3万元到王小林的手机上，附言：谢谢小林老师，谢谢菁姐。而赵小梅和顾艳并不知晓，陈立根分红的四万元钱，有三万是他私下借来的给陶社的钱，实际上这次的分配，他只得到了一万元。这已经足够让陈立根释怀了，真的，真的是非常开心。陈立根走回到餐桌，缓缓坐下身来，还在咧着嘴笑。

赵小梅和顾艳两人相互使了一个眼色，像是私下沟通过了。赵小梅眯眼笑看陈立根，说："我们知道了，老兄是大孝子，这不中秋节要到了嘛，急着要往老家寄些钱呢。"

陈立根听到这话，不置可否地点点头，就跟真的似的，傻傻地笑一笑。

"哼哼，分这点钱算个啥呀，人家大师的一件作品，稍微一出手，就是几十万块钱。老兄，我们好好干，下次再分红，让赵大财务拿出一百万来分。"顾艳说，脸朝天哈哈地笑。

"顾艳，那可不行吧。我们的资金主要用在陶社的扩建上，要实现我们确定的长远目标。你和小梅上次说梦话不是希望能得到两千万吗，估计那个瞎了眼的高富帅已经给人拍死了吧，帅哥的母亲一看儿子死，也就不想活了，最后帅哥的前妻卷款两千万逃之夭夭啰。"陈立根说出这话时，顾艳和赵小梅已经笑得前俯后仰，就差没从椅子上摔下来。她们眼里，这位老兄有了许多的变化，似乎人也长大成熟了许多，会说一些幽默的话，还会来点社会上流行的小段子，与人交往做生意谈业务，再也不会直来直去，知道该说什么话不该说什么话。而最重要的是，会时不时地逗她们两个人开心。陈立根也不去笑，而是一副极其认真的表情，继续说："蓝天陶社的这两千万哪，我看靠谱，不是现在流行一句话嘛，给我一个机会，还你一个奇迹。放心，梦想一定会实现的，我们一起去赚吧，五年不行，就十年；再不行，就二十年。"

她们两人没再笑了，一脸郑重其事的模样。

今天是中秋节，天空晴朗，虽然南方炎热的天气还没有过去，早晨三宝村的清风却有着丝丝凉意。陈立根宣布今天休息，由他来看守店面，也不去作坊做工了，泡壶好茶喝喝，如有游人客户来陶社，也可聊聊天，好好放松一下，运气好的话，还能卖出几件瓷器。

赵小梅和顾艳可是开心了，出门时，顾艳背着一个崭新的"爱马仕"小挎包，紫红色的，非常漂亮，好不得意的模样朝着门口站着的陈立根挥了挥手。"陈老板，白天你就辛苦了，可别乱跑哈。"她嘻嘻地笑着说，眨了一下媚眼。陈立根像个家长似的摆了摆手，说："顾艳，你们开心地玩吧，开车注意安全，我们下午见。"赵小梅看看两人的脸，似乎揣摩着两人之间的关系，微微一笑，拉着顾艳的手便走了。

她们先去了市区的一家发廊，舒舒服服地洗了一下头发，然后又去了一家指甲店，修了修指甲，涂上了有颜色的指甲油。两人还说定了，三天内她们跟陶瓷打交道，只画瓷器，这么好看的指甲便可以多保留几天了。接着她们去了一家西餐厅，喝着咖啡，吃着精美的小点心，悠闲地看着窗外的城市风景。她们像景德镇所有爱漂亮的女人一样，享受这散漫惬意的生活。

赵小梅让顾艳开着车，拉着她去看市内周边的楼盘，跑了好几处新建的楼盘工地。她们怎么也没能想到，才一年多的时间，景德镇城区的商品房楼盘变化如此之大，简直就看不过来。开了一个多小时的车，几乎把景德镇城区转了个遍，最终，赵小梅才看中一家房地产公司开发的花园式住宅楼，这家楼盘年底便可交付使用，据说已经销售得所剩无几了。售楼小姐领着她们一路参观，先是外部环境，再到内部设置，精装修，带有全套家具，样样齐全，拎包就可以入住，关键是这家花园住宅楼距三宝村开车只需半个多小时的路程，又是在罗家机场和新火车站中间位置，交通十分便利。赵小梅拍了数十张照片，从微信传给了方斌，商量好到时再来确定买下什么样的户型。

"小梅，你和方斌明年春节结婚，就可以住进来了，多好啊。"顾艳极是羡慕的口吻说。

"刚才我还在想呀，顾艳你如果能够和老兄的事儿成了，也在这个小区买套房子，大家住在一块，那该是一件多么美妙的事。"赵小梅说，很认真的样子。

"那当然好呀，可以相互蹭饭呀。可是我跟他的事，到现在，八字还没有一撇呢。"顾艳说，往上噘起嘴巴。

"难道说，就一点动静也没有？"

"真要有，我还能瞒着你吗？全天下的人可以瞒，也不能瞒你赵小梅呀。"顾艳说话时，情绪有些沮丧，"你看看这几个月来，陶社都忙成了啥样子，好不容易折腾完了，这老兄也就成天围着工作台围着窑炉转圈圈，他的眼里除了瓷器，估计啥也没有。"

"老兄不像是你说的那种人，还真能一辈子拿着瓷器来当饭吃？"

"我看他差不多就是个瓷器人了。"顾艳说，似乎有点来气了，"他明明看得出来我喜欢他，我是有意思的。那次我领着他去酒吧见刘海亮，出门时我都大声地说过，我要跟老兄轰轰烈烈地谈一场恋爱了。"

"那次说话不算，那次你是为了气气刘海亮，是要跟刘海亮把关系掰清楚，老兄他怎么可能会认真呢？"赵小梅似乎很认真想了想，接上说，"顾艳，我只问你一句，老兄对你好不好？"

"当然好啦，他对谁都好。"

"但是老兄最关照最关心的人就是你顾艳呀，我可都是看在眼里的。恋爱这件事，我看你得主动一点。"

"怎么个主动呢？我是女的，难不成要我去对他说，老兄呀，我爱你，我爱你爱得要发疯了，没有你我就活不下去了。"顾艳说着这话自己都哈哈地笑了起来，赵小梅也跟着一块笑，两人眼里都笑出了泪水。赵小梅手指擦了擦眼角的泪，尖着声音说："顾艳，那你就这样跟他说，你要憋疯了，你活不下去了，看看老兄是个什么反应。"

两人又笑，还互相打闹起来。

有手机铃声响起，顾艳利索地打开腰间漂亮的挎包，取出手机来，她朝赵小梅眨眨眼睛，是刘海亮打来的："海亮呀……哦，你去陶社找过我们了，我和小梅正在外面看楼盘呢……小梅明年春节就要结婚了，这楼盘地理位置可好了。小梅说等我要结婚了，也买到一块来，想想都美呢。"刘海亮由话筒传来的声音，赵小梅可以听清楚，他乐呵呵地说："顾大小姐，这可是好想法呀，等你结婚那时，我会送鲜花祝你乔迁之喜的。"顾艳举着手机，打开了免提，大声地说："记住你说过的话呀刘海亮，我可是当真的呀。"刘海亮在那边说："什么时候我骗过你呀，我晓得你跟那家伙的关系很密切，我知难而退了，早就投降了，我真心地祝福你们。"赵小梅一把从顾艳的手里夺过手机来，关上了免提，说："海亮，你找我们什么事？"刘海亮大声回话，声音很有磁性："这不今天过中秋嘛，晚上请你们陶社的三位老师一块吃个饭，好久没聚了，我来做东哦。"赵小梅立即说："海亮呀，不用你做东，今晚跟我们一块去我叔叔那边过节吧，那边都准备好了，兰兰、汉克都在，人多热闹，你一定要来哦。"刘海亮在电话里答应了，赵小梅把手机递回给顾艳，说："你也是的，何必要在电话里说什么房子结婚的事来刺激人家呢。"

顾艳晃着脑袋笑了笑，手机搁回挎包里，边说："我没别的意思，就是要让他彻底死了这份心思。"

"你呀，做人太绝了。"

"本姑娘就是这号人，咋的，你又不是不知道。"顾艳走到轿车边去，拉开车门，一弯腰，说，"我亲爱的小姐姐，请上车吧。"

下午四点多钟，赵小梅和顾艳回到陶社，却发生了一件非常不愉快的事，甚至可以说是打击非常大的事。陈立根接到青年陶艺协会经办人的电话，蓝天陶社报送的两件参展作品，省里预审时打下来了一件，这件作品正是顾艳的瓷板画，另一件赵小梅的青花瓷作品将送北京参展。

顾艳听到这个消息，傻愣了好一会儿，看着陈立根的脸，说："老兄你确定吗？是我的那件《花开有声》新彩瓷板画作品打回来了？"

"是，这不会错。我还详细问过情况，不是作品不好，只是我们市里的参展名额有限。"陈立根说，摇了摇头，看了一眼旁边的赵小梅。赵小梅正想跟顾艳说几句劝慰的话，还来得及开口，顾艳的情绪忽然激动起来，大声说："凭什么，凭什么就打回了我的作品，那件作品对我来说太重要了！"

顾艳说过话，人往椅子上一坐，双手捂着脸，呜呜地哭泣起来，伤心极了。也只有顾艳自己心里明白，这件作品为什么太重要了。那是一幅构图十分美艳的花卉新彩画，画面上所有的鲜花都盛开着，唯有一朵暗藏在画面底角的花蕾，一朵飘飘欲仙、含苞欲放的花蕾，有一束银白色的阳光，透过花丛照射在这朵花蕾上。之前构图时，她就给这幅瓷板画取好了

《花开有声》这个名字，用了几个夜晚的时间绘画出了这幅作品，它象征着爱情，象征着她的爱情，象征着她要向陈立根表达的爱情。她万万没有想到会是这种结果，这样的结果深深伤害到了她的情感，这不是个好预兆，很不吉利。

陈立根和赵小梅一时间都很为难，看着顾艳一抽一抽的肩膀，她这一哭显然就停不下来了。陈立根叹息一声，走近顾艳的身边，他说："顾艳，我知道你为了制作好这幅作品，花费了很多的精力和心血，以后还会有机会的嘛，再怎么说，我们陶社能有一幅作品进京展出，也是一件值得欣慰自豪的事。"顾艳低着头，举起一只手在头顶上摇动，呜咽地说："你们不懂，不是这样的，不是这样的……"顾艳说不下去了，只是哭。赵小梅对陈立根说："老兄，你看可不可以给协会打个电话，把我的作品撤下来，换过顾艳的作品送上去呢？只要我们陶社有作品参加就行呀。"陈立根瞥了一眼赵小梅，说："赵小梅，这怎么可能，是上面主管部门决定了的事情。"

赵小梅手扶在顾艳的肩上，弯下腰来，说："顾艳，不哭不哭了，你再哭，我也要跟着一块哭了。你看看，今天是中秋节，我们还得去叔叔家里过节呢，事情都已经发生了，又不是你的作品不好，只是我的运气好一点。"

顾艳突然站起身来，挟着挎包，人便往店铺的后门走，边说："还过个啥节呀，我没有心情了，要去你们去好了，我就想待在家，我想静静，静静。"

陈立根一看顾艳人走了，而且非常生气，赶紧示意赵小梅快跟过去，好好劝劝顾艳。赵小梅点点头，急忙跟随而去。

半个小时后，赵小梅和顾艳从房间回到了店铺，她们两个好像还补了一下脸上的妆，嘴唇上的口红变过了一种颜色。陈立根眨巴着眼睛看着两人的脸，没想到顾艳的情绪一下就变回来了，心想赵小梅还真是有办法。其实赵小梅也没有使用什么更好的办法，去了顾艳的房间，见到在顾艳双手抱着脑袋坐在床上不搭理人，便拿起那只床头柜上祭红色的陶瓷美人鱼，握在手上摇过来又摇过去，不停地在顾艳的眼前晃动。顾艳气不过，让小梅别动她的东西，站起身来，并一把夺过美人鱼，搁回到床头柜上。赵小梅问她是不是心疼了，怕给摔了，怕爱情破灭了，那好吧，中秋节你就一个人过吧。顾艳嘟着嘴，朝着赵小梅做了一个怪脸，拿过一张餐巾纸，擦去了脸上的泪痕。

"好吧，我们现在去窑场过节了。"赵小梅开心地说。

顾艳走上两步，脸冲着陈立根一笑，说："哼，不就是一幅送展的作品嘛，这种小打击是打击不到我的，我向来就不怕打击。老兄，我们走吧。"

陈立根赶紧回话，就差没弯腰磕头，说："好，好好，我们走。今天过节要喝酒的，不开车，我们打出租。"

三个人，就像是一个娘胎里生出来的，亲热得不行，快步走出陶社大门。

傍晚，赵小梅、顾艳和陈立根手上分别提着过节的礼物，月饼、水果什么的，来到了"青山瓷板窑"，接着刘海亮也到了，手上拎着一个装有月饼的大礼盒。

瓷板窑大门头上挂着两个红色的十分喜庆的大灯笼，灯笼上写有一个"赵"字，里面的大厂房内经过一番冲洗打扫，整理得干干净净，几个很大的做瓷板的工作台堆放到一边去，场地当中摆放了一张青花瓷的大圆桌，桌前围了一圈瓷做的鼓形凳子，颇具陶瓷人家的特色。赵青山两口子和兰兰、汉克为了这个节日早就开始忙碌了，陆续将做好的菜肴摆上桌来，有鸡有鸭，有鱼有肉，有多种蔬菜，大盆小盆的，大碗小碗的，还有碟子、酒杯以及白酒、啤酒、饮料什么的挤了一桌子都是。

过节要有过节的规矩，这里是景德镇的窑场，这里有著名的烧窑把桩师傅，那就得是主人赵青山说了算。现在还不能开吃开喝，得先祭拜了景德镇人的祖先"风火神",那可是做瓷人的精神领袖。大家自然要按照这个规矩来,大家也都喜欢这个千百年来延续至今的规矩。窑房的一侧供有风火神的神龛,神龛安放在用青砖砌成的一面四四方方往里凹进的墙壁里,内有一块竖起的被烟火熏得黑亮亮的木质灵牌,灵牌上面刻写着"风火神童宾神位",灵牌前有一个长条形的香炉,两边分别摆着两盆水果,一盆切开的月饼。

历年来景德镇烧窑做瓷的但凡是上了一点年龄的,都会遵守这个古老的规矩,乞求神灵保佑瓷人众生。赵青山两口子手持香火立于神位前,赵小梅、兰兰他们一干人排成一行,站立于后,大家手上都举着燃烧的香火,神圣而庄重,烟云袅袅之间,仿佛逾越千年。赵青山嘴里叽里咕噜地念了一大串话,也听不清他在念叨些什么,应该是乞求神灵上苍保佑平安一类的话语,然后弓身拜了三拜,众人也都跟着赵青山的样子一上一下地拜了起来。赵青山两口子抬腿上前,把手上的线香插进了香炉,大家也挨个儿上前,一一将手中的线香插进了香炉,场面上极有仪式感。

赵青山非常满意地朝着大家笑了笑,他就像个现场的大主持,忽然响声地喊了一嗓子:"火神爷,托您的福了,弟子晚辈们这就过中秋了。"众人也都相互笑了起来,祭拜是一件十分严肃的事,也是一件十分有意义有趣的事。

所有人已经安坐于桌前,这就开始过中秋节了。举杯喝酒,大口吃菜,有说有笑的好不热闹。刘海亮酒兴似乎不大,手托着杯子,注视了一下顾艳的脸,又注视了一下陈立根的脸,然后跟两人碰杯,很爽快地一口喝尽。陈立根和顾艳也都把酒喝了,陈立根拿起瓶子要去给刘海亮的杯子倒酒,刘海亮客气地说:"老兄呀,我今晚不能多喝,等会儿我还得先走,公司还有几份邮件要发出去,你们尽兴就好,我们兄弟还有的是时间嘛。"顾艳听到这话就不乐意了,抢过陈立根手上的酒瓶,说:"喂,海亮你还是不是朋友呀?今晚都得喝个尽兴才行。"赵小梅打开一瓶矿泉水递到了刘海亮的手上,她说:"刘总你还是工作要紧,那就喝水好了,只要感情有，喝水也是酒嘛。"顾艳有点无奈，瞪了一眼赵小梅，嘴里说：
"那行那行，海亮就喝水吧，小梅向来都是大好人，她就担心我和老兄会
把你灌倒了。"刘海亮嘿嘿一笑，双手朝着顾艳抱了抱拳。

陈立根想到了台湾的林教授，喊着大家拍张照片，传送给林教授看
看。他举起手机，大家纷纷挤在一起，往前伸着脑袋，打着手势。陈立根
手指连连点动，拍了好几张，接着便从手机微信传给了林教授。不到半
分钟，林教授回复了："亲爱的朋友们，祝大家中秋节快乐，想念大家
了。"林教授回台湾有三个多月了，他的"泥乐斋"住宅已经清理修复过
了，是陈立根他们三人还有刘海亮分别拿出了三千元钱，付了材料费和
人工费。那段时间陈立根他们三人都忙于打工赚钱，刘海亮抽出的时间最
多，他三天两头开车去"泥乐斋"，有时还带上公司的几名员工过去帮忙
做小工。林教授看到照片中的经水淹过的房子、院子翻修一新，而且还修
复好了那座电窑，感动不已，寄来了四万元钱作为劳务费一定要大家收
下，他们只留下了各自的三千元。这不是钱的事，这是陶瓷人之间的那份
特殊的感情。

汉克这是人生头一次在中国过中秋节，这节日外国可是没有的。他对
什么事儿都感到新鲜好奇，开心得不行，一手提酒瓶，一手拿杯子，挨个
儿敬了一圈，最后给兰兰的父亲连敬了三杯。

赵青山师傅可是高兴了，酒也喝到了痛快处，看着桌前一帮生机勃
勃的年轻人，话就多了，还都得听他来说。从古到今的凡是他知道的懂得
的景德镇做瓷人有趣的事儿，一张酒气冲天的嘴巴就停不下来。叙说的许
多历史事件根本就不连贯，东一榔头西一棒子的。但是，在说到为什么景
德镇自古以来就是一个移民城市，为什么会有"匠从八方来，器成天下
走"，这一段他就叙述得很清楚了。话说明清时期，因被景德镇的青花吸
引，全国有十八个省、三十四个州府、六十八个市县的人都由水路或陆地
涌向景德镇，那时的景德镇是一座没有围墙的城市，遍地都是瓷器，满
城都是窑火，人们在此以瓷为生，传宗接代，生生不息。当时的民间组织

非常多，称之为帮会，与景德镇比邻的安徽人形成了徽帮，江西本省的抚州、南昌、丰城、鄱阳、乐平、吉安等地人形成的籍贯驳杂的帮会为杂帮，其他以籍贯形成的帮会分别称为广东帮、扬州帮、关东帮、黄麻帮、马口帮、三邑帮、良子帮、孝感帮等等。除了以籍贯为帮，还有以行业为帮，什么"三窑九会""保槎公所"之类。在景德镇，往后几百年来，这些大大小小的帮会纷纷筹资建起了自己的会馆，他们买下地皮，请来风水师看好风水，择吉日开工破土，在异乡的土地上，建造了一个属于自己的家园。当然，为了抢夺地盘、陶瓷贸易、制瓷秘诀，帮会与帮会之间难免发生纷争，说不定哪天便是一场大乱，刀光剑影，腥风血雨，尸横遍野。大家都是靠着瓷器吃饭，靠着瓷器生存，死了也便是死了，活下来的便是一条顶天立地的英雄好汉，好汉啦。

赵青山说着说着头往桌上一趴下，人便睡着了，一只手还扶着斜倒的酒杯，生怕里面的半杯酒会洒了出来。大家都不说话，也都不敢去笑话，目光里充满了对这位烧窑师傅的敬重。赵师母说："这老赵，这个老东西，他醉了，这还没赏月，这月饼还没吃呢。"兰兰很烦父亲这般喝酒，这也太扫兴了，说："我爸就是这种人，喝起酒来心里就没个数。"赵小梅笑笑说："谁讲的，叔叔有数得很，男人嘛，喝酒就得来个痛快。"顾艳插过话来："我喜欢，我喜欢赵师傅的豪气，不就是醉嘛，没事儿的。"汉克站起身来，他一点不见醉，走到兰兰父亲跟前，关切地说："OK，OK，我背叔叔去房间里睡觉吧。"陈立根和刘海亮去扶着赵青山，让他趴在汉克的背上。

就这样，汉克小心翼翼地背起赵青山，兰兰和母亲一前一后紧随着，他们往后面的房子走去。

今晚大家还是非常开心的，酒喝得虽不多，过节的气氛还是很浓厚的，相互道过别，便就散了。

景德镇十五的夜空，月亮升起来了，很圆很大，也很光亮。

陶社作坊的工作台前，陈立根面对着一件创作中的雕塑作品，皱着眉头，陷入沉思，手上握着一把雕刀，考虑如何改动以达到预期的效果。

顾艳从楼梯下来，手上托着一个碟子，上面搁有一块切开的月饼，有点羞涩又显得很有勇气的样子，小着步子走到陈立根的身边。陈立根一点没有察觉到，顾艳没去惊动他，静静地看着陈立根手中的雕刀，刀尖缓慢小心地在雕塑脸上部位来回移动，刀法娴熟，就像是电脑里固定的一道程序，一点不会偏离所要达到的指定位置。她很喜欢看着陈立根这样工作，因为这时候老兄的脸部轮廓线条特别清晰，眼睛的阴影部分极有质感，人显得英俊而帅气，似乎焕发出了一种令人迷醉的色彩。这时候的顾艳，心房里仿佛有什么东西在怦怦乱跳，根本就平息不下来，感觉呼吸都有点困难了。

陈立根稍一转身，眼里的余光看到了旁边站着人，是顾艳。他微微点动一下头，嘴角上笑了笑，那张脸又面朝着雕塑去了。

"老兄，我们来吃月饼吧。"她说，声音轻飘飘的。

陈立根当然是听清了，又点了点头，只是没有回过脸来，他的心思仍然集中在创作上。顾艳一笑，手持小叉子叉起一块月饼，往前一递，便就递到了陈立根的嘴前。陈立根也不介意，也好像是无意识的，张开嘴来，吃下了月饼。陈立根正想说谢谢时，顾艳先说话了："好吃吗？是我老妈从青岛寄来的月饼，花生仁的。"陈立根停住了手上运作的雕刀，说："好吃，很好吃。"接着他手上的雕刀又回落到雕塑上了，十分专注。

顾艳将碟子放在工作台上，她想走，可是脚步却挪动不了，好像失去了大脑系统的指挥。她突然大起胆子，张开两手来，由后面一把搂住了陈立根的腰部，脸紧紧地贴靠在陈立根的后背上，这样的感觉令她心潮起伏。陈立根呢，这会儿眼睛忽地一下张开来，似乎瞳孔都放大了，他瞬间就明白了顾艳的表达。他愣住了一会儿，心里也开始有些慌乱，放下了手上的雕刀，用两只手慢慢地去解开抱在他腰前的两只柔软的手，缓缓地转过身来。他的嘴巴张开，想说话，顾艳的一只手却捂住了他的嘴，两只黑亮亮的眼里布满了女人的柔情，充满了无限的情爱。顾艳说："你可以不说话，我只要你明白，我正在爱着你呢。我没有骗我自己，爱就是爱。"而此刻，陈立根的内心流露到脸上的神情，只有说不清楚的感激，他极力让自己冷静下来。他说："顾艳，不要这样了好吗？"

"为什么？你为什么要这样说话？你难道就没有爱过我吗？"她的眼睛紧紧地盯着对方的脸，生怕那张脸会伤害到她。

"你听我说，你一定会找到一个你真正去爱的人。"陈立根好不容易找出这句话来，他很怕伤害到顾艳的感情。但实际上，已经伤害到了。

"那你的意思，你不爱我，你一点都不爱我？"顾艳追问了一句，她向来就是这样一个要打破砂锅问到底的女人。

陈立根不说话，他不知道还能再说什么，转过身去面对着雕塑，嘴巴上就跟贴了封条似的。顾艳就有点不依不饶了，说："你回答我呀？爱，你就点下头，不爱，你就摇下头。"陈立根没有犹豫，他摇了一下头。顾艳已经有些失去控制了，眼里闪烁着泪水，问他："为什么？为什么你就不能爱我。"陈立根的内心是有答案的，面对几乎要崩溃的顾艳，却再也不想说话，也无心去创作了，人就像工作台上那件僵硬而冷漠的半成品雕塑。

顾艳双手一捂脸，转身便往楼梯那头跑上，她的脚步在楼梯上发出一连串"咚咚"声响，仿佛这栋房子就要倒塌下来。

第十九章　别离

　　赵小梅穿着睡衣走到窗户前，她正在给方斌发微信，脸有笑容，用手机传送过去大家在窑场的许多张合影，还有那张赵青山叔叔醉酒被汉克背着回房子去睡觉的背影。方斌也传过来了一张照片，他穿着一条花色艳丽的沙滩裤，裸露着上身，非常惬意自在地斜躺在一片松软的沙滩上，后面是蔚蓝色的海洋。方斌现在澳大利亚的黄金海岸出公差，还得待上一段时间。她和方斌在微信上聊天，叙说彼此的相思之情。

　　窗外的月亮升在了半空，形成了一个垂直的角度，皎洁的月光下，三宝村的树木、土地和房舍像是镀了一层稀薄的水银。倚靠在窗前的赵小梅仿佛听到了一种压抑的哭泣声，她起先感觉自己是否听错了，可是这种哭声一直存在，就在她附近不远。忽然，赵小梅意识到发生什么事了，急忙放下手机，快步走去，一把推开当中的拉门。

　　顾艳就躺在床上，双手抱着枕头压着自己的脸，胸脯如浪似的一起一伏，压制的哭声伤心极了。赵小梅一时惊呆，有些吓坏了。她走到床前，颤巍巍地问她："顾艳，顾艳，你怎么了？发生什么事了？"

　　顾艳只是哭，双手抱着压在脸上的枕头，极是绝望。赵小梅想抽开枕头，却不能抽动，那张脸上就像是压着一块大石头。

　　"顾艳，顾艳你别哭了，你说话呀，到底是发生了什么事？"赵小梅坐在床边，突然想到，这件事只能跟陈立根有关，立即站了起来。

作坊里，陈立根仍然站在工作台前，手上握着雕刀，完全就没有心思去创作了。他很清楚，拒绝顾艳，这无疑会给她的感情上带来巨大的伤害，他很清楚顾艳是自尊心多么强的人。陈立根十分懊恼，他后悔了，后悔自己的处事方式，可是还能找到其他更好的方式吗？这件事情对他来讲，实在是来得太过突然了，思想上完全没有准备。此时，他又听到了下楼的脚步声，他一下就能感觉到这次的脚步不是来自顾艳，而是赵小梅。

赵小梅很快就站在了陈立根的跟前，那张脸有些惨白，就像是她受了欺负。她以一种兴师问罪的口气说："老兄，老兄你跟顾艳说了什么话，她在房间里哭呢！"

陈立根没说话，似乎也没话可说，麻木地站着，一动不动。赵小梅一把夺过他手中的雕刀，气愤地往桌上一扔，责问道："你这是哑巴了，你说话呀你。"她这种说话的口气，似乎眼前的人已经不是朋友，而是仇人了。

"我，我说的都是实话。"陈立根说，一直低着头。

"什么是实话，实话是什么实话？"赵小梅急得有点语无伦次了。

"我，我和她，我们两个人不合适在一起。"他说，他不知道该怎么说才好。

赵小梅此时心里全都明白了，人也变得异常恼怒了，已经不是以前的那个温柔安静的赵小梅了。她一伸手，拉住陈立根的手，大步往后院的门走去，走到了后院的气窑前，地上有许多件正待入窑的浇过釉料的瓷胎。

月亮当头，就像一盏雪白的灯，清晰地照亮着他们两个人的脸。

"你，你知道顾艳有多么爱你吗？这段日子里，她心里只有你。你是傻子吗？我看你一点都不傻，你是故意装着不知道？你凭什么，你有什么理由这样去伤害她？她感情上根本就接受不了被你拒绝，也经受不住。"赵小梅一口气往下说，像是枪膛里发射出来的子弹。

"赵小梅，你如果还有记性的话，那次我们开车去料行，车上你问过我，我如实跟你说过，我和顾艳的性格合不来，我们之间不合适，不会有好结果的。"陈立根说，他也有些急了。

"你，你是这样跟我说过。"赵小梅眨眨眼睛，停顿了一下，接上说，"陈立根你有什么了不起的，你就不是一个真男人，你不通人性，你这么大个人难道就没有谈过恋爱吗？还是你压根就不会谈恋爱吗？什么叫性格合不来，什么叫不合适，什么叫不会有好结果，这些话都不是理由，这都……"陈立根打断了她的话，似乎被逼无奈，说："我谈过恋爱，高中毕业那年我就谈过村里的一个女孩，是同学，后来我来了景德镇，她不愿跟我一块来外地，我们就告吹了。"听到这样的话，赵小梅一时接不上话来。陈立根抬起眼来，那双眼睛目光如炬，看着赵小梅的脸，继续说："至于顾艳，我从来就没有想到过伤害她，我就是把自己给伤害死了，也不可能去伤害她。你不是要个理由吗，那我就告诉你，我爱的女人不是顾艳，而是你，是你赵小梅。"

赵小梅震惊到了，人都蒙了，一脸惊愕，她万没想到会是这个结果。

他们两人说出这些话的时候，忽视了一个重大的细节，顾艳全都听到了，顾艳就站在后院门边，距他们站的位置不到五步远，每一个字都听得清清楚楚。

"老兄你糊涂呀，你就一个大傻瓜，你是有神经病吧。"赵小梅说话的速度很快，就像有一把尖刀要在某个环节一刀截断，"我爱的男人是方斌，我们都计划要在明年春节结婚成家了，我们之间毫无可能，你懂吗你？"

"我懂，我全都懂，但我说的都是真话，从第一次见到你，心里就喜欢上你了。虽然我们之间没有缘分，我也不会强求。我现在不想谈什么恋爱，我只想着把自己的瓷器活儿做好。"陈立根似乎说完了所有心里要说的话，低下头去，两眼看着地面，有月亮的地面像一塘清静的池水。

赵小梅还能说什么呢？话都说到这个份上了，再也无话可说了。她气得狠狠地跺了几脚，一扭头，转头便走。

顾艳已经回到了房间，仿佛有山洪暴发，人似处在一种要彻底崩溃的边缘。她来回走动了几步，觉得自己要摔倒了，一只手扶在了床头柜上。这时她的眼睛正好对着那件美人鱼陶瓷，灯光下，美人鱼脸上两只亮晶晶的眼珠子闪闪发亮，嘴唇通红微微张大，就像有另一个顾艳在嘲笑她。顾艳气不过，上前一把抓起这件瓷器，就要摔它个粉碎。她的手举在半空间，忽然间犹豫了，又舍不得了。她把美人鱼放回到台面去，却一下没有放稳，美人鱼掉落在地，发出闷响，拦腰碎成了三段。看着碎开的美人鱼，顾艳很是心痛，她是酷爱瓷器的人，这种对瓷器的伤害简直就要刺破她的心房。

赵小梅走进房间来，惊望着蹲在地上的顾艳。

顾艳猛的一下站起身来，仿佛有一腔怒火要点燃了。她感觉自己就要发疯了，然而她的声音却是冷冰冰的，她说："赵小梅，我明白了，我啥事都明白了，难怪老兄一直在冷淡我，难怪最近事事不顺，就连送审的作品也被打回来了，什么好事都让你赵小梅给摊上了，这个世界对我顾艳太无情太不公平了。你还有什么话可说，明明老兄就跟你说过，他跟我不适合，他跟我不会有好结果，你居然连这么重要的事都没有告诉我。你把我当傻瓜了，你这不是在玩我吗你。赵小梅，我们不再是姐妹了！"

"顾艳，顾艳你冷静一下，这不是我的错，你听我跟你解释。"赵小梅委屈极了，不知道下面的话该从哪里说起。

"你什么都不需要解释了，我受够了。这蓝天陶社，已经没有我顾艳的安身之地了。"顾艳的情绪完全失控，此刻她不想见到任何人，不想跟任何人说话，一把抓起衣架上的紫红色的挎包，大步往门外走。

赵小梅上前，拖住了顾艳。

"顾艳你听我说，你总得听我把话说完。"

"我不听，我啥都不要听。"

顾艳恼怒地一把推开欲要拦住她的赵小梅，快步走出门去，门房关得"砰"的一声大响。

赵小梅呆立在房间，好一会儿人都缓不过神来。

陈立根在院子里徘徊，脸上乌云密布，心绪不宁。气窑前那一堆坯胎，什么瓶子、罐子、器皿和小动物的，在月光的映照下斑斑点点，就像是烙伤了一层皮肤，失去了原有的光泽。

赵小梅出现在院门口。陈立根听到了喘气声，急忙回过脸来。

"顾艳走了，她走了。"赵小梅说，脸色有些恐慌。

"那，那她去哪了？"陈立根问，似乎有一股冷气灌进了他的嘴里。

"我不知道，我不知道，楼上楼下都找过了。顾艳她就跟疯了一样，当时在房间里我拦也拦不住。"赵小梅摇动着头。

"怎么，怎么会这样呢？"

"之前她一直在房间里哭，我们刚才说的话，她全都听见了。"

陈立根的脑袋里"嗡"一声，就像突然被炸开了，两眼发直，半张着嘴巴，却说不出话来。他们两人心里都清楚顾艳的个性，向来是个非常情绪化的女孩，在她身上什么样的事情都有可能发生。

"老兄，我们快去找找她。"

"好，好好，去，这就去找，一定要找到她。"

陈立根和赵小梅匆忙出了陶社，开始在附近一带寻找顾艳。他们在好几条周边的小巷里转动，在各个屋檐下院墙下寻找，在树木的阴暗处寻找，连一条小水沟都没有放过，就像在寻找一件丢失的珠宝。

十五的晚上，三宝村家家户户的门口窗口都有灯光，人们应该都在赏月光吃月饼，有些家里还有音乐声唱歌声不时往外传出来，几条可爱的小狗在门口发出汪汪的叫声，很欢快的叫声。

他们一路走着，开始用手机打顾艳的电话，两只手机同时去打。顾艳的手机是通的，却没有人接听。

大概在十分钟前，顾艳一离开陶社，便在马路上拦下了一辆开往市区的出租车，坐进车里时，那惊恐的神情就像是刚刚从哪里越狱出来的。司机问她："小姐，请问去哪？"她脑子里还在嗡嗡作响，就没有听到司机说话。司机又问："喂，请问您去哪？"这一声她听清了，她也不清楚自己应该去哪里，又有哪里可去的呢？她蒙了，仍然没有回答。

出租车往前驶出一段路，已经离开三宝村了，车的前方出现了景德镇市区华丽的灯光，映亮了半个天空。司机在反光镜中看了看顾艳的脸，那张脸被泪水洗过之后，灰白而凄凉。司机再次问她："小姐呀，你是要去哪里？"顾艳一抬头，冲口便说："你想开去哪都行，反正你就往前开。"司机很诧异，往后回了一下头，嘴里嘟哝了几句，顾艳也听不清对方在说什么。顾艳稍微冷静了一下，说："对不起呀师傅，我心情不好。"司机笑笑说："没事，那我就拉着你转转景德镇城区吧。"顾艳立即回答说："不用，你就开到一个有酒喝的地方。"司机问道："是去酒吧呢，还是去美食一条街？"顾艳说："随便，啥地方都行。"

另一边，陈立根和赵小梅回到了陶社，他们就在店铺里坐着，室内的灯全都打开了，如同白昼，敞开着大门。这一时间，蓝天陶社的灯光估计是三宝村里最耀眼明亮的灯光了，远远望去，就像是茫茫大海中的一座灯塔。

"真是急死人了，她不接电话呀。"赵小梅焦急地说，手上握着手机。陈立根歪着脑袋，想了想，说："顾艳她会不会去找刘海亮了呢？"赵小梅摇动了一下手，她说："怎么可能，这种时候她不可能去找他的。"陈立根拿起手机来，想给刘海亮打电话，接着又放下了，说："小梅，你打个电话问问就不行吗？谁说得到呢？"

赵小梅叹息一声，握着手机去拨打了刘海亮的手机号码。

这时候刘海亮正在公司办公室，坐在电脑前，刚刚发送完电子邮件，听到手机响了，一把拿起来接听，是赵小梅的声音："海亮，顾艳去你那里了吗？"刘海亮怔住一下，说："没有呀，顾艳没来我这边，她不是跟你们一块回陶社了吗？"赵小梅在电话那边说："这样呀，那就算了。"刘海亮感觉对方的语气不对，估计有什么事发生，他说："小梅，是发生什么事了吗？"那边的电话停顿了一会，赵小梅说："也没有发生多大的事，只是我跟她之间发生了一点口角，她就生气了，离开了陶社，我和老兄正在找她呢。"

刘海亮的手机紧贴在脸上，担忧地说："小梅，那你们快出去找人呀，去市区找找看，我这就打个车出去。顾艳这人呀，我还是懂她的，一不开心了，说不定就去找个地方喝闷酒了。"

"那好吧，我们这就去市区找找看。"赵小梅在电话那边说。

刘海亮说得一点没错，顾艳还真在喝酒。

闹市区临街的一家小酒店，里面生意很红火，大概是过中秋节，许多客人都在里面消夜，热气腾腾的，嘈杂声很大。顾艳也在，她独自坐在里角的一张小餐桌上，面前有一盆红油油的小龙虾，还有一碟花生米，已经喝出了两个空啤酒瓶。她的手往头上直直地一举，像根树枝似的，伸出了两个手指头。老板就在附近不远，是位中年妇女，走了过来，问她："小妹，你还要两支吗？"她叉开的两只指头翻转了两下，女老板的眼睛翻了翻，不明白这是要还是不要。她昂起头来，冲着女老板一笑，说："四支。"女老板点头，转身便走了，不多一会儿，便送来了四支啤酒。顾艳说："谢谢，都启开。"女老板有点吃惊，估计还会有人来吧，把酒瓶盖都打了。顾艳把桌上的四支刚开的啤酒都摆放好，又去移动一下两个空酒瓶，整整齐齐地靠着墙壁站立，甚至还有色彩的要求，让斜上方的灯光正好照亮墨绿色的瓶子，仿佛她的眼前是一组陶瓷物件，谁先来谁后来很有序。她在工作台前做瓷活儿的时候就是这样，极度认真而讲究，要达到预期的完美。

顾艳拿起一瓶酒，往自己的杯子里满上，握起杯就一口喝了，然后拿起筷子去夹了两颗花生米扔进嘴里，那盆小龙虾基本上没动。因为酒的关系，她的脸上慢慢地有了红润，似乎这张脸更加漂亮了，大脑里也好像开始清晰了。这时腰前挎包里手机铃声响了，她拿出手机来，屏幕显示"刘海亮来电"。她没接，把手机的铃声打到振动上，又去倒了一杯酒，又都喝了。桌面的手机振动了，显示是"赵小梅"打来的，她也懒得去管它。接着手机又振动了，显示"老兄"的来电。这让她很烦，拿起手机来，索性打到静音上，并把手机显示屏板朝下搁在了桌上。就一会儿工夫，又喝出了两个空瓶子。这让她很痛快，也让她可以麻醉自己。顾艳是一个什么样的女人啦，她向来就是一个心高气傲的公主，她在高中和大学的时候，有多少男生追求过她，仰慕过她，她不但漂亮，且还是个学霸，才华横溢。或许正是这些原因把她给宠爱坏了，她谁也不瞧在眼里，即便是在景德镇遇到那么优秀的刘海亮，那又能怎么样，偏偏她就选中长相平庸的陈立根，她敬佩陈立根的才华，当她第一次抱着那支尚有余温的陶瓷美人鱼的时候，或许就在心里认同了这个男人吧。再就是日久生情，她不否认。可是姓陈的这个坏家伙，他爱的女人竟然是她的好姐妹赵小梅，赵小梅难道就没有一点反应吗？最气人的是赵小梅明明听到陈立根说的那番话，什么性格不合，什么没有好结果，却没有把这些原话都告诉她。要不然，她顾艳也不会落到如此悲惨、颜面丢尽见不得人的地步了。顾艳想到这些事，越发来气了。她又拿起一瓶酒来，往杯子里倒满，喝下去一大口，感觉根本就没有啤酒味了。顾艳的手又高高地举在头上，不是两个手指，而是一只拳头。

"小妹，还要酒吗？你还没喝完呢？"女老板问她。

"要，要的，要青岛啤酒，这啤酒不够劲。"

"小妹你进门就问过了呀，我店里没有青岛啤酒。"

"老板你啥态度呀，东西是死的人是活的，你就不能去外面的店里给我买半打青啤吗？我又不是不给你钱，这酒还让不让人喝下去了？"顾艳说，她的声音很大，牢骚满腹，周边吃喝的人都能听见。

"好，好，你等一下，我这就让服务员去外面给你买来。"女老板是生意人，还是很好说话的，顾客有要求，也没有错，何况还是一个外地女孩。

顾艳坐在桌前等酒，显得很有耐心。旁边餐桌上坐着几个年轻的男人，他们正用异样的眼光打量着顾艳，还打量了顾艳腰下的名牌包包，他们小心嘀咕着，好像在说这是个浪荡的女人，反正不会是良家女人。顾艳是一个多么敏感的人，何况她已经喝了不少酒，她怕谁呀，她谁也不会怕。顾艳一转脸，那双眼睛怒视旁边桌上的几个男人，一脸的神圣不可冒犯，而一只手已经握住了一个空瓶子，心里想着，你们几个混蛋，再敢用异样的眼光看我，看老娘不砸碎了你们的脑袋。几个男人似乎也很知趣，便都不再看她了。这个时候的顾艳，谁也不要去招惹，她绝对是一个山东女汉子，她豪气盖天，她恨不得就要砸碎了眼前的这个世界。

女老板送来了半打啤酒，六支装的易拉罐。女老板小心翼翼地用关切的眼神看了看顾艳的脸，便走开了。顾艳拿起一瓶易拉罐，瞪大眼睛看，上面印有"青岛啤酒"四个字。她嘿嘿一笑，伸出指头勾住拉环，"噗"的一声，啤酒花往外冒了出来，洒在了她的手背上。

景德镇城市的灯光足可体现出政府的亮化工程，马路、街道甚至小巷都是通明的，就是一只流浪狗沿着墙根走动，也能看到。

陈立根骑着电动车带着赵小梅在城区寻找顾艳，他们去过了陶溪川的陶瓷街市，去过了陶艺村的陶瓷一条街，去过了人民广场附近的各条街道，凡是有点人流的地方他们都去过了。这么大个都市，又是夜晚十一点钟，去哪里才能找到人，可是把他们急坏了。他们隔一会儿便打顾艳的手机，手机仍然是通的，没人接听，就好像那支手机已经丢失了，没有了主人。两人就快绝望了，这时赵小梅的手机响了，是刘海亮打来的，刘海亮在电话中告诉他们，凡是他和顾艳曾经去过的酒吧和酒店都找了个遍，没有见到顾艳人影，又不可能把景德镇所有的酒店摊档都寻个遍吧，那至少也得有几千家。

"海亮呀，那我们现在怎么办啦？顾艳不见了，她会不会出事呀？"赵小梅握着手机，就差点没哭出来。

刘海亮坐在一辆出租车上，扶着手机说："小梅，继续去找，一定要找到她。要不你们先回一趟三宝村，看看她有没有回陶社。"

此时出租车正经过顾艳喝酒的那家酒店门口，刘海亮转过脸来看，店门口出来几个人，没有顾艳。他便让司机继续往前开，开慢点。

顾艳跟随在几个客人后面，走出门来。女老板在一边相送，担心她喝醉了。顾艳的挎包挂在腰前，手上握着手机，笑眯眯地说："谢谢，我没醉，整这点酒没问题，一点问题没有。"女老板说："小妹，你打个车回家吧。"顾艳头也不回，沿着街边往前走。

她往前也就走了不到50米远，突然嘴一张，似乎要呕吐了，而且非常强烈。她一只手扶住墙，极力没让自己吐出来。而此时，她的眼前有了一种漂移的感觉，房屋都在摇动，仿佛有一炉瓷器刚推出窑门就要倒塌下去，许多种颜色光怪陆离。她用力摇晃了几下头，看到身边有许多脚步往返经过。她要去哪里呢？完全没有了目的地。就在前面两步远处，她拐进了一条巷子，巷子很长很深，她就像走到独木桥上，身体左一晃，右一摆，感觉随时都要摔到河里去。

刘海亮就在街道前面不远处下的出租车，他要徒步去找寻，刚才他错过了那家酒店，他得进去看看。刘海亮心急如焚地朝着前面经过的那家酒店走去，经过巷口时，发现巷子里围着好几个人，似乎在围观什么。这时，他听到哭声，哭声很大，不会错了，那明明就是顾艳的声音。

顾艳像摊稀泥似的坐在地上，她的身体歪靠着墙，尽情地毫无顾忌地号啕大哭，张大着嘴巴，仿佛要把全身的泪水都挤压出来，完全就没有一点羞耻感。她也不知道这就是羞耻，她醉得太厉害了，已不成人形，吐了一身一地都是污浊，稀稀拉拉的，散发出的酒馊气味很大，很难闻。她的腰下还挂着那个名牌包包，她边哭边要把手机塞进包里去，这时她还有一点意识，担心手机弄掉了，可是她竟然打不开包上的纽扣，便索性把手机扔在大腿上。几个围观的居民都很惊慌，很害怕，小声议论着，这女孩子怎么可以醉成这样，这也太不成体统了，那会是什么事让女孩这样子伤心。刘海亮赶了过来，他是奔跑过来的，奋力拨开人群，看到了坐在地上哭啼的顾艳。刘海亮大惊，心里一阵阵绞痛，这还是他认识的那个美丽如花、性情爽朗的顾艳吗？顾艳的手机屏闪闪发亮，有来电进来，显示"老兄"的手机号码。

"顾艳，顾艳……"他喊她。

可是顾艳呢，她根本就认不出眼前的人是刘海亮，她连这座那么喜欢的城市恐怕都不认识了。

"顾艳，顾艳，我是海亮，我是刘海亮啊！"他继续喊她。

顾艳只是一个劲儿地哭，痛苦地摇头，仿佛身处另外一个世界，这个世界所有的声音，仿佛都是瓷器碎裂的声音，她根本听不到人声。

刘海亮费了很大的劲，才将顾艳背在肩上。顾艳已经不哭不闹了，软绵绵的身体趴在刘海亮的背上，没有了知觉。准确地说，她是突然深睡过去了。刘海亮就这样背着他曾经一路追逐、爱恋的女人，一步一步走出了巷口，走到了街道上洒满光亮的地方。

顾艳躺在一家诊所的病房里，她像一个安静的婴儿，睡得昏昏沉沉。护士正在给她输液，床边吊挂着一个医用袋装的药水，半透明的，针管扎进她手背细嫩的皮肤里，她全然不知。刘海亮问护士："她不会有什么事吧？"护士小声回道："不会有事的，睡一觉人就会好起来，你放心吧。"

病房里空荡荡的，还有几张病床闲置着，一片寂静，偶尔可听到远处马路上往返的车鸣声。已经深夜两点多钟了，刘海亮静静地守候在病床前，一双心酸的眼睛端详着顾艳的脸，倾听她均匀的很有规律的呼吸声。他想去抚摸她的脸、她的额头或是她的手，他只是想，却没有一点冒犯，就像面对着一位小天使。顾艳的身体挪动了一下，眼睛慢慢张开了，那双眼睛有些红肿，像两颗新鲜的水蜜桃。她看清了床前的人是刘海亮，眼皮往上翻动了一下，看到了上面白色的天花板，她在想，这是哪儿呢？怎么就到了病房而且还躺在床上呢？她似乎一点也想不起来了。

"顾艳，你好点了吗？"他小声说话。

顾艳没说话，两只大眼睛很空洞，有头疼目眩之感。

291

"发生什么事了，到底是发生什么事了？我一直都在想这个问题，只有一种可能，是不是陈立根那家伙伤害了你，一定是他。你告诉我，你点个头也行，只要是他，我今晚就灭了他，我不会让他活到明天早晨看到太阳的。"他说，后面的一句话，简直斩钉截铁。

顾艳摇头，她说："跟老兄一点关系也没有，真的没有。"她说出这话时，也不哭，也不流泪，脸上连一点哀伤的情绪都没有。刘海亮说："那还能会是什么事？是和赵小梅闹意见了？我知道蓝天陶社送展北京的两件作品，你的那一件被打回来了。难道就因为这件事，这是多大的事儿呀，我们在景德镇做陶艺作品，这种参展的机会很多的嘛，顾艳你这样值得吗？根本就不值呀，你连自己的身体都不要了。"顾艳没有说话，她似乎默认了就是因为这件送展的事。

"海亮，我头疼，我好想睡。"

"睡吧，你快睡吧，我守着你，我不会走的。"

已经快凌晨四点了，蓝天陶社的店铺仍然有灯光，仍然是那么亮堂。陈立根和赵小梅坐在茶几前，茶杯里的水很满，早就凉了。他们的神色很是沮丧，已经知道刘海亮找到了顾艳，并将顾艳送去了一家诊所。他们给刘海亮打过几次电话了解顾艳的情况，他们是想过去的，刘海亮让他们不要过去，没有事了，让她安静地睡一觉吧，等到早晨他会带顾艳出去吃点东西，然后送顾艳回陶社。

赵小梅一直在生陈立根的气，她就是弄不明白，这位老兄为什么就不能跟顾艳谈恋爱。说是爱她赵小梅，那根本就是没有影子的事。

"老兄，我不是责怪你，我赵小梅也没资格责怪于你。至少，是你说话的方式不对头，不近人情。"赵小梅说，那口气似乎跟陈立根之间拉开了距离。

"是我错，千错万错都是我的错。"陈立根仿佛有些暴躁了，顾艳弄成了这个样子，他也心疼，他认为自己比任何人都要心疼。他说："顾艳是个非常优秀的人，无可挑剔的人，她哪一方面都比我陈立根要强。我是什么东西，我不过就是一个乡下人，一个农民的儿子，一个做瓷活儿的普通工匠，我这样的男人，景德镇遍地都能捡得到。我怎么能够配得上顾艳，我他妈的就不是一个东西。"

"你怎么还是这种态度，顾艳都快把自己喝死了，她人还躺在病床上呢，顾艳她有多么可怜呀，她……"赵小梅一时气得说不下去了，眼里流着泪，便双手去捂着脸，起身，快步往后门走去。

陈立根就这样一个人坐着，房子里空落落的，如果这店铺里还有人的话，那就是橱窗里那件"不忘初心"雕塑，就是那个顾艳嘴里说笑的小毛孩子。那件雕塑永远是一脸傻笑，永远都是双手高高在上地举着那块黑泥巴，但它此刻似乎有了灵性，面对它的主人，傻笑的脸上仿佛有一种同情和怜悯。

万籁俱寂，清风吹过，树叶发出沙沙声响，遥远的天际有了浅黄色的鱼肚白。三宝村的天空亮得很早，那一块一块凝聚的雾气，正在渐渐消散，缓缓的，羞羞答答的，曼妙无比，像是脱去了一层朦胧的面纱。

一阵悦耳的手机铃声响起，惊醒了正在熟睡的赵小梅。这才早晨七点零五分，赵小梅睡得很沉，一晚上的折腾让她太疲乏了。她猛地坐了起来，揉了揉有些睁不开的眼睛，拿起枕头边的手机，是刘海亮打来的电话，赶紧接听。

"小梅，顾艳回去陶社了吗？"刘海亮在电话那端说，声音很急促。

"你说顾艳回到陶社了？不会吧，我看看，你等下。"赵小梅急忙下床，去看对面顾艳的房间，当中的拉门是她凌晨临睡前打开的，只开了一小半，并让房间亮着灯，她看见了顾艳的那张床，床是空着的，没有人。她回答说："海亮，房间里没有呀，她没有回来。"

"那，那她一个人能去哪儿呢？我是一直守着她的，我就靠在椅子上大概睡着了不到一个小时，病床上的人就不见了，她的手机、挎包也不在了。"刘海亮的声音很大，并在责怪自己，"唉，真该死，我怎么就睡着了？"

"海亮你别急，你先在附近找找，会不会饿了去外面吃点东西了，我再去她房间看看，一会儿再电话联系。"

赵小梅握着手机，把当中的推拉门全都拉开了。她第一眼看到的是衣橱的门是敞开着的，地板上还扔着几件衣服。她快步走到衣橱前，衣橱里面空空荡荡，有一堆衣裤、太阳帽、围巾胡乱地堆在下面，就像经过了一次扫荡，那个粉红色的行李箱也不在了。赵小梅很快意识到顾艳回来过了，而且离开了陶社。她慌了，立即要打电话给刘海亮，刘海亮的电话却打了过来。

刘海亮的声音："小梅你不要找了，她走了。"

赵小梅急问："顾艳她去哪了？"

刘海亮在手机里回答说："我刚看到她的微信留言，她说她回青岛了，让我不要去找她了。"

"去青岛，她，她她……"

"我刚查了飞机航班，罗家机场早晨八点三十分有一趟飞北京的航班，她应该是从北京转机去青岛。"刘海亮在那边说。

"好，好，我知道了。"

赵小梅已经去房间里换过衣服，背着一个蓝布挎包匆匆下楼梯，她还没来得及洗漱，头发蓬乱，发根缠着一根黑色的发圈。赵小梅来到陈立根的居室门口，用力敲打着门，喊着："老兄，你快起来，快起来呀。"

陈立根打开了房门，他应该还睡得晕头涨脑的，光着上衣，就穿着一条大裤衩，趿着拖鞋。他问道："什么事呀小梅？"

"顾艳回青岛了，她回青岛了，我们现在赶去机场，还来得及的。"

陈立根一时大惊，接上说："好，好好，我马上就来。"

通往机场的高速公路上，行驶着一辆出租车。车后座坐着顾艳，脸色很白，像生过一场大病的人，她是在出租车上给刘海亮留下的一条信息。

顾艳一大清早便离开了诊所，打着一辆出租车回到了陶社，并让出租车在外面等候。顾艳走进陶社，像个阴冷的影子，行走在一个阴冷的世界，她匆忙收拾好自己的一些衣物，拎着行李箱幽灵一般离开了，离开这栋她曾经是那么熟悉，现在又是那么陌生的"蓝天陶社"。顾艳脑子里只有一个念头，什么也不要去想，回青岛，回老家去，回到爸爸妈妈身边去。这次回去，永远不要再来，景德镇跟她的梦想已经没有了任何关系，她再也不需要什么梦想了。

　　公路上，陈立根绷着脸，那张脸就像霜打了似的，他驾驶着红色的轿车，车速很快，赵小梅心绪不宁地坐在副驾驶座位上。三宝村开车到罗家机场至多30分钟的车程，车的前方，已经看到机场大楼了。

　　"这也太荒唐了，她怎么说走就走了呢？"陈立根说。

　　赵小梅没吱声，回望一眼陈立根，她的眼里满是抱怨的情绪。

　　"唉，唉。"陈立根连叹息两声，继续说，"顾艳她不能就这么走了，她不可以走的。"陈立根说话的语气，就好像蓝天陶社是个铁打的营盘，他们三人都得像铁器一般牢牢地焊在上面。赵小梅仍然没有说话，仍然是用那样的眼神看一下旁边的陈立根。陈立根脚踩动油门，超越前面的一辆轿车。

　　"小梅，你一定要劝说她回来。"

　　"如果来得及，如果她还没有进安检，我是不会放她走的。"

　　"打她手机，你再打。"

　　"打过多少次了，她不接，她现在不会接的。"

　　红色轿车已经来到了机场候机楼门外的通道。车一停下，赵小梅推开车门跳下车去，小跑着进了候机大厅。

　　赵小梅在候机大厅来回跑动着寻找顾艳，大厅里旅客并不多。

　　顾艳在值机柜台旁边的电脑取票机前，取好了登机牌，她一脸安静地拉着行李箱，肩下挂着紫红的小挎包，往安检通道走去。赵小梅很快看见了顾艳的身影，看见了那个粉红色的行李箱。

"顾艳，顾艳……"赵小梅大声喊着，奔跑着过去。

顾艳回了一下头，听到是赵小梅的声音，她又转回脸去，继续往前走。赵小梅跑到了顾艳的跟前，她拦住了顾艳的去路，弯着腰呼呼地喘息。

"顾……顾艳你不要走，不要。"

"你让开。"顾艳说，很冷漠的脸，她的语气很平静，也很坚决。

"顾艳你听我说，你就给我一分钟的时间。蓝天陶社，是我们三人共同创造的，我们不能没有你呀。你仔细想想，我们能走到今天，我们容易吗？我们太不容易了。即便有天大的事情，我们回到陶社再说。好吗顾艳？"赵小梅乞求的口吻，眼里有了泪光。

"还有啥好说的，现在说啥都晚了。如果当初，如果在两个月前，你如实地告诉我陈立根跟你说的那番话，我也不至于在景德镇丢这么大的脸，我也不至于落到如此被人羞辱的地步。"顾艳说话时，自我嘲讽地笑了一声。

"顾艳，当时我也是怕伤害到你，我是想跟你说的，可是我认为老兄跟你之间是可以发展的，是有时间去发展的。"赵小梅说。

"赵小梅，你这些话我不想听了。请你让开，我要回家。"顾艳说着话，人往前走一步，赵小梅就拦住一步，那情景就跟老鹰抓小鸡似的。她们的声音很大，许多经过旅客回头张望，张望这两个正在吵架的漂亮女孩。

"顾艳你不能就这样走。"

"你是我爹还是我妈呀，你管得着我吗？让开你。"

"我们还是不是好朋友，还是不是好姐妹，你就这么绝情吗你？我再问你，是朋友重要还是爱情重要，难道就因为一个陈立根，你就要放弃。你真忘了我们之间的约定吗？我们是在景德镇做瓷器的，我们不是在这里寻爱的。顾艳，你这次真要是走了，你就是背叛，你就是逃兵。我瞧不起你这样的人，我骨子里就再也看不起你了！"

"让开，你让开！"顾艳的声音冷冰冰的。

"好，我算是看透你了。你走吧，我们永远都不再是朋友了，我们永远都不要见面了。"赵小梅说，她气坏了。

顾艳拉着行李箱，挺直了身体，往前面的安检通道走去，没有回头。

赵小梅也只能转身走，她就这样站着干望着还能有什么作用呢？赵小梅很快走出了候机楼大门，一脸沮丧。阳光照在她的脸上，那张脸白得就像是一块没有上色的白胎瓷瓶。

陈立根开着车过来，车速很慢。他看到赵小梅一人独自从大门口走出来，猜测到一切都不可能挽回了。

那辆红色的轿车离开了机场大楼，行驶在返回三宝村的公路上。陈立根沉着脸不说话，两眼死死地盯着前方。赵小梅再也控制不住了，双手捂着脸，呜呜地哭泣起来。陈立根心里烦透了，脚底一踩刹车，轿车停在了公路的一侧。陈立根从车头上抓起手机，推开车门，呼地跳了下去。

陈立根深深地吸了一口气，他举起手机来，手机屏朝着自己的脸。他开始对着视频说话，脑袋和身体不时地两边乱摇晃，整个人显得非常激动，就像个精神病人。赵小梅侧过头去看了一眼车窗外的男人，往返的车流声很大，也听不清楚他在说些什么。

而这时，顾艳已经过了安检，正排着队准备登机，她排在后面一点，扩音器里传出女播音员清亮的声音：前往北京的旅客请登机。顾艳从挎包里拿出手机来，她的手机是调在静音上的，发现有一条"老兄"传来的视频信息。她犹豫了一下，但还是打开看了。顾艳的手机屏幕上出现陈立根的脸，那张脸虽然有些变态，却显得十分恳切而真诚，声音有些沙哑："顾艳，我真诚地向你道歉，老兄，不，不，陈立根是一个彻彻底底的大坏蛋，不是个好东西，伤害到了你，我的心里很难过，我非常愧疚，非常对不住。但是不管怎么说，蓝天陶社这个优秀的组合，这个团队，不能没有你顾艳，不能。我们之间有如亲人家人，我们一起走过了最艰难的岁月，我这一生庆幸能够认识你顾艳。回来吧顾艳，回到我们的蓝天陶社，我和赵小梅一定会等着你回来。"

她的脸上流着泪水，看完了陈立根发来的这段视频……

景德

第二十章　意想不到的事件

高速公路上，那辆红色的轿车就像一只甲壳虫，稳稳地趴在地面一动不动。陈立根握着手机，身体倚靠在车门边，车内坐着的赵小梅仍在小声哭泣。天空有飞机的轰鸣声响起，陈立根往上昂起头来，一架客机闪闪发亮，直上蓝天。

他们两人回到了蓝天陶社，这栋房子忽然间显得异常冷清、沉闷，仿佛失去了原有的色彩，就连室内的空气都改变了气味。

陈立根走进顾艳的工作室，这间工作室跟赵小梅的工作室是连在一起的，一般大小，当中隔着一块落地玻璃。工作台上摆放着许多正在设计的陶艺作品，还有一沓散开的美术草图，一碟碟釉彩颜料，一支支画笔收拾得很整齐。工作台的一角搁有一个相框，是他们三人的合影，正是那张陶社第一次获奖的照片，陈立根挤在两个欢闹的女人当中，拘束、尴尬而傻傻地瞪大着眼睛。顾艳说她最喜欢这张照片了，非常真实可爱。此时陈立根的耳旁不禁回荡起顾艳的说话声、笑声，想起了他们三人在一起生活的许多情景，这些情景有如画面出现在他的眼前，每一个画面都是那么美好，那么温馨、鲜活。他有些喘不过气来，惆怅而迷惘地摇了摇头。

他又看到了工作台上一只小盒子，里面放着的一对耳机，是粉红色的耳机，顾艳用什么东西都喜欢有色彩的，尤其红色。他清楚地记得，那天晚上骑着电动车从瓷行接顾艳回陶社的路上，顾艳就把一只耳机塞进他的耳朵里，是一首强有力的摇滚音乐，顾艳戴着另一只耳机，在他的身后用力地摇摆，身体不时地会摩擦到他的身体，那种感觉很亲密，就像是两个肉体连在一起。所有发生的这一切，陈立根他并没有后悔，但他还是有过后悔的瞬间，昨天晚上顾艳在诊所输液的时候，他就自言自语地说，如果可以重来。他的声音被对面的赵小梅听到了，赵小梅当即打断了他的话。赵小梅说："已经没有如果了，即便是有，那也不可能是你发自内心的感受，那是被动的。女人，所有的女人，她们的心都是一件易碎的瓷器，何况是顾艳，她那么一颗极其敏感有自尊的心，已经碎了。她把爱情看得如此神圣而完美，就像她绘画的每一件瓷器，容不得有半点瑕疵。已经破碎的心就是得到了修复，那也有抹不去的痕迹。"赵小梅当时就是这么说的，她更了解顾艳。陈立根拿起那一对耳机来，让一只挂在自己的耳朵上，然后又拿了下来，仿佛不可侵犯，这令他非常苦恼。

赵小梅在顾艳的房间里清理卫生，她在床头柜的地下蹲下来，看着那件摔成三段的陶瓷美人鱼，一截断在腰上，一截断在尾部。她轻轻地把碎裂的美人鱼拾起来，放好在床上，让它们的身体连接在一起。赵小梅伤心极了，她微微闭了一下眼睛，仿佛看见去年在咖啡厅顾艳捧着这件瓷器，看着祭红色翘起的鱼尾，激动不已，眼里流着泪说："小梅，如果我们能制作出这般精美的陶艺品，那该多好啊。"可是现在呢，房间里的主人已经飞走了，就那么绝情地走了，这个背叛的人，这个逃兵，她也不想再见到她了。可是这件陶瓷，这件美轮美奂的瓷器，它是无罪的呀，它又冒犯过谁呢？为什么就让它碎了呢？赵小梅怔怔地看着这件断开的美人鱼，忽然间想起什么事来。她走去自己的房间，拿来一张废纸，提着她的蓝布拎包。她把碎裂的瓷器包好，然后放进拎包里。

陈立根在店铺的茶桌前泡茶，面前就放着一个孤单的小杯子，他端起杯子来喝了一小口，就像喝烈性白酒似的，紧皱了一下眉头。接着，他又拿起桌上一本翻开的陶瓷杂志，强瞪大两只眼睛去看，为了让自己思想集中，嘴里轻声念道："当代陶瓷艺术虽然要借鉴书法、绘画、雕塑或其他艺术一些表现手法和技巧，但它显而易见地具有与众不同独特的工艺性。它必须经过窑火的高温煅烧，使坯和釉形成坚硬致密的质地，并以绚丽的釉色、精美的装饰，在其表面创造出丰富多彩的视觉效果，这就是火的语言，火的艺术……"这时赵小梅快步过来，也不去看他，肩膀挎着蓝花布袋，径直朝大门外走去。陈立根正念着，觉察到有人经过，回了一下脸，见到赵小梅背着包出门了。

"小梅，你这是要去哪？"

"出去办点事。"

"你等等，我开车送你。"

"不用。"

赵小梅骑上了电动车，这就走了。

陈立根快走几步，站在店门口，望着赵小梅的电动车走远，他叹息一声，对自己说话："现在的女人都怎么了，怎么会翻脸比翻书都要快呢？"

大概是上午十一点左右，赵小梅骑着电动车来到了樊家井陶瓷仿古一条街。她在武剑开办的店铺门口停好车，然后往里进去。几个工人似乎很悠闲，正在门边抽烟聊天。店铺里显得很冷清，柜台上零零散散地摆设着一些仿古瓷器。武剑端着一把茶壶，他好像刚对谁发过一通脾气，虎着一张大脸，一转身时，见到进来的人是赵小梅，脸上的皮肉立刻就松弛下来了。

"哎哟，这不是蓝天陶社的赵美女嘛。"武剑眉开眼笑地说。

"武大哥，我想求你帮个忙。"

"求什么求呀，你的事就是我姓武的事。我刚才还在想，过几天去陶社找你们陈总的。你说，什么事？坐，这边坐。"武剑说。

赵小梅便去茶几前坐下了，她说："你以前做仿古瓷的时候，做过锔瓷金缮这个活计对吧，而且手艺高超。"

"没错，没错。那都是往年的事了，那阵子在曙光路鬼市古玩市场，可以淘到许多古代的破旧的瓷器，件件都要靠手工修复。中国有句古话'没有金刚钻，别揽瓷器活'，说的就是这门古老的民间手艺，在宋朝名画《清明上河图》里，街道边就有'锔瓷、金缮'的场景。吃瓷器这碗饭，没有这个手艺可不行啦。嘿嘿，锔瓷金缮这活计当年可算是赚了不少的钱。现年头再去鬼市，就是凌晨四点钟起床，去到那里也寻不到一件真正的古玩意儿。"武剑好不得意的模样，晃了晃脑袋，眼睛上的两道粗眉往上飘了起来。

"那我可就是找对人了。"赵小梅欣喜地说，急忙从布挎包里拿出那只断开的陶瓷美人鱼来，放在茶几上，"武大哥，这件陶瓷可以修复吗？"

武剑低下脸去，两眼查看着这件断开的瓷器，嘴里发出啧啧几声赞叹，说："这物件的窑变釉料极是华丽，这小人脸儿，这小腰身儿，这屁股下面翘起的尾巴，两个字，性感。不用说，此物定是出自你们陈立根总经理之手了。俗话说的'补碗补盘补人心'，其实修补的是人的'惜物之心'。赵美女你放心，可以修复，一定可以的。"

"真的吗？我太开心了！"

武剑去一边的抽屉里拿出几张彩色图片来，递给赵小梅看，都是古瓷，有元青花的杯子，有宋代的碗，还有两件明清时期的碟子。

"赵美女你看看，这都是我当年修复的古瓷器，当时都是残缺不全的破玩意儿，经过我的手，是不是很完美了。绝非赝品，就这几件古瓷，卖了好几万块钱咧，而我当时收来的价钱，也就几百块。"武剑笑眯眯地说。

"武大哥，那这件美人鱼就拜托您了。"

"不客气，这不举手之劳嘛。"武剑认真地看了看美人鱼断开的位置，想了想，说，"修复是可以修复的，只是我得想想用哪种方式合适，锔瓷和金缮同是修补术，锔瓷对它会造成一定的破坏，因为是铆钉子上去，那就要在上面钻孔才行，而金缮更注重器物的完整性。哎呀，这么精致的陶瓷作品，我考虑用金缮修复比较合适一些。"

"我相信你的手艺，你就看着弄好了。"赵小梅说，站起身来，"武大哥，那我什么时间来取？"

"时间，这还真需要点时间了，因为要用到大漆选用的天然材料，在干燥的过程中必须控制温度和湿度这两个关键条件，要保证金缮的质量。我会抓紧时间的，修复好了我会给你送去，不劳赵美女再过来了。"

"那好，谢谢武大哥了，拜拜。"

辽阔的蓝天之上，白云如棉絮一般飘浮游动，景观十分壮美，而蓝天的下方，呈现出一片银光灿灿的海洋。不多一会儿，海洋间突现出一座黛绿色的岛屿，渐渐地，便能看到一栋栋密集的红顶房屋，那些房舍就像是田地里生长出来的一朵朵红蘑菇，奇特而优美。

这里是青岛了，青岛的天空、土地和海风潮湿的气息。

顾艳肩膀上吊着挎包，拖着行李箱，走进了一座带花园的小洋楼。院子里栽有一些花草，生长得很茂盛，爬在墙壁上的数十根褐黑的藤蔓上开满了火红色的凌霄花，阳光下，艳丽而耀眼。顾艳并不在意院里的景致，低着头往前走，眼底的青石板路十分熟悉，房子的大门是完全敞开的。

客厅里窗明几净，所有摆设的家具都很考究，墙壁上有几幅精美的彩色瓷板画，几个高低不一的柜台上，摆放着多件陶艺品，茶几上的陶瓷茶具也是新彩或粉彩图案。田阿姨正在客厅清洁卫生，她是个面善的中年妇女，手上拿着一块抹布，听到有进来的脚步声响，抬头望去，见到来人是顾艳，一阵惊喜，转身便朝着楼上喊："顾太太，顾太太呀，艳艳回家了，是艳艳回家了。"

"田阿姨好。"顾艳礼貌地说，她很平静。

"艳艳，快歇歇，歇歇。还没吃中午饭吧，我这就去做。"田阿姨接过顾艳的行李箱。

"不用不用，我在飞机上吃过了。"她说。

楼梯上响起急促的脚步声，顾妈妈出现了，她看见客厅站着女儿，吃惊地瞪大着眼睛，那份意外的欣喜，仿佛自己的女儿是从天上落下来的。顾妈妈边下楼边说话："艳艳，艳艳你咋的就回家了？"

"妈妈——"

顾艳喊着，迎着母亲过去，像只小鸟似的，一下就扑在了妈妈的身上。她很想哭，但她忍住了夺眶的泪水。母女俩拥抱在一起了，那开心的劲儿，顾妈妈眼睛都潮湿了。

"老妈，我想家了呗。"她趴在妈妈的肩上，声音有些颤抖。

这时楼梯上出现一个很精神的男人，她是顾艳的父亲顾新鹏，腋下夹着一个米黄色的公文包，朝着客厅说：

"这是谁把俺闺女变出来的呀，昨天人还在景德镇过中秋，还传来小伙伴们聚餐喝酒的照片，就没说要回青岛呀。"顾新鹏笑哈哈地走过来，大步上前，说，"闺女，快过来让老爸抱抱，老爸比你老妈要疼你得多咧。"

顾艳走到父亲跟前，抱了抱父亲，并在父亲的脸上轻吻了一下，说："爸，亲爱的老爸。"

"艳艳，你的脸色不好呀，是不是生病了，还是身体不舒服？"父亲说，看着女儿的脸。

"没有呀，我好着呢，大概是坐飞机，又是从北京转机的，旅途有点小疲劳吧。"顾艳笑着说，"老爸，你是越老越帅了。"

"看咱闺女，这小嘴儿比蜜都要甜咧。"父亲手去环抱着女儿的肩，好不亲切的，"唉，今年过年你都没有回家，昨晚我还跟你妈商量着，明年的春节闺女再不回，咱们俩就上江西景德镇过大年去。"

顾妈妈在一边似乎有点冷落了，说："新鹏，这都两点半钟了，你快去公司上班，司机在外面等着呢。"

"好，好好，那我去了。闺女，老爸晚上回家吃饭，外面就是有天大的应酬我也得回家，咱得跟闺女好好地喝一口。"顾新鹏说着话，大步出门了。

顾妈妈拉着女儿的手，去沙发上坐下，宽大的皮沙发很松软。顾艳手中拿着一瓶饮料，一半脸靠在母亲的肩上。母亲问她收到寄去的月饼没有，是不是很好吃，现在工作会不会很辛苦，又问她这次回青岛能不能多住些日子，可别急着要走，好一番唠叨。顾艳已经很疲倦了，有点打不起精神来。

顾艳说："老妈，我有点累了，想去睡一会儿，飞机上也没休息好。"

顾妈妈急忙说："好好，快去睡觉吧，田阿姨已经收拾好房间了。"

顾艳来到了自己的房间。她的居室在一楼，紫红色的地板，房间很宽敞，有两扇很大的椭圆形的窗户，垂挂着蓝色丝绒窗帘，当中一张红木大床，厚厚的席梦思，粉红色的床罩和鹅绒被子，两个松软的白色大枕头叠在一起。顾艳衣服都来不及脱，人往床上一倒，什么也来不及想，来不及看，便睡着了。

已经下午五点半了，顾艳这一觉睡得昏沉沉的，连梦都没有做一个，直到母亲在外面敲了好长时间的门，她才张开眼睛，对自己说，哦，这是在青岛了。顾艳坐起身来，说："老妈，老妈我这就来了。"她去了一侧的卫生间，这是一个带有浴盆的卫生间，空间很大，有一个小窗口，因为小洋楼地势高，可以看到窗外的一角大海，夕阳下，海水金光闪闪，像有无数双眼睛朝天张望。她匆匆地洗脸梳头，又回到房间，打开衣柜，换上了一件玫瑰红的连衣裙。她一转身，朝着一面大镜子，身体旋转了一圈，她想让自己开心起来，想让自己笑笑，可就是没有笑出来。她仍然感觉有点头重脚轻，这个温暖的家，从小长到大的家，是那么熟悉，却又是那么陌生。

餐桌上已经摆满了菜，大盘小盘的，都是当地的海产品，都是顾艳最喜欢吃的，有蛤蜊、海螺、小红螺、八爪鱼、利虾什么的。其中有几只盘子是青花瓷的，上面绘有娇美的兰花图案，顾艳清楚地记得，那是赵小梅手工绘制的，她说过喜欢，前年她回青岛时，小梅打好包装，放进了她的行李箱。她有点发愣，并不是因为满桌的海鲜，而是因为这几个青花盘子，心里却在想，碍眼，气人，真不该将这些玩意儿带回家里来。顾妈妈在一边说："艳艳，别站着了，这都是给你准备的，快坐下吧。"顾艳仿佛是从哪里猛地醒过来了，坐在光滑的红木椅子上，问："老爸呢？"顾妈妈欢心地说："到了，到了，应该到门口了。"

这时顾新鹏走进餐厅，手上提着一桶五公升装的啤酒，大着嗓门说："闺女，我特地去了一趟啤酒博物馆，这可是老厂今天生产的原浆啤酒，我知道闺女喜欢喝，也只在青岛才能喝到这么新鲜的。"

"谢谢老爸。"她说。

"哼，看看你爸这张脸笑得嘴都合不拢，见到闺女回家了，一身劲头都上来了。这个家里呀，怎么能离得了咱闺女哟。"

一家三口便开始吃起来，父母不停地往女儿碗里夹菜。顾艳仍然是胃口不好，昨夜在景德镇可是彻底给喝伤了，她尽量努力吃海鲜，碗里的虾都是父亲剥去了壳的。她尽量再多喝一杯啤酒，她得让父母开心才是。

"艳艳，这回在家里住几天呀？"母亲问她。

"住几天？老妈，你想女儿住几天呢？"顾艳说。

"我想，这是我想的事吗？这要是我跟你爸能去想的事，去年我就让你离开景德镇回青岛了。我想，我想你一辈子就住在家里呢！"母亲说。

"好，那就一辈子吧。"她说，她的声音很平静。

"嘿，艳艳你别哄你爸妈开心了，说的啥话呀，谁信？"母亲眉头一扬，喝了一口啤酒，眼睛去看丈夫。

"我是说真的，老妈。"顾艳说，举起杯子来，朝着父亲，"老爸，来，我再跟你喝一杯，就喝这一杯了，明天，明天我们再喝个尽兴。"做父亲的没有举杯子，他一直就觉得顾艳突然返回青岛，哪里有点不太对头。他该有多了解自己的女儿呀，虽然女儿不在身边，隔得再远他似乎都能够感觉得到这个宝贝女儿开不开心，工作、生活上满不满意。

"闺女，真不走了吗？不回景德镇了吗？不去做瓷器了吗？这个反转也太大了，没有理由呀？"父亲问道。

"老爸，不走了。我还是不适应南方的气候，夏天太热，冬天太冷。"顾艳找出了不回景德镇的理由，继续说，"唉，我实在是有点坚持不下去了，我已经决定放弃了。"

"说的都是心里话，闺女？"顾新鹏又问，眼睛看着女儿的脸，很认真，还显得有些严肃。

顾艳点头，非常有力地点动着头。

"艳艳啦，我的小祖宗哎，我现在呀，真想喊你一声妈了。"母亲可是高兴坏了，相信女儿说的都是真话。母亲绘声绘色地说："艳艳哪你知道不，你老爸他有多么想你吗？他这人只是嘴上不说，有好几回半夜，我发现他人不见了，他去了你房间里坐着，尽坐着发呆。这回可算是好了，艳艳不走了，就待在青岛了。凭艳艳的学历才华，想找个工作还不是一分钟的事，去你老爸公司干也行，随时都可以。"

父亲不说话了，也不想喝酒了，他感觉到一定是哪里出了问题，且是很大的问题，女儿心里有事想瞒过他这个父亲的脑袋瓜子，那是万万不可能的，他相信全天下没有谁会比他更了解这个女儿。他朝着女儿笑了笑，温和地说："闺女，那就好好在家歇着吧，等周末，我陪你去海边转转，看看栈桥，你每次一回青岛就要去看栈桥的。"

"好。"她说。

三宝村的傍晚，太阳西下的云彩久久地凝聚在天边，那一道道赤红色的霞光映照着房舍屋顶，就像画中一座座辉煌的宫殿。公路上行驶的车辆已经不多了，行人也少了，许多家陶瓷店铺的门口橱窗全都光亮起来，仿佛一炉炉柔情的窑火，持续着陶瓷的温度。

赵小梅在厨房里做好了饭菜，端起两盘菜走出来，转一下头，朝着作坊那边喊了一声："吃饭，吃饭吃饭了。"她也不喊老兄，喊的人当然是陈立根了，这栋房子现在只有两个人。陈立根就跟接到领导的命令似的，变得就像个小职员，边解下胸前的工作围裙，边大步来到餐桌前，小心翼翼地坐下。赵小梅往桌上放下两盘菜，接着又转身回厨房去了。她双手端着一个小电饭锅和几只碗，又来到了桌前，先是放下电饭锅，又放好三只空碗和三双筷子，忽然怔住一下，反应过来顾艳已经不在陶社了，脸上显得很尴尬也很心虚，她想去收回一只空碗和一双筷子，想想又算了。陈立根给赵小梅盛好一碗饭，又给自己盛上一碗。他开始吃饭，只吃了一口，两眼便盯着那只空碗，傻傻的，一副呆相。

"顾艳她现在，是在青岛家里吃饭了吧。"他说，声音很小。

赵小梅瞟他一眼，不说话。

"小梅，你跟顾艳联系过吗？"他问。

赵小梅吃着饭，又瞟他一眼，仍然不说话。

"那你就跟她打个电话吧，或者发个微信给她，好吗？"他又说。

"要打你自己打，你没手吗？"赵小梅说话的声音很呛，她从来不会跟陈立根这样说话，跟其他人更不会。

"我是想打，唉，还是不合适吧。"他的眼睛继续死盯着那只空碗，仿佛那只碗会摔到地上去。

"走吧，要走就走吧，反正这辈子不要再做朋友了。"赵小梅一直都在生气，生自己的气，也生陈立根的气。转而又想想，这事儿也不能全怪陈立根呀，他又错在哪里？他没有错呀。她说："你放心好了，海亮会跟她联系的。"

"刘海亮，那是海亮公司，我们是蓝天陶社！"他嘴里突然冒出这句话来，声音很大，他也不清楚自己怎么会这样说。

"你发什么火，你冲谁发火呀？"赵小梅说。

"我没冲你发火，我冲我自己发火。"陈立根心里也有气，他是气陶社的伙伴不能就这么跑了，没有一点商量的余地就这么跑了，这是没有道理的。他把碗端在手上，眼睛又去瞅着那只空碗，突然间眼前仿佛闪现了一个画面，那个画面非常清晰，他和赵小梅、顾艳在昌江边草坪上，手上握着罐装的啤酒，仰望着满天的星光，三人忘情地高声呼喊起"China，China"。那个画面只是短暂的瞬间，接着就过去了。"砰"的一声，陈立根将手上的碗往桌上重重一搁下，两只眼睛像牛眼似的有些发红，他说："我就不信了，顾艳她能不回景德镇。"

一时安静，两人都不说话了，只是吃饭。

外面的天空，渐渐都黑下了。天上升起了一轮十六的月亮，真的是比十五的月亮还要圆还要亮。只是月亮在云层间穿行，时隐时现，这使得三宝村的山岭、树木和房舍，有了一层神秘的色彩。

兰兰兴冲冲地来陶社了，背着一个鼓鼓的双肩包，里面装的都是她换洗的衣物。是赵小梅打电话让她过来陶社住的，从今天晚上开始。

"小梅姐，我来了。"她走进房间欣喜地说，脖子上还挂着一台照相机。

赵小梅嘴里嗯了一声，她坐在书桌前，手握着一支铅笔，在纸上画草图。当中的拉门是关上的，兰兰一把拉开当中的门，往顾艳的房间里看了看。

"顾艳姐怎么说走就走了呀？"

"她说她累了，回青岛去休息一下。"

"顾艳姐哪天回来呢？会在青岛住很久吗？"

"哦，这她没说。"赵小梅回了一下头，似乎兰兰问得太多了。

"姐，那我是住顾艳姐房间，还是跟你一块住？"

"就跟我一块睡吧，床挺宽的。"

"我才不，我去顾艳姐屋里住。"兰兰说着话，走进顾艳房间。

"你回来，你不要弄乱了她的房间。你如果不想跟我一块睡，那就回窑场去吧。"赵小梅说，声音大了许多。兰兰退了回来，拉上了当中的门，取下胸前的相机，将双肩包搁在柜子里，从包里拿出洗漱用品，走去了卫生间。兰兰的声音从卫生间里传出来："小梅姐，我知道了，一定是你们两个人吵架了。"

兰兰在卫生间放下洗漱用品，走回到房间来。

赵小梅没答话，也没心思作画，脸上略显伤感。兰兰瞟了一眼赵小梅，便去床上一躺，手上刷动着手机屏幕，嘴里说："你不想说就算了，反正我答应了过来陪你的，这样也好，去汉克那边方便多了，要去学校上课，只要一个电话，他随时可以开车送我呢。"

房间里一时清静下来。赵小梅站起身来，走到床边，在兰兰身边坐下，微微地叹息一声。

"姐，我进门就看出来了，你不开心。"兰兰说。

赵小梅笑了笑，笑得很勉强很无奈。

"我的姐呀，这到底是发生什么事了，顾艳姐突然就回了青岛？"兰兰问道，盯着赵小梅的脸。

赵小梅摇摇头，似有难言之隐，但她还是开口了，她说："怪就怪陈立根这个老兄，伤害到了顾艳。"

"姐，你是说他们两个人谈恋爱了吧。"

"也不能算是谈恋爱，只是顾艳她一厢情愿。一生气，就跑去青岛了。"

"怎么可能，顾艳姐多漂亮多优秀呀，老兄能不爱上她，这不可能，这万万不可能。一定有原因的，那老兄还能爱上什么人呢？"兰兰说，看了看赵小梅的苦涩的脸，"哈哈，我晓得了，老兄是爱上我小梅姐了。"

赵小梅一时没说话，脸上一阵发热。

"小梅姐，你讲实话，你是不是也喜欢老兄了，是不是？"

"不是，不是的。你胡说什么呀，兰兰你比谁都要清楚，我爱的人是方斌，我们都准备要结婚了。"赵小梅说，似乎要努力解释这件事。

"哦，我明白了，老兄他也是单相思。天啦，这个事情是很麻烦的，天下还真有这样的男人，他一辈子，就等一个人，直到对方结婚了生孩子了，他还会一直在等，直到白发苍苍，直到老死都在等。"兰兰说着话，竟然哈哈地笑了起来，似乎眼前看到了天下最凄美最忠诚的爱情故事。

"说书呀，看电影看电视剧呀，我没心思跟你闹着玩。"她说，板着严肃的脸。

兰兰便不笑了，似乎很认真地说："姐，你呀，还是抓紧时间跟方斌结婚，先把证扯了。这样一来，老兄也就死心了，到那时，他追起顾艳姐来，保证脚底生风。"

"好了好了，不再说这件事了。"

一轮月亮还在云层间游走，轻飘飘的，慢悠悠的，羞答答的，就像少女披着一件半透明的婚纱，晒下的月光零零碎碎。

陶社的后院里一阵响动，动静并不算大。陈立根戴着帆布手套，正将一件件浇有釉料的陶艺品搬上货架车，这些物件大小不一，有青花瓷瓶，有新彩瓷板，有陶瓷雕塑，它们在货架车上各自占有自己的空间，很有序也很规范，就像是一个整体，那是他们三人制作的作品，是商家的订单，到了时间就得交货的。在陶社，满窑烧窑这类粗糙活儿、用力气的活儿，陈立根几乎都不让赵小梅和顾艳动手。在陈立根的眼里，她们的手是用来制作绘画瓷器的，那些活儿已经够辛苦了。陈立根将摆好物件的货架车，由铁轨上慢慢地推进了气窑，打着了火，调试好了温度，然后关好窑门。看着窑炉通风孔里沸腾的蓝色火焰，这种时候，他的心里才格外亮堂。

陈立根站在窑炉前，舒展了一下疲惫的身体，仰起脸来往天上看，云层里的月亮已经不见了踪迹。忽然间他感到了人生一种少有的孤独，这种孤独感让人压抑，甚至让人窒息。他用力地喘了几口气，努力让自己打起精神来，有点神经质地往上举起两个拳头，似乎有感而发，喃喃自语地说："来吧，全都来吧，让暴风雨来得更猛烈些吧。"

几天后，陶社这一批出窑的作品烧制得堪称完美。陈立根和赵小梅动手打包装箱，交给了物流公司派来的车辆。他们两人之间再不像以前那般爱说爱笑了，似乎之间显得比以前更加客气礼貌了，就是那样种相敬如宾的感觉。

陈立根和赵小梅将出窑时的作品拍摄保存，他们将一组九宫格照片发到朋友圈上，且多半是顾艳的作品。一发朋友圈，便有许多朋友同事和客户点赞，却没有顾艳手机发出的点赞。这让他们的心情非常不好，非常失望，他们两人显然都是在等待顾艳的那个遥远的点赞，只是心里不说而已。

赵小梅实在是气不过了，说："什么人呀，错的人又不是我。以前发朋友圈，她可是秒赞的，这都大半天了，她看不到吗？她瞎了吗？我不会再理她了，说不会就不会，反正她已经不把我当朋友当姐妹了。"

陈立根看着牢骚满腹的赵小梅，他没吭声，他只能苦笑，事情都已经发生了，这世上又没有后悔药吃。他想。

转眼间就过去大半个月了。这天上午是兰兰在陶社守店铺，刘海亮开车过来了。刘海亮一直跟顾艳有电话、微信联系的，他只是弄不明白，为什么这次顾艳回青岛，决定再不回景德镇了。这让他心里十分不安，他猜测顾艳的身上一定是有重大的事情发生过。

兰兰在茶几前泡好了茶，像个主人似的很热情。

"海亮哥，你认为顾艳姐什么时候能回景德镇呢？"

"这个嘛，我还真不清楚。兰兰，顾艳在电话中跟我说，她以后就在青岛生活，不会再回景德镇了。"刘海亮说。

"天啦，这一去就不复返了，事情竟然闹到这么严重？"兰兰这话一出口，刘海亮眼睛盯着她的脸，他很有心机地问道："嗯，真的有这样严重，但我还是想不明白，就因为她的作品没能进京参展，就因为赵小梅的作品送展了，她就嫉妒了，就愤怒了，这个顾艳也太小心眼了吧。"兰兰的手连连摇动，说："不是的，不是这样的……"兰兰没敢往下说，因为小梅姐有过交代。刘海亮便开始紧追不放了，讥讽的口气说："什么不是这样的，是就是呗，太不值得了，就因为陶社送展的事，她认为太不公平，中秋节那天半夜里，便把自己灌得酩酊大醉，醉得就不成人形，还是我把她送去诊所打针输液的，一大清早，人就跑了。"兰兰并不知道顾艳身上有这种事发生，惊愕极了，她说："不是送展的事呀海亮哥，是爱情，爱情受了伤，她是爱上了老兄，老兄却不接受她，就，就……"兰兰突然发现自己全都说漏嘴了，急停下来，手在自己的嘴上拍打了几下。

刘海亮现在终于是全都明白了，他沉默了，他很愤怒，也很痛苦，但事情已经过去好久了，他可以控制住自己的情绪。

兰兰有些吓坏了，哆嗦着说："海亮哥，这件事你心里知道就行了，你可千万别跟我姐说，她要是知道，这一辈子都不会理我的。"

"兰兰，你放心吧。"他的语气很重，就像石头下面发出的声音，低着头说，"顾艳她会回景德镇的，只是不是现在。"

刘海亮说完话，他一直低着头，朝着兰兰挥了一下手，转身便走了，连声再见都没有说。

下午，武剑开着小货车来到了陶社，手上拎着一个很精美的蓝色盒子，大步走进店铺，赵小梅正在柜台上摆放几件陶艺作品。

"赵美女，这物件给你修复好了，你看看吧。"武剑把盒子放在柜台上，打开来，正是那只陶瓷美人鱼。赵小梅急忙拿起美人鱼来看，这件祭红色的陶瓷美人鱼身上环绕着几根金线，轻柔而协调，就像沐浴着金色的阳光，倒是让这件瓷器有了别样的风情。赵小梅情不自禁地说："太美了，真没想到武大哥的手艺有这么好，谢谢，谢谢武大哥。"

"金缮修复的美学，就是用最好的形式弥补过去，坦然接受不完美，方能成就未来的完美。赵美女，你喜欢就好。"武剑说，语气文绉绉的。

"这样已经很好了，非常完美了。"赵小梅把美人鱼小心地搁在盒子里，说，"武大哥，多少钱，我得付加工费给你。"

"就这点小事，谈什么钱呀，赵美女你见外了。"武剑说，往店铺的后门看了看，"陈总在里面吗？"

"他去送货了，才刚走不久。武大哥你有事吗？"

"今天晚上，我请你们陶社的人吃饭，一块喝个小酒，已经订好的包厢，一定要去的。哦，顾美女她也得去的。"武剑笑着说。

"好好地请什么吃饭呀武大哥，不用破费了。再说顾艳她回青岛休假了，吃饭的事我们以后再说吧。"赵小梅说。

"不行，不行不行，就今天晚上，这顿饭是一定要请的。一会儿我把酒店的定位发到你和陈总的手机上。赵美女，我走了，不见不散。"

武剑匆匆出门，开着车就走了。

傍晚，陈立根和赵小梅走进了一家很高档的酒店包房。武剑早就到了，点了一桌子的菜，就三个人吃，甚是夸张。武剑还准备了两瓶15年的老酒，说是翻箱底才找出来的。

"武大哥，看看你，用不着这么客气呀。"陈立根说，很不好意思，眼睛去看看赵小梅，来的路上，他们两人猜测武剑可能又是要找陶社借点钱什么的，除此之外，还能有其他的事情吗？

"陈总，赵美女，坐坐，快请坐。"武剑一脸热情地招呼着，拿着酒瓶，分别给三个酒杯里倒酒。

"武大哥，我可喝不了这么多。"赵小梅说。

"行，行行，那就给赵美女少倒一点，不勉强，喝过这杯，你就喝饮料，喝什么都行咧。"武剑说着话，已经倒好酒了，那副表情就像在接待景德镇最重要的嘉宾，他站着，举起杯子，说，"首先，我要感谢陈总一直以来对我的信任和支持，我今生能够结识陈总这样的陶艺师，那绝对是三生在幸。再就是感谢蓝天陶社，感谢赵美女，感谢顾美女。为表达我一万分的诚意，这样吧，我先喝三杯，二位意思意思就行。"

武剑果然连着喝下了三杯酒。如此客气，如此感激，陈立根和赵小梅已经感觉到，武剑定有重大的事要跟他们谈了。陈立根把杯中的酒喝了，赵小梅也跟着喝了，武剑都三杯酒下肚了，他们也不得不喝吧。

"武大哥，你有事需要我们做的，就直说吧，大家又不是外人。"陈立根诚恳地说，有些感动了。

"是呀武大哥，酒就慢慢喝吧。"赵小梅说，温柔地笑笑。

"你们吃菜，吃菜，别闲着筷子。我还得连喝三杯，这是表达我对你们蓝天陶社的敬意。"武剑也不顾劝阻，又是三杯酒倒进了嘴里。

"我说武大哥呀，你再这么喝，我们就真坐不住了。"陈立根说，仰头望着武剑。武剑的个子很高大，往前垂着头，那模样，没有一点男人的豪气，却是像要给蓝天陶社来赔罪的。

武剑放下杯子，手掌在脸上擦了一把，那张原本绷紧的脸，忽然间皮肉全都松弛下来，像极了一条沙皮犬的脸，很滑稽很古怪。他的嘴里喘出一口粗气来，说："陈总呀，赵美女呀，这一个多月来，我有好多个晚上都睡不着觉，我这心里那个苦呀，就跟吃了黄连似的。我开不了口，我实在是开不了口呀，可是我不开口又不行呀陈总，我的那点股票基金，基本上已经亏光了，跟随我的一帮小弟兄，两个月了，都没有开出工钱来，仿古瓷生意大不如从前，做多少件也难得卖出去一件两件的，我已经到了山穷水尽的地步了。所以，我，我只能狠下心来，这也是没有办法的办法，我要卖掉三宝村你们租用的这栋房子。"

"你是说，你是说要卖掉三宝村的房子，我们蓝天陶社租用的这栋房子？"陈立根问，脑子里一阵发蒙。

赵小梅简直不敢去相信，吃惊地睁大着两眼，半张着嘴巴说不出话来。

"卖，只能卖掉了！"武剑说，那声音就跟打铁似的。

第二十一章　人间自有真情在

陈立根和赵小梅惊愕无比地看着面前的武剑，简直不敢去相信自己的耳朵，全身上下阵阵发冷，就像处在凛冽的寒流之中。

"武大哥，"陈立根极力冷静下来，说，"蓝天陶社这栋房子你不能轻易就卖了，再困难，也会有其他办法的。"

"这栋房子，武大哥你不能卖！"赵小梅说，嘴唇颤抖着。

武剑一声叹息，手掌往上一挥，照着自己的大脸给了两记大耳光，打得声声脆响。他说："我何不清楚三宝村的这栋房子不能卖，这是败家产啦，这是有辱祖先啦，我在景德镇已经没有什么家产了，以前是有，到如今，全都给我败光光了。我该死，早就该去死。怎么也没有料到，会落到今天这步田地啊！"

陈立根和赵小梅的情绪都很激动，他们还没有完全反应过来，更不可能有任何的思想准备。

武剑的眼里似有泪水转动，双手抱拳朝着陈立根和赵小梅，上下摇动了好几次，声音沙哑地说："陈总，赵美女，万万请你们谅解我的苦衷，卖掉房产只能是我目前唯一的选择，我没有其他办法了，我在外面还欠了好几十万块钱啦！"

"那就是说，这房子非得卖掉不可了？"陈立根硬着嗓门问道。

武剑点头，不停地点头。

陈立根已经无法控制住自己的情绪了，"咚"的一声响，他的拳头落在了桌面上，酒杯都给震倒了，半杯酒洒了出来。

"你是要我们搬家，要我们蓝天陶社搬家，这个家是说搬就能搬得出去的吗？你有没有想想后果有多大，我们的经济损失有多大，别的就不说了，光就今年这场水灾，陶社为恢复生产，又往里投进了10万块钱！你不可以这么做的，我们也不会答应的，绝不会！"陈立根说话时嘴里有唾沫喷出，几乎就喷到了武剑的脸上，就像溅射出了白色的火星。

武剑手掌去脸上抹了一把，又是一声叹息。

"我也是被逼到这个份上来的，我也是没有办法啊！"武剑说，两眼往上翻动，朝着天花板。

"武大哥，你听我说几句吧。"赵小梅的语气很柔，却很尖锐，"武大哥，蓝天陶社跟你是签订过五年租赁合同的，这也都是受法律保护的，难道武大哥你一点不懂法律吗？而且明年的房租都提前预支给你了，其中的经济损失谁来弥补？你这简直是开了个天大的玩笑。我们的蓝天陶社，至少在这五年期间，是不能搬走的，要提前搬走也不能你一人就说了算数。"

"那你们的意思，就是不搬了？就是见死不救了？"武剑说，语气里充满了恳求，"陈总，赵美女，这事是我不对，是我有错，有罪，你们的心情我可以理解，一万个可以。我也算过一笔账了，蓝天陶社所有的损失，等出售了这栋房子，我都会补偿，十万，那就十二万吧，我都认了。"

"现在不是钱的事，是瓷器的事，我们必须要在那房子里做瓷器，陶社不能就此停止生产，不能！"陈立根说，一脸毫不动摇的表情。

"武剑大哥，你也是做瓷的人，也是靠瓷器起家的人，我们历经了多少艰辛多少努力才把蓝天陶社创建起来，经营销售也走上了正轨，一旦搬家，那等于又要重建，一切又要重新开始，你这不是要把我们给害死吗？"赵小梅说，又气又急，脸都白了。

武剑埋下头去，倒背着手，人在包房里来回走动，鞋底摩擦着地面，声音很大，看来面前的这两人是死活也不能答应，看来根本就说服不了。他抬起脸时，那是一张凄惨的脸，眼睛里似有几颗呼之欲出的泪水。

"陈总，我求求你们了，求求你们了。"武剑说，往后退出一步，"要不我给你们下跪，我给你们磕三个响头行吗？"

"武大哥，你不要这样了！"陈立根说。

"说什么也没有用，蓝天陶社不会搬家的。"赵小梅说。

武剑有些绝望了，长手一伸，抓起桌上的酒瓶，一昂头，往嘴里灌进了几口酒，酒瓶往桌上一放下，那张脸由愤然忽而变得一脸的无赖之气。他大着嗓门说话，仿佛要让全景德镇的人都听到他的声音："你们两个都听着，反正我姓武的已经是活不了啦，你们不走，你们不搬，那也好，明天开始，我会天天带着弟兄们去三宝村蓝天陶社要饭吃，大家都别想干活了。怎么了，这是我姓武的房子，姓武的，说到天边去我都有理，要上法庭，要打官司，好啊，我有的是时间，我一定，奉陪到底。该说的话，我都撂在这里了。我再告诉你们一声，到时候别说我没通知你们，我就给你们一个月的时间，满满31天，仁至义尽了吧，买主那边我已经说好了，人家还付了我两万元订金。"

陈立根和赵小梅刹那间就像被扔进了一台速冻箱里，瞪大眼睛，嘴里却发不出声音来。

武剑依然还是那么一张无赖的嘴脸冲着他们俩，变成了另一个让他们完全陌生的人。

还有什么可说的呢？他们双方已经都无话可说了。

武剑一抬腿，倒背着手，人往包房门口走，嘴里说："请你们二位设身处地为我想一想吧。单我已经买过了，走了！"

他们两人，看着那扇门关上了，就似关上了一个阳光普照的世界。

天空下的"蓝天陶社"是那么安逸祥和，它就像一棵枝叶茂盛的树，正在默默地努力成长，它就像一朵静静地享受着阳光的紫罗兰，散放出生命的芬芳。陈立根凝望着陶社这栋房子，他的脸上他的内心深处，无不充满了留念，充满了淡淡的忧伤。他就在门外一直站着，仿佛没有了时间的概念。三宝村道路两旁的房屋，哪怕是一条窄小的路上，拐进去很远的地方，几乎都是陶瓷店铺或作坊，那些门面、墙壁甚至院子的篱笆，都镶嵌着色彩斑斓的瓷片或吊挂着可爱有趣的陶瓷物件。只有在这里，才能感受到陶瓷的氛围以及陶瓷的气息。

陈立根一步一步走进陶社，从他的背影看去，就像是一个百岁老人。

赵小梅坐在茶桌前，她的头趴在椅背上，看不清她的脸。她低声地抽泣，已经有很长的时间了。陈立根听到她揪心的抽泣声，眼前一片迷乱，禁不住长长地叹出一口气来。

"欺负人，太欺负人了，我不要搬走，不要。"赵小梅说，她扬起脸来，用纸巾擦拭着眼睛里的泪水。

陈立根没作声，茫然地看着她的脸，那是一张泪水中悲哀而美丽的脸，那张脸仿佛一朵即将枯萎的花朵，随时随地就要在泪水中凋零。

"不走，老兄，我们不走。"她又说，声音细小，像个极度委屈的小女孩，恳求的目光朝着陈立根。

陈立根忽然间感觉全身的血管都在膨胀，似要爆裂开来。他紧咬着牙关，腮帮的肌肉痉挛似的阵阵弹动，人处在无比地愤慨之中。他猛地站起身来，像一件雕塑的战将，剑拔弩张，就要冲向战场。他紧收着喉咙说："不走！坚决不走！武剑他要是敢带着人过来陶社捣乱，我会跟他们以命相搏！逼急了，我他妈的是什么事都做得出来的人！"

他说出的这番话，还带有一句"他妈的"的粗话。赵小梅极为震惊，这个男人在她的眼里就是一个瓷痴，一个可以为瓷而生而死的人，此时伤心的赵小梅领悟到了"冲动是魔鬼"这句话的正确性，她绝对不想发生那样的事情，世间没有什么东西会比生命更珍贵。

赵小梅开始冷静下来了，擦去了脸上的泪水，说："你说，你要跟他们拼命？老兄，他们是什么人，你是什么人，你的命就这么不值钱吗？"

陈立根沉着头，不吭声。

"我问你话呢！难道说你被疯狗咬了一口，也要去咬回疯狗一口？"她盯着他的头说，等待着他的声音。

"那，那还能怎么办？去跟武剑打官司，上法庭，这样的民事纠纷官司会打到猴年马月去。他这个人已经变成一个无赖了，我们没有这个时间。我们只是一个景德镇做瓷的匠人，平头百姓。我才不怕，要命我有一条！"他说着，人依然显得非常冲动。

"老兄！我们是在景德镇做瓷器的人，我们的未来还长远得很，我们不要跟他们一般见识，我们走，我们搬迁蓝天陶社。"赵小梅说。

"搬家，你说要搬？"他问她，他又显得没有主张了。

"老兄，我们只能往远处去想，一路走来我们已经很不容易了，不能再受到任何伤害了。东方不亮西方亮，在三宝村还愁找不到租用的房子，不是还有一个月的期限嘛，蓝天陶社什么都没有失去，失去的也就是搬家的一点点时间。更何况这也是租用的房子，早晚都是要搬走的。"她说。

陈立根很无助的表情，连连叹息了几声，像是要把满腹的怨气都吐出来。他说："那好，那就搬吧，想当年我来到这块土地，至少搬了有三十多次家了，我他妈的好像这辈子都跟搬家有扯不断的关系。"

赵小梅静静地看着他的脸，他那忧郁的目光，说："老兄，只会一次比一次好，我们要有信心。事实上，我们已经比以前好太多了。"

陈立根嘴里呼出一口气来，点了点头，他当然相信赵小梅说的话，他甚至感到这种时刻一名女性的强大。

从这天开始，陈立根和赵小梅四处联系寻找新的租房，先是在三宝村附近一带寻找，然后又到外围一点，只要不离开三宝村就行。房子是有的，而且很多，可是要找到合适的房子并不是一件容易的事情，有些房子看着不错，租期却要等到年底或是明年春节以后。也有可以立即租用的房子，但是价钱上根本无法接受，他们是制作陶瓷的，又不是租公寓楼过日子的。几番寻找下来完全出乎他们的想象，忽然间发现三宝村很难租到实用性的房子了。

已经半个月过去了，他们到处张贴租房小广告，三宝村所有的电线杆上，所有的拐弯抹角的房屋墙壁上，只要人能看到的地方，都会去张贴，就一张巴掌大小的纸，写有"求租"二字，注明房屋面积的基本要求和联系手机号码。他们跑遍了珠山区以及市区许多家中介公司，每天都要催问房情，就差没打爆对方公司的电话。他们像无头苍蝇似的，四处碰壁，仍然没有找到合适的地点。这期间他们动用了所有认识的朋友关系，最后他们只有放弃在三宝村一带租用房子，只要不离开景德镇城区，任何一个地点的房子都行。他们开着车，几乎就转遍了这座瓷城，可还是没有结果。

随着时间一天天过去，他们已经愁得吃不下饭睡不好觉了。

难道说，因为顾艳回去青岛了，冥冥之中"蓝天陶社"就到此散伙了？陈立根和赵小梅在焦虑中感到失望了，为什么会这样，为什么，想想眼里都是泪，这老天爷也是对他们太不公平了。

为拯救陶社，赵小梅又一次去找到了赵青山叔叔，叔叔也无能为力了。叔叔看着泪眼汪汪的侄女，劝慰她："小梅，你想开点吧，真要散伙谁也没有办法，反正明年春节你就要跟方斌结婚成家，在哪里都可以继续做陶艺，你有技术，就会有饭碗。"她悲哀地摇着头，她说："不行，结婚归结婚，那是两码子事，蓝天陶社绝对不能散了，一定还会有办法的。"

一个月的期限，眼见就要到了。陈立根怎能甘心，天地如此之大，难道就容不下一座小小的"蓝天陶社"，只要有时间，他现在需要的就是时间，相信很快就能在景德镇找到合适的房子，哪怕面积小一点，路途远一点，环境差一点，只要能做瓷就行。

陈立根去了樊家井，找到了武剑，明明是自己在理，却要变得跟个孙子似的去求助了。武剑坐在店铺门口的小竹椅上，手上仍然是捧着一把茶壶,喝一口茶,望一眼天,似乎时间很难打发。

"武大哥,我的腿都要跑断了,我就一天都没有停过,突然要租用到合适的房子,太困难了。要不这样吧,就算你开开恩,行行好,再给我们一个月的期限,就一个月,肯定能搬出去的。"陈立根站着说。

武剑的态度还是很好的,他也没有要横,没有发威,他只是坐着,陈立根站着,就这么一点点差距。武剑说:"陈总啊,我也帮你找过房子,我也在四处打听,我比你还要上紧啦。可眼下,人家拿着现金在等三宝村的我那栋房子,答应过的事不能再变了,总不能让我老武看着金子化成水吧。还要等一个月的时间,估计是不行了。"

"那能怎么办?总不能让我现在把蓝天陶社搬到大马路上去吧。武大哥,求求你了,再商量下看看,拜托拜托了!"他说。

武剑慢悠悠地喝了一口茶,放下了茶壶,他的屁股吨位太大,小竹椅发出"嘎嘎"声响,拿起手机来,拨通了一个电话号码。武剑讲电话的声音很温和,甚至有些低下,充满了恳求,一会儿摇头,一会儿点头,好歹是打完了这个电话。他转向陈立根,说:"陈总,人家不答应,一个月的时间太久了,他等不得,但他还是给了我姓武的面子,半个月,最终期限就半个月了。"

"半个月,半个月也行。谢谢武大哥,谢谢!"

半个月,十五天,这就已经过去一个星期了。

陈立根和赵小梅像是热锅上的蚂蚁,每过一天,仿佛都感觉得到这个世界正在把他们活活地抛弃,他们到底是做错了什么,竟然要如此经受这般简直是暗无天日的身心折磨。

这天一大早,王小林来到了蓝天陶社。这些天来,王小林一直都在帮助"蓝天陶社"寻找搬家的地点,都当成自己家里的事了。为此,他还多次去找过协会的张会长,无论如何,都不能让"蓝天陶社"无处安身,更不能就此散伙,这是他们看着成长的一家企业。

"根子，"王小林问他，"你们有没有想过买下现有的这栋房子呢？"

陈立根和赵小梅张大着眼睛，一脸呆相，看着王小林。

"要在景德镇做瓷，租房毕竟不是长久的事呀。"王小林又说。

"买下这栋房子？小林老师，这件事我们连想都不敢去想，武剑给人家开出的房价是六十万元，哪里去弄到这么多的钱，而且是要一次性付清。"陈立根说，眼皮往上翻，那几乎就是天方夜谭。赵小梅接上又说："我们几个在景德镇都是没有资产的人，银行也不可能给我们放贷款。"

王小林沉默了一会，说："你们先别急，听我把话说完。我是这样考虑的，我已经跟杨菁商量过了，她也同意了，用我家的房产去银行做抵押，可以贷到三十万元。另外，市里一家五星级酒店正在装修，需要一批装饰陶艺品，张会长亲自去过几次，找到了对方公司的董事长，恳请他将这批陶艺品交给'蓝天陶社'制作，就当是支持年轻的陶艺师，并且担保了这批陶艺品的质量要求，董事长同意了，可以先支付五万元订金。这样一来，你们手上就有三十五万了。"

陈立根感激的目光看着王小林，赵小梅说："王老师，就算有这三十五万，可是还有一部分资金怎么办呢？"

陈立根低着头，手在脑袋上拍打，就恨不得脑袋里面能够流出钱来。

"这样吧，"王小林说，"陶社现在的陶艺品，能卖出多少卖出多少，有几个钱算几个钱，我们一起来努力，一定会有办法的。"

王小林走了之后，陈立根和赵小梅仿佛间看到了曙光，买下这栋房子，他们真的可以办到吗？可陶社目前能值点钱的陶艺品，并不多，就算是运气好，贱卖了，估计也就值三五万块钱。他们两人的眼睛，似乎同时看向了那件"不忘初心"雕塑，没有了陶社，这件镇店之宝又有何用呢？它就什么都不是了。

"老兄，陶社就这件还值些钱了。"她说。

"卖给谁呢？一时也找不到想要它的人呀？当初梁先生出过十万块，

可那是当初，现在还不知道人家要是不要呢？"陈立根说。

"打个电话试试吧，万一呢？万一可以出手，能卖多少算多少。"赵小梅说，盯着陈立根的脸。

于是，陈立根硬着头皮给刘海亮打了个电话，约见了梁先生。

这天下午，陈立根和赵小梅去了梁先生的别墅，并叫上了王小林一块，希望他能够促成这件事。

梁先生很客气地接待他们，梁先生已经从刘海亮嘴里知道了目前"蓝天陶社"的处境，他仍然喜欢"不忘初心"这件作品，不过他没有答应以十万元购买，连五万元也没有答应。但是，梁先生有话要说。

"小陈，我是个有钱的人，这么大个家业，当然有很多的钱，而且要用钱的地方也多。六十万嘛，那没什么问题，我可以出资买下蓝天陶社在三宝村的这栋房子，并且让你们永久使用。只是，我有一个条件，这个条件就是让'蓝天陶社'，成为'海亮'公司的下属部门，你们几个，同时也就成了公司旗下的陶艺设计师。"梁先生郑重其事地说，戴有蓝宝石的手指弹动了一下，光泽炫目。

陈立根和赵小梅心里即刻就明白了，这样的一个条件，不就是收编了"蓝天陶社"嘛。陈立根和赵小梅是断然不会接受的，如果顾艳在场，肯定也不会接受，他们向往的就是自由地创作、自由地生活，人家属下的一个部门，甚至是子公司，这不是他们想要的，从来不是。

梁先生、刘海亮和王小林他们都看着陈立根和赵小梅，等待着答复，可是答复是摇头，他们两人同时摇头。

"小陈，别急着拒绝我好吗？我给你三天时间，你们再答复我。我这可不是乘人之危，我也是要出钱去买房子的，我更是为你们好，因为我一直喜欢你们几个的制作手艺。"梁先生说过话，端起茶壶就像端着一件珠宝，慢悠悠地给大家的杯子里满上茶，显然不想再多说了。

"老兄呀，小梅，"刘海亮说，"老板说的都是大实话，他向来是个爱才惜才的人，你们应该考虑，我们公司创作的环境非常好，公司也能给出最优惠的条件，而且你们还是继续在三宝村的蓝天陶社工作，这个机会你们千万不要错过。"

王小林有些犹豫，他说："根子，小梅，这件事，当然也是个好事，你们自己决定吧。"

陈立根和赵小梅离开了梁先生的豪华别墅。陈立根开着车，车速很慢，仿佛行驶在一条爬坡的道路上。一路上两人无精打采，谁也不想说话，有时你望望我，有时我瞅瞅你，就像一对生了病的苦命鸳鸯，完全就不在正常的状态下。这些天来，他们几乎就没有时间做一件瓷器，也没有任何心思去做瓷，每一天都在寻找房源，就跟赛跑似的。可眼下的情况，真要想保住这栋房子，要想在这房子里继续制瓷烧窑，唯有加盟"海亮公司"。可是他们心里都是一万分的明白，不甘心，他们拼死拼活地奋斗，为的就是"蓝天陶社"这块招牌，没有了"蓝天陶社"，不能完全属于他们自己的"蓝天陶社"，那还有存在的意义吗？

三天后，陈立根给出了答复，不能同意梁先生提出的条件，并感谢梁先生一番好意。梁先生并没有生气，反而要请陈立根和赵小梅一块吃个饭，他说生意不在人情在嘛。

刘海亮开着车，去陶社接上了陈立根和赵小梅，去了一家高档酒店的包房，王小林也来了。席间，梁先生说："小陈呀，明天市里有一个陶艺品拍卖会，你可以带上那件'不忘初心'作品，去参加拍卖，试试能拍卖到多少钱，我也想知道它的价值。"

返回陶社，已经是下午两点多钟了。陈立根和赵小梅都没喝什么酒，吃什么菜，哪有这个心情呀。只是王小林和刘海亮倒是享受了一顿精美的午餐，而且他们一直都在期待着明天的拍卖会现场。

赵小梅拿着一块绸布，慢慢地擦拭着"不忘初心"雕塑，她的心很细，不让上面留有一丝灰尘。陈立根看着认真干活的赵小梅，他已经不是舍不得这件作品了，只是总觉得这事儿很无趣，甚至有些搞笑，拍卖，搬出去拍卖，一个普通景漂的作品，又是什么大师名家，那会是一个什么样的结果呢？

"老兄，那就去试试吧。"赵小梅说。

"试试？"

"试试，只能去试试了，万一呢？"

"没有万一，只有一万，如果是一万元起价，如果没有人往上抬价，你想想，这件作品就值一万块给人抱走了。一万块钱，什么也解决不了。"他说，很沮丧的脸，就像被人扇了两个大耳光。

"我说老兄，"赵小梅已经擦干净了这件雕塑作品，转身面朝着陈立根，她说，"我们还有退路，我已经跟叔叔婶婶说好了，大不了陶社先搬去窑场，我叔叔那边会先腾出一块地方给我们做瓷活儿。"

"那不行，那绝对不行，青山瓷板窑的厂房原本就不够用了，我们这一去，那不全乱套了，那会影响到窑场的正常生产。"陈立根摇动着头说。

"那是以后的事，我们先顾眼前的事，参加拍卖。"

"赌一把？"

"对，赌吧，好歹这也是个机会。"

"好，那就去赌，赌了！"

蔚蓝色的大海，一大群白色的海鸥在海面欢快地来回滑翔，充满了生命的活力，它们不时发出阵阵亮丽的鸣叫声。顾艳坐在海边的一块礁石上，面前架着一块画板，地上有个油画颜料盒，她手持着画笔，静静地写生。

这段日子以来，顾艳都在打发时光，日子过得很无趣，只是待在家里看看书，写写字，画几张设计草图，或者是跟随着母亲去市场闲逛。这根本就不是她要的生活，她现在也不清楚自己要的是什么样的生活，反正她跟外界不去联系，谁也不要去想，当然，也不知道景德镇那边发生了什么事情。她在家里实在是憋得太难受了，今天下午，便背着画架来海边写生了。她可以不画瓷，但必须要画画，除此之外，还能做什么呢？

她面前的画布上，出现了海，出现了海边褐色的礁石。她再次抬起眼时，斜对面的一座礁石上站着一位穿着蓝色风衣的老年妇女，朝着海面挥着一条大红色的毛巾，海水里一位老年男人正在游泳，也朝着礁石上挥起手来，他们的目光是那般恩爱。游泳的老人很快爬上礁石，他的妻子立即拿起脚下的两大瓶淡水，从丈夫的头上淋去，丈夫闭着眼一脸享受的样子，妻子接着用毛巾擦干他头上、脸上和身体上的水珠，然后又从背包里取出一块白色大浴巾来，还有一条短裤，她把短裤递给丈夫，然后双手拉开浴巾。丈夫转过身去面对礁石，弯下身去，换上了短裤，把湿漉漉的游泳裤递给妻子。老人把浴巾披在肩上，俯下身去，吻了一下妻子的脸，好像这个世界只有他们夫妻俩的存在。之后，两人手牵着手，相偎着，坐在一块较为平整的礁石上，静静地观望着大海，沉浸在一片祥和之中，他们的身影仿佛与天地同在。这是一幅多么温馨而浪漫的爱情画面啊，顾艳为此感动不已，呆呆地凝望了好一阵子，之后，她画下了礁石上的这对老年夫妻，白色和蓝色的搭配是那般和谐。她在画板的右下角，匆匆地题上了两个字"礁石"。

天色已近黄昏，太阳在遥远的海岸线沉沦了，而那霞光，映射出来的赤红色的色彩，太像窑火了。她愣住好一会，她要远离这种窑火一般的颜色，这会令人想到景德镇那座千年瓷都，想到蓝天陶社那位老兄和赵小梅。她匆忙地收拾起画架，背在身上，转身便就走了。

顾艳回到家，顾妈妈坐在客厅的沙发上，正在等她。

"艳艳，饭已经做好了，你老爸晚上外面有饭局，我们一会儿就吃。"母亲说，笑眯眯地，朝女儿招了招手，"来，过来这边坐下，我有东西给你看呢。"

顾艳放下画架，走到沙发前坐下来。顾妈妈拿出一个信封，递给顾艳，说："你看看吧，总有一个能满意吧。"

"老妈，你又来了。好，好好，那就看看吧。"顾艳说，现在她在家里尽量做到能让长辈放心，不让他们生气。她手一抖动，信封里倒了许多张照片来，应该说，都是长得英俊帅气的男生。顾艳也不用正眼去看，数了数那些照片，正好七张。她神经质似的哈哈笑了起来，说："七个，挺好的嘛，最好是一次性请到，加上老爸和老妈，还有我，刚好一桌，按照咱山东的习俗，老爸坐主陪的位置，老妈坐副陪的位置，我坐二陪的位置。这位小帅哥坐主宾的位置，这位小鲜肉坐副宾的位置，还有这位，哦，他们几个就按顺序来坐吧。"顾艳说着话，把那些照片摆在茶几上，成了一个圆形，像有一堆人聚坐在餐桌前。

顾妈妈脸色就变了，生气地说："艳艳你开啥玩笑呀，你咋老是这样，就没有过一次正经的。"

"老妈，这样不是很好吗，人得聚齐了才好，你和老爸呀，想挑谁，现场这一比较不就成了吗？"顾艳说，她很平静。

"我看你呀，就没个心思在青岛待得下去。都是你老爸给宠坏的，你知道吗？就为你的事，我跟你爸晚上在屋里吵过好几回架了，他就说了，他的女儿不可能在家里待得住。"母亲说，把茶几的照片收了起来，装进信封里，"这些男孩子自身的条件，家庭的条件，没有一个配不上你的。你还真把自己当仙女了，你要是没心思在家里住，你就直说，你是想气死我呀。"

"老妈，你不会要赶女儿走吧？"

"我没这么想过，你这样下去就是成了老姑娘了，做妈的也认了。"

"老妈呀，不生气，不生气了，等晚上，我回房间，再仔细地看看，说不定，我还真相中了一个呢。"她说，她哄着母亲。

吃过晚饭，顾艳回到自己的房间。也不知怎么的，今天她的心情糟糕透了。她往床上一坐，拿出手机来，翻动着朋友圈，不停往上翻动，却没有一条陈立根和赵小梅发出的图片，人就气得不行了，嘴里嘟哝道："哼，看来你们两个是把我的微信给屏蔽了，都一个多月了，竟然不发一条微信。好，这样也好，反正这辈子我们都不要见面了。"

　　她就在床边来回走动，心想怎么一天要比一天无聊呢，不能这样下去，得找些什么事情来干。她蹲下身来，从床底下拖出一个小木箱子，掀开箱盖，里面装得满满的，都是一些她小时候玩过的绒布娃娃和一摞摞儿童画册，还有铅笔盒和一大沓她画的儿童画。这都是她童年时的记忆，她继续翻动，看到了一对可爱的陶瓷娃娃，陶瓷底部，写有"景德镇"三个字。那还是她念小学一年级的时候，父亲带着她去一家陶瓷店买的。当时她看到店里柜台玻璃上写有一行黑色的大字，那些个字她还不能都认全，便问父亲写的是什么。父亲笑着说："这是介绍景德镇的瓷器，我念给你听听，一共十二个字，白如玉，薄如纸，明如镜，声如磬。"然后父亲又解释了这12个字的意思。她似懂非懂地点头，又问父亲景德镇在哪里。父亲说："景德镇在江西省，是一座千年古城，专门生产陶瓷的地方。"也许从童年的时候开始，她就向往景德镇了吧。

　　顾艳往床上一斜躺，禁不住又拿出手机来，翻看着自己以往发出的朋友圈的照片，她看到了自己和陈立根、赵小梅在三宝村山顶上的合影，一张张欢笑的脸，那一天正是"蓝天陶社"开业；她还看到他们三人在陶社店铺的合照，陈立根挤在她们两人当中，背景是"不忘初心"那件雕塑作品和一本紫红色的获奖证书；她再又看到了自己和赵小梅相互搀扶着，两人晚上在景德镇街头的合影，当时她们疯疯癫癫地刚唱完那首《青花瓷》。也不知人是怎么了，眼睛里的泪水竟然不知不觉地顺着脸上流了下来。

　　这时有敲门声，喊着闺女，是父亲来了。

　　顾艳赶紧走去把门打开，顾新鹏红光满面往屋里进来，看来他在外面应酬喝了不少酒。他说："闺女，爸过来跟你唠唠嗑，还没这么早睡觉吧？"

　　顾艳摇了摇头，父亲察看了一下女儿的脸色，刚要去一边的椅子上坐下，看见床上摆着两只瓷娃娃，走上前几步，拿起一只瓷娃娃，他是认得这件陶瓷的，左看看，右瞧瞧，忽然哈哈地笑了起来。父亲笑的样子也是鼻孔朝天，一脸的率真，顾艳笑时也这样，像极了父亲。

顾艳说："老爸，有这么好笑吗？"

父亲举着手中的瓷娃娃朝着女儿摇动几下，就跟逗小孩子似的，幽默地说："哎呀我的闺女，你不会想对父亲说，理想很丰满，现实很骨感吧？"

顾艳一时没去接话，前一个星期天，父亲陪着她去了栈桥看海。父亲问了她一个问题，人应该怎样活着。她当时回答，应该自由地活着。父亲点点头，又问她，你感觉自己是自由地活着吗？她却沉默了。父亲笑笑说，自由，如果一个人没有梦想，能够自由吗？即便自由，没有梦想的自由又有啥意义呢？我们活着的每一个人，都要经历成长的过程，你看看那些海鸥，它们自由地飞翔，尽情地享受着大海，但是你也要知道，它们也要遇到暴风雨的洗礼。顾艳很清楚，父亲洞察到了她的内心世界，尽管那次的谈话没有结果。

"老爸，"顾艳说，"您老人家不是又要来给我上政治课了吧，我可不愿听这个。反正，你别想赶我走，我是不会离开青岛的。"

"咋会呢？你是我闺女，这是你的家。"父亲手上拿着瓷娃娃，笑笑说，"当时呀，你在陶瓷店，就闹着要买下这两个瓷娃娃，还哭鼻子了呢。"

"我哭了吗？咋一点都不记得。"

"我记得，老爸啥事儿都记得。闺女只要是喜欢的东西，老爸都要满足的。这会儿呀，看着这件许多年前的小陶瓷，老爸就感觉到自己，真的是老了啊！"父亲说，语气有些伤感。

"老爸老了，有闺女伺候您，孝顺您。"

"我懂，我相信。可是，老爸早晚都要先走一步的，人的生命总是要轮回的，这是自然规律。"父亲把瓷娃娃递给女儿，说，"闺女，喜欢的东西，就要好好珍惜，只有坚守着，才能将它永远留在自己的身边。"

这天晚上，顾艳失眠了。窗外，海上的夜空，星光点点。

早晨的太阳斜斜地升了起来，光芒柔和而厚重，景德镇城区的楼顶、街头小巷，就像刚刚浇洒上了一片红艳艳的釉料。

赵小梅骑着电动车来樊家井，武剑店铺的大门是关闭着的。赵小梅握着手机拨打着电话，静静地听了一会儿，没人接听。这时店铺的拉闸门哗啦一声拉开了，一个看店的小兄弟见到门口站着赵小梅，他是认识的，有点吃惊。

"早上好，请问武大哥在吗？"赵小梅问。

"在，他在，好像还没起床，我这就去喊他一声。小梅姐姐，你先进来坐吧。"

"不用，我就在门口等他。"

过了一会儿，武剑披着一件外衣出来了，他还没有洗漱，两只原本牛大的眼睛似乎还不能完全打开，大概是因为赵小梅来找他了，脸上的皮肉紧巴巴的，很不好看，情绪也很暴躁。

"武大哥早上好。"她问候他。

"我说赵美女呀，前天我都跟你打过电话了，不能再拖了，你说什么也没有用，我不可能再给你们半个月的时间了，一天也不能给！我收了人家的订金，人家拿着现款就等三宝村的那栋房子，再拖一天，黄花菜都凉了，你们这不是要把我逼死，逼到绝路上去吗？"武剑一口气往下说，连珠炮似的，赵小梅根本就插不上嘴。他继续说："赵美女呀赵美女，我是不好，是有错，有罪，我是对不住你们蓝天陶社，你们就是最后搬到大马路上去，我也没有办法啊！"

"武大哥，你能不能先听我把话说完呢？"

"说什么？还有什么可说的？不就是想再赖下去不搬家吗？"

"武大哥你听我说呀，是不搬了，不过不是赖着不搬，是我们要买下你的这栋房子，就是现在蓝天陶社租用的三宝村那栋房子。"赵小梅急切而认真地说。

"你说什么，你们要买下房子？"武剑问道，两只眼睛完全张开，显然不信，就像不信东边的太阳会从西边升起。

　　"是，是我们要买下来。"赵小梅点着头说。

　　"耍我是不是，耍我是不是？跟我开个这么大的玩笑了，开这么大个国际玩笑。就凭他陈立根？就凭你们？鬼，鬼才会信咧！玩小脑浆，搞拖延法？赵美女你行行好，行行好，你们都要把我逼得上吊了哇！"武剑说，那副表情就像是遭受到了天大的戏弄和委屈。

　　赵小梅看着对面那张急歪了的大脸，慢声说："武大哥，我们已经筹集到了一部分钱了，有很多好心人在帮助我们，能不能最终买下这栋房子，就看今天上午，陶社有一件作品参加拍卖，价格上我们也没有完全地把握，万一卖出个好价钱，就能买下你的这栋房子。万一不行，你也放心，我们明天就搬家，先搬到我叔叔的窑场去。"

　　"真的吗？是真的吗？天啦，我要求老天爷保佑，我要求风火神保佑，保佑你们，我姓武的也巴不得这栋房子归蓝天陶社所有。"武剑说，那副无比真诚的样子，说的也都是心里话。

　　"那好吧。我就是来请武大哥一起去拍卖会现场，见证这个历史时刻。"

　　"好，好好，我得去，我一定得去。"

　　上午九点，陈立根已经来到了拍卖会场，伴随他一起来的有兰兰和汉克。王小林是随同梁先生和刘海亮一道过来的，梁先生跟几个商人朋友打着招呼，坐在了中间一排的位置上，刘海亮坐在了前面一排的位置上，王小林往后排看看，走到陈立根他们这边来。

　　拍卖会场前台悬挂着一个条幅，上面写着"景德陶瓷商会第七届拍卖会现场"字样，墙壁上有一块巨大的投射屏幕，十几件即将拍卖的陶瓷作品在屏幕上来回转动，其中也有蓝天陶社的那件"不忘初心"作品。台上有一张方桌，一把高靠背的椅子，那是拍卖师的座位。陆陆续续人都到齐了，他们都是商家和收藏家，或代表个人，或代表公司，都是有身份有资历有金钱实力的人士，他们不做瓷器，只买瓷器，称得上是做瓷人的衣食父母，他们笑容可掬，分别就座，有十几排座位，很快全坐满了。拍卖师是个中年男子，很精神，很有范儿，阔步走上前台，稳当当地坐下，一手持黑色的麦克风，一手执红木槌子，春风满面地凝望了一眼在座的人群。

王小林来到陈立根身边坐下，这是最后一排，陈立根显得很紧张，两眼空洞，仿佛是被人绑架过来的，正等待着关乎"蓝天陶社"那一锤定音的命运。王小林问他："赵小梅呢，她没来吗？"陈立根低着头回答说："她说是出去办点事就赶来，应该快到了吧。"王小林回头往大门看，见到赵小梅进来了，身后跟着武剑。赵小梅示意武剑一块过去坐，武剑摇头，示意他站在后面就好，他似乎比陈立根还要紧张。

赵小梅朝王小林点点头，走到陈立根身边坐下，旁边的人是兰兰和汉克。

前台的拍卖师很快便拍卖出了五件陶瓷作品，分别是青花分水瓷瓶、高温颜色釉瓷罐、镂刻青花碗、太白金星壶、七彩画瓷盆。经拍卖师介绍，这些陶瓷品都出自当代陶瓷艺术家或国家级陶瓷大师之手，其中有一位大师已经仙逝。陶瓷品几乎都是十万起价，拍到三十万至五十万元不等，最高的是一件太白金星壶，卖出了八十八万的价格。

接下来，就轮到第6号作品了，屏幕上显示出那件"不忘初心"陶瓷雕塑，两名司仪抬着这件陈立根制作的雕塑，搁在了拍卖师的方桌上，雕塑占的面积很大，拍卖师不得不挪动了一下椅子，往一边坐坐。

拍卖师的嗓音洪亮且有磁性，大光头，很有范儿，估计是某电视台的主持人，他手握着麦克风，望着台下，隆重地介绍道："第6号作品，第6号作品'不忘初心'，这件作品来自景德镇'蓝天陶社'，它出自一位年轻的景漂之手，作者，陈立根。"

第二十二章　如获新生

有一道强烈的光照耀在那件"不忘初心"雕塑上，那个顾艳嘴里的小毛孩，光着屁股蛋坐在泥地上，双手高高地举着一块黑泥巴，依然傻傻地笑着，仿佛头顶的天地如此之大。

这件作品无疑吸引了在场众人的目光，许多人都小声议论起来，陈立根谁呀，谁是陈立根呀，从来没有听说过。坐在会场当中的梁先生站起身来，他回头望了一眼后面坐着的陈立根，意味深长地笑了笑。而这之前拍卖的作品，梁先生一直没有过动静，他显然就是为陈立根的这件作品而来的。

陈立根看着台上的作品，极其不自在，惴惴不安，全身上下忽冷忽热，这也是他的作品有生以来，第一次参加拍卖，而且是和众多的国家级大师的作品摆在一起。赵小梅伸出手去，握紧了一下陈立根的手，接着就松开了。她心里何尝不明白，这件作品无论卖出了多少价钱，老兄都不舍都心疼。昨天晚上，陈立根呆滞的眼睛望着已经搬空的橱窗，人就像是害了一场大病。当时她问老兄，是不是后悔了，现在还来得及。陈立根摇头，坚决地说，他要的是"蓝天陶社"的未来。他们只是景德镇底层的草根景漂，他们要朝着自己的理想生存下去，他们已经没有选择了。现在，那件陶瓷雕塑已经堂而皇之地展露在大众眼前，只要有钱，谁都可以搬走，谁都可以占为己有，这就是现实，现实就有这么残酷。

这件"不忘初心"作品，拍卖师喊出的起拍价是3万元。

会场上一片安静。陈立根和赵小梅几乎感到人都要窒息了，如果这件作品没有人加价，那么就要被无情地流拍，那将会是怎样的一种耻辱，他们不敢往下想了。拍卖师疑惑的眼光看着台下，他很纳闷，又喊了两声"起价三万元"，并追问了一句"有没有往上加价的"。会场仍然没有动静。陈立根往下埋着头，就恨不得有个什么地方钻进去，哪怕有个老鼠洞都好。王小林手去陈立根的肩膀上拍了拍，小声说："根子，别着急，这不是结果。"

终于有人往上举牌了，四万元。接着又有人举牌五万元。之后，便再没有人举牌了。拍卖师笑了，抡起木槌，说："不忘初心陶瓷作品，五万元。"木槌高高举起，拍卖师环顾会场，提高了嗓门，第二次说："不忘初心陶瓷作品，五万。"此时梁先生举牌六万元。又继续有人举牌，七万元，八万元。梁先生再一举牌，十万元。这好像是有人为编排好的程序，只是这个程序似乎出现了一点毛病，速度时长时短。拍卖师面带微笑，胸有成竹地把控着场上的节奏。会场上又有人开始小声议论了，他们在说，仅是一个没有名气的陶艺人的作品，却拍到了十万元，这人运气蛮不错的嘛。

事实上，这也是陈立根的心理价位，去年，梁先生就出到了这个价钱要收藏这件作品。那还能怎么样呢？梁先生可是给足了他陈立根的面子。赵小梅、兰兰、汉克和王小林都很兴奋，站在后排的武剑，脸上有了笑容，他知道陈立根他们正在积极凑钱，并且解决了大头资金，今天可是关键，他那可怜的房子将会归谁所有，他期待的是蓝天陶社。

这时的拍卖师有点小兴奋了，高声说："十万，十万元。"他好像急于要敲下木槌，他甚至断定这件作品的拍卖就此结束，这样的结束他喜欢，这也显摆了他的拍卖才华。而就在这时，刘海亮在前排站起身来，举牌十五万元，似乎志在必得。拍卖师的眼睛频频眨动了几次，他相信自己没有看错，白板红字，是十万元，看来绝对不会再有人竞价了。拍卖师此时发出煽动性的喊声："十五万，十五万啦。"他想挥动木槌，用力去敲响，可是这一锤还没来得及发响，梁先生手中的牌子往上举起，他不动声色，手指上的蓝宝石戒指闪闪发亮，就像一颗闪光的星星，举起的牌子是十八万。而这时刘海亮回了一下头，接着又举起了手上的牌子，是二十万。

这是一个多么激动人心的时刻啊，陈立根、赵小梅他们的心脏简直有点承受不了，他们看到了希望，看到了新生，那栋"蓝天陶社"的房子，似乎像山石一般巍然屹立，再也不会倒塌下来。而后排站着的武剑，用力挥动了一下大拳头，仿佛要打败眼前所有的人，居然没有一点被卖掉自家房子的哀伤，这会儿他把自己都给忘记了。

会场的许多人，无比震惊地呆望着举着牌子的刘海亮。

拍卖师也被震惊到了，职业的本能令他意识到他的职责就是让举牌人有冲动的时间而没有后悔的时间，他大概是担心加价的年轻人后悔，嘴里叫喊着："二十万，二十万啦！"手中的木槌挥在半空间，这一挥起非常帅气。这时，梁先生站了起来，手上的牌子举在空中，转动了一圈，好让全场的人都看到，那是二十五万元。拍卖师当然看得清清楚楚，他疯了一般地喊叫，嗓子有些破了："二十五万，二十五万，二十五万啦！"接上便是"咚"的一锤定音！

这种木槌敲击的声音其实并不大，全凭气势使然，却足以震撼全场。

陈立根如堕雾里云中，就跟做梦似的，不知身在何处，不知身为何物，软绵绵的，就像一团稀稀的瓷泥要瘫陷下去。赵小梅激动得一转身，情不自禁地搂住了陈立根，忘乎所以地说："老兄，老兄，我们的蓝天陶社有救了。"他被她抱着，紧紧地抱着，就那么几秒钟的时间，仿佛一股暖流涌遍了全身，那样种从未有过的幸福感，直达他的灵魂。他和她的眼睛，双双都潮湿了。兰兰和汉克拥抱在一起，他们跳动着，喊着OK，OK。王小林带头鼓起掌来，接着一片掌声响起。一件毫无名气的景漂制作的陶瓷作品，竟拍出如此高的价格，会场上许多人都觉得太不可思议了。武剑蹲在地上，只能看见他的半个脑袋，他双手捂着脸，他哭了，他也不晓得自己为什么要哭，肯定是因为那栋三宝村的房子，现在开始就不再属于自己了。

梁先生离开他的座位，迈着轻盈的脚步走到了前台，他一伸手，从拍卖师手里接过了麦克风，转过身，面对台下众人，弯腰行了一个礼，他说："对不起，我想打扰大家几分钟的时间。首先，我要把'不忘初心'这件作品的作者，介绍给大家认识一下。"梁先生手指着台下人群中的陈立根，高声说："就是那位青年，那位剃着小平头的青年，他就是陈立根。"

陈立根被台上人点名了，他抬起头来，似乎感觉到人没有了勇气，接着又把头低下了去。所有人的目光都聚焦在陈立根的身上，都朝着陈立根这位青年鼓掌，非常热烈的掌声。

梁先生目光如炬，说道："陈立根，是我在景德镇难得遇见的一位励志青年，他是个有骨气的男子汉，我从内心喜欢陈立根这样的年轻匠人。匠人，是世界性的，没有高低贵贱之分，穷也罢，富也罢，只要他是一个匠人，就值得人去敬重和爱戴。陈立根这个小伙子，他虽然不是国家级、省级的陶瓷艺术大师，仅仅是个底层的景漂，但是他制作的这件'不忘初心'作品，却蕴含着鼓舞人心的力量，蕴含着奋发向上的精神。我们中华民族，最需要的就是这种力量和精神。在我们景德镇，有许许多多像陈立根这样的陶艺青年，我想大声地说，他们这个年轻的艺术群体，是我们景德镇这座艺术之城的骄傲！"

掌声，海洋一般波澜壮阔的掌声。

梁先生继续说："我叫梁永华，是一个商人，一个收藏家，一个陶瓷企业公司的董事长，我也有着一颗不能忘却的初心，我今天拍卖下的这件作品，并非为自己收藏，而是要将'不忘初心'这件陶瓷雕塑，捐献给赣南山区的一所希望小学，让它传递着一份永远坚守的梦想。在此，我要感谢这件有灵魂的作品，感谢蓝天陶社的陈立根先生！"

又是一片掌声，这片掌声是送给陈立根的，也是送给梁先生的。

陈立根早已泪眼模糊，他的双手紧紧地捂住嘴巴，不让自己哭出声音来。强烈的灯光下，他仿佛看到的都是飞舞在空中的瓷器碎片，他仿佛听到的都是瓷器碰撞的声音。

当天晚上，陈立根便从王小林的嘴里得知了这场拍卖会，是梁先生预先策划好的。梁先生虽然没能将他们收编到"蓝天陶社"，但他敬佩陈立根的才华和骨气，于是他决定要帮助"蓝天陶社"得到三宝村的这栋房子，几番思考，也只能以拍卖的方式将这笔钱支付给陈立根，同时也是对漂在景德镇的青年陶艺师们的一种激励。陈立根和赵小梅感激涕零，蓝天陶社如此之幸运，是遇到了天下的好人，这辈子都将无从报答。王小林说："根子，小梅，梁先生是个有情怀的商人，你们要报答就用自己的才艺，做出最好的陶瓷作品去报答祖国，为景德镇这座艺术之城增加亮色，让你们这一代景漂的陶瓷作品走向世界。"

夜色中，山岭环抱的三宝村，仿佛像是一个熟睡的婴儿，处在一片祥和的云端，没有外界的打扰，甚至看不见周围的黑暗。月亮还是那个月亮，星星还是那颗星星，而"蓝天陶社"就像一座浇满釉料的色彩缤纷的美丽城堡，从此将真真切切地回到了陈立根他们的手中，这里，从此成为他们永远居住的自由家园。家园，永远都不要再搬迁的家园。

陈立根和赵小梅久久凝望着蓝天陶社，他们想到了远在青岛的顾艳，非常遗憾的是顾艳没能跟他们一块分享这样的幸福和喜悦。

周日，顾艳在厨房里洗碗，田阿姨今天休息，这一天的碗她都抢着要洗，是她自己要求的，而且还要拖洗家里的地板。在"蓝天陶社"时，她也是负责洗碗的，碗洗干净了，还要再冲一次水，然后用另外一块干净抹布擦干，碗上必须没有一丝水迹。她把一摞洗好的盘子和饭碗放到上面的柜子里去，谁知，一下没有放稳，或许是她走神了吧，那一摞餐具"哗啦"一片响，摔碎在地上了，她也惊得尖叫一声。顾艳伤心极了，这都是些手绘的碗和盘子，都是从景德镇捎回青岛来的，其中有两个盘子是赵小梅绘画的兰花草。父母亲在客厅里听到厨房里发出一声大响，连忙走进来。顾艳蹲在地上，把碎裂的瓷器捡进垃圾桶，她的脸色像瓷器一样白。

顾妈妈抱怨地说："艳艳，这些日子你咋总是六神无主的，早晨去市场买菜，两条新鲜黄鱼付了钱也忘记拿回家。"

顾新鹏嘿嘿一笑，说："老伴儿，你就别叨叨了，这又不是啥大事儿，摔了就摔了呗，忘了就忘了呗。闺女，你不会是身体不舒服吧？"

"有啥不舒服的，我看就是没心思在家里待了。艳艳，要不你去老爸公司上班吧，想干啥都行，只要你愿意。"母亲说。

"我说老伴，是你家里开的公司吗？说上班就上班，要去那也得先经过人事部考核试用才行。"父亲说。

"新鹏你是董事长，你打个招呼不就得了，自家的女儿。"

"那也不行，那得走程序的。就让闺女先在家里待着吧，她需要休息。"

"休息休息，艳艳不是天天都在休息吗？"

两口子就跟要大吵一架似的，互不相让，都在指责是对方把女儿给宠坏了。顾艳也不说话，她已经把地上收拾干净了，低着脸便出门去。

青岛的太阳很温暖，天空也很蓝。

顾艳匆匆地走进了中山路的一家瓷器店，她要买几个碗几个盘子，左挑右选的似乎都不太满意。"请问，这店里有景德镇的瓷器吗？"她问女店员。女店员摇摇头说："景德镇的没有，我店里的日用陶瓷都是山东淄博生产的，青岛市所有的陶瓷店都一样。"顾艳有点很不甘心的样子，又问："怎么可能，怎么可能会没有江西景德镇的陶瓷？"女店员笑笑说："小妹，其实淄博也是中国著名的陶瓷生产地，你为啥非要景德镇的呢？"

她一时无语，其实她心里很清楚，她是学瓷做瓷的人，无论山东淄博、福建德化，还是广东佛山，生产的日用瓷都是闻名遐迩的。

"哦，没事，我只是问问。"顾艳说。

顾艳很快挑选了几个上好的盘子和饭碗，每一件她都举在眼前认真看过，算是满意。女店员热情地打好包装，问她："小妹，看你挑碗的眼光就知道你是懂瓷器的人，是在景德镇工作的吧，回家探亲？"

"是，是的。"她说。

"哎呀，那可是一座生产瓷器的千年古城，国际化的陶瓷艺术之城呢。小妹，你看看这件东西。"女店员说着，手指着一侧墙壁上挂着的一幅瓷板画，兴奋地说，"这幅瓷板画，是景德镇制作的，我老板昨天去黄岛参加陶瓷展销会，特意买来收藏的，老板可是喜欢了。"

顾艳这才注意到了这幅瓷板画，她惊诧极了。瓷板画的是云南的山水风光，一位长发英俊的男子坐在一块山石上，手里抱着一把吉他，题名《成长》。那正是刘海亮在南昌参展过的作品，只是尺寸要小许多，两平尺大小。她走近一点，再仔细去看，果然有刘海亮的签名。

凝视着这件作品，她显得很激动，掏出手机来，稳稳地站着，拍摄下了这幅瓷板画。"这么巧呀，这幅作品，是我朋友画的，非常要好的朋友，你的老板真有眼力。"顾艳禁不住说，开心极了。

"真是巧了，那以后要买瓷器就来我们这家店。"女店员欣慰地说。

顾艳笑着点了点头，又一次回望墙壁上悬挂的瓷板画，提着购买的餐具，离开了这家陶瓷店。

下午两点多钟，顾艳回到家，刚推开门，见到刘海亮坐在客厅的沙发上，父母亲正在忙着接待远方来的客人，又是沏茶又是拿水果的，好不亲切。顾艳一时惊住了，她的眼里似有泪水要涌现出来，喊了一声："海亮……"

刘海亮见到门口出现了顾艳，急忙站起身来，他依然是那般帅气，只是人显得沉稳了许多，他笑望着她，说："顾艳，你好啊。"

"艳艳，快过来坐吧。"顾妈妈说，接过女儿手上提着的包装盒子。

顾艳忍住了眼里的泪水，大大方方地走到沙发前来，手去刘海亮的肩膀上老朋友似的拍了一下。顾新鹏给杯子里续上茶，站起身来，说："闺女，你们聊吧。哦，闺女，小刘太客气了，特意送了一套手绘的茶具给我，你老爸可是喜欢了。"说过话，拎起沙发边搁着的一个装有茶具的纸袋子，一脸快活地上楼去了。

客厅里，就留下顾艳和刘海亮两个人。

"顾大小姐，"刘海亮说，"好久没这么叫你了，怎么有点不太适应了。"

"你这家伙，人到了青岛也不跟我联系。"

"我前天才到的青岛，参加一个陶瓷展销会，只有两天的时间，又是住在黄岛那边，今天下午撤展，临走之前，怎么的都要来探望你。"刘海亮说。

"今天就要走吗？"

"嗯，来之前，公司订好了来回的机票。"

"几点的飞机？"

"晚上9点，青岛流亭机场飞南昌昌北机场的航班。"

顾艳站起身来，拉了一下刘海亮的手，说："海亮，走，我带你看海去。"

一阵阵海浪击打着礁石，发出"嘭嘭"的声响，就像有一个巨大的心脏在海底跳动。顾艳和刘海亮坐在礁石上，这里是顾艳经常过来写生的地方。

顾艳已经从刘海亮的嘴里得知了"蓝天陶社"所有发生的事情，她默默地看着海，心潮起伏，眼里含着泪水。

"你老兄和赵小梅经历了太多的痛苦，现在终于拥有了蓝天陶社，那里现在是你们自己的房子了。顾艳，你也是拥有房产权的人了，我由衷地为你们高兴。"刘海亮平静地说。

"为什么到现在才告诉我？为什么？"

"你差不多人都失联了，老兄和小梅又一再交代我，不让跟你说，他们不想让你担忧。"刘海亮说。

顾艳痛苦极了，摇动着头，她能感受得到陈立根和赵小梅因为蓝天陶社，受到了多少精神、心灵上的折磨，而这一切，都是他们两人在默默地扛着。顾艳再也无法控制住自己的情绪，她说："海亮，我想哭，我好想哭……"

"想哭的时候，那就哭好了，顾艳。"

她的身体缓缓地贴近了刘海亮，她的脸贴在了他的肩头。刘海亮伸出手膀去，揽在顾艳抽搐的肩上，就像一座港湾。她的哭声渐渐放大，像是决口的堤坝。有好长一段时间，哭声才缓和下来。

"顾艳，回景德镇去吧，我知道，你心里舍不下。"他说。

"我哪还有脸回去，我哪还有脸去见他们……"她说不下去了，慢慢地抬起一双泪眼，茫然地看着海面。

"老兄和赵小梅是你的朋友，是你这辈子最好的朋友，他们都在等着你盼着你。顾艳，也不用急着回，等你的心情平复了，彻底让自己缓过劲来了，你再回去，好吗？"他说，声音很温柔。

顾艳没说话，目光仍然朝着海面，有几只海鸥，在白花花的浪尖上掠过，姿态非常优美，就像悬挂在五线谱上的音符，像一幅画，像一首诗。

"我也一样，等着你，我亲爱的朋友。"他说着，手上拿着一块纸巾，轻轻地擦拭着她脸上的泪水。

顾艳回到家，已经是晚上八点多钟了。客厅里亮着大灯，空无一人，她正要往自己的房间去，听到餐厅里传来父母的说话声，且是有说有笑，她回到家的这段时间，很难得父母有这样好的心情。

她走到餐厅门口，没急着进去。顾新鹏和妻子坐在餐桌前，两人正在用刘海亮送来的那套绘有山水画的茶具试着泡茶。顾新鹏对这套物件可是爱不释手，拿着一个斗笠杯在手上把玩着，反过来倒过去地看着上面的图案。

"老伴你瞧瞧，多漂亮呀，景德镇出产的瓷器手感真好，这杯上的图案，我喜欢，闺女的新彩画就是这种风格。"顾新鹏眉开眼笑地说。

"海亮这孩子人真好，有修养，又懂礼节。"顾妈妈说。

"就是嘛，多好的孩子。老伴儿，你没发现小刘长得可是老帅咧，像个电影演员。"顾新鹏说，已经泡好了一壶茶。

"还用你说，我都见过三回了。"顾妈妈笑眯眯地说。

"那你这个做妈的，老早就看中了小刘吧。"顾新鹏给杯子里倒上茶，嘿嘿一笑，朝着妻子咧了咧嘴。

"又能咋样，海亮这小伙子是在景德镇，要是他在青岛可就好了。"顾妈妈有点遗憾地说，端起一杯茶来。

"看你说的啥话呀，好远吗？坐上飞机，也就两个小时工夫就到了景德镇。小刘就是在美国，在英国，在加拿大，在世界上任何一个国家，坐飞机去也就一天一夜的时间，你在家里待着清闲着呢。"顾新鹏拿起杯子来，朝着妻子举了举，笑着说，"来，咱们以茶代酒，走一个。"

顾妈妈举起杯，两人一碰，喝下了茶，就像在搞一场庆祝活动。

"新鹏呀，你看，这艳艳是不是在跟刘海亮搞对象了。"

"那好呀，大好事儿呀。"

这时顾艳走进餐厅里来，装着很严肃的样子说："老爸老妈呀，你们这不是在拿自己闺女寻开心吗？"

顾新鹏哈哈笑响了，说："我就知道闺女在外面听着，我就知道。"顾妈妈看看女儿，又看看丈夫，她说："新鹏你知道你还说瞎话，相洋不，还咱们以茶代酒，走一个，真拿你没得治。"做父亲的继续在笑，又说："客厅里就是有只小猫溜进来，也瞒不过我的耳朵，何况是咱亲闺女呢。来来，闺女，喝口茶，青岛崂山红茶也算是中国最好的红茶之一，当然，景德镇浮梁的红茶也是好茶。"

"哼，我才不喝，我不想听你们瞎叨叨。你们自个儿乐去吧，我回房

342

间了。"顾艳说过话，转身出门就走了。

顾艳回到房间，也不开灯，歪躺在松软的大床上，闭上眼睛，她感觉到很累，很疲惫，同时也很兴奋。她的眼前仿佛出现了一栋房子，是三宝村的那栋房子，是蓝天陶社，那栋房子明晃晃地刺眼，洁白如玉，好像是用瓷器搭建的一座宫殿。海上的月光透进窗口，往屋里照耀进来，海风极是和谐，一阵一阵吹来，将窗帘吹得一鼓一鼓，并且发出呼呼的声响，像是有人在远方召唤。顾艳忽地一下张开了眼睛，心口有些发慌，她长长地舒出一口气来，似乎释放了心里的压力，而那样种压力一直都在，就像是某种病痛，还一时不能得到有效的治疗。

也不知过了多久，顾艳坐起身来，手指去理了理额前的头发。这时手机"哔"一声，有条微信过来，是刘海亮发来的微信：我已抵达南昌，晚安！

她朝着手机笑了笑，忽然想起什么事，打开了朋友圈，她回到青岛就再也没有发过朋友圈了，她调出了那张在瓷器店拍下的照片，是刘海亮的作品《成长》。她把这张照片发在朋友圈上，也没写字，只点上了三朵小红花。

早晨，一抹金色的霞光洒在了"蓝天陶社"的屋檐上，半空中，一群麻雀叽叽喳喳地鸣叫着，似乎在预定的时间相邀同伴，它们沿着屋顶旋转了一大圈，然后扑扑地飞去山间的树林里。

已经吃过了早饭，陈立根把作坊里收拾了一番，货架上摆放着各种坯胎和瓷板，墙壁一侧堆放着一袋袋的泥料，还有许多装有釉料的瓶瓶罐罐、小铁桶什么的，所有的东西都摆放得整齐有序。他有力地甩动了几下手膀子，走到工作台前，台面上准备了一堆泥料，圆圆的，软软的，像一个润滑的小山包。

陈立根准备做瓷活儿，他把牛仔裤屁股后的手机掏出来，搁在一边。看了一眼手机，想了想，又拿起手机来，打开了朋友圈，他往上翻动几下，发现有顾艳发出的一条朋友圈，他简直有点不敢相信自己的眼睛，仿佛公海上失联许多年的轮船有了消息。陈立根一时间激动起来，赶紧往手机上点了一个赞，嘴里喊着："小梅，赵小梅……"

赵小梅在店铺，刚接待过几名游客，还卖出了几件瓷器。这些日子以来，蓝天陶社的生意可好了，每天一打开店铺，几乎都有游客进来观望，冥冥之中，就像有送财童子加持似的。她就站在店门口，刚转回身来，便看到陈立根由后门快步过来，黑黑的脑袋往前倾斜，像射来的一支箭。

"小梅，小梅你看朋友圈了吗？"他说。

"什么事吗？"她回答。

"顾艳，顾艳她发朋友圈了，你到现在都没有看手机吗？"他急急地说，人显得很激动。

"这有什么好稀罕的，爱发不发，关我什么事。"赵小梅的声音有点冷淡。

"你看看手机，看看，她真的发朋友圈了。"他说。

赵小梅的手机就在茶几上，她一把拿过手机，塞进了上衣口袋。

"我看过了，我一早就看过了。老兄，你有什么好激动的，这跟你有关系吗？人家发的是刘海亮的作品，又不是你的。"赵小梅说，蹲下身去打开一个包装盒，从里面拿出几件瓷器，摆在柜台上。

"发谁的都一样，都一样，至少证明，顾艳她的心情好多了。"

"她的心情好了，我的心情不好。"赵小梅摆放好瓷器，回头瞟了一眼陈立根，就像什么事都没有发生似的。

陈立根嘿嘿地傻笑了一下，张了张嘴巴，却没出声，好像在说，你们女人的心思真不可理喻。他走上前去，动手收拾地上的包装盒。

他们说话的时候，有顾客进来，是一个三十岁左右的女游客，带着一个五六岁的小女孩。小女孩很活泼，一脸可爱，穿着一件粉红色的连衣裙，进门就喊："姐姐好！大哥哥好！"

"小妹妹，你好，你真漂亮。"赵小梅赶紧去招呼，说，"大姐好，你们随便看好了。是来景德镇旅游的吧。"

"是呀，我们是从山东烟台来的，来了有两天了。"女游客说，"你们蓝天陶社这家店里的瓷器好漂亮呀。"

陈立根站起身来，朝着进门的客人点头笑笑。

小女孩一眼便看中了橱窗里的一只马克杯，杯上有手工雕刻的图案，当中画有一只笑眯眯的猴子，双手抱着一颗鲜红的大寿桃。

"妈妈，我喜欢，我要把这个杯子带回家。"小女孩指着橱窗说。

女游客看了看那茶杯，问道："这杯子多少钱？"

赵小梅拿起杯子来，递给女游客，说："这杯子不便宜，五百块。"

"咋这么贵呀，不就是一个喝水的杯子吗？"女游客很诧异。

"这是手工制作的陶瓷作品，粉彩绘画，用的也是上好的瓷料，要这个价钱的，大姐。"赵小梅笑笑说。

"哦，这个我不懂，反正是看着养眼。妹子，你看能不能少点？"

"大姐，少多少呢？"

"就一百钱吧，我买了，行啵？"

"那可不行，大姐，请您看看别的陶瓷杯吧，有便宜的，很多。"

赵小梅话刚说完，那小女孩子一把从妈妈的手上夺过杯子，拔腿人就往门外跑，边说："妈妈付钱，妈妈付钱。"

女游客一看女儿跑了，大喊一声："站住，你站住。"

这位妈妈赶紧追出门去，在门外拦住了女儿，去抢夺孩子手上的杯子，生气地说："太贵了，咱们不买，不买了。"女儿当然没有母亲的力气大，杯子给抢了回去，哇的一声便哭了起来，嘴里喊着："我要嘛，妈妈我要嘛……"

女游客不去搭理女儿，拿着杯子走回店里，递给了赵小梅，说："咱这孩子不懂事，打扰你们了。"

"没事，没事的。"赵小梅说，手上拿着杯子，没想到闹出这么场事来。

陈立根已经收拾好了地上的包装盒子，他站起身来，怔怔地看着那位女游客往门外走去。

赵小梅呆呆地站着，她听到门外小女孩的哭声，并听到妈妈在训斥女儿："你咋这不懂事，咋这么丢人现眼，下次妈妈再也不会带你出来旅游了。"女孩子哭着说："妈妈求求你了，求你了，我要，我就要那个有猴子的杯子……"

女游客几乎就是拖着女儿，往马路上走。

这时赵小梅追了上来，手上拿着一个很精美的包装盒，喊着："大姐，大姐你等下。"女游客听到喊声，她站住，回头望着走来的赵小梅，这会儿女孩子的哭声也小了许多。

赵小梅走到小女孩的跟前，她蹲下身来，说："小妹妹，不哭，不哭了。你能不能告诉姐姐，为什么一定要这只杯子呢？"

小女孩一脸委屈的样子，手去擦着眼里泪水，哽咽地说："那是只猴子，好可爱的猴子，它还抱着一只大寿桃呢。姐姐，我是要把这只杯子送给我姥姥，我姥姥就是属猴的。"

赵小梅听到这样说，心里一阵感动。

女孩的妈妈此刻也明白了，很是吃惊，那是要送给她的母亲的。

赵小梅打开盒子，正是那只有手工粉彩茶杯，她说："是这只杯子吧。"

女孩子看着盒子里的杯子，连连点头，说："是，就是这只杯子，我姥姥一定好喜欢呢！"

"小妹妹你真有孝心，姐姐都要被你弄哭了。这样吧，姐姐把这只杯子送给你，你再送给姥姥。"赵小梅说着话，把盒子递到小女孩手上。

"妹子，这不可以的，多少钱就多少钱，我付给你。"女游客说。

"不是钱的事，大姐，这也是我们蓝天陶社对老人家的一份孝心。你们就放心收下吧。"赵小梅说着话，站起身来，摸了摸小女孩的脸蛋。

"谢谢姐姐，谢谢好姐姐！"小女孩双手抱着装有茶杯的盒子，笑着说，"这杯子是姐姐画的画吧，姐姐好厉害呀。"

"不是，是另一个姐姐画的，我才没她画得好呢。"

"那我下回再来景德镇，能不能见到那位好姐姐呢？"小女孩天真地说。

"能，一定能。"赵小梅说，眼里似有泪光闪动，"大姐，你们去玩吧，三宝村有好多好看的瓷器。"

"妹子，真的不好意思，太谢谢您了！"

"姐姐再见！"

母女俩走了，那小女孩就跟捧着人间珠宝似的一路往前跑，像一只飞舞的小蝴蝶。

赵小梅看着她们的背影，看着那个快乐的小女孩，仿佛间看见跑动的孩子是顾艳。因为她们是从海边来的，是从顾艳的山东老家来的。

第二十三章　又是别离

　　蓝天陶社就像一块风水宝地，只是时间仿佛插上了一对无形的翅膀，这就到11月下旬了，再有一个来月，新的一年2019年便要走来，2019，那将是多么令人期待，相信每一个日子都会像出窑的瓷器一样明媚而有温度。

　　天气已经凉下来了，而陶社仍然像一座暖炉，先后又有过几次开窑，烧制的陶艺品总是那么令人满意和惊喜，正如制瓷人所说的"气氛"很好。陈立根和赵小梅顺利完成了那家五星级酒店订制的艺术陶瓷订单，王小林老师用自家房产和银行抵押贷款的钱已经还上了一大部分，应该说他们的运气挺不错的，陆续还有几个陶瓷大单在制作生产，有时候忙不过来了，兰兰会带着李强等同学们赶来陶社帮忙，当然是要按件或按工时计报酬的，不能亏待了大家。热爱陶器的学生们热情高涨，仿佛这里是学校的实践基地。

　　地处三宝村的蓝天陶社，就似一亩绿油油的良田，正在苗壮成长。

　　这天下午，赵小梅在作坊的大工作台前绘画瓷器，陈立根在给几件成形的瓷胎浇釉。近段日子，赵小梅几乎不在自己的工作室画瓷，只要作坊没有大件的陶瓷品制作，她都会在作坊的工作台绘画，占据的空间很小，就几个颜料碟子和一把画笔，再就是转盘上的一件瓷器，这样她就可以和陈立根多说说话，其实也没有更多的话好说的，只要相互陪伴就好。在顾艳没有返回之前，蓝天陶社基本上是两个人的世界，两个人的呼吸，两个人的气息。赵小梅刚把一件瓷胎画完，正要搬去货架，台面上的手机铃声响了，她一看，是方斌打过来的，按理这个时间方斌在加拿大那边是凌晨四点，莫非有什么要紧的事。赵小梅赶快抓起手机接听，朝着对面埋头干活的老兄笑了笑，接电话也不避着陈立根。

"方斌呀，这么早就起床了，有什么事吗？"她说。方斌在那边的手机里发出开怀的笑声，说："小梅，我到景德镇了。"赵小梅嘻嘻一笑，说："你那边才三更半夜的，开什么玩笑呀，我正在工作呢。"方斌在电话中说："我真的到景德镇了，刚下飞机，正在罗家机场门外打出租车。"赵小梅相信了，她说："你又搞突然袭击，你总是搞突然袭击。那好，你先来三宝村吧。"

陈立根可以清楚地听到他们两人讲电话，他朝着赵小梅笑了笑，边往一只陶罐上浇着釉彩。

方斌在电话中说："不了，我直接去青山瓷板窑叔叔那边，你也早点过来。我已经上车了，等你。"

"那好吧。"她说，收线了。

陈立根将浇好釉的陶罐搬到后院去，一会儿又走了回来。

"小梅，你收拾一下，去你叔叔那边，方老师难得回来一趟的。"陈立根说。

"那好吧。老兄，要不你晚上过去窑场一块吃饭。"她说。

"我就不去了，你们家人，好好聚聚，快去吧。"陈立根继续给瓷胎上浇，手上拎着一把装有釉料的铁壶子，低着头，很是细心。

赵小梅笑笑，便上楼去房间换衣服。她穿着一件浅蓝色的风衣，脖子上围着一条深红色的绸缎围巾，肩上挂着蓝布包包，脸上似乎还上了一点淡妆，嘴上涂有口红。她下楼时，跟陈立根打了声招呼，说："老兄，厨房里有现成的菜，你热下就可以吃了。"

"知道，我知道了。"陈立根头也没抬，心思都在瓷器上。

赵小梅离开陶社，骑着电动车，也就二十几分钟，便到了老鸦滩的"青山瓷板窑"大门口。

她在门口，人还没下车，见到兰兰也回来了。

"兰兰，你怎么也回家了？下午没课吗？"她问。

"姐，刚好下课，接到姐夫的电话，说他回景德镇了，让我早点回家，我就回来了呀。"兰兰欣喜地说。

"姐夫，你什么时候开始叫上姐夫了？听着怪别扭的。"

"不叫姐夫我也不能再叫他方老师呀，你们都要结婚了，离过年没多长时间，我估摸着姐夫就是为这事回来的。"兰兰说，像个预言家似的晃了晃脑袋。

"行了行了，就你精明。"

两人说着话，走进了窑场。

厂房里，方斌脸上架着金丝眼镜，穿着一件灰色丝绒衬衣，袖口高高地挽起，胸前挂着一条蓝色的工作围裙，正在一张工作台前跟赵青山叔叔一块擀压瓷板。瓷板很大，有六平方尺左右，擀压时必须要两个人同时均衡地用力，用一根一米多长的空心圆铁棒，两人平行弯腰站着，一人一头，就像擀一张巨大的面饼那样，前后来回推动，直到厚薄均匀表面平整，这可是力气活。然后用一把长长的竹片切刀和一把固定的尺子，把四面切平，程序严谨规范。方斌念大学的时候，赵小梅就把他带来窑场学做瓷板，方斌在制瓷方面，几乎就没有不会做的活儿，而且各个工序学得都很精到，那会儿他们的恋爱关系还没有确定，叔叔婶婶就喜欢上这个年轻人了。

赵小梅在一边静静地看着做瓷板的方斌，方斌只抬起脸来冲她笑了一笑，接着就将架子上做好的瓷板，抬到一边的平台上，进行晾晒。然后，又去做下一块瓷板。

赵青山说："小方，我自己来就好了。"

方斌说："没事的叔叔，我不累，把这几块都做完了吧。"

赵小梅喜欢看着方斌干活的样子，方斌在没有离开景德镇之前，经常会来窑场跟叔叔一块做瓷板，还会跟叔叔一起讨论，用什么样的泥料对瓷板进行改进，进行窑烧，以此达到最好的制作、绘画效果。这里是小梅的家，也成了他的家，一点儿也不陌生。叔叔用肩上的毛巾擦着脸上的汗水，赵小梅立即掏出纸巾来，在方斌的脸上、额头上擦拭着汗水，取下他鼻梁上的眼镜，然后又帮他戴上去。她的动作很温柔，方斌也很享受。

"方斌，感觉这次你回来，是调回景德镇了吧。"她说。

"没，没有。"方斌笑笑，手下没停，擀动着下面的瓷板。泥质的瓷板很柔软，也很坚韧，就像是一块厚厚的米黄色的绸布。

"调不调回来，那是上面老板的事。"赵青山叔叔说，看了一眼他的侄女，"小方还能跑了不成，他的根就在景德镇。"

方斌听到叔叔这样说话，笑了笑，嘴角露出的笑意似乎有点尴尬，赵小梅和叔叔自然没有察觉到。方斌说："叔叔说得没错，根在这里，炎黄子孙的根，无论走到哪里，都要有一颗中国心。"

赵小梅笑了起来，她正把瓷板四周切下来的边角泥料收拾起来，放进旁边的一只小木桶里，说："我说方斌呀，你这是写诗还是写歌词呀，来灵感了。"

"那可不敢，专业的人做专业的事，不能抢人家诗人的饭碗。"方斌也笑，已经又制作好了一块瓷板。

这会儿兰兰的喊声传来："小梅姐，吃饭了，吃饭了。"

赵小梅和方斌走进客厅，方斌穿了件黑色的皮夹克，他向来是个衣着讲究的人，且一丝不苟，又将金丝眼镜用绒布擦擦干净。方斌是上海人，父母原是下放在景德镇的老知青，并在瓷厂工作了一段时间，后来回了上海。方斌在上海念完了初中和高中之后，高考第一志愿填写了景德镇陶瓷学院，并以优异的成绩完成了大学、研究生学业，留在了景德镇工作。他是今天一大早的飞机到达上海的，只跟父母亲匆匆吃了一顿午饭，接着就飞来了景德镇。

餐桌上已经摆上几道大菜，婶婶做菜的手艺没得说，都是地道的景德镇口味，方斌能吃辣，又出生在景德镇，习惯了这里的生活。赵青山开了一瓶白酒，有客人来家里，何况又是未来的侄女婿，看来又是要尽兴一番了。

赵青山兴致勃勃地说："小方呀，你上次回景德镇，住了一夜人就飞走了，面都没见着，这次你可得陪叔叔好好地喝个痛快。"

"我的酒量哪能跟叔叔比得，晚辈尽力。"方斌伸手接过酒瓶，先给叔叔的杯中满上，然后又给婶婶的杯子倒了一点，赵小梅和兰兰的杯子里倒上半杯酒，这些酒杯都很漂亮，造型各异，都是手工青花瓷的。他举着杯子，站起来说："这杯酒，晚辈先敬叔叔婶婶，首先，必须要感谢叔叔婶婶这么多年来对小梅的养育之恩，我能够跟小梅相爱，并走到一起，都是托了叔叔婶婶的福气。还有兰兰，我最喜欢的小妹妹，对姐姐的爱，对姐姐的帮助，我的心里无不充满感激和感恩。长辈的好，我方斌会铭刻在心，日后定当回报，我们会好好地孝顺你们。这杯酒，我先干为敬。"

方斌把杯中酒喝干，赵青山自然也就干了，赵小梅他们几个小抿了一口，也就意思了一下。

"小方，你坐，你坐，都是家里人，用不着这么客气嘛。"赵青山说，好生感动，拿起瓶子给方斌倒了酒，又给自己满上。

赵小梅是一个多么心细的人，听到方斌说出一套这么客气的话，总感觉有哪里不对头，大家这么熟悉，相处的时间又不是一天两天，而是有些年头了。她是了解方斌的呀，怎么就觉得有点陌生了。

方斌端着杯子，仍然站着，似乎还得再敬上几杯。赵小梅茫然地看了一眼方斌，他便坐下身来，仿佛还有更多的话没有说出来。

兰兰妈一个劲儿地喊着方斌吃菜，兰兰爸却一个劲儿喊着方斌喝酒。方斌吃菜不多，倒是跟叔叔连着喝了好几杯。或许是酒劲有点上头了，方斌又站起身来，端着酒杯，扶了扶眼镜，其实眼镜一直都好好地戴着，并没有歪斜，或许是习惯动作，也或许是要鼓足一下勇气。

方斌又一口把酒喝干了，用纸巾擦了擦嘴角，说："叔叔，婶婶，兰兰，我要宣布一件事情，也是要给大家，给小梅一个惊喜。因工作原因，我将会长期在加拿大多伦多居住，并会在那边先购买一套房子，下一步准备申请当地政府的人才引进，等拿到绿卡，以后就会在国外生活了，这次回来景德镇，是要把小梅接过国外，从此我和小梅再也不会分开了。"

桌前的人一时无声了，简直瞠目结舌，这样的惊喜，或许是太大了，也太过突然了。

赵小梅异常吃惊，这完全出乎她的意料。她怔怔地看着方斌的脸，方斌很从容地坐下身来，朝着她微微一笑，用中指去顶了顶鼻梁上的眼镜。

赵青山的眼睛瞪得奇大，却是看着赵小梅的脸，这么大一件事，难道说侄女一点也不知道吗？这可能吗？赵青山张开嘴巴，又合上了，心里有话，似乎说不出来了，手上握住的杯子往上一提，一杯酒倒进了嘴里，"啾"的一声，全吞了下去，嘴角往下用力地扯动，那种表情好像是吞下了一杯毒药。

做婶婶的只是淡淡地笑了笑，她的目光总是那么善良。

"哦，原来是这样呀。"赵小梅似乎自言自语地说，眼睛看着酒杯，痴痴的样子，脑子有些转不动了。

兰兰的表现可就大不一样了，她居然高兴地鼓起掌来，说："好啊，好啊，多好的一件事啊。小梅姐，我太高兴了。"

赵青山瞪一眼女儿，就差眼珠子没有掉出来，绷着脸说："好什么好的，中国就不好了吗？你就跟老子说说，中国有哪点不好的？你要是敢离开景德镇半步，看我不打断你的腿！"

"爸，这原本就是好事嘛，你干什么要冲着我来呀？我说过我要走了吗？汉克都跟你保证过了，不会走的，永远不走。"兰兰说，也生气了。

"好了好了，都不说了，不说了。这老东西，他又喝多了。"做母亲的说。

方斌很不自在了，低下头来。

"叔叔，来，我陪你喝一杯。"赵小梅说，举着杯子朝着她叔叔。

赵青山噌的一下站起身来，像根树桩似的，粗着嗓门说："我不喝了，我回屋睡觉去。"他转身往楼梯那边走，又回过头来，有点歉意地说："小方，你们吃吧，只要你跟小梅好就好。"

这顿晚饭也就吃到了一半，再也吃不下去了，似乎也没有任何意义了。

兰兰要赶去学校参加一个陶瓷学术同学座谈会，临走时问赵小梅："姐，晚上我是去陶社住还是在家里住？"

"不去陶社住了，住家里，我也会在家里住的。"赵小梅说。

晚上，赵小梅和方斌去了一家咖啡厅，她是需要跟他好好地谈一谈了，她需要有一个两人说话的环境，而且她得认真地考虑一下。

咖啡厅的音响播放着优美的轻音乐，这样的音乐足可让人有所放松。大厅里的客人也不多，来的几乎都是情侣，每一张脸都充满了爱意，大家说话的声音很小，仿佛不要去惊动另一个世界。赵小梅和方斌面对面坐着，当中就隔着一张宽不到二尺的台桌，他们喝着咖啡，彼此间都抬起脸来，相望一笑，那是一种发自内心的爱恋的笑，真诚的，丝毫没有一点虚假。他们之间的爱恋从来没有遭到过破坏，当然，也没有遇到过风浪。这条爱恋的小船，就像在公园明镜般的湖水里，已经荡漾了五年。

他们沉默了一会儿，还是赵小梅先开口说话："是你什么都提前准备好了，才来告诉我要去加拿大的事。"

"那你是不是觉得幸福来得太快了一点？"他笑望着她。

"你还没有回答我的话。"

"对不起小梅，其实我之前也没有过准备，只是忽然考虑到我有这个条件，所以我就没有提前告诉你。"他说。

"对你来说，真的是一个很好的选项。"她淡淡地说。

"是我们，我们。"他说，着重强调后面两个字。

"什么时候走？"她问他。

"后天，后天下午我们先飞北京，在北京一办理好签证，就直飞多伦多。"方斌望着对面的眼睛，说，"时间上是有点紧，其实也没有什么好准备的。再说，我那边公司的业务，最近都挺忙的。"

赵小梅抬起眼来，望了望天花板，像是在计算一下时间。她说，也像是在对自己说："只有明天一天的时间了，看来，天下真是没有不散的宴席。顾艳走了，我也要走，那蓝天陶社，就剩下老兄一个人了。"

方斌看着她，看到她眼里有着淡淡的忧伤，他伸出手去，轻轻地抚摸着她的手。她的手没有抽回去，那是一只暖男的手。

"小梅，我们的人生只有一次，我们要珍惜自己的人生。去了加拿大，我们会在湖边买下一套小楼房，站在凉台上，就可以面朝开阔的湖水，风景美丽极了，你一定会喜欢的。我知道，你喜欢做瓷，你离不开陶瓷。我在多伦多认识一位大姐，她也曾毕业于景德镇陶瓷学院，在海边有一栋小别墅，并且有自己的陶瓷作坊，设备都很齐全，自己做瓷，还带了几个学生。她在市区还有一家门面，中国陶器在那边很走俏，就一件普通的手工绘画茶具，卖出的价格不会低于300美元，无论陶土瓷泥还是釉料，国外都有，都可以送货上门。在多伦多，有多家华人开办的陶瓷商铺，我还看到了一家是专门销售中国景德镇陶器的。我们也可以开办一个家庭作坊，自己做陶艺品，凭你的青花瓷制作绘画手艺，一样可以成功，当然，我们不是为了赚多少钱，我也不需要你去赚钱，因为这是你的专业你的爱好。上个星期，我都跟大姐说好了，等你到了多伦多，我们一起来把这件事情商量好，大姐听说你也是景德镇的校友，可是高兴呢。"方斌说，他很细心，把他们的未来都设计安排好了。

他说出这番话的时候，赵小梅一直在认真地听，听着听着人便有些走神了。她怎么会不清楚，方斌是个怎样细致周全的男人。在学校时，他们才刚刚谈恋爱，只要方斌提前一点下课，便会去食堂打好饭菜，然后在校区花园的一个小亭子里，耐心地等着，赵小梅喜欢吃什么，有哪些不吃的东西，他都一清二楚。每当赵小梅有晚自习，他便提前在教学大楼门口等着，扶着一辆自行车，把她安全地送到"青山瓷板窑"大门口。念大学时，赵小梅不住学校，就为节省在校的住宿费用。她班上的所有女同学，可是把赵小梅好一个羡慕。方斌多优秀呀，他是研究生，尤其他的口才，比老师授课都要厉害，讲起景德镇制瓷72道程序，几乎可以倒背如流，且风趣精彩。那时的赵小梅，男女同学们都说，只有她才能配得上学长方斌呢，郎才女貌，就似一朵鲜花配上了最茂盛的绿叶，没有男生可以跟方斌去竞争。他们之间的爱，并不是那种一见钟情，就好像是同一条小溪的两条鱼儿，顺其自然地游到了一起。如果没有记错的话，他们就在学校大礼堂看了一场电影，方斌握住了她的手，她就再也没有松开。她自己都不得不承认，所有认识的人当中，没有谁会比方斌更优秀了。她在想，这份爱至今也没有动摇过。她一向朴素无华，从不去刻意打扮自己，就像原野自然开放的花朵。方斌曾经说过，天下最美的瓷，是白胎，没有任何绘画痕迹的白胎，而赵小梅，就是这件最美丽的瓷器。

她笑了笑，因为许多美好的往事，忽然间都浮现在她的眼前。

"你笑什么？"他说。

"我笑，我可能还没有准备好吧。"她说。

"哦，这还需要准备吗？我们又不是初恋的男孩女孩，我们都是成熟的人，我们都很清楚应该追求什么样的生活。"方斌的手收了回来，手掌扶在下巴上，灯光下，他的脸像一件精致的雕塑。

"我想，我还是应该慎重地考虑一下。"

"你不会不同意我为我们安排好的一切吧？"他说，有些吃惊的样子。

"我想我不会不同意的，但我还是需要想一想。"她微笑着说。

他们之间向来就彼此敬重对方，哪怕是一件极小的事，都会考虑到对方的感受。这般的爱情，就像是一池清晰的水，甚是和谐，平静到没有涟漪。

这天晚上，才过10点，赵小梅就回到了窑场。兰兰先一步回到家了，正在房间里等着她的小梅姐。

"姐，你真好。"兰兰跳下床来。

"为什么要这样说？"她问道。

"这还用问吗？这个房子，你都住了十年了，回家住还不是想多点时间跟爸妈待在一起。"兰兰说。

"你的意思是，姐姐走了，再也不会回来了？"

"不是，不是的，但是要回来一趟，恐怕也不会那么容易吧，你将会有自己的生活，有自己的家庭。姐，我为你高兴还来不及呢。"兰兰说着话，拉着赵小梅的手在床边坐下，又转过身来，搂抱了一下赵小梅，就像现在就在告别似的。又说："姐，我爸刚才过来了，他两个眼圈红红的，好像是哭过，我知道，他心里舍不得你离开。"

赵小梅心里一阵悸动，垂着头，小声问道："叔叔说什么了吗？"

"我爸说，男大当婚，女大当嫁。"

"还说什么了吗？"

"没，没说什么了。姐，你就放心走好了，我爸他没事的。哎呀，我可是羡慕你了姐，竟然要去国外生活，以后回来就是华侨了，想想都好美妙啊。小梅姐，等我跟汉克结婚，我就搬去外面住，汉克说了，明年就在景德镇买房，买下最好的楼盘。"兰兰说。

"兰兰，你说你要搬出去住？"她问。

"对呀，难道说一辈子要跟爸妈住在一起，我才不想天天被他们管着，反正都在景德镇，爸妈想去我那边住也行，我也会经常过来的。等到爸爸妈妈老了，做不动了，我和汉克一定会好好孝顺他们的，我会带他们去加拿大旅游，去姐姐家里住，想住多久都成。"兰兰开心地说，声音很是天真。

"好。"赵小梅点了点头。

晚上，赵小梅几乎一夜没有睡好，脑子里乱糟糟的，想了许多的事，几乎都是在蓝天陶社发生过的刻骨铭心的事。而最终，她想，自己还有其他的选择吗？方斌所做的一切，都是为了她，为了今后的生活，她是爱着他的，从来就没有过改变，她应该没有选择了。

翌日一大早，赵小梅就来了陶社。

赵小梅手上提着一个塑料袋，里面是打包来的早餐。陈立根已经起床了，他显然一夜没有睡好，两只眼睛有些发红，正在后院的气窑前摆弄着一堆准备烧制的陶器。他听到作坊传来的脚步声，回头看，是赵小梅，没想到她这么早就过来陶社了。对于赵小梅和方斌之间的关系，他已经完全释怀了，他打心眼里祝福小梅，仿佛只要赵小梅幸福，那就是他的幸福，然而他心里也不得不承认，他依然是爱着这个女人的，只是这份爱，超越了爱的本身，那是一种至高无上的友谊，天长地久的友谊。

"老兄，你还没吃早餐吧。"赵小梅说。

"还没呢。"陈立根说着话，脱去帆布手套，走进了作坊，"这么早，方斌来了，你就多陪陪他，这两天不要来陶社了。"

赵小梅没急着回话，走到餐桌前，从塑料袋里拿出两个打包盒，方盒的是米粉，圆盒的是瓦罐汤。"来，快来吃吧，还热着呢，我已经吃过了。"她说，把一双筷子递给陈立根。

"谢谢。"他接过筷子，闻到了米粉的香味，猛吃了两口，说，"这猪杂米粉好吃，真香。哦，我想起来了，这可是城里最好吃的米粉。记得去年春天的一个早上，你和顾艳为了巴结我，送来过一次这样的米粉，当时我还不让你们进门咧。哎呀，时间过得真快。"

陈立根吃着米粉，又去喝了几口汤。赵小梅就在他身边站着，看着他吃，心里似铅一般沉重，眼窝里一阵发热。她想，这个叫陈立根的男人，这个瓷痴，他还一点不知道，她已经决定要离开景德镇了。

就一会儿工夫，陈立根便把粉和汤都吃完了。赵小梅抽出两张餐巾纸递给他，陈立根接过，擦了擦嘴巴。他说："小梅，你走吧，好好玩去，别记挂着陶社的活儿，这不有我在嘛。"

她站着没动，笑了笑，说："老兄，我们去爬山吧。"

"爬山，好好的爬个什么山？"

"我想去，我想要老兄陪着我去，反正现在还早，不急着开店。"赵小梅说，她很坚决，很固执。

"那好吧，听你的，去山上透透气儿。"

他们两人离开陶社，往后山的大峰尖小路走去。早晨的山间有一条条白色的云带缓缓飘过，一群群小鸟在半空中盘旋，不时发出阵阵鸣叫，唱歌似的，就像在迎接最早到来的客人。山岭的树木大都枯黄了，小路上落满了褐色的落叶，山风吹过，一些树叶在他们脚下车轮似的滚动。陈立根一直走在前面，他有时会停下来，等等后面的赵小梅，然后又大步往上走。赵小梅似乎有意要落在他的后面，这样才可以一直看到老兄的背影，这个话不多的男人，像块窑变的瓷泥一般坚硬，还总有着使不完的力气。

陈立根到达了山顶，随后赵小梅也上来了。

"要不要喊几嗓子？"他问她。

赵小梅微微喘着气，脸色有点苍白，笑笑，摇了摇头。

"那我来喊。"陈立根朝着山间"喂喂"地喊叫了几声，说，"小梅你听，有回音了。蓝天陶社开业的那天，顾艳在这里就是这么喊的，她比我要喊得响。"

赵小梅没吭声，静静地凝望着远处景德镇城区，高大的房屋建筑群，以及陶溪川老厂的那几根冲天而起的烟囱。一切都是那么熟悉，一切都铭刻在了她的脑海中。有好一阵子，他们两人都没有说话。

陈立根去旁边的草丛间采摘了一把野山菊，有白色的也有淡黄色的。

"小梅，这花很漂亮，你喜欢的。"他把山菊花递给她，她接在手上，仍然不说话，望着山下的城区。他看了一眼她的脸，似乎感到有什么事，问她："小梅，你怎么了？山上风大，有点冷，会感冒的，我们回吧。"

赵小梅已经无法控制住自己的情绪，她的眼里，有两行清泪顺着脸颊，慢慢地流淌下来。

"老兄，"她说，"我要走了。"

"走，走去哪里呀？"他说，去看她的脸，看见了泪水，一阵诧异。

"我要离开景德镇了，我要跟方斌去国外生活。"赵小梅说，她努力控制住自己，擦了一把脸上的泪。

"你是说，你要走，要离开景德镇，离开蓝天陶社？"

赵小梅点头，再次重复了一遍她说过的话。

陈立根之前就听清了她的话，每一个字就像子弹一般击打着他的心房，他也不用再多想，已经知道了这次方斌回景德镇的原因了。他清楚，赵小梅是什么样的女人，一旦说出的话，一旦决定的事，从来不会反悔。他想找出一句比较适当的话，安慰或是祝贺，可是一时间却找不出来，人就跟哑巴了似的。这太突然了，太不可思议了，这对于陈立根来讲，简直就是遭遇到了一场无情的雷击，全身上下有一种莫名的疼痛之感，这种痛感令人无法忍受。

"老兄，你骂我吧，你骂我是背叛者，是逃犯，那天在机场，我也是这样骂顾艳的。你快骂我吧，你就痛快地骂。"她说。

"我为什么要骂你？"

"你为什么不骂我？"她说，微抬起头，望着他的脸。

"你是女人，你和顾艳都是女人，比不得我，我是男人。"他说，他也不知道为什么要这样说，可他好像也只能这样去说。

赵小梅又哭了，哭出了声音，一只手背捂着脸，像个伤透了心的小女孩。

"不要哭了，不哭了。小梅，什么时间走？"

"明天。"

"明天吗？"

"嗯，明天。"

他们下山了，两人是并排走下山的，只是一路上没有再说话，似乎也找不到可说的话题，但有鸟鸣声，叽叽喳喳的很热烈的鸟鸣声，显得很吵闹，让行路人心里烦躁。

赵小梅回到自己的房间，兰兰已经过来了。兰兰说："姐，我过来帮你收拾行李。"她望了一眼兰兰，问道："方斌没过来吗？"兰兰回答说："他没来，他说今天都很忙，中午、晚上都有朋友的饭局呢。"

兰兰在床上打开了那只蓝色的行李箱，赵小梅去衣橱里收拾了几套衣物，往箱子里一扔，然后又去卫生间拿出一袋洗漱用品，扔进了箱子里。

陈立根从门口走了进来，一手提着一个空纸盒子，纸盒里还有一卷胶带，用来打包装的。

"小梅，看看要带走哪些东西，我来打包。"陈立根低着头说。

"不要了，这么多的东西，没什么好带的，也带不走。"赵小梅说，关上了行李箱，将箱子放在地上。接着，她走到床头柜前，拿起那只陶瓷美人鱼，握在手掌间来回揉动了好几次，然后举着手上，朝着陈立根摇了摇，笑笑说："老兄，这个我得带着，是你送给我的。"

陈立根点点头，看着赵小梅的笑脸，她那双明亮的眼眸里，却掩饰不住她内心的忧伤。赵小梅拿过一条新毛巾，很细心地将美人鱼包裹好，放进了她随身携带的蓝布挎包里。

"老兄，"兰兰说，"我姐走了，陶社还有我呢，我不会让你孤独寂寞的，我的同学们也会经常过来打扰你，还有汉克，他随时可以过来。"

陈立根只是点头，没说话。

他们三人下楼，来到作坊，陈立根提着赵小梅的那只行李箱。

"老兄，我可以去你房间看看吗？"赵小梅说。

陈立根点了点头。

赵小梅便走进了陈立根的房间，陈立根和兰兰就站在门口。

房间里很杂乱，空间也小，长条形的，是这栋房子里最小的一个房间，只有一个小小的窗户，还是关闭着的，弥漫着一股潮湿的夹带着霉味或是汗味的气息，只不过比作坊的气息浓烈那么一点点，她早已习惯了这种气息，让人有一种真真切切的存在感。此刻，她的内心忽然变得尤为平静，那种静，就像是一口古老的深井。床上的被子堆在一起，像个大花卷似的，上面斜架着个枕头。赵小梅把被子叠好，枕头摆放在床的一头，拿起墙角的枕巾，铺好在枕头上，又把床单拉拉平整，再去收拾了一下床架上搭着的几件衣裤，挂进一边的衣柜里去。这是她第一次收拾陈立根的房间，换在平时，老兄那是坚决不能让她来干的，除非她下了死命令，他才会自己回到房间进行一番收拾。书桌上堆着两件没有完成的陶瓷雕刻作品，墙壁上张贴着一张宣纸画的草图，一位长须飘逸的老寿星，怀抱着一个寿桃，这还是她第一次见到。"老兄，又有新作品要创作了呀，这位老寿星，好福态好慈祥呢。"她转过身，往门口走，边说。

"哦，画着玩的，以后有空闲了再做。"陈立根说。

"等雕塑好了，出窑了，记得发照片我看，我喜欢这类传统的工艺品。"赵小梅说，走了出来。

"好。"他说。

"姐，我们走吧。"兰兰说。

"去哪？"他问。

"去窑场。"赵小梅说。

"我开车送你过去。"陈立根说。

"不用了，汉克很快就到，最多一分钟，刚发来微信了。"兰兰说。

"好，我送下你们。"他说。

赵小梅由作坊往店铺那边的后门走去，突然又停了下来，看看楼梯下的卫生间，又昂起头来往楼上看看，不由想起那天晚上，陈立根腰上缠着浴巾从卫生间跑出来，他精瘦的身体，肌肉却很强健，像只青蛙似的，双手在头上交叉摇动着动，朝着楼上的顾艳和赵小梅大声地喊："别唱了别唱了，睡觉去，快去睡觉。"顾艳和赵小梅却继续唱了几句："如果有一天我们不得不离去/我希望人们把我埋在这里……"之后，两人一阵疯笑跑回自己的房间。是的，正是那首歌，此时仍然不绝于耳。

一天一夜的时间很快又过去了。

这就到了说再见的时候。赵小梅上前去，抱了抱她的婶婶。婶婶一直低声哭泣，泪眼汪汪地："小梅呀，女人总是要结婚生子，要有个自己的家庭，那样才能踏踏实实地过完这一辈子。这么多年在一起生活，你去的又是那么远的地方，婶婶知道你会很好，比现在更好，只是心里不舍得。"

赵小梅眼圈红红的，说："婶婶，你一定要好好地保重身体，不要让自己太辛苦，更不要让叔叔太辛苦了。"

婶婶连连点头，手去赵小梅的脸上摸了摸，说："去吧，去吧，如果你父亲在世，知道女儿有这么好的命，该多么高兴啊。"

赵青山正把满满的一车架绘制过的瓷板推进煤气窑炉，突然转过脸来，朝着赵小梅这边大声地说："好命？什么好命啦，在景德镇生活，命就不好了吗？命不好早就喝西北风了。"

赵小梅看着叔叔，她何尝不清楚叔叔心里该有多么难受，说的都是气话，也是他的心里话。

"叔叔，我亲爱的叔叔，你就让小梅这样走了吗？"

"那我还能跟你一块飞到天上去呀？"

"叔叔，你就抱抱我吧。"

"我正在干活呢，我身上脏。"

赵小梅撒娇似的笑笑，走到叔叔跟前，搂抱住了叔叔。赵青山也用力抱抱了他的侄女，眼角有泪要溢出来。

"青山瓷板窑"大门口，兰兰拖着行李箱，肩上背着赵小梅的蓝布挎包，正在等赵小梅。汉克的车已经到了，方斌从副驾驶座下来，过去接过兰兰手上的行李箱，搁进了后备箱。赵小梅也接过蓝布挎包，从里面取出手机来，拨通了陈立根的手机，只响了一声便就通了。

"老兄，我这边就去机场了，你也开车去机场送送我吧。"

"不了，我不喜欢送别。"陈立根在电话中说，声音不冷也不热，"小梅你自己多保重身体，一路顺利。"

赵小梅还想说点什么话，对方手机已经挂线了。

是四点半飞往北京的航班，三点过十分左右，他们一行人到了罗家机场。

他们在机场候机厅告别。兰兰抱着赵小梅，她哭得很厉害。

赵小梅说："兰兰，不哭了，快别哭了。姐姐走了，你要更懂事，你一定要好好地照顾爸爸妈妈。"

汉克说："小梅姐，你放心吧，家里有我在，OK。"

"谢谢你了汉克。"赵小梅说，上前去跟汉克拥抱。

方斌张开双臂，去拥抱了一下兰兰，他转过脸去，看着安检通道那边，许多旅客已经通过了。

赵小梅和方斌往安检通道那边走去，方斌走在前面一点，拖着两个行李箱，一个是自己的，一个是赵小梅的。赵小梅往前缓慢走动，不时回回头，挥动着手，让兰兰和汉克快回去。兰兰他们站着没动，直到看见赵小梅和方斌经过了安检，那个蓝色身影再也看不见了。

机场跑道上，一架客机腾空而起。

景德镇日落前的天空，堆积着一团团赤红色的云彩，那些云彩仿佛在空中燃烧，像窑炉的火光，经久不息。

陈立根在作坊来回踱着步子，他完全没有心情做瓷活儿，空空荡荡的房屋，他感觉到人生从未有过的孤独，他很窝火，很生气，他甚至想去重重地摔碎几件瓷器，可是每一件都令他舍不得。他大声地喘了几口粗气，他在想，自己应该更适应这种孤独，原本他就是一个孤独的人，以瓷器为伴的人，他到底是缺少了什么呢？他什么也没有缺少。他索性让自己的身体躺倒在一堆坯胎之间，呆滞地望着上面的天花板，那模样就像是一条缺氧的大鱼。

外面的天已经黑下了，陈立根慢慢地安静了，他的手，触摸到的都是陶器坯胎，忽然间人又振作起来，像是被这些陶土和瓷泥所唤醒。

陈立根关上了店铺的拉闸门，看看外面，马路两边的店铺灯火通明，蓝天陶社可是很难得这么早就关上了店门。陈立根想想又没有哪里可去，掏出手机来，给刘海亮打了一个电话，问他有没有时间，晚上一块喝个酒。刘海亮在电话中爽快答应，他正准备跟陈立根联系的，他知道赵小梅去加拿大的事，赵小梅昨天走前跟他有过道别。陈立根通完电话，拿下手机时，发现有一条一个小时前赵小梅发来的微信，就几个字：再见，保重了老兄！

就在市区的一家小酒店，陈立根和刘海亮两人喝酒，喝的还是青岛啤酒。两人酒喝了不少，话却不多，刘海亮能够理解陈立根现在的心情，他们都是男人，说再多话也没用，或许话都在酒中。

"赵小梅是因为爱情，才跟方斌去了国外。"陈立根说。

"爱情，爱情嘛。"刘海亮哈哈一笑，举起杯子，两人碰了一下，便都喝了。他望着陈立根的脸，说："爱情这个东西，从来就没有过定数，这就像我们制作的陶瓷作品，送进了窑炉，经过烈火的煅烧，温度的变化，不到开窑的那一刻，谁也不能断定窑变后的效果，谁也不能。"

窑变，多好的一句话，简直至理名言，爱情如此，生活如此，事业也如此。两个男人对望了一眼，都不再想说话，就像是时间要静止了。

已经晚上九点多钟了，陈立根手上提着一瓶喝剩下的啤酒，独自来到中渡口昌江岸边的草坪上。他仰望天空，却没有看见一颗星星出现，想起陶社的伙伴们，他的眼里，蒙蒙的似有一层泪光……

第二十四章　重逢

　　天上的星星是不会出现了，陈立根很是沮丧，忽然间感觉自己就是守到地老天荒也看不见星星。厚厚的云层缓缓地移动，压得很低，兴许要下一阵大雨了。果然，雨点就开始落下来，落到了陈立根仰起的脸膛上、眼睛上。他很麻木，他一点也不想移动身体，不想离开昌江岸边的这块熟悉的草坪。两岸城区闪烁的灯光辉映着他的身体，那个僵硬的身体显得混混浊浊，黑乎乎的，像荒野上一块孤冷的石头。陈立根闭上了眼睛，脸面朝着天空，迎接着小雨点的清洗。

　　他感觉自己睡着了有一会儿，感觉梦中有脚步声传来，那一定是赵小梅的脚步声，他不想打开眼睛，他担心那种脚步声失去。这时有人在轻声地喊："老兄，老兄。"是赵小梅的声音，好像就在附近。陈立根笑了，但是他没有打开眼睛，他怕，他怕梦跑掉了。

　　"老兄，老兄，下雨了，下雨了你怎么还坐着？"赵小梅说，她从旁边的一条小路走过来，距他不到五步远了，她的身上已经被雨水淋湿。

　　陈立根猛地睁开眼睛，一阵惊慌，这怎么可能，这怎么可能是赵小梅，他往旁边回过脸来，看到的人，却是赵小梅。

　　"小梅，赵小梅……"他从地上迅速地爬起来，面对着走来的女人，声音急促地说，"是你吗？赵小梅真的是你吗？"

赵小梅停住脚步，微笑着，轻轻地点了点头。暗淡的光亮中，那双明亮清澈的大眼睛像画上去的一般，十分动人。她仍然穿着上飞机前的那件浅蓝色的风衣，背着那个蓝布挎包。他确信了，他眼前的女人，真真切切就是他思念的亲密伙伴，就是蓝天陶社的赵小梅。

　　"赵小梅，你怎么没走呢？"他说，他猛眨了几下眼睛，用力摇晃了几下脑袋，生怕眼前的人会飘走似的。

　　"没走。"她说，声音很安静。

　　"为什么？为什么不走？"他又问。

　　"缘分。"

　　"缘分？缘分？"

　　"对，缘分，我和景德镇的缘分。"她说，很肯定的声音。

　　赵小梅是没有走，而且永远都不会走了。三个小时前，她在候机厅的长椅子坐着，一时间，人仿佛什么事也想不起来，就像没有了思想。直到怀抱着的那个蓝布挎包脱手掉在了地上，她拾起包来，触摸到了里面硬硬的瓷器，那是陈立根送给她的美人鱼陶瓷，她的心房怦怦地跳动起来，望着窗外机场停港的银色客机，她有些喘不上气了，她感到窒息。她一直以为自己可以从容地离开，嫁给一个她爱恋的男人，她也一直都在努力让自己这样去做，现在，她反悔了。所有的一切，似乎都是强制性的，她要老兄陪着她爬上大峰尖，眺望景德镇城区风景，她要去老兄的房间里再作一次停留，她要在作坊再真切地看上几眼，这些事都是强制性的，她是在强迫自己做一次人生的抉择，她一直都在跟自己搏斗，内心很矛盾，很纠结。可是，她没有成功。她还是跟随了方斌的脚步，这五年来的情感之路，她又何尝不是如此。她的人生，唯一自己去主动追求的，只有陶瓷，除此之外，都是被动的。再有半个小时，就要登机了，她的人生就在一步之遥，向左转，是正待起飞的客机，向右转，是生活过的景德镇。她站起身来，向右转，面朝着准备去排队登机的方斌。她的脸色苍白，像一个病人。

　　"方斌，我不能跟你走了。"她的声音极其的平静。

"小梅,你是说你不走了,不去加拿大了?"方斌问道,他一点也不感到突然,也不恼怒,也许他早已有过思想准备。

"我要留下来,留在这里。"她说。

"你不觉得自己失去理智了吗?怎么可以这样任性地决定自己的人生?"他又问。

"方斌,你仔细想想看,这些年来,跟你在一起,我什么时候又失去过理智。如果有失去,也是这两天才发生的事。"她的声音有点冷。

"难道仅仅两天就让你改变了对我的感情?"方斌停顿了一下,说,"你还爱我吗?像我爱你一样爱我吗?"

"爱,这并没有改变。人生的全部不仅仅是美满的家庭,还有自我价值的体现,还有自己的理想。方斌,希望你能理解我,我会在景德镇等你。"

"那不行,你得跟我一块去国外生活。小梅,你已经努力过了,你应该有你追求的生活,有你幸福的家庭。"

"会有的,我想这一切在景德镇都会有的。"

"你,你也太不现实了。"他说,声音有点阴森森的。

"不,这就是现实。你要的,那是你的人生,但不是我的人生。"她说。

"哦,是吗?你是这样认为的吗?你说你在景德镇等我,如果我不愿意呢?"他看着她的脸说,目光犀利。

"那只能说,我们之间缘分已尽。"她说,她没有躲避他的目光。他们之间从来没有发生过争吵,也从来不会大着声音讲话,即使现在,两人的对话也非常克制、冷静。

"缘分?"他自问,自我嘲笑的口吻说,"小梅,你从来没有真正地爱上我。"

"你这话虚伪。我说了,爱,并没有改变。唯一改变的是,我仍然要在景德镇生活,我不能离开这里。"

"这就是你赵小梅最终的决定了。"方斌的脸上有着痛苦的表情,他的手指去扶正了一下脸上的眼镜，说，"我没有强迫过你，任何事从来都没有。"

"对，是没有。"赵小梅点点头。

"那我们之间，只能说一声再见了。"他说。

"嗯，再见。"她说。

赵小梅去提过自己的行李箱，站立着不动。方斌拖着自己的行李箱，往登机排队的人群走去。他就站在那队乘客当中，回过身来，朝着赵小梅轻轻地挥了挥手，嘴里像是发出了再见的声音。赵小梅也朝着方斌挥了挥手，同样，嘴里也是再见的声音。此一刻时，两人或许都想到了在校园的池塘边，他们共同喜欢的，共同朗读过的徐志摩的那首《再别康桥》：轻轻的我走了/正如我轻轻的来/我轻轻的招手/作别西天的云彩……

江边的雨，越下越大了，陈立根和赵小梅的身上全都被雨水打湿。他们的脸色都很白，流淌着许多水珠珠，冷的是雨水，热的是泪水。此一时刻，他们就像两座黑暗中闪闪发光的陶瓷雕塑，彼此相望着，又仿佛两只在山间迷失的小鸟，终于见到了同伴。

陈立根内心一阵狂喜，而赵小梅却有如释重负之感。他们没有拥抱，也没有握手，只是两双眼睛的目光交织在一起。

陈立根问她："小梅，那以后你们怎么办？"

赵小梅说："以后，没有以后了，他走他的阳关道好了，我祝福他。"

"雨太大了，我们快走吧。"

陈立根说着话，脱下自己的外衣，披在赵小梅的头上，赵小梅拉了他一把，两人便顶着一件衣服，往来的路上跑去。

他们来到了一家陶瓷店铺躲雨，有几个旅客也在店里等着雨停下。这家陶瓷店估计是在校学生开办的，柜台橱窗里摆放着许多新颖别致的陶艺品。一名女生正在柜台内向客人推销陶艺品，台面上摆放着数十件女性陶瓷饰品，有手镯、项链、耳环、吊坠和戒指什么的，做工十分精巧。

赵小梅看中了一枚戒指，青花瓷的，上面雕刻了一朵梅花。她拿起那枚戒指，往左手的无名指上试戴着，举起手指来朝着陈立根晃了晃。

"老兄，这戒指好看吗？"

"挺好看的。"他笑笑说，转向柜台的女生，"小妹妹，这戒指多少钱？"

"二十块钱，姐姐戴着可好看呢。"女生说。

陈立根立即从裤子后面的口袋里掏出手机来，准备扫码付款。赵小梅推开了陈立根的手机，同时脱下了戒指，放回到台面上。她说："老兄，不要，不要花这个钱，我们自己会做。小妹妹，谢谢了。"

外面，雨已经停下了。湿漉漉的街道，如同水洗一般，倒映出景德镇城区五颜六色的光亮，像极了一块块从湖水里捞出来的彩色瓷板画。

熟睡在床上的顾艳做了一个梦，她和赵小梅在作坊的工作台上做瓷活，手工捏着各种杯子、碟子、勺子之类的小玩意儿，陈立根从后院快步走进作坊，双手抱着一件刚刚出窑的新彩瓷瓶，嘴里嚷嚷着："看看，你们看看，这件花瓶的效果和质感。"他把还有温热的花瓶往台上一放，脱下手套。赵小梅定眼看去，尖叫一声："哎呀，它太漂亮了。"这件花瓶是顾艳绘画的，画的是一个藤条篮子里堆满了一串串樱桃，而背景是满山的樱桃树，红亮亮一片，环绕着整个瓶子，色彩十分艳丽耀目，题款《崂山硕果》。顾艳惊喜不已，说："我咯亲娘呀，老兄，这是我画的吗？是我画的吗？"陈立根笑望着她，说："为什么说'进窑一色，出窑万彩'呢，这就是窑变出来后的效果，顾艳，你无法想象吧，发色上几乎找不到一点瑕疵。"顾艳双手环抱着花瓶，往上高高地举起，仰面哈哈大笑，人在床上翻了个身，她从梦境中笑醒了。

顾艳张开眼睛，看着窗帘缝隙透进的阳光，已经是早晨八点多钟了。床头柜上的手机有振动声，她伸出手去爬起手机，一接听，是快递小哥送来了快递，人已经到院门口了。

不多时，顾艳便去院门口取回了快递，一个小纸盒子，还挺沉的。她回到房间，关上门，一把拉开窗帘，在书桌上拆开了包装盒，是一块砖头大小的乳白色的瓷泥，她的鼻子凑到瓷泥前，几乎就贴上了，闻了闻，笑弯了眼，就像遇见久别的老友。顾艳收拾了一下桌子，将一块小画板平放在桌上，双手揉搓着瓷泥，手掌在瓷泥上拍得啪啪地响，仿佛是在抽打着小孩子的屁股。瓷泥很快就揉好了，她抽开下面的抽屉，取出一个小布袋，里面包裹着雕刻用的几件小工具，有切刀、雕刀、小铲子什么的，这些工具应该事先就准备好了的。她用一根细铁丝将瓷泥切割成两块，然后把两块大小均等的瓷泥揉成长长的两个圆条条。

窗外天空碧蓝如洗，阳光温暖地照耀着这座美丽的岛城。

中午吃饭的时间，顾妈妈走来女儿的房间，推门进去，发现屋子里收拾得整洁干净，地板都拖过了。顾艳不在房间里，床边靠墙角的那个水红色的行李箱不见了。顾妈妈有了一种预感，她惊慌地喊了起来："新鹏，顾新鹏你快过来，闺女不见了。"顾新鹏快步走进房间里来，他一点也不觉得奇怪，说："有啥好大惊小怪的，闺女还能失踪了？"顾妈妈拉开大衣橱的门，里面空荡荡的，那只紫红色的名牌挎包也不在了，只有两件长睡衣挂在衣架上晃荡。她说："走了，艳艳一定是走了。"

顾新鹏没再说话，他的眼睛看到窗台上搁着一件瓷泥雕塑，一男一女两个老人面对面，嘴对嘴，眯眼笑着，福气满满，造型好不亲热。阳光洒在雕塑上面，似有动感，十分养眼。这是一对连体雕塑，下面的瓷泥托板上，刻有小小的一行字：老爸老妈一定要好好恩爱哦。

做父亲的禁不住哈哈开怀大笑，笑声极是响亮。

"你还笑，你还笑，亏你还笑得出来。"顾妈妈说。

"老伴儿，你来看看，过来看看呀。"顾新鹏说，手往后面招了招。

顾妈妈走到窗台前，她看到了那件雕塑，做工十分精巧，又看到了下面那行字。做母亲的什么都明白了，眼里顿时有泪水涌出。

父亲移动了一下雕塑，看见下面压着一个纸叠的白鹤。他立即把叠成白鹤的纸张打开，上面密密麻麻地写满了钢笔字，整整的一页纸都是。

这是顾艳留给父母的一封信，她写道：我亲爱的老爸老妈，艳艳走了，去景德镇了。青岛无疑是中国乃至世界上最美丽的城市之一，我在这里出生，在这里长大，我爱这里，像爱老爸老妈一样。而景德镇，是中国乃至世界的陶瓷艺术之城，没有之二，唯有之一，那里盛产瓷器，那里承载着我的梦想。女儿走了，女儿最终还是要去有瓷器的地方，女儿挚爱瓷器。很对不起老爸老妈，女儿这次回青岛，情绪很不好，甚至很糟糕。女儿不想隐瞒，其实爸妈也早就看得出来，对吧。女儿感情上受伤了，不是因瓷器而伤，而是因人为的自我原因伤害到了，你们眼里向来任性的骄傲的宝贝女儿，终于也有受伤的时候呀，你们一定也在这样想对吧。没错，我不是来青岛度假的，我想我应该是来青岛疗伤的，我需要时间好好地反思自己，我需要时间让自己沉淀让自己复苏。说白了，我也就是一块瓷器，一块正待去窑炉发生窑变的瓷器。我想，我依然会是美好的，也是美丽的，也依然是老爸老妈眼中最喜欢最可爱的闺女艳艳。对不起，很对不起，走时也没有亲自向你们告别，连个电话也没有打给你们，不是不想，我是怕我自己会哭，会流眼泪。现在，我可能已经在飞往景德镇的飞机上了，我在纸上拥抱你们，我的老爸、老妈，感恩你们这一生对女儿所有的付出，你们一定要好好保重身体。老爸，记得你说过的话哦，去南方过年，女儿在景德镇等你们。

父亲的眼里有泪水流下，母亲哭了，趴在她丈夫的怀里。顾新鹏感慨地说："我们的女儿，她长大了，她应该有自己要去飞翔的天空。"

蓝天之上，一架客机在云层里穿行。

下午三点多钟，客机平稳地降落在景德镇罗家机场。

顾艳身上穿着一件玫瑰红的羽绒服，黑色的呢子裙子，脚上是一双褐色马靴，很醒目，趾高气扬。她拖着行李箱，背着挎包，身上还斜挂着一个长条形的装有吉他的盒子。她一脸从容，随着出站的旅客往门外走动，她还没有抬头，便听到刘海亮的喊声。

"顾艳，顾艳……"刘海亮喊着，穿着灰色的呢子大衣，高高地举起一只手来，就像举着一面旗子。顾艳很快近到跟前，瞟了他一眼，很俏皮的样子，她说："海亮，飞机晚点了一小时，久等了。"刘海亮接着她的行李箱，说："正常，晚点一个小时已经很正常了。"

两人说着话走出接机厅门外，刘海亮看着顾艳背着的黑盒子，问她："顾大小姐，这是什么东西？"

她嘴里哼哼一声，回答道："你这不是明知故问吗？难道我还能带上一支中情局特工的狙击步枪上飞机？是一把吉他，送给你的。"

"唉，搞什么东东呀，我都多少年没玩过吉他了。"他说。

"那就是说，你不喜欢这东西了。好，也好，算我白带，算我白买。既然不喜欢，我留着也没用。"顾艳说着话，往过道一侧的大垃圾箱走去，取下肩后的吉他，就要扔掉。刘海亮一看玩真的了，赶紧追上前来，急忙说："我要，我要，我喜欢都来不及呢。"

刘海亮夺过吉他，背在自己的肩上，笑望着她，说："真的好多年没弹过了，手生得很，恐怕是捡不起来了。"

"那你得练，好好练练，我想听。"

"好，好好，都听你的，听你的行了吧。"

吉普车行驶在机场返回市内的路上，车速很快，前面就是三宝村了。顾艳没让刘海亮送到陶社门口，也就半里路远，她下了车，去后备箱拿出自己的行李箱。

顾艳说："刘总，现在没你的事了，回公司去吧。"

刘海亮头伸在车窗外，笑着说："喂，你什么时候能改改大小姐的臭脾气？真受不了你。"

顾艳回答说："咋了，我这脾气一辈子也改不了，你爱受不受。"

刘海亮嘿嘿笑着，招了招手，启动车，掉了个车头，便开走了。

顾艳拖着行李箱，不紧不慢地往陶社走来，一路看着三宝村熟悉的房舍，看着两边的陶瓷店铺，仿佛眼前的一切都是那么新鲜，而她却像是一个远道而来的游客。前面不远，便是"蓝天陶社"，她停住了脚步。

她静静地仰望着陶社这栋房子，感觉到它是那么高大而神圣。她就像一个由世界尽头走来的朝圣者，终于到达了目的地。晚霞的光芒映照在蓝天陶社的屋顶上，仿佛有了一种浇满釉彩的凝重。

陶社作坊里，陈立根穿着一件棉质马夹，胸前系着工作围裙，他正搬动着一些大件的模板去了后院，接着又走回作坊，喘了几口气，又将几袋刚进货的瓷泥堆放在墙角，都是又累又脏的活儿。赵小梅走来，穿着蓝花点点的布质棉衣，她要去帮着搬动那几袋瓷料。

"你放下，放下，我来就好。"陈立根说。

"老兄，我能行。"赵小梅说。

"这是男人干的活儿，女人不要插手，画你的小花小鸟去吧。"

他从她手里接过一袋瓷料，转身便走。赵小梅笑笑，很感动，她眼前的陈立根仿佛是一座坚实的大山。

赵小梅回到工作台前，开始画瓷器，边说："老兄呀，刚才兰兰来过电话，可开心了，她说下午区领导去了'曹操工作室'，地方政府对国外来的艺人非常关注，初步决定明年春节期间，组织一批在景德镇做瓷的洋景漂，带着作品去马来西亚和新加坡等地巡展推广，让汉克准备好作品。兰兰说她也要跟汉克一块去呢，还说爸妈也都同意了。"

"好啊，这可是大好事啊。"

陈立根说着，将一袋袋瓷泥往墙边码放整齐，转过身时，人突然一下愣住不动了，他看见顾艳拖着行李箱出现在作坊。

"顾艳，顾艳回来了！"他惊叫着，喜出望外。

赵小梅顿时停住画笔，回了一下头，又转回来，故意说："谁呀，谁回来了，我没看见人呀。"

顾艳笑望着陈立根，往前走出几步，很平静很大方地说："老兄，你看什么看呀，你就不能给美女一个拥抱吗？"

陈立根显得很尴尬的样子，甚至有点胆怯，赶紧脱下了手套，往旁边一扔，两只手去工作围裙上用力擦了几把，就像要面见女皇似的，迈着正步，走上前去，紧紧地拥抱了顾艳。

顾艳的眼里有些潮湿，她被紧紧地抱着，她说："老兄，我都透不过气来了，你想勒死我呀？"

陈立根急忙松开顾艳，提着顾艳身边的行李箱，就往楼梯那边去，快步上楼梯，似乎手中有了这只行李箱，顾艳就跑不掉了似的。

顾艳转过身，走到赵小梅身边来。

赵小梅猛地站起身来，身体一转，搂抱住了顾艳，眼里便有了泪水。她们两人紧紧地抱了好一会儿。顾艳咬着她的耳根说："你个坏女人，夫妻店经营得蛮不错的嘛。"赵小梅听到这话，手在顾艳的腰上狠狠地掐了一把，顾艳昂起脸来哈哈地笑。赵小梅也笑，手指去擦了一下眼角的泪，说："全世界，我就没看过比你更坏的女人。"

陈立根从楼梯下来，见到两个女人在作坊里打闹说笑，激动得脚下一滑，险些摔下了楼梯。

她们两人几乎同时说："老兄，你没事吧？"

陈立根扶着楼梯站起身来，大声说："没事，我没事。顾艳，赵小梅，这都到吃饭的点了，今天我们去外面找家酒店吃饭。"

"要去外面吃吗？"赵小梅问。

"去外面吃，去外面吃，顾艳，你给刘海亮打个电话，叫上他一块。"陈立根说，他不用猜，就知道是刘海亮去机场接的顾艳，虽然他和赵小梅没有直接跟顾艳联系，但他们知道刘海亮可没有闲着。刘海亮虽然没有给蓝天陶社传递内部情报，但他们清楚顾艳在青岛过得挺好的，回景德镇，只是早晚的事。

"叫他干啥，他又不是咱们陶社的人。"顾艳说，看了一眼赵小梅，"赵大财务心疼钱啦，老兄，不去外面吃了，我想吃鸡蛋炒饭。"

"就蛋炒饭吗？"他迟疑了一下，问道。

"顾艳，我也想吃蛋炒饭，你不在家里，这么些天来，我可是一口都没有吃上，老兄他也不做给我吃呀。"赵小梅说。

"那行，那就蛋炒饭吧。"他说，晃了晃脑袋，似乎有点得意。

顾艳走进自己的房间，打开了电灯。房间里清扫得十分干净，一尘不染，似乎天天都有人进来打扫，开窗透气，一切都是那么自然熟悉。书桌上、书架上都收拾得整齐有序，床上有条叠好的棉被，杏红色的，两个枕头平整地搁在上面，离开时床上还是一条小毯子，那时天热。顾艳仿佛有了一种久别的重逢，温馨地笑了笑。她在想，这世界上永恒的东西除了瓷器之外，再就是友情了。

行李箱就放在衣橱旁边，她拉开衣橱，取下肩上的挎包放进去，然后去打开行李箱，将自己的衣物一件件挂进橱柜里。她再次蹲下身来，拿到了那两个从青岛家中带来的瓷娃娃，转身走到床头柜前，将瓷娃娃摆放好，并朝着瓷娃娃小声说："现在，你们两个小东西也搬家了。"她看着床头柜，因为没有了那件美人鱼陶瓷，总感觉这个屋子里突然少了什么东西，不由想起中秋节的那天晚上，那件陶瓷没放好，摔碎在地上，难免一阵惆怅。但是，她发现了床头柜紧靠床的位置上，有一个蓝色的纸盒，好生奇怪，伸出手去，打开了纸盒，竟然就是那件曾经断裂的美人鱼，这让她顿感意外。她一把握住这件陶瓷品，却是完好无损，灯光下，美人鱼的腰部和尾部多了两道金色的线条，这时她也就明白了。纸盒里有张小纸条，是赵小梅的笔迹，写着：顾艳，你的美人鱼是武大哥的金缮技术修复好的，虽然有过损伤，但它毕竟完整无缺了，只是多了两道金色的线条，我以为，它反而让这件陶瓷多了一个层次，希望你仍然喜欢。顾艳回了回头，看了一眼当中拉上的门，她轻哼了一声，心里却是十分感动。她把美人鱼放在床头柜原来的位置上，并将两个小瓷娃娃摆在前面，美人鱼红色的尾巴恍惚间摇动了几下，就像活了过来，而那张美人鱼的脸，那双亮晶晶的眼睛，似乎有另一个顾艳在对她说：主人您好，欢迎回家。

已经很晚了，顾艳站在窗前，隔着玻璃看着外面。三宝村一片宁静，可见到一些房舍的零碎光亮，影影绰绰，是那么遥远，又是那么亲近。有风从窗子的缝隙中往屋里透进，丝丝凉意。

顾艳换过睡衣，躺在床上，盖上被子，仍然感觉有些冷。她转过头去，看了看当中的拉门，便下床，脚踏着棉质拖鞋，走到中间的门，犹豫了一下，还是抬起手来，手指头在门上轻轻地敲动了几下。

"过来吧，顾艳。"是赵小梅的声音。

顾艳一把拉开当中门，赵小梅房间里还亮着台灯，人躺在被窝里，脑后高垫着两只枕头，正在看一本陶瓷杂志。顾艳走到床边，一把掀开被子，人便钻进了被窝里去。

"我跟你睡，那边冷。"顾艳说。

"没开空调吗？"赵小梅移动了一只枕头，塞给了顾艳。

"开了的，还是冷。"

"现在不冷了吧？"赵小梅问她。

"嗯，好点了，你身上暖和。"

赵小梅伸手去关掉了台灯。她们两人的身体在被窝里紧紧地贴靠在一起，感受着彼此的体温，都是脸朝上，很享受的样子，静静地看着天花板。有好一阵子了，两人都没有说话。

"顾艳，这是第二次，我们睡在一个被窝里。"

"上次是前年的冬天，外面下着雪，我们在姐妹工作室那边的老房子里。"

"下雪了吗？"

"下了，是一场小雪，我还打开窗户，抓了一把雪呢。当时你还说，在景德镇很难得看到下雪。"

"对，是下雪了。晚上一点多钟，我们在床上都冻醒了。"

"停电了，屋子里漆黑一团。空调停了，电热毯也凉了，我就钻进了你的被窝里，把我床上被子盖在了你的被子上。"

"当时你说还是冷，都全身打哆嗦了。"赵小梅说，往她身边靠了靠。

"是，你搂着我，你一直搂着我，你说很快就会来电的。"

"没来电，到第二天早晨都没有来电。你还点亮了一根蜡烛，你说，看见火苗人便会暖和了。"赵小梅说。

"暖和个啥呀，自欺欺人呗。"顾艳嘿嘿一笑，说，"就一夜没睡着，第二天上午，我们俩都去医院了，重感冒，你还发烧了呢。连着有好几天，你就像个病恹恹的林妹妹似的，啥活也干不了。"

"我很怀念那个夜晚。"

"我也是。"

"顾艳，睡吧。"

"现在几点了？"

"不知道。"

她们俩没再说话，也不知什么时间，渐渐地入了梦乡。

楼下的小房间里，陈立根还没睡，一点睡意也没有。是呀，顾艳回来了，现在又回到三个人的陶社了，这是一件多么令人欣慰的事。虽然只是一碗蛋炒饭，可见顾艳对陶社的浓烈情感，她就像一只迷途知返的羔羊，转而成为一匹原野上的骏马，成熟了许多。吃过蛋炒饭后他们去了店铺喝茶，顾艳看着曾经摆放着"不忘初心"那件雕塑的橱窗，眼角流下几颗泪来，想到了水灾那时，她和赵小梅是如何把这件雕塑抢救出去的。她的手指很快弹去眼角的泪，笑了起来，说："老兄，小梅，我一点也不难过了，这小毛孩已经完成了使命，起到了镇店之宝的作用，它让我们真正地拥有了'蓝天陶社'。我建议，以后这个橱窗只放我们的奖品和证书。"这就是顾艳，这就是他和赵小梅喜欢的顾艳。

陈立根弯着腰站在桌前，一手拿着一把小雕刀，另一只手去移动了一下台灯的位置。桌上有一件正在制作的老寿星，怀抱一个寿桃，雕塑一尺高左右。他用雕刀修了修雕塑的嘴唇，感觉很到位了，有了慈祥的笑意。

他放下雕刀，手去揉搓了几条瓷泥，然后黏合在雕塑的嘴唇和下颌上面，成了胡须，再用雕刀在胡须上来回上下轻轻地划动。退后一步远，眯缝着眼去看雕塑，这件老寿星的胡须有了飘逸之感。他感到还算满意，拿过旁边的一块灰绸布，遮盖在了雕塑上面。

夜已深，小房间的灯光很快就熄灭了。

顾艳回来的第二天上午，他们三人又去爬了大峰尖，行走在寒风呼啸的山路上，他们的脸蛋冻得通红，全身却是充满了热量。他们在山顶上也没说什么话，只是双手合在嘴前，朝着山下"喂喂"地叫喊了一通，然后去静听着山间一波一波的回音，仿佛天地之间，唯有他们的存在。下山的路上，顾艳还跟陈立根和赵小梅开玩笑，说："赵小梅，方斌走了，这锅得老兄来背才行。"赵小梅认真地说："顾艳你别乱说话，这事儿跟老兄没有一毛钱的关系。"陈立根走在前面一点，回了回头，一脸傻样，说："这口锅，应该是景德镇来背。"

他们一路说笑，来到了山下，山下很暖和，太阳也出来了。

"老兄，你给武大哥打电话了吗？"赵小梅问。

"哦，忘了，我现在就打。"

陈立根拿出手机，拨通了武剑手机的电话号码："喂，武大哥，今天中午请你吃个饭，订好了酒店的包厢了，就是你上次订的那家酒店。"

"陈总呀，吃个什么鬼饭，我不去，不去了。"武剑在电话中说。

"我说武大哥，不是我请，是两个美女请你啦。喂，美女请客也不来吗？"

"来，来来，这面子我得给。"

陈立根拿下手机，朝着顾艳和赵小梅笑了一下，说："你看，一听说有美女他就答应了。"

"顾艳，这顿饭一直等着你来，三个人齐了，这才去约武大哥吃个饭的。"赵小梅对顾艳说。

"哈哈，那敢情好。"顾艳得意的样子。

回到陶社，陈立根把车钥匙递给顾艳。顾艳开心地摇摇车钥匙，开门上车，赵小梅坐副驾驶座位，陈立根钻进了后座，就跟个跟班的小兄弟似的。顾艳驾驶着那辆红色的轿车，往市区驶去。

还是上次武剑请客的那家酒店，那间包厢，不同的是蓝天陶社房子的主人互换了位子。陈立根他们三人先到，武剑迟来了十分钟，菜已经上桌，全都是顾艳点的菜，满满一桌。武剑见到顾艳和赵小梅，嘻嘻笑着，脸上多少有些尴尬，他被两美女推到主宾位置。

"真不好意思，我今天没带老酒来，翻箱底也翻不出一瓶了。"武剑说着，手在胡子拉碴的脸上抓了抓，坐下身去。

"武大哥，陶社酒有的是，你就放心喝，肯定好酒。"顾艳说。

赵小梅从挎包里拿出一瓶陶瓷军用壶1978的白酒，递给了陈立根。陈立根启开酒瓶盖子，往三只杯里倒上酒，说："武大哥，我今天要开车护送她们两个回陶社，就只能以茶代酒了。"

"没问题，没问题，我不会欺负美女的，她们意思一下就行，我喝我的。"武剑一脸美滋滋的，也不介意了。

顾艳手举着杯子，站起身来，说："武大哥，这第一杯酒，我来敬您。敬你武大哥重情重义，能有幸认识大哥，我们蓝天陶社才有了今天。"

顾艳把酒喝了。武剑也喝了，心里在说，你们有了陶社，我却没有了房子，鸠占鹊巢哇。

赵小梅举着杯子，站起身来，说："武大哥，这第二杯酒，我来敬您。敬你武大哥一直以来对陶社的支持和关照，大哥是大好人，大善人，祝大哥身体健康。"

赵小梅把酒喝了。武剑也喝了，心里又在说，我是什么大好人大善人呀，败家产，我死的心都有哇。

陈立根举着一杯茶，站起身来，说："武大哥，今天我们三人请你吃酒，是有件事情想跟你商量，希望这是一个好事，武大哥现在的情况我们也都清楚。唉，废话我就不说了，我们真诚地邀请武大哥加入蓝天陶社，成为我们团队的一员，共同创业。"

陈立根把茶喝了。武剑握着杯子，迟疑了一下，酒杯往上抬起，只是在嘴唇上碰了碰，接着把杯子放下来。

"邀请我，加入你们陶社？"武剑问，一屁股坐下来，两只眼睛滴溜溜在桌前的三张脸上来回转动。

"对，就凭武大哥的做瓷手艺，还有武大哥丰富的陶瓷从业经验。"赵小梅说。

"来我们陶社吧，武大哥。"顾艳说。

"美女呀，就别再叫我武大哥了，我……我都快成武大郎了。"武剑不知是感动还是悲切，露出一张皱巴巴的像要痛哭的大脸。他的手在脸上用力擦了一把，缓声说："我武剑现在什么都没了，也就剩下樊家井那一个店面，我还有脸去三宝村跟你们一块做瓷器吗？那已经不是我的屋了，我去了那不也是寄人篱下，寄人篱下倒也无所谓，我没脸去呀。我知道，知道，你们这都是为我好，你们想着要拉我一把，我谢谢，谢谢你们的好意。"

包厢里一时安静下来。

陈立根他们都知道，武剑卖掉了三宝村的房子，还完了债，已经所剩无几，眼下仿古瓷生意又不好做，手下的小兄弟们走了好几个了。

"武大哥，"陈立根耐心地说，"我陈立根不想看到你不好，想看到你好起来。你来我们这边，我可以在后院隔出一间屋子来给你用，你爱做什么瓷就做什么瓷，我们一起努力。"

武剑摇动着头，他几乎就不用去考虑，站起身来，胸脯往前一挺，手握杯子一口喝光酒，说："我也是个男人，我也是条汉子，我不能服输，不能言败，什么地方摔倒的，我就在什么地方爬起来。我也会有明天，一定有！"

陈立根他们三人显得非常感动，站起身，敬佩的目光，面朝着武剑，大家举起了杯子。

第二十五章　感恩

2019年元旦，又到了新的一年。

"蓝天陶社"近段日子以来，连出了好几窑瓷器，仿佛顾艳的归来积蓄着一股巨大的能量和创作激情，设计制作的陶艺品都销得很好，门面的买卖也十分红火，王小林老师那边房贷的钱都还清了。他们就像三驾马车，仿佛空中长鞭一声响，便奔跑在阳光大道上。

陈立根心里一直惦记着一件事，去年拍卖出的那件"不忘初心"雕塑，梁先生完全是个人出资解救了蓝天陶社，这么大个人情，一定要去了却，要报恩。他们经过一番商量，最终决定，三人合作绘制一幅大型风光瓷板画送给梁先生，相信这件瓷板画有着新时代主题的内容。他们要完成这个心愿，却又担心梁先生不会接受，顾艳说她会有办法，等到作品出来，她会交给刘海亮去完成。

顾艳开着车去了海亮公司。她在展示厅遇到金美顺，金美顺显得有些神秘的表情告诉她，每天这个时间，十点整，刘总就去楼顶天台，大约半个小时后便会回办公室，而且交代员工和客户都不要去打扰他。顾艳才不会管这么多，她既不是员工也不是客户，她是他亲爱的朋友，自从回到景德镇，每天一早一晚刘海亮都会有微信留言给她这个亲爱的朋友说晚安和早安。

公司的楼顶上有座太阳房，四面都是落地玻璃，里面种植着各种花卉盆景，争奇斗艳，就像是花的世界。

顾艳还是第一次来到这种地方，她快步地往太阳房走来，便听到有弹奏的音乐声，时长时短，节奏分明。她一阵欣喜，轻轻地推开了门，踮着脚尖往里进去，花卉散发的气息令人有些迷醉。刘海亮端坐在花丛中的一个瓷鼓凳上，背对着门这边，穿着一件宝石蓝的皮夹克，双手环抱着吉他，他的脑袋、身体随着乐曲时起时伏，又有点像抽筋似的，专注地弹奏着一首浪漫的曲子。顾艳听出那是一首外国乐曲《爱的罗曼史》，她静静地聆听，一时间被深深地感动了。这让她想起了第一次来景德镇，她和他，站在寂静的月台上，望着长长的列车往远方驶远，也就是那一次，她的心就留在了景德镇，她没有走，她跟着刘海亮走了。她又想起了那天在机场大厅，她坚决要离开景德镇回青岛老家，当时赵小梅劝导她，说过这样一句话，"我们是在景德镇做瓷器的，我们不是在这里寻爱的。"现在想来，瓷器也罢，爱情也罢，恐怕两者都有吧。刘海亮的弹奏声突然停了下来，接着"咣咣"调动了一下琴弦。顾艳快步走去，像个影子似的蹿上前，由后面双手蒙住了刘海亮的眼睛。

"亲爱的朋友，我知道是你。"刘海亮说，想都不要去想。

"你怎么知道就是我呢？"她说，松开了手掌。

"在公司，在景德镇，还有谁敢啦。"刘海亮站起身来，温存的目光看着顾艳，手往上举动了一下吉他，"我练着呢，正在恢复阶段，会不会很难听？"

"哼，真没想到，你这家伙弹得太好听了。"

"哇，能够得到顾大小姐表扬，真是受宠若惊呀。"

"假谦虚，你原本学过这个专业的嘛。"

"那都是许多年前的事了。"

"那也是你成长的过程呀，好好练习，下次你去陶社，给老兄和赵小梅他们一个惊喜。"她说着，摇晃了几下脑袋，坐在了旁边一个瓷鼓凳上，刘海亮也坐了下来。"海亮，公司咋养这么些花花草草的？"

"可供员工写生拍照，参考着绘画瓷器用的。"他说。

"嗯，有想法的上司。"她笑看着他，说，"海亮，我来找你有事。"

"何必亲自劳驾，你顾大小姐一个电话打过来，不就解决了吗？你的事，也就是我刘海亮的事嘛。"

"是我们陶社的事。"

"都一样。说吧。"

"我和老兄、小梅要送一幅共同绘制的瓷板画给你的大老板，可是我们又担心梁先生不接受，所以，我就要把这个任务交给你了。"顾艳说，露出恳求的目光。

刘海亮的手指在吉他上弹响了几声，嘿嘿地笑了笑，说："你们几个可是用心良苦呀，找我，那当然是找对人了。这事儿很简单，只要老板不在家，我就直接把瓷板画装在别墅一楼大厅的墙壁上，这不就成了嘛，那可是蓝天陶社三大陶艺高手的佳作，千金难求了。"

"真的可以吗？"

"没有问题。"

"太好了，那太好了！"顾艳兴奋地站了起来，笑呵呵地说，"刘海亮，把你的脑袋伸过来。"

"为什么？"

"傻呀你，我要亲亲这个灵光的脑袋瓜。"

刘海亮有点装糊涂的样子，但还是往前伸出脑袋。顾艳双手捧着他的脑袋，那张涂有口红的嘴唇，在他的脑门上"啪"的一声，亲了一个响，接着人便转身走，步伐就跟跳舞似的。刘海亮傻愣愣地望着走出玻璃房的女人，他的脑门上留下了两轮弯月似的口红，还是玫瑰色的。

这天，赵小梅和陈立根来到了"青山瓷板窑"。

赵青山得知蓝天陶社要制作一块九平尺的大型瓷板画，立马挑选了上等的瓷泥，带上两个工人，便要亲自动手。

"赵师傅，您指导一下就行了，我和小梅来吧，我们能行。"陈立根说。

"行吗？"赵青山问。

"试试吧，一定能行。叔叔，我这老兄很厉害的，只要跟瓷有关的活儿，我想他没有一样不能做的。"赵小梅一副肯定的口气。

于是，陈立根和赵小梅戴上工作袖套，便开工了，在一张大案板上，两人一人一头双手握着长长的腕口粗的圆铁棒，来回碾压推动，就像擀面似的擀一张奇大的面饼。将近一刻钟的工夫，就把这块瓷板做好了。赵青山眯着眼睛检视这块乳白色的瓷板，居然挑不出一点毛病来。

赵青山也不说话，拉着侄女的手走到一边去说话。

"什么事呀叔叔？"她问。

"我问你，小陈有相好的吗？"赵青山说。

"相好的人，你什么意思呀？"

"那他就是没有相好的人了。小梅呀，你多上点心思，嫁给陈立根这样的小伙子肯定不会错，就凭你叔叔这一双火眼金睛，嘿嘿，看不走眼的。"赵青山说，一脸舒展。

"叔叔，你用得着这么夸张吗，这是个人，又不是窑炉里的火。"她说，想笑出来，手捂了捂嘴。

"这个男人就像一团窑火，旺着咧。我刚才仔细观察了他干活儿，使出的都是暗劲，不显山露水，是个难得的好把式，靠得住。小梅，这件事你若是不好开口，我来做媒，我去跟小陈说。"赵青山很是得意，认真地说。

"叔叔你别说瞎话了，我跟陈立根之间只是朋友，永远的朋友，合作伙伴。你不要再胡思乱想了。"赵小梅说，露出一张挺生气的脸。

赵青山摇头一笑，转身便走去窑炉那边了。

赵小梅立在原地，回头看着那边干活的陈立根，陈立根正在收拾切割下来的碎瓷泥，佝偻着背，像个窑场里帮工的工人似的。自从方斌离开之后，赵小梅曾经有几次半夜哭醒过，虽然不后悔，但是曾经有过的那段美好的恋情，还是令人心伤不已。如果方斌能够回到景德镇，无论是什么时候回来，所有的一切都不可能发生，她的情感之路也一直会持续下去。可是方斌执意要走，而且要带着她一起走，那也只能是这样的结局了。也许这就是命运，她也唯有接受这样的命运，然而，她的感情受了重创，她还无法自拔，至少现在，压根就不会想什么爱情的事了。自从有了蓝天陶社，她仰慕陈立根，喜欢陈立根，但那不是爱情，真的不是。

"你叔叔刚才跟你说什么悄悄话呀？"陈立根问，看一眼走来的赵小梅。

"没，没说什么呀？"她回答。

"是不是说我做瓷板的水平很差劲，还想在他面前逞能。"

"制作瓷板这水平嘛，我叔叔说，你也就一般般，还有待提高。"赵小梅说，不去看他的脸，自己的脸却有点发烧。

"赵师傅说得对，这瓷器活儿，看似简单，其实各个工序都不容易做好，我的手艺有待提高。小梅，要不我们再重新做一块？"陈立根说。

"不用了，就这块可以了。"赵小梅脱下袖套，说，"老兄，下个星期，我们三人一块过来，就在窑场绘制这幅瓷板画，这么大张的瓷板也只能在我叔叔这边的大窑烧制，省得搬来搬去的，万一碎了多可惜呀。"

"好，好好。"

陈立根说好，自从赵小梅没有选择去国外，在陶社他每天都要说许多个好，凡事都是好，都点头，就像生怕说错话会触犯天上的神灵。他何不清楚，赵小梅的感情受到过深深的伤害，毕竟她和方斌相爱了那么多年，说分手便分手了，内心是如此强大，这都源于她对瓷器对景德镇的爱恋。他比以前更加尊重赵小梅，非常小心地保持着男女间的距离，尽管赵小梅是他一直默默爱恋的女人。现在，这个女人在他的眼里、心里已经上升到一个高度，那样一种高度，只能用神圣二字去概括。

一个星期后，陈立根、赵小梅和顾艳来到了窑场，他们就在赵家的客厅里摆下了战场，带来了一堆雕刻、绘画的工具和釉料，把这张九平尺的大瓷板架好在墙壁上，开始了制作绘画。去年春天，赵小梅和顾艳开着车去了婺源写生，他们便挑出了一张赵小梅画的《婺源早春》，满山遍野盛开着黄灿灿的油菜花，云雾缭绕的山岭，清澈明亮的小河，徽派建筑的老屋，阳光明媚的天顶。

这幅瓷板画大致分为三个层次，又分为釉下彩和釉上彩，陈立根的浮雕，赵小梅的绘图和顾艳的着色，用了整整八天的时间，每天晚上都加班到半夜，基本达到了他们预期的效果。最后，陈立根在瓷板画上以隶书题写了一行字："绿水青山，就是金山银山。"落款为"梁永华先生惠存，己亥年初冬，陈立根、赵小梅、顾艳绘制"，并刻有红色印章。

几天后，赵青山打开了厚重的大窑门，货架车缓缓地拉了出来。陈立根他们见到这幅婺源早春的风景瓷板画作品，欣喜若狂，那一时间，大家仿佛处在美丽的山水风光之间，经煅烧窑变，这幅瓷板画远远超出他们预期的效果。赵青山是个把桩师傅，见识过无数件经他烧制的景德镇陶瓷作品，而这幅大型瓷板画的发色和釉料变化之美妙，令他对三个年轻人简直是顶礼膜拜，不由叹道："后生可畏，后生可畏啊。"

瓷板画经过红木装框，趁梁先生在外地的时候，刘海亮带着陈立根他们去了别墅，把它高高地悬挂在一楼展示厅正面的墙壁上。

过了没几天，刘海亮兴冲冲地来到陶社，告诉大家，梁先生昨晚回来了，看到那幅大瓷板画激动不已，非常喜欢，当时就打电话请来了陶瓷业界的几位老总，还请到了两位市区的领导，让他们参观了这幅风景瓷板画，并力推陈立根、赵小梅和顾艳的艺术才华和思想境界。他说，年轻一代的景漂，无疑是这座千年瓷城的牢固基石和新鲜血液。刘海亮过来也是通知他们三人，今晚梁先生设宴，要向他们当面表达谢意。

地上的落叶随风往前滚动，眼见就要到春节了。

三宝村路上的行人少了，道路上过往的车辆也不多了。天冷了，陶瓷生意进入了淡季，待到春暖花开，又会是一片红红火火。

陶社的屋子里还是很暖和的，开着空调和电暖器。赵小梅和顾艳坐在茶桌前，兴致勃勃地绘画着一些小物件，今年是猪年，他们设计了好多款小猪仔，造型活泼，笨笨憨憨的表情，可笑又可爱。顾艳的爸妈已经决定了要来景德镇过年，她可是乐坏了，刚打过电话，预订了三宝村的一家民宿的套房让父母居住。

"小梅，过年你有什么安排吗？"她问她。

赵小梅有些走神，眼望着门外。

"跟你说话呢小梅。"她说。

"我不正在想这事吗？我看呀，今年这个春节，应该把家人都请来陶社一块过，人多热闹，地方也大。"赵小梅说，回过脸来。

"那当然好，那太好了。正好把你叔叔婶婶接过来，反正兰兰和汉克去马来西亚和新加坡搞陶瓷巡展了，还得二十多天才能回景德镇。"顾艳说。

"那老兄呢？"她问。

"对呀，老兄呢？"顾艳似乎忘记了一个重要人物，想了想，说，"这老兄好像从来不提及他的家庭，这两年也不见他有家人来过景德镇，记得去年春节，他也没有说过回福建老家的事情。"

"他家里一定发生过什么事？"

"又能有什么事发生呢？"顾艳漫不经心地说，"小梅，你去问问不就知道了，让他把老家的爸妈也都接来景德镇过年吧。"

"我也是这么想的呀，可是这老兄可能是被家人抛弃了，要么就是他抛弃了家人。我去问？我也想过要问问，可毕竟是他的家事。"赵小梅将一件画好的小猪举在眼前看了看，挺无奈的样子。

"小梅，你不好问，要不我去问问他。"顾艳有点着急了。

"顾艳，我看你还是别去问了。你有没有发现，已经有两三天了吧，老兄他突然变得不爱说话了。"赵小梅手去移过一件瓷器来，没去画，一脸茫然的样子，说，"前天晚上开窑，老兄抱着那件出窑的老寿星，那件陶瓷烧制得很成功，他却一点高兴不起来。我注意到他了，当时他的眼圈有些发红，抱着陶瓷去了房间，关上门，好半天人都没有出来。"

"那件寿星瓷一定是送给他爸的，或者是送给他爷爷的，不用说，老兄他一定是想念家人了。"顾艳说。

两人相互望望，一阵沉默。

这时陈立根搬着一个纸箱走了过来，他把纸箱放在一边的柜台上，然后从箱子里拿出十几件乳白光亮的陶瓷小猪仔，一件一件往茶桌上摆放好。他笑笑说："就最后这些了，你们慢些画吧，不着急的。"

陈立根说完话，提着空纸盒便要走，顾艳一抬头，喊住了他。

"老兄，坐下歇歇，喝口茶。"顾艳说，站起身来，扶了扶桌边的椅子。

"我又不累，你们喝。"他说。

"聊聊天吧，又没有多少活儿要去做的。"赵小梅拿起茶壶，移过一只空杯子，倒上了茶。

"好吧。"陈立根坐下身来，看了看两张女人的脸，他说，"你们是不是有什么事儿要跟我商量来着？又能有多大的事儿，你们决定就行了。"

"是有事。"顾艳说。

"有什么事？"他问。

"过年的事。"赵小梅说，"刚才我跟顾艳谈到你，这次过年，顾艳的爸妈会来景德镇，年三十的晚上，就在陶社吃年夜饭，到时我让叔叔婶婶也过来。老兄，你有什么打算？"

"我没打算，过年就过年呀。"

"你不回福建老家过年？"顾艳问。

"不回。"

"那你也把你爸妈接来景德镇过年吧。"赵小梅说。

"不接。"

她们俩看着他的脸，不知往下该说些什么，一时安静了。陈立根端起杯子，喝了一杯茶，也没有要走的意思。赵小梅赶紧去给他的杯子加满了茶，他端起，又喝了，仍然没有要走的意思，心里似乎很不痛快。顾艳端起壶来，去把他的杯子倒满，他再又一口喝了，接着脑袋往下一沉，那模样就像是一尊折断了脖子的战神，好一阵子，都没有抬起头来。赵小梅和顾艳两人顿时有些慌张了，眨动着眼睛，气都不敢大出一口。

"老兄，你心里有话，可以跟我们说说吗？"赵小梅说，声音压得很低。

"说说吧，老兄，我们几个不能算是外人吧，说出来，你心里兴许会痛快点。"顾艳说，口气像个家长似的。

陈立根的脸慢慢地抬了起来，脸色有些苍白，目光暗淡，似有一层泪影。

"我，我没有家。"他说，舌头有些僵硬。

"你咋能没有家呢？"顾艳很奇怪地问道。

"就算有家，我爹爹也不要我了。"他又说，嘴里吁出一口气来。

"那，那你妈妈呢？"赵小梅轻声地问。

"我妈死了，我妈是我害死的，我爹爹说是我害死的。"陈立根重重地说，他的眼皮低垂着，看不见眼里的光泽。

赵小梅和顾艳一时间就跟冻住了似的，她们惊愕极了，没料到这位老兄家里还有这种事情发生。顾艳抽出几张餐巾纸，塞到陈立根的手上。陈立根没接，他说："我又没哭，我一年只哭一次，每年的清明节期间，我会赶去老家给我妈上坟，就那次我会哭。"

"老兄呀，你都回家上坟了，也不回趟家里？"顾艳说。

"没回，也不敢回，我就远远望着，望望就好。"陈立根说，手掌在脑门上来回搓了几下，脸上的表情内疚而悔恨。

她们两人沉默无语，心里一阵哀伤，仿佛老兄身上发生的事，就发生在她们自己身上。

"老兄，家里到底发生了什么事？"赵小梅看着他的脸说。

陈立根痛苦地摇了摇头，每到过年的时候，他心里就特别难受，特别苦。他不想再隐瞒了，他想尽情地倾吐。

六年前的春天，刚过完了元宵节的第二天，陈立根决定去景德镇闯荡做艺术陶器，并辞去德化瓷厂的工作，那时他已经是车间的陶艺师了，他的父亲得知儿子要离开福建去江西，死活都不同意。陈立根上面有两个姐姐，他是陈家的独苗儿子，而且在村里还有个恋爱对象，是他高中的女同学，双方家长都同意了，正筹备着要把两人的婚事给办了。陈立根希望等到自己事业有成再结婚，并且说服了女同学跟他一块去景德镇，两张火车票都买好了，谁知女同学的家长不答应，女同学也临时变卦，两人便就分手了。长辈包括他的女友，都没能挽留住他，他一定要走出去，走去外面的世界，那是他的人生理想。就这样，陈立根跟家庭彻底闹翻脸了。这一走，半个月后，陈立根的母亲病逝，他母亲多年来就有严重的肺病，长期医治无效。父亲说是这个不孝的儿子气死了自己的母亲，从此父子关系一刀两断，今生都不想再见到这个儿子，也不允许他两个姐姐跟他有任何联系。当然，姐弟之情并没有割断，每一两个月，大姐或二姐便会给他一个电话，他也会打电话过去，知道父亲平安就好。那件制作的寿星陶瓷，陈立根就是想送给父亲的，今年，他太想念父亲想念家乡了。

"我这一生，如果在景德镇烧制不出好瓷，人活着还有什么意义，我已经什么都失去了。"陈立根最后说了一句话，双手抱着低下的头，那颗头一动不动了，就像是沙滩上一块被遗弃的石头。

听到陈立根身上发生的这些凄惨的事，赵小梅和顾艳的脸上都爬满了泪水。这个可怜的有家难回的孩子，这个一心只想在景德镇做出好瓷的汉子，这个可以支撑起蓝天陶社天空的男人，令她们无限地伤感。

当天晚上，赵小梅有意把陈立根叫到店铺去清理柜台，摆放新制作的陶艺品。而另一边，顾艳则悄悄地溜进了陈立根的房间，偷出了那件寿星陶瓷，并用手机拍下了他的身份证。

第二天一早，天还没亮，赵小梅和顾艳便蹑手蹑脚地下了楼梯，赵小梅背着一个双肩包。顾艳开着车，她们去了景德镇北站。红色的轿车来到北站候车大厅门前通道，赵小梅下了车。

"顾艳，估计我得住上一晚才能回来，老兄问起，你就编个故事吧，说我跟同学聚会去了什么婺源、三清山、庐山都行。"赵小梅交代她说。

"这个不用你来教我了。快进去吧。"顾艳说。

"我不在陶社，你晚上睡觉会害怕吗？"她又说。

"看你说的，我怕什么。切，才不像你，我不在的时候，天天都让兰兰过来陶社陪你睡觉，生怕老兄会吃了你。"顾艳笑着说。

"我不是这个意思的。"

"快走吧，别叨叨了，你要还是放心不下，我让刘海亮过来陪着，他睡我房间，我睡你房间。"

"你们俩干脆一块睡得了。"赵小梅捂嘴一笑。

"我犯贱啦，不理你了。"顾艳启动车开出，手伸在车窗外摇了摇。

这是一列开往南昌的早班动车，赵小梅将会在南昌站转车，再乘坐开往厦门的动车，然后在泉州站下车，一路高铁，下午便可到达。她已经很久没有过独自出过门了，这回去的地方是陈立根的老家德化县。她静静地望着车窗外的风景，想起了自己死去的父亲，想起了她三岁时，母亲嫁人出走再也没有见过面，这些年来，她曾经多次打听过母亲的下落，仍然没有音讯。她是个孤儿，是个被抛弃的孩子，可是她的命运跟陈立根并不一样，这老兄是有家乡有父亲的人，因此，她这次一定要见见陈立根的父亲，设法让他们父子团聚。

赵小梅在泉州市乘坐一辆大巴车到达德化县城，然后又换乘了一辆中巴车。下午三点钟左右，这辆在崎岖山路上行驶的中巴在一个乡镇的客运站停下了。

一条乡间小路上，赵小梅背着一个果绿色的双肩包，往前行走。这里才是真正的南方，天气比景德镇那边可是暖和多了，山岭的树木都是郁郁葱葱的，稻田纵横，草木茂盛，路的两旁，有许多开放的野花，红红点点的，极是鲜艳，生态环境非常好。当年，陈立根就是从这里走出去的，而今天，是她赵小梅走了回来。她感觉热了，脱下了身上的羽绒衣，架在了背包上。往前不远，便看到"陈家村"的青石牌楼了，村里一色青砖红瓦的房屋，错落有致，道路整洁，多处围墙上写有"脱贫致富奔小康""建设新农村　走进新时代"之类的标语口号。

经打听，赵小梅来到了陈立根的家门口，看着这个家，她倍感亲切。

这是一栋两层楼的房子，带有一个挺大的院子，墙边搁有一些田间常见的农具，屋檐下一角堆着木柴有半人高，收拾得很整齐。家门口，停有一辆机动三轮工具车，还有一辆蓝色的电动车，几只大母鸡摇晃着身体从她的脚下走过，也不避人，仿佛来的都是客。赵小梅看着院子，不见有人，这时她听见有个人的嘴里发出"啰啰啰"的声音。她往发出声音的墙边走去，见到屋子的拐角处，一个男人背朝着她，面对搭建的猪栏，手上拎着一个装有饲料的铁盆子，正在喂猪，是一头很肥大的猪，黑色的，毛色很光亮。那男人的嘴里继续发出"啰啰啰"的声音，然后就把盆子放进了栏里，那头猪很能吃，吃出了一片响声来。那男人瘦高的个子，戴着一顶蓝色的帽子，灰色的衬衣外面套着一件紫红色的毛线背心，他静静地看着猪吃饲料，站着一动不动，显得很有耐心。

"您好，您好。"她轻声地问候。

那男人听到背后有声音，便转过身来，是一个六十岁左右的老年人，额头有几道很深的皱纹。虽然瘦，却是一副很硬朗的身板子，两眼黑亮，颧骨很高，下颌尖翘，陈立根像极了这个老年男人。

"请问，你找谁呀？"他说，很随意，声音很平和。

"请问您是陈伯伯吧。"她说。

"嗯，我是姓陈。"他点了点头，并没正眼去看对面的女子。

"您好。我姓赵，我是从景德镇来的。"

"景……景德镇？"

"对，江西省景德镇……"她自我介绍，刚要继续往下说话，那男人两眼忽地一睁大，目光就像是着火似的，几个大步人便蹿到了屋檐角下，抽出一根木柴，握在手上，人在院子里到处看，接着又跑到院门口，往两边看了看，提着木柴又走了回来。

不用再问了，这位老年人肯定就是陈立根的父亲。

"这个混蛋，这个丧门星，他人呢，人呢？"陈父朝着赵小梅叫着，一点也不客气了。

赵小梅没急着说话，善意的目光看着陈父。

"他要敢回来，看我不打断了他的腿！"

陈父吼叫了两声，手上的木柴在空中挥舞了几下。那几只大母鸡受到了惊吓，扑扇着翅膀往一边跑远了。

院子里顿时安静下来，但还能听到那边猪在栅栏里吃饲料的"呱呱"声响。

"陈伯伯，陈立根他是你的儿子。"她说，亭亭玉立地站着，直视着对方。

"我从来就没有过这个儿子，如果有，那恐怕也都死翘翘了。他把他妈都逼死了，他还想收了我这条老命呀。"陈父仍然没有正眼去看赵小梅，大着嗓门说，"你走吧，你找错地方了。"

"陈伯伯，我没找错的地方。您老如果不解气，你就打断我的脚吧，我就是为陈立根来的。"她的声音很柔软，却充满了一股正气。

"我不打女人，我这辈子就没打过女人。"陈父气哼哼地说，把手上的柴火棍子往墙角一扔，发出"啪"的一声响。

正在这时，院门快步走进一个30多岁的妇女，她是陈立根的大姐，长着一张瓜子脸，头发拢在脑后扎成一个发髻，两眼明亮，人显得很精干，一看就是那种农村干得活儿的麻辣女人。她一手握着手机，另一只手上提着一篮子大概是刚从菜地里摘来的蔬菜。

"爹爹，爹爹你不要赶这位姑娘走，她是根子在景德镇的朋友，她叫赵小梅，大老远从江西赶来的，爹爹你不可以这样做，根子就是有天大的错，人家姑娘并没有错呀。"大姐说，走到了赵小梅的身边，"小梅姑娘，对不起，对不起你了。这么些年来，我爹爹心情一直都不好，但我爹爹人不坏的。"

是陈立根给他大姐打了电话。就在半个小时前，陈立根在房间里发现那件寿星瓷器不见了，感觉到赵小梅突然外出不对头，便一再追问顾艳，顾艳只得说出了实情。陈立根听到说赵小梅去了他老家，一阵惊诧，担心赵小梅无故受到父亲的责难，立即打了电话给大姐。

院子里，一时安静。

赵小梅礼貌地朝着大姐欠了欠身体，说："您好，你是陈立根的大姐吧，我知道你名字，你叫陈水莲，二姐叫陈水花。"

"对，对对，我是根子的大姐陈水莲。"大姐说，高兴极了，端详着赵小梅的脸，"小梅姑娘，你长得真好看。"

"谢谢大姐夸奖。"赵小梅有点腼腆的样子，眼睛去看一边站着的陈父，说，"陈伯伯，打扰您了。"

陈父的脸往旁边一甩，也不吭声，迈着大步便往屋里去。

"小梅，进屋吧，进屋去，没事的。"大姐亲热地牵着赵小梅的手。

赵小梅跟随着大姐走了屋里。客厅里收拾得很干净，家具都是木质的，也很齐全，窗户也大，室内光线充沛，环境条件挺不错，算得上是农村还比较富裕的家庭。大姐拉着赵小梅的手在一张方桌前的椅子上坐下。

大姐说："小梅，你坐下歇歇，我这就泡茶。"

赵小梅取下双肩包轻放在地上，打量着屋子，说："谢谢大姐。"

陈父也在客厅里坐着，坐在临窗的一个木沙发上，往一边扭着头，眼睛呆滞地看着窗外的天空。大姐拿着一个牡丹花图案的开水瓶，往搁好茶叶的茶壶里倒水，洗过茶叶，移过一个杯子放在赵小梅的桌前，倒上了茶水。

赵小梅说声谢谢，并不喝，手去拿过一个杯子，端起茶壶倒好一杯，双手捧在手上，起身走到陈父身边来。

"陈伯伯，您喝茶。"她说。

陈父也不搭理，脸朝着窗户。赵小梅笑笑，把杯子搁在一旁的茶几上。她走回到桌前，说："大姐，这次来得匆忙，也没买什么礼物，不好意思啊。不过，我带来了一件东西，陈伯伯一定会喜欢。"说着话，她弯下身去，打开了双肩包的拉链，小心地从包里取出一个长方形的纸盒来放在桌上，打开盒子，拿出那件陶瓷寿星，摆好在桌上。赵小梅说："这是你们家根子亲手在景德镇做的陶器，寿星老人，根子是送给父亲的。"

"哎呀，这件寿星陶瓷太好看了，好福气呀，真的是根子做的吗？"大姐惊讶地说，好是欢喜。

"是呀，是你弟弟做的。我们都在景德镇'蓝天陶社'做瓷器，他做得最好了，他的许多陶瓷作品还获得过大奖呢，外国人都有收藏。"赵小梅说。

"爹爹，爹爹你过来看看，根子做的瓷，是根子亲手做的。"大姐朝着那边沙发上坐着的父亲说。

陈父只是回头瞟了一眼桌上的陶瓷，他应该很想过来看看，只是木沙发脚在水泥地面磨蹭着响动了一声，又把脑袋转向窗口，手一伸，想去端茶杯，接着手又收了回去，生怕那只杯子会咬人似的。

大姐朝赵小梅眨了一下眼睛，示意不用去管她父亲。赵小梅微微一笑，说："大姐，这房子蛮大的呀，平时就陈伯伯一人住在这里吗？"大姐摇了摇头，故意放大声音说话："不是的呀，我跟我妹水花轮流过来爹爹这边住，好在离得也近，骑电动车也方便，想接爹爹去我们两家住住吧，他偏是不愿意走动。"

赵小梅喝了一口茶，说："这茶真香，是福建产的大红袍吧，你弟弟经常念叨，说家乡的这款茶好喝着呢。大姐，我这次专程过来，是想接陈伯伯去景德镇过年，这也是你弟弟根子的意思。"

大姐听到这话，一时没说话，目光迷离地看着父亲那边。

陈父这会儿站起身来，不紧不慢地走来方桌这边，怔怔地看着赵小梅，他清了一下嗓子，一字一句地说："你是说，要接我去江西过年？"

"是呀，陈伯伯。"

"哼，你骗人。"

"没，我没骗您。"赵小梅站起身来。

"你明明就在骗我，你明明就不是什么朋友，你明明就是他的老婆。要不然，你凭什么来接我？"陈父说，叹息一声。这次陈父总算是看清楚了赵小梅的脸，人生得标致，说话有礼有节。

"陈伯伯，我不是陈总的老婆，真的不是，我们只是好朋友，是景德镇蓝天陶社的同事、合作伙伴，你儿子陈立根，是陶社的总经理。陈总不敢回家，他怕你赶他走，所以我就过来了，我还是瞒着他过来的呢。告诉你吧陈伯伯，陈总是有孝心的人，这都连着有五个年头了，他每年清明都回过一次家乡，只是去给他母亲上坟，就没敢往家里来。"赵小梅是有思想准备的，轻声细气地说话，连贯性却很强，她说话时，拿起那件寿星，翻过来，陶瓷底部刻有一行字，"陈伯伯您看，这寿星上面的字，是你家根子刻的，父亲大恩大德，根子永生难忘。"

陈父看着那一行刀刻的字，字字清晰。他沉默了有一会儿，动容地说："这个混蛋东西，当年他为什么要跑去景德镇做瓷器呀，要做瓷器德化县遍地都是瓷厂，偏偏要跑到天远地远的江西景德镇去。哼，想要我去他那边过年，我不会去的。我不会原谅这个儿子的，这小子我就只当没有过。"

说话时，陈父的身子一阵颤抖，大姐过来扶住他。

"陈伯伯，您的心情我能理解。"赵小梅解释说，"德化是中国著名的陶瓷之城，但是景德镇还是有所不同，它是中国的陶瓷艺术之城，是中国的名片，这座千年的陶瓷古城，为全世界所瞩目。"

"小梅姑娘，"陈父改变了口气，低下脸说，"你大老远地跑来一趟也辛苦，也不容易，我也不想再说什么了。反正，你就是说一千道一万，我也不会去景德镇过年的。"

陈父说着话，倒背着手，埋着脸，往里面的一间屋子走去。

赵小梅和大姐面面相觑，一时无话了。

第二十六章　年味

　　已经是腊月二十七了，再有三天就是大年三十，赵小梅去福建三天了，至今还没有回来。顾艳每天都要和赵小梅通一次电话，赵小梅说她在大姐家里住了一天，又在二姐家里住了一天，只是还没能说服陈伯伯来景德镇过年。

　　陈立根很生气，很着急，人在作坊里来回走动，不停地叹息，忧心忡忡，像条无端挨过打的小狗似的，显得烦躁不安。顾艳在工作台前绘画瓷器，转盘来回转动，一点感觉没有，也画不出什么名堂了。

　　"唉，赵小梅也是瞎操心，好好的跑去福建做什么？"陈立根说，他似乎只会抱怨。

　　"去都去了，你说啥也没用了。老兄，再耐心地等等看吧。我刚才还打了小梅的电话，不通，不知是她的手机没电了，还是信号不好。"顾艳瞟了一眼陈立根，手去甩动了一转盘，转盘呼呼地转动，那件半成品的瓷胎就跟开出一朵白花似的，歪歪扭扭，一点也不好看。

　　陈立根回到工作台前，又是一声叹息，脑袋两边摇动着，说："我爹爹是什么人，他在村里比谁都要蛮横，比老黄牛都要犟，脾气又坏，村主任都要让他三分。你不知道，我小时候就因为喜欢玩泥巴，不知挨过多少次打，就差没把我打死，为这事，我妈不知跟他吵过多少次架。要不是我妈身体不好，我看早就跟我爹爹离婚了。这个老父亲啦，现在可是越老越糊涂了，我敢断定，她赵小梅就是有一万个好心，就是说破了嘴巴，也请不到这个老倔头来景德镇过年。"

就在陈立根说话间，顾艳看到赵小梅带着一位老年人走进了作坊，猜测到定是陈立根的父亲来了，赶紧给陈立根使眼色。陈立根眼皮都不抬，他一口气往下说，又气又恨，手掌在台面上拍了几下："都六年了，我爹爹他爱来不来，他不要我这个儿子，那样也好，他就是老得要死了，我也不会回老家……"

陈立根说着气话，眼睛往上一抬，见到他父亲就站在身边不远，顿时人便傻了，像根木头似的立着不会动了。

"好哇，好哇，说得好哇！"陈父虎着两只眼睛朝着他的儿子，粗声粗气地说，"我是老糊涂，我是老倔头，咒我死是吧，人到了景德镇长胆子了不是，那好，不想活了，要死，要死我们就死在一块！"

陈立根几乎就跟个弹簧似的，往后跳出一步远。他终于回过神来，诚惶诚恐，一时又不知该如何是好，似乎本能地拿起工作台上一根擀泥料的大棒子，双手平举着棒子，垂着脑袋往前走出几步，恭恭敬敬地将棒子递给父亲，人往地上一跪，抖颤着嗓门说："爹爹，爹爹您打我吧，你就打死我这个不忠不孝的儿子吧！"

陈父话也不说，接过了棒子，绷着一张脸，一只手拿稳了棒子，棒子的一头在另一只手掌上拍打了几下，他那模样就像个教书的大师爷，眼睛来回打量着作坊环境，又斜歪着脑袋打量着货架上、地上堆放着的陶瓷物件和各种类型的坯胎、素胎、白胎，紧接着长叹一声，就像破了的风箱，沙哑地说道："就为了玩这些泥巴瓶子罐子的，就不要家了，不要你老父亲了。六年，这已经是第六个年头了！根子，你个没良心的东西，你的心肠好狠哪！"

说话时，陈父手上的棒子往地上一扔，"啪嗒"一声响，那棒子正好扔在陈立根的脚下。

"爹爹，爹爹……"

陈立根长喊一声，爬起身来扑上前去，紧紧地搂抱住了父亲。这一刻，父子俩就像两棵连体的树，生长在一个树蔸上，紧密不可分开，他们的身体激烈地颤抖，有山崩石裂之感，忽地呜呜地哭响了，那两张脸上的泪水哗哗地往下流淌。

赵小梅和顾艳就一边站着看，两人脸上都是泪，好不心酸。赵小梅去拉了拉顾艳的手，两人默默地走去了店铺。

店铺的茶桌边，搁着一个塞满了物品的红蓝色相间的编织袋，椅子上摆着赵小梅的果绿色的双肩包。顾艳见到那编织袋，挺好奇的，用力往上提了提袋子。

"啥东西呀，这么沉的？"顾艳问。

"你自己打开看看吧。"赵小梅笑着说。

顾艳急忙拉开编织袋子上面的拉链，里面装得满满的，有些潮湿。顾艳拿起上面的两个塑料袋，是两只收拾干净的大母鸡，皮肉白嫩光鲜，浅红色的鸡冠，鸡的眼睛黑亮。

"鸡？！"

"这可是正宗的农村人家里养的土鸡，今天一大清早才杀的。"赵小梅说，手指了指编织袋，"下面还有大件的，就怕你提不动。"

顾艳手又伸进编织袋里，下面是一个大塑料袋包装的，她使劲往上提出一大半，里面装的是一大块猪肉，白花花的猪肉还带有丝丝鲜红的血迹。

"我的妈呀，这不猪肉嘛。"顾艳说，手上的袋子放了下去。

"这可是一头二百多斤重的大肥猪，昨天晚上杀的，是老兄他家里饲养的。"

"妈呀，这能拿得动吗？"

"就带了这么些来，哪能都带上，还真能扛回一头猪呀。又是汽车又是火车，一路上上下下的。陈伯伯还不让我帮忙提，他就扛在肩膀上，别看他瘦，老人家的力气可大了。陈伯伯说这是整头猪身上两块最好的肉，估计也有40来斤吧。其他的猪肉都分给老兄的两个姐姐了，还卖了一些给村里的人呢。"赵小梅把两只鸡装回编织袋里，拉上了拉链，笑望着顾艳，就像胜利归来，她说，"这幸亏是冬天，一会儿放进冰箱去，别坏了。"

"这回可真算是在景德镇过上大年了。小梅，来，快说说，你是怎么把这老爷子带来景德镇的，我想听。"顾艳说，她们两人在茶桌前坐下身来。

赵小梅拿起桌上的一瓶矿泉水，打开，咕咕地喝了几大口，瞟了一眼对面的顾艳，似乎还想卖点关子。她说："其实也没费多大的劲，老人家对于我的提议需要点时间，毕竟父子俩有六年没见面了。陈伯伯一直在做思想斗争，他很矛盾，这个可以理解。听大姐说，这两个晚上老人家几乎就没有睡觉，半夜人躺在床上，怀里还抱着那件陶瓷寿星。在那边，我也不再去追问陈伯伯来还是不来了，老兄两个姐姐轮流跟父亲谈话，昨天下午陈伯伯突然说，我都这年龄了，只怕哪天突然就死了，还是去吧，就当是替根子他娘看看这个混蛋儿子。"

"我好感动呀，我又想哭了。"顾艳说，眼里还真的就有了泪。

"人都来了你还哭个什么，多好的一件事情呀。顾艳呀，我住在老兄两个姐姐家里，知道了这老兄好多的事情呢，就那碗鸡蛋炒饭，老兄从小学、中学到高中毕业，每天早晨老兄他妈妈都要做，老兄他就喜欢吃妈妈的蛋炒饭。所以说嘛，老兄每次给我们做蛋炒饭，那时一定是想念他妈妈了。"赵小梅说不下去了，拿着餐巾纸在眼角上擦了擦。

"没有妈妈的孩子，老兄他好可怜。"顾艳说，鼻子抽搭着。

两人一阵沉默。

这时陈立根快步走了过来，他的脸很白，眼圈红红的，精神面容却焕然一新，看着两个伙伴低头不说话，清了一下嗓子，小声说："爹爹在我房间，他还在抹眼泪，跟个小孩子似的。"

"老兄你这回开心了吧。"顾艳扬起脸来，说，"还不快谢过赵小梅，没有她，这辈子恐怕你都没有父亲了。"

赵小梅缓慢抬起脸，朝着陈立根温柔地笑了笑。

陈立根往前走近一步，面朝着赵小梅，神色庄重，就跟在宫殿里见到了皇太后似的，双手扶拳，深深地鞠了三个躬。

顾艳站起身来，一抬腿，照着陈立根的屁股踹了一脚，笑骂道："喂，我说老兄，你也用不着如此卑微吧，你是奴才呀，你可是咱蓝天陶社的总经理，你还有没有一点男人的自尊啦。"

赵小梅仰头大笑，很难得看到她这张如此绽放的笑脸。

陈立根把父亲安排在市中心一家连锁酒店居住，也就两百多元钱一天，大厅的电梯直达18层。父亲舍不得儿子花费这个钱，说住在陶社的那个小房间，挤一挤或加个床也是挺好的，但是陈立根怎么可能同意，到了景德镇，那就得听从儿子的。这位老父亲变得温驯慈祥了，人也听话了，他心里很享受这般人世间的光景。父亲也算是个有文化的人，不像只会在田间劳作的老农民，他念过高中，"文化大革命"期间，是回乡知识青年，在村里当过会计，还担任过一些年的村干部职务，多多少少是见过一定世面的，能够把儿子女儿抚养成人，这一生也是操碎了心。这六年来，他能不想念儿子吗？不能，这个儿子是他陈家的根，这个根现在生长在江西景德镇这块土地上，还有了一家属于自己的"蓝天陶社"，人看着也不缺斤少两，活得还蛮风光的，之前他的所有担心和恨其不争此刻都烟消云散了，没有什么可去后悔了。

酒店的房间还算大，条件环境都不错，有两张松软的大床，地面铺有深红色的地毯，还有中央空调，光着脚在地毯上走动，舒服得很。陈立根来时就跟父亲说好了，他也会住在酒店，天天都能跟父亲在一起。陈立根把父亲带来的换洗衣物都收拾好了，这些衣物都是装在赵小梅的双肩包里的，他拿着空包往一边架子上放好，想想提起包来闻了闻，似乎还留有女人散发出的芳香。多好的一个赵小梅，竟然可以修复起他们断裂的父子感情，他想着，心里仍在感动。

父子俩站在窗前，天空很高很蓝，有朵朵白云在远天缓慢飘过，柔美而舒展，仿佛倒挂一幅水彩风景画。他们眺望着窗外，景德镇大片的城市楼房和一些标志性的建筑物，尽收眼底。

陈父不禁感慨万端，说："根子呀，真是不敢相信，这景德镇古城已经是一座现代化的都市了，以前只在电视上看过，这回可是身临其境，简直都不敢相信我这双老眼了。"

"是呀，现在国家重点投资打造这座陶瓷艺术之城，从古至今，这里制造生产的瓷器都流向世界。爹爹，你看到的景德镇，已经是一座可以与世界对话的城市了。"陈立根自豪地说。他和父亲并肩站着，久久凝望，就像两个伟人在视察一座伟大的城市。

陈立根用电水壶烧过开水，泡好了两杯茶。陈父坐在临窗的椅子上，接过儿子端来的茶，慢悠悠地喝起来。陈立根走到床头柜前，拿起下面的一双一次性拖鞋，又走回来，蹲下身去，给父亲的两只脚上穿好拖鞋。陈父望着低着头的儿子，手掌在儿子的肩膀上轻轻地拍了好几下。

"根子，你妈要是还活着，那该有多好啊！哎呀，她就没有我这个福气了。"父亲说，眼里有些潮湿。

"爹爹，你放心，我会好好地孝顺你的。等过两年，我一定能在景德镇买套房子，把爹爹接来这边坐，爹爹想住多久住多久，爹爹要是想老家，就回去跟大姐和二姐那边住住，只要爹爹愿意，怎么样都行。"陈立根说，直起身子，在一边的椅子上坐下身来。

"现在你爹身体还算强健，在村里还算得上是个好劳动力，根子你不用记挂了。"陈父平和的语气说，忽然想起什么事来，看着儿子脸，问，"根子，你老实跟爹爹说，这些年来，是不是给家里寄了钱？"

陈立根有些尴尬地笑笑，走去拿过电热壶，给父亲的杯子里倒上开水，慢声说："爹爹，寄是寄了一点，寄给大姐和二姐那边的。"

"一点是几多？"

"这个我记不太清了，这几年来，前后好像也就寄了十万块钱吧。"

"十万块呀？"父亲显得很吃惊，"难怪我前年修屋的时候，水莲和水花分几次送来过大概有十万块，还说是自己家里好不容易凑来的钱。这两个女儿，如此大胆，原来你们是合计好了，这是欺负我老了呀。"

"大姐和二姐哪里敢说是我的钱呢？说了你能收下吗？你不把她们两个赶走才是怪事了。爹爹，不想这些了，都过去的事了。"陈立根笑嘻嘻地说。

"根子，你哪来这么多钱？"

"这多吗？这一点也不多，现在市场行情好的话，卖掉一件好瓷器就值个万把块钱的，少则也要几千块，我们陶社还卖过一件二十五万块钱的陶瓷作品呢。"陈立根说，他吹嘘起来了，自己都觉得好好笑。

"就你做出的瓷器能值这么多钱？你吹牛了吧。"父亲瞪了儿子一眼，那样的目光却充满了温情。

"能，一定能，我们陶社做的可是艺术陶瓷，艺术瓷的价格是不封顶的。"陈立根笑了笑，很得意的样子。

有门铃声响起，陈立根赶紧起身去开门，嘴里说："一定是小林老师来了，我给过他电话。"门开，王小林兴冲冲地走进，手上拎着一个礼品袋，一把递给陈立根，朝着陈父礼貌地点点头，笑着说："叔叔您好，你能来景德镇过年可是太好了。"陈父笑望着王小林，显然已经认不出对方了，说："王技术员呀，都快认不出你了，变了，变化太大了，那时你和根子去家里，比这瘦，白皙的脸，黑溜溜的头发，还是个小青年哩。哎呀，可是有十几年没见过面了。"王小林去握了握陈父的手，两人在椅子上坐下来，好不亲热。

陈立根在一边说："爹爹，小林老师不再是德化时的技术员了，他现在是景德镇一家陶瓷文化传媒公司的总经理了。"

"哦，哦哦，王总。"陈父说。

"叔叔，你就叫我小王好了。"

陈立根去泡了一杯茶，搁在两把椅子间的小茶几上，便去坐在了床上。

"小王，根子在景德镇，多亏了有你照顾着，谢谢你呀！"

"叔叔呀，看您说的，我哪里能照顾得了根子，他现在可是厉害呢，我为您有这么个儿子感到骄傲。"

王小林跟陈父聊起天来，把陈立根在景德镇如何创业，如何艰辛，如何不容易，如何走出困境，如何站稳脚跟，如何有了今天的"蓝天陶社"，可是夸了个遍。陈立根都被表扬得不好意思，陈父望着儿子的脸，好一阵感动。

"这根子呀，他像我，蛮横，有一股牛劲。"父亲说。

"叔叔呀，在景德镇，从上面的领导到许多公司企业的商家大老板，都夸他呢，景德镇的景漂当中，你这个儿子呀，他可是好样的。"王小林说，伸出了一个大拇指。

"景漂，这个景漂是个什么东西？"陈父还没有搞懂，很迷惑的样子。

"叔叔呀，这景漂嘛，我来给你解释一下。景，是指景德镇，漂，是指漂在景德镇的人，景漂可不是贬义词呀，只是当地的人对外来做瓷人的俗称。景漂的主体是全国各地来景德镇做陶瓷的艺人，外国来的艺人，那就叫洋景漂。在景德镇，有好几万像陈立根这样的景漂，他们已经形成了一个很大的艺术团体，已经是景德镇不可缺少的人才，景德镇的陶瓷美术文化在世界的兴起，是离不开景漂的。"王小林左解释右解释的，似乎觉得自己还没能完全解释清楚。

"小王呀，我懂，我懂了，景漂，就是没有江西景德镇户口的人呗。"陈父说，脸面上的褶子全都舒展开了。

做父亲的这样一说，似乎就一句话给说明白了。陈立根和王小林听到这话，都笑出了声响。

今天，就是大年三十了。

山岭环抱的三宝村，马路上虽然有些清静，人来车往也稀少了，但是家家户户门前都有了过新年的喜庆气息，纷纷张灯结彩。一群排成行的白鹭在空中缓缓飞过，鸣叫的声音一传老远。

陈父写得一手好字，且有文采，毛笔在砚台里蘸上墨汁，来回掸动几下，约一沉思，一口气便写下了好几幅大对联，分别有隶书、楷书、行书，"看今日蓝天陶社，展宏图万事胜意"，横批"百业兴旺"；又有"锦绣中华瓷行天下，炎黄子孙继往开来"，横批"春满人间"；还有"堆金积玉百事顺，聚宝满堂万事红"，横批"恭喜发财"。

陈立根可是兴奋了，围在父亲身边跟个小孩子似的转来转去，不停地递着茶杯，又是扶好桌上的纸张，将写的对联拿起来，小心翼翼地摆好在地上。赵小梅笑盈盈地对他说："老兄，你爹爹这次临来景德镇的头天下午，去了村委会，写了近百副对联，派给各家各户，听说每年村民家里的对联都是由你爹爹亲笔写的，陈伯伯可是陈家村的秀才呢。"

赵小梅天生有一双巧手，剪纸艺术十分了得，一张张的红纸，剪出了各种稀奇花样，有"燕子迎春""喜鹊登枝""五福临门""福星高照""招财进宝""鲤鱼跳龙门"什么的，光是猪年的图案就剪了十几样。

"蓝天陶社"经过一番布置，店铺大门口贴上红彤彤的对联，屋檐下挂着几盏写有"春""福"字的大灯笼，墙上装有一挂挂五颜六色小灯泡，所有的窗户贴满了精美的剪纸窗花，好不喜庆。

顾艳的父母是上午十二点三十分的航班到达景德镇的，顾艳和刘海亮提前一小时就来到了罗家机场。刘海亮今年没有回重庆过春节，正是因为顾艳的爸妈要来景德镇，他得做好司机和接待工作，这让顾艳甚为感动。

这趟航班一分钟都没有晚点。

接机大厅里人很多。顾新鹏和顾妈妈跟随着旅客走了出来，顾妈妈拖着一个行李箱，穿着一件带毛领的紫色羽绒衣；顾新鹏推着行李车，车上装有两个白色的泡沫箱子，他穿着藏青色的毛呢大衣，头上戴着一顶黑绒鸭舌帽，两口子显得极有气质。顾艳隔着老远便朝着父母不停地挥手，喊叫着老爸老妈。他们看到女儿了，也看到女儿身边的刘海亮了。顾妈妈在下面拉了一把丈夫的手，小声说："新鹏你看看，看看，我就猜到这两人会弄到一起去吧。"顾新鹏嘿嘿一笑，说："你咋的比俺闺女都要急呢，年轻人的事，瞎操心个啥的。"夫妻俩说笑着，兴奋地往前走来。

顾艳奔上前去，拥抱了母亲，又去拥抱了父亲，亲热得不行。

刘海亮礼貌地向两位长辈问好，接过行李车来。

"海亮，谢谢你了。听艳艳说，你就是因为我们来景德镇过年，自己都不回老家了。"顾妈妈说，眯眼笑望着刘海亮的脸，那眼神简直是越看越喜欢。

"顾妈妈您客气了，也不全是，公司员工都放假了，我也得留下来值班，能够跟长辈一块过年，我开心着呢。"刘海亮说。

"好，好事儿，小刘，咱们一块过大年。"顾新鹏说，手在刘海亮的肩膀上亲切地拍了拍，就像是多出了一个儿子。

"老爸呀，你咋带这么多的东西？"顾艳看着行李车说。

"海货，这大过年的，陶社人多，就多带上一些。前几天我还快递了两桶青岛原浆啤酒，收到了吧。"父亲乐呵呵地说。

"收到，收到了。"顾艳说，一手挽起父亲。

一行人，出了接机大厅，欢欢喜喜地往停车场去。

陶社的作坊有足够的空间，里面经过了一番精心的收拾，几个货架上的陶瓷品摆放得整齐有序，就像迎接主人似的，所有做瓷的设备都擦洗得干干净净，空置的墙壁上张贴着"福""春"字和几张喜庆的年画，楼下楼上的房间门口都贴上了对联。那张做瓷的工作台挪动到中间的场地，上面铺着一条深灰色的画国画专用的大毛毡，权当作台布，四面摆放着从各个房间里搬来的转椅、木椅和凳子，这些摆设虽然比不上酒店的包厢，却别有一番情趣，令人感觉到这里更像家，更有家的味道。

这就要吃年夜饭了。一盆盆、一盘盘、一碗碗的菜肴端上了工作台面，有鸡，有肉，有鱼，有大虾、螃蟹、贝壳类的海产品，热气腾腾，极是丰盛。还有白酒、红酒和桶装的啤酒。那些小碗、小碟、杯子什么的物件儿摆得一桌都是，造型各色各样，全都是手工陶艺品，色彩斑斓，就连筷子都是青花瓷的，仿佛是开办一次小范围的陶瓷展。

陈父穿着一件墨绿色美国大兵样式的羽绒服，那模样有点像退伍的老军人，神清气爽，这件羽绒服还是昨天陈立根硬拉着他去里商场里挑选的。陈父年龄最大，坐在主席位置，不可推让。赵青山身着一件大红色的棉质唐装，头上戴着一顶黑呢毡帽，一眼看去人显得有些滑稽，他自己也显得有些很不自在。唐装是赵小梅为叔叔在裁缝店订制的，同时也给婶婶订制了一件丝棉便装，黑白相间的梅花图案，赵师母穿着新衣裳，漂漂亮亮的风韵犹存。赵青山两口子坐在了陈父身边，而另一边坐着顾新鹏夫妻。陈立根、赵小梅、顾艳和刘海亮也都依次入座，大家相聚一起，天南地北的口音，甚是热闹。

杯中的酒都已经满上了，这大过年的，总得有人先开个头领个酒吧，大家一致推荐顾艳当老总的爸爸说话，并发出了一阵掌声。顾新鹏也不推脱了，举着杯站起身来，说："好好，那我就讲三句话，可不能耽搁了大家喝酒，耽搁了大家的时间我就不对了。刚才，已经说过了两句，这第三句……"他这样一说，如此幽默，在座的都笑出声来。顾新鹏自己也笑，往下说："咱们这里有来自福建的，安徽的，重庆的，山东的，能够相聚在享誉世界的景德镇过大年，乃是今生的荣幸啦，在此我祝福，儿女快乐，事业有成，长辈健康，益寿延年。"

众人举杯喝酒，一片欢笑。

顾新鹏和赵青山都是热闹人，又都有酒量，你一杯我一杯的，夹带着把酒量平平的陈父喝得脸上红似金刚。晚辈们轮流给长辈们敬过酒，白酒红酒啤酒也不管了，一圈下来，个个都酒劲上了头。赵师母和顾妈妈一个劲儿地喊着大家吃菜,这一大桌子菜肴,可不能光顾着去喝酒。

这酒一喝多,话也就多了,东一榔头西一棒子的,大都说的是有关景德镇古往今来的事儿,似乎大家都成了当代陶瓷专家、学者。

热闹的酒席上,大家其乐融融十分尽兴。兰兰和汉克在新加坡过年,发来了一段视频,这次组团的洋景漂在东南亚一带做陶瓷巡展,为推广景德镇陶瓷产品收获极大。汉克在视频中向大家拜年,双手抱拳上下摇动,一连串夹生的普通话引发了好一阵笑声。

顾艳提议,为了给大家助助酒兴,让刘海亮表演一个节目,大家即刻报以热烈的掌声。刘海亮喝得有些微醉,站起身来,朝大家礼貌地点了点头,然后坐下,也不知顾艳从哪儿拿出来一把吉他,递到了刘海亮的手上。

刘海亮双手环抱着吉他,很大方地朝大家笑了笑,站起身来,行了个礼,就像舞台演出那样,缓身坐下,手指洒脱地调拨了几下琴弦,他说:"我就来一首老歌吧,《橄榄树》,相信大家能够喜欢。"

于是,《橄榄树》前奏琴音响起,刘海亮边弹边唱,沙哑的嗓音悠扬而深沉,无不充满了人生的激情。所有人都熟悉这首音乐,大家先是静静地听着,之后轻轻地随着和弦拍动起了手掌,嘴里发出哼唱之声。这一刻时,他们都沉浸在刘海亮的歌唱声中:

> 不要问我从哪里来
>
> 我的故乡在远方
>
> 为什么流浪　流浪远方　流浪
>
> 为了天空飞翔的小鸟
>
> 为了山间轻流的小溪
>
> 为了宽阔的草原
>
> 流浪远方　流浪
>
> 还有　还有
>
> 为了梦中的橄榄树　橄榄树

…………

今天，景德镇的夜晚，万家灯火一片祥和。远远眺望着这座千年古城，那些红红的火光似乎是从天边往上燃烧，就像有一座座敞开炉膛的窑火，将其灼热的光芒渐渐地布满了大半个天空，经久不息，弥漫着永恒的辉煌。而陶溪川老厂的那几根冲天而起的烟囱，仿佛是挺立起来的高大而粗壮的巨人，身披半透明的红色袈裟，那般庄重那般神圣，默默地守护着这座瓷城。

过春节的这几天，陈立根、赵小梅、顾艳和刘海亮一刻也没有闲着，他们先后带着长辈们去游览了这座古城，参观了陶溪川陶瓷艺术街，参观了中国陶瓷博物馆，参观了御窑厂遗址，参观了御窑景巷，参观了昌江中渡口，参观了浮梁古县衙，参观了几处古窑址，还开车去了瑶里风景区旅游。

最令长辈们开心的是在陶社的作坊里，大家亲自动手学做陶艺作品，在各种素胎白胎上画画写字，花儿呀草儿呀鸟儿呀山水树木什么的，他们那个认真的劲儿，仿佛全都成了名师名家。出窑的时候，他们看见自己制作绘画的作品，满满的成就感，一个个开心不已，那些个盘子、碟子、杯子、壶子什么的小物件，赶紧摆列放好，举着手机摆开架势进行拍照，一件也不能落下，然后迫不及待地在手机里发朋友圈，就像是幼儿园的孩子，个个乐得合不拢嘴。难怪顾艳的爸爸说："下回再来景德镇，得多住上一段时间，这里真的像是电视广告说的那样'一个来了就不想走的城市'，这地方太好玩了，太有意义了。"

欢乐的时光总是那么短暂，转眼间就到了分别的时候。

顾艳的父母先一天离开景德镇，顾艳和刘海亮送他们去机场。他们在候机大厅托运了两大箱陶瓷回青岛，顾新鹏夫妻手上还提着几个装有陶瓷的盒子，算是满载而归了。

顾艳先后拥抱了母亲和父亲。刘海亮上前来跟顾妈妈握手，跟顾爸爸握手说："顾妈妈，顾爸爸，你们放心吧，我会照顾好顾艳的。"

"谁要你来照顾呀，尽逞能。"顾艳说，轻轻地给了刘海亮一拳头。

顾新鹏慈爱的目光看着顾艳和刘海亮，他说："孩子，送你们八个字，展示自我，为国争光。"

蓝蓝的天顶，寒冬的太阳柔和而温暖。

陈立根开着车，送父亲去景德镇北站，一路上他仍然劝说着父亲不用这么急着返回老家，父亲却是记挂着准备开春后农田的活儿，记挂着两个女儿和外孙、外孙女，更多的原因是父亲不想耽误儿子的工作时间。

父子俩进了候车室，陈立根去取好了车票。

陈立根手上拎着那只带来时的编织袋，里面装得满满的都是瓷器。父亲背着一个崭新的黑色的双肩包，手上还提着一个蓝色的纸盒，那是赵小梅送给他的一套手绘茶具。

"爹爹，才住这么几天，我心里很过意不去。"

"前后都住了八天了，已经够长了。"

"等明年，或者是后年，我一定会在景德镇买套房，到时爹爹就安安心心地住在我这边吧，我能赚钱，我们会生活得很好的。"陈立根说，语气很坚决。

"我相信，爹爹相信。"父亲说，手去上衣里面的口袋里掏出一个鼓鼓的信封来，递到了儿子手上，"来，拿着。"

"爹爹，这是什么？"

"也不多，就两万块钱，现在农村的日子好了，这钱是你爹爹赚的，往后，你不用往家里寄钱了。"

"不，我不要，爹爹，你自己留着吧。"

"这也是你爹爹的一点心意，根子呀，"父亲的眼里有了泪光，嘴唇有些抖颤地说，"这些年来，爹爹待你不好，这几天晚上想到这些事，我心里难过呀。俗话说'在家千日好，出门一日难'，这么多年来，我的心就没有安稳过，逢年过节更是记挂你一个人是怎么过的，每回过年贴的对联我觉得刺眼，过节的鞭炮我嫌吵得心烦，其实都是因为你不在身边。这不怪你，根子，你说得没错，我真的是个老倔头，我对不住你，更对不住你死去的妈妈。就这点钱，你要是不拿着，爹爹我心不安啦！"

陈立根低着头，心口窝收缩得很紧巴，感觉有泪水要涌出眼外，他怎么也没有想到父亲会说出这番感人肺腑的话来。他红着两眼说："好，这钱我拿着。爹爹您放心，你的儿子一定会争气的。"

这位老父亲温情地笑了，粗糙的手去在儿子的头上来回摸动着，就像抚摸着一只宠物那样。父亲说："爹爹相信你，相信我的儿子没有做不成的事。"

"爹爹，你一定要保重好身体。"

"会的，会的，你送给爹爹的那件老寿星一定会保佑爹爹的。"父亲的手，从儿子的头上慢慢地拿下来，说，"小梅姑娘，你要好好地感谢人家，多好的一个姑娘，若能娶来做媳妇，那可是陈家祖上修来的好福分啦。"

陈立根咧着嘴笑了笑，没说话。

旅客们已经排队进站了。陈立根上前来，紧紧地抱了抱父亲，父亲的眼里洒下两行泪来，沾湿了儿子的脸。

"根子，爹爹走了，爹爹还会来景德镇的。"

"爹爹，一路顺利。"

第二十七章　春暖花开

赵小梅在作坊里打扫卫生，一片安静。

陈立根快步走进作坊，默默地看着正在收拾工作台的赵小梅。她将一些画笔、颜料、雕刻工具什么的摆放整齐，台面上搁有好几个绘画得很难看的素胎，东倒西歪，是长辈们没有画好的，也就不要了。赵小梅看着这些坏胎抿嘴一笑，拿起其中的一个素胎，上面画有一只四不像的翠鸟，然后伸出手去拿起一把小刀片，轻轻地在胎体上来回刮动，刮去上面的颜色，又用砂纸在上面轻轻地打磨光滑，让这件素胎恢复到原样，这样就不会浪费掉了。陈立根就站在赵小梅的身后不远，他不想去惊动她，仿佛他眼前的女人是一幅画，那般清纯美丽，那般温情慈爱，有如传说中的圣母玛丽亚。

赵小梅听到了脚步声，知道陈立根就站在她的身后，她缓缓地回过脸来，朝着他微微地笑，说："陈伯伯已经在动车上了吧。"陈立根两眼怔怔地看着赵小梅白皙的脸，他想张开嘴，却说不出话来。她又说："老兄，舍不得你父亲吧，有父亲真好。"

"谢谢你了，小梅。"他终于说出话来。

"看你，用得着这么客气吗？我也不过是跑了一趟远路，其实也不算远，当天下午就到了。"她说，语气很柔软，手上继续在打磨着那件素胎。

“辛苦你了，小梅。”他说，似乎再也找不到其他表达的话语。

“你这是怎么了老兄，就不能说点其他的话了？”她说，低下脸去看着手上的素胎，噘起嘴唇轻轻地吹了一口气，吹掉了上面的浮灰。

“我爹爹上车时说，他说这些年来对我不好，不让我回家，很对不起，更对不起我死去的妈妈。爹爹还给了我钱，一定要我收下。”他的声音有些沙哑。

“老兄，你爹爹人真好，前天他在厨房，把冰箱里的那么些猪肉，都切成了一条条的，用盐腌好放在了盆子里，说是过个半个月，等有了大太阳，拿出来晒晒，腊肉会很好吃的。”

“嗯。”

陈立根点了点头，眨眨眼睛，不敢去正视对面的脸，似乎有满腹的话要对赵小梅说，移动了一下脚步，又往后收了回来。

“你去休息一下吧，过年这几天你也很辛苦，跑来跑去的就没停过。”她说着话，放下手上清理好的素胎，又拿起一个来。

陈立根又点点头，想转身，却没有挪动脚。

赵小梅平静地瞅了他一眼，人便转过半个身子去，做手上的活儿。

而此刻，陈立根内心似乎有一股强大的热能往上升起，这股热能像暗流一般，由遥远的海面阵阵涌来。他看着她，他的眼睛里有些迷惘，那种迷惘的目光，是一种对女性无限的渴望。

陈立根忽然往前跨出一大步，张开双手，猛地一把将赵小梅揽在了自己的怀抱里，他的力量过大，甚至有些野蛮，情绪完全不可控制。赵小梅柔软的身体就那样让他紧紧搂着，她的脸贴在了他的肩上，她的身体一动不动，就像凝固住的花朵，而她的手中，那只素胎杯子，滑落在了地上，“啪”的一声，碎了。陈立根亲吻她的头发，并往下寻找着去亲吻她的脸和嘴唇。他的脸蹭在了她的脸上，感觉到了一片湿润。陈立根感到很是奇妙，很是惊慌，忽然间有了一种清醒，松开了他的两只手，人往后退出了一步。

赵小梅的脸上满是泪水，满是委屈和忧伤。

"小梅，你，你怎么哭了？"

"你这是在欺负我，对我毫不尊重。"赵小梅说，那双泪眼透出的目光十分淡定，悲哀地摇动着头。

"我爱你，我爱你的赵小梅。"陈立根颤抖的声音，他想尽情地表达爱，表达他此刻的感受。

"请你不要说爱这个字眼了。"她抬起一只手来，摇了摇，伤感地说，"虽然我和方斌分手了，但你我之间，不会再有爱情，我也不想谈恋爱了。我们只能是朋友，就和从前一样，朋友，仅仅是朋友，蓝天陶社最好的朋友和合作伙伴。请你原谅，理解。"

"小梅，我是爱着你呀，一直都是。"他说，声音虽然不大，却似在呐喊。

"不要再说了，请你不要再说了。"她的声音很硬，很坚决。

陈立根再也说不出话了，他的目光仍然停留在她的脸上，那张苍白美丽的脸，仿佛处在寒风凛冽的北极地带，是那么遥不可及。

他能够理解得了赵小梅内心的感受，那是一颗受伤的心，一颗不可去侵犯的心。他的心里惴惴不安，他想说声对不起，可是他的嘴唇只是艰难地嚅动一下，什么话也说不出来，慢慢地转过身，沮丧地往自己的房间那头走去。

当天晚上，赵小梅斜靠在床上，很郁闷的样子。顾艳拉开当中的门，脸边垂挂着耳机线，脑袋不时随着音乐来回摇晃，走到床边，手在赵小梅的屁股上拍了拍，然后坐在了床上。

赵小梅双手垫着头，眼望着天花板，也没有声响。顾艳摘下一只耳机来，跟她说话："你这是咋了，谁招你惹你了，一个下午都不说话，晚上吃饭，老兄往你碗里夹菜，你都不搭理人。"赵小梅权当没有听见，闭了闭眼睛。顾艳转过身来，摘下了另一只耳机，伸出手去，在赵小梅的额头上拍了拍，惊叫一声，说："哎哟我的妈呀，你高烧了，至少烧到了45度。"

"去你的。"赵小梅朝着她嘟哝一声。

"不理人是吧，不理人那我走了。"顾艳说，往上站起身来。顾艳并没有走，转过脸来，看着下面的脸，猜测到赵小梅心里准有事。

"顾艳，你说人世间为什么要有爱情？"赵小梅突然问道。

"说啥鬼话呀，有男人和女人之分，当然就会有爱情。这么简单的事你还用问，你没糊涂吧。"顾艳又重回到床上来，双腿往上一盘，津津有味地说，"我跟你这么讲吧，自从开天辟地，上帝就创造了亚当和夏娃，伊甸园里的一男一女，这就有了人类。我们都是人类的一分子，谁也逃脱不了。"

"废话。"她说。

"赵小梅同学，你啥也别说了，我知道了，你现在是感情上出了问题。喂，跟我说说，是不是因为方斌的事，难忘初恋情人。"她张大两眼问她，仿佛要得到一个准确的答案。

"怎么可能，都已经是过去的事了。"

"嘿嘿，那就是因为老兄，你们之间一定有事发生过。你以为我傻呀，用我老妈的话说，这都是板上钉钉的事了。"顾艳嘿嘿地笑着，望着赵小梅。

"没有，什么事情也没有发生过。我不会再谈什么恋爱了。"赵小梅嘴里呼出一口气来，冷冰冰地说。

"不谈恋爱，你独身呀你，去做修女，去做尼姑？哈哈，那可敢情好，赶紧去吧，明天一早就出发，是去教堂还是尼姑庵，我和老兄保证把你平安送到，反正你也不想做瓷器了。"顾艳说，很得意的模样，感觉这事儿太好玩了。

"哼，想都别想，我才不会去。"

"那你就跟瓷器谈恋爱吧，跟瓷器结婚，跟瓷器过一辈子。"

"好呀，这有什么不好的。"

"懒得跟你说了，毛病，你爱谁谁。我回房间睡觉了，没意思。"顾艳噌地跳下床，站起身，两个耳塞重新塞回到耳朵里，晃动着头，嘴里随着耳机的音乐哼唱道，"还有还有，为了梦中的橄榄树橄榄树……"

当中的拉门一声响，关上了，顾艳去了自己的房间。

赵小梅望着当中关上的门，同时眼睛的余光也看到了床头柜上那只陶瓷美人鱼，湛蓝色的鱼鳞闪闪发光，还有那双亮晶晶的眼，令人目眩。

江南三月，这就到了春暖花开的季节。

林教授和妻子吴老师从台湾飞来了景德镇，夫妻俩站在"泥乐斋"的门口，看见大门上还张贴着新春的对联和门神，院子里清扫得干干净净，沿着墙角摆放有数十盆花草，红红绿绿，十分耀眼。半空中，两只燕子发出呢喃之声，箭一般飞到了屋檐下。屋檐下一个壶形的燕巢里，两只燕子闪着黑亮亮的眼睛，似曾相识地瞅着下面的林教授和吴老师。

吴老师手指着燕巢，欣喜地说："这是一家勤快的燕子，筑巢都是壶形的，如果是半圆形的巢，就是人们口中所说的懒惰的燕子。"

林教授噘了噘嘴唇，说："燕子为了生存而忙碌着，筑巢哺育，哪里能偷懒啊，我更喜欢用'巧燕'或是'拙燕'来区分它们。"

他们看着这栋空置了大半年的房子，仿佛每天都有人在等待守候着这里的主人归来，令他们两口子无限感动。

"我回家了，回家的感觉真是好啊！"林教授欣慰极了，经过半年多时间的康复，他有些发胖了，精神矍铄。

"这些孩子，他们天天都在等你。"吴老师说，感慨万端。

"小吴呀，我突然在想，把这栋房子买下来吧。"林教授说。

"你个老古董，早就有预谋了吧，不在景德镇买下个房子，你心里能够踏实得下来吗？你不能。"吴老师笑笑说。

"三宝村多好呀，有山有水的，以后我们老两口，就过上陶渊明的生活，那多悠闲多惬意呀，采菊东篱下，悠然见南山。"林教授说着，哈哈地笑了起来。

"陶渊明又不做瓷器。"

"他是不做，这不还有我林渊明嘛。"

林教授兴奋地拿出一把钥匙，打开了屋子的大门。屋子里什么都没有改变，那些家具，那些做瓷的设备，货架上的一些陶瓷品、坯胎，收拾得整齐有序。窗口的阳光往里照进，明亮而温馨。

这天下午，陈立根、赵小梅、顾艳和刘海亮来到"泥乐斋"做客，大家欢聚一堂，甚是开心。林教授像个老父亲似的，把每一个人都拥抱了，他激动地说："和你们这些年轻人在一起，我可是焕发了青春，想老都老不了啦。"吴老师笑眯眯地瞟了一眼丈夫，说："他呀，这回可是把我给彻底锁上了，这辈子都要留在景德镇跟你们一块玩泥巴了。"他们几个听到吴老师这话，都笑开了。林教授也笑了，接上便用课堂上教授的口气说："同学们，这可不是一般意义上的泥巴，它是瓷器。正如著名作家胡平在《瓷上中国》书中所说，瓷器，是中国人灵魂的底色，是中华民族历史和文明的珍贵记忆。"

吴老师热情地招呼着大家，他们从台湾带来了许多特色小食品，有凤梨酥、太阳饼什么的，她让每人都得拿上一袋，以表达谢意，并且一定要留下大家吃一顿她亲手做的闽南菜。

众人在沙发上落座，林教授动手泡茶，每人一个杯子，这些杯子形状不一，各具特色，很有创意，外表为陶土质地，杯内是瓷泥质地，每只杯子上都歪歪扭扭地刻有一行甲骨文字，着色釉料拙朴，十分耐看。这些杯子是林教授在台湾的一位学生烧制的，造价并不高，销路很好。他告诉说，喝完茶了，每人都可以把杯子带走，算是一份小小心意。

大家喝茶，兴趣盎然，谈论的话题都是中外陶艺制作技艺。去年林教授在景德镇制作的两件陶艺作品，今年初分别获得了法国和意大利国际陶瓷艺术节大奖，之前几次批发往台湾的小件陶瓷工艺品在市场上极受欢迎，还有很大一部分都送给了喜欢景德镇陶瓷的朋友同事，这也是为了让更多的台湾人了解景德镇的陶瓷文化艺术。他们侃侃而谈，探讨研发制作走向国际高端领域的陶艺品，又谈到了如何让陶艺品走向百姓人家，要从质地上、价格上为普罗大众所接受。在陶瓷领域，林教授有许多知识经验和独特的见解。

晚饭后，陈立根他们从"泥乐斋"回到了陶社，仍然处在兴奋之中。

陈立根深受启发，他思考着一个问题，手工陶艺品如何降低价格，更接地气，让每一位来此地观光旅游的客人都能带走景德镇的陶艺品。于是当晚他们三人经过商讨，拿出了一个文案，取名《景德之礼》，决定推出一系列物美价廉的手工陶瓷品，几乎就是成本价格，并设立一个专柜，这也能促进"蓝天陶社"向全社会宣传推广。

第二天，陈立根拿着打印好的文案去请教林教授，出门时，赵小梅提出要陪他一块去。近些日子，两人间单独说话的时间显然没有以前多了，彼此间似乎有了更多的敬意，这让赵小梅内心有所不安。

他们俩沿着山边的小路往"泥乐斋"走去，也不说话，似乎也没话可说。赵小梅走在前面一点，陈立根总是落后她一步远，就像是一个默默的护花使者，又仿佛是一根藤上的两个瓜，准确地保持着相对的距离。这是一种非常奇妙的现象，或许他们的内心都在静静地享受这种奇妙的过程。

赵小梅偶尔回回头，朝着陈立根微微一笑，那样种笑，是纯真的友爱之情。陈立根也点头一笑，虽然有些拘谨，内心却非常满足。

半路上，他们就看到林教授了。林教授坐在溪流边的一块石头上，好像是在钓鱼，手上却没有鱼竿，只是两眼安静地看着水面的波纹，就像要把水底看穿。

"林教授，您不是在钓鱼呀。"陈立根说，林教授似乎没有察觉到有人站在了他的身后。

"我是在看鱼。"林教授说。

"看鱼？可是这溪水里并没有鱼呀。"赵小梅说。

"这不重要，重要的是脑子里有没有。"林教授说着话，缓缓站起身来，"在台湾休养这么长时间，一天不玩泥巴，手就生了。"

"我知道了，林教授是在构思作品。"陈立根说。

林教授点了点头，谦虚地笑笑，说："远古时代陶盆上就出现过鱼的图案，虽然简洁，但称得上是人类作画的大写意，永远值得后人借鉴。"

陈立根和赵小梅相望一眼，会心一笑。

"林教授，这是我们昨天晚上回陶社后拿出的一个陶艺品文案，便来请教您。"陈立根把手中拿着的塑料夹递给林教授。

"真够努力呀，好，我看看。"

林教授看过几页纸的文案，表示很满意，只是提出了几点自己的建议，希望这批陶瓷品要有辨识度，可以考虑用最简洁的绘画或雕刻，汇集江西省的名胜古迹并在陶瓷上得以体现。

陈立根和赵小梅开心极了，完全能够接受这种创意。

功夫不负有心人。陈立根他们在陶土瓷泥釉料选材上做尽文章，制作绘画出了一批茶具、咖啡具、餐具等摆设物件，件件青花瓷都能欣赏到江西名胜风景，有井冈山、庐山、龙虎山、三清山、明月山、婺源风光等等，以及各地具有特色的有影响力的古村古镇古遗址。

也就不到一个月的时间，蓝天陶社制作的这一类手工陶艺品，很快受到了广大游客们的青睐。同时，也带动了陶社一些价格贵重的陶艺作品的销售。

位于三宝村的"蓝天陶社"，成了一家知名的网红打卡点。

陈立根和刘海亮下午参加了市青年陶艺协会的一个会议，会议上传达了五一劳动节景德镇将举办建国七十周年江西省青年陶艺家"一带一路陶瓷作品展"。他们两人接到通知后都非常兴奋，这可是青年陶艺人再次施展才华的机会。

会议结束后，陈立根追上刘海亮，问他："海亮，你急着往哪去，知道今天是什么日子吗？"

刘海亮看着陈立根的脸，意味深长地笑了笑，没急着回话。

"笑什么，我问你话呢？"陈立根说。

"老兄，你现在可是个长记性的人了。什么日子先不管了，你跟赵小梅现在的关系可能不一般了吧。"刘海亮说，耸了耸肩膀。

"瞎说什么，我和她之间只是朋友、同事、合伙人。"

"那你加把劲去追呀，你是男人。"

"说实话吧，没法去追了，她是高山，我只能仰止。"陈立根说，眼睛往天上望了望，脸上的神情似有淡淡的忧伤。

"去，没这么严重吧。她若是高山，你就是流水，山不转水转，山水总有相逢时啊。"刘海亮说，语气就像朗诵似的。

"海亮，不谈这事了，今天是赵小梅和顾艳的生日。"

"我知道，我能不知道吗？她们两个，一个上半夜出生的，一个下半夜出生的，生日蛋糕我都提前订好了。"刘海亮很得意的样子。

"你小子，行啊。海亮，那就一块去陶社吧，她们正在准备呢。"

"那是必须的了。老兄呀，不过今晚的酒可是从上半夜喝到下半夜了，就你这酒量，你行吗你？"

"那就试试吧，尽量奉陪。"

两人乐呵呵的，分别上了自己的车。

厨房里有些乱糟糟的，赵小梅身上挂着围裙，正在忙碌着做菜，炉灶上冒着红红的火苗，油锅里热气腾腾，正在红烧一条大鲤鱼。顾艳在水池前看手机，百度上搜索着什么。

"顾艳，你别顾着看手机了，赶紧把菜洗了呀。"赵小梅话刚说完，顾艳盯着手机发出一声尖叫，说："小梅呀，今天这生日，估计是不能大家一块过了。"赵小梅手上的铲子去锅里翻动着，回过半个头说："喂，你神经兮兮的做什么呀？这不是你发通知召集的吗？"顾艳似乎一脸认真的样子，朝着赵小梅举起手机，摇了摇，她说："我刚查到了，2019年的白羊座运程，精力旺盛，性格与爱情多数会横冲直撞。"

赵小梅听到这话，人便有点郁闷了。

"这，这上面是这样写的吗？"赵小梅问她，有些担心的样子。

"没错，写得清清楚楚的，香港一位算命大师最新公布的呢。小梅呀，你不是很信命很信缘的嘛。"顾艳冲着赵小梅直笑，又说，"不过这上面写的跟你是没有一点关系，爱情是个什么东西呀，滚一边去，你赵小梅只跟瓷器结缘。"

赵小梅听到这话，知道顾艳是在捉弄人了，将锅里烧好的鱼盛进一个盆子里，便故意说："就算我白忙活了一场，现在我就打电话取消，还来得及。"

"别，别别，这后面还写着呢。"顾艳看着手机屏幕大声念了起来，"白羊座，今年有异性缘，对方虽然横冲直撞，但他们纯真的个性里没有杀伤力，所以不用太担心。"

赵小梅听到这话便乐了，说："行了行了，就你名堂多，抓紧时间把菜都洗了，没看我正忙着吗？"

江南的春季，已经连着几日阴雨绵绵，但是今天下午，却破天荒似的出来了太阳。太阳西垂的时候，柔软的云霞间出现了极其少见的胭脂红，一道道的非常规整，就像用排笔画上去的。

兰兰和汉克赶来参加赵小梅和顾艳的生日晚宴，他们俩带来了共同创作的两件陶艺品相送，两块瓷板画上分别有两只可爱的小山羊，背景一个蓝色，一个红色。刘海亮提来了一盒双层大蛋糕，透明的纸盒上可见到蛋糕有红色奶油写的一行字："蓝天陶社两大美女永远十八岁。"陈立根捧着两束玫瑰花，一束湖蓝，一束粉红，都是两人喜欢的颜色。

餐桌上菜肴丰富，最受欢迎的是一盆藜蒿炒腊肉，虽然是辣，一会儿工夫便吃空了盘子，景德镇人不怕辣，他们也早就适应了。众人把盏言欢，谈论起"一带一路陶瓷作品展"的话题。大家都很兴奋，喝了很多酒，关于中国陶瓷的未来走向、发扬和传承，每个人都持有自己的艺术观点，于是发生了一场论战，你来我往的，谁也不服谁。

刘海亮说："我认为，景德镇的陶瓷艺术要走向世界，必须抛弃现代传统观念，加强对西方的现代艺术理论的研究，技术只是一个层面，而美学才能具有划时代的意义，我们更应该用美学观念来参照现代陶瓷艺术。"

陈立根说："这样说吧，海亮你的观点我不反对，但我以为，不管是现代的还是传统的，任何类别的艺术作品必须是和人们的精神审美相通的。传承和创新是坚守文化自信和拓展文化视野的根基，民族与现代，区域与国际，最终应该是引领，服务于我们的生活和社会。"

刘海亮又说："老兄，反正我觉得，每一个从事艺术创作的人，都要有自己的个性。我更主张破旧立新，凸显自我。"

陈立根却说："你所说的破旧，破的是什么旧呢？凡是传统的就是旧的吗？那就是忘记自己的祖宗了，那只能成为一个极端的利己主义者。你刘海亮做瓷的每一道程序，都是来自传统。追求西方艺术潮流并没有错，但不能随意丢弃或是盲目崇拜。"

刘海亮有些暴躁了，手在桌上拍得一响，说："你是不是喝多了呀老兄，你根本就没有弄懂我的意思，你的意思是说我刘海亮崇洋媚外了？"

陈立根还真有点喝多了，拳头在桌上敲了一下，说："那是你自己说的，我没这么说，我就是说了我也没错到哪里去？"

他们两人谁也不服谁，叉腰瞪眼对望着，火气越发大了。顾艳看了看赵小梅的脸，凑近一边，低声说："你看看，看看，这两个人都牛劲上来了吧，今年这个白羊座的生日，还真是横冲直撞起来了。"赵小梅只是淡淡一笑，说："我看他两个都喝大了。"

陈立根和刘海亮两人都站起身来，脸红脖子粗，喷着酒气，继续争辩，互相抬杠，用手指着对方，言辞激烈，大着嗓门，大家耳朵都要震聋了，根本就听不清他们之间要阐述的问题关键所在。

汉克开始只是在认真地听，瞪着两眼珠子来回转动，因他们俩的语速太快，又听不完整，嘴里用英语喊着停"Stop，Stop"，也有点急了，两只手举在头上，做了一个暂停的手势。汉克说："OK，OK，你们别吵了，别吵了，你们说的艺术理念我都听懂了。你们都没有错，传承也好，创新也好，都是好的，只要是艺术创作，无论什么样的艺术形态，存在的都是合理的，合理的，OK。"

汉克这一嚷嚷，陈立根和刘海亮静了下来。

"海亮，老兄，汉克说得对，你们两个有点太深奥了吧。我就两句话可以说清楚，如何让艺术走进生活，如何让生活走进艺术。"顾艳说，朝着刘海亮瞟了一眼，似乎在说我是站在你一边的。

"我也说几句吧，"赵小梅站起身来，含笑地看了看陈立根的脸，她说，"每一个做陶艺的人，都应该有自己的艺术追求和价值观念，这一点，我想大家都是认可的。但是我更以为，我们只是这座城市的年轻景漂一族，属于底层的陶艺人，在我们没成名成家之前，更多的是要考虑我们如何生存下去，如何坚守自己的创作，这才是最现实的。"

赵小梅的话产生了共鸣，大家给予掌声。

兰兰鼓着掌，站起身来，几乎是踮着脚尖，生怕人家看不到她似的。兰兰说："海亮哥，老兄，你们的争辩我喜欢听，我想我的脑子里全都记下来了，等到写毕业论文的时候，一定能派上大用场。我也想说一句话，作品好是不好，不是我们说了算的，是作品自身说了算。这次机会来了，景德镇举办的一带一路青年陶瓷作品展，你们都拿出自己最好的作品，看看谁能拿到金奖。"

兰兰的话，大家都举手赞成。

"老兄，"刘海亮喝下一杯酒，说，"那我们就来一次约定，看看谁最终能够拿到最高奖项。"

"可以，刘海亮，你这句话，我还刚想对你说呢。"陈立根说，一脸豪气地举起杯子来，把酒喝干。

他们两人隔着桌子伸出手去，相握了一把，大有时势造英雄之感。

顾艳兴奋极了，转身对赵小梅说："看到了吧小梅，今天白羊座生日，虽然有些冲撞，但他们纯真的个性里没有杀伤力，所以不用太担心。"

桌上已经喝出了一堆空瓶子，三种颜色，白酒瓶，红酒瓶，啤酒瓶。欢乐中还能听到顾艳在大声叫喊："喝，喝了，十二点都不到，这还是赵小梅的生日时间，我的生日时间还在下半夜咧。"她的话，引起了一片哄笑之声。

这就到半夜十二点了，大家都喝得尽兴，酒就跟水似的了。赵小梅夺下顾艳手上的杯子，示意到了切蛋糕的时间，并去把一边的蛋糕拿到餐桌上来，兰兰拍着手，正等着要吃呢。这时陈立根离开了座位，手上握着一杯酒，转身便走，身体有些摇晃。大家以为这老兄是去洗手间，去解手也不用端着个杯子吧，莫非是喝糊涂了，全都笑了起来。可是陈立根并没有去洗手间，而是绕过当中的工作台，往后院的门走去，显然醉得有点晕头转向了。"吱呀"一声，他一把推开了后院的门，但见一片皎洁的月光往里洒进，白亮白亮的。

一轮月亮升在半空，又圆又大，半是透明。

陈立根没有走进院子，而是背倚着门槛，身体有点微斜，高昂着头，张大着嘴呼呼地喘出几口气来。接着身子一动不动，手上握着酒杯缓缓地往上举起。那是一只中号的斗笠杯，手工青花瓷的，赵小梅亲手绘制，老兄的专用杯，无论什么酒，都喜欢用这只杯子来喝，而此时，杯中至少还有半杯白酒。那杯酒很快就到达他的嘴边，手掌一翻，一口饮尽。然后，他的手斜着往上举起酒杯，朝着天上的月亮，月亮的光辉彻底地映照在他的脸上身上，人便像是一件十分惬意的充满幻想的雕塑。

忽然间，陈立根大声吟诵起来，是一首李白的《将进酒》：

君不见，黄河之水天上来，奔流到海不复回。

君不见，高堂明镜悲白发，朝如青丝暮成雪。

人生得意须尽欢，莫使金樽空对月。

天生我材必有用，千金散尽还复来。

烹羊宰牛且为乐，会须一饮三百杯。

岑夫子，丹丘生，将进酒，杯莫停。

与君歌一曲，请君为我倾耳听。

钟鼓馔玉不足贵，但愿长醉不愿醒。

古来圣贤皆寂寞，唯有饮者留其名。

陈王昔时宴平乐，斗酒十千恣欢谑。

主人何为言少钱，径须沽取对君酌。

五花马，千金裘，呼儿将出换美酒，与尔同销万古愁。

　　众人见此，皆都惊望。陈立根竟然是一口气把这首古诗背诵下来，节奏感既有张力，也充满了激情。陈立根吟诵完后，身体仍然倚靠在门槛上，手上仍然是举着空杯子，他的眼睛微微闭上，仿佛睡去。

　　而就在陈立根吟诵之时，刘海亮也是一手托着杯子，来到了工作台前。台面铺有一张三尺平的宣纸，他执起毛笔，在墨盘里掸动几下，蘸上墨汁，之后毛笔在宣纸上飞快地勾勒，也就不到两分钟的时间，画出了一幅醉酒图，画上的人身着古代长袍，脚蹬布鞋，头上扎着包布，颌下三寸白须，而那张瘦尖的脸，那双突出眼睛，那只坚挺的鼻子，酷似陈立根的那张脸。刘海亮身子往后一仰，上身与画纸拉开一米远的距离，半眯着眼看画，上面还差个月亮，伸出手上的毛笔立即在纸的上方勾出一轮圆月；而他的另一只手一时没有端稳杯子，杯子的一些酒洒了在月亮上，但见酒水在墨迹上晕染开来，月亮即刻有了一种朦胧的效果，似乎成了一轮醉酒的月亮。刘海亮接着题款"老兄醉酒图"，然后手中的毛笔往旁边一扔，极是潇洒。

　　汉克见此画，大力鼓起掌来，喊着："太生动了，好画，OK，好画啊！"

　　兰兰也大叫："快来看，快来看海亮哥哥的画呀。"

　　顾艳喜欢极了这个过程，含情脉脉地看了一眼刘海亮，她说："哼，你这家伙，到哪都要显摆不是？！"

刘海亮有些醉态，故作谦虚的样子，晃动了几下脑袋，说："即兴发挥，即兴发挥，老兄的诗吟诵得好，我的画也不赖嘛。"

赵小梅在门槛边搀扶着陈立根，拿下了他手上的杯子，心里有着说不出的喜悦，甚至感动。陈立根仍然半闭着睡眼，人有些迷糊了。赵小梅温和地说："老兄，你醉了，别睡着了，醒醒，醒醒呀。"这时顾艳走上前来，在另一边搀扶着陈立根，那情景就像两名贵妃扶着皇上似的，十分有趣。顾艳笑着说："老兄，你没事了吧，快去看看画，刘海亮把你画得像坨屎一样。"

"我……没醉，我根本就没醉。这家伙画我了吗？我看看去……看看。"陈立根说，推开身边的两个女人，他还是挺爱面子的。

陈立根踉跄几步走到工作台前，一看那幅画，眼睛都直了，而他的两只手掌，禁不住在腰下有力地抓动起来。突然间张嘴哈哈几声，开怀大笑，仿佛酒也醒了，手指着刘海亮，说："你小子，行啦，像，像像，太像了，有两把刷子。不过这事儿还没完，下面看看我的。"

大家听到陈立根这话，不解其意。只有赵小梅懂的，她注意到了陈立根那两只在腰下抓动的富有弹力的手掌。

陈立根伸手把画纸往旁边一拉开，赵小梅接着便将工作台堆着的瓷泥上的一块湿布揭起，又拿过一根铁丝，一把递给了陈立根。陈立根双手绷直了铁丝，往下瓷泥上一按一拉，利索地切下了一块灰白色的瓷泥。他双手捧起泥料，"啪"的一声放下，两个拳头重重地在瓷泥上面捶打几下，然后用力地揉搓起来，瓷泥在他的手掌下发出"吱吱"声响，这块泥料很快成了面包形状。接着双手压在上面来回滚动，瓷泥成了一个长条形，那瓷泥呼地往上一立起，有一尺余高，然后两只手掌娴熟地在瓷泥上旋转着捏动着，捏塑成了一个人的形态。又拿起雕刀，刀锋刀背并用，雕塑上的一些碎泥料哗哗地往下滚落。也就十分钟不到的时间，他的雕刀下，出现了一件醉酒图的雕塑作品，整个人的身体和头脸跟纸上的画如出一辙，活灵活现，憨态可掬。陈立根手上的雕刀往下一扔，双手抱拳，朝着刘海亮摇动了几下，就像是遇到了江湖同道。

"见笑，见笑了。"陈立根说。

大家一阵赞叹，报以掌声。

这下可是把汉克高兴坏了，大声说："OK，OK，我喜欢，我喜欢，这两件作品可以送给我吗，这才是真正的中国功夫。"

陈立根和刘海亮对视一眼，都点头。

兰兰开心地说："汉克，汉克你这回可是捡到宝贝了，赶紧，赶紧敬酒。"

汉克提起一个酒瓶，分别给大家的杯中倒酒，他自己便举着瓶子喝。这一轮下来，基本上全都醉了。

已经下半夜了，那个双层的生日蛋糕摆在餐桌上就没有打开盒盖。

房子里一片寂静，赵小梅走动时，脚下踢动了一个空酒瓶，发出"叮当"的声响。现在，仅有她赵小梅一人还是清醒的。她很欣慰，很感动，她相信这样的一个生日，这样的一种氛围，今生也难以忘怀。她甚至想到，在景德镇做瓷器，有这么多贴心的有志向的好伙伴，这辈子已经没有什么遗憾的事了。她开始默默地打扫凌乱不堪的战场，而其他的人，有的头趴在桌前，有的身体斜背椅子，有的双手抱着脑袋坐在凳子上，就像被人给灌了迷魂汤，全都睡着了。

春天里的阳光，静静地普照着这座千年古城，明媚而温暖。

这一代年轻勤奋的景漂，都在精心地准备着自己的参赛作品。

陈立根手上正在雕塑一件沙漠上行走的骆驼，高耸的驼峰间骑坐着一位头戴红色披布、衣着鲜艳华丽的女子，骆驼的肚子上吊挂的藤筐装着满满的彩色丝绸，骆驼的脖子下悬着两个铜铃，仿佛长途跋涉，历经艰辛。陶土和瓷泥混合的质感非常强烈。他给这件作品定名为《驼铃》。

顾艳的作品名为《世纪风》。她用极薄的七彩瓷片制作了一幅六平尺的卡通画，各种肤色的儿童欢笑着相聚一起，底板是蓝色调的世界地图，整个画面全都布满了星星、月亮、太阳、鲜花，组合得五彩缤纷、美轮美奂。

刘海亮正在绘制一件高温颜色釉瓷板画，蔚蓝色的海面上，升起一组金色的风帆，线条简洁，充满意象和幻觉，留有巨大的空间，显得视野极其开阔而深远。作品定名为《远方》。

汉克和兰兰合作绘画了一组风景瓷板画，选择了中国长城为主景，分为釉下彩和釉上彩制作，兰兰负责釉下彩部分，连绵不绝的长城城墙以青花绘制；而汉克的釉上彩以多彩颜料衬托出山峦的主体、天空部分，甚是壮美奇丽。这件作品定名为《长城长》。

赵小梅对这次的参赛非常慎重，连着几天都没有开工，她算是绞尽脑汁最终拿出了一张绘画的草图，题名为《昭君出塞》。年轻美貌的王昭君披着一条曙红色的披风，牵着一匹黑亮的马，一片落雪纷飞的场景，周边团团簇簇盛开着白色的梅花，整个构图弥漫着一种家国情怀的凄美和壮丽。陈立根和顾艳看过赵小梅的手稿，两人击掌称好，这绝对是一件难得的陶瓷美术佳作。赵小梅计划用一只五十厘米高的瓷瓶进行釉下彩绘画，考虑到作品对坯胎的质量要求，因此迟迟没有动手。陈立根曾经收藏了一袋山里买来的稀有瓷石，相信可以达到混合瓷泥烧制后青白透明的瓷质效果，他提供了这袋瓷石，赵小梅欣喜不已。为此，赵小梅又去找了老同学陶明，陶明自然要鼎力相助，多次试验出照子（瓷器样品），调制出了赵小梅最满意的青花釉料。

这天傍晚，赵小梅在拉坯机上，亲自拉坯，制作出了这件器形为"观音瓶"的素胎。之后，她又用了近一周的时间，倾注心血完成了对瓶体的绘画。

出窑的这天早晨，刘海亮特地开车赶来陶社观看赵小梅的这件作品，他想亲眼见识这件稀有瓷石混合瓷泥制作的作品出窑后的效果和成色。陈立根、赵小梅、顾艳和刘海亮一行人来到后院，围站在窑炉前。陈立根戴上帆布手套，走上前去，扭开窑门上下的两个转盘，然后一只手慢慢地拉动窑门，"嘎吱"一声响，窑门开了一条缝隙。

赵小梅太过激动，在没有打开窑门之前，心里怦怦乱跳，一阵忐忑不安。她的眼睛紧紧地闭上，双手合十平举在胸前，像在祈祷苍天护佑。

一时安静下来。陈立根握着门把手，使着暗劲再次慢慢地往外拉开了厚重的铁门，炉窑里出现了货架车，他俯下身去，双手拉动着货架车下面的把手，缓缓地将货架车往外拉动，货架车下面铁轮子在两边细长的铁轨上发出"吱吱"声响，极有节奏，像一首古老歌谣，沉重而又柔和。

"小梅，你快看哪。"顾艳大声说。

赵小梅听到顾艳的叫声，顿时张开眼睛。货架车缓慢地往外拉来，一时间赵小梅简直不敢相信眼前的这件作品是出自她的制作绘画，洁白如玉的陶瓷上，古代美人王昭君牵着黑马，行走到梅花盛开的冰天雪地，粉红的鹅蛋脸，细细的柳叶眉，樱桃般小嘴，那双明亮的眼眸似有一种天然的凄美和悲壮，整个瓷瓶的艺术氛围大有惊天动地之感。

赵小梅深深地吐下一口气来，脸上泛出美丽的微笑，她不禁长喊了一声："天啦，她太美丽了，太美丽了！"

而就在这时，赵小梅的喊声刚刚落下，但听见"嘎巴"一声响，货架车上托板一侧的一根立柱松动了，往外稍一偏斜，只见托板上那件亭亭玉立的瓷瓶往一边倾倒滑动下来。

赵小梅的眼前就像是坍塌了一座雪峰，发出一声凄厉的惊叫！

第二十八章　破碎的心

就在瓷瓶倾倒的那一刻，陈立根正要去托住瓷瓶，赵小梅却一步抢在了他的前面，抖颤的双手急忙去扶住瓷瓶，她几乎已经抱住瓷瓶了，温暖圆润的瓷瓶却鬼使神差地从她的两只手掌间往下滑落。

"咣当"一声脆响！

这一响声仿佛是地层底下爆发出的震动，十分强烈，就像什么物体炸开了，即将要陷落下去，并带着咝咝的余音。那件完美无疵、灿烂夺目的瓷瓶，碎裂开来，稀稀拉拉地碎了一地都是，一块块破碎的瓷片闪烁着刀锋一般的光亮，像要刺破人的眼球。

赵小梅发出"啊"的一声尖叫，人往前摔倒了，双腿往前跪下。她就跟掉了魂似的，两只手拾起了几块碎片，其中一块碎片划破了她的手指，一些鲜红的血顺着手指间缓缓地滴落下来。

陈立根、刘海亮和顾艳顿时都惊呆了。他们此时心里都十分明白，倒窑了，对赵小梅来讲，这简直就是一场毁灭性的灾难。

瓷瓶碎裂的那一刻，赵小梅的心都破碎了，人也彻底崩溃了。她瘫坐在地，双手将碎瓷片贴在了脸上，眼里全都是泪水，流下的泪水混杂着她手指间的鲜血，红红的，布满在脸上，她那张美丽的脸像极了一朵残阳下的鲜花。

赵小梅张大着嘴巴，声音却很微弱，喃喃自语地："我能感觉得到，它是活的，它是有生命的，它是有灵魂的，为什么，为什么会这样啊……"

之后，她的嘴里就再也发不出声音了。

陈立根看着赵小梅手指上渗出的血，仿佛自己的胸膛给刺破了。他呆呆地站着不会动了，一时间就像个木头人。

顾艳的眼里流着泪，上前去，扶着赵小梅，大声地说："小梅，小梅你不要这样了。"

刘海亮费了很大的力气，才从赵小梅的手上夺下了碎瓷片。

顾艳和刘海亮一起把赵小梅扶上了楼梯，进了房间。赵小梅平躺在床上，一张苍白的脸，她的手指经过清洗，缠上了创可贴。她的两只黑溜溜的眼睛睁着很大，却很空洞，浸着晶亮的泪水，一颗，又一颗，落在了脸颊上，而那张忧伤的脸依然是美丽的，那是一种弥漫着痛苦的美丽。顾艳和刘海亮跟她说话，喊她，人却没有一点反应，仿佛死过了一回。

"让她躺一会儿吧。"顾艳转过身来，小声对刘海亮说，"她这个人我知道，别说是一件精工制作的大瓷瓶，平常就是一件手绘的青花小物件弄碎了，都会难过好半天呢。"

"唉，这原本是一件不该发生的事情。"刘海亮摇着头，心里难过。

陈立根还站在那座气窑前，看着地上的碎瓷片，看着那根从货架车托板上掉下来的灰黑色的立柱，猛一抬起脚，将那根立柱踢出了老远，接着举起拳头，在自己的脑袋上重重地擂打起来，恨不得要将脑袋给打碎。

刘海亮快步过来，用力抓住了陈立根打头的那只手，说："老兄你这是干什么？你就是打碎了自己的脑袋，瓷瓶也不可能复原了。"

陈立根用力一把将刘海亮推到一边，弓着身体，像头疯牛，两眼通红通红，似乎要往外冒出血似的。

"都怪我，全都怪我，我要再慢一点拉动货架，注意力再集中一点，就不会发生这件事啊，全怪我啊！"陈立根说着话，脚在地上用力地跺动。货架车上还有两层其他的烧制好的陶瓷作品，虽然有些歪斜，却一件都没有掉到地上来。

"有什么用，现在说这些话还有什么用呢？"刘海亮说。

"就为了画好这件瓷器，她有几个晚上通宵都在工作室，谁劝她都没有用，她所有的精力和心血都投入进去了。这是一件混合瓷泥拉出的坯胎，它太过金贵了，换了任何一个做瓷的人都接受不了这样的结果。"陈立根说，摇动着头，大声叹息，俯身捡起两块较大点的碎片，两眼定定地看着。那两块瓷片，一块有半只黑亮的眼睛，一块有半边曙红的嘴唇，它们仍然是那般美丽鲜活。

赵小梅卧床三天了，身体虚脱，脸上毫无血色像张白纸，什么食物也咽不下去，连水都不想喝一口。她也不说话，人家说话她似乎也不要去听，她就像去了遥远的边陲，那里风雪弥漫，那里梅花盛开，那里有孤独行走着牵着黑马的王昭君，而她永远地要伴随而去，再也不想活着回来。

她就沉浸在那件美丽如初的瓷器世界里，紧紧地封闭着自己。

她生病了，是心病。

林先生和吴老师过来了，带来了小火煲好的鸡汤。吴老师是当过医生的，还是医科大学的退休教师，给她把脉，给她测量过了血压，脉搏跳得是慢了一点，血压也稍微低了一点，却仍在正常的身体指数范围，用不着送医院，她也不可能会去医院。许多的安慰话语，她听到也是漠然地点点头。

兰兰和汉克过来了，他们想逗她开心，逗她笑一笑，为此汉克还把自己在中国学习的扑克牌魔术一套套地变给她看，汉克的蓝眼睛左晃晃右晃晃，圆溜溜的娃娃脸上做出许多奇妙的表情，兰兰已经是笑得直不起腰来，她却一点不笑，连看都不想再看一眼。

接下来，是叔叔婶婶过来了。赵青山和妻子心疼地看着侄女，婶婶说："小梅呀，这都三天了，你也不吃不喝的，人就像被勾走了魂儿似的，这样下去，怎么得了呀。"她不说话，她摇了摇头，她忧郁的眼神似乎在告诉长辈她没事的。做叔叔的可就沉不住气了，粗着喉咙说："你不想活了，你想死吗？你想去九泉之下见你父亲呀？喂，我大哥他不会要你的，阎王簿上还没有你赵小梅的名字。我在景德镇烧窑都快二十年了，就没见过像你这样的人呢。出窑损失了一个瓷瓶又不是什么新鲜事，我经历得多了，不就是一件碎了的瓷器吗？可以重新再来的呀，景德镇地下难以计数的碎瓷片不就是这样来的吗？没有这些千百年来的瓷片堆积，就不会有今天的景德镇。我看你呀，不是瓷瓶摔碎的问题，是你的斗志垮掉了，你是怕自己再也做不出好瓷器了吧？太没有出息了，太丢人了！你不想做瓷了那就永远都别做了，跟我回家去！"

屋子里一时安静下来了。

赵小梅眨动几下眼睛，坐起身来，端过床头柜上的一碗汤面，一口一口往嘴里咽进去，吃到一半时，头往下一垂，号啕大哭起来。哭声很大很响，就像洪水冲倒了堤岸。这也是赵小梅活到这么大，第一次大声哭泣。

而屋里的所有人，脸上都有了笑容。

连着几天，陈立根几乎跑遍了景德镇市内几十家原料厂，都没能找到那种稀有的瓷石，这种瓷石俗称"滑石"。他又一次去了"小陶料行"，之前的那袋瓷石是他在料行打工时，陶明送给他的。陶明也记不清这袋瓷石是谁送来的，便挨个打电话询问，终于打听到了有这种瓷石的主人。这位主人姓邓，居住在景德镇和抚州交界的一座山岭的小村庄，邓师傅早年承包了山里有一座废弃的矿井，挖到过这类瓷石。

邓师傅居住的地点距景德镇有50公里远，陈立根决定一早便开车去，当天可以赶回。顾艳通知了刘海亮，用刘海亮的吉普车，这辆车跑山路给力，两人也好有个伴。

吃过早餐，他们两人便出发了。吉普车行驶了半个小时左右的高速公路，然后拐进了一条柏油马路，开不多时，便是往山岭的沙石路面，道路窄小了许多，车过时，扬起一片尘土。

吉普车绕过几道山岭，便到达了山间这座仅有十几户人家的小村子。

已经是中午了，经打听，陈立根他们找到邓师傅。邓师傅50多岁，黑黑的皮肤，有一副很壮实的身板子，他的儿女都在城里打工，妻子因要带孙子也住在城里儿子家中。邓师傅家里养了一些鸡鸭，还养了几头猪，再就是种种田园里的菜，偶尔会去采挖一些做瓷的矿石对外供应，基本上来找他的都是景德镇做瓷的熟人熟客，且还小有点名气，据说电视台还来山里给他做过专访。

邓师傅热情接待两位城里来的陶瓷手艺人，陈立根送了一套"蓝天陶社"制作的茶具，大家一番攀谈，喝过邓师傅亲手采摘的野生绿茶。然后邓师傅领着陈立根和刘海亮去了后院屋里的一个小仓库，搬出来了几袋碎瓷石。陈立根没想到这么简单就可以带回瓷石，可是高兴坏了，一口一声谢谢，头点得跟鸡啄米似的。他们把几袋瓷石搬到室外挑选，陈立根取下双肩包，想着将要带回去一堆稀世宝贝，嘴都笑开花了。可是经过再三查看对照，这些瓷石并不是他们所需要的那种质地的瓷石。

"邓师傅，这些瓷石的颜色不对呀，应该不是我们要的高品质瓷石原料。"

陈立根说，他放下一把抓在手掌上的碎瓷石，双手搓了搓，从背包里掏出两块带来的小瓷石片，递给邓师傅。邓师傅接过瓷石，眨巴了几下眼睛，他立即就明白了。

"陈老师，这种瓷石叫滑石，对瓷器的白度和热稳定性以及扩宽烧成范围有着高要求的做瓷人都会用它和黏土结合，烧出来的产品素洁高雅。"邓师傅说，想了想，又说，"这种瓷石是有人两年前从我这里购买到的，只是现在很难开采到了。"

陈立根和刘海亮听到这话，真的是很无语了，这不是白跑了一趟吗？也只有这种特殊的瓷石制作出来的坯胎，经过烧制窑变之后才能达到釉色晶白透亮的效果，赵小梅的青花瓷绘画才能得到最充分的体现。

"邓师傅，那这种瓷石是在什么地方开采到的？"陈立根说，很不甘心。

"是在老矿井挖到的。"邓师傅笑了笑，脸色有点无奈。

"这口老矿井很远吗？"陈立根问。

"也不远，就在村子后山，有一段路。"邓师傅说。

"邓师傅，我们能上山去看看吗？"陈立根说，露出恳求的目光。

邓师傅有些犹豫，不是不想去，他觉得很难再挖到这种瓷石了。刘海亮心里着急，他说："邓师傅，麻烦你辛苦一趟，领我们过去看看吧，万一能找到这种瓷石，那真是太感谢您了，价钱上的事，都好说。"

"哎，年轻人，不是钱不钱的事，你们能跑这么远的山路过来一趟，已经是很看得起我了。好吧，我就领你们上山去看看。"邓师傅说。

"谢谢，谢谢邓师傅了。"他们两人都说。

邓师傅走进小仓库，拿出一把铁镐头，往肩上一扛，另一只手拿着一个编织袋，走了出来。

于是邓师傅带着他们徒步上山。后山岭并不高，有一条崎岖小路绕着山腰往上延伸。山间杂草丛生，一片片东倒西歪的杂木小树林，周边许多山头都是光秃秃的，像是黄脸病人。

天气闷热，他们一行人气喘吁吁地来到了一处地势较高的山头，凉风习习，从他们脸庞吹过。

"前面就到了。"邓师傅手往前指了指。

陈立根和刘海亮一阵欣慰，他们顺着邓师傅手指的方向看去，草丛枝叶遮掩的山壁下，依稀可见到一座往里凹陷的矿井入口，附近一片起伏连绵的山岭地带，静静的山野显得沧桑而又荒凉。

"邓师傅，这里简直就是一片荒山野岭了。"刘海亮说。

"是啊，往年并不是这样。"邓师傅感慨地看着远山，说，"三十年前，这一带有许多矿井，开采出了大批量的瓷石原料，基本上都是为景德镇各大瓷厂提供的。山里原来还有一条上好的公路，运矿石的车辆来来往往，白天黑夜的，很是热闹。后来，就一年比一年差了，这片山上的矿藏差不多也都挖光了，山间的公路早已荒废，几十口矿井也都填得没有了。"

"沧海桑田，可以想象得出当年这里的辉煌。"刘海亮感慨道。

"邓师傅，你怎么还保留了一口矿井呢？"陈立根问。

"念想，可能是一种念想吧。我参加工作时就是一名矿工，活到今天也没有离开过这里。十年前，我承包了这几座山地，种植过一些果木，只是连年收成都不好，也就不再去打理了。那口矿井，我一直舍不得填掉，虽然已经报废，却还算完好。每隔一段时间，我就会来矿井这边转转，东挖西挖的，还能弄到一些可用的瓷石，多多少少可以提供给做瓷器的人。"

"邓师傅也是一代采矿工人呢，对景德镇陶瓷是有过贡献的。"刘海亮说。

"哪里哪里，人活着，总得干活呗。"邓师傅温和地笑了笑。

"我们去看看你的那口矿井吧，邓师傅。"陈立根说。

"好，这边的路不好走，注意点脚下。"

邓师傅兴致勃勃地往前走去，他们两人紧随其后。

赵小梅的身体还有些虚弱，她从楼梯下来，作坊里很安静。她便去了后院，院里没有人，气窑前的场地上收拾得很干净。

顾艳在工作室绘画着一块瓷板，脸边垂挂着耳机，听着音乐。赵小梅推门进来，她一点也没反应。

"老兄人呢？"她问顾艳。

顾艳专心绘画，轻轻摇晃着头，嘴里还随着音乐和唱了几声。

"顾艳，我问你老兄他人呢？"她上前一步，拍了拍顾艳的肩膀，伸手拔掉了顾艳耳朵里的一只耳机塞子。

顾艳放下手中的画笔，回过脸来，说："小梅，你咋下楼了？"

"老兄呢？"

"老兄走了。"

"走了，走去哪里了？"

"他和海亮开车去山里寻找瓷石了，说是能够找到原先的那种优质瓷石呢。"

赵小梅听到这话，微愣一下，摇摇头，很是内疚，长长地叹出一口气来。她说："他们也是的，碎了也就碎了，用不着这么费尽周折去寻找呀。"顾艳往上扬了扬脸，无不抱怨地说："不是他们，是你呀，你做瓷器也太过用心了，犯得着躺在床上几天不起身，病恹恹的，一成人气都没有了。"

"老兄要去找山里找瓷石，也该告诉我一声呀，我知道了就不会让他们去的。"赵小梅颤巍巍地说，心里很不舒服。

"老兄他说这事儿先瞒着你，等找到了瓷石再说。"

"能找到吗？那种瓷石很稀少的呀，真不该去的。"

"能，老兄说能就能。别说开车去一趟山里，就是下油锅，就是刀山火海，他都要去的。"说着话时，顾艳仰头一笑，"爱情，这都是因为爱情的力量哦。"

"去去，我不跟你说了。他们什么时间能回来？"

"又不是很远，晚饭前就能赶回来了。"顾艳说，拿起画笔来。

"嗯，你忙吧。"赵小梅说，转身走。

赵小梅来到店铺，她的精神忽然间好了许多，仿佛身上也有些力气了。

兰兰正在店铺里接待几位游客，他们购买了几件陶瓷，先后用手机扫描了二维码，说着谢谢往门外去，兰兰热情地把游客送到门口。

"兰兰，生意还蛮不错嘛。"赵小梅笑笑说。兰兰转回身来，打量了一眼赵小梅，说："姐，你脸上的气色可是好多了呀。"赵小梅收拾着柜台上的几件瓷器，边说："我又没生病。"兰兰接上便说："没病你还把自己关在房间里，你这个财务大总管倒是省心了，躺在床上便有钱到账。"

赵小梅蹲下身，从下面的柜子里拿出几件瓷器来，往货架上摆放好。

"说什么话，辛苦妹妹你行了吧。"

"哦，小梅姐，刚才有个大妈来找过你，匆匆忙忙的，好像有什么事，我说你身体不太舒服，她就走了。"兰兰说。

"大妈？是谁呀？"

"她说，她说是去年你跟她在陶瓷公司画过一个多月的瓷器。"

"什么大妈呀，那是文玲大姐。"想了想，喃喃地说，"她来找我，肯定是有重要的事情了。"

赵小梅立即取出手机来，翻找出文玲的手机号码，接出拨出号码，很快就接通了。"喂，文大姐，我是赵小梅……我没事，我挺好的，文大姐一定有事找我吧……你正在回家的路上，那你不用过来三宝村，我去找你，你到哪里了……莲社北路，好的，那你就在陶瓷大世界门口等着，我这就过来……一会儿见。"

兰兰看着赵小梅，问她："姐，你要出去？"

赵小梅走到门边，扶起电动车，说："兰兰，我去跟文大姐见个面，顺便去市场买些菜回来。"

"小梅姐，我今晚有自习课，六点前汉克会开车来接我的。"

"你去就是了，走时跟顾艳打声招呼。"

赵小梅骑上电动车，驶上了马路。

莲社北路一侧的陶瓷大世界门口，赵小梅见到了坐在台阶上等她的文大姐，她停好电动车，快步走去。

"小梅，你这么快就到了。"文大姐立即站起身来。

"文大姐，你去三宝村找我，一定有事对吧？"赵小梅亲切地说。

"嗯，是，是有点事……"文大姐面露难色，眼里仿佛有泪水要流下来，似乎有话又说不出口。

"文大姐，你心里有事尽管跟我说，我一定会尽力帮助你的。"赵小梅说，递过去一张纸巾。

赵小梅跟文大姐并无很深的交往，只是去年打工那段时间两人在一起相处过，工作时大家都很忙，说话的时间也不多。这次见面赵小梅才了解到，文大姐十年前就离婚了，独自带着一个儿子，原先儿子是放在父母家里的，现在父母亲年纪大了，身体也不好，而她的儿子今年正面临着中考，又正在复习阶段，文大姐要用去许多的时间照看儿子，根本就不能正常去原公司朝九晚五地上班。上个月文大姐就从公司辞职了，这些天都在外面寻找工作，希望能有一份能赚到钱又能满足她在时间上的安排的事做。

"小梅，我太难了，我真的不好意思跟你开这个口。"文大姐说，擦拭着脸上的泪水。

"文大姐，你就应该来找我，你早就应该来找我的呀。我们之间是什么关系，我们可是师出同门，当年都是黄老的学生呢。"赵小梅微笑着，看着文大姐，她认真地说，"大姐这样的陶瓷人才，我们蓝天陶社可是求之不得，你来陶社吧，你每天只要上四个小时的班，时间上自己安排，工资待遇上，绝对不会比你原先的公司低。"

"这样行吗？小梅你可以做得了主吗？"

"行，我可以做得了主的。你帮助过我，那也是帮助过蓝天陶社，去年我就跟陈总和顾艳说起过你的绘画技术，有心想邀请你来我们公司做，记得我在车间还跟你提起过这件事呢。文大姐，你这也是给我一个机会呀。"赵小梅欣慰地说。

"那就太谢谢你了小梅，谢谢蓝天陶社。"

"但我有一个条件哦。"

"小梅你说。"

"以大姐的画工技术，你要给我们带上几个学生，大姐你也不用天天上班就坐着画瓷器了，主要任务就教学指导，培养我们蓝天陶社的人才。"

"好，好好，我一定会好好做的。"

"文大姐，那就这样决定了，你也是蓝天陶社第一位聘请的人才。明天，你就来陶社上班，这几天你随时过来都行，我会安排好的。文大姐，预先祝贺你儿子，他一定能顺利通过中考。"赵小梅开心地说。

寂静的山野，不时响起一阵阵杂乱无章的脚步声。邓师傅说："过了这片杂木林就到了，才一个月，草木生长得这么快。"他们三人往前行走，脚底下已经见不到像样的路面了，都是半人多高的灌木丛地带，碗口粗的小树横七竖八，密密匝匝。邓师傅只能用铁镐砍断一些树枝，陈立根和刘海亮前来动手，又拉又扯地把一些顽固的树枝往两边挪开来。

也就不到三十米远，他们艰难走出了灌木地带。眼前，出现了那口黑乎乎的矿井。矿井的位置在一面隆起的石壁下方，往里陷进一个很大的窟窿。井口边有一座倒塌的小木屋，年代已久，木质都腐烂了，地面乱糟糟地横亘着一些铁管子，还有一些混杂在泥土里的钢缆绳。走近看时，木屋下有两台锈迹斑斑的机器，旁边长满了杂草。邓师傅告诉说那是一台鼓风机和一台缆车，当年下井采矿用的就是这种机器。

矿井的井口上沿，有两条往下延伸的铁轨，还有一辆采矿用的翻斗车停在铁轨上，已经锈死，残留着当年历史的痕迹。

邓师傅对这一带极是熟悉，就像是回到了自己的家一样。井口边悬挂着一个木板柜子，邓师傅拉开门，从里面拿出了三顶土黄色的安全帽，安全帽也有些年头了，其中一顶还带着灯罩。邓师傅将有灯罩的安全帽后面的一个盒子拆开，里面有两节电池，他把电池倒换了一下位置，灯便亮了。刘海亮接过邓师傅递上的安全帽戴好，模样还挺像一名采矿工人。邓师傅戴好安全帽，从后腰抽出一只加长电筒，打开了电光。陈立根也戴上安全帽，掏出手机打开内置的电筒。

三个人来到井口旁边，一股阴风凉飕飕地往上透了出来，陈立根和刘海亮禁不住打了一个寒战。

"邓师傅，矿井很深吗？"陈立根问道。

"往年采矿的时候是很深，有一百多米吧，后来没人下矿井了，里面多半倒塌封死，现在也就保留了不到二十多米深了。"邓师傅举着电筒，说，"我们下去吧，抓紧时间，但愿能有点收获，没让你们白来一趟。"

邓师傅一手拿着铁镐头，一手握着电筒走在头里。他们顺着往下延伸的两条轨道便下井了，倾斜的地面有些潮湿，尚能看到一些模糊不清的鞋印。井口的通道挺宽，架设着木柱横梁，石壁上生有斑斑点点的青苔，偶尔还能听见石头缝隙里传出滴滴答答的水声。

刘海亮脚底滑了一下，身体一歪，很快就站稳了。

"你们怕吗？"邓师傅回了一下头，说，"没事的，井底很安全，比城里的防空洞都要安全。"

他们两人跟随在邓师傅后面继续往下走，不时有几只跳动出来的蛤蟆，发出"呱唧呱唧"的叫声，就像迎接主人，这反而让他们的心情轻松下来。

这就到达井底了，矿井比陈立根他们想象的还要短许多，回望，可以见到白亮亮刺眼的井口光亮。井底很大，像是一所掏空的大房子，多处泥石墙壁上都有镐头留下的痕迹，地面凹凸不平，留有许多松散的碎石块。

"这就到底了，没想到下面有这么大。"陈立根说，举着手机电筒四周察看着，已经是急不可耐了。

"以前可没有这么大，前些年我承包这片山地之后，每次下井，经常有人一块过来，都是东一镐头西一镐头地瞎挖，不知不觉下面的地方也就大了。"邓师傅笑着说。

"还别说，这井下还真凉爽。"刘海亮说。

"冬天下来，里面还暖和着呢。来吧，看看你们的运气了，找找看吧。"

邓师傅说着话，握着电筒在矿井里来回照着，时不时又放下电筒，举起铁镐挖动几下。陈立根和刘海亮分别捡到两截废弃的铁管，猫着腰或蹲下身体在一些散落的矿石上敲动。矿井里"噼里啪啦"地发出各种打击声响，像一段极不协调的音乐。没多一会儿，邓师傅在井角挖出了一小堆碎石片，放在手掌上察看，然后又扔了下去。

刘海亮不知是从哪里撬起了一些碎石，邓师傅用镐头拨弄了一会儿，电筒往下照了照，他又摇了摇头。

陈立根举着手机，人几乎就趴在地面，往上撅起屁股，像条猎狗似的，两只眼睛瞪得溜溜圆，目光比手机电筒光还要亮。他来回挪动着两手两腿，只要是撬得动的小石头都不放过，撬不动的也要用力去敲一敲，其实没有人能够从敲打的声音里辨别得出是否就是瓷石。

时间过得很快，有半个小时了，他们仍然一无所获。

邓师傅显得失望了，说："算了吧，等下次我再下井，如果能挖到你们要的瓷石，我会打电话联系你们的。"

"行，谢谢您了邓师傅。"刘海亮说，转向矿井一角的陈立根那边，"老兄，走了，我们回去吧。"

刘海亮和邓师傅转过身，往井口走动。

陈立根没有吭声，他仍然趴在矿井的里角，用铁管撬动着一块石头，然后双手在下面刨动，终于把这块石头给弄了出来，一看，下面有一堆松散的碎石片。

"邓师傅，邓师傅你等等。"陈立根喊着，抓起一把碎石。

邓师傅和刘海亮停下脚步。

陈立根走上前来，把手上的碎石递给邓师傅看，说："邓师傅你给看看这些小石头，好像就是滑石呢。"

邓师傅用手电筒照了照那些小碎石，哈哈地笑了起来，大声地说："没错，没错没错，就是它了。"

"好了，总算是找到了。"陈立根如获至宝，一脸惊喜欲狂的表情，双手捧着碎石头，就恨不得要吃下去。

他们回到原处，很快翻挖出好大一堆瓷石。刘海亮拿出手机来，对着这些碎石头换着角度拍照，然后微信发给顾艳的手机，并留言：我们已经找到瓷石了。

邓师傅举着电筒，陈立根将地上的瓷石收拾到一起，就用两只手掌，一捧捧地装进了编织袋，然后又把编织袋放在带来的双肩包里，背好在身后。

他们三人顺着轨道往上走动，陈立根走在前面，一口气便到达了井口。

刘海亮的手机"哗"地响了一声，他打开手机看，是顾艳发来的信息：知道找到了瓷石，我们太开心了。接着，发来一张顾艳和赵小梅的自拍照，两人笑得是那般开心甜美。刘海亮得意极了，立即回复信息，告诉说他们晚饭前就可以赶回景德镇去。

天空有些阴沉，他们三人由原路返回。

"海亮，这次运气太好了，现在赵小梅的作品还能赶得上参加大赛。"陈立根欣慰地说。

"一说到赵小梅，老兄你心里那个美的。"刘海亮拍拍陈立根的肩，说，"来，把背包给我吧，石头挺沉的。"

"不用不用，我背得动。"

"你呀，我看现在就是一座山，你都背得动。"

他们两人一路说着话，邓师傅走在前面一点，看着两位年轻人开心的样子，不时回头笑笑。

很快，一行人下到了半山腰，前面绕过一个山口，就可以看到下面的村庄。忽然间起风了，云层压得很低，像是要下雨了，他们都加快了步子。山口一带的路面很窄小，一面是山壁，一面是灌木丛生的斜坡地带。一群小鸟鸣叫着从山下飞了出来，在空中盘旋了一圈，接着便飞远了。

这是一阵突如其来的暴雨，密集的雨点夹带着呼呼的风声。就在山口的路上，他们遭遇到了风雨的袭击，山壁上面有一次小小的塌方，一堆堆泥石哗啦啦地滚落下来。这时他们三人就要跑过山口了，陈立根紧跟在最后面，一块滚下的石头击中了他的左腿部，他发出"啊"的一声叫喊，人一时失去重心，往路边跌倒。下面的灌木丛里有一个很深的大坑，他摔下去的时候，一只手抓住了一根树枝，半个身体已经悬空。刘海亮听到叫喊声，急忙回过身来，见到陈立根掉下山了，奔上几步，俯下身体去握住了陈立根抓住树枝的手腕，拼尽全力往上拽动。

"你放开我，放开啊！"陈立根喊着，他很清楚刘海亮凭一己之力不可能把他拖上去，其结果两人都要摔下山。

"不，不……"刘海亮死也不松开手。

陈立根想去解开身上的双肩包，递给刘海亮，而就在他刚刚解开包的时候，刘海亮脚底一滑，身体往前倾倒。

他们两个人都摔了下去。

邓师傅已经跑过了山口，回头看时，后面两个年轻人都不见了。他赶紧往回跑，小路上堆积着泥石，并见到一些杂乱的脚印，听到路下面草丛发出很大的嚓嚓响声。邓师傅吓坏了，大声呼喊起来："小陈，小刘……"

也就几分钟的时间，这场暴雨就过去了。

刘海亮歪躺在一堆草丛里，身体动弹几下，人便苏醒过来。他的额头破了一道口子，流出许多血，有一道血流到了耳根。他的手在额头上脸上胡乱擦了一把，根本感觉不到疼痛，奋力地爬起身来，脑袋在脖子上扭来扭去，惊魂未定地四周张望。他大声地呼喊起来："老兄，老兄你在哪……"

这里是山坡下的一个大坑，有十几米深，灌木草丛像渔网似的密集。刘海亮喊叫着，身体旋转着，他终于看到了陈立根。

陈立根的身体斜斜挂在一棵树上，头朝下，仿佛一条倒钩住的大鱼。一条腿直挺挺地伸着，一条腿弯曲在腹部，脑袋垂落在胸前，脖子就跟折断了似的，那个黑色的双肩包像块石头压在后脑上。

刘海亮费了很大劲，挪开挡在面前的杂草树枝，一脚高一脚底地才来到了陈立根的跟前。他先是取下压在陈立根脑袋上的黑色双肩包，然后慢慢地抱起了陈立根，平放在地上。陈立根身上的衣裤有多处被树枝挂烂，那条弯曲的腿膝盖处渗出一些血来。

刘海亮眼里流泪，呼叫着："老兄，老兄你听到我喊你了吗？老兄你千万不要死啊……"

陈立根紧闭着双眼，丝毫没有反应，人已失去了知觉。

第二十九章　谁与争锋

　　赵小梅在厨房里忙碌着做菜，又是洗又是切的，锅里还煲了汤，几天没有活动，微微有些喘息，心情却是非常愉悦。顾艳走到厨房门口，往里看了看，问要不要她帮忙做点什么，赵小梅摇摇手，她很快就弄好了。

　　顾艳在餐桌前摆好了四套餐具，启开了一瓶葡萄酒，倒进玻璃醒酒器里，摇晃了几下。赵小梅已经把做好的两道菜端上桌来，红烧鱼和辣椒炒肉，接着又去厨房端来一锅汤。

　　"还有两个菜，等他们到了我再去做。"赵小梅说，坐在椅子上。

　　"小梅，今晚我们一定要好好地庆祝一下，老兄多辛苦呀。"

　　"海亮也辛苦了，晚上你陪他们俩多喝两杯，慰劳慰劳。"

　　"嗯，那是必须的。"顾艳说，抬眼看了看窗外，"应该到了吧，外面天都快黑下了。"

　　"打个电话，问问他们现在到了哪里。"

　　"都打过两次了，海亮没接，估计路上信号不太好吧。"顾艳说，拿起桌上的手机，"我打老兄手机试试，他们出发时也该告诉我们一声呀。"

　　顾艳拨通了陈立根的手机，对方没人接听。她又拨打刘海亮的手机，对方仍然没有接听。

"咋会这样，两人都不接电话了？"顾艳皱了皱眉头。

赵小梅拿出自己的手机来，分别给两人都打电话，没人接。

"这是怎么搞的，路上开车不会发生什么事吧？"赵小梅喃喃地说，似乎有一种不祥的预兆。

"你乌鸦嘴呀，快别胡说了。"

顾艳说话时，搁在桌上的手机响了。"这不打过来了吗？"顾艳一把抓过手机，看到上面的屏显是陌生号码，"烦死人了，这又是推销电话。"她按断铃声将手机放回到桌上，才过了一会儿，又响了，同样的电话号码，瞅了一眼，不去接。

手机一直在响，赵小梅说："顾艳，你接一下吧。"

顾艳烦躁地握起手机来，张嘴便说："喂，喂喂，请您不要再打我这个手机号码了好不好，我不买房不炒股票不做基金也不需要贷款……"顾艳的话还没说完，突然一下愣住了："对，对对，我是顾艳……你说你是医院，医院的值班护士……什么什么……知道知道了……"

赵小梅虽然不知道发生了什么事，听到说是医院打来的，惊望着顾艳，禁不住心里一阵慌乱。

顾艳此时一脸蒙然，一时间惊愕得说不出话来，就像头上挨了一棒。

"顾艳，出什么事了？"

顾艳站起身来，嘴唇颤抖，说："小梅，不得了了，不得了了，快去医院，他们俩出事了……"

赵小梅脸色突变，顿时头晕目眩，一只手撑在了桌子上。

一辆红色轿车快速驶进医院大门，接着在医院大楼门外停车场停下。赵小梅和顾艳心急如焚地跳下车来，小跑着往门诊大楼去。

她们两人进了门诊大厅，像个无头苍蝇似的。

大厅里人不多，她们正要去值班台前询问，一眼见到刘海亮从一侧的急诊科出来。刘海亮头上缠着绷带，脸上还渗有一些未擦干的血迹，显然是刚刚经过包扎，一身上下脏兮兮的，裤子也撕破了几条口子。刘海亮的身边跟随着邓师傅，邓师傅手上提着陈立根的那个装有瓷石的黑色双肩包。

顾艳一声长喊："海亮，海亮……"

刘海亮抬起头来，见到了顾艳和赵小梅。他脸部表情木讷，两只眼珠子晃动着，就像要脱离开眼眶，半张着嘴，却又说不出话来。顾艳扑上前去，紧紧地抱住了刘海亮，哇地哭出了声来："海亮，海亮你这是咋了呀，你吓死我了，你都要吓死我了……"刘海亮拍了拍顾艳抽搐的肩膀，眼睛去看着赵小梅，想说话，又摇了摇头，显得很害怕。

"老兄，老兄他在哪，老兄他人呢？"赵小梅大声急问，身体瑟瑟发抖，仿佛要掉入深渊。

"是呀，老兄，老兄怎么不在？"顾艳接着问道。

"他，他他在……他在抢救室……"刘海亮结巴着说。

赵小梅听到这话，顿时心都塌下去了，眼前一阵发黑，身体摇晃。

顾艳急忙上前，一把扶住了赵小梅。

"海亮，到底发生什么事了？"顾艳说。

"下山的路上遇到一场暴雨，泥石塌方，我们两人都摔下山了。"

他们一行人慌慌张张地来到了二楼的抢救室门口。门是完全敞开着的，几名医生和护士正从里面走出来，还推出一张担架床，床是空的，没有人。

刘海亮拦住一名护士，急问："护士小姐，这……这里面抢救的人呢？人怎么不在了呢？"

护士说："抢救的患者叫什么名字？"

赵小梅和顾艳处在极度的恐惧之中，说不出话来。

刘海亮说："陈立根，他叫陈立根。"

护士回答："他已经做过手术了，刚送去了病房。"

顾艳问："病房在哪？"

护士手指了指，说："往前面右拐，最里面一间就是。"

刘海亮他们立即往病房去。赵小梅脸色苍白如纸，心跳得厉害，顾艳搀扶着她往前走。

白晃晃的日光灯下，陈立根平躺在病床上，他的左小腿上了石膏，绑着厚厚的绷带，往上高悬着，挂在床尾的一根专用支架上，像门小钢炮似的。因为手术打过麻药，人还在昏睡当中，那张脸上有好几处划破，横一道竖一条的擦有消毒药水，脸色苍白得有些透明，两片厚嘴唇乌青，上下翻着，不时地微微地张合一下，仿佛是一条从水底捞上来的鲫鱼。

赵小梅心疼死了，泪流满面。她双手捧着陈立根的脸，上下来回轻轻抚摸着揉动着，就像捧着一件稀薄的坏胎，生怕又会碎了。

"老兄你怎么会这样啊，老兄你怎么会是这样啊……"赵小梅低声抽泣，重复着同一句话。

顾艳和刘海亮去了医生办公室，询问陈立根的病况。

"医生，我的朋友不会有生命危险吧？"刘海亮问。

"生命危险？不会，患者没有生命危险，只是左腿骨折。"医生回答说，"目前从检查的结果来看，患者可能会有轻微的脑震荡，具体情况等其他相关科室的医生会诊后才能确定。"

"脑震荡？医生，他会不会失忆，会不会留下后遗症，会不会成为一个傻瓜，会不会再也不能做瓷器了？"顾艳一口气问了无数个问题。

"你这些问题我都没法回答你，先好好照顾患者吧。"医生说着话，拿着病历夹，快步往门外走去。

刘海亮突然想到了邓师傅，拉起顾艳的手，走出医生办公室。

刘海亮告诉顾艳，当时他们两人一起摔进了山下的一个大坑里，他找到陈立根的时候，邓师傅带着村里几个村民也赶来了出事地点，好不容易才把他们救了出来。于是赶紧开车把陈立根送来医院，当时陈立根在车上还是清醒的，还说自己能够坚持得住，后来人就昏迷过去了。

邓师傅坐在走廊的一把长椅上，那个双肩包搁在脚下。

"邓师傅，今天辛苦您了。"刘海亮说。

"没什么好辛苦的，只要小陈他没事就好。小刘，刚才主治医生怎么说？"邓师傅关切地问道。

"只是左腿骨折，不会有事的。"刘海亮说，"邓师傅，你今晚就住在景德镇，我这就陪你去宾馆开个房间，再一块吃个饭。"

"不用，不用，我在景德镇有很多做瓷的朋友，他们也是经常去山里找我的，朋友知道我来，已经都安排好了，还说要我多住几天，一会儿就开车来医院接我。"邓师傅笑着说，站起身来，"你们不用管我了，好好照顾小陈。"

"那好，谢谢，谢谢邓师傅了。"刘海亮说。

"邓师傅，这两天有空就来我们蓝天陶社喝茶。"顾艳说。

"好好，一定会来的。"邓师傅点点头，提起双肩包，递给了刘海亮。

邓师傅走了，刘海亮和顾艳把他送到医院大门口。

赵小梅趴在床前，一双含泪的眼睛静静端详着陈立根的脸。他的呼吸声很平缓了，睡得很沉，自从开窑摔碎了那件瓷器，他就没有睡过一个安稳的觉，为了能够重新制作那件精美的陶瓷花瓶，他是白天在外面找瓷石，晚上在梦里找瓷石，现在，他已经得到了满足。她就这样安静地望着他的脸，他的眼皮颤动了几下，眼睛却没有张开，眼皮下生长的睫毛很短，硬硬的有些粗糙，像悬崖边的野草，生长得很扎实，而那里面，是两颗有如矿藏一般黑亮亮的眼珠子。他的一只手奄拉在胸前的被子上，手指忽然间弹动了几下。赵小梅定定地看着那只手，手掌并不大，且有些瘦小，手指的骨节往两边突起，显得十分强健。那显然是一只因瓷而生的手，一只有着非凡才艺和毅力的手。赵小梅将他的这只手慢慢地握在她的两掌中间，就像捧着一朵含苞欲放的花蕾。她能觉察到这只手对瓷器的灵性，对瓷器的感知。第一次见到陈立根这个男人，就是因为这只手，在那么短的时间内雕塑出一件大个头的战神，那般威风凛凛，傲视群雄；第一次认识陈立根这个男人，就是因为这只手，制作出了两件华丽高雅的美人鱼，那般灵动鲜活，那么赏心悦目。赵小梅眼里的泪水，滴答滴答地流了下来，晶亮的泪珠，滚落到了陈立根的手指上。

"小梅，小梅……"陈立根的眼睛微微张开。

"老兄，老兄你好点了吗？"赵小梅紧紧地握住他的手。

"瓷石，瓷石找，找到了……"他的声音很微弱，意识还很模糊。

顾艳和刘海亮站在赵小梅的身后，刘海亮从地上提起那个黑色双肩包，往头顶上举了举，好让陈立根看到。

"老兄，你看。"刘海亮笑笑说。

"我说老兄呀，你这脑瓜子是一点问题都没有。好了好了，小梅你也可以放心了吧。"顾艳说，手在赵小梅肩上拍了拍。

"你呀，就为了这瓷石，命都差点丢了。"赵小梅轻声地说。

陈立根看着赵小梅的脸，他想笑，眼皮却很沉重，只是眨动了几下，接着两眼一闭上，又睡过去了。

"让他睡吧，这段时间他实在太累了。"刘海亮说。

赵小梅回过身来，感激地看着刘海亮，她说："海亮，谢谢你，好在有你陪着老兄一起。"

"说什么话呀，都是好兄弟。他没事，我们就放心了。"刘海亮说。

"顾艳，你和海亮去吃点东西吧，太晚了。"

"好吧，那我们去了，给你打个包，想吃点什么？"顾艳问她。

"我什么也不想吃。顾艳，你和海亮今晚不用来医院了，我会守在这里的。"赵小梅说，一步也不想离开。

"那好吧，你就守着老兄，我和海亮一会儿就回来。"顾艳说着，亲热地拉起刘海亮的手，走出了病房。

病房里一时寂静下来，窗外景德镇城区的灯光红亮亮一片，那般透明而又厚重的红亮仿佛沉淀在夜色之中，沉淀在一炉永不熄灭的窑火之中。

陈立根已经清醒了，他安静地躺着，枕头将他的脑袋高高垫起，他像个乖巧的孩子，仰看着赵小梅的脸。赵小梅握着他的手，轻轻地摇动着，仿佛今生今世也不要松开了。

"你知道吗，我心里有多么害怕呀。我的生命中已经失去了父亲、母亲，我再也不要失去你了，老兄。"赵小梅伤心极了，眼里又有了泪水转动，"都是因为我，我很后悔，找什么瓷石呀，一切都是我的过错，我很傻，我真的很傻，让你吃了这么大的苦头。如果可以的话，我希望那个摔下山去的人是我自己。"

陈立根能够感受到赵小梅有多么爱他，他抬起手来，伸向赵小梅的脸，抹去了她脸上淌下的两滴泪水。他微微地摇动了一下头，他想用力摇，可是他没有力气，翘起的嘴角有了幸福的笑容。

"小梅，别说傻话了。我不会死掉的，我不会有事的，我就是今后坐在轮椅上，也一样可以做瓷器，一样可以看着你，守护陪伴着你。小梅，从第一次见面，我就认定，我们永远会生活在一起，我们都喜欢瓷器，都离不开瓷器，如果这个世界上没有瓷器，我们两个人都会活不下去的。小梅，我说得对吗？"陈立根情真意切地说。

赵小梅连连点头，那双美丽的眼眸焕发出爱如潮水的光束。她缓缓地俯下脸去，亲吻他的脸颊，他的额头，他的耳根，他的颈脖。陈立根心潮起伏，感到窒息，似乎迷离陶醉在一片花草盛开的芳香之中。他的脸往一边转动着，他的嘴去寻找赵小梅的嘴唇。他们的嘴唇就要贴上去的时候，赵小梅的脸羞涩地移到了一边去，她的一只洁白的手，轻轻地捂住了他的嘴唇。她的脸上，泛起了一片浅浅的红晕，是那么爱意缠绵。

顾艳和刘海亮在病房门外的小窗口往里看，看到了床上两个人发生的情景，相互眨了眨眼睛，会心地笑了。顾艳拉了一下刘海亮的衣角，刘海亮已经换过了一身干净衣服，手上提着一个打包的餐盒。

"海亮，不要打扰人家了。"顾艳小声说。

刘海亮点了点头，轻轻地推开一点门，将手上打包来的餐盒放进门内，接着又带上了房门。

很晚了，顾艳回到了陶社，刘海亮也随着一同过来。就在顾艳的房间，刘海亮郑重地向顾艳求婚了。

"顾艳，嫁给我吧。"他深情地凝望着她的眼睛。

"嫁给你？"她的眼神有些俏皮，看着他缠有纱布的额头，"嫁给你一个破头将军？你把自己搞得这样狼狈，多难看啦，你还有脸求婚？你省省吧，刘海亮先生，这辈子你是没有指望了。"

"顾艳，嫁给我。"他又说，省去了一个"吧"字，语气坚决了许多。

"嫁给你？你除了会做瓷你还会个啥了？哦，还能弹个琴，也就这两下子，好像没有其他的本事了。"她说，她逗着他玩。

"嫁给我。"他说，就只有三个字了。

"嫁给你？那你得发誓，照着我教你的话念一遍，要用青岛话念，当初我老爸跟我老妈求婚就是这么发誓的。"顾艳说，眨动着两只明亮的大眼睛，晃了晃脑袋，很神气的模样朝着刘海亮。

"行。"他答应了。

顾艳近前一步，凑到刘海亮的耳朵，低声念了几句话。她说："记住了吗？记住了就开始吧。"

刘海亮嘿嘿一笑，击动着手掌，很有节奏地念起快板书来："亲爱的，我爱你，离开了你我就不能活。亲爱的，我爱你，海枯石烂不变心。"

顾艳再也忍不住了，双手抱着肚子，"咯咯"地笑倒在床上，人在床上打了几个滚，就快笑得喘不上气来了。

"人才，人才啊，青岛话学得还行，都跟我老爸一样的口气了。"她还在笑，坐起身来。瞅着他的脸，认真的样子说，"口说无凭，信物呢？"

刘海亮手去上衣内口袋里掏出一枚戒指，闪闪发光，是一枚钻戒，举在手上朝着顾艳，一本正经地说："你看，带着呢，天天都带在身上，没有点流血牺牲的精神，看样子还没机会拿出来了。"

顾艳往前伸出左手，翘起了无名指，一脸乖巧的。刘海亮将戒指戴在顾艳的手指上了。

"好吧，今天开始，姓刘的你可以折磨我了，打击我了，欺负我了，顾大小姐我全都认了。"她一本正经地说，似乎这一生都将逆来顺受。

"好，好好，这可是从你嘴里吐出来的话。我就要折磨你，打击你，欺负你，我一定做到。"

刘海亮说着话，奔上前去，狂风一样的速度将顾艳搂在了怀里。

他们幸福地热烈地亲吻起来，他们亲吻着，就像要吃进对方的嘴唇，没有一点多余的空气。他们就像一对从半空中折断了翅膀的爱情鸟，缓缓地，缓缓地倒在了后面的床上……

一个星期后，陈立根就坚决要求出院了，他在病房里一分钟也待不住，他不适应医院药物散发的气味，他只适应陶社里陶土和瓷泥、釉料的潮湿气味。陈立根坐在轮椅上，一条被石膏包裹的腿直直地挺着，他双手有力地转动轮子，一只手也能灵活地转动，他似乎很熟练也习惯了用这种方式行走。正如他自己所说，即使这辈子坐在轮椅上，仍然可以做瓷，可以烧窑，可以去厨房做饭做菜，做他最拿手的有着妈妈味道的蛋炒饭。而这一切，更多的是源于爱情，他和赵小梅恋爱了。

那只白色的优质瓷石混合泥料的观音瓶素胎，安静地摆在赵小梅的工作台前。她开始了勾线，开始了青花绘画，她的纤巧的白净的手指，稳稳地执着画笔，像一朵盛开的深谷幽兰，柔软而又坚挺。陈立根坐在轮椅上陪伴着，可以尽情地毫无顾忌地欣赏着赵小梅的脸、眼睛、睫毛、鼻子、嘴唇和额头黑亮的刘海，可以倾听赵小梅唇间的呼吸，可以彻底地感受到赵小梅身体散发出的肌肤的芳香。他有多么爱瓷，就有多么爱她，她在他的眼里，就是一件全天下最美丽的无与伦比的青花瓷。

"你傻呀，你呆呀，你就不会活动一下吗？"她轻声地说，执笔画着瓷器，背朝着陈立根。

"那好，那我出去转悠了。"陈立根咧嘴笑了笑。

"你敢，你不能离开我的视线，陶瓷的活儿用不着你去做了，你还在养伤，还想成个铁拐李呀。"她说，回头一笑。

就在今天早晨还发生过一次事故，陈立根转动着轮椅在后院的窑炉前整理待烧的陶瓷品，一不当心，人往前摔了一个大跟头，半天都爬不起来，呼喊着来人救命。赵小梅和顾艳听到喊声，小跑着赶来后院，见到陈立根趴在地上狼狈不堪的样子，一顿笑骂，将他扶上了轮椅。

"好，服从命令。小梅，这件瓷器画好后，我建议送去你叔叔那边烧制，青山瓷板窑烧出的瓷才是精品级的。"他转动着轮椅，来到她的对面。

"不行，这瓷就得我们蓝天陶社来烧，你亲自来烧。"

"万一烧砸了呢？"

"那老兄你只有再上一次山了。反正你的眼睛厉害嘛，人家找不着的东西你都能找到。"她说，她的笔在素胎上准确地勾勒出一朵梅花来。

"那也是呀，陈立根就没有找不到的东西，茫茫世界上，喜欢的人都能找到，要感化一块石头也不难，只要有足够的耐心嘛。"他一语双关地说，笑望着对面赵小梅的脸。

"去你的，少来。"赵小梅脸上一红，换过了一支画笔。

顾艳推门走进工作室，看看陈立根又去看看赵小梅，她说："哎呀，看来现在老兄是一分钟都离不开赵美人了。"

赵小梅瞅了一眼顾艳，低头作画。陈立根嘿嘿一笑，有点不好意思的样子。

顾艳又说："老兄，王老师来陶社了。"

这时王小林走了进来，他并不知道陈立根摔断腿住院的事，陈立根有过交代，对谁也不要说，不要去打扰大家的时间。

"根子，我刚听顾艳说了你的事。"王小林上前来，握了握陈立根的手，"精神挺不错的，可是让你吃苦头了。"

"小林老师，这点皮肉之苦算得了什么，下个星期就可以去医院拆下石膏了，相信过段日子就能扔掉这辆轮椅了。"陈立根说，双手按住轮椅扶把，很利索地往上抬了抬身体。

"别着急，伤筋动骨一百天，慢慢调养吧。"王小林说。

"王老师，我们陈总他不听话呀，一天不做瓷器都手痒痒，好在还有人可以管教得了他呢。"顾艳说话时，朝着赵小梅挤眉弄眼。

"这就好，我明白了。"王小林开心地笑了几声。

赵小梅放下手上的活儿，站起身来，微笑着跟王小林点头打过招呼，走到陈立根的轮椅车后边来。

"根子，我又接了两个订单交给你们陶社制作，蓝天陶社生产的陶瓷在景德镇很有名气了，国内许多商家客户都喜欢，你们就好好干吧。"王小林欣慰地说。

他们三人领着王小林参观陶社最近制作的一批陶艺作品。顾艳拿出一款外形似鸟巢的茶具，这款茶具青白如玉，光滑温润，茶壶里面套着两只杯子，结构合理，十分新潮，且携带方便。

王小林欣喜地看着这款茶具，高兴地说："顾艳，你设计的这款茶具非常不错，看一眼就能喜欢。"

顾艳高兴地介绍说："王老师，这款一壶两杯的茶具取名'爱巢'，非常适合旅行的伴侣。"

赵小梅补充说："取名'爱巢'，也是爱情的象征。"

陈立根得意地说："顾艳，表演一下，泡壶茶给小林老师喝喝。"

顾艳将这款茶具摆放好，现场演示给王小林看，很快泡好了一壶茶，然后将壶里的茶水倒进两个杯子里。王小林接过一杯茶来，喝了两口，笑着说："如果是情侣，无论老中青，我相信应该都会喜欢这款新颖别致的茶具。'爱巢'，即使在旅行的路上，也有回到家的感觉。好，好啊，蓝天陶社生产的这款茶具，在市场上一定走俏。"

他们三人听到王小林这样肯定地说，可是开心了。

陈立根介绍了蓝天陶社最近的发展情况，以及未来锁定的目标，王小林表示赞同，他感慨地说："根子，现在的千年古城迎来了焕发魅力的历史机遇，我们这一代做瓷的人，一定要抓住时机。"

王小林临走之前，询问起建国七十周年"一带一路陶艺作品展"的准备情况，还有半个月就要开展，他寄希望于蓝天陶社在这次展览会上取得优异的成绩，再上一层楼。

早晨，初升的太阳又红又圆，柔软的温馨的光芒洒满了小院。赵小梅制作的《昭君出塞》又一次出窑了，那件精美的青花瓷瓶在窑炉中凤凰涅槃，浴火重生，它再次呈现在赵小梅、陈立根和顾艳他们眼前，画面营造的情境氛围是那般赏心悦目，美不胜收。

风和日丽，阳光普照，这就到了开展的日子。

展示厅的大门头上，悬挂着一条红色条幅："2019建国七十周年中国景德镇一带一路青年陶艺作品展"。

赵小梅推着轮椅上的陈立根走进大厅，陈立根左腿上已经拆下了石膏，正在康复阶段。顾艳、刘海亮、兰兰和汉克等众多生活在景德镇的中外陶艺青年也都纷至沓来，开放的展示厅同时也迎来了全国各地热爱陶瓷的嘉宾游客。省市各级领导前来祝贺，他们向参展的陶艺青年作者送来最真挚的问候。评审专家组的一行成员亲临现场，黄老、林教授、张会长和王小林都是评审小组的成员。

陈立根他们在展示厅见到了自己的作品，《驼铃》《远方》《世纪风》《昭君出塞》《长城长》等每一件陶瓷作品都非常醒目，满满的家国情怀，每一件瓷器都凝聚着新一代景漂们辛勤的汗水和追求的梦想，他们踌躇满志，他们为千年窑火不熄的景德镇而感动，他们在这里生存，在这里经历时代的发展和变迁，他们是如此幸运和骄傲。

评审专家组的评奖会议上，大家对这次的陶艺展纷纷给予了高度的评价和赞美。陈立根和刘海亮的作品得到了评委们的首肯。《驼铃》和《远方》在评选会上引发了一场激烈的关于民族传承和现代陶艺走向的辩论，各评审专家辩论的话题、阐述的观点很尖锐也很深刻，而实际上评委们的这场辩论会，跟赵小梅和顾艳过生日的那天晚上，陈立根和刘海亮他们辩论的话题并行不悖。而究竟哪件作品可以获得金奖，评委们最后只能举手表决。

周六晚上八点，市电视台现场直播了颁奖晚会。陈立根、刘海亮、赵小梅、顾艳、汉克、兰兰等近二十名陶艺青年来到现场，来到现场的还有市政府相关领导和大赛评委组的主要成员。

聚光灯下，张新明会长代表市政府、主办方和专家评委组讲话，他说："从参展的陶瓷作品，可以看出艺术家们师承古人精髓，萃取海外精华的创新精神。我们也看到了包括全球各地的艺术工作者在内的，人数达三万之多的景漂一族，为挖掘陶瓷文化内涵，推动景德镇成为彰显中华陶瓷文化魅力的新型人文城市所付出的心血，景德镇也会为你们增长才干、施展才华创造良好条件，提供人生出彩的大舞台。匠从八方来，我们要让景德镇古老的DNA延续下去，怀揣理想、追随陶瓷艺术的'景漂'们，是你们带来了新的创意，为古老的瓷都增添了活力，你们让景德镇的未来充满无限遐想。好儿女志在四方，有志者奋斗无悔。"

台下的年轻人个个兴奋无比。

之后，漂亮的女主持人宣布大赛获奖结果。

在宣布了十二名优秀奖名单之后，活动进入到了高潮。顾艳的作品《世纪风》获得最佳设计奖，汉克和兰兰合作的作品《长城长》获得特别贡献奖，赵小梅的作品《昭君出塞》获得银奖。一片热烈的掌声之后，女主持人笑着说："这次青年陶艺大赛，评委组的专家打破惯例，下了一个双黄蛋，陈立根和刘海亮的作品《驼铃》《远方》获得本次'一带一路'大赛金奖。"

大家一片欢呼，相互祝贺，陈立根和刘海亮相互伸出手去，紧紧相握。

　　陈立根、刘海亮、赵小梅、顾艳等获奖人员被请上前台，政府领导和专家为他们颁发了获奖证书和奖金。陈立根坐在轮椅上，他是C位。随后所有的获奖人员和领导、专家评委在台上合影留念。

第三十章　阳光灿烂的日子

　　三宝村的早晨，阵阵清风拂面，山岭间一条条一片片的云雾，久久未能消散，如丝带一般缠绕在一件件青花瓷瓶上，淡雅、清新而又迷幻。那一群群飞上飞下的翠鸟，欢快灵动，它们吟唱着，在树梢上、薄雾中自由自在地穿行，焕发出青春的活力。

　　陈立根在后院练习走路，他早已厌烦了坐在轮椅上，每每看到赵小梅和顾艳进进出出做重活儿的时候，心里就难受，就自责，期待着早一天回到自己正常的岗位上去。他的额头上沁出一片白晃晃的汗珠，他的左臂下挂着一根拐棍，左腿微微往上悬起，脚尖拖地，吃力艰难地往前行走，一步，两步，三步。赵小梅在面朝着他，双手往回招动着，嘴里喊着数字。

　　"来，老兄，继续，加油啊。"她喊着，很是兴奋。

　　陈立根继续来回走了两趟，嘴里呼呼地喘着大气，感觉好多了。赵小梅拿过一瓶矿泉水，递到他的手上。

　　"我再练习走两趟，不累。"他喝着矿泉水，笑看着赵小梅，说，"再有几天，我就能扔掉这根该死的拐棍了。"

　　"好，我们继续吧。"

　　陈立根点了点头，他咬紧牙关，身体一歪一斜地再次朝着赵小梅走去，步子开始稳定多了。

陶社店铺门口，文大姐骑着电动车快速驶来，火急火燎的，好像有什么急事。顾艳正在店里整理刚出窑的陶瓷，一件件摆进货柜，回过身时，看到门口文大姐匆忙进来，一脸惊慌的样子。

"文大姐，你怎么了？"

"顾艳，你快看看这个。"文大姐微微喘着气，手去挎包里掏出一个小黑包，拉开拉链，取出一件陶瓷茶壶，放在柜台上。

"这不是我们陶社的产品'爱巢'吗？"顾艳说，她一眼便认出是自己创意设计的陶艺品。

"不是，肯定不是，你仔细看看吧。"文大姐说。

顾艳拿起茶壶，仔细辨认，揭开茶壶盖子，从里面取两只杯子，一番察看，极是吃惊，釉彩着色几乎和陶社的产品一样，只是壶底和杯底没有印制"蓝天陶社"的字样。

"文大姐，这是哪儿弄来的？"顾艳问她。

"过来上班的时候，我的电动车没电了，便在一家陶瓷店门口充电，见到有游客从店里拿着这种茶具出来，一看就是剽窃我们陶社的创意，几乎制作得跟我们的产品一模一样了，于是我就进店里买了一件，价钱比我们产品要便宜一半呢。"文大姐说，非常生气。

"绝对的高仿，太厉害了，一般人辨识不出来的，只有内行才能看出端倪，它采用的瓷料非常低劣。"顾艳盯着陶瓷看，眼里直冒火。

"我听这家店里的员工介绍说，已经有半个多月了，这款'爱巢'茶具在店里销售得非常好，都快供不应求了。我还问过他，你们店里是进货代销的还是自己作坊生产的，他说是自己公司作坊生产的。"文大姐说。

"外形尺寸釉料上色几乎就原封不动地剽窃蓝天陶社的创意，太卑鄙了。这件事，必须要维权。文大姐，你现在带我过去看看。"顾艳说着，拿起桌上的挎包往肩上一挂。

市区街道上，文大姐骑着电动车，顾艳坐在车后，脸上戴着一副大墨镜。也就二十分钟时间，她们来到这家陶瓷店。这家店铺地处街口，店面并不算大，长条形的，柜台、货架上摆放的几乎都是陶艺产品，新颖别致，花样繁多，顾艳创意设计的"爱巢"产品也在其中，摆在一个醒目的位置上。店里有两名营业员，一男一女，进进出出的游客很多。

顾艳将墨镜架在额头上，手指着柜台，一名男店员过来接待。

"小姐姐，请问你是看好哪一款？"男店员问道。

"那款标签写着'爱巢'的茶具。"顾艳说。

男店员微笑着取过样品，递给顾艳，边介绍说："小姐姐真有眼力，这款茶壶很有品位，非常适用，全手工制作的。"

"嗯，是不错。这款'爱巢'茶具你们店里还有多少现货？"顾艳接过茶具装模作样地观赏，还将一只杯子举在手上对着灯光照了照。

"最多还有十件，你要是早点来，三十件都有。"

"十件，那太少了。"顾艳说。

"请问，你是做陶瓷批发的吗？"

"对呀，北方来的。"

"如果是批发，你需要多少有多少。"男店员得意地说。

"那太好了，那我就先要个三百件吧。"顾艳说。

"行，我这就给公司作坊那边打个电话。"男店员说着，掏出手机来，拨通了一个电话号码，低着头讲了一通话。他取下手机，转向顾艳，兴奋地说："可以，三天之内能够交货。我现在就带你过去签订合同，但有个条件，你得先付一万元订金。"

"没问题，我们现在就去，顺便在银行取下钱。"顾艳说。

文大姐在店门口等着，戴着安全帽，扶着电动车，像个摩的司机似的。顾艳出门，取下头上的墨镜往脸上戴好，接过递上的头盔，坐上了文大姐的电动车。文大姐开动车，跟随着男店员的电动车，往道路上驶去。

街道上，顾艳在一家银行的取款机前，用手机扫码，取出了一沓钞票，放进了挎包里。瓷器店的营业员在一边看着顾艳取好钱，又往前开着车，文大姐的电动车在后面紧紧跟随。

"顾艳，还是不要去了吧？"文大姐开着车，小声说。

"去，怕什么？"

"我听说这些做剽窃盗版陶瓷的人，都是有点来头的。"

"没事，我有我的办法。"顾艳说。

两辆电动车一前一后在街道上行驶，拐了几个弯，驶进了一条僻静的小巷，到达巷底，他们在一栋老式居民楼的后院门口停下。

男店员敲了几下门，一名男子拉开门来。男店员往里走进，顾艳和文大姐走在后面一点。他们进了楼房，由一个窄小的楼梯来到了二楼的一间作坊。二楼房间的面积挺大，地上、货架上摆满了各种坯胎，有半成品，有完工的成品。作坊有两台电窑，做瓷的设备很完备，五六名工人在工作台前忙碌着做瓷活，有上釉的，有绘画的，有勾线的，都是熟练的技工。工作台上有诸多件精美的陶艺样品，其中就有顾艳设计的那款陶艺品"爱巢"。现在顾艳和文大姐已经明白了，这家作坊制作的都是现代高仿盗版陶瓷产品。

"请你稍等下，我这就去叫老板出来。"男店员对顾艳说，快步走去了里面的一个房间。

不多时，老板从房间里走了出来，声音响亮地对店员说："行呀，接到这么一个大单，我会给你发奖金的。"

顾艳看着走来的老板，一阵诧异。

这位老板正是武剑，宽大的额头油光发亮，脸上留着一圈乱糟糟的络腮胡子，穿着一件麻色的绸缎上衣，脚上一双黑布鞋，一只大手掌端着一把紫砂壶，似有一种大艺术家的风范。他边走边举起茶壶，脸上的嘴对着茶壶的嘴"吱溜"一声，吸进了一大口，缓步朝着顾艳走来，优哉游哉地说："小姐您是从北方来景德镇的，吉林的，辽宁的，还是黑龙江的？"

这要是换在平时，见到是这般模样的武剑，顾艳一定会仰面大笑，可她现在一点也不觉得好笑，人都快气炸了。

"我是从三宝村来的，从蓝天陶社来的。"顾艳大声说，将脸上的墨镜推到了头顶上，架好。

武剑愣住一下，这才认出眼前的人是顾艳。

"哎呀，哎呀，这不是顾大美女嘛。顾美女好，我们可是有小半年没见过面了吧。"武剑说，两眼滴溜溜地转动，察觉会有事发生。

"嗨，这不是我认识的武大哥吗？！这一身行头也太有艺术范了吧，简直都不敢认您了。"顾艳脸生怒气，手往前一伸，像把剑似的指着武剑，厉声说，"武剑，原来是你，剽窃我们蓝天陶社的创意作品，可是给我逮了个正着。"

武剑脸色突变，嘴里"咦"的一声，眼睛去瞟了一下旁边的男店员。男店员一点头，大步走到房门口，"咚"的一声关上了大门。这门一关上，作坊里顿时安静下来了，那些作业的工人也停止干活了。工人们以胆怯的、惊恐的、忧虑的、怒意的等各种不同的眼神望着顾艳，望着这个多半是要来砸他们饭碗的女人。而这些人的眼神，也是此刻武剑的眼神。

顾艳看着武剑，看着那些个工人，并不畏惧，往前挺直了一下胸脯。文大姐站在顾艳身后，倒是有点害怕了。

"顾美女，你是说把我逮了个正着？"武剑冷静下来，"吱溜"一声，又喝了一口茶水。他说："你说什么，剽窃，有什么好剽窃的，我姓武的可是敞开门来做生意咧。"

"武剑，没想到你竟然成了这么一个卑鄙无耻的人了，你难道不清楚剽窃知识产权是违法的吗？"顾艳说。

武剑听到这话，大笑数声，两个肩膀来回扭动了几下，就像内衣里有个小虫子钻了进去，令他的皮肉有些痒痒。他说："违什么法，真还以为蓝天陶社的产品是国际大品牌呀，是'爱马仕'呀。干我们这一行的，高仿又不是什么稀罕事儿，不都是在景德镇做瓷器嘛，有钱大家赚，都得活命都得吃饭啦。"

"姓武的，你现在仿制的不是古瓷，是现代陶艺作品，是有知识产权的，你就是违法。我要维权，我要告发你。"顾艳绷着脸，严肃地说。

"你敢，你要真敢告发，不会有好果子吃的。"武剑说，端着茶壶的手有点抖动，多少有些心虚了。

"可以，那你就等着！"顾艳直视着武剑。

武剑避过顾艳的目光，没想到跟前的顾艳一点也不害怕。他转过身去，朝着后面喊："你们干活干活，这儿没有你们的屁事。"说过话，武剑回过身，低声对顾艳说："顾美女，这样吧，我承认我是剽窃了你们蓝天陶社设计的陶艺品，我现在就停工，不做了行不行？就此结束了行不行？"

"不行，你的行径已经给市场带来了不良的甚至恶劣的影响，直接影响到了蓝天陶社的声誉。"顾艳丝毫也不让步。

"那你说说有什么不良的恶劣的影响吧，你说呀？"武剑问道。

顾艳转身朝着文大姐，说："文大姐，你把包里东西拿给我。"

文大姐从包里拿出那件高仿的"爱巢"茶具，递给顾艳。顾艳打开外包装的拉链，从里面取出一个杯子，往地上一扔。"咣当"一声，杯子碎成几片。顾艳捡起一块瓷片，朝着武剑摇动了几下。

"你是懂瓷的人对吧，这绝对用的是最低劣的瓷料，而我们蓝天陶社生产的"爱巢"陶艺品，用的可是最高端的瓷泥材料。你自己想想，你的这些粗劣的陶瓷产品卖给顾客，是不是给我们陶社在市场上在社会上带来了不良的影响？是不是伤害到了我们陶社对外的信誉度？"顾艳振振有词。

"你，你个姓顾的，"武剑两眼一睁圆，突然变得一副要吃人的模样，说，"好哇，想讹我是吧？看来你是跟我没完了你？！"

"就是没完，我这是维权，今天我就是要维权到底。"

"你，你这个女人是，是……"武剑脚板在地上跺得一声响，鞋的四边击起了一片灰尘，他耀武扬威地朝着顾艳挥动了一下老大的拳头，恼羞成怒地说，"你是他妈的敬酒不吃吃罚酒了，你是……"

武剑话还没有都说完，大门上一阵"咚咚"敲响。作坊里的人都抬起眼来，看着大门，一个个心慌意乱的表情。

门外继续敲响着，顾艳朝着武剑眨了眨眼睛，目光有点狡黠，笑着说："我说武大哥呀，赶紧去开门，是工商执法人员来了。你以为我傻帽呀，进到这栋房子时，我就已经发出定位和信息了。"

武剑听到这话，顿时就哑巴了，手指向大门，他身边的男店员立即上前去，"吱呀"一声打开了房门，一片白花花的阳光往里透进。

刘海亮握着手机往里走进，得意地朝着顾艳笑笑，手往上一举，打了一个响指，他的身后跟着两名身着制服的工商执法人员。

太阳升在天顶，已经中午了。

工商所大门口，武剑垂头丧气地走出来，鞋底在地面拖出"嚓嚓"声响。马路上停着一辆红色轿车，陈立根坐在驾驶座位，他的身边坐着赵小梅。见到武剑出来，陈立根朝着赵小梅笑了笑，摇下了车窗。

"武大哥，武大哥。"陈立根喊他。

武剑听到是陈立根的声音，急促地回了一下头，不想搭理，加快脚步往前走，似乎没脸见人。陈立根启动车，追上了武剑，朝着车窗外行走的人说："武大哥，事情都已经发生了，你还要个什么脸呀，上车吧。"武剑站住了，车也停下了。赵小梅不冷不热地说："都过了午饭时间了，我们也饿了，先去吃个饭再说。"武剑抬起头来，瞅了瞅车上的人，很无奈，心有不甘地摇了摇头，一把拉开后车门，坐进了车后座。他的块头很大，人又重，让小轿车晃动了好几下。

两个小时前，武剑被带去了工商所，陈立根接到顾艳的电话后，立即赶了过来，并找到所里领导，介绍了蓝天陶社和武剑之间的关系，并为武剑做担保，陶社遭受到的损失他们双方自己来解决，因此执法人员没有对武剑进行罚款，只是狠狠地教育了他一番。

市区的一家小酒店，一张餐桌上已经摆好了四五道刚上的菜，有荤有素，盛好了几碗饭。顾艳坐在桌前，双手捧着脸颊，像朵花似的朝着门口，朝着走进来的一行人。武剑走在前面一点，陈立根拄着拐棍和赵小梅跟随在后。

武剑往前勾着头，背有点弓，一张脸皱皱巴巴，耷拉着眼皮，那模样像是刚刚出狱的犯人。

"武大哥，你坐吧。"陈立根说，拐棍在地板上发出声响，一只手去扶了扶桌前的椅子。

武剑站着没动，脖子鼓动了几下，好像往里咽进了什么东西。他的眼皮往上抬了抬，看看桌子对面的顾艳。顾艳的两只手掌依旧捧着脸，眯眼一笑，笑得像只俏皮的小花猫似的。

"你坐，武大哥，吃饭了。"赵小梅对武剑说，将一双筷子递到武剑手上。

武剑挪动了一下身体，往椅子上坐下，仿佛不敢坐踏实，上身有些悬空，额头上似有一片汗水沁出来，黏糊糊的。

陈立根和赵小梅分别坐下，端起碗开始吃饭。

顾艳的两只手从脸上拿下来，移动了一下饭碗，眼睛盯着武剑的脸，嗲声嗲气地说："武大哥，我没叫酒，要不喝点？白的，红的，还是啤的？"

武剑正要端起碗，明显感觉到自己遭到了挑衅，有辱自尊，松弛的脸皮像张鼓皮似的忽地绷紧了，手上的碗往桌面上搁得一声响，人往上一站直，粗着嗓门说："说吧，你们说吧，你们到底想把我怎么样？要钱没有，要命横竖有一条！"

陈立根他们三人抬头望着武剑，一时没发声。

"武大哥，我们这不是来找你商量吗？"陈立根嘴里含着一口饭说。

"有什么好商量的，还能商量出个什么屁来，我在工商所已经认错了，已经给你们蓝天陶社赔不是了。要赔偿是吗？没钱，一分钱也没有，樊家井那家店铺都抵押给人家了，我他妈的早就一无所有了。"武剑的情绪很激动，甚至有些冤屈，眼角处有一颗白亮的泪水就要滚了出来，他抬起手指，弹掉了那颗眼泪，胸脯一鼓一鼓，继续说，"想当年，我武剑在景德镇也算是个人物，要房有房，要地有地，就从来就没差过钱。落到今日这步田地，我是要死的心都有了，我什么也不怕了。"

赵小梅和顾艳对视一眼，抿嘴笑笑。

"笑，有什么好笑的，我就是一头死猪了，谁都晓得死猪不怕开水烫。"武剑急了，嘴里蹦出一句这样的话来。

他这样一说，赵小梅和顾艳便嘻嘻哈哈地笑出声音了。

"武大哥，"陈立根清了一下嗓子，说，"记得去年底我们三人请你吃饭，你好像对我们说过，你是个男人，男子汉，哪里跌倒的就从哪里站起来。"

"对，这话我是说过。"武剑说。

"可是你站起来了吗？每个人都有自己的生存方式和生活道路，要想改变一些事情，首先得把自己给找回来。我说武大哥，你非但没有站起来，还做起了剽窃现代陶瓷作品的事儿，丢不丢人啦？"陈立根说，语气却很平和。

"丢人，都丢到娘肚子里去了，我认了栽。"武剑说，两眼看着地面。

"那好，我们还是回到之前的话题。"

"什么话题？"

"是这样的武大哥，我们蓝天陶社的三个股东，已经认真商量过了，意见也统一了，再次正式邀请你，加入我们蓝天陶社这个团队。"陈立根说。

武剑听到这话，人有点发蒙。

"武大哥，还是上次我们说过的话，我们陶社需要你的制瓷技术。"赵小梅真诚地说。

"那是，武大哥的技术那可是杠杠的，我的那条陶瓷美人鱼，你都能修复如初，我相信你武大哥的这双手就没有制造不出来的好瓷器。武大哥，这话可不是在挖苦你呀。"顾艳笑嘻嘻地说。

武剑眼睛来回转动着，看看陈立根，又看看顾艳和赵小梅，手掌在脸上的络腮胡子上用力揪了一把，似乎要揪下一块脸皮来，说："那，那你们三人找我商量的事，不是钱的事了？"

"当然不是钱的事了。武大哥，你坐，坐下我们慢慢说。"陈立根说着拍了拍武剑的手膀子。武剑坐下身来，这一坐下显然心里踏实了许多。陈立根接上说："我们三个人，一向把你武大哥当好朋友看待，虽然其间有点过节，各自也都是为了生存，那并不影响到我们之间的感情对吧。我们的想法，其实很简单，只是希望你能加盟到蓝天陶社，你在景德镇待了近二十年，你有技术有能力有资源，加入我们，光明正大地做瓷器，何乐而不为呢？武大哥，你不要想着什么寄人篱下的事，陶社的那栋房子，虽然是在我们三人名下，但那也是陶社的财产，是所有陶社员工的财产。一块干吧武大哥，我、赵小梅、顾艳，我们三人这次是真心诚意地邀请你，也邀请你的团队，再不要去躲躲藏藏了，蓝天陶社，是我们共同拥有的天地。"

武剑低着头，端起饭碗来，拿着筷子，很费力地往嘴里扒进了几口饭，他的眼窝里，涌出一汪热辣辣的泪水来。

蓝天陶社每一个日子，都是阳光灿烂的日子。

陶社店铺柜台橱窗堆满了各种类型的陶艺作品，而最醒目的一个橱柜里，摆放着十几本陈立根、赵小梅和顾艳个人获得各种奖项的获奖证书，红彤彤的封面，烫金的字，这些证书用精致的框架装裱，其中有三本证书是他们三人同时获得的"中国景德镇陶瓷工匠奖"。这个橱柜以前摆放着那件"不忘初心"陶瓷雕塑。前些天梁先生来到陶社，他看着这些获奖证书的时候，不由感叹地说："你们的勤奋和努力，你们所获得的成就，足以做到了那四个字，不忘初心。"

"蓝天陶社"的规模扩大了，临时租用了紧挨后院的一间民房做作坊，两个院子连接在一起，院落栽有花草树木，还搭建了一座休闲的红顶小亭廊，绿色的草坪上一条弯曲有致的小径，地面铺垫着闪闪发光的青花瓷片，小径两侧堆砌着数十件陶瓷装饰品，有长条石凳，有悬挂的摇椅，一片欣欣向荣的景象，整个格调具有文艺气息和民族特色。

赵小梅工作室案头，平放着一本厚厚的2019年台历，凡是陶社发生的重要事情，她都会当天记录在这本台历上，密密麻麻，字迹极是工整。

2019年8月18日，武大哥作坊完成了梁先生带来的一单业务，30件青花陶瓷奖杯，30件青花陶瓷奖牌，这两款陶器造型别致，工艺精美，正面是五星红旗图案，反面有陈立根的签名。这批奖杯奖牌是梁先生个人捐献给一所希望小学冬季运动会的，梁先生在拍卖会上得到的那件"不忘初心"雕塑，正是捐赠给了这所偏远山区的小学，学校的老师和学生崇拜景德镇的陶艺师陈立根，特意指定要他的签名。同时，武大哥作坊还赶制了300件陶瓷文具，分别有陶瓷笔盒、陶瓷书签、陶瓷圆珠笔、陶瓷削笔刀以及陶瓷笔洗、陶瓷镇纸什么的，这批陶艺品是我们"蓝天陶社"捐赠给这所希望小学的。

2019年9月10日，一批湖北来景德镇旅游的教师，在陶社购买了36件"爱巢"茶具，当时文大姐在柜台销售时出了差错，匆忙中拆开的是一箱次品。这批次品销出后文大姐很快便发现了，顾艳立即开车带着文大姐赶到了高速路口，拦下了湖北教师的旅游大巴车，将带去的正品"爱巢"交给每一位教师，同时赠送给每个人一件高仿鸡缸杯，以表歉意。

2019年9月19日，上午，老兄参加市青年陶艺协会的景漂代表会议，会议主要内容是：贯彻习近平总书记"要建好景德镇陶瓷文化传承创新试验区，打造对外文化交流新平台"重要指示精神，落实国务院《景德镇国家陶瓷文化传承创新试验区实施文案》总体部署要求，扎实有序推进试验区建设，把千年瓷都打造成国际瓷都，制定景德镇国家陶瓷文化传承创新试验区建设2020年前工作要点。下午，老兄召集陶社所有职员，传达了这次会议的内容。大家欢欣鼓舞，坚信未来的景德镇，将会成为一座屹立在世界之峰的陶瓷艺术之城。

2019年10月1日，上午10点，老兄组织陶社员工观看建国七十周年电视直播现场，汉克和兰兰来到了陶社，文大姐的考取了景德镇重点高中的儿子也来了，我还把叔叔婶婶召唤过来了，人多热闹。电视直播中，我们看到了长安街上行驶的江西省的大型彩车，这辆彩车巍峨喜庆，为井冈山和青花瓷装点，大家非常兴奋，非常感动。我们身为在景德镇做瓷的一名工匠，感到无比自豪和骄傲。

2019年10月7日，我们陶社已经开始了陶艺品网上直播带货，一个星期以来，我完成了两万三千四百元产品销售，陈立根完成了三万两千一百元产品销售，顾艳网上的粉丝最多，完成了八万五千六百元产品销售，其中昨天晚上两个小时就完成近四万元的产品销售，她都成了网红大咖了，抖音上有50多万粉丝，太厉害了我的好姐妹。

2019年10月15日，蓝天陶社的员工已经制作完成了各自的陶瓷作品，参加今年的国际陶瓷博览会，这些作品将会在今天下午6点之前，搬进会展中心"蓝天陶社"的摊位，我和顾艳负责场地布置工作。老兄说了，在这次国际陶瓷会展上，我们景漂队伍的陶瓷作品必将成为全世界最美丽的一道风景。

赵小梅纤细的手指翻动着台历上记载的文字，眼里微微有些潮湿，过往的每一个日子似乎都很平凡，都很普通，但她内心却是无比充实，而每每出现的惊喜，也都在这些平凡普通日子里。

这天，陈立根很早就起床了，出门的时候，外面只有微弱的亮光，他一口气小跑着上了大峰尖的山顶。东方天际呈现出一片暗淡的紫光，渐渐地紫色的光芒转化成一道道温柔的金黄，再转化为强烈的赤红，仿佛有一座巨大的柴窑，敞开了窑口，正在静静地燃烧。忽然之间，就像有一只大手在火堆下往上用力一托，一轮曙红色的太阳跳动出来，太阳是那么柔美圆润，那么通透明丽，流光溢彩，就像一件精美的瓷器。而此时，远处景德镇城区的高大建筑，山下三宝村的房舍，都沉浸在这一片光与火的渲染之中。

陈立根凝望着旭日东升，目光神圣而庄重，他仿佛看到多年前自己身背行囊，独自一人来到这座千年瓷城闯荡打拼的情景，点点滴滴，无不令他感慨万端。从一个人的奋斗，到一个团队的奋斗，终于，有了现在的充满朝气的蓝天陶社，这是一件多么值得欣慰和自豪的事啊。今生今世，他再也无法离开这座城市了，坚守，创业，诸多辛酸的凄苦的高兴的幸福的往事在他脑海里阵阵涌现，有如浪奔浪涌。他的眼里，禁不住淌下了两行激动的泪水。

今天，他是一定要来山顶看日出的，今天，对他和蓝天陶社来讲，是一个极其重要的日子。

赵小梅和顾艳从楼梯款款下来，肩上挂着小挎包，两人的黑发在脑后高高束起，扎着一块打着蝴蝶结的白丝巾。她们身穿着短袖连衣裙，一个湖蓝色，一个杏红色，似乎蓝色和红色注定成为她们这一生的专利品，即使有所改变，也只是颜色的浓淡深浅。

陈立根上身是一件蓝白相间的短袖T恤，下穿牛仔裤，脚蹬白色的运动鞋。他抬眼望着下楼的两个女人，就像看到两条灵动的美人鱼，沿着一条清晰的河流，缓缓地悠然地游了下来。

"你们两个真好看。"他说。他第一次说这句话的时候，是在姐妹工作室，为她们分别制作两条美人鱼陶瓷。

"看什么看，你色狼呀。"顾艳说，圆睁着眼。

顾艳话一出口，他们三人几乎同时都笑开了。时间过得真快，他们怀念从前，只是再也不可能回到从前的时光。

"老兄，是要出去吃早餐吗？"顾艳又说。

"你这不是明知故问吗？"赵小梅朝着顾艳说，两人走下了楼梯。

"赵小梅，你这话什么意思？"他问她。

"今天必须是妈妈的味道。"赵小梅笑盈盈地说。

"蛋炒饭。"顾艳大着嗓门说。

陈立根嘿嘿一笑,手往旁边一指,那边餐桌上已经放好了三碗蛋炒饭,松黄油亮,两个小碗一个大碗,还有一碟红红的豆腐乳。

他们三人围坐在桌前,就像一个家庭的三个孩子,吃着碗里的蛋炒饭,吃得津津有味,满嘴喷香,吃出他们曾经最深刻的记忆。

顾艳吃到一半时,忽然想起一件事,急忙拿出手机,手指灵活地点动屏显,播放出那首《北京北京》的歌曲来:当我走在这里的每一条街道/我的心似乎从来都不能平静/除了发动机的轰鸣和电气之音/我似乎听到了它烛骨般的心跳/我在这里欢笑/我在这里哭泣/我在这里活着/我在这里死去……

金秋十月,天空晴朗。

今天是2019年10月18日。国际会展中心彩旗飘扬,人如潮水,第16届中国景德镇国际陶瓷博览会隆重开幕,国内外近千家品牌陶瓷企业前来参展。这一天,是千年瓷都景德镇喜庆的日子。

会展中心的各大展馆灯光绚丽,每一间摊位橱窗货架展示的陶瓷产品琳琅满目,色彩斑斓,尽显辉煌,参观的嘉宾游客们流连忘返,兴高采烈。沸腾的展馆仿佛是一艘豪华航海巨轮,行驶在一片欢乐无际的海洋上。

陈立根、赵小梅和顾艳胸前挂着红艳艳的工作牌,他们就乘坐在这艘欢乐的航海巨轮上,他们就站立在这座国际陶瓷艺术盛会的舞台上。这是一个多么令人激动的时刻,他们望着眼前往返的人群和色彩缤纷的陶瓷,眼底闪现出欣慰的泪光,无不感受到自身的存在。

"曹操工作室"的展位亮出了数件大型玉白色人体雕塑陶瓷,在设计制作上具有超前的现代意识。兰兰手上拎着一架单反照相机,热情地向游人推销产品,汉克总会情不自禁地在一边介绍说:"这位赵兰兰小姐,是我的爱人,景德镇人,明年她大学毕业,我们就会举行婚礼了。"他这样说时，兰兰便会亲密地小鸟依人般倚靠在他的身旁。许多游客听到介绍，便对这位洋景漂的跨国爱情故事发生了兴趣，他们主动上前要求跟汉克和兰兰合影留念。汉克喜欢显摆他的爱情，每一次合影他都会幸福地说："OK，OK，我爱景德镇，我爱你们。"

"泥乐斋"展位推出一系列具有中国古典文化的陶艺作品，历史感非常强烈。橱窗上张贴的一幅林教授的大照片，非常醒目，他双手托着一件雕刻恐龙图案的古代陶罐，脸上的笑容俏皮而又慈祥，照片上面题写的一行字非常有趣："台湾来的泥巴人林楚明"。林教授高兴得像个孩子，凡遇到喜欢陶瓷艺术的朋友，就像在教室里授课似的一张嘴巴没得停。吴老师笑眯眯地跟随在丈夫身边，稍有空闲便朝着丈夫嘟哝一句："你这个老古董，别光顾着讲话，喝口水呀。"林教授嘿嘿地笑，接过妻子递上的矿泉水瓶，抿上两口，就跟喝了高度白酒似的，嘴里发出"嚓啪嚓啪"声响。

"小陶料行"的展位不大，货架上堆满了各种样式的瓶瓶罐罐，上面标有青花釉料的颜色，长条桌上整齐摆放着几十种窑变后的照子（瓷器样品），五光十色，耀人眼目。陶明和爱人江红耐心地跟几位客户讲解他们料行生产的釉料，时不时让客户亲自动手，将调出的釉料用笔涂画在素胎上或是白瓷上，以示他们家作坊的釉料才是景德镇最上等的。陶明津津乐道："古往今来，最好的陶艺师必须要拥有最好的釉料，只有最好的釉料才能烧制出天下最精美的陶瓷。"

"海亮"公司拥有一间单独的展示厅，展出了几幅大型风光瓷板画，以及一系列由刘海亮设计的现代陶艺品，玉白的胎体上，无论海洋、天穹、森林、山河都令人充满了无限的想象。金美顺和几名职员微笑着站在门口，纷纷向进出展示厅的游客们散发公司的陶瓷宣传画册。刘海亮在一张工作台前现场作画，一件白胎瓷瓶在他的画笔下浓墨重彩，仿如一朵湿漉漉的出水芙蓉，围观的游人无不喝彩叫好。梁先生一身西装革履，腋下夹着一个黑亮的公文包，他走到刘海亮身前来，问他："海亮，你画好了没有？"刘海亮将画好的瓷瓶转了一圈，说："老板，好了，这就好了。"梁先生说："走吧，陪我去看看'蓝天陶社'的展位。"

"蓝天陶社"的展位在二楼过道一侧，柜台一字形排开，有近十米长。

首先映入眼帘的是武剑团队制作的几件仿古陶瓷，造型各异的花瓶古朴典雅，图案花纹精准老道，晃眼看去，还以为是哪家博物馆收藏的乾隆或康熙年间的瓷瓶。武剑胖了许多，有些大腹便便了，脸颊还蓄着一圈络腮胡须，他去陶社上班的第一天，准备刮掉胡须，陈立根却说："武大哥，这胡子配得上你的技术，你就是一个响当当的艺术家嘛。"武剑听到这话，哈哈笑着，竟然把陈立根举在半空转了一圈。现在的武大哥，已经是一个堂堂正正、光明磊落的三宝村蓝天陶社的陶艺师了。

接下来便是由文大姐带着几名学生绘画的一组婴戏图餐具，画面上的大头娃娃们正在享受过大年的氛围，有放鞭炮的，有骑竹马的，有打陀螺的，有放风筝的，个个生动有趣，十分喜庆。文大姐这名下岗女工，工作上一直没有着落，终于在蓝天陶社站住了脚跟，有了存在的价值。陈立根曾经问她："文大姐，您可不能再跳槽了。"文大姐痛快地说："陈总，蓝天陶社已经是我的家了。"

柜台上有十件陈立根雕刻的京剧脸谱图，这些脸谱造型抽象，神态惟妙惟肖，反差极大的黑白红三种釉彩作色，立体感十分强烈，唯美而大气。陈立根为了雕塑出这组最具有中华民族特色的作品，绘画过无数张草图，熬过了无数个不眠之夜，他在陶土、瓷泥工艺的运用和釉料调色上用足了功夫。这组作品价格不菲，陈立根自己都未曾想到，开馆十分钟不到，便被一位意大利收藏家看中，现场支付了订金。

赵小梅的陶瓷作品是一对高达一米五左右的大花瓶，分水青花绘制，画面整体布局清新淡雅，一簇簇白梅盛开在风天雪地，朦胧的山峦树木之下，几栋若隐若现的村民房舍静谧而祥和，仿佛进入到了一个遥远而完美的童话世界。赵小梅这一生挚爱青花瓷绘画，只跟青花结缘，这也就奠定了她的艺术风格以及她现在所取得的艺术成就。这一对青花瓷瓶在展馆现场，吸引了无数游客的眼球，同时也得到黄老等专家和陶艺大师的赞赏。

顾艳推出了一系列创意奇特、造型别致的陶艺饰品，而最被人关注的作品是一幅悬挂在墙壁上的新彩瓷板画。蔚蓝色的大海波光粼粼，几只白色的海鸥斜斜地飘舞在空中，海面上，一位体格强健的老年人在奋力游泳，昂起头，抬起一只手来往前召唤。前方的礁石上，站立着一位银白头发的老年妇女，她手上挥舞着一条红毛巾，朝着海上的人摇动。一眼看去便知道是一对恩爱如初的老年夫妻。这是一幅具有生命力象征的瓷板画作品，所采用的釉料质感鲜亮而厚重。画作题名《礁石》。梁先生凝望着这幅瓷板画，非常震惊，非常感动。

"礁石，"梁先生说，"礁石象征着永恒的爱情，人世间不老的爱情，普通而又平凡的爱情。"

梁先生一口气说了三次"爱情"，他还想往下说，却找不到适当的词汇了。刘海亮站在梁先生身边，他也很受感动，没想到顾艳绘制了这幅作品。刘海亮说："老板，这幅画的写生稿我看过，去年顾艳回青岛，每天下午会去海边写生，每次都会遇到一对老年夫妻，艺术来源于生活，于是有了创作上的灵感。由此看来，顾艳在青岛休假可是大有收获呀。"

"海亮，那次回青岛不是休假好啵，是心理疗伤，老板面前你有啥不好说的。"顾艳大方地说，走到梁先生跟前来。

梁先生笑望着顾艳，戴有戒指的手指往上弹了弹，闪现出一道耀眼的蓝光，他说："顾艳，这幅瓷板画我收藏了，还就非我莫属，你就开个价吧。"

顾艳朝着刘海亮挤了挤眼睛，刘海亮低下头去没吭声。顾艳说："梁先生，这件瓷板画是非卖品。"

"非卖品？难道说又是你们蓝天陶社的镇店之宝了？"梁先生嘴里"咦"了一声，皱起了眉头。

"那倒不是。"刘海亮说。

"这么快就有主人了？"梁先生问道。

"有，早就有了。"顾艳扬起脸来朝着梁先生甜甜一笑，嘴里就似含了蜂蜜，她说，"梁先生，我和刘海亮就是这幅瓷板画的主人。"

"哦，我明白了，那就是镇家之宝，收藏在你们新婚的房间。"

"哎呀，梁先生你简直太聪明了。"

"顾艳，我老板喜欢，你就复制一幅相送吧。"

"没问题，一点问题没有。"

梁先生满意地点了点头，说："行，复制的我也喜欢。祝福你们，祝福你们的爱情深如大海坚如礁石。"

参观瓷展的人群中，赵青山师傅和妻子出现了，两口子来到陶社的展位，并不急着去看什么陶艺作品，而是把赵小梅拉到一边去说话。

"什么事呀叔叔？"赵小梅问。

赵青山手去指了指展位那边正在跟客户聊天的陈立根，低声说："小梅，陈立根这小伙子，叔叔这次绝对是没有看走眼吧，抓紧时间把婚事订了。"

赵小梅笑笑，回答道："走没走眼谁晓得，是不是一件好瓷器，那还得等出窑的时候才知道呢。"

婶婶一脸认真，接上便说："这个早就窑变过了，是块好瓷。"

听到这话，赵小梅险些要笑喷了，赶紧用手背捂住嘴巴。

展馆的人群往返走动，方斌也来了，戴着金丝眼镜，依然斯文儒雅、风度翩翩。王小林和妻子杨菁、张会长陪同着他一起。在蓝天陶社的展位前，方斌大方地上前跟陈立根握了握手，又跟赵小梅握了握手。

"陈总，祝贺你们蓝天陶社的作品参展圆满成功。"方斌说。

"谢谢方老师，还请多多指教。"陈立根说。

"小梅，我尊重你的选择，祝福你。"方斌手指去顶了一下鼻梁上的眼镜架，以学长的口气说。

"方斌，你就永远都在国外生活工作吗？"她问他。

"也不一定吧，兴许哪天就回景德镇了，到那时，我就是一名'景归'了。"方斌说，大家都开心地笑了起来。

赵小梅紧紧地贴靠在陈立根的身边，两人手臂的肌肤微微地摩擦，彼此之间感受着对方的体温和爱意。

窗外，景德镇的天空湛蓝而辽阔，太阳闪着金光。景德镇国际陶瓷博览会持续了四天，每一天都是中外陶瓷荟萃的盛会，每一天都是来自世界各地的人们喜庆的海洋，每一天都是景漂们最欢乐最激动的时光。

第三十一章　尾声

　　顾艳的打扮是令人惊讶的，她做任何一件稍为重要一点的事，似乎都要有点仪式感。而今天，是这个女人一生之中最重大的甚至是要改变命运的一天，她要嫁人了。她的脸蛋上涂抹着淡淡的胭脂，她的眉毛描得又黑又细又长，她的嘴唇红嘟嘟像含着一颗大樱桃，而她的长发扎成了两根粗辫子，垂落在肩上。她上身穿着一件牡丹花图案的中式绸缎小棉袄，下身是一条泥灰色的直筒长裙，脚上一双蓝底红面绣花布鞋。

　　她朝着跟前的赵小梅和陈立根眯眼一笑，那张笑脸却像极了动画片里一只可爱的小狐狸。陈立根和赵小梅看着顾艳的这种又土又洋的打扮，一直想笑，却又忍住了。刘海亮穿一件酒红色的羽绒休闲服，里面灰色衬衣颈口缠绕一圈蓝色的丝质围巾，牛仔裤，红色的运动鞋，银灰色的双肩包斜挎在一边肩膀上。他总是那般帅气，那般有男人的魅力。

　　"老兄，小梅，我好看吗？"顾艳问。

　　"好看。"陈立根笑着，点动了几下头。

　　"好看什么呀，傻乎乎的，就像个小媳妇，土得掉渣啦。"赵小梅说，眼白往上翻，手背捂着嘴，没让自己笑出声来。

　　顾艳爽朗地笑起来，笑得鼻孔朝天，说："你懂个啥呀，这是俺山东老家的风俗，嫁人呗，那就得地道点。"

"你这是出国，去别的国家。"赵小梅说。

"那我不是更具有中国传统特色了嘛，海亮，你说呢？"顾艳一脸幸福的样子看着刘海亮。

"还用说？顾大小姐穿什么都漂亮。"刘海亮说，很满足很得意。

顾艳和刘海亮这次是去法国巴黎旅行结婚，当然，他们要在那边做一项重要的工作，"蓝天陶社"和"海亮"公司的陶艺作品，被选送去法国参加在巴黎举办的国际陶瓷展，顾艳和刘海亮代表两家公司前往。现在，陈立根和赵小梅在景德镇罗家机场候机楼大厅送别他们。

"顾艳，海亮，祝你们一路顺利。"赵小梅说。

"海亮，祝福你们，同时也祝福我们制作的瓷器走向世界。"陈立根说，握了握刘海亮的手，又握了握顾艳的手。

顾艳和赵小梅紧紧地拥抱一起。顾艳嘴凑近赵小梅的耳朵说："小梅你啥时结婚呀，老兄已经太老了哦。"赵小梅低声回答："我也想呀，只是至今我都没有收到老兄的求婚戒指呢。"

机场上空，一架银色的客机飞上天际，翅翼白亮白亮。

陈立根和赵小梅回到陶社，赵小梅在台历上写下："2019年12月16日，顾艳和刘海亮携带我们公司的作品参加法国国际陶瓷展，并在巴黎旅行结婚。"她的手往下翻动，再有十几页台历就过完2019年了。

"哎呀，再有半个月，就2020年了。"

"小梅，元旦那天，我们去哪？"

"老兄，你想出去旅游吗？是海南还是云南？"

"哪都不去，辞旧迎新就在景德镇。"

"好，就在景德镇。"

2020年元旦的这天晚上，天气已经有些寒冷了，陈立根和赵小梅穿着风衣，一件白色，一件蓝色，他们手牵着手，来到中渡口昌江边的草坪，这是他们熟悉的有着深刻记忆的地点。昌江之水静静地平稳地往前流淌，两岸城市的灯火辉映着江水，水面波光艳丽色彩斑斓，就像漂动着的一块巨大的调色板。

皎洁的月光静静抚摸着大地，安详而又温馨。

他们就站在这块瓷器碎片堆积的土地上，他们的内心可以实实在在地感受到陶土和瓷泥的芳香。他们仰望着广阔的天空，就像怀里的孩子仰望着母亲。

陈立根牵着赵小梅的手，两人的手掌心里都沁出了汗水，这种汗水潮湿而温暖，将两颗心紧紧地粘贴到了一起。

"小梅，我想亲你。"

"亲我，凭什么呀？"

陈立根的手上举着一件很小的东西，在赵小梅的眼前晃动了几下。赵小梅看不太清，只看到有个蓝颜色的光点。

"你闭上眼睛，闭上吧。"他说。

赵小梅便闭上了眼睛，长长的黑黑的眼睫毛在夜色中闪闪发光。陈立根轻轻地抓起赵小梅的左手，将一枚戒指戴在她的无名指上。赵小梅眼睛闭着用大拇指去转动那枚戒指，光滑而圆润，仿佛是获得了今生最挚爱最熟悉的东西。

"你看看。"他又说。

赵小梅张开眼来，她的手指上是一枚青花瓷的戒指，戒指小巧玲珑，上面雕刻了一朵精致的梅花，夜色中闪现出一种奇异而神秘的光泽。

"天啦，老兄你也太小气了吧。"她说。

"没办法，这辈子我只认得瓷器。"陈立根嘿嘿一笑。

"这算是求婚吗？"

"算！"

赵小梅爱意绵绵地看着陈立根，眼前似有一片迷幻的色彩，她的脸，微微上扬，轻轻地贴靠到了陈立根的胸前。

陈立根双手紧紧地捧着她的脸，猛的一下，他的嘴唇便牢牢地粘贴在了她的嘴唇上。他疯狂地亲吻她，几乎就要吞下她那柔嫩润滑的舌头了。

赵小梅简直是喘不出气，但她又心甘情愿去承受这种人类最野性的疯狂，仿佛承受着一个最浪漫的青花世界，那正是她想要的那个温情的世界。

他们亲吻着，时快时慢地旋转着身体，就像一对从土地生长出来的，坚韧而又柔软的连体坯胎，银白的月色之下，是那般美轮美奂。

景德镇，今夜星光灿烂……

2020年9月7日早晨完稿于南昌
2020年11月6日上午于南昌修改